러시아문학 오디세이

고대에서 20C까지

끄로포뜨낀 지음 | 문석우 옮김

작가와비평

끄로뽀뜨낀은 혁명가였을 뿐만 아니라 다방면에 정통한 학자이자 뛰어난 사회운동가였다. 그는 평생 동안 자신이 이해하고 있던 '자유와 정의'라는 이상의 실현을 위해 충실하게 헌신적으로 싸웠다. 이런 투쟁을 벌이면서 그는 정치와 도덕은 결합될 수 없다는 편견에 맞서 우직하리만치 고지식하게 도덕적인 원칙을 고수했다. 그는 완벽한 사상가였으며 생애의 마지막 순간까지 진정한 사상가로 남아 있었다. 끄로뽀뜨낀은 19살에 육해군중등학교를 마친 후, 아직 젊은 나이에 러시아 민중과 전 인류를 위해 봉사하는데 평생 몸을 바쳤다. 그의 활약상은 1912년 12월, 저명한 영국학자들과 사회활동가들(버나드 쇼, 엡튼 싱클레어, 헐버트 웰스 등이 서명하기도 했다)이 70세의 끄로뽀뜨낀에게 바친 헌사에 잘 나타나 있다. 그 연설문의 요지는 다음과 같다.

자연과학 분야에 있어서 귀하의 공적, 지리학과 지질학에서의 공헌, 다원론에 대한 귀하의 수정안들은 전 세계적으로 정평이 나 있고, 우리로 하여금 자연을 폭넓게 바라보도록 도와주었습니다. 동시에 귀하의 고전 정치와 경제학에 대한 비판은 우리에게 인간사회를 폭넓게 바라보도록 시야를 넓혀 주었습니다… 귀하는 사회생활의 주요 법칙들을 어떻게 평가해야 하는지 가르쳐 주었습니다. 말하자면, 귀하께서 직접 제의하신 공리주의원칙은 어느 시대에서건 위대한 인물들이 현실에 적용하곤 했던 우리 시대 사회발전의 원동력이 되는 주요한 요인이었으며, 과도한 법률제도를 통해 독자적으로 생각하고 행동할 수 있는 인간의 능력을 말살시켜 온 국가기관과 어떻게 서로 대립하는지 눈여겨보도록 우리를 가르쳐 주셨습니다….

1862년 6월, 그는 육해군중등학교를 졸업한 후 왕궁에서 출세할 수 있는 길이 보장되어 있었지만 다른 길을 택했다. 즉, 동부시베리아 아무르에 주둔하는 까자끄 군대의 장교로 임명해 줄 것을 요청한 것이다. 끄로포뜨낀은 시베리아에서 만 5년(1862~1867)을 보냈다. 그는 몇 명의 까자끄인들과 함께 때로는 말을 타고, 때로는 걸어서 시베리아 타이거의 밀림지역을 조사했다. 그는 북만주를 거쳐 치그파 지역부터 블라고베쎈스끄까지의 직선로를 발견하고, 울창한 타이거지대를 거쳐 렌스끼 금광에서 치그파 지역까지 도로를 닦았다. 또한 지리학적 가치를 지닌 다양한 발견을 했고, 중요한 지도의 많은 곳을 보충하거나 수정했다. 끄로포뜨낀의 탐험과 발견들은 곧 학계의 주의를 끌었다. 러시아 지리학회는 그를 정회원으로 선출했고 그 후 장군비서가 되자, 그는 최초의 러시아 극지학술탐험기구를 조직하도록 위임을 받았다. 끄로포뜨낀은 빙하현상을 조사하면서 빙하시대에 관한 이론*을 정립했다. 동시에 그는 훔볼트의 아시아건설에 관한 저명한 비평이론과 맥을 달리하면서 동부시베리아의 산악학에 관해 독자적인 이론을 수립했다. 자연과 지리학분야에서의 업적 외에도, 그는 사회·철학 및 역사분야에 관한 저서들을 출판했다. 무엇보다 그의 저서인 『진화요인으로서 상호원조』를 언급할 필요가 있는데, 이 책에서 그는 이렇게 지적하고 있다.

상호원조는 상호투쟁과 마찬가지로 자연의 법칙이다. 그러나 진보적인 발전을 위해서는 상호원조가 후자보다 더할 나위 없이 중요하다.

이것은 인간과 동물의 공동생활에 관한 작가의 입장을 잘 보여주는 일례이다. 그는 또 다른 흥미로운 조사에 착수하였다. 즉, 최근 3세기동안 국가의 역할에 관한 정의와 도덕성이 인류에 가져온 진보 등에 관한 조사였다. 끄로포뜨낀의 이런 연구는 자신의 마지막 저서인 『윤리학』에서 찾아볼 수 있으며, 과학, 철학, 사회에 관한 그의 식견이 종합적으로 나타나 있다. 그는 『윤리학』에서 도덕의 두 가지 기본문제를 해명하려고 했다. 그것은 민속학에 자리 잡은 도덕개념들이 어디에서 유래했으며, 도덕적 명령과 규범은 무엇을 위해 존재하는가 하는 문제들이었다. 끄로포뜨낀은 유감스럽게도 완결된 형식이 아닌 도덕개념들의 역사발전과정에만 초점을 맞춘 『윤리학』 제1권에서 이런 서술을 했다. 도덕의 기반과 목적에 관해 집필할 예정이었던 『윤리학』 제2권은 완성되지 못했고, 단지 원고들과 단편적인 몇몇 장들만이 남아 있을 뿐이다.

끄로포뜨낀의 가장 중요한 역사적인 업적은 총 608쪽에 달하는 『프랑스 대혁명: 1789~93』이다. 그는 첫 장에서 프랑스 혁명사를 썼는데, 경제적 요인으로 발생하게 된 이 혁명에서 민중의 참여와 충돌과정을 설명하고 있다. 그가 세운 업적은 대혁명이 발전하는 과정에서 파리 지부의 역할을 규명한 일이다. 이 책에는 전혀 새로운 견해들이 자주 조명되고 있으며, 새로 밝혀진 수많은 사실들을 인용하면서 순서대로 수록한 자료에 담겨있다. 끄로포뜨낀은 바로 18세기 말의 변혁과 관련된 다양한 사건의 원인과 감추어진 내부의 진실을 상세히 설명했다.

이미 이야기한 저술 외에도 그의 『혁명가의 수기』가 논의되곤 하는데, 그것은 뛰어난 해설 때문에 흥미를 끌뿐만 아니라 풍성한 자료로서도 명저로 꼽는다. 그는 당시의 상황과 사람들의 풍습에 큰 관심을 갖고 폭넓게 묘사했다… 작가는 노동자 대중들의 성향, 제1차 인터내셔널의 결성과 분열, 새로운 사회주의의 경향, 무정부주의 운동의 기원에 관해 매우 상세하게 기술하고 있다.

끄로포뜨낀의 문학, 역사에 관한 대표적인 저서는 당연히 『러시아문학의 이상과 현실』이며, 이 자료는 1901년에 그가 미국에서 진행했던 러시아문학사 강의를 토대로 한 것이다. 이 책을 읽을 때 먼저 알아두어야 할 것은 그가 러시아문학을 전혀 모르는 일반대중 앞에서 강의한 점이다. 훌륭한 러시아 문학작품은 항상 사회해방운동 사상을 보여주고 있다는 작가의 기본생각이 책의 밑바탕에 처음부터 끝까지 자리 잡고 있다. 이 책을 읽으면서 독자의 눈앞에는 과거 러시아의 위대하고 영광스런 장면들이 꼬리를 물고 나타날 것이다. 알다시피 과거는 현재를 이해하고 미래를 예견하는 열쇠이다. 그래서 독자들은, 특히 젊은 세대의 대표들은 훌륭한 민중이 어떻게 살아 왔고 행동했으며 어떻게 생각했는지, 또 그들의 저력과 지식, 그리고 삶이 그들 조국에 어떻게 영광과 위대함을, 그리고 행복을 가져다주었는지를 알아야 할 필요가 있다.

오늘날 매우 가치 있는 끄로포뜨낀의 이 저서는 서지학적인 면에서도 뛰어나기 때문에 역자는 이를 재출판하기로 결심했다.

연로한 혁명가 끄로포뜨낀은 해외에서 41년 간 떠돌다가 결국 1917년 2월 혁명이 일어난 후에 러시아에서 정의에 대한 자신의 포부를 실행할 때가 되었다고 판단하고, 그 해 6월 12일에 러시아로 귀국했다. 그러나 가혹한 현실은 곧 최고의 사상가인 끄로포뜨낀에게 '정의시대'를 운운하기엔 아직 시기상조임을 여실히 보여주었다. 곧 도래할 '10월 혁명'과 노동계급에 대한 볼세비끼의 잔혹하고 본격적인 피의 테러는 다시 한번 사상가 끄로포뜨낀에게 '이상'과 '현실' 사이의 간극이 얼마나 큰 지를 확연히 보여주었다. 그러나 정의를 위해 평생을 싸워 왔던 연로한 혁명가는 침묵을 지킬 수만은 없었다. 그런 이유로 레닌에게 보낸 "인질들에 관한 서한"에서 그는 볼세비끼들이 민중에게 저지른 만행에 대해 항의했던 것이다. 이 서한은 볼세비끼 시대를 비난한 영원한 문헌자료로 남게 될 것이다. 물론, 이 '서한' 때문에 끄로포뜨낀의 도덕적인 위대한 업적은 제정 러시아에서보다도 구소련에서 훨씬 철저한 금지와 엄격한 감시를 받았다. 그러나 구소련의 지배자들이 서적을 압수하거나 소각시켜 버릴 수는 있었겠지만, 이 책에 담긴 자유애호사상을 무력으로도 막을 수 없었다는 사실을 알 필요가 있다!

제 **1** 장

머리말: 러시아어

뚜르게네프는 임종 시 러시아 작가들에게 마지막 유언을 남겼는데, 그 중 하나가 자신들의 귀중한 유산인 러시아어의 순수성을 지켜달라는 부탁이었다. 서유럽의 몇 개 언어를 완벽하게 알고 있었던 뚜르게네프는 사상과 감정의 모든 뉘앙스를 표현할 수 있는 도구로서 러시아어를 가장 높게 평가했다. 그리고 자기작품에서 러시아어를 다루면서 어떻게 산문의 운율과 심오한 표현력을 얻을 수 있는지를 보여주었다. 뚜르게네프의 작품에서 볼 수 있는 러시아어가 지닌 어휘의 풍부함은 놀라울 정도다. 서유럽의 언어에서는 일반 개념을 표현하는데 어휘가 한 가지뿐이지만, 러시아어에는 똑같은 개념의 다양한 뉘앙스를 표현하는 두서너 개의 어휘가 존재한다. 러시아어는 특히 감정의 다양한 뉘앙스인 다정함, 사랑, 비애, 즐거움을 표현하거나 똑같은 행위의 여러 단계를 묘사할 수 있는 다양한 어휘를 갖고 있다. 그 언어의 탄력성은 특히 번역할 때 입증되는데, 어떤 문학도 러시아문학만큼 외국작가의 작품을 격조 높고, 정확하며, 진실 되게 미학적으로 번역해내는 독특한 특성을 갖고 있지는 못하다. 러시아 번역가들의 사랑을 가장 많이 받았던 시인들은 두 말할 나위도 없이 매우 다양한 특징을 보여준 하이네, 베랑제, 쉘리, 괴테 등이다. 볼테르의 빈정거림, 디킨즈의 유행병과도 같은 유머, 그리고 세르반테스의 선한 웃음 등이 러시아어로도 있는 그대로 고스란히 묘사되는 것을 발견할 수 있다. 게다가 스스로 지닌 음악적 특성으로 러시아어는 원문의 운율적인 특성을 세밀하게 전달할 수 있기 때문에 시를 번역하는데 특히 적합하다. 롱펠로의 〈하이와타의 노래〉, 하이네의 변덕스런 서정시, 쉴러의 발라드, 베랑제의 다양한 민족성을 보여주는 멜로디풍의 민요와 쾌활한 노래 등이 원문의 리듬을 정확히 준수하는 러시아어로 번역되어 있다. 우리를 당황케 하는 독일 형이상학의 불명료함도 18세기 철학자들의 정확하고 우아한 문체처럼 똑같이 러시아어로 쉽게 옮길 수 있다. 훌륭한 영어권 작가들의 품격 있는 묘사뿐 아니라 간결하고 구체적인 표현도 러시아 번역가들에게 전혀 어려울 게 없다. 체코어, 폴란드어, 세르비아어, 불가리아어 및 몇몇 다른 방언들과 함께, 러시아어는 대슬라브어군에 속하며, 스칸디나비아어, 색슨 및 라틴계, 그리고 리투아니아어, 페르시아어, 아르메니아어 및 그루지아어와 더불어 인도유럽어족이나 아리안어족에 속한다. 앞으로 점점 더 많은 남슬라브의 민중시가와 수세기에 걸친 폴란드 및 체코의 고대문학의 보고들이 서유럽의 독자들에게도 널리 알려지게 되기를 바란다. 그 시기는 빠르면 빠를수록 좋다. 그러나 여기서는 슬라브어군, 즉 러시아어나 동양어족에 속하는, 단 한 어족의 문학만으로 한정한다. 따라서 남부러시아 문학이나 우크라이나 문학, 백러시아 문학이나 서부러시아 국민문학과 송가 등에 대해서는 논하지 않고, 대러시아인의 문학만을 다루기로 한다. 모든 슬라브어 가운데 대러시아어가 가장 널리 보급되어 있으며, 그것은 뿌쉬낀과 레르몬또프, 뚜르게네프와 톨스토이 등이 사용한 언어이기도 하다.

다른 언어들처럼 러시아어도 스칸디나비아어, 터키어, 몽고어, 그리고 나중에 그리스어와 라틴어 등을 포함하여 많은 외래어를 수용했다. 그러나 수세기 동안 끊임없이 러시아민족의 운명을 조율했던 우랄 알타이어나 투란어(페르시아어로 '중아아시아'란 뜻) 어근 등 수많은 어족들의 동화에도 불구하고 러시아어는 놀라운 순수성을 간직하고 있다. 9세기경에는 러시아 일반대중까지도 이해하고 있던 불가리아어와 마케도니아어로 의사소통이 이루어졌는데 당시에 작업한 성경 번역은 지금도 우리를 놀라게 한다. 이 번역의 문법형태와 문장구조는 오늘날과 전혀 다르다. 그러나 오늘날 사용되고 있는 단어들의 어근뿐만 아니라 심지어 많은 양의 단어들까지도 이미 천 여 년 전에 사용되었음을 알 수 있다.

한편 이러한 초기에서도 러시아에 살고 있던 슬라브인들의 언어는 이미 수준 높은 완성도를 이루고 있었다. 복음시에 나오는 극히 소수의 말들은 그리스어로 보존되어 있는데, 이것은 보통 남슬라브인들에게는 알려져 있지 않는 물건들의 이름이다. 그러나 당시에는 원문의 시 형식

가운데 어느 것 하나, 그리고 추상적인 개념 중 어느 것 하나 왜곡되지 않은 것은 없었다. 그래서 번역가들은 그것들을 위한 적절한 표현을 찾아내려고 노력했다. 번역에 사용된 수많은 구절들은 빼어난 아름다움을 드러내고 있으며 오늘날까지도 그 아름다움을 유지하고 있다. 예를 들면, 괴테가 묘사한 불멸의 비극에서 학식이 풍부한 파우스트 박사가 시험을 당하는 난관을 독자는 잊지 못할 것이다. 한 구절을 번역해 보면, "태초에 말씀(Слово)이 있었다." 'Слово'(Das Wort)는 현대 독일어로 파우스트 박사에게 "하느님은 말씀이었다"는 사상을 표현하기에는 다소 역부족인 것 같다. 그러나 고대 슬라브어 번역에서 Слово는 그 자체의 어원적인 의미 외에 독일어의 'Das Wort'보다는 훨씬 깊은 의미를 담고 있다. Слово는 현대까지도 부분적으로 그런 의미를 간직하고 있다. 고대슬라브어에도 말씀(Слово)이라는 개념 속에는 '이성'에 대한 개념(독일어로는 'Vernunft')도 들어 있으며, 결과적으로 말씀은 복음서가 담고 있는 글귀의 이차적인 의미와 모순되지 않도록 그 깊은 뜻을 충분히 독자에게 전달해 준다.

11세기 초 러시아 북부지방에서 사용된 러시아어의 아름다움과 구조를 독자에게 충분히 이해시킬 수 없는 게 유감이다. 노브고로드 주교의 설교집(1035년)은 그 대표적인 예이다. 당시의 개신교 신도만이 이해할 수 있도록 만들어진 이 설교집의 간결한 문장은 매우 아름답다. 이 설교집을 읽어보면 당시 주교의 기독교 세계관은 비잔틴의 그노시스교(역주: 초기 기독교시대에 있어서 신비주의적인 이단 기독교)로부터 완전히 자유로웠으며, 그때까지 러시아민중에게 기독교가 어떻게 이해되고 있었는지를 알 수 있다.

현재 러시아어(대러시아어)는 놀라우리만큼 지방의 방언들로부터 자유롭다. 거의 일천 오백만 인구가 사용하고 있으며, 개별문학을 지닌 소러시아어나 우크라이나어는 분명히 개별적인 언어이다. 그것은 마치 노르웨이어나 덴마크어가 스웨덴어와 다르거나 포르투갈어와 까따로니아어가 카스찌리야어나 스페인어와 다른 것과 같다. 러시아 서부의 여러 현에서 사용하는 백러시아어 또한 지방의 방언으로서가 아니라 러시아어의 또 다른 계통으로서 반드시 조사 연구해 볼 필요가 있다. 대러시아어나 러시아어에 관해 언급하자면, 약 8천만의 많은 주민들이 아시아 북부, 중부, 동부, 남부 및 북부 까프까즈와 시베리아에서 사용하는 언어이다. 발음은 이 방대한 영토의 여러 지방에 따라 다르지만, 여전히 뿌쉬낀, 고골, 뚜르게네프, 톨스토이 등이 사용한 문어(文語)는 이 대민족들에게서 모두 이해되고 있다. 러시아 고전작품들은 농촌지역에 수백만 권이 보급되어 있으며, 뿌쉬낀전집에 대한 출판권이 끝났을 때(그의 사후 50주년에), 그의 전집들(어떤 전집은 10권짜리로 되어 있다)은 믿을 수 없을 만큼 싼 가격에 십여 만권이 보급되었다. 동시에 그의 시와 이야기 등을 묶은 어떤 판본들은 오늘날에도 농촌의 도처에서 매우 저렴한 가격에 수십만 권이 팔리고 있다. 심지어 고골, 뚜르게네프의 전집과 12권짜리 곤차로프 전집조차 때때로 일 년 동안에 각각 20만부씩 팔리고 있다. 이와 같이 국민의 지적인 통일성에서 오는 이점은 분명하게 드러난다.

초기 민중문학: 스까스까, 민요, 영웅서사시

농민들의 기억 속에 부분적으로 여전히 남아 있는 초기 러시아 민중문학은 놀라울 만큼 다양하고 빼어나 큰 관심을 끈다. 서유럽국가 중 구비전설, 민화, 서정적 민요 등의 형식으로 민족의 창작품을 러시아만큼 풍성하게 보유한 나라도 없다. 그 가운데 까마득히 오랜 서사시들을 풍부하게 축적한 어떤 시가들은 특히 아름다운 선율 때문에 더욱 두드러져 보인다. 물론 유럽 국가들도 한 때는 그처럼 매우 풍요로운 민족문학을 구가했을 것이다. 그러나 학자들이 비로소 그 가치를 깨닫고 수집하기 시작했을 때는 이미 그 풍요로운 민중문학들 중 상당 부분은 손실되고 없었다. 반면 러시아에서는 그런 귀중한 민요들이 여전히 문명사회의 손때가 묻지 않은 외딴 촌락들에서 발견되고 있으며, 특히 오네가 호수 연안에 자리 잡은 여러 현에서는 잘 보존된 채 고스란히 남아 있었다. 그리고 18세기 말과 19세기에 민속학자들이 귀중한 자료를 조사할 즈음에 원시적인 현악기를 들고 영웅서사시를 읊으며 전국각지를 돌아다니는 음유시인과 민요가수들을 북부러시아와 우크라이나에서 아직도 발견할 수 있었다. 그렇지만 그런 영웅서사시의 기원은 까마득한 옛날에 사라지고 없다.

그 밖에도 상당한 고대시가들이 지금도 러시아 농촌에서 불리고 있다. 해마다 러시아에서 열리는 대축일(그리스도 탄생일, 부활제, 이반 꾸발일)에서는 이교도시대와 관련된 독특한 노랫말과 운율들을 발견할 수 있다. 매우 복잡한 관습을 보여주는 혼례식과 장례식에서 농촌아낙네들은 예로부터 내려오는 노래를 부른다. 물론 이 가운데 많은 노래는 수 세기동안 상당수 왜곡되어 왔으며, 몇 편의 노래만이 순수성을 간직하고 있다. 그러나 "노래에서 말은 사라지지 않는다"는 민간에서 전해오는 격언을 기억한다면, 수많은 언어로 구성된 의미를 이해하게 된다. 민중들은 계속해서 러시아 도처에서 이미 구전되어 내려온 노래를 불러왔다.

노래(송가) 이외에 민화가 있다. 많은 민화들은 대부분 아리안족을 기원으로 하고 있다. 유사한 민화는 그리모프 형제의 민화집에서 찾아볼 수 있다. 그러나 어떤 것은 몽고와 터키에 기원을 두고 있다. (*러시아어 'Кощей'는 이집트 황제인 코우체라는 사실이 밝혀졌다. 그리고 러시아 민화와 거의 유사한 원문이 파피루스에서 발견되었다.) 어떤 것은 그 기원이 순수하게 러시아적인데, 유랑하는 가수와 방랑하는 음유시인들이 부르는 송가가 바로 그것이다. 이 송가들 역시 고대의 기원을 갖고 있다. 그것들은 거의 대부분 동방에서 차용되었으며, 송가의 남녀주인공은 다른 민족성을 보여준다. 예를 들면, "아키브, 앗시리아 황제", "아름다운 엘레나", "알렉산더 대왕", "페르시아산 돌" 등이다. 동방전설의 유래를 지닌 이런 러시아 이설(異說)은 민속학과 비교신화학을 연구하는 학자들의 흥미를 끌고 있다.

러시아 국민문학에서 아이슬란드 전설과 일치하는 서사적인 송가, 영웅서사시들은 중요한 위치를 차지한다. 지금도 북부러시아의 시골에서는 그것을 가끔 들을 수 있으며, 그곳에서는 소위 '민요가수'들이 예로부터 유래한 독특한 악기로 연주하면서 노래를 부른다. 나이 많은 민요가수가 손수 악기를 연주하며 한 두 구절을 서정운율의 가락으로 읊는다. 다음엔 멜로디가 이어지는데 가수들은 그 멜로디에 각자 독특한 음조를 삽입시키며, 뒤이어 다시 서사이야기의 조용한 서창을 시작한다. 유감스럽게도 이 나이 많은 음유시인들은 급격히 사라지고 있다. 그러나 1870년경에만 해도 그들 중 몇 사람은 올로비쓰크 현에 생존해 있었고, 또 한 사람 길페르디네엠(А. Гильфердинеем)도 민중에게 노래를 들려주곤 했다. 뻬쩨르부르그로 이주한 이 민요가수는 '러시아 지학협회' 회의에서 훌륭하게 영웅서사시를 부른 적이 있다. 서사시를 수집하는 작업은 다행히도 적절한 시기에 착수되었다. 아직 18세기에는 이런 일을 소수 전문가가 맡아 했지만 오늘날 러시아는 민중의 뇌리에서 사라져 가는, 망각에서 구해낸 노래들(약 400편)과 그와 유사한 종류의 다양한 노래를 잘 보존하고 있다.

러시아 서사시의 주인공들은 영웅으로 묘사된다. 전설에 의하면 영웅들은 끼예프 공후인 블라지미르 끄라스느이 손느이쉬꼬(역주: 붉은 태양이라는 의미)를 중심으로 탁자 주위에 모여서 세력을 모은다. 초자연적인 육체의 괴력을 천부적으로 물려받은 이런 영웅들로는 일리야 무로메쯔, 도브르이냐 니끼찌치, 미꿀라 셀랴니노비치, 알료샤 뽀뽀비치 등이 있다. 그들은 거인들로서 몽고족과 터키족으로부터 나라를 수호하면서 러시아 방방곡곡을 여행한다. 그들은 공후인 블라지미르에게 바칠 신부감을 구하기 위해 머나먼 나라로 파견되거나, 혹은 도중에 마법이 판치는 온갖 모험을 겪는다. 이런 영웅서사시(былина)에 나오는 주인공들은 모두 자기만의 개성을 갖고 있다. 예를 들면, 농부의 아들인 일리야는 황금과 부를 탐내지 않으며 조국 땅에서 거인들과 타 민족을 몰아내기 위해 싸울 뿐이다. 니꿀라 셸랴니노비치는 대지를 경작하는 농부에게 내려준 힘의 화신이다. 그는 한 손으로 쟁기를 들어 구름너머로 던져 버릴 수 있으며, 어느 누구도 그가 던진 무거운 쟁기를 대지에서 빼낼 수조차 없다. 영웅 도브르이냐는 성자 게오르기가 원래 데리고 있는 용과 함께 다니는 투사의 형상을 보여준다. 사드꼬는 부유한 상인을 인격화한 영웅이며, 추릴로 쁠렌꼬비치는 여인들이 그를 한번 바라보기만 하면 사랑에 빠져 버리는 멋진 도시풍의 자태를 뽐내는 영웅이다.

당시의 영웅들에게는 전적으로 신화적인 특성이 있다. 이 때문에 영웅서사시 시대를 연구한 초기 러시아연구가들은 자연의 힘이 영웅으로 인격화된 고대 슬라브신화가 단편적으로 반영된 것으로 영웅서사시를 보려는 경향이 있었다. 그런 경향은 '그림형제'의 영향을 받은 연구가들에게서 찾아볼 수 있다. 그들은 일리야에게서 우뢰를 거느린 신의 형상을 보았다. 연구자들의 의견에 의하면, 도브르이냐는 수동적인 상태의 태양을 인격화했으며, 태양의 능동적이고 호전적인 기질은 일리야에게 남아 있다고 보았다. 사드꼬는 항해와 해신의 인격화이며, 일종의 '바다 신'이었다. 추릴로는 악마적인 요소를 지진 대표자로 주목을 받았다. 적어도 초기의 연구자들은 그렇게 영웅서사시들을 해석하려고 노력했다.

그러나 스따소프(С. С. Стасов)는 자기 책에서 러시아 영웅서사시의 기원을 논한 이런 이론을 완전히 뒤엎었다. 그는 러시아 서사시가 결코 슬라브 신화를 반영한 것이 아니라 동방의 전설에서 차용했다는 점을 매우 다양한 논증을 들어 입증했다. 따라서 일리야는 이란 전설에 나오는 루스쳄이 러시아환경에 정착된 인물로 밝혀졌고, 도브르이냐는 인도의 민간전승에 나오는 크리쉬나이며, 사드꼬는 동방과 노르만 지방의 설화에 등장하는 상인이라는 것이다. 러시아 서사시의 주인공들은 모두 동방으로부터 그 기원을 두고 있었다. 어떤 연구자들의 연구는 스따소프보다 훨씬 더 진전되어 있다. 그들은 러시아 서사시의 주인공들에게서 14~15세기에 생존한 그다지 대단찮은 인물들을 찾아냈다. (일리야 무로메쯔는 실제로 스칸디나비아 연대기에 나오는 역사적 인물로 언급되어 있다.) 그리고 그들에게는 동방설화에서 차용한 동방의 주인공들의 위업이 첨가되어 있다. 이런 이론을 뒷받침 하듯이, 영웅서사시의 영웅들은 블라지미르 공후시대와 아무런 공통점을 갖고 있지 않으며 고대 슬라브 신화와도 거의 무관하다.

신화가 어떤 나라에서 다른 나라로 전이되고 점진적으로 진화하는 과정에서 이런 신화들은 성공적으로 융합되었다. 신화들이 새로운 국가로 수용될 때 여러 지방의 주인공에 관한 전설들을 두고서 이런 모순을 설명할 수 있다. 러시아 서사시의 영웅들이 갖고 있는 신화적인 특성을 부정할 수는 없지만, 문제는 이런 신화들이 슬라브적인 특징을 보이지 않고 대개 아리안적인 특징을 띠고 있다는 점이다. 이런 신화 속에 인격화된 모습으로 등장하는 자연의 힘은 자신의 인간적인 형상들을 동방의 영웅 형상으로 점점 발전시켜 왔던 것이다.

이런 동방전설이 러시아로 스며들기 시작한 훨씬 근세에 들어와서야 그 영웅들의 공적이 러시아 영웅들에 가미되었다. 그런 후에 그들은 러시아의 환경에서 활동하게 되었고, 러시아 민간전승은 그들을 동화시켰다. 러시아민중은 그들의 가장 심오하고 반신화적인 특징과 그 기질의 기본특성을 보존하면서, 동시에 이란의 루스쳄, 인도의 용 살해자, 동방의 상인들에게 새롭고 순수한 러시아적인 특성들을 부여했다. 말하자면, 러시아 민간전승은 그들이 처음에 이란인과 인도인들로 인격화되었을 때, 동방에서 그들의 신비로운 본성에 입혀 놓은 옷들을 급히 벗겨내고, 러시아의 옷을 입혔던 것이다. 예를 들면, 자바이깔 지방에서 들은 바 있는 알렉산더 대왕에 관한 민화에서는, 완벽하게 그리스 영웅들에게 부랴트 지방의 특징을 덧붙였고, 활동지역은 자바이깔 지방의 산 가운데 어떤 '화산'임이 밝혀졌다. 그러나 러시아의 모든 민간전승은 단순히 페르시아 왕자 루스쳄을 러시아농부 일리야로 겉모습만을 바꾼 것으로 제한하진 않았다. 러시아 영웅서사시는 문체에 따라 일반적으로로 시의 형식으로, 그리고 부분적으로는 주인공의 특징에 따라 민족특성을 띤 독립작품으로 나타난다. 영웅서사시에 나오는 주인공들은 러시아적인 특성을 띠고 있다. 예를 들면, 그들은 유혈이 낭자한 복수에 호소하지 않는데, 그것은 스칸디나비아 전설에 나오는 양상과 같다. 즉, 그들의 행위, 특히 '나이 먹은 영웅들'의 행위는 결과적으로 개인의 목적을 실현하기보다 러시아민족 전체의 삶의 특성을 보여주는 공동체정신의 발로이다. 다시 말해 루스쳄이 페르시아인이듯이 그들은 러시아인이었다. 이런 영웅서사시의 발흥은 10~12세기에 시작되었으며 19세기까지 그 형식을 갖추었다. 그 시기부터 영웅서사시들은 점진적인 변화를 겪어 왔다.

러시아는 시적이며 아름다운 동시에 고결한 이 영웅서사시에서 드물게 민족적 유산을 획득하고 있다. 그 유산은 영국의 폴리스톤과 프랑스의 저명한 역사가 람보에게서 정당한 가치를 인정받았다.

〈이고리 원정기〉

러시아는 이처럼 풍부한 서사시에도 불구하고 '일리아드'(역주: 호머의 서사시)와 같은 고전적인 서사시를 갖지 못했다. 그 시기에 일리야, 도브르이냐, 사드꼬, 추릴로 등의 영웅적인 행동에 영감을 받은 호머의 시나 핀란드 민요 〈깔레발〉과 같은 서사시를 창작할 만한 시인들은 발견되지 않는다. 그러나 유일하게 전설과 연관된 장편서사시 〈이고리 원정기〉가 그와 견줄 만하다.

이 장편시의 창작은 12세기 말~13세기 초에 이루어졌다(1812년에 발생한 모스크바 대화재시기에 소멸된 필사본에는 14세기나 15세기의 흔적이 남아 있다). 장시는 분명히 어느 한 작가의 저술이며 그 아름다움과 시성은 〈니벨룽겐의 노래〉나 〈폴란드의 송가〉에 비해 결코 뒤지지 않는다. 시(詩)

속에는 1185년에 실제로 일어난 사건들이 기록되어 있다. 끼예프 공후인 이고리는 뽈로베쯔인들과 전투를 벌이기 위해 군대를 이끌고 원정에 나서는데, 그것은 뽈로베쯔인들이 러시아 남서부의 초원지대를 장악한 후부터 자주 러시아의 민가를 약탈해 왔기 때문이다. 공후는 초원을 지나는 도중에 불길한 전조를 만난다. 즉 태양이 어두워지면서 공후의 군대에게 태양의 그림자가 드리워진 것이다. 맹수들이 그에게 으르렁거리며 경고를 보내지만 이고리는 이에 개의치 않고 행군을 계속한다. 마침내 그의 군대는 뽈로베쯔인들과 맞붙어 대전투를 시작한다.

전투기록에 의하면 자연이 모두 가담하고 있다. 독수리, 늑대, 여우들이 러시아병사들의 붉은 방패를 물어뜯는 장면묘사는 정말로 탁월하다. 마침내 이고리의 군대는 이렇게 격파를 당한다.

아침부터 저녁까지, 저녁부터 새벽까지 붉은 화살이 어지럽게 날아다니고, 병사들의 칼과 창이 서로 맞부딪쳐 쨍그랑거리는 쇳소리와 투구에 부딪치는 둔탁한 소리가 들려온다. 검은 대지는 짐승들의 발굽이 일으킨 뽀얀 먼지로 자욱하고 사방에서는 핏물이 흘러내린다. 그 위로 러시아의 대지에 불운이 싹터 올랐다.

무엇이 이토록 내 마음을 심란하게 만드는가? 동트기 전 이른 새벽에 내게 들려오는 이 소리는 또 무언가?

이고리는 부대를 우회시켰다. 그는 사랑하는 동생 브세볼로드의 죽음을 애도하면서 온종일 전투하고, 또 다음날도 전투를 계속했다. 사흘째 되는 날 정오에 이르자 이고리 군대의 깃발은 쓰러졌다. 병사들은 급히 까얄라 강변으로 도망쳐 흩어졌다. 이제 붉은 포도주는 다 말라 버렸다. 이곳에서 용감한 러시아 병사들은 전투의 대향연을 끝낸 것이다. 그들은 물을 마시고나서 모두 러시아의 대지 위에 쓰러졌다. 수풀들은 가엾어서 고개를 숙였고, 나무들도 슬픔 때문에 땅을 향해 구부리고 있다.

—벨린스끼 번역, 『전집』 6권, 벤게로프 출판사

그 뒤를 이어 훌륭한 고대 러시아 시가가 한 편 등장하는데, 그것은 이고리의 아내 야로슬라브나가 뿌지블리 성안에서 남편의 무사귀환을 기다리며 부르는 애가이다(이것을 벨린스끼가 번역한 같은 책에서 인용한다).

—야로슬라브나 곁에 누군가 외치는 목소리가 이른 아침부터 들려온다.
—난 두나이 강을 건너 날아가서 까얄라 강변에서 비버털로 짠 소매를 피로 적시며, 심한 부상을 입은 공후를 발견했다오!
—야로슬라브나는 뿌지블리 도시성벽 위에서 이른 새벽부터 흐느끼고 있네.
—오, 바람이시여, 오, 바람이시여! 그대는 왜 그렇게 강하게 불고 있나요?
—눈부시게 찬란한 태양이시여! 그대는 모두에게 붉고 따뜻한 분인데, 어찌하여 그대는 내 님의 군대에 뜨거운 햇살을 내리쪼여, 강줄기를 메마르게 하고 물 한 방울 없는 들판에 서 있는 그들을 비탄에 빠뜨리시나요?
—칸의 화살은 어찌해서 가벼운 날개를 단 듯 내 님의 군대를 향해 날아오는가요? 구름 아래 푸른 바다 위의 전함들을 바람이 어루만지며 불어대지 못하도록 왜 산들은 막아 주지 않았나요? 제발, 어쩌자고 당신은 깃털모양의 풀잎처럼 여기저기에 저의 기쁨을 갈기갈기 흩뿌려 놓았나요?

비록 부분적인 인용이지만 이고리 원정기의 시적인 아름다움과 전체적인 특징을 느낄 수 있다.[1]

---

1) 이 서사시의 완역을 찾아보려면, 비네르의 『고대부터 현대까지 러시아문학의 명시선집』 상·하권(New York: Putnam & Sons, 1902)을 참조할 것. 비네르 교수는 러시아 문학연구의 대가로서 고대로부터 근대작가인 고리끼와 메레쥐꼬브스끼까지 매우 독특한 위치를 차지하는 러시아작가들의 작품을 훌륭하게 발췌해 놓았다. 이 시기의 송가들은 문어와 대중언어 간에, 그리고 글린까, 차이꼬프스끼, 림스끼-꼬르사꼬프, 보로딘 등의 음악가와 농민 합창가수들 간에 뛰어난 통일성을 유지하고 있다.

이 시가가 분명히 유일한 것은 아니다. 아마도 당시에는 이외에도 영웅을 주인공으로 삼은 비슷한 시가들이 많이 있었고 또 불렀을 것으로 추측된다. 시가의 도입부에서는 음유시인 가운데, 특히 바얀(баян)에 대해 언급하고 있다. 이 음유시인의 노래는 나무꼭대기 위에서 불어 대는 바람에 비유된다. 많은 음유시인들은 아마도 러시아 전 영토를 돌아다니면서 공후의 군대들이 벌이는 연회석상에서 이런 '이고리 원정기'와 같은 시가들을 낭송했을 것이다. 불행히도 이런 시가들 중에서 단 한 편만이 우리에게 전해 내려온다. 러시아교회는 특히 15~17세기에 민중 사이에 널리 퍼져 있던 서사 시가들을 엄격히 금했다. 러시아교회는 서사시들을 이교도적이라고 몰아세우며, 고대 시가를 부르는 음유시인과 민중을 가혹하게 처벌했다. 그 후로 러시아에는 몇 편의 초기 민중시만이 전해 내려오게 되었다.

그러나 그 시가들은 극소수이긴 하지만 러시아문학에 강한 영향을 주었다. 즉, 그 이후의 러시아문학은 순수하게 종교적인 것 외에도 다른 주제를 다룰 기회를 갖게 되었다. 만약 러시아어 작시법이 음절 작시법과 함께 운율형식을 채택했다면, 민중시가의 운율형식이 러시아 시인들에게 영향을 주었다고 설명할 수 있다. 그밖에도 최근까지 민요는 러시아 농촌생활에서 지주의 저택이나 농민들의 농가에서 매우 중요한 특징을 띤 채 불렸기 때문에, 민요는 러시아 시인들에게 깊은 영향을 주었다. 러시아의 대시인 뿌쉬낀은 늙은 유모가 자기에게 들려준 일화 속에 든 민요들을 다시 이야기하면서 문학 경험을 쌓아갔다. 뿌쉬낀은 긴긴 겨울밤에 유모의 이야기를 즐겨 들었다. 1835년에 이미 러시아에서 거의 존재하지 않았을 것 같은 음악성 짙은 풍요로운 민요 덕택에, 베르스또프스끼의 오페라 〈아스꼴리도프의 묘(Аскольдова Могила)〉가 출현할 수 있었다. 이 오페라의 순수한 러시아적 선율은 적어도 음악교육을 받은 러시아 청중들을 사로잡기에 충분했다. 이것이 지금도 다르고므이쥐스끼와 러시아의 젊은 작곡가들의 오페라들이 러시아 농촌지방에서 큰 성공을 거둔 이유이기도 하다. 게다가 이런 오페라에서 나오는 합창을 지방의 농촌합창단들이 부른다. 이처럼 민중시와 민요들은 러시아에 크게 기여를 해왔다. 그것은 시인과 작곡가를 농민에게 쉽게 가까이 다가가도록 해주면서 문어와 민중언어 사이에, 그리고 글린까, 차이꼬프스끼, 림스끼-꼬르사꼬프, 보로딘의 음악과 농민합창음악 간에 통일성을 유지하고 있다.

연대기

초기 러시아문학을 이야기할 때 연대기를 다루지 않을 수 없다. 러시아만큼 그렇게 풍성한 연대기 모음집을 보유한 나라는 없기 때문이다. 그것은 10~12세기에 집중적으로 발전했다. 끼예프, 노브고로드, 쁘스꼬프, 볼르인스끼 지방, 수즈달(블라지미르, 모스크바), 랴잔 등지는 당시 서로 언어와 종교가 동일한 일종의 독립 국가였다. 이들 도시국가(공국)들은 류릭 왕조 때부터 군대를 지휘하고 재판관의 역할을 수행할 자신들의 공후를 선출했을 만큼 발전되어 있었다. 그 중심지에는 지역의 생활과 지역특성을 기록한 고유한 연대기가 있었다. 남부러시아 및 볼르인스끼 연대기들은 사실적인 자료만을 모아 놓은 재미없는 전집은 아니었다. 이 가운데 '네스또르 연대기'가 가장 완벽하고 유명하다. 연대기 내부의 곳곳에서 서사시의 영감과 상상력을 보여주는 부분을 엿볼 수 있다. 노브고로드 연대기는 부유한 상인들의 도시생활에 관한 기록을 담고 있는데, 사실적인 특징을 상세하게 서술하고 있다. 이 연대기 편찬자는 수즈달 지방에서 거둔 노브고로드 공국의 승리만을 기술하느라 여념이 없다. 반면, 인접국인 쁘스꼬프 공국의 연대기에는 민주주의 이념이 흐르고 있는데, 특히 이야기 형식을 빌어 쁘스꼬프 공국의 농민과 지주 간에 대립관계를 서술하고 있다. 일반적으로 연대기들은 처음에 짐작했듯이 수도사들이 쓴 작품은 아닌 게 분명하다. 그 이유로는 연대기들이 정치가들, 여러 국가들과의 협상이나 국내적인 갈등, 또는 외부와의 충돌 등에 관해서도 기록하고 있기 때문이다.

그밖에 끼예프 연대기들 중에서도 특히 네스또르 연대기는 단순한 사건 이상의 내용을 기록하고 있다. 이 연대기의 마지막 장 제목이기도 한 "러시아영토는 어디에서 어떻게 생겨났는가?"라는 물음에서 판단할 수 있듯이, 그것은 비슷한 그리스 연대기의 전형들을 모방하여 국가의 역사를 기록하려는 시도였다. 특히 끼예프 연대기들의 필사본은 복잡하게 구성되어 있는데, 사가(史家)들은 필사본 속에서 각 시기와 관련된 '두드러진 현상'들을 감지하고 있다. 오랜 전설들, 아마도 비잔틴 역사가들로부터 차용한 것처럼 보이는 역사적인 지식의 편린들, 먼 옛날의 상호 조약, 이고리 원정기와 비슷한 다양한 일화를 언급한 서사시 등등, 각 시대와 관련된 지방연대기들이 필사본에 기록되어 있다. 머나먼 초기의 역사와 함께 콘스탄티노플의 연대기작가와 사가들에 의해 철저하게 확인된 증언과 그와 관련된 역사적 사실들이 순수한 신화적인 전설과 혼합되어 있다. 그러나 바로 이런 특징이 특히 남부 및 남서부 러시아 연대기에 높은 문학적 가치를 부여하고 있다. 우린 이런 연대기에서 초기 문학의 귀중한 단편들을 자주 만나게 된다. 대체로 이런 것들이 13세기 초 러시아가 보유한 문학의 보고들이었다.

중세문학

1223년 몽고의 침입으로 새롭게 태동한 러시아문명은 파괴되고 러시아는 전혀 다른 길로 접어들게 되었다. 러시아 남부와 중부지방의 주요 도시들은 파괴되었다. 당시에 많은 주민이 거주했던 교육의 중심도시 끼예프는 거의 철저하게 파괴되었고, 200년 후에는 역사에서 완전히 사라져 버렸다. 여러 대도시의 주민들은 모두 몽고제국의 계획에 따라 강제로 이주를 당하거나, 대항할 경우 잔혹한 처형을 당하기도 했다. 러시아에 갑자기 밀어닥친 불행에다 엎친 데 덮친 격으로 몽고에 이어 터키족이 발칸반도를 침입했다. 15세기 말경에는 세르비아와 불가리아 두 나라의 중재로 러시아에 교육과정이 도입되었고, 오스만족의 지배를 받았다. 러시아의 모든 생활은 엄청난 변화를 겪었다.

몽고가 침략하기 직전까지 러시아 전 국토는 서유럽의 중세 도시국가처럼 독립된 공국(公國)들에 의해 다스려졌다. 이제 모스크바에는 교회의 강력한 지지를 받은 군부국가가 점차 형성되기 시작하고, 이 군부국가는 몽고 칸의 원조를 받아 모스크바를 둘러싼 독립된 현들을 정복했다. 통치자들과 러시아교회 대표자들은 몽고의 속박에서 벗어나기에 충분한 힘을 구축하기 위해서 강력한 제국을 세우려는 방향으로 세력을 모았다. 과거에 지방의 독립성과 연합을 염두에 두고 있었던 생각은 이젠 중앙집권정부를 세우려는 생각으로 바뀌었다. 교회는 증오스런 이교도인 몽고족의 정신적, 도덕적 영향에서 벗어나 자유로운 그리스도 백성을 만들기 위해 과거의 이교도 흔적을 가차 없이 지우는데 총력을 기울이면서 엄격하고 거대한 세력으로 탈바꿈했다. 동시에 교회는 모스크바 공후의 권력으로부터 간섭을 받지 않고 비잔틴의 건축양식을 본 딴 건축물을 지으려고 애썼다. 또한 정부는 군사력을 강화할 목적으로 농노제도를 도입했다. 따라서 독자적인 지방 활동은 모두 말살되고, 모스크바가 교회와 국가의 중심이라는 사상이 교회로부터 강력한 지지를 받았다. 교회 측에서는 모스크바가 콘스탄티노플의 후계자가 되어 정통 그리스도교를 받아들인 유일한 "제3의 로마"가 되었다고 선포했다. '따따르의 멍에'(몽고의 속박)가 완전히 사라질 때까지 모스크바 공국을 세우려는 작업은 황제와 교회에 의해 열렬한 지지를 받으며 지속되었다. 러시아 황제와 교회는 '라틴교회'의 음모로부터 러시아교회를 사전에 보호하기 위해서 침투해오는 서유럽의 영향에 맞서 싸웠다.

이런 새로운 여건이 문학발전에 한층 더 깊은 영향을 끼친 것은 불가피했다. 초기 서사시에서 볼 수 있었던 신선함과 힘이 넘치는 생동감은 영원히 사라지고, 우울한 비애와 복종심이 이후 러시아 민중시의 특징이 되었다. 따따르족의 침입이 계속되면서 남부러시아 초원지대의 농촌 부락민들이 모두 포로로 끌려가기도 했다. 노예상태로 지내야 했던 포로들의 고통은, 과중한 공물을 부과하고 온갖 형태로 피정복민을 농락한 바스칵(역주: 몽고 지배시기 공물을 징수하는 관리)들이 활개 친 군사정부 밑에서 과중한 세금수탈에 억눌려 깊은 시름에 잠긴 민요에 표현되었다. 민중은 그런 슬픔에서 벗어나지 못하고 있었다. 당시에 경쾌한 고대의 혼례가나 전국에 흩어져 있던 민중가수들이 부르는 서사민요들은 금지 당했고, 이를 강행한 가수들은 교회로부터 혹독한 박해를 받았다. 교회관계자들은 이 민요들속에 과거 이교도의 잔재가 남아 있을 뿐만 아니라, 민요들이 이교도인 따따르족과 러시아인을 더욱 친숙하게 만들지 않을까 우려했기 때문이었다.

당시의 교육은 점차 수도원으로 집중되고 있었는데, 각 수도원에는 따따르의 침략기에 주민을 구한 일종의 농노제를 두고 있었다. 교육내용은 상술한 원칙에 따라 기독교 문학이라는 좁은 범위로 한정되어 있었다. 자연을 탐구하는 일은 점성술에 가까운 이단으로 간주되었다. 금욕주의는 고결한 그리스도교의 선행으로 인식되었으며, 금욕주의에 대한 찬양이 당시의 문헌에 나타난 두드러진 특징이었다. 가장 널리 이용된 것은 암송하여 가르친 성인들에 관한 각종 전기였는데, 그런 문학은 서유럽의 여러 중세대학에서 발전된 학문들과 비교할 수 없을 만큼 조악한 편이었다. 자연에 대한 지식을 탐구하려는 행위는 교회로부터 이성의 오만한 발현이라고 비난받았다. 시에 대해서도 죄악시했다. 연대기들은 감흥에 차서 기록한 본래의 특성을 상실하고, 늘어나는 지배층의 성공 사례들을 기록한 목록집 정도로 전락해 버렸다. 그리고 지방의 주교와 수도원장의 행적을 담은 자질구레한 기록물들로 변질되었다. 12세기경 북부지역의 노브고라드 공국과 쁘스꼬프 공국에서는 한 편으로 프로테스탄트의 합리주의를 따르면서도, 또 다른 한편으로는 초기 기독교와의 친밀한 관계를 바탕으로 발전한 그리스도교에 의해 종교사상의 풍조가 꽤나 강하게 형성되었다. 성서의 외경, 고대 유훈집 및 각종 고전 속에는 순수한 그리스도교 문제가 거론되어 있다. 그리고 이 문헌들은 꾸준히 전파되어 널리 보급되었다.

중앙러시아의 교회지도부는 개혁된 그리스도교를 따르려는 여러 경향들을 매우 적대시했다. 교인들은 비잔틴교회의 교리와 문장을 따르도록 준엄한 강요를 당했다. 성서를 달리 해석하려는 시도는 이단으로 간주되었다. 모스크바 교회의 정신적인 지도자들을 비난하거나 합리적인 사고방식을 가지려는 태도는 모두 종교적 차원에서 볼 때 매우 위험한 성향으로 간주되었다. 그런 행위자들은 처벌을 받거나 추방되었기 때문에 모스크바를 탈출해 도망가거나 멀리 떨어진 북부지방의 황량한 수도원 등으로 피신했다. 서유럽에 새로운 생명을 불어넣었던 문예부흥기는 러시아에선 이처럼 흔적도 없이 지나가 버렸다. 교회는 의례적인 풍습에서 나온 것을 모조리 파괴하거나 잔혹하게 불태워 버렸고, 어느 누구든지 독자적으로 비평사상의 징후만 보여도 고문하거나 고통을 가했다.

거의 5세기에 걸쳐 지속된 이런 상황을 더 이상 언급하고 싶지 않다. 왜냐하면 이 시기는 러시아문학 연구에 있어 주목할 만한 흥밋거리가 거의 없고, 기껏 관심을 끄는 작품도 겨우 두세 편을 꼽을 만큼 한정되어 있기 때문이다.

그 중 하나가 이반 뇌제의 신하였다가 모스크바에서 리투아니아로 도망간 꾸룹스끼 공후와 뇌제간의 왕복서한이다. 리투아니아의 국경 너머에서 꾸룹스끼 공은 잔혹하고 반미치광이인 옛 군주를 힐난하는 장문의 서한을 보냈다. 그 편지에 대한 답장에서 이반은 황제의 권력은 하늘로부터 유래한다는 논지를 발전시킨 자신의 생각을 써 보냈다. 이 왕복서한은 당시 정치사상의 표출과 당대의 지식수준을 엿볼 수 있다는 점에서 매우 흥미롭다.

이반 뇌제[2]가 사망한 후 러시아 국내에는 대혼란이 시작되었다. 스스로 이반의 아들이라 주장하는 드미뜨리라는 괴상한 인물이 폴란드에서 나타나 모스크바의 왕위를 찬탈해 버렸다. 그 결과 폴란드인들이 러시아로 밀고 들어와 단숨에 모스크바를 점령한 후, 곧이어 스몰렌스끄와 서부도시 전역까지 장악해 버렸다. 드미뜨리가 즉위식을 마치고 다시 수개월 후에 왕위에서 물러나자 곧이어 농민폭동이 일어났다. 러시아 중부지역은 까자끄족의 도둑 떼로 들끓었고, 이 기간 동안에 여러 명의 왕위 찬탈자들이 새롭게 등장한다. 이 '격동의 시기'는 민요에 당연히 그 흔적을 남겼으나 이 시기의 민요들은 나중에 농노제의 암흑기가 계속됨으로써 사라져 버렸다. 다만 영국인 리처드 제임스 덕분에 단지 몇 편의 민요가 발굴되어 전해져 내려오고 있을 뿐이다. 그는 1619년에 러시아에 들어와서 당시에 잔존해 있던 몇 편의 가사를 기록해 놓았다.

17세기 후반에 존재했던 민중문학은 철저히 파괴되었다. 전격적으로 농노제를 도입한 시기는 로마노프 왕조 초기(미하일, 1615~1645)였다. 그 후 계속해서 농민폭동이 전국각지에서 일어났고, 스텐카 라진이 일으킨 대규모의 반란을 끝으로 막을 내렸다. 그 후 스텐카 라진은 억압받은 농민들로부터 사랑을 받는 영웅이 되었다. 그리고 분리파교도들은 비인간적이고 가혹한 박해를 피해서 동부 우랄지방의 밀림으로 옮겨갔다. 이런 사건들은 민요 속에 등장한다. 하지만 정부와 교회가 가혹한 박해에 조금이라도 '저항한' 사람들을 모두 탄압했음에도 불구하고 그런 반항아들을 묘사한 민중작품은 오늘날 한 편도 남아 있지 않다. 단지 논쟁적인 성격을 보인 저작 몇 편과 추방당한 아바꿈 사제의 훌륭한 자서전만이 분리파교도의 필사본 속에 남아 있을 뿐이다.

---

2) 이반은 프랑스의 류도빅 11세처럼, 러시아 역사에서 뇌제(雷帝)라는 이름을 얻었다. 그것은 그가 완전히 따따르적인 잔혹성으로 지방의 귀족들과 봉건제후의 세력을 불과 칼로 근절시켜 버렸기 때문이다.

교회 분리파: 『아바꿈 자서전』

최초의 러시아어판 성서는 1580년 폴란드에서 인쇄되었다. 수년 후에 모스크바에 인쇄소가 설립되자, 러시아교회의 지도부는 이전에 사용했던 필사본의 성서 가운데 어떤 종류의 복음서를 원본으로 채택해서 인쇄할 것인지 결정해야 했다. 당시에 사용한 성서의 판본들은 오기(誤記)와 결점이 많았기 때문이다. 따라서 인쇄에 들어가기 전에 먼저 그리스 원문과 대조하며 재검토해야 했다. 교회문헌의 교정 작업은 모스크바와 그리스에서 초청해 온 학자들과 일부는 끼예프의 그리스-라틴어 학술원 소속 학자들의 도움으로 수행되었다. 그러나 여러 복잡한 요인 때문에 이 교정 작업은 신자들로부터 불만을 샀으며, 17세기 중엽, 그리스정교회에서는 꽤 심각한 분열이 일어났다. 이 분열은 신학적인 불화뿐 아니라 그리스어와 슬라브어의 이판본(異版本)에 그 원인이 있었음이 분명하다. 17세기는 모스크바교회가 러시아에서 막강한 권력을 행사하던 시기였다. 교회의 최고위 직에 오른 니꼰 대주교는 매우 야심찬 인물로 서유럽에서 로마교황이 하는 역할을 동방에서 시도해 보려고 했다. 따라서 이런 계획을 지닌 그는 자신의 주변을 황제처럼 화려하고 호화스럽게 치장하여 민중에게 자신의 영향력을 과시하려고 노력했다. 결국 이런 시도는 교회에 소속된 농노들과 하위 성직자들에게 경제적 부담을 가중시켰다. 교회가 그들에게 과중한 세금을 징수했기 때문이다. 이로 인해 농민들과 하위 성직자계급은 니꼰 대주교에게 증오심을 품게 되었으며, 마침내 그를 '라틴성향'을 지닌 인물이라고 비난했다. 그 결과 민중과 성직자들(특히 고위 성직자들) 사이에 분열이 생겨 서로 갈라서게 되었다.

이 시기의 분리파교도들의 기록은 대부분 순수하게 현학적이고 스콜라적인 특징을 띠고 있을 뿐 문학적 관심을 끌만한 작품은 찾아보기 어렵다. 그러나 분리파인 아바꿈 사제(1682년에 사망)의 자서전은 주목을 끈다. 그는 시베리아로 추방되어 극동지역인 아무르강 연안의 유형지까지 까자끄족 일행과 함께 걸어서 가야 했다. 그가 쓴 소박하고 성실하며 관조적인『아바꿈 자서전』는 오늘날까지도 러시아 자서전의 원형으로 남아 있다. 이 뛰어난『자서전』의 일부분을 소개하면 다음과 같다.

아바꿈은 빠쉬꼬프 군사령관의 부대와 함께 다우리야로 호송되었다. 아바꿈은 죄수들을 태워 죽이거나 학대하고 구타한 빠쉬꼬프라는 잔혹한 인물에 대해 끊임없이 이야기하고 있다. 곧 빠쉬꼬프와 아바꿈과의 화해될 수 없는 갈등이 시작된다. 빠쉬꼬프는 호송선의 갑판 위에다 사제를 끌어내 채찍질하기 시작했다. 평소 아바꿈의 이단적인 성향 때문에 호송선이 강을 따라 순조롭게 항해하지 못한다고 구박하면서, 그더러 강 연안과 산기슭을 따라 걸어오도록 윽박질렀다. 아바꿈은 말한다. "오, 고통이 시작되었다! 높은 산들과 지나다닐 수 없을 만큼 빽빽한 삼림들, 그리고 암벽을 지나왔다. 절벽 위에는 야크 한 마리가 머리를 갑자기 멈추고서 우리를 물끄러미 바라본다." 아바꿈은 사령관이 저지른 과실을 질책하는 '짤막한 쪽지'를 그에게 보냈다. 사제는 잔혹한 사령관에게 쓰기를, "당신은 게루범 천사[3]로서 백발이 된 신을, 그리고 심연 속에서 살아온 신을 죽이려 하고 있소. 신은 천상의 군대들과 인간에게서 태어난 모든 생물을 크게 걱정하고 있는데, 그대 혼자만이 신을 무시하고 불경스런 태도를 보이는구나." 사령관은 이 '쪽지'를 받아 보고 더욱 분노한 나머지 이 불손한 사제를 죽이도록 까자끄인들을 자객으로 보냈다.

사제는 자신의『자서전』에서 이렇게 회상하고 있다.

"어디에선가 50여 명이 떼를 지어 몰려왔다. 그들은 나룻배를 잡아타고 3

---

3) (역주) 제2계급에 속하는 천사로 지품천신.

베르스타[4]정도 떨어져 있던 내게 급히 다가왔다. 나는 까자끄인들에게 까샤(죽)가 든 접시를 하나씩 돌리며 음식을 나눠주었다. 불쌍한 그들은 음식을 먹으면서 몸을 떨었다. 어떤 이들은 나를 바라보면서 나의 처지를 동정하며 울먹였다. 그들은 나를 붙잡아 뗏목에 싣고 사령관에게 데려갔다. 칼을 빼든 사령관은 분노에 떨고 있었다.

그는 나를 향해 이렇게 말을 시작했다. "넌 아직도 현직사제냐, 아니면 직위를 박탈당한 사제냐?"

나는 대답했다. "나는 아바꿈 사제요. 내게 무슨 볼 일이 있는지 말씀하시오."

그는 야수처럼 신음소리를 내면서 내 뺨을 후려치더니 다른 쪽 뺨도 갈겼다. 그는 다시 내 머리를 내리친 다음 발로 차서 내동댕이쳤다. 그리고 달군 쇠 부지깽이로 내 등을 세 군데나 지졌고, 그 화상 입은 등에다 일흔 일곱 번이나 채찍질을 해댔다. 그래서 나는 "하느님의 아들, 예수 그리스도여, 나를 도우소서!"라는 말을 쉴 새 없이 되풀이했다. 그는 내가 자비를 구하지 않는 것에 더욱 분개했다. 난 맞을 때마다 기도를 했다. 한동안 구타하고 나자 난 그에게 이제 충분히 때렸노라고 소리 질렀다. 그러자 그는 멈추라고 명령했다. 나는 그에게 낮은 목소리로 "도대체 무슨 이유로 그대는 나를 때리는가? 그 이유를 알고 있는가?" 하고 물었다. 그러자 그는 다시 내 옆구리를 걷어차도록 명령했고, 그런 다음에야 나를 풀어 주었다. 나는 온몸을 부르르 떨다가 쓰러졌다. 그는 나를 까잔식으로 만든 배로 끌고 가도록 명령했다. 그들은 나의 손과 발을 잡고 질질 끌어다 범선 갑판 위의 횡으로 걸쳐진 쇠 위에 내팽개쳐 놓았다. 때는 가을이었다. 가을비는 내 몸 위로 추적추적 내렸고, 난 밤새도록 온몸을 떨면서 갑판 위에 누워 있었다.

그 후 아바꿈은 아무르로 유형을 떠났다. 한겨울에 그가 아내와 함

---

4) (역주) 1베르스타는 1.067km임.

게 얼어붙은 강위를 건너가게 되었을 때, 몸이 쇠약한 아내는 자주 쓰러지곤 했다. "그녀를 붙잡아 일으키려고 내가 다가갈 때면, 그 불쌍한 여인은 '사제님, 이 고통이 앞으로도 얼마나 오랫동안 계속 될까요?' 하며 절망에 쌓인 채 외쳤다. 이에 아바꿈은 "마르꼬브나, 죽을 때까지요"라고 말했다. 그러자 그녀는 다시 일어나더니, "좋아요, 뻬뜨로비치, 계속 갑시다"라고 대답했다고 서술하고 있다.

어떤 고통도 이 위대한 인간을 무너뜨릴 수는 없었다. 아바꿈은 아무르에서 모스크바로 다시 소환되었고, 그는 다시 걸어서 전 여정을 마쳐야 했다. 그는 모스크바에서 뿌스또제르스끄로 호송되어 그곳에서 14년을 보냈다. 마침내 그는 1682년 4월 14일, 황제에게 보낸 '불손한 편지' 때문에 화형을 당했다.

18세기

이전까지 선조들의 반쪽은 비잔틴 성향이 강하고 반쪽은 몽고 성향이 두드러진 러시아왕조에서 유럽을 모방하려는 뾰뜨르 1세의 활기찬 개혁은 문학에도 새로운 변화를 가져왔다. 여기에서 뾰뜨르 1세가 이룩한 개혁의 역사적인 의의를 평가하는 것을 논외로 하고, 당시 러시아 생활상과 개혁이 불가피했던 이유를 알아보는 데 필요한 두 명의 선구자만 언급한다.

그 중 한 사람은 꼬또쉬힌(Котошихин, 1630~1667)이다. 그는 모스크바에서 스위스로 도주해 뾰뜨르가 즉위할 때까지 50년 간 스위스에 살면서 당시의 러시아 일상생활에 대한 기록을 남겼다. 그는 기록에서 모스크바 지배층의 무지를 비판적으로 다루었는데, 그의 원고는 19세기에 와서야 우쁘살에서 발견되었다. 개혁의 필요성을 주장한 다른 작가로는 유고슬라비아인 끄르이좌니치(Крыжанич)가 있다. 그는 1651년에 성서들을 교정할 목적으로 모스크바에 초청되었으며, 광범위한 개혁의 필요성을 역설한 뛰어난 저술을 남겼다. 2년 후에 그는 시베리아로 추방되어 그곳에서 사망했다.

뾰뜨르 1세는 문학의 가치를 충분히 이해하고 있었으며 유럽식 교육을 러시아국민에게 접목시키려고 매우 노력했다. 그는 당시 러시아 작가들이 사용하는 민중의 구어체와 전혀 다른 고대슬라브어가 문학과 교육의 발전을 저해하고 있다고 판단했다. 사실 고대슬라브어의 형식, 문체, 문법은 러시아어와 직접 관련이 없었다. 고대슬라브어는 종교서적을 집필하는 데는 적합하지만, 기하학이나 대수학, 혹은 전술 등에 관한 내용을 기술하기엔 우스꽝스러울 뿐이었다. 뾰뜨르는 이런 문제점을 극복하기 위해 특유의 결단성을 발휘하여 문학에 구어를 도입하기 쉽도록 새로운 철자법을 만들었다. 고대슬라브어에서 차용한 이 철자들은 놀라울 만큼 간소화되었고 오늘날까지도 사용되고 있다.

뾰뜨르 1세는 문학 자체엔 별 관심이 없었다. 그는 단지 유용성이라는 관점에서 문학을 인쇄술의 산물로 보았다. 따라서 그가 고심했던 기본 요소로서 러시아어의 주요 목적은 정확한 지식과 항해술, 군사업무, 축성술 등을 습득하는 것이었다. 일반적으로 당시 작가들에게선 문학적인 분야에서 관심을 끌만한 것이 별로 없어서 몇 작가만을 다루기로 한다.

가장 흥미를 끄는 작가는 쁘로꼬포비치(Прокопович)일 것이다. 그는 종교적 광신으로부터 완전히 자유로운 러시아정교의 주교였으며, 그리스-슬라브 학술원을 설립한 서유럽 학문의 숭배자였다. 다음으로 몰다비아 군주의 아들로 자국에서 측근과 함께 러시아로 건너온 칸쩨미르(Кантемир, 1709~1744)가 있다. 그는 풍자작가로 당시의 윤리규범으로는 획기적인 견해를 자유롭게 표현했다.[5] 또한 뜨레치야꼬프스끼(Третьяковский, 1703~1769)를 들 수 있는데, 그의 자서전은 약간 우수에 찬 색조를 띤다. 그는 성직자의 아들로 태어나 어린 시절 모스크바에서 공부하려고 아버지로부터 도망쳐 나왔다. 그는 모스크바에서 출발

---

5) 그는 1730~1738년에 런던에서 공사로 있었다.

하여 거의 대부분 걸어서 암스테르담과 파리로 갔다. 그는 파리 대학에서 강의를 들으며 당시 서유럽의 계몽사조에 흥미를 갖기 시작했다. 후에 창작한 매우 서투른 시에서 그는 계몽사상을 표현하려고 노력했다. 그는 뻬쩨르부르그로 돌아온 후 러시아 시작법을 개혁하려고 애썼으나 각 계층으로부터 비웃음만 샀다. 그리고 극심한 가난과 고독 속에서 최후의 삶을 마쳤다.

그는 시적인 재능이 거의 없었지만 러시아 시(詩)에 공헌한 바는 크다. 당시 러시아에서는 음절시(音節詩)만이 일반화되어 있었는데, 그는 음절작시법이 러시아어의 의미와 서로 맞지 않는다고 생각했다. 따라서 러시아 시에서 역점을 강조하는 억양작시법(抑揚作詩法)의 원칙이 적용되어야 한다는 점을 입증하려고 그는 평생을 바쳤다. 만약 그에게 뛰어난 시적 재능이 있었더라면, 그가 애쓴 작업에 개인적인 고통이 가중되진 않았을지도 모른다. 하지만 그는 성실하다는 점을 제외하곤 별로 재능이 없는 인물이었으므로 자신의 명제를 입증하기 위해 써낸 시들은 매우 해학적이다. 어떤 시는 서로 전혀 관련이 없는 단어들을 모아 놓은 것이었다. 그것은 단지 어떻게 시를 운율과 운으로 써야 하는가를 다양한 방법으로 보여 주려는 목적으로 쓴 것이었다. 운을 추적하다 지친 뜨레치야꼬프스끼는 여기에 그치지 않고 각 행의 말미에서 단어를 반반씩 잘라 내어 다음 행의 시작에 그 말미단어의 반쪽을 배열하였다. 이처럼 터무니없는 시도에도 불구하고 그는 억양시의 필요성을 러시아 시인들에게 납득시키는데 성공했으며, 지금까지도 억양시는 일반적으로 사용되고 있다. 이런 종류의 시는 러시아 민중시가에서 자연스럽게 발전한 것으로 볼 수 있다.

또 뾰뜨르의 동시대인으로 역사가인 따치스체프(Татищев, 1686~1750)를 들 수 있다. 그는 러시아 역사를 집필했으며, 러시아 제국의 지리학에 관한 방대한 저술을 시작했다. 그는 매우 근면한 사람으로 수많은 과학 분야를 탐구하였으며, 신학에 관심을 가졌고, 역사 외에 정치가로 활동하기도 했다. 그는 최초로 연대기의 의의를 인식하고 수집했으며, 주로 미래의 사가(史家)들을 위해 자료를 준비하고 분류하는 작업을 했다. 그러나 그는 일반적으로 볼 때 문학에 어떤 자취를 남기지는 못했다.

실제로 이 시기에 주목할 만한 작가는 로모노소프(Михаил Ломоносов, 1712~1765) 한 사람뿐이다. 그는 아르한겔스끄 부근의 백해 연안에 자리 잡은 홀모고라 마을의 어부집안에서 태어났다. 그 역시 뜨레치야꼬프스끼처럼 집에서 가출하여 걸어서 모스크바까지 갔다. 그곳에서 말할 수 없이 궁핍한 생활을 겪은 후 수도원학교에 입학했다. 나중에 또 걸어서 끼예프로 옮겨갔으나 성직자로서의 역할은 거의 수행하지 못했다. 바로 이 시기에 뻬쩨르부르그 과학원은 '모스크바 정신학술원'으로 명칭을 바꾸고 12명의 우수학생을 선발하여 해외유학을 보내기로 결정했다. 로모노소프는 우수학생의 한 사람으로 선발되어 독일로 유학 가서, 크리스천 볼프 및 당시의 저명한 학자들의 문하생으로 들어가 자연과학을 연구했다. 이 시기에 그는 극심한 가난과 싸워야 했으며, 1741년에 러시아로 돌아와 뻬쩨르부르그 과학원의 회원으로 임명되었다.

과학원은 그때 독일인 학자들에 의해 운영되고 있었다. 그들은 러시아인 학자들을 노골적으로 경멸하고 있었으므로 로모노소프에게도 예외는 아니었다. 대수학자 에일레르는 로모노소프가 물리학과 화학분야에서 이룬 업적을 높이 평가하면서 "그의 업적은 가히 천재적인 것이며 과학원에 그와 같은 회원이 있다는 게 더할 나위 없이 다행스럽다"라고 언급한 적이 있다. 하지만 그런 찬사도 로모노소프에게 큰 도움이 되지 못했으며, 곧 과학원내의 독일인 학자들과 이 러시아인 학자 사이에 첨예한 갈등이 시작되었다. 그런데 로모노소프는 술에 취하면 특히 난폭한 행동을 하는 주벽이 있었다. 이에 따른 징계로 그는 한동안 급료를 몰수당해 빈곤한 생활을 연명해야 했고, 나중에는 정치적인 문제까지 연루되어 체포되었다. 따라서 과학원 내의 원로원회원에서 제명되었고, 결국 왕실의 눈 밖에 나게 된 데다 엘리자베뜨당(黨)에 가입한 사실이 꼬투리가 되어 예까쩨리나 2세가 즉위한 후에는 적대세력으로 몰려 온갖 고초를 겪었다.

"로모노소프는 하나의 대학이었다"고 뿌쉬킨은 언젠가 술회한 적이 있다. 이런 견해는 로모노소프의 업적에서 놀라울 만큼 다양성을 엿볼 수 있기 때문에 충분히 수긍이 간다. 그는 화학, 물리학, 자연 물리학 및 광물학분야 등에서 뛰어난 성과를 거뒀을 뿐 아니라, 러시아의 기초 문법 연구에도 몰두했다. 그는 러시아어를 모든 언어의 자연적인 발전 단계에서 보이는 총체적인 문법의 일부로 이해했다. 그는 또한 러시아어 작시법에 관한 다양한 형식을 연구하여 새로운 문어(文語)를 만들었다. 그는 이 새로운 문어에 대해 언급하면서, "키케로의 강력한 수사법, 베르길리우스의 장려하고 중후한 태도, 오비지의 유쾌한 웅변술들은 러시아어에서도 그 가치가 훼손되지 않는다. 러시아어는 세밀한 철학적 표현과 고찰, 가시적인 세계의 구조와 삶의 순환 속에 존재하는 다양한 자연적인 본질과 변화를 표현할 수 있는 능력을 갖추고 있다."고 말했다. 그는 이런 신념을 갖게된 타당성을 작시법과, 과학적인 내용 그리고 '언어' 등을 통해 입증하고 있다. 그는 자신이 의미하는 것은 훔볼트가 제시한 자연의 시적인 자각에다, 맹목적인 믿음을 반대하고 과학을 옹호하는 헉슬리의 신중함을 결합시킨 것이라고 말했다.

사실 그의 송시는 과장된 문체로 쓰여졌는데 이는 당시의 의(擬)고전주의 문학에서 볼 수 있는 두드러진 경향이었다. 그는 '고상한 주제'를 이야기할 때면 고대 슬라브어의 표현을 쓰고 있지만, 과학 및 다른 작품에서는 뛰어난 재치와 능력으로 구어를 사용했다. 그는 러시아에서 익혀야만 했던 매우 다양한 과학 때문에 전반적으로 독창적인 연구를 할 시간이 없었다. 그러나 신학적인 논란에 맞서 코페르니쿠스, 뉴턴, 혹은 호이겐스의 사상을 옹호할 때면, 그는 완전한 의미에서 과학적인 기반 위에 선 진정한 철학자였다. 어린 시절부터 활기 넘치는 북부지방의 어부였던 부친과 함께 고기잡이 항해에 오른 이후로 그의 마음속에는 자연에 대한 사랑이 싹트기 시작했고, 북극의 자연에 관한 그의 업적은 세밀한 관찰력 때문에 지금까지도 그 가치를 높게 인정받고 있다. 또한 로모노소프는 분명한 어조로 열역학 이론에 대해서도 언급했다. 그런데 현존하는 기록에 따르면, 그는 러시아에서 이미 백여 년 전에 이 분야에도 조예가 깊었음이 분명하다. 그렇지만 이런 사실은 오늘날까지도 러시아 내에서조차 큰 관심을 끌지 못하고 있다.

그 외 로모노소프와 동시대인이며 당시 '러시아의 라신'으로 불린 수마로꼬프(1717~1777)가 있다. 귀족계급이던 그는 순수 프랑스교육을 받고 많은 희곡작품을 썼으며, 프랑스의 고전주의학파를 추종했다. 그러나 그는 러시아 연극발전에 지대한 영향을 끼쳤을 뿐 아니라 서정적 작시법, 비가, 풍자물 등도 썼다. 그의 작품이 모두 뛰어난 문학적 가치를 지닌 것은 아니지만, 당시에 일반적으로 사용되던 고전체 슬라브어에서 완전히 탈피하여 아름다운 언어로 쓴 서한들은 특히 칭찬받을 만하다.

예까쩨리나 2세 시대

예까쩨리나 2세(1762~1796)의 즉위로 러시아의 신문학시대가 열리자 문학은 활기를 띠었다. 러시아작가들은 여전히 프랑스의 의고전주의 형식을 따랐지만 작품에서는 러시아현실을 직접 관찰한 결과가 나타나기 시작했다. 예까쩨리나 2세가 통치기간 중에 직접 쓴 문학작품들은 청년기의 혈기로 가득 차 있다. 그것은 여제(女帝) 자신이 당시 프랑스 철학자들과의 서신왕래에서 얻은 진보사상의 영향 때문이다. 그녀는 몽테스키외의 영향을 받은 후 '훈령'을 만들어 희극을 썼는데, 희극에서는 러시아 보수주의 귀족들을 조소하고 있다. 그녀는 월간잡지를 편찬하고 잡지를 통해 당시의 보수주의자와 젊은 개혁주의자들이 격론을 벌이도록 토론의 장을 제공했다. 이 시기에 그녀는 문학학술원도 건립하여 학술원장에 보론쏘바 다쉬꼬바(1743~1819) 공작부인을 임명했다. 공작부인은 뾰뜨르 3세에 대항하여 쿠데타를 일으킨 예까쩨리나 2세를 도와 그녀가 왕위에 오르도록 하는 데 기여했었다. 보론쏘바는 학술원의 러시아어사전 편찬사업에 심혈을 기울였으며, 러시아 문학사에 길이 남을 학술지를 발행하기도 했다. 프랑스어로 쓴 그녀의 회상록『나의 이야기(Mon Histoire)』는 역사자료로서 귀중한 가치를 지닌다. 전반적으로 이 시기는 문학 대운동의 초기에 해당된다. 대표적인 인물로는 시인 제르좌빈(1743~1816), 희극작가 폰비진(1745~1792), 최초의 러시아 철학자 노비꼬프(1742~1818), 그리고 정치작가 라지쉬체프(1749~1802) 등이 있다.

제르좌빈의 시는 동시대의 요구에 부응하기보다, 예까쩨리나의 계관시인으로 과장하여 쓴 여러 송시를 통해 여제의 선정 외에도 군사령관과 총신들의 승리를 칭송하고 있다. 당시 러시아는 흑해연안으로 국력을 신장시키며 유럽정세에 있어 막중한 역할을 담당하기 시작했으므로 제르좌빈의 시에 나타난 애국적인 열광은 어느 정도 사실에 근거를 두고 있다. 이 밖에도 제르좌빈은 순수한 시적 재능으로 자연의 미에 대한 서정을 아름다운 시로 표현했다(송시 〈신〉, 〈폭포〉 등에서). 그런 순수시들은 중후하고 과장되어 있으며, 모든 취향을 배제한 채 의고전주의를 모방하려는 경향을 띤다. 그의 작품은 부자연스럽고 인위적인 냄새가 나기 때문에, 그런 점에서 후배시인들에게 타산지석(他山之石)의 분명한 교훈을 줄 수 있었다. 어린 시절에 제르좌빈에게 매료되어 있었던 뿌쉬낀은 얼마 지나지 않아 이 예까쩨리아 시대의 시인에게서 엿보이는 과장법이 불필요한 것이라고 느꼈다. 그래서 뿌쉬낀은 모국어를 훌륭하게 구사하면서 이전까지는 '시적인 것'으로 간주되었던 부자연스런 문체에서 벗어나 자기 작품에 일반적인 구어체를 사용하기 시작했다.

폰비진의 희극은 동시대인들에게 충격적이었다. 그가 22세에 쓴 첫번째 희극, 〈여단장〉은 큰 물의를 일으켰으며 오늘날까지도 흥미를 끈다. 두 번째 희극, 〈미성년〉(1782)의 발표는 러시아문학에서 일대사건이었으며, 지금도 여전히 무대에서 공연된다. 두 희극 작품은 당시의 러시아생활과 관련된 순수한 러시아적인 주제를 다루고 있다. 폰비진은 외국문학(예를 들면, 〈여단장〉은 덴마크의 희극인 홀리베르그의 〈장 드 프랑스(Jean de France)〉에서 차용한 것이다)에서 차용한 것을 부끄럽게 생각하지 않았으며, 그의 희극에 등장하는 주인공들은 철저히 러시아적인 성격을 지니고 있다. 이런 관점에서 볼 때, 그는 러시아 민족희극의 창시자이며 최초로 러시아문학에 사실주의 경향을 소개한 것으로 보인다. 그 후 뿌쉬낀과 고골 및 다른 학파들의 주인공들에게서도 그와 같은 강렬한 묘사가 발견된다. 정치적인 면에서, 그는 예까쩨리나 2세가 통치 초기에 지지한 진보 사상에 충실했으며, 빠닌 백작의 비서로서 당시의 러시아 농노제도, 정실주의, 교육의 부재현상 등을 대담하게 지적했다.

그밖에 이 시기에 활동한 작가들로는, 시 〈정령〉의 작가인 보그다노비치(1743~1803), 끄르일로프의 선배이며 재능 있는 우화작가인 헴니쎄르(1745~1784), 매우 피상적인 풍자시들을 훌륭하게 쓴 까쁘니스뜨(1757~1829), 스체르바또프 공작(1733~1790) 등이 있다. 스체르바또프 공작은 연대기와 민중창작물을 수집하기 시작했으며, 러시아역사를 재구성하면서 연대기들과 다른 문헌을 통해 처음으로 과학적인 비평을 시도했다. 한편 18세기 말에 일어난 마손주의 운동을 간과할 수 없다.

마손주의자들[6]: 최초의 정치사상 출현

18세기 러시아의 상류사회에 만연한 귀족들의 방종에 가까운 행동, 이상에 대한 상실감, 농노제도의 공포 등은 필연적으로 러시아 민중의 반감을 불러일으켰다. 이 반동의 일부는 널리 퍼져 있던 마손주의 운

---

6) (역주) 18세기 영국에서 일어난 종교철학운동으로 정치에서 반동적 견해를 취했던 지하단체의 프리메이슨 회원들을 일컫는다. 계몽주의 정신에서 생긴 초인종적, 초계급적, 초국가적, 상호우애적, 평화적 인도주의를 받들었다.

동으로 구체화되었고, 일부는 그리스도교의 신비주의로 구현되었다. 이 신비주의의 뿌리는 당시 독일에서 선풍적인 인기를 끌었던 신비주의 교리에 바탕을 두고 있었다. 마손주의자들과 '동지협회'는 민중의 도덕수준을 향상시키려는 시도를 진지하게 전개했다.

그들은 운동을 전개하면서 노비꼬프(1744~1818)로부터 개혁의 진정한 풍조를 발견했다. 노비꼬프는 일찍이 풍자잡지에 등단하면서 문학활동을 시작했는데, 당시 예까쩨리나 즉위 초에 여제의 발의로 본격적인 풍자묘사가 금지되어 있었다. 그렇지만 노비꼬프는 '할머니'(여제)와의 우호적인 문학 논쟁에서 그녀의 취향에 맞는 피상적인 풍자에만 만족할 수 없었다. 그는 여제의 염원에도 불구하고 사회의 전반적인 노예상태와 타락상을 지적하면서 당시 악의 근원까지 다루겠다고 말했다. 노비꼬프는 훌륭한 교육을 받은 사람은 아니었으나 행정능력과 사무적 재능을 갖춘 이상주의자의 심오한 도덕적 신념들을 결합시켰다. 그의 잡지(노비꼬프는 잡지의 수익금을 일반의 교육목적과 박애사업에 사용했다)는 곧 여제로부터 탄압을 받았지만, 그럼에도 불구하고 도덕적, 철학적 성향의 도서를 출판, 보급할 목적으로 대형인쇄소와 서점을 설립하여 큰 성공을 거두었다. 그의 출판사업(이곳에서는 노동자를 위한 병원과 약국을 통합시키고 의약품을 만들어 모스크바의 빈민층에게 무료로 배급하기도 했다)은 곧 러시아 전역의 서적상들과 거래를 하게 되어 대규모로 발전했다. 당시 교육계에 끼친 영향은 날로 확대되었으며 상당히 두드러진 성과를 거두었다. 1787년, 대기근의 해에 그는 기아에 시달리는 농민들을 위해 지원 단체를 조직했으며, 참가한 한 학생이 거액의 지원금을 기부하기도 했다. 물론, 교회나 정부는 그런 농민 지원활동에 불온한 혐의를 두고 있었다. 하지만 사람들은 이런 활동을 보고 그를 마손주의자라 여겼다. 모스크바의 부주교는 "자신이 꼭 만나 보아야 할 훌륭한 기독교인"이라고 노비꼬프를 추켜세웠으나 한편으론 정치적인 음모로 그를 비난하기도 했다.

기독교 신비주의교도들은 행복한 프리메이슨주의자는 아니었다. 그 중 한 사람으로 막강한 사회적 영향력을 행사한 라브진(1766~1825)은 반도덕성과 맞서 투쟁한 문학 활동 때문에 결국 유형생활로 일생을 마쳤다. 그러나 정부의 박해, 신비주의 기독교도, 마손주의 교도들(그들의 몇몇 지부는 포젠끄레이세르[7]의 교리를 따랐다)은 러시아의 정신세계에 깊은 영향을 주었다. 마손주의 교도들은 알렉산드르 1세가 즉위하자 자신들의 이상을 더욱 자유롭게 설파할 수 있는 가능성을 갖게 되었다. 즉 그들의 이상인 농노제 폐지의 필요성이 사회적으로 점점 고조되어 가고 있다는 사실이 설득력을 얻고 있으며, 그밖에 재판 및 행정적 개혁의 필요성 등으로 그것은 분명 마손주의 교도들이 꾸준히 설교해 온 결과였다. 그밖에 많은 유능한 인재들이 노비꼬프가 설립한 모스크바의 '교육연구소'에서 교육을 받았다. 그 중 역사가인 까람진과 알렉산드르 이바노비치, 니꼴라이 이바노비치, 뚜르게네프 형제들(위대한 낭만주의자 이반 뚜르게네프의 먼 후손들이다), 그리고 몇몇 정치 활동가 등을 들 수 있다.

당시 정치작가인 라지쉬체프(1749~1802)의 운명은 훨씬 비극적이었다. 그는 중앙유년학교에서 교육을 받았으며 러시아정부가 1766년에 교육 발전을 위해 파견한 독일유학생 중 한 사람이었다. 그는 라이프찌히 대학에서 겔레르트, 플라트네르의 강의를 들었으며, 프랑스 철학자의 철학까지도 공부했다. 그는 1790년, 해외에서 돌아와 『뻬쩨르부르그에서 모스크바로의 여행』을 발간했다. 이 책은 스턴(Sterne)의 『감상주의 여행』에서 사상적인 암시를 받은 것 같다. 그는 이 책에서 러시아현실에다 다양한 도덕적, 철학적 추론에 의해 여행에서 얻은 자신의 인상을 매우 훌륭하게 결합시켰다. 그리고 당시의 러시아 일상생활에 관한 사실을 매우 충실하게 묘사했다. 특히 그는 일상생활에서 차용한 구체적인 사

---

7) (역주) 17~18세기 독일과 폴란드의 비밀결사원, 그들은 십자가를 기장으로 했다.

례들을 나열해 가며 전체적인 흐름을 유지했고 농노제의 문제점을 지적했다. 이미 프랑스 혁명 초기, 특히 1789년 프랑스혁명 사건을 계기로 젊은 시절 자신의 자유분방한 사상에 적대감을 갖게 된 예까쩨리나 여제는 라지쉬체프의 책을 읽으면서 공포를 느꼈다. 그녀의 명령에 따라 서적들은 몰수되고 출판은 금지되었다. 여제는 친히 이 책에 대해 반박하는 고소장을 썼으며, 작가를 '뿌가쵸프보다 더 악질적인' 혁명가라고 묘사했다. 그가 '프랭클린을 칭찬한 이야기'를 주저 없이 한데다, 더구나 프랑스 사상에 치우쳐 있었으니 그럴 만도 했다. 그 후 예까쩨리나 여제는 흥분을 감추지 못하고 작가를 반박하는 가혹한 서평을 몸소 작성했으며, 그 때문에 라지쉬체프는 체포되어 감옥에 갇혔고 후에 동부시베리아의 오지인 일림스끄로 추방되었다. 그는 1801년에야 유형에서 풀려났으나 알렉산드르 1세의 즉위 후에도 새로운 개혁정신이 도래하지 않았음을 확신하고 자살로 생을 마감했다. 그의 저서는 마지막까지 러시아에서 금서로 남아 있었다. 1872년에 새로 출판된 책도 몰수되어 소각되었다. 1888년에야 한 출판업자에게 100부만 출판하도록 허용되어, 소수의 학자들과 고위관리들에게만 배부되도록 허락되었다. 이 책은 해외에서 두 차례 출판되었는데, 한번은 1858년에 게르첸에 의해서, 또 한 번은 1876년에 레이프시그에서 발간되었다.

19세기 전반기

19세기엔 러시아문학이 발전할 수 있는 여건이 갖추어져 있었다. 그것은 이미 5년 전부터 점진적인 작업을 통해 탄력 있고 뛰어난 문학어가 마련되었기 때문이다. 곧 뿌쉬낀은 운율시를 창작했고, 뚜르게네프는 음악성이 풍부한 산문을 썼다.

이미 분리파의 순교자인 아바꿈의 자서전에서 문학도구로서 러시아 문어체가 지닌 의미를 확인한 바 있다. 뜨레치야꼬프스끼의 따분한 시와 특히, 로모노소프와 제르좌빈의 송시들은 그동안 프랑스와 폴란드의 영향으로 러시아에 보급되었던 음절시를 러시아문학에서 완전히 추방시켜 버렸다. 그리고 오랫동안 민요에 의해 암시되어 온 운율형식을 만들어 냈다. 로모노소프는 대중적인 과학언어를 창조해냈다. 그는 새로운 어휘들을 많이 도입했고, 라틴어 및 고대슬라브어의 구조가 러시아어 정신에 위배되며 전혀 불필요하다는 사실을 입증했다. 예까쩨리나 2세 시대에는 문학에 일반 구어체 형식은 물론이고 농민들의 언어조차도 예외 없이 수용되었다. 마침내 노비꼬프는 러시아철학어를 창조해 냈다. 그것은 신비로운 성향 덕분에 훨씬 더 중후해졌고, 수십 년이 지난 후에는 추상적이고 형이상학적인 논쟁에 훌륭하게 적용될 수 있는 언어로 판명되었다.

이처럼 독창적이고 위대한 문학창작을 위한 기본요소들이 이미 갖추어져 있었다. 다만 이런 요소들을 활용하게 될 뛰어난 천재 창작자만이 요구되었다. 그 천재가 바로 뿌쉬낀이었다. 그러나 그를 언급하기 전에 양 시기의 연결고리로서 등장한 역사가이자 소설가인 까람진과 시인인 주꼬프스끼를 잠시 언급하겠다.

까람진(1766~1826)은 1812년 나폴레옹과의 전쟁이 러시아에 민족적인 활기를 제공해준 것처럼, 『러시아정부의 역사』라는 불멸의 작품으로 러시아문학에 자극을 주었다.[8] 그는 민족적 자각을 불러 일으켰으며, 국가의 역사, 러시아정부의 설립, 민족특성이나 기관의 제작물에 관한 문제에 지칠 줄 모르는 관심을 보였다. 그러나 까람진의 『역사』서는 시대조류에 역행하는 것이었다. 그는 러시아정부를 대변하는 역사가였지 러시아민중의 편에 선 역사가가 아니었던 까닭이다. 그는 군주제의 유익함과 통치자의 현명함을 찬미한 시인이었다. 그는 무명의 민중들에 의해 수 세기동안 이룩되어온

---

8) 까람진의 『역사』가 발간될 수 있도록, 거의 모든 준비 작업을 한 사람은 쉘레세르, 밀러, 쉬트리체르였으며, 또한 높이 평가받고 있는 사학자 스체르바또브이였다. 까람진은 자신의 작업에서 그들의 견해들을 따르고 있음을 보여준다.

민중의 창조적인 업적을 망각하고 있었다. 그는 또한 15세기에 이르기까지 러시아를 지배했던 동맹의 원칙들을 완전히 이해하고 있지 못했다. 단지 그는 보편적이고 세계적인 원칙만을 이해하고 있었으며, 러시아민중은 그런 원칙에 의해 광활한 대륙을 정복하고 개척할 수 있었다고 보았다. 그는 러시아역사를 스칸디나비아 공후들이 최초로 출현한 시기부터 시작하여 근래에 이르기까지 군주정치의 정당하고 유기적인 발전형식에 초점을 맞춰 서술했다. 그리고 주로 군주통치자들의 공적과 승리, 정부를 수립하는 과정에서 그들이 기울인 노력을 기술하는데 주력했다. 그러나 러시아작가들이 자주 언급한 것처럼, 그가 『역사』서에 붙인 주석들은 또 하나의 역사적인 작업이었다. 주석들은 매장량이 풍부한 광산처럼 상대적으로 러시아역사의 원천에 관한 풍부한 정보를 담고 있다. 그것들은 초기에 독립한 도시와 공국들에 의해 수백 년간 지속된 중세러시아를 언급한 까람진의 저술이 사실은 매우 흥미롭다는 생각을 일반 독자들에게 불러일으켰다.

일반적으로 볼 때 까람진은 역사학파의 창립자는 아니지만, 러시아에 연구해 볼 가치가 있는 과거지사가 모두 저장되어 있음을 성공적으로 독자에게 보여주었다. 그 외에도 그는 문학예술 작품에도 관여했으며 훌륭한 문체로 대중들이 역사작품들을 쉽게 읽을 수 있게 했다. 7권으로 된 『역사』 책의 초판 3천 부는 25일 만에 모두 매진되었다.

까람진의 영향은 그가 집필한 『역사』 저서에만 국한되지 않는다. 그의 중편들과 작품 『러시아 여행자의 편지들』은 러시아 문학사상에 더욱 중요한 영향을 주었다. 그는 『편지들』 속에서 러시아 독자층에게 유럽사상, 철학 및 정치적 산물을 소개하려고 애썼다. 그는 당시의 비참한 정치적, 사회적 상황에 균형감각을 갖도록 했고, 특히 러시아에 인도주의 사상을 널리 전파했으며, 마침내 러시아와 유럽의 정신세계에 상호관련을 맺어 주었다. 까람진의 중편은 그가 감상주의적인 낭만주의의 진정한 후계자임을 보여준다. 그러나 그런 문학경향은 당시 의고전주의학파에 거스르는 반동으로서 시대적 요청에 따른 것이었다. 그 중편 가운데 하나가 『가련한 리자』(1792)이다. 까람진은 한 농부의 딸이 겪은 불행을 그리고 있다. 그녀는 귀족청년을 사랑하게 된 나머지 그에게 몸을 바치지만 결국은 배신당한 슬픔으로 연못에 투신해 자살한다. 까람진이 묘사한 농부의 딸은 물론 오늘날의 사실주의 요건에 부합되진 않는다. 그녀는 보통 시골처녀와 비슷한 적절한 말을 구사한다. 그러나 러시아독자는 '가련한 리자'의 고통에 눈물을 흘렸고, 작가는 여주인공이 연못에 투신해 익사케 함으로써 감상적인 모스크바 청소년들의 심금을 울렸다. 러시아문학에서 뒤늦게 발견되는 농노제에 대한 강한 저항의 근원 중 하나가 이와 같은 까람진의 감상주의이다.

주꼬프스끼(1783~1852)는 진정한 의미에서 낭만주의 시인이다. 그는 시를 숭배했고 시의 고결한 힘을 충분히 인식하고 있었다. 그는 다작 (多作)보다는 주로 쉴러, 울란트, 게르젤, 바이런, 토마스 모어 등의 시를 훌륭한 러시아어 시구로 재생시킨 번역가로 더 뛰어나다. 또한 오디세이, 인도의 시 〈할리와 다마얀치〉, 서슬라브족의 송가들을 훌륭한 시로 번역하기도 했다. 이 번역 작품들은 너무나 아름답기 때문에 이 같은 아름다운 외국시인의 작품들이(특히 훌륭한 번역에 의해 풍성해진 독일작품을 포함하여) 다른 문학에도 존재할 수 있을까 하는 의구심마저 들게 한다. 그런 점에서 주꼬프스끼는 수공업자와 같은 번역가는 아니었다. 그는 자신의 개성에서 나오는 반향을 발견하고서 시 형식으로 재현하고 싶은 것을 다른 시인들에게서 취했을 뿐이었다. 불가사의에 대한 슬픈 사색, 저 먼 곳을 향한 동경, 사랑의 고통, 이별의 슬픔 등 시인 스스로가 경험한 이 모든 감정은 그의 시에 두드러진 특징들이며 그의 내면세계를 반영하고 있다. 당시에 이런 문학적 경향은 만연된 인본주의 사상을 각성시키는 호소였으며, 이런 견해를 보인 사람들에게 나타난 전반적인 현상이었다. 주꼬프스끼의 시는 주로 여성의 감정 표현에 능하다는 평가를 받았다. 반세기 후 일반적으로 국가발전에 이바지한 러시아 여성의 역할을 논할 때, 주꼬프스끼의 시적인 호소가 그들에게 영향을 끼친 사실이 발견된다. 대체로 주꼬프스끼는 인간성의 장점을 깨우쳐 주려고 했다. 한 가지 그의 시에서 철저하게 결여된 것을 찾는다면, 자유와 시민의식에 대한 호소이다. 그 호소는 나중에 '제까브리스뜨' 시인인 르일레예프에 의해 이루어진다.

제까브리스뜨(12월 당원들)

알렉산드르 1세 황제는 할머니 예까쩨리나 2세의 의식에 변화를 주었다. 그는 공화주의자들의 거두(巨頭)인 라가르쁘 밑에서 수학했으며 통치 초기에 자유분방한 군주로 등극하여 러시아헌법을 제정할 준비를 갖췄다. 그는 실제로 폴란드와 핀란드에 헌법을 제정하도록 자극했으며 러시아에서도 그런 시도에 착수했다. 그러나 농노제는 감히 손댈 엄두도 내지 못했다. 나중엔 점차 독일 신비주의자들의 영향을 받아 자유주의 사상을 두려워했고 반동주의파가 나라를 다스리도록 내맡겼다. 황제는 재임기간 중 마지막 십여 년 간 가혹한 군국주의 광신자인 아락체예프의 전횡을 방치하였다. 아락체예프는 황제의 측근으로서 맹목적인 추종과 위선적인 공경한 태도를 취하면서 자신의 영향력을 행사한 인물이었다.

이에 대한 반발의 조짐이 필연적으로 증폭되기 시작했으며, 나폴레옹 전쟁 등과 같은 여러 상황들이 수많은 러시아인을 서유럽과 접촉하도록 만들었다. 독일에 주둔했던 전역 병들과 파리를 점령한 러시아군 병사들은 프랑스의 수도에 여전히 팽배해 있던 자유사상을 지닌 수많은 장교들과 사귀게 되었다. 그 시기에 노비꼬프의 열의와 마손주의 교도들의 노력의 결실이 조국 러시아로 유입되기 시작했다. 끄류드네르 부인과 여러 독일신비주의자들의 영향을 받은 알렉산드르 1세는 자유주의 사상을 송두리째 제압할 목적으로 1815년 독일, 오스트리아 등과 '신성동맹'을 체결했다. 그러자 러시아국내의 대부분 장교들 사이에서 비밀집회들이 결성되기 시작했다. 장교들은 자유주의 사상의 전파, 농노제 폐지, 법 앞에 만인의 평등이라는 목표를 내세웠는데, 그것은 우선 전제주의의 억압에서 나라를 해방시키기 위한 필요한 조치들이었다. 누구나 톨스토이의 『전쟁과 평화』를 읽으면, '삐에르'를 머리에 떠올리기 마련인데, 이 청년이 어느 늙은 마손주의 교도와 처음 만나는 장면은 큰 감명을 준다. '삐에르'는 후에 '12월 당원'으로 널리 알려진 수많은 젊은이들의 전형으로 영원히 각인되어 있다. 제까브리스뜨(12월 당원)들은 '삐에르'처럼 휴머니즘 사상으로 충만해 있었으며, 대부분 농노제를 증오했고 헌법 보장제의 도입을 원했다. 그 중 소수의 당원들(뻬스젤, 르일레예프 등)은 군주정치제에 절망한 나머지 저 먼 고대러시아 공국들의 동맹주의로 되돌아가야 할 필요성을 역설하기도 했다. 이런 자유주의 경향으로 비밀집회들이 생겨났다.

이 음모사건이 어떤 결말을 맺었는지 잘 알고 있다. 알렉산드르 1세가 러시아 남부지역에서 급사하게 되자 뻬쩨르부르그에서는 후계자로 공포(公布)된 그의 형제인 콘스딴찐에게 충성을 서약하는 의식이 있었다. 그러나 며칠 후 수도에서 콘스딴찐은 왕위를 박탈당하고 그의 형제인 니꼴라이가 즉위하게 된다는 소문이 퍼졌다. 이와 함께 모의에 가담했던 사람들은 그동안 자신들이 경찰에 고발된 사실이 밝혀지자, 거리로 나가 공개적으로 자신들의 계획을 공포하고 승산 없는 싸움을 벌이는 것 외엔 별도리가 없음을 깨달았다. 이 사건은 뻬쩨르부르그의 세나뜨 광장에서 1825년 12월 14일에 발생했다. 공모자들의 호소에 여러 근위연대로부터 수백여 명의 군인들이 가세했지만 곧 소탕되고 말았다. 다섯 명의 혁명가들은 니꼴라이 1세에 의해 교수형에 처해졌으며, 러시아 인텔리겐차의 꽃이라 부르던 수백 명의 젊은이들은 시베리아로 유배되어 1856년까지 그곳에 머물렀다. 몇몇 대표적인 인텔리겐차들에게서 이들의 공백이 의미하는 바를 추론해 보기란 어렵지 않다. 정부에서는 인텔리겐차의 세력이 사회에 팽배해 있음을 미처 깨닫지 못했다. 서유럽 문명국가들에게조차도 통찰력을 지닌 행동하는 지식인인 인텔리겐 차들의 갑작스런 손실은 국가발전을 저해하는 커다란 요인이 되는 법 이다. 하물며 러시아에서 열성적으로 활동했던 '12월 당원들'의 유배로 손실을 가져온 국가적 타격은 심각했다. 더구나 니꼴라이 1세의 재위기 간이 30년이나 계속되었기 때문에 타오르던 자유사상의 불꽃은 그 첫 발화와 동시에 꺼져 버린 것이다.

12월 당원들 가운데 뛰어난 문학가는 르일레예프(1795~1826)로서 니 꼴라이 1세에 의해 교수형에 처해진 다섯 명중 한 사람이었다. 그는 훌 륭한 교육을 받았으며, 1814년에는 이미 장교로 활동했고, 뿌쉬낀보다 서너 살 위였다. 르일레예프는 1814~1815년에 프랑스를 두 차례 방문했 으며, 평화조약이 체결되자 뻬쩨르부르그에서 판사가 되었다. 그의 초 기 문학작품은 (일련의 〈서사적인 민요〉나 발라드에는 러시아 역사에 등장한 여 러 활동가들이 언급된다) 애국주의적인 성향을 보이지만, 후기 작품에서 는 벌써 자유를 애호하는 경향이 짙다. 검열관은 이 〈서사적인 민요〉의 출판을 허락하지 않았지만 곧 필사본으로 러시아 전역에 유포되었다. 이 작품의 시적가치는 대단치 않으나, 이어서 발표된 시 〈보이나로브스 끼〉와 특히 미완성 시들 가운데 몇몇 단편은 탁월한 시적 재능을 선보이 며 절친한 친구 뿌쉬낀에 의해서도 인정받은 바 있다. 유감스럽게도 시 〈보이나로브스끼〉는 지금껏 서유럽에도 알려지지 않았다. 그 시에는 뾰 뜨르 1세 치하에서 독립을 쟁취하려고 노력하는 우끄라이나인들의 투 쟁이 묘사되어 있다. 러시아황제가 북부사령관 칼 12세와 치열한 격전 을 벌이고 있을 때, 우끄라이나의 지도자인 마제빠는 뾰뜨르에게 대항 하여 러시아의 속박과 군사적인 압제로부터 조국을 해방시킬 목적으로 연합을 결성하기로 결정했다. 보이나로브스끼는 칼 12세의 군대가 뽈 따바[9]에서 전멸하자 마제빠와 함께 터키로 도주했다. 우끄라이나의 젊

---

9) 우크라이나의 도시 이름.

은 애국자이며 마제빠의 친구인 그는 포로로 붙잡혀 시베리아 유형을 당했다. 역사가인 밀러는 그가 유형생활을 하던 야쿠치야에 가서 그를 방문하곤 했다. 그러자 르일레예프는 이러한 역사적인 상황을 기회로 삼아 독일 역사학자 밀러에게 보이나로브스끼가 자신의 생활상을 이야기해주도록 요청했다.

시는 야쿠치야에서 시베리아 자연의 정경묘사로 시작된다. 우크라이나의 전쟁준비와 전쟁 상황이 묘사되고, 칼 12세와 마제빠의 탈주, 마침내 그의 젊은 아내가 추방되어 시베리아에서 학대를 받았을 때, 야쿠치야에서 보이나로브스끼가 당한 고초의 장면들이 모두 강렬하고 사실적으로 묘사되어 있다. 그때의 상황을 묘사한 몇 편의 시들은 간결함과 동시에 아름다운 형식을 갖추고 있어서, 뿌쉬낀 마저도 매료시켰다. 이 시는 러시아의 신세대 독자들에게 자유에 대한 사랑과 학대에 대한 증오를 끊임없이 불러일으킨다.

제 2 장

뿌쉬낀과 레르몬또프

뿌쉬낀

러시아 작가들을 다룬 잡지기사 자료집과 콜리지[1]가 작성한 러시아 작가들을 다룬 잡지기사 가운데 스크랩을 해 놓은 자료집을 살펴보면, 1832년과 그 후 1845년에 뿌쉬낀은 영국에서 비교적 널리 알려진 작가로 언급되며, 번역된 그의 서정적인 작품들이 잡지에 실린 것을 발견할 수 있다. 프랑스에서는 뿌쉬낀을 세계적인 대시인으로 여긴 뚜르게네프와 프로스페르 메리메 덕택에 여러 작품들이 소개되어 있다. 그리고 독일에서는 이 러시아 시인의 주요 작품들이 모두 훌륭하게 번역되어 독일 문학가와 교육자들에게 친숙해져 있으며, 번역시 중엔 의미의 정확성뿐 아니라 시적인 아름다움까지 갖춘 뛰어난 작품들이 많다. 그러나 일반적으로 유럽에서 뿌쉬낀에 관해서는 조국인 러시아를 제외하고는 많은 독자들에게 별로 알려져 있지 않았다.

뿌쉬낀 작품들이 왜 서유럽 독자들의 기호를 맞추는데 실패했는지는 이해하기 쉽다. 그의 서정 작품들은 모방하기에 어렵기 때문이다. 말하자면, 그것들은 대시인에 의해서만 쓸 수 있을 것이다. 시로 쓴 뿌쉬낀의 뛰어난 작품 『에브게니 오네긴』은 문체의 탁월성과 간결성, 그리고 다양한 묘사와 생생한 표현 때문에 유럽문학에서 동종의 유일무이한 작품으로 간주될 수 있다. 러시아 민중설화를 다룬 시에서 보여준 '요설(пересказ)'은 독자를 매혹시켰다. 그러나 드라마 문체로 쓴 뿌쉬낀의 후기 작품을 제외하고는 그의 시에 괴테, 쉴러, 쉘리, 바이런, 브라우닝이나 빅토르 위고 등에서 볼 수 있는 그런 심오하고 고상한 사상은 없다. 보기 드문 우아함, 간결함과 다양한 표현형식, 형식을 통제하는 독

---

1) 매사추세스州의 캠브리지 대학 교수.

특한 수법(사상미가 아닌 형식미) 등이 뿌쉬낀의 시를 돋보이게 해준다. 일반적으로 독자는 무엇보다도 시를 훌륭하게 만드는 뛰어난 영감과 고결한 사상을 뿌쉬낀의 시에서 찾으려 하지만, 그것을 찾기란 쉽지 않다. 그의 시를 읽는 러시아 독자는 끊임없이 감탄사를 연발한다. "이 시는 얼마나 절묘하게 이야기하고 있는가! 이보다 더 아름답거나 명확한 표현을 발견하기란 절대로 불가능할거야"라고 말이다.

형식미에 있어서 뿌쉬낀은 가장 위대한 시인으로 첫 손가락에 꼽힌다. 그는 작품 전반에 걸쳐 일상의 가장 하찮고 사소한 일들을 담아내는 능력과 함께 시에서 변화무쌍한 인간 감정뿐만 아니라, 다양한 색채로 사랑을 우아하게 표현하며 뚜렷한 개성을 그려내는 능력에서 확실히 탁월한 시인이다.

독자들은 뿌쉬낀과 쉴러의 서정시를 비교할 때, 두 시인에게서 주제의 다양성과 위대성에서 다음과 같은 점을 발견한다. 즉, 독자는 쉴러가 사고의 깊이와 철학적인 관점에서(그의 인격을 보고 알 수 있듯이), 비록 뛰어나긴 하지만 버릇없고 경박한 철부지 같은 뿌쉬낀과는 비견할 수 없을 만큼 우월하다는 결론에 이를 것이다. 하지만 당시에 뿌쉬낀의 인간성은 산문 작품에서 보다 깊이 드러난다. 뿌쉬낀의 강렬한 감정 표현은 쉴러보다 호감을 덜 주지만, 독자는 그 표현에서 더 깊은 감정을 느낀다. 쉴러는 자신의 가장 뛰어난 작품에서조차 감정 표현이나 다양한 형식에 있어선 뿌쉬낀을 따라 잡을 수가 없다. 이런 점에서 뿌쉬낀은 확실히 괴테와 견줄 만하다.

뿌쉬낀은 모스크바의 귀족 집안에서 태어났다. 생동감이 넘치는 그에게는 외가 쪽의 아프리카 혈통이 섞여 있다. 아름다운 혼혈여성이었던 어머니는 뾰뜨르 대제 밑에서 근무했던 에디오피아 흑인의 손녀였다. 뿌쉬낀의 아버지는 당시의 전형적인 귀족의 표상이었다. 부친은 막대한 재산을 탕진해 버리고, 무도회나 소풍을 즐기며 그럭저럭 생애를 보냈다. 그런 형편이라 마침내는 집안 곳곳에 놓여 있던 가구들마저도 남아

나는 게 없었다. 부친은 어느 정도 철학적인 논쟁을 몹시 즐겼으며, 프랑스 백과전서파의 말을 인용하기를 좋아했다. 따라서 당대의 문인명사들과 모스크바에 잠시 여행을 와서 자기 집에 우연히 들린 러시아인이건 프랑스인이건 국적을 불문하고 그들과 즐겨 논쟁을 벌이곤 했다.

뿌쉬낀의 어린 시절 친할머니와 유모 할머니는 이 미래의 시인에게 훌륭한 친구였다. 그녀들은 러시아어를 말하는데 놀라운 재간을 지니고 있었다. 그래서 뿌쉬낀은 유모에게 재미있는 이야기를 해달라고 조르며 밤늦도록 앉아 있곤 했다. 후에 뿌쉬낀은 상속받은 쁘스꼬프 마을에서 경찰의 감시를 받으며 강제로 가택연금 되어 있을 때, 유모 아리나 로디오노브나로부터 러시아 민중시와 순수한 러시아적 표현을 능숙하게 다루는 방식을 터득했다. 그는 여기서 배운 능력으로 시와 산문에 심오한 민족적 특징을 부여할 수 있었다. 이 두 여인들은 그렇게 간접적인 방법으로 뿌쉬낀으로 하여금 러시아문학에 유연한 문어를 창조할 수 있도록 도와주었다.

젊은 시인은 '싸르스꼬에 셀로'라는 남자 귀족학교에서 교육을 받았으며, 학교를 졸업하기도 전에 이미 훌륭한 시 창작자로서 명성을 날렸다. 제르좌빈은 그가 모방자의 수준을 넘어서고 있음을 인정했으며, 주꼬프스끼는 "패배를 자인하는 스승이 제자에게"라는 글귀를 담은 자신의 초상화를 뿌쉬낀에게 선물한 바 있다. 불행히도 뿌쉬낀의 열정적인 성격은 당시 귀족층에 팽배해 있던 나태하고 무미건조한 생활과의 불화로 혼란스러웠으며, 향연을 즐기며 헛되이 힘을 낭비하고 있었다. 이는 그의 훌륭한 친구들인 제까브리스뜨들과 뀨헬리베께르 간에 교류가 이루어지던 문학 서클과 그들의 정치성향이 미친 영향 때문이었다. 이런 공허하고 저급한 생활을 묘사한 단편들을 『에브게니 오네긴』의 여러 곳에서 발견할 수 있다. 뿌쉬낀은 그들과 친분관계를 맺게 되면서 〈자유를 향한 송시〉와 뚜렷하게 혁명사상으로 가득 찬 몇 편의 시작품, 그리고 당시 러시아 권력층을 겨냥한 일련의 풍자시를 썼다. 그 결과 뿌쉬낀은 20세가 된 1820년에, 베사라비아로 합병된 지 얼마 되지 않는 가난한 소도시 '끼쉬네프'로 추방당하자 방탕한 생활에 빠져 지냈으며 한때는 집시들과 함께 야영을 하며 여행하기도 했다. 5년 후에 제까브리스뜨들은 뻬쩨르부르그의 세나트 광장에서 전제정치와 농노제에 반대하며 반란을 일으켰으나 실패한 바 있다. 다행히도 뿌쉬낀은 이 먼지 자욱하고 지루한 소도시 끼쉬네프를 벗어나 사람 좋고 교양 있는 라예프스끼 집안과 교제하면서 크림반도와 까프까즈로 여행해도 좋다는 허가를 받아냈다. 이 여행에서 거둔 수확은 그의 훌륭한 서정시 몇 편에 담겨 있다.

1824년 뿌쉬낀은 오데사에서의 체류가 더 이상 불가능해졌다. 그것은 그리스에 머물고 있던 바이런에게 뿌쉬낀이 도주하지 않을까 하고 당국이 우려했기 때문이다. 그는 러시아로 귀국해서 쁘스꼬프 현의 작은 영지인 '미하일로프스꼬에'에 정착하라는 명령을 받았다.

그는 영지에 머물면서 뛰어난 작품들을 썼다. 뻬쩨르부르그에서 반란이 일어났던 1825년 12월 14일, 그는 이 조그만 마을에 머물러 있었기 때문에 시베리아 유형을 면할 수 있었다. 12월 당원에 가담한 동료들이 대부분 그랬듯이, 그도 비밀경찰의 손에 넘어갈 만한 서류들을 미리 소각해 버렸다. 이 사건 직후에 뿌쉬낀은 뻬쩨르부르그로 귀환해도 좋다는 허가를 받았다. 니꼴라이 1세는 뿌쉬낀의 작품을 직접 검열했으며 나중에 그를 시종보로 임명했다. 하지만 뿌쉬낀은 겨울궁전에서 불행하게도 소인배와 다름없는 생활을 해야 했으므로 그의 영혼은 온통 증오심으로 불타올랐다. 뿌쉬낀은 자신을 시기하는 궁전 안의 천박한 인간들 때문에 점점 소심해지며 자책감에 빠져있었다. 마침내 그는 불행히도 자신의 재능을 전혀 알아보지 못한 아름다운 여인과 결혼하게 된다. 그리고 1837년, 아내의 추문으로 야기된 결투에서 그는 치명상을 입고 38세의 나이로 절명했다.

그의 초기작품 가운데 하나는 리쩨이(귀족학교)를 졸업한 후 바로 쓴

〈루슬란과 류드밀라〉라는 시이다. 이것은 아름다운 시행들로 이루어진 매혹적인 이야기이다. 시의 배경은 강어귀에 푸른 참나무가 서 있는 멋진 나라에서 일어난다. "푸른 참나무 위에는 황금빛 사슬이 드리워 있고 밤낮으로 영리한 수고양이 한 마리가 사슬 주위를 맴돌아 다닌다. 오른쪽으로 돌면서 노래를 부르고, 왼쪽으로 돌면서 옛날이야기를 해준다…" 시는 여주인공 류드밀라의 결혼식 묘사로 시작된다. 오랜 결혼 축하연이 마침내 끝나고 류드밀라는 자신의 젊은 신랑과 함께 자리를 뜬다. 그러나 돌연 사방이 어둠에 휩싸인 채 천둥소리가 울리며 폭풍우가 몰아치는 와중에 류드밀라는 사라져 버린다. 그녀는 무서운 마법사 체르노모르에게 붙잡혀 간 것이다. 마법사는 흑해연안의 초원지대에 거주하는 야만적인 유목민의 침략을 회상시키는 상징적인 인물로 민중시에 등장한다. 불행한 신랑과 과거에 류드밀라의 손을 잡아 본 적이 있는 세 명의 용사들이 사라진 신부를 찾으러 말에 안장을 단단히 맨 후 모험을 떠난다. 그들의 모험담이 시의 내용을 이루고 있다. 시에서는 항상 감동적인 요소가 익살스러운 이야기와 함께 어우러진다. 루슬란은 수많은 모험을 겪은 후 마침내 신부 류드밀라를 찾아내자 기쁨에 넘친다. 이런 해피엔딩은 민중설화[2]에서 항상 일어나는 일이다.

위의 내용이 시의 간단한 줄거리이다. 이 시는 젊은 시절의 작품이지만 당시 문학계 전체에 큰 영향을 주었다. 그때까지 지배적이던 의고전주의는 이 시가 출현하자 타격을 받아 쇠퇴해 버렸다. 독자들은 이 시를 앞 다투어 읽었고, 시를 처음부터 끝까지 모두 암송하곤 했다. 당시에 러시아문학은 이런 매혹적인 이야기로 채워졌다. 풍부하고 사실적인 묘사에다 단순한 구성과 차분한 형식, 매우 진지한 내용에 가벼운 유머의 색채를 띠고 있다. 뿌쉬낀이 이 시에서 이미 이룬 것보다도 더

---

2) 러시아의 대작곡가인 글린까는 자신의 오페라 창작 〈루슬란과 류드밀라〉를 위해 뿌쉬낀의 시를 이용했다. 오페라에는 여러 주인공들의 성격을 묘사하기 위해서 러시아, 핀란드, 터키 및 동방의 모티프 등이 사용되었다.

간략하게 표현하기란 어렵다. 시행들은 매력적인 운율로 돋보이며 동시에 모두 간결한 구어체로 쓰여 있다. 그런데 이 구어체에는 영시에서 유감스럽게도 너무나 자주 만나게 되는 그런 진부한 말투나 통상적인 말들이 전혀 없다.

〈루슬란과 류드밀라〉의 출현은 의고전주의자들로부터 큰 반향을 불러일으켰다. 의고전주의학파가 민중을 어떻게 모욕했는지 깨우칠 의도에서 당시 시인들이 대중에게 취한 과장된 수도사의 모습과 당시 시에 채워진 그런 '다프니스와 흘로야[3]'들을 염두에 둘 필요가 있다. 여기에 돌연 그 학파의 유훈을 무시해버린 시인이 나타났다! … 그는 자신이 좋아하는 의고전주의 형식을 따르지 않고 자신의 생각을 미적 형식으로 표현하였다. 그는 가장 평범한 구어를 시에 도입하면서 어린애들에게나 적당한 이야기를 갖고 감히 문단에 나선 셈이다. 이렇게 뿌쉬낀은 당시 문학이 밀착해 있던 의고전주의 노선과 단절해 버렸다.

뿌쉬낀이 유모 할머니에게서 들은 동화는 그의 첫 번째 시뿐 아니라 민요의 전반적인 소재가 되었다. 그런데 그 시들은 놀라울 만큼 단순하고 솔직해서 한 두 행만 읽어도 곧 나머지 행을 자연스럽게 머리에 떠올릴 수 있다. 또한 그가 쓴 시의 어떤 낱말도 다른 낱말로 교체하기란 불가능하다. 그 말맛이 곧 죽어 버리기 때문이다. "정말 꼭 그렇게 말하지 않으면 안 돼"라고 독자들은 흥분에 휩싸여 외친다. 이렇게 그는 의고전주의와의 싸움에서 영원한 승리를 거두었다.

후기에 발표된 뿌쉬낀의 작품들도 모두 표현의 간결성과 진실성을 보이고 있는 것이 특징이다. 그는 소위 고결한 대상들을 언급할 때조차도 거기에서 벗어나지 않았다. 그는 자신의 후기 드라마에 나오는 매우 열정적이고 철학적인 독백 속에서도 충실하게 간결성을 견지했다. 이런 점

---

3) (역주) 『다프니스와 흘로야』: 그리스의 작가 롱그의 애정, 전원소설 이름이다. 소설에 나오는 젊은 주인공들은 부모를 여읜 채 목동생활을 하면서 서로를 사랑한다. 그들의 사랑의 체험이 이야기의 테마이다.

이 뿌쉬낀의 작품을 영어로 번역할 때 특히 어렵게 만든다. 왜냐하면 19세기 영문학에서 유일하게 보르드스보르트만이 그런 평이성을 갖춘 뛰어난 시인이기 때문이다. 그러나 보르드스보르트가 주로 우아하고 조용한 영국의 정경을 묘사하면서 간결함을 보여준 반면, 뿌쉬낀은 전반적인 인간생활을 간결하게 이야기했다. 그리고 뿌쉬낀의 시는 산문처럼 매우 가볍게 흐른다. 그의 시는 인간의 고통을 격렬하게 묘사할 때조차도 예술형식에 얽매이지 않고 자유롭다. 그는 모든 과장과 신파조를 경멸했기 때문에, 얼굴이 벌겋게 달아올라 마분지로 만든 칼을 휘두르는 비극배우의 몸짓 같은 건 그의 시에 전혀 들어 있지 않다.

그는 순수한 러시아인이어서 러시아문학과 러시아 무대에서 감정을 표현하는데 간결성과 진실성을 보여주는 취향을 강하게 발전시킬 수 있었다. 뿌쉬낀의 위대한 힘은 서정시에 있으며, 그의 서정시에 담긴 주된 가락은 사랑이다. 괴테, 바이런이나 하이네와 같은 사람들이 훨씬 더 고통을 받은 이상과 현실사이의 끔찍한 모순들은 뿌쉬낀에겐 낯선 것이었다. 그는 훨씬 피상적인 기질을 지닌 사람이었다. 그러나 당시에 서유럽의 시인은 대체로 러시아의 시인이 아직 갖지 못한 그런 유산을 갖고 있었다고 말해야겠다. 서유럽의 각 나라는 대규모의 민중투쟁 시기를 거쳤으며, 그동안 인류의 발전에 관한 주요 문제들을 심오한 형태로 다루어왔다. 엄청난 정치적 불화들은 그들에게 명백하고도 깊은 고뇌를 불러일으켰다. 그것들은 비극적인 상황을 만들어냈으며 고결하고 고양된 분위기에서 창작하도록 자극했다. 러시아에서 17, 18세기에 일어났던, 예를 들면, 푸가쵸프 봉기와 같은 대규모의 정치 및 종교운동은 지식계급이 참여하지 않은 농민봉기였다. 따라서 이 러시아 시인의 지적인 수평은 불가피하게 협소할 수밖에 없었다. 하지만 인간의 본성에는 각자의 마음에 항상 살아서 움직이는 무언가가 있다. 그것은 바로 사랑이다. 뿌쉬낀은 자신의 서정시에서 매우 다채롭고도 다양한 뉘앙스를 지닌 순수하고 멋진 형식으로 사랑을 표현했기 때문에 이 분야에서 그와 견줄 만한 시인은 없다. 그밖에 그는 사랑에 대한 고결하고 세련된 태도를 자주 보여주었으며, 괴테가 세계문학에 우아한 여인의 모습을 남겼듯이, 그도 후에 러시아문학에 깊은 자취를 남겼다. '사랑의 테마'가 뿌쉬낀에 의해 처음 사용된 이후 러시아시인들은 그것을 진지하게 다루게 되었다.

러시아에서는 뿌쉬낀을 자주 '러시아의 바이런'이라고 부른다. 그러나 이런 평가는 맞지 않다. 그는 몇 편의 시에서 분명히 바이런을 모방했지만, 그런 모방은 적어도 『에브게니 오네긴』에서 눈에 띄게 독창적인 작품으로 나타났다. 당시 유럽의 '위선적인 선행'에 맞선 바이런의 격렬한 반항이 뿌쉬낀에게 깊은 인상을 준 시기였기 때문에, 만약 뿌쉬낀이 러시아를 도망쳐 나올 수만 있었더라면, 아마도 그는 그리스에 있던 바이런에게 가서 동조했을 것이다.

그러나 뿌쉬낀은 그 일의 성격을 피상적으로 알고 있었으므로 바이런의 마음을 태웠던 혁명이후의 유럽에 대해 바이런이 그토록 강한 증오심과 경멸을 보인 것을 이해할 수도, 함께 나눌 수도 없었다. 뿌쉬낀의 '바이런이즘'은 피상적이어서, 비록 러시아 시인은 '고상한' 사회를 무시해버릴 준비가 되어 있었지만, 바이런을 고무시킨 자유에 대한 근심도 위선에 대한 증오심도 알지 못했다.

일반적으로 뿌쉬낀이 지닌 힘은 고상하거나 자유를 사랑하는 시적인 격정 속에 자리 잡고 있지 않다. 그의 쾌락주의, 프랑스 망명자들에게서 받은 교육, 그리고 문란한 뻬쩨르부르그 상류사회에서의 생활은 그때 당시 러시아사회에서 무르익었던 커다란 문제들을 그가 마음 속에 받아들이는 데 방해하는 원인이 되었다. 그런 까닭에 그는 짧은 생애가 끝나갈 즈음에는 이미 독자들로부터 외면당했다. 니꼴라이 1세의 군대가 폴란드를 진압하자 러시아의 막강한 군사력에 매료되어 시를 발표한 이 시인을 독자들은 경멸했다. 독자들은 그의 시가 게으른 부유층 신사를 위해 뻬쩨르부르그의 겨울철 매력을 묘사한 것이지, 점차 가중된 농노제도와 전제주의의 공포에 억압받은 민중생활을 묘사한 게 아니라는 걸 깨달았기 때문이었다.

뿌쉬낀이 이룩한 대업적은 수년에 걸쳐서 러시아 문어(文語)를 과감하게 창조하고, 이전의 문학작품들에서 발견되는 부득이한 신파조의 과장된 문체에서 문학을 해방시킨 일이다. 뿌쉬낀은 시 창작분야에서 탁월한 재능을 보여주었다. 그는 일상생활의 매우 평범한 것들과 일화나 보통 사람들의 솔직한 감정을 묘사하는 데 천재적인 재능을 지녔다. 독자는 그것을 읽고서 인생을 다시 경험하게 된다. 그는 매우 부족한 자료의 도움으로도 지나간 삶을 재현하고 전 역사시대를 소생시킬 수 있었다. 이런 점에서 톨스토이만이 그와 비견할 수 있을 것이다. 그밖에 뿌쉬낀의 힘은 심오한 사실주의에 있다. 그가 창시한 어휘의 훌륭한 의미로 이해되는 그런 사실주의로서, 그것은 나중에 모든 러시아 문학작품의 특징이 된다. 결국 그의 힘은 광범위한 인간주의를 인식한 것이며, 그의 걸작들에는 낙천성과 여성에 대한 존경심이 깃들어 있다. 형식미에 관해 말하자면, 그의 시들은 두드러지게 '평이함'을 지니고 있기 때문에 두세 번만 읽어본 독자라면 곧 바로 기억할 수 있을 정도이다. 이제 그의 시들은 러시아 농촌의 벽지까지 스며들어서 이미 수백만의 농촌 어린이들이 암송한다. 후에 뚜르게네프같은 매우 세련된 철학시인도 그의 시에 매력을 느꼈다.

뿌쉬낀은 희곡에서도 자신의 재능을 시험했다. 그의 마지막 희곡작품들(《냉담한 손님》과 〈인색한 기사〉)과 시 창작을 판단해 보건 데, 만일 그가 일찍 요절하지 않았더라면 틀림없이 엄청난 문학적 성과를 거두었을 것이다. 그가 쓴 〈루살까〉는 유감스럽게도 미완성으로 끝났지만, 작품의 드라마적인 특징은 다르고므이줘스끼의 오페라에 나오는 감동적인 희곡을 감상할 때 알 수 있다. 뿌쉬낀의 역사드라마인 〈보리스 고두노프〉의 활동무대는 드미뜨리 사모즈바네프 시기로, 뛰어난 장면들이 등장한다. 이 희곡은 유머와 감정을 섬세하게 분석한 점에서 뛰어난 작품이긴 하지만, 전체적으로 보아 희곡이라기보다 '희곡적인 연대기'라 부르는 편이 나을 것 같다. 〈인색한 기사〉에서는 이미 완숙한 재능을 보여준다. 그 가운데 몇 장면은 셰익스피어의 문체와 견줄 만한 가치를 지니고 있다. 〈냉담한 손님〉에서는 놀랍게도 스페인의 사상이 나타나 있으며, 돈 주앙의 형상이 다른 어느 작품보다도 독자에게 분명하게 전달되고 있다. 전체적으로 이 작품은 최고의 드라마적인 특징을 보여주며, 드라마에는 실제로 번뜩이는 천재성이 자리 잡고 있다.

짧은 생애로 마감한 시인의 후기에서는 더욱 심오한 인생관을 보여주는 징후들이 작품에서 나타나기 시작한다. 그는 상류계급 생활의 공허함을 분명히 혐오하게 된 것이 틀림없다. 뿌쉬낀은 예까쩨리나 2세의 통치아래서 뿌가쵸프가 주도한 대농민반란사를 쓰면서, 러시아 농민의 내면생활을 이해하고 동정하기 시작했다. 그는 민중생활을 더욱 폭넓고 깊이 있게 바라보기 시작했으나 그의 천재성이 발전해 갈 무렵에 갑작스럽게 요절해 버렸다. 상술했듯이 그는 당시 뻬쩨르부르그의 '상류계층'이 음모로 꾸민 결투의 현장에서 피살되었다.

뿌쉬낀의 가장 대중적인 작품은 운문소설 『에브게니 오네긴』이다. 형식은 바이런의 〈차일드 해럴드의 편력〉을 연상시키지만, 순수한 러시아적인 내용을 담고 있다. 이 작품에서는 수도와 귀족의 작은 영지 안에서 일어난 러시아인들의 삶을 탁월하게 묘사하고 있음을 발견할 수 있다. 작곡가 차이꼬프스끼는 『에브게니 오네긴』의 주제와 원본을 이용한 오페라를 공연하여 러시아무대에서 대성공을 거두었다. 소설의 주인공 오네긴은 당시 사회의 전형적인 인물이다. 그는 어린 시절 프랑스인 망명자와 독일인 가정교사로부터 매우 피상적인 교육을 받았다. 대체로 그는 '그럭저럭 무언가'를 배웠다. 그는 스무 살 나이에 많은 재산을 소유한 채 농노를 거느린 지주로 행세하지만, 그들을 조금도 돌보지 않고 뻬쩨르부르그의 사교계에 흠뻑 빠져 있다. 오네긴의 하루는 점심이나 저녁식사, 발레와 가면무도회에 참석해 달라는 산더미처럼 쌓인 초대장을 아주 천천히 읽는 일부터 시작된다. 그는 물론 그 당시 러시아 극작가들의 서투른 희곡작품보다는 발레를 더 좋아하는 극장의 단골손님이다. 그는 한낮의 황금시간을 상류계층이 이용하는 일류 레스토랑에서 보내고 밤에는 무도회에서 시간을 보낸다. 무도회에서 그는 바이런이즘의 망토로 몸을 감싸고 삶에 지쳐 환멸을 느끼는 젊은이처럼 행세한다.

몇 가지 이유로 그는 자기 소유의 영지에서 여름을 보내는데, 영지에서 가까운 곳에는 독일에서 교육을 받아 독일낭만주의에 젖어 있는 젊은 시인 렌스끼가 살고 있다. 그들은 좋은 친구가 되며, 이웃에서 살고 있는 지주의 가족과 아는 사이가 된다. 그 가족의 주인마님인 노모는 작가에 의해 탁월하게 묘사되어 있다. 그녀의 두 딸들인 따찌야나와 올가는 성격이 서로 다르다. 올가는 꾸밈없고 낙천적이며 아무 질문에나 별생각 없이 대답하는 소녀이다. 젊은 시인은 그녀를 미칠 듯이 사랑해서 그 사랑은 결혼으로 끝을 맺어야 한다. 따찌야나 역시 시적인 소녀로서, 뿌쉬낀은 그녀를 이상적인 여성으로 묘사하려고 애썼다. 그녀는 지적이고 신중한 여성으로, 현재 보내고 있는 무미건조한 생활보다 좀 더 나은 삶을 향한 남모를 열망에 불타고 있다. 오네긴은 처음 만날 때부터 그녀에게 깊은 인상을 준다. 그래서 따찌야나는 오네긴에게 반한다. 하지만 수도의 상류계층에서 웬만큼 명성을 얻은 데다 환멸의 가면을 쓴 오네긴은 가련한 시골처녀의 순수한 사랑에 별 관심을 두지 않는다. 따찌야나는 그에게 편지를 써 보내고, 편지에서 매우 솔직하고 감동적으로 자신의 사랑을 고백한다. 그렇지만 이 젊은 몽상가는 그녀의 경솔함을 훈계하는 것 말고는 별 뾰쪽한 방법을 찾지 못하며, 그녀의 가슴에 칼로 도려내는 깊은 상처를 주면서 크게 만족하는 것처럼 보인다. 바로 그 무렵 시골무도회에서 오네긴은 악마에게라도 홀린 것처럼 다른 자매인 올가에게 매우 불손하게 구애하기 시작한다. 젊은 처녀는 우울한 주인공의 관심에 매혹되고, 결과적으로 렌스끼는 오네긴에게 결투를 신청한다. 퇴역장교인 나이든 결투자가 이 사건에 끼어든다. 그리고 오네긴(사회규범을 경멸하고 있음에도 불구하고, 지방의 사교계 규범은 몹시 존중한다)은 결투를 받아들인다. 그는 결투에서 친구인 시인 렌스끼를 살해하게 되자, 부득이 자기 영지를 떠난다.

수년이 흐른다. 병에서 회복한 따찌야나는 어느 날 오네긴의 시골집을 찾아 가게 되고, 창고 관리인 노파와 친분을 맺는다. 그녀는 그 후 몇 달간 오네긴의 서재에서 빌려 온 책들을 독서하며 보낸다. 그러나 그녀의 삶은 예전의 그 열정을 잃어버린지 오래다. 그녀는 모친의 설득에 마지못해 모스크바로 떠나고 그곳에서 노장군에게 시집간다. 그녀는 뻬쩨르부르그에서 결혼생활을 보내며 궁전의 사교계에서 각광을 받데 된다. 그리고 이런 새로운 상황에서 다시 오네긴과 재회한다. 오네긴은 이제 사교계의 여왕이 된 그 옛날 시골처녀 따찌야나의 정체를 알아보지 못한 채 지각없이 그녀에게 반해 버린다. 그녀는 그에게 관심을 보이지 않으며 그가 보낸 편지들에도 답장하지 않는다. 마침내 오네긴은 적절한 시간을 포착한 후 그녀의 저택에 나타난다. 그리고 그의 편지를 읽고 있는 따찌야나를 발견하는데, 때마침 그녀의 두 눈에는 눈물이 글썽거리고 있다. 오네긴은 불타는 사랑을 고백하고, 이런 고백에 타찌야나는 놀랄 만큼 아름다운 독백을 토로한다. 러시아여성들은 세대 간의 나이를 불문하고 다음과 같은 유명한 독백의 시귀를 읽으면서 눈물을 흘렸다. "오네긴님, 그때 저는 더 어린데다 어쩌면 지금보다 더 예뻤을 거예요. 저는 당신을 정말 사랑하고 있었답니다…." 그러나 시골처녀의 사랑은 오네긴에게 아무런 흥미를 불러일으키지 못했었다.

"… 그런데 왜 당신은 이제 와서 저를 쫓아다니시는 건가요?/왜 당신은 저를 점찍으셨나요?/제가 이젠 상류사회에 출입하고/저에게 돈과 높은 지위가 있고/전쟁에 나간 제 남편이 불구가 되어/왕실의 은총을 받고 있어서인가요?/나의 불명예가 세상 사람들에게 알려지면/이 상류사회에서 추문을 이용해/당신은 명예를 얻을지도 모르기 때문이 아닌가요?"

타쩌야나는 말을 계속한다.

"오네긴님, 저에 대해 말씀드리자면/이 화려함, 이 허식에 찬 궁중생활/사교계의 복마전에서 거둔 나의 성공/멋진 저택과 연회/저에게 이런 모든 것이 무슨 소용이 있겠어요?/지금 당장이라도 가면무도회의 옷차림이나/눈부신 화려함이나 떠들썩함, 향수를 기꺼이 버리고/낡은 책장의 서적과 황폐한 정원/우리들의 소박한 안식처를 위해서라면/오네긴님, 제가 당신을 처음 만났던 그곳이나/저의 가엾은 유모가 이젠/십자가와 나무 그늘 아래서 고이 잠들어 있는/무덤을 위해서라면 기꺼이 선택하겠어요."

그녀는 오네긴에게 제발 자신을 내버려두고 떠나가 달라고 애원한다.

"전 당신을 사랑하고 있습니다.(무엇 때문에 거짓말을 하겠어요?)/하지만 저는 이미 다른 사람과 결혼을 했으니/그 분께 충실하게 일생을 바칠 것입니다."

수천 명의 젊은 러시아여성들은 후에도 이 시를 되풀이하여 읊조리곤 했다. "아, 우리는 얼마나 기꺼이 화려한 생활을 상징하는 이 모든 치장들과 가면무도회, 책장의 책들을 내버리고 우리 늙은 유모의 무덤근처에서 살아가는 농노들의 시골생활과 바꾸었던가!" 그래서 수많은 여인들이 시골로 떠나기도 했었다! … 나중에 우리는 뚜르게네프 소설들과 러시아인 들의 삶에서 계속 발전해가는 러시아처녀의 그런 형상을 만나게 될 것이다. 이런 현상을 예감한 뿌쉬낀은 진정 대시인이었다.

레르몬또프

뚜르게네프는 가까운 친구인 까벨린[4]과 만나면 "뿌쉬낀이냐, 레르몬또프냐?" 하는 논쟁을 자주 벌이곤 했다. 알려진 대로 뚜르게네프는 뿌쉬낀을 위대한 시인이며, 대작가의 한 사람으로 생각했다. 반면에 까벨린은 레르몬또프가 훌륭한 작품에서는 예술가로서 뿌쉬낀보다 약간 뒤지지만 영감(靈感)에서는 더 높이 날아올랐다고 확신했다. 레르몬또프의 문학 활동이 기껏해야 8년 밖에 되지 않은(그는 26세 때 결투로 사망했다)사실을 감안하면서 여러 정황을 미루어 보면, 젊은 시인의 엄청난 재능과 빛나는 그의 장래를 미루어 짐작해 볼 수 있다.

레르몬또프의 혈관에는 스코틀랜드의 피가 흐르고 있었다. 가계의 선조는 조지 레어먼(George Learmonth)이라는 스코틀랜드인으로 60여 명의 스코틀랜드인과 아일랜드인이 처음에 폴란드에 와서 일했다. 그리고 이후 1613년엔 러시아로 와서 함께 일했다. 이것과 관련된 레르몬또프의 삶은 별로 알려져 있지 않다. 다만 그의 유년시절과 청년시절이 행복하지 못한 것은 확실하다. 그의 모친은 시를 좋아했고 손수 창작까지 한 것으로 보인다. 그러나 레르몬또프는 세 살 때 어머니를 여의었는데, 당시 모친의 나이가 21살이었다. 귀족인 그의 외할머니는 손자를 무척 귀여워했으나 가난한 아르메니아 장교였던 부친을 싫어한 나머지 손자를 빼앗다시피 데려와서 손수 교육시켰다. 레르몬또프는 재능이 매우 뛰어나서 이미 14살에 처음엔 프랑스어로(뿌쉬낀처럼), 나중엔 러시아어로 시를 쓰기 시작했다. 그가 좋아한 시인은 쉴러와 셰익스피어였으

---

4) (역주) 까벨린은 역사·윤리 및 사회문제에 관한 뛰어난 문필가이며 호감을 주는 철학자였다.

며, 16세부터는 바이런과 쉘리를 좋아했다. 레르몬또프는 16살 때 모스크바 대학에 입학했고, 다음 해에 무능한 한 교수를 몰아내는 데모에 가담한 죄로 제적당했다. 그러자 뻬쩨르부르그의 군사교육학교로 입학하여 18세에 장교가 되었다.

22세의 젊은 레르몬또프는 〈시인의 죽음〉(1837)이라는 시를 발표하여 일약 유명해졌다. 위대한 시인이자 자유의 숭배자로서 압정에 항거했던 한 인간의 형상이 이 젊은 시인의 분노에 가득찬 시작품에 표현되어 있다. 시에는 특히 강렬하고 단호한 시구들이 자리 잡고 있다.

"너희들, 알려진 비열한 행위로 이름을 날리던 조상의 불손한 자손들아.
운명의 장난으로 모욕당한 일족을 비굴하게 발뒤꿈치로 짓밟는 쓰레기들아!
너희들, 왕좌 옆에 게걸스레 무리지어 자유와 천재와 영광을 사형에 처한 망나니들아!
너희는 법의 그물아래 몸을 숨기고, 너희 앞에선 심판도 정의도 모두 침묵하는구나!
그러나 타락한 아첨꾼들아, 하느님의 심판이, 무서운 심판이 있으리라.
심판이 기다리고 있으리. 그것은 황금의 종소리를 듣지 못하리. 그것은 너희의 생각과 행동을 미리 알고 있으리라.
그땐 너희가 중상과 모략을 하려 해도 모두 헛된 일.
중상은 이제 더 이상 너희를 돕지는 못하리.
너희의 검은 피로는 시인의 경건한 피를 씻어 내지 못하리라!"

며칠 안에 뻬쩨르부르그 전 도시와 문화적으로 수준 높은 러시아 전 국민이 이 시를 외어서 알고 있었다. 시들은 수천 편의 필사본으로 쓰여 널리 퍼졌기 때문이었다.

모욕을 당한 가슴에서 나온 이런 열정적인 외침 때문에 레르몬또프는 곧 추방당했다. 그러나 영향력 있는 친구들의 도움으로 시베리아 유형 대신 그가 근무하던 근위연대에서 까프까즈의 아르메니아 연대로 전보되었다.

레르몬또프는 일찍이 까프까즈를 알고 있었다. 그는 10살 때에 그곳을 처음 방문한 적이 있었는데, 그 첫 번째 방문에서 가슴에 잊을 수 없는 강한 인상을 받았다. 그곳에 다시 가게 되었을 때, 카프까즈의 자연이 보여준 웅장함에 한층 놀라게 되었다. 까프까즈는 정말로 지상에서 가장 아름다운 곳 중의 하나다. 이쪽 바다에서 저쪽 바다까지 알프스 산맥보다 더 높은 산맥이 연이어 있고, 산기슭은 끝없는 숲과 정원, 초원들로 감싸여 있다. 온화한 남쪽기후에다 멋진 초원의 건조하고 신선한 대기는 산맥이 보여주는 자연의 아름다움을 더욱 두드러지게 만들어 준다. 수십 킬로에 걸쳐서 눈으로 뒤덮인 거대한 산맥의 장엄한 위용은 유럽의 어느 곳에서도 볼 수 없는 깊은 인상을 준다. 산기슭을 뒤덮고 있는 반 열대식물은 산의 아름다움을 더욱 드러내준다. 산기슭에는 그 지역의 정착지들에다 호전적인 모습을 가미해주는 돌탑으로 에워싸인 촌락들이 둥지를 틀고 있다. 이 모든 정경은 동양의 찬란한 햇볕을 받으며 목욕하고 있다. 레르몬또프가 까프까즈에 도착할 즈음엔 용맹스런 산악지대 부족들이 온 힘을 다해 그들의 삶의 터전인 골짜기들을 지키면서 러시아의 침략에 맞서 싸우던 시기였다.

아름다운 까프까즈의 자연이 레르몬또프의 시에 그대로 나타나 있다. 아름다운 자연을 충실하게 표현한 사실성 때문에 그의 시만큼 독자에게 깊은 인상을 불러일으킨 작품은 찾아보기 힘들다. 독일의 번역가이자 레르몬또프의 사적인 친구이며 까프까즈를 잘 아는 보젠쉬체트가 지적했듯이 레르몬또프의 정경묘사는 지형묘사를 완벽하게 서술한 책과 비견할 수 있을 거라고 한 말은 전적으로 옳다. 사실 까프까즈를 묘사한 많은 책들을 찾아볼 수 있지만, 그 책들은 아무래도 레르몬또프의 시를 읽고 나서 머리에 떠오르는 그런 참신하고 구체적인 특징을 보여주진 못한다. 뚜르게네프는 뿌쉬낀을 언급하면서, 자연을 묘

사한 시 가운데 뛰어난 본보기로 셰익스피어의 『리어왕』에서 도버해협
과 바다를 묘사한 부분을 인용한다. 하지만 그런 묘사도 내게 강한 인
상을 주진 못한다고 말해야겠다. 세밀하고 상세한 묘사로 관심을 끌려
는 기법도 나를 만족시키지 못했다. 왜냐하면 셰익스피어의 정경묘사
는 도버해협의 절벽 위에서 펼쳐지는 망망대해의 모습을 전혀 전달하
고 있지 못하며, 햇빛이 비추는 한낮에 멀리 파도에서 변하는 놀랄 만
한 풍부한 색채감도 없다. 절벽의 높이를 이해하게 되지만 그 정경묘사
에는 바다가 없기 때문이다. 레르몬또프의 작품에서 자연묘사는 이와
비슷한 비난에서 자유롭다. 그가 그린 까프까즈의 자연은 자연주의자
와 예술가 양쪽을 모두 비슷한 수준으로 만족시켰음을 보젠쉬체프는
정확하게 지적했다. 그는 측량할 수 없는 낭떠러지의 좁은 협곡이 있는
그곳에서 흰 구름에 잠겨있는 거대한 산맥의 위용을 묘사했다. 예를 들
면, 산줄기, 끝없이 펼쳐지는 숲과 꽃들로 뒤덮인 그루지야의 산골짜기
들, 북까프까즈의 건조한 바람에 의해 내몰려가는 가벼운 구름 떼를
상세하게 묘사했다. 그의 묘사는 항상 자연에 충실하기 때문에 독자의
눈앞에는 아름다움이 가득 담긴 풍경이 선명하게 떠오른다. 동시에 자
연은 시적인 분위기에 휩싸여 있다. 따라서 산들의 청초함, 숲과 초원의
풀내음, 청량한 산 공기의 신선함을 느낄 수 있다. 이 모든 것이 음악성
이 뛰어난 훌륭한 시들에 표현되어 있다. 비록 레르몬또프의 시에는 뿌
쉬낀의 시에서 볼 수 있는 '평이성'이 두드러지지 않지만, 레르몬또프의
시는 음악성이 더 드러난다. 그 시들은 놀라운 음조로 낭송된다. 일반
적으로 러시아어는 음악성을 지녔지만, 레르몬또프의 시에서는 이탈리
아어의 음악성을 훨씬 능가하고 있다.

　지적인 면에서 보자면, 레르몬또프는 쉘리에 더 가깝다. 〈사슬에서 풀
려난 프로메테우스〉의 작가 쉘리는 그에게 깊은 감명을 주었다. 그럼에
도 불구하고 그는 쉘리의 작품을 모방하려고 하지는 않았다. 레르몬또
프는 초기 작품에서 뿌쉬낀과 그의 바이런이즘을 모방했으나 곧 자신

의 길을 걸었다. 레르몬또프의 지적 능력은 쉘리의 그것처럼, 인간의 마음과 우주 사이에서 투쟁하는 선악의 문제를 다루는데 뛰어나다. 시인 쉘리나 철학자 쇼펜하우어처럼, 레르몬또프는 현대에서 매우 진지하게 다루는 동시대의 도덕적 원칙들을 다시 심사숙고해야 할 필요성을 느끼고 있었다. 그런 생각은 상호 보완의 관련성을 띤 두 편의 서사시 〈악마〉와 〈견습수도사〉에 나타나 있다.

시 〈악마〉에서는 하늘과 땅과 단절한 채 사소한 열망에 골몰하면서 세상을 경멸하며 바라보는 불타는 영혼이 묘사되어 있다. 천국에서 추방된 악마는 인간의 선행을 비웃는다. 그는 인간의 열정이 얼마나 하찮은 것인지를 알고 있으므로 인간을 몹시 경멸한다. 수도원에 숨어 죽어가는 그루지야 처녀를 향한 악마의 사랑을 보여주면서, 시인은 실제 삶과 전혀 상관없는 더욱 환상적인 주제를 선택할 수도 있지 않았을까? 그런데 독자들은 시를 읽으면서 개별 장면에서뿐만 아니라 인간 감정의 다양한 뉘앙스를 분석하는 데 있어서 시인의 믿기 어려울 만큼 풍부한 한결같은 아름다운 묘사, 순수하며 사실적이고 구체적인 묘사에 놀란다. 결혼식 전야에 그루지야 성에서 보여주는 그녀의 춤, 그녀의 약혼자와 강도와의 만남, 약혼자의 타살, 질풍처럼 달려가는 약혼자의 충실한 말의 질주, 수도원에서 신부의 고통, 악마의 사랑과 행위들은 고상한 의미를 주며 순수한 사실주의로 표현되어 있다. 그러한 표현은 뿌쉬낀이 항상 러시아문학에서 보여주었던 바로 그 사실주의이다.

〈견습수도사〉는 자유를 갈망하는 젊은 영혼의 절규이다. 까프까즈 산맥에 사는 처녀에게서 데려온 소년은 조그만 러시아수도원에서 양육된다. 수도사는 소년에게서 인간의 모든 감정과 갈망을 지워버릴 수 있을 것이라 생각한다. 하지만 소년에겐 한 가지 소망이 있었다. 단지 한때, 한순간이긴 했지만 누나들이 요람 옆에서 불러 주던 자장가에 나오는 고향의 산을 한번이라도 다시 가보았으면 하는 불타는 열망이 있었다. 하지만 자신의 심장이 고동치는 소리를 들으면서도 그동안 불타는 가슴을 억누르고 있었다. 마침내 무서운 폭풍우가 휘몰아치는 어느 날 밤, 수도사들이 교회당에 함께 모여 공포에 떨며 기도드리고 있을 때, 소년은 수도원에서 탈출하는데 성공한다. 그는 사흘 동안 숲 속에서 길을 잃고 헤맨다. 비로소 그는 난생 처음으로 얼마간의 자유를 만끽하며 용솟음치는 젊음의 힘을 몸소 느낀다. 소년은 이렇게 중얼거린다. "아, 난 폭풍우를 형제처럼 껴안았다는 게 기뻤어! 난 두 눈으로 구름을 뒤쫓고, 두 손으로 번개를 붙잡았지…" 그러나 이국적인 꽃들의 유혹과 수도원 교육으로 몸이 약해져 있던 그는 고향 나라로 가는 길을 찾을 수 없었다. 그는 주위 수백 킬로에 달하는 숲 속을 헤매다가 며칠 후 반죽음이 된 채 수도원에서 머지 않은 곳에서 발견된다. 그는 숲에서 범과 싸울 때 입은 치명적인 상처 때문에 죽어가고 있었다. 그는 자신을 돌봐주는 늙은 수도사에게 이렇게 말한다.

"저는 죽음이 두렵지 않아요./그곳에선 영원히 차가운 정적 속에 고통이 잠든다고 하더군요./그렇지만 삶과 이별하는 게 유감이에요…/저는 젊어요. 아직 너무 젊다 구요… 당신은 아세요?/방탕한 젊은 시절의 꿈을 말예요./아니면 당신은 어떻게 증오하고 사랑했는지/태양과 들판을 보면/얼마나 심장이 고동치는지/알지 못했거나 잊어버리신 거예요…/공기는 상쾌하고 때때로/깊이 갈라진 벽 틈에서/불가사의한 나라의 아이가/꼭 달라붙어서 뇌우에 놀란/어린 비둘기가 앉아 있는/구석의 높다란 망루에서/태양이 비추는 들판을 내려다 볼 때/얼마나 심장이 힘차게 고동쳤던가요?/이제는 멋진 세상이 당신에겐 아무렇지도 않겠지요./당신은 쇠약하고 백발인데다/당신은 의욕을 잃어버렸어요./무슨 소용이 있겠어요?/노신부님, 당신께선 그렇게 살아오셨죠./당신은 잊어야 할 세상에서 사신 거예요./저 역시 그렇게 살았겠지요!"

그는 탈출하는 도중에 본 자연의 아름다움과 자유를 만끽했던 자신의 엄청난 경험, 범과 벌였던 혈투에 대해서 이렇게 이야기한다.

"당신은 제가 자유로운 상태에서 무얼 했는지 알고 싶어 하셨죠?/살고 있었답니다.-나의 삶은/이 사흘간의 행복한 날이 없었더라면,/당신의 무기력한 노년기처럼/어쩌면 불행하고 우울했을지도 모릅니다…."

레르몬또프의 악마주의나 염세주의는 염세적인 절망은 아니었다. 그것은 삶에서 비열한 모든 것에 맞선 강력한 항거였다. 이런 관점에서 보면, 그의 시는 이후 모든 러시아문학에 깊은 흔적을 남겼다. 그의 염세주의는 연약한 하층민 주변에서 보게 되는 강한 인간의 분노였다. 진실과 선(善)을 넘어서면 존재할 수 없는 사람들, 선천적으로 아름다운 감정을 지닌, 동시에 그를 이해할 수도, 감히 이해하려고도 하지 않았던 사람들(특히 그가 까프까즈에서 출입했던 상류사회에서)에 둘러싸여 있던 레르몬또프는 쉽게 염세주의적인 세계관과 혐오감을 갖게 되었을 것이다. 하지만 그는 언제나 인간에 대한 믿음을 버리지 않았다. 총체적인 반동의 시기인 1830년대 청년시절의 레르몬또프가 〈악마〉라는 추상적인 서사시로 자신의 불안감을 표현한 것은 매우 자연스런 현상이었다. 쉴러의 발전과정에서 찾아볼 수 있는 그러한 유사점은 전혀 없다. 그러나 레르몬또프의 염세주의는 점점 구체화된 형식을 취했다. 그는 전체적으로 인성이 아닌 것, 나아가 천지를 이미 증오하기 시작했다. 그리고 후기 작품들에서는 벌써 그와 같은 세대 사람들이 갖추고 있는 부정적인 본성을 경멸했다. 그는 소설 『우리 시대의 영웅』과 시 〈명상〉에서 높은 이상을 보여주었으며, 사망하기 일 년 전 1840년에 새로운 창작물들을 가지고 문단에 나설 준비를 했다. 그런데 새로운 창작물에서 매우 독창적이고 비평적인 그의 지적 능력은 현실의 삶에서, 그리고 시인이 분명하게 지향해 왔던 사실적이고 긍정적인 선(善)에서 실제로 악령들의 지시를 따르는 것처럼 보인다. 그렇지만 바로 그때에 그는 뿌쉬낀처럼 결투로 사망해 버렸다.

레르몬또프는 무엇보다도 '휴머니스트'였다. 그는 심오한 인도주의 시인이었다. 23살 때 그는 서사시 〈상인 깔라쉬니꼬프에 대한 노래〉를 썼다. 시의 행위는 이반 뇌제 시기에 일어나며, 이 시는 예술법칙과 놀라운 서사문체 및 표현력 때문에 러시아문학의 보고로 여겨진다. 독일에서 큰 인상을 불러일으킨 이 서사시는[5] 잔혹한 황제와 오쁘리취니나[6] 친위대원들의 잔인함에 강한 분노를 느끼고 있다. 레르몬또프가 깊이 사랑한 것은 러시아였지만, 물론 형식적인 러시아는 아니다. 그는 소위 애국자들이 소중하게 여긴 조국의 군사력에 매혹되지 않았다. 그는 이렇게 썼다.

"나는 조국을 사랑하지만 이상한 사랑이다./나의 이성은 조국을 이기지 않으리라!/피를 흘려 얻은 영광도 아니며/때로 자랑스러운 신념에 차있지도/어두운 지난날도 아니다. 비밀의 전설이/내게선 즐거운 꿈의 날개를 펼치지 못하리라!"

그는 러시아라는 조국의 자연과 농촌생활, 농노들을 사랑했다. 당시에 그는 까프까즈 원주민들을 뜨겁게 사랑하고 있었는데, 그들은 자신들의 자유를 주장하면서 러시아인들과 격렬한 전투를 벌이고 있었다. 그는 러시아인으로서 직접 체르케스인들을 진압하는 원정에 두 차례나 참전했음에도 불구하고, 그의 가슴은 이 용감하고 열정적인 민족과 그들의 독립 투쟁에 보내는 동정심으로 가득 차 있었다. 그의 서사시 〈이즈마일-베이〉는 그런 전투를 칭찬하고 있다. 다른 명시에서는 격전지에서 고향마을로 도망쳐온 체르케스인이 묘사되어 있다. 고

---

5) 이 시를 보젠쉬체트가 독일어로 훌륭하게 번역했다.

6) (역주) 이반 4세 때 황제의 중앙집권에 반대하거나 불만을 가진 지방귀족들을 잔혹하게 제거하는데 앞장을 섰던 친위대이다.

향마을에서 그의 어머니는 비겁한 반역자라고 그를 떼민다. 또 다른 주옥같은 짧은 서사시 〈발레릭〉은 각종 전투에 참전한 경험이 있는 사람들로부터 매우 정확하고도 뛰어난 전투묘사라는 평을 들었다. 그렇지만 레르몬또프는 전쟁을 좋아하지 않았다. 그는 다음과 같은 시구로 탁월한 전투묘사를 끝맺고 있다.

"나는 생각했다. 가엾은 인간!/그는 무얼 원하는 걸까? … 하늘은 맑다./ 하늘아래 모두에게 수많은 장소가 있다/하지만 계속해서 무익하게도/그는 오직 한 곳만을 적대시한다. 무엇 때문일까? ……"

레르몬또프는 27살로 요절했다. 그는 (프랑스대사의 아들 바란트와 뻬쩨르부르그에서 벌인 결투 때문에) 까프까즈로 두 번째 유형을 왔다. 당시에 공허한 상류사회계층이 보통 방문하는 집합소였던 휴양지 빠찌고르스크에 도착했다. 휴양지를 찾아오는 여인들의 애정공세에 기쁨을 감추기 위해 보통 바이런풍의 외투로 몸을 감싸기를 즐겼던 장교 마르뜨이노프에게 그가 조롱 섞인 짧은 풍자시를 보낸 것이 결투를 일으켰다. 레르몬또프는 첫 번째 결투처럼 일부러 다른 방향을 향해 쏘았지만, 마르뜨이노프는 (너무 오래 총을 겨누어서 입회인들의 항의를 받았다) 일격에 레르몬또프를 쏘아 죽였다.

뿌쉬낀과 레르몬또프: 산문작가로서

뿌쉬낀은 인생의 후반기에 산문을 썼다. 그는 뿌가쵸프 반란의 광범위한 역사를 집필하려고 자료수집을 위해 러시아 동부지역을 돌아다녔다. 그는 문서의 자료들을 활용하기보다는 대반란사건에 대해 떠오르는 영감과 민간전설을 사용하여 집필했다. 그리고 뿌가쵸프 반란시기를 배경으로 중편소설 『대위의 딸』을 썼다. 이 소설을 그의 대표작으로 손꼽지는 않는다. 뿌가쵸프와 늙은 하인, 그리고 러시아 동부 변방 지역의 작은 요새에서 일어난 다양한 삶이 다양한 사실주의적인 예술장면에 의해 그려져 있다. 하지만 소설의 일반적인 구성을 보면, 뿌쉬낀은 당시의 사조인 감상주의를 따르고 있다. 그럼에도 불구하고『대위의 딸』과 특히 그의 산문들은 러시아문학사에 큰 역할을 했다. 뿌쉬낀은 그런 산문작품들을 통해 오래전에 프랑스에서 발자크가 소개한 사실주의학파를 러시아에 소개했기 때문이다. 이 학파는 지금까지도 러시아에 널리 보급되어 있다. 물론 여기에선 프랑스의 소수 작가들이 잘못 오해하고 있듯이 주로 인간의 저급한 본능을 다룬 사실주의가 아니라 현실에서 진실찾기 방법으로 인간 본성의 고결함과 저급함을 모두 다루는 것을 의미한다. 그밖에 소설의 구성과 표현수법에서 보여준 단순성은 실로 놀랍다. 러시아 산문은 이런 식으로 그 노선을 이어오며 발전과정을 밟아 왔다. 따라서 레르몬또프, 게르첸(『누구에게 죄가 있는가?』), 뚜르게네프와 톨스토이의 소설은 고골의 소설류보다는 뿌쉬낀의 소설류에 더 가깝다.

레르몬또프 역시 산문소설『우리 시대의 영웅』을 썼는데, 주인공 뻬초린은 낭만주의시기에 어느 정도 상류사회 계급을 실제로 대변하는 인물이다. 비평가들은 뻬초린에게서 작가 자신과 그의 동료들의 모습을 목격하였다. 그것은 레르몬또프 자신이『우리 시대의 영웅』의 두 번째 출판의 서문에서 언급했듯이, 한 인간의 자화상이 아니라 한 세대에 걸친 악의 자화상이기 때문이다. 주인공 뻬초린은 그 세대의 죄악에서 점차 발전하여 형성된 자화상이다.

뻬쵸린은 주변사람을 경멸하는 매우 영리하고 대담하며 진취적인 사내다. 그는 의심할 나위 없이 뛰어난 인물이며, 뿌쉬낀의 오네긴보다 더 우수하다. 그러나 그는 무엇보다도 자신의 뛰어난 재능을 언제나 사랑의 구애와 온갖 무분별한 모험을 감행하는 데 전념하는 이기주의자이다. 그는 토착민들의 축제에서 만난 어느 끼르끼즈 처녀에게 반해 사랑의 열병을 앓는다. 그 처녀 역시 뻬초린의 우울한 모습과 아름다움에 반한다. 그러나 그녀의 회교도 집안사람들은 딸을 러시아인에게 시집보내는 데 동의하지 않아 그는 처녀와 결혼할 수가 없다. 그러자 뻬초린은 그녀의 남동생에게서 도움을 받아 대담하게도 그녀를 납치하여 몰래 자신이 거주하는 러시아요새의 장교숙소로 데려온다. 그녀는 몇 주일 동안 울기만 할 뿐 납치한 러시아인과 결코 대화하려고 하지 않는다. 그러다가 그녀는 조금씩 그를 사랑하기 시작한다. 비극은 여기에서 시작된다. 곧 뻬초린은 아름다운 끼르끼즈 여인에게 싫증난 것이다. 그는 사냥을 핑계로 점점 그녀 곁을 떠나기 시작한다. 어느 날 주인공이 외출하고 없는 사이에 평소 그녀를 사랑하던 끼르끼즈 청년이 그녀를 요새에서 납치해 도주한다. 곧이어 그들을 뒤쫓는 추격전이 벌어지고, 끼르끼즈 청년은 그녀와 함께 도망갈 수 없는 막다른 상황에 처하자, 단번에 그녀를 단검으로 살해한다. 사실 그런 해결책은 그동안 뻬초린이 내심 원했던 결과이기도 했다.

몇 년 후에 뻬초린은 어느 까프까즈 온천지의 러시아사교계에 등장한다. 여기서 그는 청년장교 그루쉬니스끼가 구애하고 있는 공작의 딸 메리를 만나게 된다. 일종의 까프까즈식 풍자에서는 인간에 대한 혐오감을 보여주려고 안간힘을 쓰는 바이런풍의 부류는 존재하지 않는다. 그러나 사실 그는 매우 천박한 인물이다. 그는 사실 공작 딸인 메리에게 별로 관심이 없는데도 연적 그루쉬니스끼가 그녀의 눈에 우스꽝스럽게 비치도록 간계를 꾸미며, 악의적인 만족을 느끼면서 그녀가 자신에게 사랑을 느끼도록 온갖 노력을 기울인다. 하지만 그는 일단 그런 일을 성취하기만 하면 자기 희생자에게 쏟았던 관심과 흥미를 모두 잃어버린다. 마침내 그루쉬니스끼를 웃음거리로 만들고 그루쉬니스끼가 그에게 결투를 신청했을 때, 뻬초린은 결투를 받아들이고 그를 살해한다. 이런 부류의 인간이 당시의 주인공들이었다. 이런 경우 우리는 풍자가 아닌 사실을 마주 대하고 있음을 알아야 한다. 일반적으로 니꼴라이 1세의 농노제도 아래서 물질적 어려움 없이 국내의 정치판에도 나가지 않는 재능있는 자들은 자기 힘을 분출할 출구를 찾지 못한 채 뻬초린처럼 자주 엽기적인 사건의 미로에 뛰어들곤 하였다.

이 중편소설에는 등장인물의 성격이 탁월하게 묘사되어 있다. 예를 들면, 나이 지긋한 막심 막시므이치 대위는 매우 동정받는 인물의 전형으로 영원히 남아 있다. 이런 특징 때문에 『우리 시대의 영웅』은 『에브게니 오네긴』처럼 이후에 나오는 모든 중편소설의 모델이 되었다.

그 시대의 다른 시인과 소설가들

우화작가 끄르일로프(1768~1844)는 해외에 가장 널리 알려진 러시아작가 가운데 한 사람이다. 영어권 독자에게는 훌륭하게 번역된 그의 작품들과 러시아문학 연구가인 폴스턴의 논문 소개로 잘 알려져 있다.

그는 양 세기의 경계선에 걸쳐 활동했기에 작품에는 18세기 말~19세기 초의 시대상황이 나타난다. 그는 1807년까지 프랑스 형식을 모방한 희극을 썼지만, 작품은 같은 시대의 다른 희극보다 훨씬 뛰어났다. 1807년 후반~1809년대에 끄르일로프는 자신의 진정한 사명을 인식하고 우화를 쓰기 시작했다. 곧 이 분야에서 그는 러시아문학뿐만 아니라 같은 시대 다른 나라 우화작가들 중에서도 단연 돋보였다. 그가 쓴 많은 우화들 중 아마도 대부분 유명작품은 라퐁텐[7]에게서 차용했다. 그럼에도 불구하고 끄르일로프의 우화는 완전히 독창적인 작품이다. 라퐁텐의 우화가 아무리 지적이고 세밀하다지만,

---

7) (역주) 라퐁텐: 17세기 프랑스의 시인. 대표적 우화작가로 대표작은 『우화시집』이다. 시구의 거의 완벽한 음악성, 동물을 의인화하여 인간희극을 부각시키는 절묘성 등이 높이 평가받는다.

그의 동물은 '훌륭한' 사회에서 학문적으로 교육받은 프랑스인이다. 그의 우화에 나오는 농민조차 베르사이유의 화장품으로 치장하고 있다. 그러나 끄르일로프의 우화는 그런 것과 유사하지 않다. 우화에 등장하는 동물은 각기 고유한 특징을 갖고 있으며 본성에 대한 진실을 훌륭하게 보여준다. 그밖에도 짐승 한 마리마다 시적인 특별한 운율과 일치되어 있다. 즉, 덩치 크고 단순한 성격의 곰, 영리하고 꾀 많은 여우, 참을성이 없는 원숭이는 작품 속에서 자기 언어로 이야기한다. 끄르일로프는 묘사한 동물을 각기 완벽하게 알고 있었다. 그는 동물의 행동을 하나하나 개별적으로 연구했다. 그는 우화를 쓰기 전에 동물의 속성을 파악하고, 숲과 들판에 서식하는 생명체와 헤아릴 수 없는 인간의 다른 속성들을 애정을 갖고 관찰하곤 했다. 그리고 조용한 유머로 그들의 우스꽝스런 특성을 찾아냈다. 그런 까닭에 끄르일로프는 러시아에서뿐만 아니라(러시아 내에서는 재능 있는 작가 드미뜨리예프(1760~1837)와 경쟁을 벌였다) 신시대의 세계문학에서도 뛰어난 우화작가로 평가받는지도 모른다. 사실 끄르일로프의 우화에는 탁월하고 심오한 사상이나 번뜩이는 아이러니는 없다. 선하고 가벼운 조소가 발견되는 그의 우화는 작가의 거대한 몸집과 이상스런 게으름, 조용히 사색을 즐기는 취미와 서로 잘 조화를 이룬다. 그렇다고 그것이 우화의 진정한 특성은 될 수 없으며 그것을 풍자와 혼합시킬 필요도 없다. 이 점에서 끄르일로프 만큼 러시아문학에서 확실하게 민중어의 본질을 잘 이해하는 작가는 드물 것이다. 더욱이 러시아문학가들이 까람진의 세련된 유럽풍의 문체와 보수파의 서투른 반슬라브풍 문체 사이에서 자리 잡지 못하고 있을 때, 끄르일로프는 1807년에 쓴 첫 우화 속에서조차 이미 순수한 민중어를 만들어냈다. 그런 이유 때문에 그는 러시아문학에서 독보적인 자리를 차지했으며 오늘날까지도 러시아 민중어의 대가인 오스뜨로프스끼나 그 뒤에 등장한 민중작가들보다 우월하다. 끄르일로프가 우아한 표현력을 갖춘데다가 러시아 일상어의 진정한 정신을 이해한 작가라는 점에서 그와 비견할 만한 작가는 거의 없다.

이류 시인들

뿌쉬낀과 레르몬또프와 같은 시대에 활동한 이류시인 몇 명을 이야기한다. 뿌쉬낀의 영향이 컸기 때문에 그 경향을 따르려 했던 작가들의 유파가 형성되었다. 그들 가운데 누구도 이 세계적인 시인을 능가하진 못했지만, 각자 재능을 뽐내며 러시아의 시 발전에 동참하면서 러시아 사회에 인도주의적인 영향을 주었다.

꼬즐로프(1779~1840)의 시에는 그의 개인적인 슬픈 운명이 특별히 반영되어 있다. 그는 40세가 되자 중풍에 걸려 처음엔 양쪽다리를 쓰지 못했고 나중엔 시력까지 상실했다. 그러나 어떤 질병도 그의 시적 재능을 억누르진 못했다. 그는 딸에게 시구를 낭송해주고 그것을 받아적게 했다. 그 중에는 매우 슬픈 비가(悲歌) 몇 편과 외국시인들의 시를 훌륭하게 번역한 시들이 남아 있다. 그의 시 〈수도사〉는 러시아 독자의 눈물을 흘리게 했고 뿌쉬낀에게서 뜨거운 찬사를 받았다. 놀라운 기억력으로 바이런, 월터 스코트, 라신,[8] 타소,[9] 그리고 단테의 시를 모두 암기한 꼬즐로프는 주꼬프스끼처럼(그와는 공통점이 많았다), 특히 영국시인들과 사상가의 작품을 여러 언어로 수없이 번역했다. 폴란드어로 번역한 작품 가운데 예를 들면, 미스께비치의 〈크림의 소네트〉와 같은 작품은 진정한 예술작품에 속한다.

젤리비그(1798~1831)는 뿌쉬낀과 남자귀족학교인 리쩨이의 동료로 가

---

8) (역주) 장 바티스트 라신(1639~1699): 17세기 프랑스의 작가. 『베레니스』, 『이피제니』 등 삼일치의 법칙을 지킨 정념비극의 걸작으로 성공을 거두었다. 아카데미 회원이었다. 그 외 『페드르』 등의 작품이 있다.

9) (역주) 타소(1544~1595): 이탈리아의 시인. 르네상스 문학 최후의 시인으로 그의 최대의 걸작 『해방된 예루살렘』은 후기 르네상스 정신을 완전히 종합한 것으로 유럽 문단에 큰 영향을 주었다.

까운 친구였다. 그는 러시아문학에서 고대 그리스형식의 시를 부활시키려고 애쓴 인물이다. 그는 러시아민요의 문체를 매우 성공적으로 모방했으며, 이런 형식으로 쓴 서정시들은 당시에 큰 인기를 얻었다. 그의 민요풍의 서정시 몇 편은 오늘날에도 인기를 누리고 있다.

바라뜨인스끼(1800~1844) 역시 뿌쉬낀의 친구들 그룹에 끼어 있었다. 바라뜨인스끼의 시는 핀란드의 기이한 자연의 영향으로부터 낭만주의적인 특징을 받아들였다. 그의 시는 자연에 대한 사랑과 동시에 깊은 우수를 띠고 있다. 그는 철학문제에 큰 관심을 가졌으나 거기에서 해결책을 찾지는 못했다. 그런 까닭에 완전한 세계관을 갖추지 못했지만, 그럼에도 불구하고 그의 시는 모두 세련되고 표현력이 뛰어나며 미적형식을 갖추고 있다.

이즈이꼬프(1803~1846)도 같은 그룹에 속한다. 그는 뿌쉬낀과 가까운 사이였으며, 뿌쉬낀은 그의 시에 감탄하곤 했다. 이즈이꼬프의 시는 시적 표현형식을 개선한 점에서 역사적 의미를 지닌다. 불행하게도 이즈이꼬프는 한동안 앓은 중병과 지병으로, 또한 슬라브주의자들의 반동적인 영향 때문에 재능을 소진해버렸다. 그래서 혜성처럼 러시아문단에 등장했던 그는 러시아문학에 기대만큼 그렇게 큰 기여를 하지 못하고 죽었다.

베네비치노프(1805~1827)는 가장 젊은 나이로 요절했다. 러시아는 사실 그에게서 심오한 철학 관념과 아름다운 시적 표현력에서 괴테와 견줄만한 재능을 지닌 대시인이 될 것을 기대하고 있었다. 그가 생애 후반에 쓴 시 몇 편은 돌연 등장한 대시인의 성숙한 시적 재능을 보여주며, 대시인들의 시와 비교해보아도 뒤지지 않는다.

알렉산드르 오도예프스끼(1803~1839) 공작과 뽈레자예프(1806~1838) 역시 매우 젊은 나이로 요절했는데, 두 사람의 인생은 정치적인 박해로 좌절되었다. 오도예프스끼는 12월 당원이었다. 1825년 12월 14일, 체포되어 뻬뜨로 빠블로브스끼 요새에 감금되었다가 그 후 시베리아로 유형 가서 강제노동을 했다. 그는 시베리아에서 12년을 보낸 후 마침내 병사의 신분으로 까프까즈로 유형을 갔다. 여기서 그는 레르몬또프와 가깝게 지냈는데 레르몬또프가 가장 통감한 시 가운데 하나는 〈오도예프스끼의 죽음〉이라는 비가(悲歌)였다. 사후에 출판된 오도예프스끼의 시들은 형식의 무법칙성 때문에 제대로 평가받지 못했지만, 여전히 그는 진정한 시인이었다. 아울러 그가 얼마나 조국을 열렬히 사랑했는지는 시 〈시인의 환상〉과 역사시 〈발실리꼬〉를 보면 알 수 있다.

뽈레자예프의 운명은 훨씬 더 비극적이었다. 모스크바 대학의 우등생이었던 뽈레쟈예프는 20세 때에 자전적인 시 〈사쉬까〉를 썼다. 시는 당시 대학생의 생활과 함께 사회와 권력자에 항의하는 날카로운 필치로 쓰여 있다. 이 시를 읽어본 니꼴라이 1세 황제는 그를 사병으로 징집하도록 명령했다. 그는 사병의 신분으로 25세까지 계속 근무하다가 마침내 막다른 골목에 다다른다. 그는 군복무 중 자신이 누릴 자유를 황제에게 탄원할 목적으로 연대에서 무단외출하여 모스크바를 향해 떠난 적이 있었다. 그는 이 사건으로 1천대의 태형을 선고받았으나 다행히 형 집행을 면제받았다. 시인은 자신의 운명에 굴복하지 않았고, 당시 참혹한 사병생활을 하면서도 흔들림이 없이 바이런, 라마르틴,[10] 맥퍼슨[11] 같은 시인들을 흠모하고 따랐다. 피눈물로 쓴 그의 시들은 폭정에 격렬하게 항의하고 있다. 그는 모스크바 육군병원에서 폐결핵으로 사망한 후에야 니꼴라이 1세의 사면을 받았고 장교로 진급되었다.

---

10) (역주) 알퐁스 라마르틴(1790~1868): 1820년 처녀시집 『명상시집』(1823)을 발표하여 유명해졌다. 이 시집 발표는 프랑스시의 한 시기를 긋는 중대사건이며 이후 낭만파시인들은 그를 스승으로 모셨다. 한때 임시정부의 외무부장관까지 지냈으나 만년에 빚더미 속에 파묻혀 실의에 빠져 죽었다. 대표작으로는 『새로운 명상시집』(1823), 『시적·종교적 해조시집』(1830), 두 개의 서사시 『조슬렝』(1836), 『천사의 실추』(1838)와 『정관 시집』(1839)을 들 수 있다.

11) (역주) 제임스 맥퍼슨(1736~1796): 영국 시인. 스코틀랜드 고지(高地)지방에서 수집한 게일어(Gael)의 시를 번역한 『고대시가 단편』으로 인정을 받았다. 이어 3세기의 게일어 시인 오시안의 작품을 번역해서 『핑갈』, 『테모라』를 발표하여 영국뿐만 아니라 유럽의 낭만파 시인들로부터 칭송을 받았다.

우크라이나 시인인 쉐브첸꼬(1814~1861)도 그와 똑같은 운명이었다. 자유 애호시를 발표했다는 죄목으로 사병으로 징집되어 1847년 러시아 동부에서 복무하도록 파견되었다. 옛날 자유 까자끄인들의 삶을 그린 서사시들, 농노제도의 생활을 묘사한 가슴을 쥐어짜는 서사시와 서정시들은 모두 우크라이나어로 쓰여 있다. 그의 시는 당시에 매우 깊이 있는 민중적인 내용과 형식미로 뛰어나다.

이 시기의 산문작가는 몇 사람만 지적할 수 있다. 예를 들면, 12월 당원 가운데 한 사람으로 시베리아에 유형 갔다가 후에 까프까즈에 사병으로 전속된 '마를린스끼'라는 필명으로 글을 썼던 알렉산드르 베스뚜�줴프(1797~1837)가 있다. 그는 뿌쉬낀과 레르몬또프처럼 바이런의 영향을 받았으며 바이런 풍의 문체로 『거대한 욕망』을 써냈다. 또한 프랑스 낭만주의 문체로 여러 편의 모험소설을 썼다. 러시아인들의 삶을 묘사한 그의 소설은 처음으로 사회문제를 다루었다는 점에서 주목할 필요가 있다.

이 시기의 다른 인기 작가들은 다음과 같다. 자고스낀(1789~1852)은 인기 있는 역사소설가로 감상적이며 애국적인 문체로 쓴 『유리 밀로슬라브스끼』, 『로슬라블레프』 등을 발표했다. 나레쥐느이(1780~1825)는 고골처럼 러시아의 어두운 생활을 사실주의 문체로 묘사했기 때문에 일부 비평가들은 고골의 후계자로 여긴다. 라줴치니꼬바(1792~1868)는 역사소설로 많은 인기를 얻었던 작가이다.

제 **3** 장

고골

우크라이나

『따라스 불리바』

〈감사관〉

『죽은 농노』

우크라이나

러시아의 문학평론가들이 '고골시대'라고 부르는 러시아문학사의 신기원이 형성되었다. 고골은 대러시아인이 아니었다. 그는 1809년, 우크라이나의 귀족가문에서 태어났다. 그의 부친은 약간의 문학적 소질이 있어서 우크라이나어로 몇 편의 희극을 쓰기도 했다. 고골은 어린 나이에 부친을 여의고 지방 소도시에서 교육을 받았으며, 19세 때 이미 뻬쩨르부르그로 이주했다. 당시 그는 배우지망생이었으나 뻬쩨르부르그 황제극장의 지배인에게 재능을 인정받지 못해 다른 활동무대를 찾아 나서야 했다. 마침내 취업을 하였으나 하찮은 관리직이 적성에 맞지 않자 곧 문단에 나섰다.

그는 1829년에 우크라이나의 농촌생활을 묘사한 단편『지깐까 근처 마을의 저녁연회』를 발표하며 등단했다. 곧 다른 단편 모음집인『미르고로드』를 펴내 일약 문학계의 총아가 되었으며 주꼬프스끼나 뿌쉬낀의 반열에 오른다. 두 시인은 고골의 천재성을 금방 알아보고 그의 출현을 크게 환영했다.

우크라이나의 남부지역은 북방거주민들에게 언제나 특별한 관심을 끌었다. 우크라이나 마을은 대러시아처럼 큰 길을 따라 모여 있지 않고, 서유럽처럼 아름다운 정원으로 둘러싸인 새하얀 농가들이 여기저기 흩어져 있다. 북부보다 온화한 기후와 따뜻한 저녁, 그리고 운율적인 언어, 아마도 터키와 폴란드의 피가 섞인 남슬라브족 혼혈의 잘 생긴 얼굴, 게다가 멋진 복장을 갖추고 서정적인 노래까지, 이 모든 것이 대러시아인들의 눈에는 특히 흥미로워 보였다. 그밖에 우크라이나의 마을생활은 대러시아의 농촌생활보다 더 시적인 색채를 띤다. 우크라이나에서는 젊은 이성간의 교제가 매우 자유롭다. 그래서 처녀들과 청년들은 결혼하기 전까지 서로 자유롭게 만날 수 있다. 비잔틴문화의 영향을 받은 모스크바 여성들과 같은 패쇄적인 은둔생활은 우크라이나에서는 존재하지 않는다. 우크라이나에서는 폴란드의 영향이 더 우세하다. 우크라이나인들은 북쪽의 폴란드인, 남쪽의 터키인과 서로 싸우며 호전적인 까자끄인으로 살아야 했던 시기와 관련하여 수많은 전설, 서사시, 송가 등을 보유하고 있다. 그들은 양쪽의 적들로부터 그리스정교를 보호해야 했다. 그래서 지금까지도 그들은 그리스정교에 깊은 애착을 보인다. 그러나 우크라이나의 농촌에는 성서의 문자에 의한 신학적인 논쟁을 벌일 만한 뜨거운 열정도, 대러시아 분리파교도들의 특징인 참회식도 없다. 우크라이나인들의 종교 역시 훨씬 시적인 성격을 지닌다.

우크라이나어는 대러시아어보다 더욱 선율적이다. 그래서 근래에도 우크라이나어의 문학발전에 목적을 둔 운동이 등장한다. 그럼에도 여전히 우크라이나어는 진보단계에 머물러 있었으므로 고골은 매우 분별 있게 대러시아어로, 즉 주꼬프스끼, 뿌쉬낀, 레르몬또프가 사용한 언어에 합류하면서 작품을 쓰기 시작했다. 따라서 고골에게서 두 민족성을 결합시키는 일종의 연결고리를 찾아볼 수 있다.

우크라이나의 삶에서 나온 고골의 이야기에서 전체 내용을 인용하지 않은 채 유머와 날카로운 재치를 이해한다는 것은 완전히 불가능할지도 모른다. 그것은 자신이 주인공으로 등장하는 상황을 보면서 웃음을 참지 못한 채 깔깔거리고 웃으며 생활의 여유를 즐기는 젊은이의 선한 웃음이다. 주인공은 대부분 농촌아낙네이거나 부유한 농부, 시골의 끼가 넘치는 여인이나 상인들이다. 주인공은 행복에 겨워 있다. 구름 한 점도 그의 행복한 생활을 흐리게 하지는 못한다. 그러나 그가 묘사한 형상들이 보여주는 유머는 그의 시적인 변형의 결과가 아니라는 점을 주목해야 한다. 오히려 고골은 주도면밀한 사실주의 작가이다. 그의 소설에 나오는 농부아낙네나 농부는 각자 생생한 현실에서 재현되었으며, 따라서 고골의 리얼리즘은 거의 민속학적인 특징을 띤다. 그렇다고 민속학적인 특징이 당시 시적인 투명한 색채를 흐리게 하지는 않는다. 성탄절 밤이나 이바노프제 밤에 농촌의 미신들(그때 장난을 좋아하는 귀신들은 닭이 울기 직전까지는 자유롭게 활동한다)이 모두 독자 앞을 스쳐지나 간다. 그리고 이 모든 것에는 우크라이나인 특유의 기지가 넘쳐흐른다. 후기에 들어서 고골이 해학에서 보인 경향은 우스꽝스런 상황과 삶의 불행한 저변을 비교하는 '유머'라 할 수 있다. 고골은 "보이는 웃음을 통해 보이지 않는 비밀스런 세계인 눈물을 나오게 하는 것"이 유머라고 설명했다.

그러나 고골의 우크라이나 이야기들이 꼭 농촌 생활의 일화들만을 내용으로 다룬 것은 아니다. 어떤 것은 소도시의 상류층을 묘사하기도 한다. 그런 부류의 이야기로 『이반 이바노비치와 이반 니끼포로비치가 싸운 이야기』는 세계문학에서 가장 희극적인 작품이다. 이반 이바노비치와 이반 니끼포로비치는 서로 이웃에 살면서 친하게 지내고 있지만, 독자는 이미 소설의 첫 줄에서 그들이 필연적으로 서로 다투게 될 거라는 걸 짐작한다. 이반 이바노비치의 행동은 평소부터 수상쩍다. 그는 낯선 사람에게 "아직 신분도 성함도, 그리고 부친의 존함도 모르는 처지라 실례합니다만 어떻습니까? 담배 한 대 피우시지 않겠습니까?" 하고 말하며 담뱃갑을 친절하게 내민다. 또 그는 매우 정확한 습관을 지닌 인물이다. 그는 참외를 다 먹고 나면 남은 참외 씨를 꼭 종이에 싸서 그 이 위에다 "×월 ×일 참외를 먹었음"이라고 적어 놓는다. 만약 어떤 손님과 같이 먹었을 경우에는 "누구누구와 같이 먹었음"이라고 덧붙인다. 그러나 이반 이바노비치는 자기 삶의 안락함을 매우 중요하게 여기지만, 남과 함께 나누는 걸 별로 좋아하지 않는 구두쇠이다.

반면에 그의 이웃인 니끼포로치는 이바노비치와 성격이 상반되는 인물이다. 그는 매우 뚱뚱하고 몸집이 크며 남에게 맹세하기를 좋아한다.

무더운 여름날이면 웃통을 벗은 채 정원에 앉아 일광욕을 즐기곤 한다. 그는 다른 사람에게 담배를 권할 때면, "자, 어서"라고 말하며 간단하게 담배 갑을 내밀곤 한다. 그는 옆 사람에게 품위 있게 대할 줄 몰랐고, 자기 생각을 큰 소리로 말하기를 좋아한다. 이반 니끼포로비치는 이웃집 친구가 그에게 전혀 필요도 없는 구식 소총을 갖고 있음을 알게 되었다. 일단 알고 나니, 그 소총을 갖고 싶은 마음이 간절했다. 친구에겐 그것이 별로 필요 없을 것이라고 생각하며 정당치 못한 방법을 사용해서라도 그 구식소총을 꼭 자기 손에 넣고 말겠다고 결심을 할 만큼 그의 집착은 깊어갔다. 그러나 이반 이바노비치는 친구에게 소총을 안 팔겠다고 억지 부리고 여기에서 나온 말다툼에서 커진 싸움은 오랜 세월 동안 계속된다. 니끼포로비치는 만일 그가 소총을 정말 주기 싫다면 돼지와 바꾸자고 제안했다. 그러자 이번에는 이반 이바노비치가 모욕감을 느꼈다. "자네도 잘 알다시피 그것은 이름 있는 소총이라네. 그런데 그걸 돼지와 바꾸자고?" 그는 되물었다. 점점 언쟁이 격화되어 갈 때, 이반 니끼포로비치는 이반 이바노비치에게 얼굴을 맞대놓고 '숫거위'라고 말해 버렸다….

이런 말실수는 그 동안 다정한 일화로 넘쳤던 이웃 간의 정을 철천지 원수로 바꿔버린 계기가 되었다. 동네사람들은 두 사람의 관계를 옛날의 평화로운 상태로 회복시켜 보려고 백방으로 노력했지만, 견훤지간이 된 두 사람은 이런 저런 핑계를 대며 상대방에게 잘못을 전가시킬 뿐이었다. 이윽고 이반 이바노비치가 서로 원수가 된 친구에게 껄끄럽지만 뭔가 아쉬운 소리를 해야 할 일이 생기자 하는 수 없이 담뱃갑을 내밀며 화해의 제스처를 했는데, 이때 이반 니끼포로비치는 불행하게도 겨우 누그러져 있던 친구의 심기를 다시 건드리는 말을 하고야 만다. "이반 이바노비치! 이제 그만 화를 풀게나. 아따, 이 사람아, 내가 자네를 숫거위라고 불렀다고 뭐 그렇게까지 화를 낼 건 없었잖나…." 상황이 이렇게 되자, 그 동안 두 사람을 화해시키려 애썼던 친구들의 노력은 이반 니끼포로비치의 주책없는 말 한마디에 그만 수포로 돌아가고 말았다. 불화는 전보다 더 고조되었다. 그리고 비극은 삶에서 자주 희극과 서로 얽히는 법이어서 이런 우스꽝스런 싸움은 옛 우정을 법정재판으로까지 비화시켰고, 노년에 이르도록 여전히 그들 사이에 재판은 끝없이 계속되고 있었다.

『따라스 불리바』

우크라이나 생활을 묘사한 고골의 가장 뛰어난 소설은 역사소설 『따라스 불리바』로 15세기 우크라이나 역사에서 매우 흥미 있는 시기를 재현하고 있다. 당시 터키인들에게 콘스탄티노플이 함락되었다. 터키족은 서유럽에서 발흥한 강력한 폴란드-리투아니아 정부의 견제에도 불구하고 동부 및 중부유럽을 계속해서 위협하고 있었다. 그러자 당시 우끄라이나인들이 러시아와 유럽을 보호해 주겠다고 자청하고 나섰다. 그들은 호전적인 까자끄공동체를 이루며 생활하고 있었는데, 까자끄인들의 공동체에 맞서서 폴란드인들은 일종의 연방기구 같은 것을 설립하기 시작했다. 까자끄인들은 평화 시엔 초원에서 농경생활을 하며 때때로 흑해까지 이르는 러시아 남부와 서부지역의 넓은 강에서 고기잡이를 했다. 그들은 개인무장을 했고, 지역 전체가 연대로 나눠 조직되어 있었다. 그러나 한 번의 신호만으로도 이 평화스러운 주민들은 곧바로 소집되어 터키족이나 몽고족의 침략을 온몸으로 막아냈다. 하지만 전쟁이 끝나면 곧 자신들의 들판과 고기잡이로 다시 돌아갔다.

이처럼 그들은 모두 회교도의 침략에 맞설 준비를 하고 있었다. 그런 목적을 위해 까자끄의 특수전위부대는 곧 '자뽀로쥐에[1] 본영지'로 불릴 만큼 유명해진 섬 상류의 '급류 너머' 드네프르강 하류에 배치되어 있

---

1) (역주) 16~18세기 우크라이나의 드네프르 남쪽에 있는 까자끄군 주둔지를 일컬음.

었다. 범법자나 도망쳐 나온 농노들을 비롯하여 여러 계층의 다양한 사람들과 지식인, 모험가들도 이 부대로 모여들었다. 그들은 단지 교회에 다니는지를 확인받는 것만으로 모든 입대절차를 대신했다. 그리고 긍정적인 대답을 들으면, 까자끄 군영의 책임자는 신참에게 "성호를 그으시오"라고 말한다. 신참이 세례를 받고 나면, "됐습니다. 이젠 당신이 아는 꾸렌²⁾으로 찾아가시오"라고 책임자는 말한다. 자뽀로쥐에 부대는 60개의 막사³⁾에 분산되어 있었다. 그 막사들은 독자적인 공화정체제나, 더 정확하게 말하면, 평화스런 젊은이들의 기숙사를 연상시켰다. 어느 누구도 무기 외에는 재산을 소유할 수 없었다. 영내에 여인들의 출입은 허용되지 않았다. 그곳은 확실한 민주주의 정신이 지배하고 있었다.

이 중편소설의 주인공은 군영에서 수년간 지내온 늙은 까자끄인 따라스 불리바로 이제는 부락에서 평화로운 노년을 보내고 있다. 끼예프 대학에서 유학하고 있던 그의 두 아들은 몇 년 만에 귀향한다. 그들이 부친과 처음 재회하는 장면은 매우 독특하다. 아버지의 생각에 말끔하게 보이지 않는 두 아들의 길게 늘어뜨린 복장을 그가 조롱하자, 장남인 오스따쁘는 주먹으로 한판 붙자며 아버지에게 결투를 청한다. 부친은 그의 도전적인 모습에 탄복한다. 그들은 서로 치고 받으며 격렬한 주먹다짐을 벌인다. 겨우 한숨을 돌린 아버지는 아들을 향해 이렇게 감탄한다. "그래 주먹맛이 대단한 걸! 오호, 훌륭해! 됐어! 건강하게 크거라, 아들아! 서로 입을 맞추자구나!" 그들이 도착한 다음날 어머니가 두 아들을 한껏 바라보도록 놔두지 않고, 따라스는 당시의 풍습에 따라 그들을 데리고 병영으로 떠난다. 그리고 곧장 폴란드 지주들이 농노들과 우크라이나인들을 학대한 사건이 원인이 되어 발생한 전투준비에 들어간다.

---

2) (역주) 우크라이나어로 까자끄인들이 머무르는 병영을 함.

3) (역주) 까자끄인들의 막사.

공동체 안에서 야전생활 하는 용감한 까자끄인들의 생활과 그들의 전쟁 수행능력이 소설 속에 훌륭하게 묘사되어 있다. 이 소설에 당시의 낭만주의에 젖어 있던 고골은 따라스의 차남으로 폴란드 귀족의 딸을 사랑한 나머지 적과 내통하는 감상주의적인 주인공 안드레이를 설정한다. 아버지와 형은 폴란드인들과의 전투에서 사력을 다한다. 전쟁은 일진일퇴의 치열한 전투를 거듭하면서 거의 일 년 간 지속된다. 그런 상황에서 어느 날 출정한 까자끄인들에게 포위당한 폴란드인들이 따라스의 작은 아들인 안드레이를 포로로 내세우자 늙은 부친은 몸소 배신자인 아들을 살해한다. 다음으로 큰아들은 폴란드인들에게 생포되어 바르샤바로 호송되고 그곳에서 고문을 당해 사망한다. 한편 따라스는 우크라이나로 돌아와 대규모 군대를 소집하여 폴란드를 습격한다. 그런 수차례의 습격사건이 200여 년 동안 폴란드와 이웃 민족들의 역사를 가득 채우고 있다. 마침내 포로로 잡힌 따라스는 화형을 당한다. 이 소설에서는 호전적이고 전투적인 까자끄족 고유의 생명력과 고통을 무시하는 사상을 엿볼 수 있다. 주제는 훌륭하고 아름다운 장면들 속에 드러난다.

물론 작은 아들은 결코 실존인물이 아니다. 폴란드의 귀족여인도 모두 고골이 창조해낸 것이다. 그녀의 등장은 소설의 구성상 고골에게 필요했기 때문이다. 고골은 이런 유형의 여인을 전혀 몰랐던 게 분명하지만, 까자끄 노인과 그의 큰아들, 까자끄 군대생활의 묘사는 수준 높은 사실주의를 보여준다. 이런 묘사는 우리에게 실제로 삶에 대한 환상을 불러일으킨다. 독자는 무의식적으로 늙은 따라스 노인에게 동정심을 갖게 된다. 동시에 민속학자는 작가가 이 소설에서 먼 옛날의 매우 흥미로운 시대를 시학적으로 재생산함으로써 자기 눈앞에 가치가 높은 민속학 자료들을 훌륭하게 결합시켰음을 눈치채지 않을 수 없다. 그런데 그 시대를 시학적으로 이해함으로써 이 민속학 자료에 대한 충실성은 오히려 약화되기보다 강화되어 있다.

고골은 우크라이나 생활을 무대로 쓴 중편들에 이어 대러시아 생활을 배경으로 중·단편 작품들을 쓰기 시작했다. 그 가운데『광인일기』
와『외투』는 특별히 언급할 필요가 있다.『외투』에서는 작가 고골이 특
히 웃음으로 '보이지 않은 눈물'을 감추는 재능을 특징적으로 보여준
다. 외투가 닳고 닳아서 더 이상 기울 수조차 없을 정도까지 낡아버린
것을 전율을 느낄 만큼 적나라하게 폭로당한 초라한 관리의 가난한 생
활. 재단사에게 새 외투를 주문하려고 결심하기 전까지 그의 망설임,
새 외투가 준비되었을 때의 극심한 흥분, 그리고 그의 호사스러운 외투
입어보기, 그리고 마침내 늦은 저녁 강도들이 그에게서 외투를 강탈해
갈 때, 모두의 무관심속에서 느끼는 그의 절망감—이 작품의 각 문장
은 위대한 예술가의 특징을 보여준다. 고골의『외투』는 다양한 형태로
그 시대 사람들에게뿐만 아니라 그의 뒤를 이은 러시아작가들에게 영
향을 주었다.

〈감사관〉

고골의 중·단편들이 러시아 중편소설의 발전사에서 전환점이 되었다
면, 그의 희극 〈감사관〉은 러시아 희극 발전사에서 전환점이 되었다. 이
희극은 고골의 뒤를 이은 드라마작가들에게 전형이 되었다. 러시아에서
는 지방의 행정상황을 조사할 목적으로 지방도시에 파견하는 고위관
리를 보통 '감사관'이라고 부른다. 그리고 고골의 희극에서 행위는 "지
난 3년 동안 과거 어느 정부도 결코 와 본 적이 없는" 소도시에서 일어
난다. 관객은 무대의 막이 올라가는 순간 이 소도시가 온통 감사관의
도착을 기다리고 있음을 알게 된다. 경찰서장 겸 시장(당시에는 경찰서장
이 시장을 겸했다)은 자기 동료들과 기관장들에게 중대소식을 전달할 목
적으로 회의를 소집한다. 시장이 꿈을 꾸었는데, 괴상한 쥐 두 마리가
달려와 냄새를 맡더니 사라져 버린 악몽이었다. 그는 이 악몽과 뻬쩨르
부르그로부터 친구가 보내온 편지를 관련시킨다. 그 편지는 감사관이

소도시에 내려간다는 소식과 함께 감사관이 알리지 않고 익명으로 갈 것이라는 더욱 나쁜 소식을 전하고 있다. 우두머리격인 시장은 각 기관장에게 관할기관을 철저하게 점검하도록 충고한다. 예를 들면, 병원장에게는 병원환자들이 몹시 지저분한 실내복을 입고 다니는 꼬락서니가 마치 청소부들 같다고 지적한다. 광적인 사냥꾼인 지방판사에게는 법정 안에 자신의 사냥용 채찍을 걸어 두고 있는 점, 게다가 수위들이 신성한 법정안에다 병아리들을 거느린 집 거위들을 기르고 있는 실상을 지적한다. 시장은 불안감에 싸여 모든 것이 전반적으로 재정비되어야 한다고 역설한다. 그는 상인들에게서 뇌물을 받아 챙겼고, 교회건립 충당금을 착복했으며, 불과 2주일 전에는 자기에겐 조금도 그럴 권한이 없는 데도 하사관의 과부를 두들겨 팬 일도 있었다. 그런데 머리 위에 내리는 눈처럼 소리 없이 이곳에 감사관이 나타난다니!

시장은 우체국장에게 "공익을 위해서 우체국에 도착하는 모든 우편물을 슬쩍 개봉하여 읽어보도록… 그러다 만약 우연히도 불행을 가져올 내용이나 보고서가 있으면 무조건 보류해 두라"고 지시한다. 사람들의 속마음을 엿보는 걸 몹시 즐기는 우체국장은 구태여 시장의 지시가 아니더라도 예전부터 관심을 끄는 편지들을 남몰래 슬쩍 읽는 것이 습관처럼 되어 왔으므로 물론 그런 제의에 쾌히 동의한다.

이때 뾰뜨르 이바노비치 도브친스끼와 뾰뜨르 이바노비치 보브친스끼가 나타난다. 그들은 지방신문의 소식통을 대변하는 위인들이다. 그들은 온종일 거리를 싸돌아다니다가 뭔가 흥미로운 것을 발견하면 성급히 서로가 말참견을 하면서 다른 사람들에게 그 소식을 전해 주려고 달려가곤 했다. 그리고 곧 최초의 소식통이 되려고 또 다음 사람에게 차례로 뛰어다니는 것이었다.

어느 날 그들은 소도시에서 하나밖에 없는 여관에 들렀다가 그곳에서 매우 의심스러운 인물을 목격했다. 사복을 입은 괜찮은 외모의 젊은이가 뭔가 사연이 있는 표정으로 방안을 서성대고 있다…. 그는 여관에서 벌써 2주째 한 푼도 지불하지 않고 지내며 어디 가려고도 하지 않는다. "무슨 일로 그는 여기에 눌러앉아 있을까?" 그 밖에도 그들이 아침을 먹고 있을 때, 그는 그들의 접시를 유독 호기심을 보이며 들여다보았다. 이 모든 게 분명히 이유가 있을 것이다. 시장과 참석자들은 모두 이 젊은이가 감사 차 이 소도시에 머물고 있는 바로 그 감사관이라고 단정해 버린다. 시장은 탐색하러 여관으로 서둘러 출발하고 그의 아내와 딸은 극도의 흥분상태에 빠진다.

소도시를 온통 뒤집어 놓은 이 낯선 이방인은 실상 자기부친을 찾아가던 청년 흘레스따꼬프이다. 어느 여관에서 그는 카드도박꾼인 대위를 만나 결국엔 가진 돈을 모두 털리고 말았다. 그는 더 이상 어디에도 갈 수가 없었다. 더구나 숙박비를 지불할 돈조차 없어 여관에서는 그가 외상으로 달라는 식사를 제공하길 거부하고 있다. 그는 엄청나게 밀려오는 허기를 느끼고 있었으므로 당연히 보브친스끼와 도브친스끼의 음식그릇에 관심을 보일 수밖에 없었다. 그리고 여관집 주인이 무슨 음식이라도 조금 내놓게 하려고 온갖 수단방법을 다해서 설득시킬 궁리를 하고 있었다. 흘레스따꼬프가 질긴 쇠고기조각을 겨우 먹어 치울 때쯤 시장이 등장하자, 여기에서 가장 희극적인 장면이 벌어지며 최고조에 이른다. 젊은이는 시장이 자신을 체포하러 온 것으로 생각하지만, 반대로 시장은 스스로의 감사활동이 폭로되는 걸 꺼려하는 감사관과 함께 이야기를 나누고 있다고 생각한다. 시장은 젊은이에게 더 안락한 다른 집으로 옮겨가자고 제의한다. "아니오, 그러고 싶지 않습니다"라고 흘레스따꼬프는 대답한다. "난 다른 집으로 가자는 게 무엇을 의미하는지 알고 있습니다. 말하자면 감방이겠지요." … 그러나 시장은 지레짐작으로 오인한 감사관을 자기 집으로 모셔 가기로 설득하는데 성공한다. 그리고 이제 흘레스따꼬프는 여관에서의 허기진 생활 대신 매우 유쾌한 생활을 보내기 시작한다. 관리들은 모두 한 사람씩 차례로 그를 찾아와서 자신을 소개한다. 그리고 그들은 각자 어떻게든 그에게 뇌물을 바치려고 애쓴다. 상인들도 시장에 대한 불만을 호소하려고 찾아온다. 하사관의 아내도 시장을 고소하려고 찾아온다…. 그때 젊은이는 시장의 아내와 딸에게 구애하기 시작하며, 어머니 앞에서 무릎을 꿇으려는 감상적인 순간에 그는 아무 생각 없이 돌연 딸에게로 그 강렬한 감정을 보내며 구원을 요청한다. 그러나 갈 길이 먼데다 그 사이 꽤 많은 돈을 챙긴 흘레스따꼬프는 며칠 후에 다시 돌아올 것을 선언하면서 숙부와 꼭 만나야 한다는 약속을 핑계로 서둘러 소도시에서 줄행랑을 친다.

시장이 엄청난 환희에 빠져 있음을 상상하기란 어렵지 않다. 각하인 감사관이 자기 딸과 결혼하게 되다니 말이다! 그래서 시장과 아내는 온갖 계획들을 짜며 공상에 빠져 든다. 〈시장인 자신을 곧 장군으로 승진시켜 줄 터이고, 수도인 뻬쩨르부르그로 그들이 이사하게 될 것은 따 놓은 당상이렷다! 이 행복한 소식이 곧 소도시 전체에 퍼질 것이고. 지방 관리들과 남녀 대표자들이 시장에게 축하인사를 드리려고 나타나겠지. 시장의 자택에는 사람들이 구름처럼 모여들고 행복한 주인은 들뜬 마음으로 축하인사를 받게 되겠지…〉 그런데 갑자기 우체국장이 나타난다. 그는 감사관 행세를 하는 젊은이가 뻬쩨르부르그의 친구 뜨랴삐치긴에게 보낸 편지를 시장의 지시에 따라 몰래 뜯어본 것이다. 우체국장이 직접 가져온 편지의 내용을 보니 그 젊은이는 전혀 감사관이 아니었음이 밝혀진다. 편지 속에서 청년은 이 소도시에서 일어난 사건을 자기 친구인 저널리스트에게 신랄한 어투로 얘기하고 있다.

이 편지는 마치 기다렸다는 듯 시장에게 치명타를 가한다. 시장의 측근들은 시장과 그의 가족이 엄청난 혼란에 빠져드는 것을 보고 내심 미소를 짓는다. 급기야 사람들은 모두 서로를 비난하다가 마침내 도브친스끼와 보브친스끼에게 그 비난의 화살을 돌린다. 그러나 이때 헌병이 등장하여 큰소리로 "뻬쩨르부르그에서 명령을 받고 방금 도착하신 관리께서 지금 당장 여러분을 호출하시랍니다. 그 분께선 여관에 머무르고 계십니다"라고 외친다. 연극무대에서는 생생한 장면들이 연출되는데, 고골은 이 장면을 위해 손수 배우들을 지도하면서 연필로 재미있는 스케치를 그려 넣었다. 고골은 자기 작품에 보통 삽화를 그려 넣곤 했는데, 이 삽화를 보면, 예술을 이해하는 고골의 재능이 이 불멸의 희극 주인공들에게서 어떻게 나타나는지 분명하게 알 수 있다.

〈감사관〉은 러시아의 희곡발전에서 새로운 기원을 보여준다. 당시 러시아 무대에서 공연된 많은 희극과 드라마들은(물론 예외적으로 〈지혜의 슬픔〉은 공연허가를 받지 못했다) 매우 불완전한데다 진가를 발휘하지 못했기 때문에 희곡분야에 포함시키긴 어렵다. 그에 반해 1835년에 무대에 올린 〈감사관〉은 문단에서 확연히 두드러져 보였다. 명배우들을 모두 열광시키는 그 무대의 적합성, 건강하고 진심어린 유머, 작가의 우연한 생각에서가 아닌 희극 등장인물들의 성격에서 끌어낸 희극장면들의 자연스러움—이런 특징들이 모두 고골의 희극을 세계문학에서 뛰어난 걸작 가운데 하나로 만들었다. 만약 희극에서 묘사된 삶의 조건이 극히 예외적으로 러시아적인 성격을 띠고 있지 않다고 해도, 또한 묘사된 사건이 러시아에서조차 거의 잊혀진 비교적 과거 시기와 관련이 없다고 해도, 이 희극은 각 장면에서 성공을 거두었을 것이다.

공연된 〈감사관〉은 러시아의 보수계층으로부터 나온 불만이 대단해서, 고골은 뻬쩨르부르그 관리들의 삶을 새롭게 묘사하려한 희극『블라지미르 3등 훈장』을 공연하겠다는 말조차 꺼낼 형편이 못되었다. 고골은 그런 성격을 띤 훌륭한 희극들(〈사무원의 아침〉, 〈소송〉 등)을 여러 편 썼다. 다른 희극 〈결혼〉에서는 결혼을 앞둔 완고한 독신자의 심적 갈등을 그리고 있는데, 결혼에 흥미를 잃은 주인공은 결혼식을 올리기 몇 분전에 창문을 넘어 도망쳐 버린다. 이 희극은 재능 있는 배우들에 의해 연기된 매우 희극적인 장면들로 구성되어 있어서 높은 평가를 받았으며, 여전히 러시아의 연극레퍼토리에서 가장 훌륭한 작품 가운데 하나이다.

『죽은 농노』

고골의 주요작품은 자신이 직접 '뽀에마(поэма: 작은 서사시)'라고 부른 중편소설『죽은 농노』이다. 이 소설은 슈제뜨(소주제)를 갖고 있지 않다. 자세히 말하면, 그 슈제뜨의 단순함이 두드러져 보인다.『죽은 농노』의 슈제뜨도 〈감사관〉처럼 뿌쉬낀이 고골에게 힌트를 준 것이다. 러시아에서 농노제도 태동기에 귀족들이 가장 원했던 것은 100~200명 정도의 농노들을 거느린 지주가 되는 것이었다. 당시에 지주들은 농노를 노예처럼 마음대로 사고 팔 수 있었다. 그래서 교활한 지주인 치치꼬프는 기발한 계획을 생각해 낸다. 치치꼬프는 정부의 '인구조사'가 10년이나 20년마다 한 차례 시행된다는 점에 착안하였다. 즉 이전 인구조사와 다음 인구조사 사이에 지주들은 비록 자기가 소유한 '농노'들이 이미 사망했더라도 다음 인구조사 때까지 남자농노 한 사람마다 인두세를 납부해야 하는 허점을 그는 이용하기로 작정한다. 그는 '죽은 농노'의 문서를 사서 남부초원지대 어딘가의 값싼 땅을 구입한 후에, '죽은 농노'를 그 땅으로 문서상 이주시키고 다시 문서상으로 그들의 이주증명서를 제출하여 '오뻬꾼스끄 협의회'(당시의 토지은행)에 이 별난 '소유물'을 저당 잡히려는 계획을 갖고 있다. 이런 방법으로 그는 한탕해서 재산을 모을 수 있는 기반으로 삼으려 한다. 치치꼬프는 이런 계획에 따라 지방도시를 돌아다니며 계책을 꾸민다. 우선 그는 사람들을 일일이 방문하기 시작한다.

"새로운 손님은 우선 이 소도시 안의 고관들을 방문했다. 먼저 현의 지사에게 경의를 표했다. 지사는 치치꼬프처럼 살이 별로 쪄있지도 여위지도 않았다. 지사는 목에 안나 십자훈장을 걸고 있었지만 머지않아 별 훈장을 받게 될 거라는 소문이 돌고 있었다. 그러나 그는 더할 나위 없이 사람이 좋았고, 때로는 손수 망사에 수를 놓기도 했다. 다음에는 부지사를 찾아가고, 또 검사, 재판소장, 경찰서장, 전매품 독점판매인, 관영공장 감독에게도 찾아가고… 세상의 유력자를 일일이 열거하기란 귀찮은 일이므로 유감스럽지만 이쯤 해두고 아무튼 이 손님이 방문하는 곳마다 비상한 활약상을 보였다고 말할 수 있다. 그는 보건위생국의 감독관을 비롯해서 지방도시의 건축기사에 이르기까지 경의를 표하기 위하여 찾아다녔던 것이다. 그리고 나서도 아직 더 방문할 사람이 없나 생각하면서 오랫동안 마차 안에 앉아서 궁리했지만, 더 이상 찾아 볼 지방 관리는 관내에 없었다. 그는 이 지방의 지주들과 이야기하는 동안 매우 교묘하게 한 사람 한 사람의 비위를 맞추는데 성공했다. 지사에게 말할 때는 '이 현에 와 보니 천국에 온 것만 같고, 가는 곳마다 도로는 빌로드를 깔아 놓은 듯하며, 이런 현명한 고관을 임명한 당국이야말로 칭송을 받을 만합니다.'라고 추겨 세웠다. 또 경찰서장에게 지방도시의 경찰들에 관해서 무척 아부하는 말을 하고, 부지사와 재판소장에게는 그들이 아직 5등관에 지나지 않지만 이야기 도중에 일부러 '각하'라고 잘못 불러서 그들의 마음에 들게 했다. 그 결과 지사는 그 날 저녁에 바로 자기 집에서 열리는 저녁연회에 참석해 달라며 초대했고, 다른 관리들도 제각기 어떤 사람은 오찬에, 어떤 사람은 보스턴 트럼프놀이에, 어떤 사람은 다과회에 그를 초대하였다."

"손님은 자기 신상에 관한 이야기를 별로 하지 않으려는 듯했으나, 얘기를 꺼낼 때는 몹시 겸손하고, 자신은 별로 중요한 인물이 아니라는 느낌을 주었다. 그런 경우에 그는 문어체 표현을 사용했다. 자신은 이 세상에서 보잘 것 없는 구더기나 다름없어서 남이 걱정해 줄 만한 인간이 못되며 여태까지 괴로움도 많이 당했고, 직책상 정의를 위해 모든 걸 참아 왔으며, 자기 목숨을 노리는 적들도 많이 만들었지만, 지금은 여생을 편안하게 보내고 싶은 마음에서 편히 쉴 수 있는 영지를 찾고 있다고 했다. 또 우연히 이 지방도시에 들렸기에 우선 높으신 기관장들에게 경의를 표하는 일을 첫 번째 의무로 생각하고 있다고 지껄여 댔다. 이상과 같은 것이 새로 온 인물에 대해 지방도시의 사람들이 알 수 있었던 전부였다. 하지만 그는 지사의 저녁 연회에 참석하는 일을 소홀히 하지 않았다."

"… 새로 온 손님은 어떤 경우에도 절대로 당황하는 법이 없었고, 자못 세상의 돌아가는 형편을 잘 아는 인물임을 몸소 보여주었다. 어떤 화제가 등장해도 이야기를 잘 이끌어 나갔다. 화제가 양마장에 이르면 양마장 이야기를 하고, 우량종 개 얘기가 나오면 매우 적절한 의견을 내놓았다. 세무 감독국의 어떤 심사에 관한 논쟁이 벌어지면 재판상의 조정에 대해서도 조예가 있음을 언뜻 내보였으며, 당구얘기가 나오는 경우에도 결코 말을 실수하는 법이 없었다. 자선이야기가 화제에 오르면, 자선에 관한 훌륭한 의견을 말하며 두 눈에는 눈물까지 글썽이는 것이었다. 곡주 만드는 이야기가 나오면, 곡주의 비결을 알고 있었다. 세무관계의 감독관과 관리얘기가 나오자, 마치 자신이 세무 관리나 감독관이었던 것처럼 그들을 비판했다. 게다가 더욱 돋보이는 것은 이런 이야기를 엄숙한 말투로 나누면서, 절제 있는 태도를 보여주는 법을 알고 있었다는 사실이다. 그의 말소리는 높지도 않고 낮지도 않으며, 아주 적당한 목소리였다. 한 마디로 말해서 어디로 보나 흠잡을 데가 없는 인간이었다. 관리들은 새로운 인물이 박식하다는 사실을 모두 만족스럽게 여겼다."

고골의 치치꼬프는 순수하게 러시아적인 유형임을 확신할 수 있다. 하지만 그는 과연 그런 인물일까? 우리는 제각기 서유럽에서 치치꼬프와 같은 인간을 정말로 만나보지 못했던가? 마치 병사처럼 민첩하게 움직이는 뚱뚱하지도 홀쭉하지도 않은 체구의 중년 나이의 인간을 말이다. 치치꼬프는 대화에서 다루는 화제가 아무리 복잡하더라도 그런 문제를 어떤 식으로 접근해야 할 것인지, 상대방의 관심이 무엇인지 알고 있다. 예를 들면, 노장군과 함께 이야기를 나눌 때면, 치치꼬프는 '조국의 승리'와 '전쟁의 영광'에 대해 서유럽풍의 세련된 형식을 갖추어 자신의 의견을 피력한다. 그는 '맹목적인 애국자[4]'는 아니다. 분명 아니다. 하지만 그는 애국자로 보이고 싶어 하는 사람에게서 요구되는, 전쟁에서 자기 조국의 승리를 사랑한다는 태도를 적절한 방법으로 보여준다. 만일 서구적인 치치꼬프가 감상주의적인 개혁자와 만난다면, 그는 급히 감상주의적으로 행동하며 고상한 개혁 등을 갈망하는 의견을 피력해 보인다. 한마디로 그는 항상 어떤 개인적인 목적을 갖고 있으며, 어느 순간 그가 흥미를 보인 것에 당신의 흥미를 끌도록 만들어서 동정을 얻으려고 최선을 다한다. 치치꼬프 같은 사람들은 죽은 농노나 철도채권을 살 수 있으며 자선사업을 위해 기부금을 모으거나 은행장들에게 환심을 사려고 노력한다. 그것은 흔히 있는 일이다. 그는 불멸의 국제적인 인간유형이다. 즉, 어느 곳에서나 그런 부류의 인간을 만날 수 있다. 그는 시간과 장소의 조건에 적합하도록 다양한 형태를 보이는 인간이다.

치치꼬프가 죽은 농노들을 매매하는 문제로 처음 이야기를 나눈 지주는 마닐로프였다. 그는 많은 농노들을 거느린 지주라는 안락한 생활이 가져다 준 독특한 러시아적 특징을 보여주는 보편적인 유형이다. "첫눈에 보아도 그는 비범한 인물이었다"라고 고골은 서술하고 있다. "그의 얼굴 특징은 만족감을 잃지 않으며, 그 만족감에는 달콤한 것이 녹아 있는 것 같았…. 만일 당신이 그에게 처음 말을 건다면, "대단히 유쾌하고 선량한 사람이로군!" 하고 말하지 않을 수 없을 것이다. 그러나 다음 순간에는 무슨 말을 해야 할지 모르고, 마지막엔 "도무지 정체를 알 수 없는 사람이로군." 하고 중얼거리며 물러날 것이다. 만약 자리에서 물러나지 않는다면, 필경 대단히 지루함을 느끼리라. 그에게서 쾌활한 말이나 흥분한 말투를 기대한다는 것은 무리다. 인간은 각자 무엇인가에

---

4) 영국에서는 특히 보어전쟁 기간에, 미국에서는 쿠바전쟁시 맥킨리 대통령 재임 시에, 러시아남부에서는 호전적인 애국자들과 증오심에 가득한 유형의 인간들이 존재했는데 그들을 '주전론자'라 불렀다.

흥미나 열정을 갖기 마련인데, 마닐로프는 그런 성격을 갖고 있지 않다. 그는 항상 즐겁고 평화로운 분위기에 젖어 있다. 그는 계속 생각에 몰두해 있는 것처럼 보이지만, 생각하는 대상은 비밀로 남아 있다. 고골은 "그는 가끔 지붕에서 마당과 연못을 내려다보면서 돌연 집에서부터 지하도를 뚫거나, 연못 위로 돌다리를 놓아서 양쪽 편에 잡화점을 만들어 놓고 장사꾼들을 데려다가 농민에게 필요한 온갖 잡화를 팔게 하면 얼마나 좋을까 하고 말했다. 이런 말을 할 때면, 그는 무척 감미로운 눈길에 얼굴에는 자못 만족스러운 표정을 지었다."고 이야기한다. 그러나 마닐로프에게 훨씬 더 복잡한 것은 항상 붙어 다니는 게으름이었다. 그의 집에는 늘 뭔가가 부족했다. 응접실에는 아마도 값이 꽤 나갈 것 같은 실크로 맵시를 낸 아름다운 가구가 놓여 있었다. 그러나 두 개의 안락의자에는 실크천이 부족했던지 맵시만 낸 내피깔개가 깔린 채 놓여 있었다. 그러나 몇 년이 지나도 주인은 매번 이런 말로 손님들에게 주의를 주곤 했다. "그 의자에는 앉지 마세요. 아직 다 만들지 못했습니다."

마닐로프의 가족관계도 꽤나 남달랐다. "그의 아내는… 하지만 서로 간에 매우 만족해 있었다. 그들의 결혼생활은 벌써 8년이 지났지만, 지금도 어느 한쪽이 상대방에게 사과 한 쪽이나 사탕, 아니면 호두를 가져 와서는 완전한 사랑을 보여주는 몹시 감동한 상냥한 목소리로 "여보, 자, 입을 벌리세요. 달콤한 걸 넣어 드릴 게요"라고 말한다. 이럴 때 입이 몹시 우아하게 벌려지는 것은 말할 것도 없다. 아내는 남편생일날에 언제나 깜짝 놀랄 이벤트를 준비했다. 예를 들면, 남편의 수놓은 이쑤시개용 덮개 같은 것이다. 그리고 자주 소파에 앉아서, 아무도 그 이유를 모르지만, 남편이 담배파이프를 내려놓으면 아내도 그때서야 일감을 밀어 놓은 채 달콤한 키스를 오랫동안 나누곤 했는데, 어찌나 키스를 오래 하는지 담배 한 대를 다 피울 수 있을 정도였다.

마닐로프는 사색을 좋아하지만 자기 농노들의 운명이나 자기 소유지의 상황에 관해서는 거의 염려를 하지 않는 편이었다. 그는 농노들을 괴롭히는 매우 솜씨 좋은 집사처럼, 잔인한 지주 못잖게 모든 일을 손수 처리하곤 했다. 19세기 중엽에 마닐로프와 비슷한 성격을 가진 사람들이 천여 명쯤 러시아로 이주해 왔다. 따라서 만일 주의 깊게 주변을 살펴본다면, 다양한 유형의 비슷한 '감상주의적인' 사람들을 발견하게 된다. 고골의 주인공이 가능한 한 많이 죽은 농노의 문서를 사들이려고 애쓰고 있을 때, 고골은 치치꼬프의 행적을 추적하며 이런저런 지주들을 비교해 가면서 어떤 초상화들을 모았을지 상상하기란 어렵지 않다. 『죽은 농노』에서 묘사된 지주들 가운데 감상주의적인 마닐로프, 둔중한 몸집에 교활한 사바께비치, 절망적인 거짓말쟁이 노즈드료프, 완고한 구닥다리 꼬로보치까, 인색한 쁠류쉬낀 등은 모두 러시아에서 유명해진 인간 군상들이다. 예를 들면 그 중에서 쁠류쉬낀의 형상은 심리학적으로 매우 깊이 다루고 있어서 "다른 문학에서도 수전노를 이보다 더 훌륭하고 뛰어나게 사실적으로 묘사한 사례를 찾아볼 수 있을까?" 하고 독자 스스로 자문하게 된다.

신경질환으로 고생하던 고골은 생애의 마지막에 이르러 '경건주의자'들 중, 특히 로세뜨 가문의 스미르노프 부인으로부터 영향을 받았다. 그리고 자기작품을 모두 그의 삶이 저지른 죄악으로 여기기 시작했다. 그는 종교적인 자책감에서 나온 두 번의 발작에서 『죽은 농노』 제2권의 원고를 불태워 버렸다. 이 불태운 원고를 건져내고 보니 남아 있는 것이라곤 단지 생애에 대해 쓴 몇 부분이었다. 그 후 십년 간 작가의 삶은 온통 고통의 나날이었다. 그는 자신의 문학 활동을 후회하면서 완전히 병적인 경건주의에 물든 『친구들과의 서신교환』을 출판했다. 이 저서에서 작가는 그리스도의 겸손이라는 가면을 쓴 채 자기 작품을 포함한 모든 문학을 불손하게 대하고 있다. 고골은 모스크바에서 1852년에 영면했다.

니꼴라이 1세의 정부가 고골의 작품을 매우 위험스럽게 여겼다는 사실은 부언할 필요가 없겠다. 고골과 그의 친구들은 〈감사관〉을 무대 위에서 공연하기 위해 엄청난 고난을 극복해야 했으며, 주꼬프스끼의 도움으로 겨우 허락을 받아 냈다. 〈감사관〉은 황제 자신의 희망에 따라 공연되었다. 고골은 『죽은 농노』 제1권을 출판할 때도 그와 똑같은 어려움을 겪었다. 즉, 초판이 발간될 즈음에, 제2판 발행은 니꼴라이 1세로부터 허락을 받지 못했다. 고골이 사망하자 뚜르게네프는 모스크바의 한 신문에 별로 특별할 것도 없는 고골에 관한 간략한 추도사를 발표했다(뚜르게네프가 이 추도사에 대해 말했듯이, "부자상인이 죽지 않으면, 잡지들은 별로 뜨거운 동정을 보이지 않는다고 누군가가 한 말은 옳다"). 그리고 젊은 소설가는 체포되었다. 고골에 관한 악의 없는 발설 때문에 뚜르게네프는 니꼴라이 1세로부터 처벌을 받았으나, 고위관직에 있던 친구들의 배려 덕분에 다만 뻬쩨르부르그에서 추방되어 자신의 영지 안에서 지내야만 했다. 만일 친구들의 도움이 없었더라면 뚜르게네프도 뿌쉬낀과 레르몬또프처럼 까프까즈로 유형을 가거나 게르첸과 살뜨이꼬프처럼 북방으로 추방되었을지 모른다.

니꼴라이 1세 치하의 경찰이 국가의 지적인 발전에 있어서 고골의 영향이 매우 크다고 생각한 것은 틀리지 않았다. 고골의 작품들은 필사본으로 러시아전역에 끝없이 퍼져 나갔기 때문이다. 우리는 어린 시절에 『죽은 농노』의 제2권을 처음부터 끝까지 전체를 베껴 썼고, 제1권은 부분적으로 베꼈다. 사람들은 모두 고골의 이 소설을 농노제를 가장 신랄하게 폭로한 작품이라고 생각했다. 실제로 그랬다. 그런 점에서 고골은 몇 년 뒤에 러시아에서 시작된 크림전쟁 시기와 특히 전후(戰後)에 농노제도에 맞서 항거한 문학운동의 선구자였다. 고골은 농노제도에 대해 개인의 견해를 밝히길 꺼려했지만, 소설에서 보여준 농노와 지주에 대한 묘사, 특히 농노들을 강제노동으로 내모는 지주들에 관한 묘사들은 작가가 직접 지주들의 가혹한 행위를 말하는 것보다 훨씬 더 강한 인상을 주었다. 『죽은 농노』를 읽어보면, 농노제가 스스로 몰락의 길을 걷고 있다는 결론에 이른다. 감상주의자인 지주 마닐로프의 지시로 지은 다리(교)처럼 쓸모없는 것을 만들고, 하릴없는 아첨꾼들을 먹여 살리느라 농노들을 강제로 노동시키거나 과식에다 술주정으로 행패를 부리는 것이 당시 지주들의 모습이었다. 따라서 고골은 농노들에게 강제노동을 시키지 않으면서 큰 부자가 아닌 지주를 묘사하려면 러시아인의 피가 섞이지 않은 혼혈인 지주를 모델로 삼아야 했다. 따라서 당시에 그런 유형의 러시아 지주가 출현한 것은 매우 놀라운 사건이었으리라.

고골 문학의 영향은 매우 컸으며, 그 영향력은 오늘날에도 지속되고 있다. 사실 고골은 심오한 사상가라기보다는 위대한 예술가였다. 그의 예술의 밑바탕에는 순수한 사실주의가 깔려 있다. 그의 예술은 진정으로 어떤 선하고 위대한 것을 인류에게 접목시키려는 노력으로 온통 가득 차 있다. 고골은 가장 희극적인 형상들을 창조하면서도 동시에 인간의 약점을 조소하려는 유혹에 빠지지 않았다. 그는 항상 무엇인가 더 좋고 더 나은 희망을 독자에게 심어주려고 애썼으며, 늘 자신의 목적을 이루곤 했다. 고골이 생각하는 예술이란 고결한 이상을 향해 나아가는 길을 비추는 등불이었다. 그리고 예술에 대한 이런 깊은 이해는 고골로 하여금 작품을 구상하는데 많은 시간을 할애하도록 했으며, 그래서 각 문장마다 정성을 들여서 썼다.

분명히 12월 당원(제까브리스뜨) 세대가 『죽은 농노』 같은 중편에 사회, 정치사상을 도입하도록 계기를 마련해주긴 했지만, 이제 그 세대는 소멸해버렸다. 따라서 절망적인 반동정치 시기에 러시아문학에 사회적 요인을 도입하고, 그것이 확고하게 정착할 수 있도록 한 사람은 고골이었다. 지금까지도 "누가 러시아 사실주의 소설의 선구자인가? 뿌쉬낀인가? 고골인가?" 하는 미결문제(뚜르게네프와 톨스토이는 뿌쉬낀이 그 선구자라고 단언한 바 있다)가 남아 있긴 하지만, 고골의 작품들이 러시아문학에 사회적인 요소를 도입하고, 당시 러시아 상황의 분석근거가 되는 사회평론을 이용한 사실은 분명하다. 그리고로비치의 농민소설, 뚜르게네프의 『사냥꾼의 수기』와 도스또예프스끼의 초기 작품들은 고골의 발의에 따른 직접적인 성과물들이다.

근래에 예술의 사실주의 문제는 주로 에밀 졸라의 초기작품에서 많은 논쟁을 불러 일으켰다. 그러나 고골의 작품을 읽은 러시아인들과 완벽한 형식을 갖춘 졸라의 사실주의를 아는 사람들은 프랑스 '사실주의자'의 관점으로 예술을 바라볼 수는 없다. 우리는 졸라의 작품에서 그가 싸웠던 동일한 낭만주의의 엄청난 영향을 목격했다. 그리고 그의 초기 작품들에 나타난 사실주의에서 우리는 발자크의 사실주의로부터 한 걸음 물러서서 바라보았다. 우리는 사실주의를 단지 사회를 해부하는 것만으로 제한할 수는 없다. 사실주의는 더욱 고상한 배경을 갖추고 있어야 했다. 즉 사실주의적인 묘사는 이상주의의 목적에 도움이 되어야 했다. 일반적으로 우리는 사실주의가 삶의 가장 저급한 면만을 묘사하는 것으로 오해하고 있다. 하지만 만약 그런 식으로 자신의 관찰범위를 제한하여 버린다면, 그는 결코 사실주의자가 될 수 없다. 실제 생활은 가장 고상한 표현과 함께 가장 열등한 표현의 안팎에 놓여 있어야 한다. 전반적으로 볼 때 타락이 현대사회에서 유일하게 볼 수 있는 지배적인 모습은 아니다. 타락과 함께 갱생도 존재한다. 결국 어떤 특별한 의도를 갖고 열등하고 타락한 것에만 관심을 갖는 예술가는 인생의 한 단면만을 탐구하기 때문에 우리를 이해시키지 못한다. 그런 작가는 삶을 있는 그대로 느끼지 못할 것이고 삶의 단면만을 알기에, 그것은 독자에게 가장 흥미로운 것이 될 수 없다.

프랑스에서 사실주의는 부분적으로 자유분방한 낭만주의에 맞서기도 했으나, 주로 우아한 품행을 결코 우아하지 못한 모티프로 피상적으로 폭로하기를 거부한 '우아한' 예술에 맞서 대항했다. 즉, 소위 '훌륭한' 사회의 우아한 생활에서 종종 발생되는 무서운 결과를 의도적으로 외면한 예술에 맞서 항거한 것이다. 그러나 러시아에서는 그와 같은 저항이 필요치 않았다. 고골 이후로 러시아예술은 어느 사회계층에 의해서도 제한받지 않았기 때문이다. 러시아예술은 모든 계층을 총망라하여 사실주의적으로 묘사하며, 사회적 관계의 이면을 꿰뚫어 보았다. 이와 같이 프랑스에서는 필요불가결하고 건전한 반향이었던 그런 과장된 표현은 러시아예술에서는 필요해 보이지 않았다. 러시아인들은 진부한 도덕적 해석으로부터 예술을 해방시키려고 과장하는 일에 빠질 필요는 없었다. 위대한 사실주의자 고골은 후세대 작가들에게 잊지 못할 교훈을 주었다. 그것은 삶을 묘사할 때 자신의 분석적인 관점으로 자신만의 진실을 유지하면서 최고의 목적을 위해 사실주의를 이용하라는 것이었다.

제 4 장

뚜르게네프와 톨스토이

이반 뚜르게네프(1818~1883)

뿌쉬낀, 레르몬또프와 고골은 러시아문학을 실제로 창조해온 작가들이지만 서유럽에는 거의 알려지지 않았다. 약 백여 년간 대문호 뚜르게네프와 톨스토이(부분적으로 도스또예프스끼도)만이 러시아작가의 작품에 다가가기 힘든 언어적 장벽을 극복하고 서유럽 사람들에게 알려졌다. 이 세 작가는 국경을 초월하여 러시아문학을 널리 알리며 인기를 얻었다. 그들은 서유럽의 사상과 예술의 발전에 어느 정도 영향을 주었으며 오늘날에도 영향을 주고 있다. 그들 덕분에 러시아인들은 향후 그들의 지혜를 보여준 명작들이 문명화된 인류가 거둔 정신적 성과의 일부가 되리라고 확신하게 되었다.

이반 세르게예비치 뚜르게네프는 소설에서 완벽한 예술구성과 아름다움을 보여주었기 때문에 19세기의 문호로 불린다. 그러나 그가 시학적 재능에서 보여준 중요한 것은 작품의 뛰어난 아름다움뿐만 아니라 지적으로 수준 높은 내용이다. 그의 소설은 다양한 유형의 인간을 닥치는 대로 묘사하거나 어떤 특별한 경향, 또는 어쩌다 작가의 관심을 끌게 된 사건들을 다루고 있지 않다. 그것은 서로 간에 긴밀한 관계를 맺으면서, 한 세대에서 다른 세대로 변화해 가는 흔적을 보여주는 러시아의 선도적 지식인 유형을 계속 묘사하고 있다.

뚜르게네프의 첫 작품은 1845년에 나왔으며, 그는 이후 30여 년에 걸쳐 시대상황을 다루었다. 이 30년 동안 러시아사회도 과거에 유럽사회가 겪었던 급격한 변화들을 경험했다. 지식계층을 대변하는 인물들은 오랫동안 지속해 온 무위도식에서 돌연 깨어나 사회체제의 근간인 농노제를 붕괴시키면서, 새로운 삶을 향해가는 급격한 사회변화를 계속 경험한다. '역사를 창조해가는' 이런 부류의 인물들은 뚜르게네프에 의해 묘사되었다. 작가는 깊은 사색과 철학적이며 인본주의적 이해력과 때때로 선견지명의 심미안을 두루 갖추고 있었다. 근대 작가들 중에서 이만한 정도의 성공적인 결합을 갖춘 작가를 찾기란 쉽지 않다.

뚜르게네프는 선입견을 우선으로 두는 계획에 따르지 않았다. 뚜르게네프에게서 무의식적인 창작과 의식적인 창작, 편견과 경향을 논의한다는 것은 모두 말장난에 불과하다. "진정으로 재능 있는 작가는 어느 한쪽으로 결코 기울지 않으며 있는 그대로에 만족한다. 주변의 삶이 자연스럽게 그에게 내용을 제공해 주기 때문이다. 따라서 소설이란 삶을 농축해서 표현한 것에 지나지 않는다. 하지만 작가는 비방이나 찬사의 글을 쓰지 않는다… 결국 그것은 작가에게 하찮은 일이기 때문이다. 어떤 주제에 구속을 받거나 예상된 플롯을 따라가는 작가는 미숙한 작가일 뿐이다."라고 뚜르게네프는 말했다. 그러나 뚜르게네프는 러시아 지식계층에서 두드러진 신인 남녀가 등장하면 즉시 관심을 보였다. 그는 이 새로운 인물 형상을 어떻게 보여줄까 오랫동안 숙고한 후에 마침내 예술적으로 재현하는데 성공했다. 그것은 마치 무릴로[1]가 순수한 사랑의 황홀경에 빠진 성모 마리아의 이미지를 수년에 걸쳐 마침내 완전한 개념으로 화폭에 담아내는데 성공할 때까지 고민했던 것과 똑같다.

뚜르게네프는 어떤 삶의 문제가 그의 마음을 사로잡으면, 사회평론가처럼 냉정하고 논리적으로 분명하게 논할 수는 없었다. 왜냐하면 그는 그런 문제를 영상과 장면의 형식으로 사고했기 때문이다. 그가 고심하고 있는 문제에 관한 생각을 상대방에게 보여주려고 할 때, 그런 대화에서조차 그는 상대방의 기억 속에 영원히 남아 있을 만큼 생생한 장면을 묘사함으로써 자신의 생각을 표현하곤 했다. 그것은 그의 작품이 지닌 독특한 특성이다. 그의 소설은 장면들의 연속체이다. 장면들은 각각 주인공의 성격을 묘사하면서 새로운 특징을 더욱 부연하도록 작가를 도와

---

1) (역주) 무리요(루릴로) - 17세기 바로크양식의 스페인 종교화가

준다. 그러므로 그의 소설은 모두 간결하며, 독자의 관심을 계속 끌려고 일부러 주제를 복잡하게 만들 필요도 없다. 베스트셀러 소설을 읽고 스스로 흥미를 잃어버린 독자라면 말할 것도 없이 뚜르게네프의 소설을 읽으면서 삶에 대한 환멸을 느끼며 비애를 맛볼 것이다. 소설 속에 센세이션을 일으킬 만한 일화는 없지만, 독자는 누구나 다 첫장을 읽자마자 눈앞에 등장인물들이 살아 움직이며 자신의 영혼과 싸우는 모습에 흥미를 느낀다. 그래서 독자는 독서를 끝낼 때까지 손에서 소설책을 놓지 못하며, 마침내 인간의 속성을 완전히 이해하게 된다. 그리고 폭넓은 목적을 달성하려는 수단으로 남다른 간결성(순수예술의 주요 특성인)을 보여준 뚜르게네프의 의도된 구상을 등장인물 모두에게서 느낄 수 있다.

조지 브란데스(George Brandes)는 뚜르게네프에 대해 쓴 심오하고 미학적인 글로 평가받는 평론 "현대의 지적 감성자(Moderne Geister)"에서 이렇게 의견을 피력했다.

"실제로 무엇이 뚜르게네프를 최고의 예술가로 만들었는지를 단정 짓기란 매우 힘들다… 그가 살아 있는 인간을 재현해 내고, 뛰어난 진정한 시인을 만드는 고도의 능력을 지니고 있다는 사실이 뭐라고 해도 모든 걸 내포하지는 않는다. 독자들이 그의 탁월한 예술성을 느끼는 것은 시인이 묘사하는 인간에게 쏟는 관심과 인간에 대한 시인의 판단과 독자 스스로가 얻은 인상 사이에 느끼는 조화이다. 바로 그런 점에서 (자신의 창작물에 대한 예술가의 관계) 인간이나 시인의 약점이 각각 필연적으로 나타나기 마련이다."

독자는 즉시 실수를 알아채며, 작가가 그 첫 실수의 인상을 바로 잡으려고 온갖 노력을 기울인다고 해도 그런 실수를 계속 기억한다. "발자크나 디킨즈, 혹은 오이어바흐 같은 작고한 대가들을 열거한다 하더라도, 그것을 읽은 독자는 이런 느낌을 알지 못할 것이다!" 브란데스는 계속해서 말하기를, "발자크가 다시 흥분을 고조시키거나 디킨즈가 유치하게 감동시키려고 하거나, 혹은 오이어바흐가 의도적으로 천진난만한 체 할 때, 독자는 곧 거짓과 불쾌감 때문에 반발하게 된다. 하지만 뚜르게네프 작품에서는 예술적인 면에서 어떤 불쾌감도 결코 느끼지 못한다." 브란데스의 이런 견해는 전적으로 옳다. 따라서 뚜르게네프의 모든 소설이 갖추고 있는 뛰어난 구성방법을 언급하겠다. 구성방법을 보면 단편이건 분량 많은 중편이건 항상 놀라울 만큼 균형을 이루고 있다. 말하자면 '민족지학적인' 인물에 관한 어떤 일화조차도 내부의 인생드라마의 발전을 지연시키거나 저해하지 않는다. 어떤 특징이나 장면도 전체적인 인상을 깨뜨리지 않는다. 보통 일반적인 인상을 확인해 주는 결말부문은 항상 놀라운 완성의 극치를 이루며 처리되곤 한다.[2]

그래서 주요 장면들에는 아름다움이 있다! 각 장면은 정경을 담아내면서 가장 예술적인 주제를 만들어낼 수 있었다. 예를 들어, 엘레나와 인사로프가 베니스에서 체류하는 마지막 장면은 이렇다. 그들이 화랑을 기웃거리고 있을 때, 감시인은 그들에게 "불행한 인간들!"이라고 외친다. 또는 연극배우(『라 트라비아타』에서 비올레타의 역을 맡은 여배우)가 흉내를 내는 기침소리에 죽어 가는 인사로프의 심한 기침소리로 응답하는 연극의 장면은 사실성을 증대시켜 준다. 뼈만 앙상한 어깨 위에 헤진 옷을 걸친 여배우가 보여준 감정의 리얼리티와 열정은 관객을 사로잡는다. 그리고 알프레도가 다시 돌아오자 죽어가던 그녀가 외치는 환희는 열광적인 폭풍을 불러일으킨다. 그 밖에 어두운 호수 위를 날고 있던 장밋빛깔의 갈매기가 막 짙은 암흑으로 빠져든다. 이런 장면은 제각기 화폭 위에 상상력을 불러일으킨다. 그런데 〈햄릿과 돈키호테〉에 관한 강의에서 뚜르게네프는 셰익스피어와 세르반테스가 동시대인이었다고 말하고, 세르반테스의 소설이 아직 셰익스피어가 살아 있을 때 영어

---

2) 아마도 유일한 예외는 『처녀지』에서 포무쉬까와 피무쉬까에 대해 설정된 일화인데, 그것은 소설에서 전혀 쓸모없는 부적당한 것이다. 이런 일화가 도입된 것은 작가의 문학적 변덕이라고 보아야만 설명될 수 있을 것이다.

로 번역되었기 때문에, 셰익스피어는 그 작품을 읽었을 것이라며 이렇게 외친다. "얼마나 아름다운가, 사려 깊은 화가의 훌륭한 필치여, 돈키호테를 읽은 셰익스피어여!" 이런 문장으로 그는 자신의 소설에서 수많은 장면들이 연출해내는 놀라운 표현미의 비밀을 보여준다. 그것들은 그 장면에서 울려 나오는 음악으로 감싸인 감정뿐만 아니라, 주인공의 모든 활동무대가(러시아의 자작나무숲, 레나 강위의 독일인 도시, 또는 베네치아의 부잔교) 감정과 조화를 이루며 깊은 심리적 의미로 가득 찬 장면처럼 그려져 있다.

뚜르게네프는 인간의 감정, 특히 폭넓고 완전히 순수하며 사려 깊은 소녀의 감정, 그리고 소녀의 고결한 감정과 이상이 각성하는 순간을 깊이 헤아렸다. 그런 순간에 소녀에게 무의식적으로 나타나는 각성은 사랑의 모습을 취한다. 삶의 그런 순간을 포착하는 데 뚜르게네프와 견줄 만한 적수는 없다. 전반적으로 사랑은 그의 모든 소설에서 중요한 모티프이다. 그것이 최고조로 무르익은 순간은 주인공(정치선전원이나 겸손한 지주로 등장하기도 한다)이 각광을 받으며 등장할 때이다. 대작가는 자신이 종사하는 일상의 창작(그런 일이 중요할지라도)이나 더군다나 그가 표현하는 말로도 인간형상을 특징적으로 나타내기가 쉽지 않다는 점을 알고 있었다. 예를 들면, 그가 드미뜨리 루진에게서 선동가적인 특징을 묘사할 때, 열띤 연설로는 그의 성격을 보여주지 못할 것이라는 단순한 이유 때문에 열띤 연설을 인용하지 않았다. 루진이 등장하기 이전의 많은 사람들이 자유와 평등에 대해 똑같은 주장을 해 왔으며, 그가 죽은 후에도 더 많은 사람들이 그것을 단언하게 될 것이다. 그렇지만 자유와 평등의 주창자로서 그런 특별한 유형(뚜르게네프가 루진에게서 보여주려고 한 "행동은 하지 않고 말만 앞세우는 인간")은 타인들과의 관계에서, 특히 무엇보다도 나따샤에 대한 그의 사랑에 의해 독특함을 드러낸다. 그 이유는 인간은 사랑에 의해서 자신의 개성을 완전히 드러내기 때문이다. 수천 명이 같은 표현을 담은 '말로 선동'을 했지만, 그들은 각자 다른 방식으로 사랑했다. 마씨니와 라살리는 둘 다 선동가이지만, 그들의 사랑은 서로 얼마나 달랐던가! 라살리와 백작부인 가트스펠리드의 관계를 모른다면 그의 인물됨을 판단할 수 없을 것이다! 뚜르게네프는 다른 문호들처럼 인류에 대한 사랑과 염세주의를 결합시켰다.

"뚜르게네프의 정신에는 깊고 넓은 우수가 깃들어 있다."고 브란데스는 지적한다. "그것은 그의 전 작품에 걸쳐 흐르고 있다. 비록 그의 서술이 객관적이고 일반적이며, 자기 소설에 좀처럼 서정시를 소개하지 않지만, 그럼에도 불구하고 그것들은 전체적으로 서정시적인 인상을 준다. 그 속에는 뚜르게네프 자신의 개성이 많이 나타나며, 그 개성은 항상 우수에 잠겨있다. 그것은 감상적인 요소가 거의 배제된 독특한 슬픔이다. 뚜르게네프는 자신의 감정을 완전히 지워버리지는 않는다. 그는 자제하고 있는 듯한 인상을 준다. 그러나 어느 서유럽작가에게서도 그런 우울함을 발견할 수는 없다. 레오파르디와 플로베르 같은 라틴민족의 뛰어난 애수주의자들은 대담한 필치와 문체로 자신의 슬픔을 표현한다. 독일인의 슬픔은 예리한 유머의 흔적을 보이며 그 슬픔은 강한 감동을 주거나 감상적이다. 그러나 뚜르게네프의 우수는 본질적으로 허약성과 비극성을 띤 슬라브 민족의 슬픔이다. 그의 우수는 슬라브 민요의 애수와 직접 관련되어 있다… 고골이 우수적이라 할 때, 그것은 절망에서 오는 우수이다. 도스또예프스끼가 똑같은 느낌을 표현할 때, 그것은 무참히 학대받아 마음이 아픈 인간, 특히 도덕적인 대죄인을 동정하기 때문이다. 톨스토이의 우수는 그의 종교적인 운명론에 기반을 두고 있다. 뚜르게네프 홀로 이런 경우에 철학자이다… 그는 비록 인간을 특히 높게 평가하거나 과신하고 있지는 않지만 인간을 진정으로 사랑하고 있기 때문이다."

뚜르게네프는 이미 초기에 농촌생활을 그린 단편들에서 충분히 자신의 재능을 보여주었다. 그는 검열관의 트집을 피할 목적으로 단편들의 모음에 『사냥꾼의 수기』라는 제목을 붙였다. 내용이 단순하고 풍자적인 요소가 전혀 없는데도 불구하고 이 단편들은 농노제도에 심각한 타격을 주었다. 뚜르게네프는 단편들에서 농노제의 공포를 두드러지게 묘사하지는 않았다. 러시아 농민을 아름답게 그리지도 않았다. 뚜르게네프는 단지 삶에서 체득한 필체로 농노제의 폐해로 비탄에 젖은 인간, 깊이 사색하고 느끼며 사랑하는 인간을 묘사하였다. 그리고 동시에 지주들(물론 그들 가운데 선량한 지주들도 있었다)의 세속적이며 비열한 삶을 보여줌으로써 농노제도 때문에 발생한 사회악을 모두가 인식하도록 각성시켰다. 이 단편들이 불러일으킨 사회적인 영향과 파장은 대단했다. 예술적인 가치를 보자면, 『사냥꾼의 수기』에는 매우 다양한 성격들이 생생하게 살아 있으며, 그들은 자연의 아름다운 스케치 안에 잠겨 있다. 젊은 작가의 의지력에서 생성된 경멸과 열광, 동정과 깊은 우수가 독자를 완전히 사로잡는다. 동시에 항상 완전한 형식미와 생생한 장면들이 전체적으로 훌륭하게 소설을 구성하고 있다.

중편 『정적』, 『교신』, 『야꼬프 빠신꼬프』, 『파우스트』, 그리고 『아샤』 등을 모은 다른 전집에서도 뚜르게네프의 재능은 충분히 드러난다. 소설에는 이미 그의 창작수법과 세계관, 재능에 관한 모든 저력이 나타나 있다. 소설은 깊은 우수에 잠겨있다. 작품에서는 러시아 인텔리겐차들이 외치는 약간 절망적인 목소리가 들리며, 사랑에 있어서도 그들은 자신을 가로막는 모든 장애물을 제거하려는 강한 의지를 보여주기보다 완전히 무기력한 존재로 나타난다. 그리고 그가 형편이 좋을 때조차도 자신을 사랑하는 여인에게 언제나 슬픔과 절망을 줄 뿐이다. 다음 문장은 『교신』에서 인용한 것으로, 세 편의 중편 『정적』, 『교신』, 『아샤』의 대표적인 사상을 가장 잘 보여준다. 이것은 26살의 숙녀가 어린 시절의 남자친구에게 쓴 것이다.

"내가 얘기하려는 것은 생각하기조차 괴롭고 어리석은 그 숙녀에 관한 게 아니라는 점을 분명히 밝혀두겠어요… 그녀는 그 남자가 언제쯤 도착할까 기다리면서, 그를 생각하기 시작하면 마음이 울적해집니다. 그러다가 마침내 그가 나타나면, 그녀는 황홀해진답니다. 그녀는 부드러운 밀랍 인형처럼 그의 팔에 안깁니다. 모든 것이―행복도, 사랑도, 생각도―그와 함께 있을 때면 그 모든 것이 일시에 몰려들었지요. 그녀의 온갖 불안감은 돌연 평온해지고 모든 의혹도 그 사람 때문에 눈이 녹듯 사라져 버립니다. 그의 입은 오직 진실을 말하고 있는 듯 생각되고요. 그녀는 그 남자 앞에서 경건한 태도로 자신의 행복을 부끄럽게 여기고, 배우며, 사랑한답니다. 이때 그녀에게 작용하는 그의 위력은 대단하지요! … 만일 그가 영웅이라면, 그는 그녀를 격려하고 자기 한 몸을 희생하도록 가르쳐서, 그녀는 쉽게 모든 것을 희생했을 겁니다! 그러나 우리 시대에 영웅은 없습니다… 역시 그는 어디든지 마음먹은 곳으로 그녀를 보냅니다. 그녀는 그가 인도하는 대로 몸을 내맡기지요. 그의 말 한마디 한마디가 그녀의 가슴에 아로새겨집니다. 그녀는 말이란 얼마나 하찮으며 공허하고 거짓된 것인지 아직도 모르고 있지요. 말이란 그것을 뱉어내는 사람에게는 얼마나 가치가 없으며, 신뢰란 얼마나 신기루 같은 것이던가요! 덧없는 행복과 순간적인 희망이 흐른 뒤에는 대개 상황(상황들이 언제나 어떤 일의 원인이 되지요)에 따라 이별이 찾아오는 법이랍니다. 사랑하는 연인들이 서로를 알게 되면 곧 떼어놓지 못할 만큼 굳게 결합된다고 말합니다. 저 역시 그런 일이 그들에게 항상 쉽게 일어나진 않을 거라고 들었지요… 그러나 저는 아무것도 보지 못했으므로 그것을 언급하진 않겠습니다. 그러나 어쩌면 계산적이지도 않고 별로 신중치도 못한 젊은이의 가슴에 가장 열광하기 쉬운 열정이 함께 존재한다는 걸 유감스럽게도 체험을 통해서야 알았답니다. 그래서 결국 이별이 찾아오고… 모든 것에는 끝이 있다는 걸 곧 알아차리고 기다리며 스스로 만족할 줄 아는 숙녀는 행복한 여인이지요! 그러나 당신들, 용감하고 공평한 남정네들은 대개 우리에게 진실을 말해 줄 생각도, 그럴 희망조차 없지요… 당신네들은 우리를 속이는 것이 더 편하니까요… 그렇지만 나는 남자들이 우리 여자들과 함께 자신들도 속이고 있다고 믿고 있답니다….”

러시아 지식인들의 활동력에서 보이는 완전한 절망감이 이 당시 뚜르게네프의 모든 중편들에 나타나 있다. 왕성한 활동력을 보이거나 단시간에 그런 활동력을 흉내 내는 예외적인 소수의 사람들은 보통 선술집의 당구장에서 그들의 인생을 끝장내거나 다른 방법으로 그들의 삶을 망쳐버린다. 이 소설이 집필되던 1854~1855년은 뚜르게네프가 염세주의를 갖게 된 이유를 충분히 설명해준다. 그때는 어쩌면 러시아 역사상 가장 어두운 시기라고 볼 수 있는 니꼴라이 1세의 통치 시기였다. 그리고 서유럽에서도 거의 이즈음에 나폴레옹 3세의 쿠데타가 뒤이어 일어났는데, 실현이 거의 불가능했던 1848년의 혁명에 대한 기대가 좌절된 이후에 나타난 전반적인 반동정치의 시기였다.

1852년, 고골에게 바친 순수한 내용의 추도사가 모스크바에서 출판된 데다 그 후에 뻬쩨르부르그에서 검열에 걸려 금지되었다는 이유로 시베리아로 추방될 위험에 직면했던 뚜르게네프는 과거에 불만을 터뜨린 사람들이 주위에서 모두 비굴하게 굴종하며 살아가는 것을 목격하면서 자기 영지에서 지내야 했다. 더구나 자기 주위에서 농노제와 전제정치의 옹호자들이 승리한 것을 보면서, 쉽게 절망에 빠져들 수밖에 없었다. 그러나 이 시기의 중편소설에 스며 있는 슬픔은 절망의 외침도 풍자도 아니다. 그것은 사랑하는 친구의 조용한 손길이며, 이 중편들에서 가장 큰 매력을 보여준다. 예술적인 관점에서 보면,『아샤』와『교신』은 아마도 독자가 뚜르게네프에게 빚지고 있는 가장 좋은 보석일 런지 모른다.

뚜르게네프의 가치를 올바르게 평가하려면 계속해서 그의 여섯 편의 중편소설『루진』,『귀족의 둥지』,『전날 밤』,『아버지와 아들』,『연기』,『처녀지』를 꼭 읽어봐야 한다(뚜르게네프 자신도 그러기를 바랐다). 이 중편들에는 뚜르게네프의 재능이 전반적으로 나타나 있을 뿐만 아니라 30여 년 동안(1848~76년) 러시아 인텔리겐차들의 지속적인 발전과정이 묘사되어 있다. 따라서 누구나 러시아의 발전과정에서 가장 흥미로운 시기에 진보적인 러시아사상을 대표하는 사람들에 대한 작가의 태도를 이해할 수 있다. 뚜르게네프는 이미 초기 단편에서 러시아의 햄릿주의를 언급했다. 『쉬그로브스끼 지구의 햄릿』과 『잉여인간의 일기』에서 그는 그런 부류의 인간들이 지닌 일반적인 특징을 탁월하게 보여주었다. 그러나 『루진』(1855)에서 그는 나태함과 행동이 결여된 열변 때문에 지탄을 받고 있으며, 러시아사회에 만연되어 있는 러시아 지식인들의 유형을 예술적으로 완전히 재현하는데 성공했다. 뚜르게네프는 이런 유형의 인물에게 특별한 관대함을 보이지 않으며 그들의 장점과 함께 단점도 보여준다. 그러나 일반적으로 그는 그들을 다정하게 우호적으로 대한다. 그는 루진이 지닌 모든 결점까지도 사랑했다. 그리고 루진의 동시대인들과 현대인도 일부분 그와 함께 이런 사랑을 나누었다.

농노제에서 전제정부의 복잡한 관료체제의 일원이 되기를 원하지 않고는 지각 있는 사람이 할 수 있는 일이라곤 아무 것도 없었던 니꼴라이 1세의 통치아래에서 성장해 헤겔철학으로 길들여진 루진은 '1840년대'의 인물이다. 소설의 장면은 중부러시아의 영지에서 유달리 진기한 것에 관심을 두고, 토크빌의 『아메리카의 민주주의』와 같은 당시의 금지된 서적들을 읽으며, 주변(예를 들면, 뻬쩨르부르그의 살롱이나 그녀의 영지에서) 인사들을 모두 초대하는 것을 좋아하는 한 귀부인의 가정에서 시작된다. 루진이 처음 등장하는 곳은 그녀의 응접실이다. 잠시 후 그는 대화를 주도하면서 탁월한 지적비평으로 요령 있게 젊은 세대로부터 호의와 여주인의 존경을 얻는다. 젊은 세대란 여지주의 딸, 그리고 아들의 가정교사인 젊은 대학생이다. 두 사람 모두 루진에게 완전히 마음이 끌린다. 루진이 저녁 늦게 자신의 학창시절을 이야기하면서 자유, 자유사상의 발전, 서유럽에서의 자유를 위한 투쟁과 같은 문제를 언급할 때면, 그의 말에선 불꽃이 튀었고, 한편의 시처럼 열기에 가득 차 있었으므로 두 젊은이는 거의 숭배하는 마음으로 그의 말을 경청하곤 했다. 결과는 뻔하다. 즉, 여지주의 딸인 나따샤는 그를 사랑하게 된다. 루진은 그의 멋진 머리에서 흰 머리카락이 벌써 희끗희끗 보일 만큼 나따샤보다 나이가 훨씬 많다. 그래서 그가 사랑에 대해 얘기할 때면 마치 먼 과거의 일인 양 말한다. 루진은 이렇게 말한다. "당신은 참나무의 어린잎이 움트기 시작할 때, 오래된 낙엽은 떨어진다는 사실을 알고 있지요?" 나따샤는 그가 한 이 말을 새로운 사랑이 그를 사로잡을 때에만 옛사랑을 잊을 수 있다는 의미로 이해하고서 루진에게 자신의 사랑을 바친다. 그녀는 모친의 엄격하고 품위 있는 대저택의 모든 전통을 깨고, 멀리 떨어진 연못가에서 이른 아침 루진과 밀회한다. 어쨌든 그녀는 아무런 조건 없이 어느 곳이던 그를 뒤따를 준비가 되어 있다. 그러나 가슴으로 사랑을 하기보다 머리로 사랑을 이해하는 루진은 그녀의 모친에게서 이번 결혼의 허락을 받기가 불가능할 것이라고 말해주는 것 말고는 아무런 변명도 하지 못한다. 그러나 나따샤는 그의 말을 믿으려 하지 않는다. 그녀는 어머니의 허락이 없이도 그를 따라갈 마음의 준비가 되어 있기 때문이다… 마침내 나따샤가 "우리는 어떻게 해야 하나요?" 하고 묻자, "순종해야지요"라고 루진은 대답하고 만다.

가능한 한 모든 장애물과 맞서 싸워야 한다고 그토록 열변을 토한 주인공이 눈앞에 놓인 첫 번째 장애물에 무너져 버린 것이다. 행동 없는 말, 오직 말뿐인 논쟁은 1840년대에 실제로 러시아사회의 생각하는 사람들을 대표하는 이들의 특징이었다.

나중에 우리는 다시 루진과 만난다. 그는 여전히 스스로 일거리를 찾지도 않고, 그 시대의 삶의 조건과 화해도 하지 않는다. 그는 이 도시에서 저 도시로 추방당한 불행한 인간으로 전락하여 러시아 각처를 방랑하다가 마침내 해외로 건너갈 기회마저 잡지 못하고 1848년 6월 봉기 때 파리의 바리케이드 위에서 살해당한다. 이 소설에는 매우 아름다운 에필로그가 있다. 여기에 과거 루진의 적수였던 레쥐네프의 말을 인용한다.

"나는 그를 잘 알고 있지요"라고 레쥐네프는 말을 이었다. "나는 그의 결점을 잘 알고 있어요. 하지만 그런 결점조차도 그가 평범한 인간이 아니기 때문에 더욱 눈에 두드러져 보입니다." "루진은 천재적인 능력을 지녔지요!"라고 바시스또프가 말을 받았다. "그에겐 천재성이 있는 것 같아요"라고 레쥐네프는 말했다. "그러나 그에게서 비극적인 것은… 개성이 없다는 데 있습니다. 그러나 그것은 문제되지 않아요. 내가 말하고 싶은 건 그에겐 매우 보기 드문 좋은 구석이 있다는 점이지요. 그에게는 정열이 있습니다. 그것은 우리 세대의 가장 중요한 특질이었다는 점을 나처럼 냉정한 사람이 드린 말씀이니 믿어 주세요. 우린 모두 참을 수 없을 만큼 분별력이 없어진데다 무관심해졌고 활기가 없습니다. 우리는 잠에 빠진 채 마비되어 있습니다. 그러므로 우리를 자극해서 한 순간이라도 우리를 행동하게 만들고 우리 마음을 감동시키는 사람에겐 감사해야 합니다. 이제 바야흐로 그 시기가 왔습니다! 사샤, 내가 언젠가 당신과 그에 관해 얘기했을 때, 냉담한 그를 비난한 걸 기억하시지요. 그때 내 말은 맞기도 하고 틀리기도 했습니다. 그의 냉담함은 머리에 있지 않고 혈관 속에 있습니다. 그러나 그것은 그의 죄가 아닙니다. 나는 그를 배우라고 불렀지만, 그는 배우도, 거짓말쟁이도, 사기꾼도 아닙니다. 그는 남의 신세를 지며 살고 있지만 그것은 교활한 사람이기 때문이 아니라 어린애 같은 사람이기 때문이지요… 그래요, 그는 정말로 어디선가 가난 속에서 비참하게 죽어 갈 것입니다. 그것 때문에 그에게 돌을 던질 수 있나요? 그는 스스로 아무것도 할 수 없습니다. 그는 생명력도, 활력도 없습니다. 하지만 누가 그는 쓸모없는 인간이며, 그가 한 말들이 젊은이의 가슴에 좋은 씨앗을 뿌리지 않았다고 말할 수 있겠습니까? 그리고 자신의 이상을 실행에 옮길 수 있는 능력을 갖춘 젊은이들에게 그의 말이 행동력과 좋은 씨앗을 뿌리지 않았다고 누가 단언할 수 있겠습니까? 그래요, 실제로 내 자신이 먼저 그것을 경험했고 내가 갖고 있는 모든 걸 그에게서 얻었습니다. 젊은 시절의 나에게 루진이 어떤 일을 했는지 사샤는 알고 있지요. 나 역시 루진의 웅변이 사람들에게 영향을 줄 수 없을 것이라고 주장했던 적이 있었음을 기억하고 있습니다. 그러나 그때 나는 내 또래의 나와 같은 사람들, 이미 살아오며 삶을 헤쳐 나가는 사람들을 이야기했던 것입니다. 그 사람의 웅변 속에 한 마디라도 거 짓이 들어 있다면, 우리에게 전체적인 조화는 깨어지고 말지요. 그러나 젊은 사람의 귀는 다행히도 그렇게 썩 좋지도 않고 그렇게 훈련되어 있지도 않으 니까요. 만일 그가 듣고 있는 말의 본질이 훌륭하다면 말투에 대해 감히 뭐 라고 하겠습니까? 그는 스스로 말투를 보완할 것입니다!"

"좋아요, 좋습니다!" 하고 바시스또프가 외쳤다. "그건 지당한 말씀입니 다. 루진의 영향에 관해서라면, 맹세컨대, 그 사람은 당신에게 감동을 주는 방법을 알고 있을 뿐만 아니라 당신의 정신을 고양시킬 수 있습니다. 당신 을 가만히 서 있지 못하게 할 수도 있으며, 당신의 마음을 뒤흔들어 움직이 게 하고 불타오르게 할 것입니다!"

그러나 루진과 같은 주인공에게 러시아의 발전을 기대하기란 불가능 했다. 새로운 사람들이 출현해야 했다. 그들은 곧 뒤따라 발표된 뚜르 게네프의 중편들에서 발견된다. 하지만 그들은 엄청난 난관을 만나게 되면서, 겪어야 할 고통은 또 얼마나 많았던가! 그런 과도기의 인물들 은 라브레쓰끼와 리자(중편 『귀족의 둥지』)이다. 라브레쓰끼는 루진과 같 은 방랑자의 역할에 만족할 수 없었다. 그래서 그는 실질적인 행동을 시험해본다. 하지만 그 역시 새로운 인생의 여정에서 자신의 길을 발견 할 수 없었다. 그는 루진처럼 똑같은 예술적, 철학적 발전을 겪는다. 그 는 필요한 의지를 갖고 있었지만, 그의 행동력은(이런 경우에 그의 분석력 때문이 아니라 평범한 주변 환경과 그의 불행한 결혼생활 때문에) 마비되어 있 었다. 마침내 라브레쓰끼는 쇠약해져 쓰러진다.

『귀족의 둥지』는 대성공을 거두었다. 일반적으로 이 소설은 자서전적 인 단편 『첫사랑』과 함께 가장 예술성이 뛰어난 뚜르게네프의 소설이라 는 평가를 받고 있다. 『귀족의 둥지』는 친숙한 말로 썼기 때문에 매우 폭넓은 독자층을 확보하고 있다. 라브레쓰끼는 파리의 암고양이처럼 품행이 좋지 않은 여자와 결혼했다가 파경을 맞이한다. 그들은 헤어진다. 그리고나서 라브레쓰끼는 처녀인 리자와 만난다. 뚜르게네프는 리자를 당시의 평범하고 착하며 순진한 처녀로 이미지화하여 수준 높은 예술적 표현을 보여주었다. 그녀와 라브레쓰끼는 서로 사랑에 빠진다. 두 사람은 한동안 라브레쓰끼의 아내가 사망했다고 믿고 있었다. 그의 아내에 관한 사망기사가 어느 파리 신문의 한 지면에 실려 있었기 때문이다. 그러나 사망했다던 그 부인이 곧 본색을 드러내며 그들 앞에 나타나자 당황한 리자는 수도원으로 떠나 버린다. 루진과 바자로프와는 달리 이 드라마의 등장인물들은 드라마 자체처럼 평범한 독자에게 매우 친숙하며, 단지 그런 이유로 이 소설은 매우 폭넓은 독자의 지지를 받았다. 물론 뚜르게네프의 예술재능은 리자, 라브레쓰끼의 아내, 리자의 늙은 이모, 노파 렘과 라브레쓰끼와 같은 등장인물의 묘사에서 놀라운 위력을 보인다. 중편에 흐르고 있는 슬픔과 시적인 어조는 독자에게 지워지지 않는 강한 인상을 준다.

이어 나온 중편 『전날 밤』은 깊이 있는 구상과 아름다운 솜씨에서도 『귀족의 둥지』를 훨씬 능가한다. 이미 작가는 나따샤를 통해서 비록 평온한 농촌에서 성장했지만, 사람들을 품위있게 행동하도록 만드는 지혜와 의지력을 가슴에 품은 러시아 처녀를 생생하게 묘사한 바 있다. 루진이 열정적인 어조로 고결하고 가치 있는 삶을 위해 희생하라는 호소가 그녀에게 자극을 주었다. 그녀는 루진이 매우 열정적이지만 헛되이 찾고 있는 그런 위대한 과업을 달성하도록 돕고 협력할 준비가 되어 있지만, 루진은 그녀보다 더 저급한 인간임을 보여준다.

이처럼 뚜르게네프는 1855년에 이미 새로운 러시아를 부활시키는데 큰 역할을 맡게 될 여성이 등장하게 되리라고 예견했다. 그로부터 4년 후, 『전날 밤』에 나오는 엘레나에게서 훨씬 발전된 여성의 모습을 보여준다. 엘레나는 자기 가족의 공허하고 따분한 생활에 만족치 못하고 더 넓은 활동영역을 열망한다. "착해지는 것만으론 부족해. 선을 행하는 것이, 그래, 그것이 인생에서 중요한 거야"라고 그녀는 일기에 적는다. 하지만 그녀의 주위사람들은 누구인가? 솜씨 좋은 조각가이자 버릇없는 어린애 같은 슈빈은 "자신에게 감탄하고 있는 나비이다." 장래에 교수가 되려는 베르세네프는 순수한 러시아인 성격을 가진 뛰어난 사람으로, 특히 이기적이지 않고 겸손하지만 전반적으로 활기와 창의력이 부족한 인물이다. 엘레나를 숭배하는 이 두 사람이 그래도 그녀의 주변에서는 가장 나은 편이다. 슈빈은 여름밤에 산책하면서 친구인 베르세네프에게 이렇게 말한다. "나는 엘레나를 사랑해. 그렇지만 그녀는 너를 사랑하지… 노래를 불러, 네가 할 수 있는 더 큰 소리로 노래를 불러봐. 만약 그럴 수 없다면, 모자를 벗고 위를 쳐다보며 별에게 미소를 지어보게. 별들이 모두 너를, 너 혼자 만을 내려다 보고 있을 거야. 별들은 언제나 사랑에 빠진 사람들을 향하고 있다네." 그러나 베르세네프는 작은 방으로 돌아와서 예전에 읽다가 놔둔 라우머가 쓴 『호엔슈타우펜 왕가의 이야기』[3]의 페이지를 펼친다….

한편 불가리아 독립투사인 '인사로프'가 등장한다. 그는 자신의 조국을 해방시키려는 한 가지 생각에만 몰두해 있다. 인사로프는 우울한 철학적 몽상에 빠져 표류하는 약간 거칠고 냉혹한 사람이며, 삶의 목표를 향해 똑바로 전진하는 인간이다. 그리고 엘레나의 선택이 결정된다. 그녀의 사랑이 발전하는 과정과 각성하는 모습을 그린 소설 『전날 밤』은 뚜르게네프의 걸작에 속한다. 인사로프는 엘레나를 향한 자신의 사랑을 돌연 깨닫는 순간, 사건이 처음 발생한 모스크바 근교의 별장을 떠나기로 마음먹다가 결국 러시아에서조차도 떠나기로 결심한다. 그는 자신의 출발을 알리려고 엘레나 부모의 집을 찾아간다. 엘레나는 다음 날 그가 떠나기 전에 자신을 만나줄 것을 약속받으려 하지만, 그는 끝내 약속하지 않는다. 엘레나는 그 날 정오까지 그를 기다리다가 참지

---

3) 호엔슈타우펜은 12~13세기의 독일과 시칠리아의 왕가였다.

못하고 직접 찾아간다. 그러나 가는 도중에 소나기를 만나자 비를 피하려고 길가의 초라한 작은 예배당으로 들어간다. 거기에서 그녀는 인사로프를 만난다. 작은 예배당 안에서 그녀를 진심으로 사랑하는지 의심하며 수줍어 하는 겸손한 처녀와 그녀에게 힘을 북돋아 주는 독립투사 사이에 대화가 오고간다. 그녀의 존재는 그에게 장애물이 아니라 오히려 힘을 북돋아주는 원천이 된다. 인사로프의 해명은 다음과 같은 환희에 가득 찬 외침으로 끝을 맺는다. "안녕, 하느님과 사람 앞에 서 있는 나의 아내여!"

이렇게 엘레나에게서 나중에 러시아 해방운동에 완전히 자신을 바친 러시아 여성의 전형을 보게 된다. 이제 교육받을 권리를 획득한 여성들은 훨씬 이성적인 원리에 따라 육아양육을 개선하고, 농민과 노동자의 해방을 위해 궐기하게 되었다! 그리고 어떤 고통을 당하더라도 자기신념을 포기하지 않고 시베리아 강제노동과 유형을 기꺼이 감수하기도 하고, 때때로 교수대에서 용감하게 죽어 갔다. 지금도 러시아여성들은 그런 투쟁을 용감하게 벌이고 있다. 이 중편의 높은 예술적 가치에 대해선 이미 언급한 바 있다. 이 작품에서 하나 비난할 것이 있다면, 인사로프를 행동하는 인간이라고 하기에 충분할 만큼 그렇게 활동적인 인물이 아니라는 점이다. 그렇지만 중편 『전날 밤』이 계속해서 보여준 구성상의 조화는 소설을 세계문학에서 가장 훌륭한 소설의 대열에 오르도록 만들었다.

뚜르게네프의 다음 작품은 중편 『아버지와 아들』이다. 1859년에 쓴이 중편에는 과거 감상주의자나 미학숭배자 대신 당시 러시아 사회의지식계층에서 완전히 새로운 유형으로 볼 수 있는 니힐리스트가 등장한다. 뚜르게네프의 작품을 잘 모르는 사람들은 '니힐리스트'를 테러범이나 1879~1881년에 전제정치와 투쟁을 벌인 인민의지당의 당원으로혼동하는 경향이 있다. 만일 그렇게 혼동하고 있다면 잘못 알고 있는것이다. '니힐리즘'과 '테러리즘'은 전혀 다른 경향이다. 뿐만 아니라 니힐리스트의 성향은 테러리스트보다 훨씬 더 깊고 폭이 넓다. 그런 사실을 이해하려면 뚜르게네프의 『아버지와 아들』을 읽어보아야 한다. 니힐리스트는 절대권력 앞에서도 허리를 굽히지 않으며, 아무런 존경을 받지 못하더라도 그 어떤 교리도 용납하지 않는 인간이다. 그리고 현재의 모든 공공기관을 부정하며, 평범한 사회생활에서 보이는 조금의 위선적인 행위와 사회관습조차도 내팽개쳐 버린다.

그(바자로프)는 부모를 만나러가던 도중에 젊은 친구인 아르까지의 영지에서 잠시 머문다. 아르까지의 아버지와 큰아버지는 구세대의 전형적인 인물로 등장한다. 이런 상황설정은 탁월한 여러 장면을 통해 뚜르게네프가 '아버지 세대'와 '아들 세대' 간의 충돌을 묘사하려는 의도를 갖고 있었음을 짐작케 한다. 엄청난 슬픔을 느끼게 하는 세대 간의 충돌은 당시 러시아의 곳곳에서 발견할 수 있었다.

동생인 니꼴라이 뻬뜨로비치는 천성이 착하고 어린 시절엔 일에 쉽게 빠지는 열광적인 성격이어서 쉴러와 뿌쉬낀에 몰두했던 몽상가였지만, 실제로 행동하는 것에는 그다지 관심이 없으며 자기 영지에서 지주로 게으른 생활을 보낸다. 하지만 그는 여전히 자신이 젊은이들의 고충을 이해하며 공감하고 있음을 기꺼이 보여주려고 노력한다. 그래서 자기 아들과 바자로프가 읽은 물질주의를 다룬 서적들을 그도 읽어보려고 애쓴다. 심지어 그들의 말투까지 흉내 내려고 한다. 하지만 그가 받은 교육과 습관은 모든 사물을 실제 그대로 '사실적'으로 이해하도록 해왔다.

반면에 형인 빠벨 뻬뜨로비치는 레르몬또프 작품에 나오는 주인공 뻬초린의 직계후손이다. 다시 말해서, 교양을 갖춘 철저한 이기주의자이다. 상류층에서 유년 시절을 보낸 그는 지금은 방문자가 거의 없는 조그만 영지에서 지내며 '성실한 신사'가 갖추어야 할 특별한 예의를 지키는 것이 자신의 '의무'라고 생각한다. 또한 '사회'의 모든 법규를 엄격하게 지키고 교회와 국가를 보호하는 것, 그리고 그가 바자로프와 '원칙'

에 대해 논쟁을 벌일 때마다 특별히 요구되는 자제력을 결코 잃지 않는 것이 자신의 의무라고 생각한다. '니힐리스트'란 말은 그에게 증오심을 불러일으킬 뿐이다.

니힐리스트는 분명하게 빠벨 뻬뜨로비치의 모든 '원칙들'에 대해 완전한 거부감을 보인다. 그는 교회와 정부의 법령을 믿지 않으며 소위 사회생활의 규범들을 모두 노골적으로 경멸한다. 이 니힐리스트는 언제나 깨끗한 칼라와 세련된 넥타이를 착용해야 한다는 '의무의 실천'을 납득하지 못한다. 하지만 그는 말할 때 자기생각을 숨김없이 솔직하게 털어놓는다. (그는 모든 것뿐만 아니라 자신에 관한 것도) 성의껏 이야기하며 낡은 편견을 갖지 않고 상식적으로 문제를 해결하려는 것이 그의 중요한 성격적 특징이다. 그런 특징은 묘사할 때 매우 분명하게 드러나며 두 세대 간의 충돌은 필연적으로 비극의 그림자를 드리운다. 이런 상황은 당시 러시아 도처에서 볼 수 있는 보편적인 것이었으므로 뚜르게네프는 중편에서 그런 시대현실과 특징적인 경향이 잘 드러나도록 묘사하고 있다. 뛰어난 러시아평론가 벤게로프의 지적대로 이 중편과 현실은 이런 점에서 서로 영향을 주고받고 있다.

중편 『아버지와 아들』은 격렬한 반응을 불러 일으켰으며, 사방에서 뚜르게네프에게 비난의 화살이 쏟아졌다. 즉, 구세대는 자신들을 '니힐리즘' 속에서 허우적대고 있는 것으로 묘사했다고 비난했고, 젊은 세대는 자신들을 바자로프라는 적대적인 인물로 묘사한 것에 불만이었다. 사실 대 평론가 뻬사례프를 포함하여 소수 몇 사람을 제외하고 대다수는 바자로프를 완전히 이해하지 못하고 있었다. 그동안 작품속의 주인공들을 감싸온 뚜르게네프의 시적인 배려와 작가가 그런 인물들을 비난할 때조차도 따뜻한 인간애를 보여준 것에 익숙한 독자는 바자로프에게도 비슷하게 보여준 작가의 심정을 헤아리지 못한 채, 작가가 주인공에게 결정적인 적대감을 보였다고 생각한 것이다. 그밖에도 독자는 바자로프의 성격에 나타난 몇 가지 특징을 전혀 좋아하지 않았다. 왜 바자로프처럼 그토록 강한 인간이 늙은 부모(사랑스런 어머니와 노년에 이르도록 과학을 믿었던 가난한 시골의사인 아버지)에게까지 그렇게 냉담하게 대해야만 하는가? 왜 바자로프는 도도하고 자기도취에 빠진 오진소바 양에게 반했으면서도 마침내 그녀의 사랑을 얻게 되자 그 사랑을 받아들이지 못하는가? 그 이유는 당시 젊은 세대에서 하루빨리 민중을 해방시켜야 한다는 대대적인 운동의 기류가 이미 형성된 시기였기 때문이다! 작가는 왜 바자로프로 하여금 그가 농민들을 위해 기꺼이 일할 준비가 되었는데도 불구하고, 만일 누군가가 그에게 그 일을 "해야 한다"고 충고하면, 자기는 농민을 증오한다고 말하게 하는가? 그 점에 대해 바자로프는 이렇게 덧붙인다. "그래, 농민은 하얀색 농가에서 살게 될 거고, 나에겐 우엉이 무성히 자라겠지. 자, 그 다음은?" 독자는 대부분 니힐리스트에게 보인 뚜르게네프의 이런 태도를 이해하지 못했다. 그러다가 『아버지와 아들』을 다 읽고 나서야 그동안 별로 마음에 내키지 않아하던 바자로프의 이야기에서 이제 겨우 형식을 갖추기 시작한, 도덕성에 대한 새로운 사실주의 철학의 기원을 비로소 뒤늦게 눈치 챘다. 1860년대의 젊은 세대는 이 이야기를 마치 뚜르게네프가 신인간유형에게 동정을 안보이고 돌을 던진 것이라고 생각했다. 삐사례프가 이해하고 있었듯이, 사실 바자로프는 젊은 세대를 대표하는 인물이었다. 뚜르게네프가 후에 술회했듯이, 자기 주인공을 단지 '감상적으로' 만들고 싶지 않았을 뿐이다. "바자로프 또한 소설의 나머지 인물을 모두 압도한다."고 뚜르게네프는 자신의 어느 편지에서 이렇게 말했다.

"그에게 부여한 특성은 우연히 그렇게 한 게 아니다. 나는 그를 비극적인 인물로 만들고 싶었다. 여기에 개인적인 욕심은 조금도 없다. 그는 순수하고 성실하며 진정한 민주주의자이다. 그런데 당신들은 그에게서 좋은 점을 찾아보려 하지 않는다… 빠벨 뻬뜨로비치 끼르사노프와의 결투장면은, 대부분 위선에 가득 찬 유머를 말하는 우아하고 귀족적인 기사계층이 쓸모없는 존재들이라는 사실을 곧바로 눈치 채도록 의도적으로 도입한 것이다. 그는 어떤 식으로든 결투를 거절했어야 했다. 그렇지 않으면 빠벨 뻬뜨로비치가 그를 쏘아 죽였을 테니까. 내 생각에 바자로프가 빠벨에게 항상 정신적인 상처를 주기 때문에, 만일 그를 뭐라고 불러야 한다면, 니힐리스트라고 하기보다는 차라리 혁명가라고 불러야 한다… 한편으로는 수혜자를 대표하고 다른 한편으로는 이념적인 청년을 대표하는 이런 상황을 다른 사람들이 한껏 묘사하도록 내버려 두어야 한다… 나는 훨씬 장대한 것을 원했다. 다음과 같이 내 이야기를 마무리하려고 한다. 만일 독자가 바자로프의 무례한 언동과 비정함, 무자비할 정도로 무뚝뚝하고 신랄함 때문에 그를 좋아하지 않는다면, 나는 책임을 통감하며 내 목적을 달성하지 못했노라고 재차 말하겠다. 그러나 나는 그가 사적인 이야기나 지껄여대며 감상적인 인물이 되는 것을 원치 않았다. 아마도 젊은이들은 이런 점에서는 내 편이 되어 줄 것이다."

『아버지와 아들』을 이해하는데, 혹은 더 정확히 말한다면, 뚜르게네프가 쓴 모든 작품을 이해하는데 진짜 열쇠는 『햄릿과 돈키호테』(1860)에 관한 그의 뛰어난 강연이다. 이미 『수기』에서 이 점을 언급한 바 있지만, 그 강연이 대소설가의 진정한 철학에 대해 그의 어떤 작품보다 더 분명하게 밝혀 주기 때문에 여기에 다시 한 번 인용한다. 뚜르게네프는 햄릿과 돈키호테의 인간성이 본질적으로 서로 반대되는 두 개의 특징을 구현한 것이라고 말한다. 즉, 모든 인간은 대부분 이런 두 유형 가운데 한 가지에 속한다는 것이다. 뚜르게네프는 탁월한 분석으로 다음과 같은 두 주인공의 형상에 관한 성격을 규정짓고 있다.

"돈키호테는 천방지축의 성격에다 피붙이 하나 없는 불쌍하고 거의 빈털터리인 홀아비이다. 그는 이 세상의 부조리를 바로잡고 억압받는 자(그에겐 전혀 낯선 사람들)를 보호하고자 한다. 문제는 박해자로부터 순박한 인간을 해방시켜주려는 그의 본래 의도가 오히려 순박한 사람들에게 결과적으로 이중의 고통을 안겨줌으로써 좌절하게 만드는 데 있다. 나아가 돈키호테가 유용한 풍차를 해로운 거인들과 관련되어 있다고 단정해 버리고 공격하는 일이다… 햄릿에게 이와 비슷한 어떤 일이 우연히 일어난다는 것은 있을 수 없는 일이다. 명민하며 빈틈없고 회의적인 두뇌를 가진 그가 그런 어처구니없는 잘못을 저지르겠는가! 아니다, 그는 풍차 따위와는 결코 싸우지 않는다. 게다가 그는 거인의 존재 같은 것도 믿지 않는다… 그러나 그는 혹시나 풍차가 틀림없이 존재한다 해도 그것을 공격하지 않을 것이다. 햄릿의 결점은 선의 존재를 믿지 않으며 악의 존재를 의심치 않으면서 그 악과 격전을 벌인다는 점이다. 햄릿은 선을 의심하는 부정적인 마음을 갖고 있다. 바꾸어 말하면, 그의 부정은 선의 성실함과 성의에 의혹을 갖고서, 참선이 아니라 가면 속에 악이나 거짓말과 같은 숙적을 감추고 있는 거짓된 선을 공격하는 것이다… 햄릿의 회의론은 물론 무관심은 아니다… 그러나 이런 부정에는 불처럼 모든 것을 파괴하는 힘이 있다. 만약 그렇다면 한정된 조건에서 이런 힘을 어떻게 유지하며, 어떻게 이런 힘에 명령을 내리고, 또 어디에서 이러한 힘을 멈추게 하며, 언제 그 힘을 없애야 하는지, 그리고 유기적인 관계를 갖기 위해 언제 그러한 힘에 자비를 베풀어야 하는가? 바로 여기에 인간의 삶에서 자주 발생하는 비극적인 딜레마가 있다. 그런데 행동에 옮기려면 사상이 필요하다. 하지만 사상과 의지는 분열되고 날이 갈수록 점점 더 분열되어 간다… 따라서 결의의 본래 색깔이 사상의 퇴색된 기미로 바래지고 있다."라고 셰익스피어는 햄릿의 입을 통해 우리에게 이야기하고 있다.

이 강연은 바자로프에 대한 뚜르게네프의 생각을 충분히 설명해준다. 강연 내용을 보면 햄릿과 같은 인물의 특성을 확실히 극복하고 있다. 그의 훌륭한 동료들도 그와 똑같은 유형에 속해 있었다. 그는 햄릿을 좋아했으며 동시에 행동하는 인간 돈키호테에게도 매혹되어 있었다. 그는 자신이 우월하다고 느끼고 있었다. 그러나 그는 이런 유형의 인물들을 묘사하면서 햄릿 같은 유형의 다양한 변종이 등장하는 자신의 중편소설들에 강하게 나타나는 특징인 시학적인 유연성과 병든 친구에 대한 사랑으로 결코 그들을 감쌀 수는 없었다. 그는 바자로프가 보여주는 신랄함과 강력한 힘 때문에 그에게 매혹되었다. 바자로프는 뚜르게네프의 마음을 끌었지만, 작가는 세련되고 우아한 자기 세대의 인간들에게서 느끼게 되는 그런 따뜻한 감정을 바자로프에게선 느낄 수 없었다. 작가가 바자로프에게 비슷한 감정을 느꼈을 가능성은 적다. 왜냐하면 바자로프 스스로가 '온화함'에 적대적이었으니까.

독자는 이런 모든 상황을 당시에 알고 있지 못했으므로 바자로프 주변의 비극적인 환경과 그가 처한 상황을 묘사하려는 뚜르게네프의 의도를 이해하지 못했다. "나는 바자로프가 예술을 거부한 것을 제외하곤 그의 사상을 모두 완전히 분리시켰다"라고 작가는 나중에 서술했다. "나는 바자로프를 사랑했다. 나는 그에 대해 쓴 일기장을 당신에게 보여줄 수 있다"라고 뚜르게네프는 언젠가 파리에서 말한 적이 있다. 분명히 그는 바자로프를 사랑했다. 그러나 그가 루진과 라브레쓰끼에게 보낸 연민이 넘치는 사랑과는 전혀 다르게 매력적인 인간에 대한 지적인 사랑으로만 좋아했다. 독자는 그런 차이를 몰랐으며, 그 차이점은 대작가에게 오해를 불러일으킨 원인이 되어 깊이 고뇌하도록 만들었다.

다음에 나온 뚜르게네프의 중편『연기』(1867)에 대해선 상세하게 다루지 않겠다. 대신에 간단하게 개괄하자면, 이 작품에서 뚜르게네프는 상류사회 출신의 탐욕스럽고 '음탕한' 인물유형을 묘사하려는 목적을 갖고 있었다. 그는 오랫동안 이런 유형을 심중에 두고 있었다. 그는 그동안 수차례 이런 유형에 관심을 보였지만, 마침내 발표한『봄물』의 여주인공에게서도 특별히 완벽하게 예술적으로 재현해내지는 못했다.『연기』를 창작한 또 다른 목적은 현실세계의 공허함, 나아가 1860년대 운동이후 러시아를 지배해온 고위관리들의 어리석음을 보여주는 데 있었다. 이 중편에서는 농노제도를 붕괴시킨 대 개혁운동이 약화되어 가면서 러시아 미래에 대한 절망의 목소리가 끝없이 들린다. 러시아 젊은이들이 『아버지와 아들』에서 보인 그런 적대적인 태도에 또다시 이런 절망감을 가중시킨 것은 무의미한 일이었다. 그 절망의 원인은 뚜르게네프와 그의 친구들이 1859~1863년에 일어난 개혁운동의 대표자들에게 걸었던 기대가 좌절된 데에서 찾아보아야 한다. 그 절망은 뚜르게네프로 하여금 『충분하다』(1865)와 환상적인 수필 『환상』(1867)을 쓰도록 자극했다. 1870년대 초반, 러시아의 젊은 세대에서 시작된 "인민으로 돌아가자"라는 새로운 운동(브나로드 운동)이 일어나는 것을 보고서야 그는 비로소 이런 고통스런 감정에서 벗어날 수 있었다.

이 운동을 그는 다음에 나온 중편소설 『처녀지』(1876)에서 묘사했다. 그가 이 운동에 완전히 공감한 것은 분명하다. 그러나 중편이 '브나로드' 운동을 제대로 이해하고 있었는가 하는 문제에서는 그가 뛰어난 감각으로 그 운동의 가장 두드러진 특징들을 지적했음에도 불구하고 약간 회의적인 생각이 든다. 중편은 1876년에 집필을 끝냈는데, 그때가 브나로드운동에 참가한 193명의 젊은이들이 재판받았던 대규모의 소송사건이 끝나기 2년 전이다. 그런데 1876년에는 이 운동단체에 소속한 사람이 없어서 그 젊은이들을 잘 이해할 수 없었다. 그러므로 『처녀지』에 묘사된 인물은 운동의 초기 발전 단계에만 관련이 있다. 중편에서는 많은 부분이 제대로 묘사되고 있지만, 전체적으로 볼 때 운동의 성격을 정확하게 표현하지 못했다는 인상을 준다. 만일 뚜르게네프가 그 당시 러시아 젊은이들을 더 잘 알고 있었더라면, 작품에 다른 색채를 가미했을지도 모르겠다.

뚜르게네프는 대단한 재능을 갖고 있긴 했지만, 현실 상황을 이해하는 것만으로는 그것을 대신할 수 없었다. 하지만 운동의 초기 발전 단계에서 나타난 두 가지 특징을 그는 이해하고 있었다. 한 가지는 선동가들이 농민을 제대로 이해하지 못하고 있었다는 점이다. 보다 정확하게 말하면, 초창기에 이 운동에 참가한 활동가들은 대부분 문학, 역사,

사회교육을 제대로 받지 못했기 때문에 러시아 농민을 거의 이해하지 못했다. 다른 한 가지는 그들의 햄릿주의이다. 그것은 과감성이 부족했거나 더 정확히 말하면, 실제로 1870년대 운동의 밑바닥에 나타난 사상의 빈약함을 감추었던 시들고 병든 의지력 때문이다. 만일 뚜르게네프가 이 중편을 몇 년 뒤에 썼더라면, 아마 새로운 유형의 행동하는 인간을 출현시키려고 주의를 기울였을지 모른다. 다시 말해 '브나로드' 운동의 폭과 깊이가 확대됨에 따라 점차 늘어나는 바자로프 유형이나 인사로프 유형의 새로운 변종에 주의를 기울였을지도 모른다는 이야기다. 그는 193명의 소송사건을 기록한 실제 공식보고서를 본 것만으로도 능히 이런 유형을 추측해 낼 수 있었을 것이기 때문이다.

뚜르게네프는 어떻든 이 새로운 활동가들을 미학적 형상으로 구현하는데 실패했다. 그는 실제로 척수암을 앓고 있었지만 수족통풍이라는 오진을 받았으며, 말년에 가서는 침대와 소파에서 일어나지도 못한 채 고통 속에서 보냈다. 마지막 임종 전에는 슬픔과 유머가 교차하는 기지가 번뜩이는 편지들만을 남겼을 뿐이다. 그는 새로운 중편소설을 몇 편 구상하고 있었으나, 대부분 완성하지 못하고 단지 계획을 세우는 것으로만 그쳤다… 그는 1883년, 65살에 파리에서 타계했다. 그는 임종하기 수 시간 전에도 비아르도 부인에게 중편『말 도둑』을 받아 적게 하고 있었다.

그의『산문시집』과『세닐리아』[4](1882)에 대해 잠깐 언급하자면, 이 작품들은 그가 1878년부터 우연한 사건들에 얽힌 삶이나 희미한 기억을 두서없이 적어 놓은 메모지에다 사색하고 있던 내용과 여러 인물들을 정리해 놓은 것이다. 이 서정적인 〈시〉는 산문으로 쓰긴 했지만 완전한 시 형식을 갖추고 있다. 그 중 몇 편은 최상의 아름다움을 간직한 걸작들이며 대시인들의 뛰어난 시와 비길 만큼 감동을 준다(산

---

4) (역주) 늙은이의 객담이라는 의미.

문시 〈노파〉, 〈거지〉, 〈마샤〉, 〈장미는 얼마나 아름답고 생기 있는가?〉 등). 뚜르게네프의 다른 예술작품 가운데 탁월한 작품(〈자연〉, 〈개〉)들은 그의 철학사상을 잘 보여준다. 임종을 앞두고 시 형식으로 쓴 격조 높은 산문시 〈문지방〉에서는 자신의 목숨을 혁명운동에 과감하게 내던지고 단두대에서 사라겨간 러시아 여성들에게 뚜르게네프가 얼마나 매료되어 있었는지를 보여준다. 사실 그녀들은 혁명운동을 하면서 생명을 내던졌으나 당시에는 인정받거나 이해 받지 못한 존재였다.

레프 톨스토이

『유년시절』과 『소년시절』

레프 톨스토이의 첫 중편소설 『유년시절』이 1852년에 발표되고 나서 곧 이어 『소년시절』이 나왔다. 이 작품들은 월간잡지 《동시대인》에 '엘엔떼(Л.Н.Т.)'라는 필명으로 발표되어 대성공을 거두었다. 이 작품들은 매우 참신한 특징에다 기존 문학양식에서 벗어난 독특한 매력을 지니고 있었기에 무명작가는 갑자기 대중의 총아로 떠올랐다. 그리고 곧 뚜르게네프와 곤차로프의 반열에 올랐다.

모든 문학작품에는 어린 시절을 주제로 다룬 훌륭한 중·단편들이 있다. 많은 작가들이 유년시절을 문학소재로 사용하여 어느 소재보다도 성공을 거두었다. 그러나 어느 누구도 톨스토이만큼 그렇게 훌륭하게 어린아이의 관점에서 본 정신내면의 삶을 묘사하지는 못했다. 『유년시절』에서 소년은 천진난만한 감정을 보여주며, 동시에 어린애의 시각으로 바라본 어른들의 행위를 독자가 무의식적으로 판단하도록 만든다. 『유년시절』과 『소년시절』에 나타난 사실주의는 비평가 삐사례프가 그 것을 토대로 교육이론을 발전시켰을 만큼 사실적이다. 즉, 삐사례프는 톨스토이의 두 작품에서 묘사된 현실생활을 면밀하게 살펴보고 나서 삶에 내재된 풍부한 사실들을 토대로 두 작품 외에도 다른 작품들도 참고하면서 나름대로 빈틈없는 교육이론을 발전시킬 수 있었다.

언젠가 뚜르게네프와 톨스토이는 함께 산책하다가 황량한 들판에서 일생을 보낸 늙고 마른 말과 우연히 마주치게 되었다고 한다. 톨스토이 는 곧 그 말의 처지에다 자신을 비유하면서 매우 생동감 있게 늙은 말 에 대한 슬픈 상념들을 이야기하기 시작했다. 그러자 뚜르게네프는 새 삼스레 과거의 다윈 이론을 슬쩍 인용하면서 자신도 모르게 이렇게 소 리쳤다. "확신하건데 당신의 조상 중엔 틀림없이 말이 있었을 겁니다!" 자신이 서술하려는 대상을 자기감정과 사상에 완전하게 결합시킬 수 있는 재능에 있어서 톨스토이와 맞설만한 적수는 없다. 어린 시절을 묘 사한 이야기에서 그가 보여준 능력은 이미 높은 수준에 도달해 있다. 톨스토이는 한번 어린애들에 대해서 이야기하기 시작하면, 스스로 완 전히 어린애가 되어 버린다.

알려진 바와 같이 『유년시절』과 『소년시절』은 사실 그의 자서전에 속 하며, 작품에 별로 영향을 끼치지 않는 세부내용만 조금 다를 뿐이다. 그리고 주인공인 어린 소년 이르체니예프에게서 독자는 어린 시절의 톨 스토이를 어느 정도 짐작할 수 있다. 톨스토이는 1828년에 영지 야스나 야 빨랴나에서 태어났다. 이곳은 이제 전 세계적으로 유명해졌다. 그는 15살이 될 때까지 거의 시골에서 살았다. 벤게로프가 지적했듯이, 그의 아버지와 조부는 『전쟁과 평화』에서 니꼴라이 로스또프와 노백작 로스 또프로 묘사되어 있다. 공작의 딸인 어머니 볼꼰스까야 역시 같은 소설 에서 마리야 볼꼰스까야라는 인물로 묘사된다. 레프 톨스토이는 만 2 세 때 어머니를, 9살 때 아버지를 연이어 여의었다. 따라서 그의 양육은 야스나야 빨랴나에서 먼 친척이 되는 에르골리스까야 아줌마가 맡았다. 1840년 이후에 그는 까잔에 사는 유쉬꼬바 숙모 집으로 옮겼다. 그 집은『전쟁과 평화』에 나오는 로스또프 가문의 저택을 연상시킨다.

레프 톨스토이는 만 15살이 되자 까잔 대학에 입학하여 동양어학부에서 2년, 법학부에서 2년을 공부했다. 당시 두 학부의 교수들은 대부분 실력이 형편없어서 한 교수의 과목만이 겨우 젊은이들의 흥미를 충족시켰을 정도였다. 4년이 지난 1847년, 만 19살의 레프 톨스토이는 대학을 중퇴하고 영지 야스나야 빨랴나에서 농노들의 생활을 개선해 보려는 헛된 노력을 하면서 한동안 지냈다. 그는 자신의 이런 시도에 대해서 후에 중편『지주의 아침』에서 놀라울 만큼 성실하게 서술했다.

톨스토이는 그 후 4년간 대다수의 귀족자제처럼 방탕한 생활로 세월을 보냈으며, 이런 공허한 생활은 그동안 그의 내면의 심리를 괴롭혔다. 이 시기의 생활을 묘사한(물론 약간 과장되고 극적으로 묘사되어 있는)『당구 계수원의 수기』에서 그의 심리상태를 확인할 수 있다. 다행히도 그는 이런 의미 없는 생활을 더 이상 견딜 수 없어 1851년, 아무런 관심도 없고 게으른 귀족청년의 생활에 종지부를 찍고 형 니꼴라이를 따라 군에 입대하러 까프까즈로 떠났다. 그곳에서 그는 처음엔 빠찌고르스끄(레르몬또프를 회상하게 하는 도시)에 머물다가 자격시험에 통과한 후 포병여단의 사관생도로 임명되었다. 그리고 얼마동안 쩨료끄강 연안의 까자끄 마을에서 주둔해야 했다.

새로운 환경으로부터 보고 느낀 인상과 생각, 까자끄 처녀에 대한 사랑이 그의 중편『까자끄인들』에 잘 나타나 있다. 뿌쉬낀과 레르몬또프를 강렬하게 매혹시킨 까프까즈의 낯선 자연의 품에 안겨서야 비로소 톨스토이는 자신의 진정한 사명을 발견한다. 그는 처음 시도한 문학작품『유년시절』을 잡지《동시대인》에 기고했다. 이 작품은《동시대인》지의 편집장인 시인 네끄라소프가 보낸 편지에서 탁월한 문학작품이라는 평을 받았고, 그리고리예프, 안넨꼬프, 드루쥐닌, 체르늬쉐브스끼

등이 쓴 평론을 거치면서(이 작가들은 서로 다른 4개의 미학그룹에 소속되어 있었다) 톨스토이는 곧 세상에 알려졌다.

크림전쟁 시기와 그 이후

다음 해인 1853년 말, 크림전쟁이 시작되자 까프까즈부대에 소속된 톨스토이는 전투에 참가하기를 희망했다. 그는 두나이부대로 배치를 받고서 실리스뜨리아의 포위작전에 참전했고, 나중에 발라끌라바 전투에도 참전했다. 그러다가 1854년 11월~1855년 8월에 적에 포위된 채 세바스또폴에 주둔하면서, '제4의 보루'라 부르는 요새를 영웅적으로 방어하면서 한동안 엄청난 공포를 겪어야 했다. 그래서 톨스토이는 전쟁에 대해서 이런저런 말을 할 자격이 충분히 있다. 그는 정확히 무엇을 말해야 하는지를 알고 있다. 그는 적의 포화에 노출된 요새나 보루를 방어해야 하는 스릴감 넘치는 중요한 전투를 겪으면서 전쟁과 친숙해졌다. 그는 포위되어 있을 때, 참모장교로 전임되어 가는 것을 단호하게 거부하고 위험천만한 포병중대에서 끝까지 남아 싸웠다.

단편 『1854년 12월의 세바스또폴』과 요새가 함락된 후에 발표한 작품 두 편은 러시아독자에게 큰 감명을 주었다. 이 작품은 뛰어난 독창성을 보여주며, 일기형식은 아니지만 일기처럼 완전히 사실적으로 써내려간 점이 주목을 끈다. 그것은 작가가 우연히 목격한 삶의 한 단면이 아니라, 포위된 요새 안에서의 통상적인 관습과 다양한 개인들의 생각 차이, 그리고 생활의 이모저모를 상세하게 묘사하기 때문에 훨씬 더 진실된 모습을 보여준다. 이 작품들은 허구와 진실, 진실과 허구가 교차되어 나타나는 것을 보여주며, 이후에 발표된 톨스토이의 모든 작품들을 특징짓는다. 동시에 다른 일반소설 보다 훨씬 더 진실성을 보여주며, 특히 상상력으로 창작한 대다수의 작품보다 훨씬 더 시적 영감과 시적 창작성을 지니고 있다.

톨스토이는 결코 시를 쓴 적이 없는 것 같다. 그러나 세바스또폴이 포위당했을 때 일반 운율을 이용하여 병사들이 부르는 노래가사로 풍자적인 노래를 지었다. 그 노래는 발라끌라바 전투에서 저지른 사령관의 실수를 조롱하고 있다. 민요풍으로 지은 이 노래는 물론 출판되지 않았지만 러시아전역에 널리 퍼져 있는 천 여 곡의 가사 속에 들어 있으며, 사람들은 전투할 때도 그 후에도 어디에서건 이 노래를 부르곤 했다. 물론 그는 이 노래의 작사자로 명성을 날렸으나, 세상 사람들은 세바스또폴 전투를 묘사한 글을 쓴 그 작가인지 아니면 이름만 같은 사람인지는 정확히 알지 못했다.

1856년에 평화조약이 체결되자 세바스또폴에서 돌아온 톨스토이는 때때로 뻬쩨르부르그나 야스나야 빨랴나에서 지냈다. 그는 수도(首都)의 문학계와 사교계를 포함한 사회계층으로부터 세바스또폴의 영웅으로, 전도유망한 작가로 열렬한 환영을 받았다. 톨스토이는 당시의 생활을 혐오하며 가끔 이렇게 말하곤 했다. 그 당시 생활이란 도박꾼들이나 말(馬)중개상들과 어울려 집시의 노래를 듣거나, 프랑스 모험가들이나 근위장교들, 또는 돈 많은 멋쟁이 귀공자와 어울리며 수도의 식당이나 카페에서 소일하던 그런 생활이었다. 언젠가 그는 뚜르게네프와 친해져서 뻬쩨르부르그와 야스나야 빨랴나에서 자주 만났다(두 문호의 영지는 서로 가까운 곳에 있었다). 뚜르게네프는 당시에 게르첸이 발행하는 저명한 혁명잡지《꼴로꼴(종)》에 전력을 다하고 있었지만, 톨스토이는 별로 흥미를 갖지 않았을 뿐만 아니라 뚜르게네프의 그런 활동을 무시하는 듯한 태도를 취했다. 당시에 톨스토이는 농노제도를 반대하는 운동을 적극적으로 전개하며 민중의 자유를 위해 노력하던 유명잡지《동시대인》의 편집자와 가까운 사이였으나, 여러 가지 사정으로《종》의 급진적인 인물인 체르늬쉐브스끼, 도브롤류보프, 미하일로프 및 동료들과는 한 번도 친하게 지내지 않았다.

당시에 러시아에서 활발하던 대대적인 이성운동과 개혁운동은 톨스토이의 관심을 끌지 못했다. 그는 개혁당과 거리를 두고 있었다. 그보다는 뚜르게네프가 『아버지와 아들』에서 묘사한 젊은 니힐리스트나 1870년대 "민중과의 단합을!"이라는 슬로건을 내건 젊은이들(톨스토이의 동시대인 1900년에는 그런 슬로건이 꽤 보편적이었다)에게 동조하는 경향을 보였다. 톨스토이가 왜 그런 슬로건을 수용했는지 단정 짓기는 어렵다. 러시아에서 사회주의와 민주주의 사상을 전파하기 위해 활동한 도브롤류보프와 초창기 민주주의 작가들에게서, 그리고 나아가 체르늬쉐브스끼의 소설 『무엇을 할 것인가?』의 영향을 받고 농촌생활을 하면서 일상생활에도 그 방법을 적용해 본 톨스토이는 실제로 20년 후에 그 방식을 설교하기 시작했다. 주인공 라흐메또프와 같은 부류의 사람들과 '우아한 생활'에 반한 쾌락주의자 귀족청년 사이를 갈라놓은 깊은 심연이 그 주요 원인이었을 것이다. 혹은 두 세대 간의 차이가 그 원인이 될 수 있다. 즉, 톨스토이같은 30세의 청년과 편협하고 오만함으로 가득 찬 젊은이들과의 차이가 서로 만나는 걸 방해했을까? 이와 함께 이론적인 모순도 이 모든 일에 덧붙일 수 있을까? 다시 말하면, 당시 정부의 급진적 민주주의를 지지하는 대다수 러시아급진파들의 진보적인 신념과 정부에 부정적인 견해를 보인 인민주의자들의 신념사이에 근본적인 차이점을 말이다. 당시 톨스토이가 서유럽 문명에 보인 부정적인 견해와 1861년에 야스나야 빨랴나 학교에서 시작한 교육 사업을 보면, 그는 어쩌면 이미 인민주의자였는지도 모르겠다. 1856~1862년에 발표한 그의 소설들은 자전적인 성격임에도 불구하고 대부분 생애의 전반기를 다뤘기 때문에 당시의 생각을 반영하고 있지 않다. 이즈음엔 세바스또폴 시기에 나온 두 편의 다른 전쟁 단편들과 관련되어 있다. 그의 관찰력과 전쟁심리학에 관한 놀랄 만한 지식, 특히 실제로 전투를 승리로 이끈 겸손하고 평범한 주인공인 러시아병사를 깊이 이해할 뿐만 아니라 군 내부의 사기를 완전히 이해한 것 등, 한 마디로 『전쟁과 평화』의 장면들에서 보여준 사실성과 아름답게 발전된 특징들은 모두 세계 전쟁문학사에서 큰 족적을 남긴 이런 단편들에 이미 나타나 있었다.

『청년시절』: 이상을 찾아서

소설 『청년시절』, 『지주의 아침』, 그리고 『류쩨른』은 같은 시기에 계속 나왔으나 독자와 문학 평론가들을 당황하게 만들었을 뿐 별로 좋은 인상을 주지는 못했다. 그의 재능은 나날이 발전해서 대작가가 출현하리라는 걸 독자는 분명히 예상할 수 있었다. 그가 여러 작품에서 언급한 삶의 목적은 확실히 확장되고 심오해졌다. 그러나 작가 자신의 사상을 전달한 주인공들은 독자로부터 공감을 얻어내지 못하고 있었다. 『유년시절』과 『소년시절』의 주인공, 소년 이르쩨니예프는 이제 『청년시절』에서 네흘류도프 공작과 알게 된다. 그들 사이에는 긴밀한 우정이 싹터 서로 친하게 지내면서 상대방의 잘못된 행위를 솔직하게 지적해주기로 약속한다. 물론 그들은 항상 약속을 지키지는 못했다. 하지만 그 약속은 그들에게 번갈아가며 자기반성과 후회를 하도록 만들면서도 금방 잊어버리게 했고, 두 젊은이에게 치명적인 성격파탄을 초래하여 이중인격자의 상태로 내몰았다. 그러나 톨스토이는 중편에서 이런 도덕적인 노력이 가져올 부정적인 결과를 숨기지 않았다. 그는 지나칠 정도로 상세하게 묘사했지만, 그런 묘사로 독자에게 무언가 바람직한 것을 제시하려한 것으로 보인다. 물론 독자는 이 말에 동의하지 않을지도 모르겠다.

청년시절은 분명히 높은 이상을 향한 갈망이 마음에서 일렁이기 시작하는 나이다. 또한 누구나 소년시절의 결점을 없애려고 애쓰는 시기이기도 하다. 그러나 수도원과 위선이 넘치는 학교가 가르치는 방식을 따른다면, 그런 목표를 결코 달성할 수 없을 것이다. 오로지 올바른 길이란 젊은 이성 앞에서 새롭고 광활한 지평선을 펼치는 일이다. 즉, 그것은 자신을 편견과 거짓공포로부터 해방시키는 일이며, 자연과 인류에게서 인간이 설자리를 찾는 일이다. 특히 스스로 어떤 위대한 일에 동참하며, 이런 위대한 일을 위해서 필요하다면 투쟁도 하게 되리라는 걸 염두에 두고 자신의 힘을 길러두는 것이다. 이상주의란, 즉 어떤 위대한 것을 향해 시적인 사랑을 느끼며 준비하는 능력으로서 죄악과 타락처럼 인간의 활력을 감소시키는 모든 것으로부터 스스로를 보호하는 것이다. 대개 러시아 청년들은 이상을 향한 영감과 사랑을 뚜르게네프가 열렬히 옹호했던 학생 동아리모임에서 찾았다. 그러나 이르쩨니예프와 네흘류도프는 대학시절에 귀족의 처지 속에 고립된 채, 스스로 삶에서 높은 이상을 만들어 갈 수 없었다. 그들은 잠시 동안 자신을 질책하고 나면 곧 잊어버리는 자신을 비하하며, 수도원에서 은둔생활이라도 한다면 모르되 대부분 상류출신 청년들의 주위를 맴도는 유혹의 굴레에서 벗어나 반종교적이고 도덕적으로 보편적 자기완성에 도달하려고 무모한 시도를 하면서 스스로 정력을 소모하고 있었다. 톨스토이는 항상 그렇듯 젊은이들이 직면한 좌절에 대해 성실하게 이야기하고 있다.

『지주의 아침』도 당시에 독자를 당혹하게 만들었다. 이 중편에서는 어떤 지주가 자기농노를 더 부유하고 행복하게 해주려면 가장 먼저 농노들을 해방시켜주어야 한다는 생각을 하지 못하고, 부단히 박애주의적인 시도만을 되풀이하다가 실패로 끝난 이야기를 하고 있다. 농노해방과 더불어 희망을 품던 시기에 이것은 시대착오적인 발상이었다. 작품의 시대배경은 극히 소수의 사람들만 농노해방을 고심하던 시기로서, 아직 독자에게 알려지지 않은 톨스토이가 대학을 자퇴하고 야스나야 빨랴나에 정착해 있던 1847년경이었다. 작품의 내용은 그의 초기 자전적인 생활을 토대로 하고 있다. 톨스토이가 이 소설에서 자기생활을 묘사한 부분을 두고 언젠가 브란데스가 "혼잣말을 하고 있는 것 같다"라고 논평한 것은 매우 적절해 보인다. 이처럼 이 작품은 왠지 혼란스럽고 막연한 느낌을 준다. 그리고 『유년시절』과 『세바스또폴 이야기들』에서 매우 인상적이었던 객관적인 묘사능력을 이 작품에서는 전혀 보여주지 못했다. 지주가 베푸는 선행을 의심하는 농부이야기, 즉 농부들이 (작동되지 않은) 탈곡기를 받으려 하지 않는다거나, 어떤 농부가 선물로 준 (마을에서 멀리 떨어진) 돌집을 거절한 사건을 두고 이를 농부의 무지로 돌리는 것은 학식 있는 사람에겐 매우 자연스럽고 용이한 일일지도 모른다. 그러나 톨스토이의 소설에서 그런 지주의 행위는 정당하다고 인정받을 만한 여지가 없으므로, 사려 깊은 독자는 누구나 농부의 상식을 칭찬하면서 말을 맺는다.

이어서 곧 단편 『류쎄른』이 발표되었다. 이 작품을 읽어보면 훌륭한 스위스 호텔의 발코니에 앉아 느긋한 기분으로 노래를 듣고 나서도 불쌍한 거리악사에게 몇 푼의 돈을 던져 주기를 거절한 영국관광객들의 인색함, 그걸 보고 매우 슬퍼한 네흘류도프가 거리악사를 호텔식당에 초대하여 영국 손님들에 대해 터무니없이 추문을 지껄이며 그에게 샴페인을 대접하는 모습을 보게 된다. 네흘류도프의 감정에 분명히 공감할 수는 있다. 하지만 그가 불쌍한 악사 때문에 괴로워하면서 도덕성을 확실하게 배우는 동안, 그 악사가 겪어온 어려움을 염두에 두기보다는 단지 관광객들을 혼내주는 채찍노릇으로 악사를 이용하는 러시아귀족에게 독자는 소설을 읽으면서 분노가 치밀어 오름을 경험한다. 더 나쁜 것은 작가 역시 네흘류도프의 위선적인 행동을 묵인하고 있으며, 진정으로 자비심을 가진 인간이라면 어떻게 불쌍한 악사를 초라한 선술집에 데려가 보드카를 함께 마시며 흉금을 터놓고 이야기한다는 말인가, 이건 말이 되지 않는 터무니없는 이야기다. 하지만 톨스토이의 탁월한 능력은 이 소설에서도 빛을 발한다. 톨스토이는 전체 장면을 통해 악사의 불편한 마음을 실감나도록 매우 상세하게 표현했기 때문에, 독자들은 심정적으로 비록 관광객들의 비정한 태도를 비난하는 젊은 귀족의 행동에 동조했을지라도, 그가 호텔에서 보여준 분별없는 행동은 자기만족에 빠져 있는 영국인들과 별로 다르지 않은 몰인정한 행위에 불과

하다는 결론을 내리게 된다. 이렇게 톨스토이의 예술능력은 그의 이론적인 신념을 훨씬 능가하고 있음을 보여준다.

그런 견해는 톨스토이의 다른 작품들과도 관련되어 있다. 그는 자기 주인공의 행위에 잘못된 평가를 내릴 수도 있다. 다시 말해, 그의 '철학관'에 이의를 제기하는 사람들이 나올 수 있다. 하지만 그의 묘사능력과 문학적 성실성이 뛰어난 나머지 주인공의 감정과 행동은 빈번하게 작가가 처음 의도한 것과 정반대로 나타나며, 작가가 입증하려고 한 것과 완전히 대립된 사실을 증명하기도 한다.[5]

톨스토이는 실제로 과학을 불신하고 있었지만, 그의 작품을 읽을 때마다 그는 수많은 예술가들 가운데 사물에 대해 가장 과학적인 견해를 지녔다는 생각이 든다. 마지막에 오류가 있을지 모르지만 그가 설명한 자료들은 언제나 정확하다. 진정한 예술이란 순수한 과학과 서로 대립하지 않고 늘 일치하는 법이다.

몇 편의 단편들: 『까자끄인들』

톨스토이의 몇 편의 중·단편들이 1857~1862년에 발표되었다(『눈보라』, 『두 경기병』, 『세 가지 죽음』, 『까자끄인들』 등). 각 작품에는 색다른 매력을 보여주는 그의 능력이 그대로 드러나 있다. 이 중 첫 단편소설 『눈보라』는 약간 빈약한 내용임에도 불구하고 걸작에 넣을 수 있다. 이 이야기에는 러시아 중부의 대초원에서 갑자기 눈보라를 만난 여행자가 눈

---

5) 러시아 비평가들은 대부분 이것을 지적한다. 뻬사례프는 『전쟁과 평화』를 언급하면서, 톨스토이가 창조해 낸 형상들은 작가의 의도와 상관없이 살아간다고 이미 지적한 바 있다. 그 형상들은 스스로 이야기하면서 독자와 직접 관계를 맺으며, 작가가 결코 염두에 두지 않았을, 십중팔구는 틀림없이 일치하지 않을 그런 사상과 견해로 독자를 필연적으로 끌고 간다. 아마도 이 때문에 뚜르게네프와 톨스토이의 다른 문학 동료들은 그에게 다음과 같이 분명히 말했을 것이다. "당신은 자신의 '철학'을 예술에 끌어들이지 말고, 자신의 예술 감각을 믿으세요. 그래야 당신은 위대한 작품을 창작할 것입니다!"(『뻬사례프 전집』 제6권, 420쪽에 수록)

속을 헤매는 모습이 묘사되어 있다. 단편『두 경기병』에 대해서도 똑같은 평가를 할 수 있다. 이 단편의 몇 장을 펼쳐 보면 놀라울 만큼 정확하게 묘사된 두 세대가 등장한다. 범신론적인 심오한 사상을 보여주는 단편『세 가지 죽음』은 부유한 여지주의 죽음, 가난한 마부의 죽음, 자작나무의 죽음을 묘사하고 있다. 이 단편은 괴테의 범신론적인 시에 나오는 뛰어난 전형들과 비교해도 전혀 손색없는 가치 있는 산문시이다. 사회적인 의미에서 보더라도, 이 단편은 톨스토이 말년의 작품에서 가장 뛰어나다.

『까자끄인들』은 앞에서 언급했듯이 자전적인 중편으로 24세 시절의 작가생애를 다루고 있다. 그는 당시 뻬쩨르부르그에서 보낸 공허한 생활을 청산하고 빠찌고르스끄로 옮겼다. 나중에 쩨료그강 연안의 폐허가 된 까자끄 마을에서 늙은 까자끄인 예로쉬까, 젊은 까자끄인 루까쉬까와 친구가 되어 사냥하며 함께 생활한다. 그곳에서 낯선 자연과 함께 호흡하며 경험하는 시적인 즐거움, 자연을 벗 삼아 생활하는 이 불법점령자들의 검소한 생활, 까자끄 처녀와 말없는 열애의 묘사에는 그의 놀라운 문학적 천재성이 깃들어 있다.

그의 타고난 재능을 보여준 이 중편이 나오자마자 독자층에서는 열띤 논쟁이 벌어졌다.『까자끄인들』은 1852년에 집필하기 시작해서 1860년에야 출판되었다. 이때는 러시아 전역에서 농노제도가 폐지됨으로써 과거의 부패하고 진부한 야만적인 제도들이 모두 철저하게 붕괴되기 시작할 것이라고 예견하며 농노해방위원회의 성과를 초조하게 기다리던 시기였다. 이때 러시아에서는 대개혁을 하려고 서구 문명사회로부터 비전과 방법을 모색하고 있었다. 바로 이즈음에 루소를 본받아 문명을 반대하고 자연으로 돌아갈 것을 선언한 젊은 러시아 작가가 나타난다. 그는 우리가 문명생활이라고 말하지만, 실상은 자연의 대체물에 지나지 않는 인공의 껍질을 스스로 벗고서 자연의 품에 안겨 자유노동이 주는 행복을 맛보며 살아갈 것을 권했다. 사람들은 곧장 '까자끄인'들을 지배하는 사상을 이해하게 되었다. 즉, 초원의 자식들이 누리고 있는 자연 생활과 그들 속에 우연하게 끼어든 한 젊은 장교의 인위적인 생활을 비교한 묘사에서 알게 된 것이다.

이 작품에서 톨스토이는 까프까즈 산맥 기슭에 펼쳐진 초원에서 성장한 강한 인간들을 묘사하고 있다. 그들의 삶 속에 항상 도사리고 있는 위험 때문에 육체적인 힘, 인내력, 냉정한 불굴의 정신이 필수적으로 요구된다. 어느 날 지적인 반면에 도시생활에 지친 병든 젊은이가 그들 사이에 돌연 끼어든다. 그는 까자끄인 루까쉬까가 자신보다 우월한 인간이라고 끊임없이 생각한다. 그는 어떤 빛나는 위업을 달성하기를 간절히 바라지만, 그것을 달성할 만한 지적인 힘도, 그렇다고 육체적인 힘도 없다. 그의 사랑조차도 초원에서 자란 사람들의 건강하고 강렬한 사랑과 전혀 닮지 않았고 공통점도 없다. 그것은 아마도 오랫동안 지속될 수 없는 사랑일 지도 모르며, 그저 까자끄 처녀의 신경을 건드려 일종의 불안감을 불러 일으켰을 뿐 그녀의 마음을 사로잡지도 못한다. 그러므로 그가 사랑의 힘에 이끌려 자신도 믿지 못하는 사랑을 그녀에게 이야기할 때면, 그녀는 "내 앞에서 썩 꺼져 버려, 꼴도 보기 싫은 녀석"이라고 말하며 그를 떠밀어 버린다.

어떤 사람들은 이 훌륭한 중편에서 톨스토이가 18세기 작가들처럼 "반 야만적인 삶의 모습을 찬미"하고 있음을 발견하고서 오히려 루소를 비난하기도 했다. 하지만 루소는 그것과는 거리가 멀다. 실제로 톨스토이는 그런 찬미를 한 것이 아니었다. 그러나 톨스토이는 자신의 고결한 주인공의 삶에서는 미처 발견하지 못했던 넘치는 힘과 에너지, 질긴 생명력을 까자끄인들의 삶에서 목격했다. 그래서 그는 탁월한 형식으로 그 인상적인 생활을 이야기했다. 그가 묘사한 많은 주인공들은 자연과의 싸움에서 육체적으로 대항할 힘이 없으며, 과학과 진정한 교양이 맞설 수 있는 그런 힘도 없다. 실제로 이성의 힘은 매순간마다 "내가 맞는 것일까, 틀린 것일까?" 하고 묻지도 못한다. 그런 이성의 힘이란 어떤 것이 잘못되지 않도록 통제하는 어떤 원칙을 갖고 있다고 생각한다. 도덕의 힘에 대해서도 똑같은 말을 할 수 있다. 즉, 어느 정도 도덕적인 힘을 스스로 믿을 수 있다고 알고 있다. 그러나 네흘류도프는 소위 지식계급에 속한 수천여 명의 사람들처럼 그런 힘을 전혀 갖고 있지 않다. 톨스토이는 분명하게 그는 무력한 존재이며 정신적, 도덕적으로 빈약하다는 사실을 지적했다. 작가가 지적한 빈약함은 독자에게 분명히 깊은 인상을 주었다.

교육 저작물

1859~1862년 러시아 국내에서는 삐셈스끼와 다른 작가들, 그리고 곤차로프와 같은 매우 '객관적인' 작가들이 젊은 세대에게 맞대응하는 논쟁이 일어나면서, '구세대'와 '신세대' 간에 격론이 벌어졌다. 하지만 이 논쟁에서 톨스토이가 어느 쪽을 지지했는지는 분명치 않다. 그는 이 시기에 프랑스 남부에서 사망한 큰형 니꼴라이와 함께 해외에서 보낸 사실이 있다.[6] 잘 알다시피 톨스토이는 서유럽 문명이 러시아 국민에게 행복과 평등을 제공할 여력이 없다는 점을 깊이 인식하고 있었다. 벤게로프의 말에 의하면, 톨스토이는 해외여행을 하다가 민중달력을 발간한 『농민생활에서 나온 쉬와르쓰왈리드 이야기』의 저자인 오이어바흐와 프루동을 만났다고 한다. 프루동은 추방을 당해 브류셀에서 살고 있었다. 톨스토이는 농노해방 직후 러시아로 돌아와 영지인 야스나야 빨랴나에 정착해서 '평화의 중재자'라는 직책을 맡고 있었으며, 농촌아이들의 학교 교육문제에 관심을 갖고 있었다.

그는 독일식 교육을 모방해 만든 러시아교육과 러시아에서 당시 폭

---

6) 레프 톨스토이는 형 니꼴라이와 함께 1860년 7월에 해외로 떠났지만 그 해 9월에 형이 사망하자, 61년 봄에 귀국했다. 그의 생애중 이 시기를 더 상세히 알아보려면 페뜨의 『회상록』을 참조할 것(제1권, 328~369쪽).

넓게 호응을 받고 있던 인위적인 교육방법에서 완전 탈피하여, 순수하게 무정부적인 원칙을 표방하면서 교육문제에서 철저하게 독자노선을 걷기 시작했다. 그가 운영하는 학교에는 소위 규율이란 게 전혀 없었다. 선생님들은 어린이 교육을 위한 프로그램을 제작하는 대신, 톨스토이의 의견에 따라 그들이 가르치는 대상인 아이들을 먼저 이해하는 법부터 시작해서, 아이들 각자의 능력과 취미에 자신의 교수법을 적용시켜야 했다. 톨스토이가 운영하는 학교에서 적용한 그와 같은 교육방법은 놀라운 결과를 가져왔다. 그러나 유감스럽게도 사람들은 아무도 그런 교육방법에 관심을 두지 않았다. 다만 시인이자 대작가인 빌리얌스 모리스 한 사람만이 『새로운 발견은 어디에도 알려져 있지 않다』에서 그런 자유로운 교육방식을 옹호했다. 하지만 루소의 『에밀』이 프레벨에 의해 연구되었듯이, 톨스토이가 운영한 야스나야 빨랴나의 학교에 관해 어느 뛰어난 교육자가 연구한 논문들이 언젠가는 페스탈로찌와 프레벨의 혁신보다 더 심오한 교육혁신을 위한 출발점이 되리라 믿는다.

　그러나 알다시피 톨스토이의 교육실험들은 러시아정부의 강제조치로 중단되었다. 톨스토이가 외출하여 영지에 부재중이었을 때, 헌병들이 집을 수색하여 작가의 늙은 숙모를(죽음에 이르게 할 만큼) 몹시 놀라게 만들었을 뿐만 아니라 (그녀는 가택수색 후에 중병에 걸렸다), 집안을 샅샅이 뒤져 작가가 청년시절에 쓴 비밀일기를 찾아내곤 일기내용을 파렴치하게 큰소리로 읽기도 했다. 그들은 언제든지 다시 가택수색을 할 수 있다고 협박했으므로 한때 톨스토이는 런던으로 영구망명을 고려한 적이 있었다. 그는 알렉산드르 2세에게 A. 알렉세이 톨스토이 백작부인을 통해 자신은 실탄을 넣은 연발권총을 갖고 있으므로 감히 자기 집에 무례하게 침입하는 경찰이 있으면 첫 번째 경찰관을 쏴버리겠다고 미리 경고하기도 했다. 물론, 그런 상황에서 야스나야 빨랴나의 학교는 문을 닫지 않을 수 없었다.

『전쟁과 평화』

1862년에 톨스토이는 모스크바 의사인 베르스의 딸과 결혼했다. 그리고 15~16년 동안 자신의 뚤랴 영지에서 거의 외출하지 않은 채 두 편의 대작 『전쟁과 평화』와 『안나 까레니나』를 집필했다. 애초에 그는 집안에서 내려오는 여러 구전(口傳)과 문헌들을 이용해 대하 역사소설인 『12월 당원들』을 쓰려고 계획했으며, 1863년에 이 소설의 제1장을 끝냈다.[7] 그러나 그는 12월 당원들의 형상을 재현하려고 노력하다가 필연적으로 1812년의 대조국전쟁에 관심을 갖게 된다. 대전쟁에 대해서는 톨스토이 가문(家門)과 볼꼰스끼 가문에서 전해 내려오는 구전이 있었으며, 12월 당원 사건은 톨스토이가 개인적인 경험으로 알고 있는 크림전쟁과 함께 일반적인 사건이었기 때문에 점점 이 주제에 매달렸다. 그래서 마침내 세계문학에 기리 남을 만한 대서사시 『전쟁과 평화』를 창작했다.

이 장편서사시에는 1805~1812년의 시기가 재현되고 있는데, 역사적인 시각에서 주석을 단 것이 아니라 당시 생존하여 활동하던 사람들이 이해하던 것과 같은 시각에서 서술했다. 작품은 당시의 전반적인 사회의 모습을 독자 앞에 펼쳐 보인다. 먼저 상류계층에서 발견되는 타인을 불쾌하게 만드는 경솔함과 아집에 사로잡힌 사고, 피상적 현상에 머물러 있는 의식수준, 러시아민중을 끊임없이 괴롭히는 온갖 시련, 극한 상황을 체험한 병사들, 그리고 민중의 고통을 덜어 주려고 자신과 자신의 고통을 잊는 평범한 병사의 형상에 이르기까지 다양하다. 최신유행의 뻬쩨르부르그 객실은 황태후의 비밀집회 일원인 숙녀들의 살롱이다. 오스트리아 주재 러시아 외교관들과 오스트리아 궁전, 모스크바와 영지에서 지내는 로스또프 일가의 느긋한 생활, 노장군 볼꼰스끼 공작

---

7) 참조: 톨스토이 러시아어판 전집, 제3권, 모스크바, 제10판본.

집안의 냉랭한 분위기, 이어서 한편에선 러시아 참모본부와 나폴레옹의 천막생활, 다른 한편에선 일상적인 경비병연대 및 야전포대의 내무생활, 셴그라벤과 같은 대전투의 광경, 아우스쩨르리쓰, 스몰렌스끄, 보로지노 전투에서의 패배, 모스크바의 무방비상태와 화재, 대화재 때 체포되어 무더기로 처형당한 러시아 포로들의 목숨, 그리고 마침내 모스크바에서 나폴레옹의 퇴각과 게릴라 전투에서의 공포감 등—러시아와 서유럽이 격돌하는 장면들을 묘사한 이 장편서사시는 여러 일화로 구성된 다양하고 대규모적인 장면 때문에 큰 관심을 불러 일으켰다.

독자는 이 소설에서 수백 명의 다양한 인물을 만난다. 개개인마다 훌륭하게 묘사되어 그들의 개성과 인간성이 크게 드러나기 때문에 이런 대하드라마를 쓴 다른 십여 명의 작가들 중에서 톨스토이를 가장 돋보이게 만들었다. 그들 가운데 아무리 하찮은 인간일지라도, 즉 알렉산드르 1세의 장관이건 기병대 사관의 졸병이건 독자는 그 등장인물을 도저히 잊을 수 없다. 게다가 보병이건 기병이건 서로 다른 무기를 사용하는 무명의 병사일지라도 자신의 고유한 특성을 지니고 있다. 로스또프나 데니소프의 말(馬)들까지도 나름대로 각자 개성이 있다. 작품의 수많은 등장인물의 특징을 떠올릴 때, 불행한 민중이 겪은 역사적 사건은 독자에게 강한 인상을 주기 때문에 기억에 남게 만든다. 그밖에 이 소설에서 특히 호감이 가는 어떤 인물이 겪는 고통을 독자가 공감하건 아니면 그들이 직접 다른 사람들(예를 들면, 로스또프 백작부인의 소니치까에 대한 관계에서처럼)에게 고통을 주었건 간에, 그들이 소설의 많은 등장인물들로부터 독자의 기억으로 뛰어나올 때, 그런 인물들이 독자에게 남긴 인상은 사소한 세부묘사로 어떤 주인공에게 개성을 부여하는 현실의 그런 환상에 의해서 (그런 인물들에게) 색채를 입힌다.

역사소설을 쓰는데 가장 어려운 일은 이차적인 인물보다는 오히려 역사적 사건의 주역인 역사적인 큰 인물을 묘사하는 것이다. 그들을 눈앞에서 마치 살아 움직이는 것처럼 묘사하는 일이 매우 어렵다. 그러나 바로 여기에서 톨스토이의 문학적 천재성이 눈에 띠게 드러난다. 그가 묘사한 바그라찌온, 알렉산드르 1세, 꾸뚜조프같은 형상은 매우 사실적이고 살아 움직이는 듯해서, 독자는 바로 눈앞에 있는 것처럼 착각하여 그들을 그림으로 그리거나 그들의 행동과 말투를 따라 하고 싶은 유혹을 느끼기도 한다.

『전쟁과 평화』에서 발전한 작가의 '전쟁철학'은 알려진 바와 같이 격렬한 논쟁과 많은 비판을 불러 일으켰지만, 사실 그의 견해는 정당하다. 톨스토이의 견해는 기본적으로 군사전문가나 연구자들에게서 인정받고 있다. 물론 신문의 종군기사를 통해 전쟁을 알고 있는 사람들, 특히 전투에 참가하고 싶지만 참전하지 못한 까닭에 전투기록을 작성한 '전투보고서'를 좋아하는 장교들은 전쟁의 '달인'인 주인공들의 활약을 묘사한 톨스토이의 견해에 만족하지 못했다. 그러나 톨스토이의 전쟁관, 역사적 사건에서 소위 '역사의 주역들'이라는 매우 한정된 역할에 대한 작가의 생각을 이해하려면, 1870~1871년 전쟁기간에 몰리트케와 비스마르크가 주고받은 개인서신들을 읽어보거나, 독자가 때때로 겪게 된 어떤 역사적 사건들을 평범하고 솔직하게 기록한 자료를 읽어보는 것으로도 충분하다. 톨스토이는 셴그라벤 진지에서 지휘관을 잃은 포병중대 장교 찌모힌 같은 인물을 결코 날조하지 않았다. 분별력이 있는 그가 부대원들에게 최후까지 대포 4문을 지키도록 격려함으로써 러시아군의 후방부대가 전멸당하는 것을 사전에 막을 수 있었기 때문이다. 톨스토이는 실제로 세바스또폴에서 찌모힌과 같은 인간들을 만나본 적이 있기에 잘 알고 있었다. 그런 부류의 사람들이 실제로 각 부대에서 핵심적인 원동력이 되며, 군대의 승리는 사령관의 천재적인 역량보다 부대 안에 존재하는 찌모힌같은 사람들의 숫자에 비례한다. 이런 점에서 톨스토이와 몰리트케의 견해는 서로 일치하며, 부대와 참모본부 출신의 전사 편찬자들이나 '종군기자'들의 견해와는 전적으로 다르다.

톨스토이와 같은 천재성이 없는 작가들이라면, 비슷한 테제를 독자들이 믿도록 하는데 대개 실패했을 것이다. 하지만 『전쟁과 평화』를 읽다 보면 그와 같은 결론에 우연히 도달한다. 주인공 꾸뚜조프는 실제로 평범한 인간으로 묘사되어 있다. 하지만 꾸뚜조프는 상황이 어떻게 전개될 것인지 필연적이고 거의 숙명적으로 예견하면서도 성급하게 상황을 '처리'하지 않으며, 군의 대병력이 회복할 수 없을 만큼 치명적인 피해를 당하지 않도록 온힘을 다하기 때문에 그는 위대한 인물이다.

소설 『전쟁과 평화』에서 특별히 전쟁에 대해 심한 반발심을 드러내는 기억할 만한 장면은 없다. 같은 시대에 사는 러시아인들이 대작가에게 준 영향 때문에 어쩌면 이미 그런 관점을 갖고 있으리라 짐작할 수 있었을 것이다. 이미 러시아에서는 1877~1878년에 발발한 러시아-터키 전쟁에서 예전에 보여준 피로 물든 애국적인 문체로 사건을 전하는 기자를 전혀 찾아볼 수 없었다. 지금까지 영국에서 유행하는 "적들은 우리 군의 위력을 알게 되었다"라든가, "우리는 그들을 토끼처럼 쏘아 죽였다"와 같은 문장들은 러시아인들이 즐겨 사용한 표현에서 유래한다. 하지만 이제 어느 종군기자의 편지에서 그런 어리석은 서술행위의 잔재를 발견한다 해도, 지금은 어떤 러시아신문도 그런 문장을 사용하지는 않을 것이다. 러시아 종군기자들의 기사에서 일반적으로 볼 수 있었던 특징은 완전히 변했다. 그 무렵의 전쟁 시기에 소설가 가르쉰과 예술가 베레쇠긴이 등장한다. 이들은 총탄아래서 전쟁이라는 거대한 사회악과 싸운 용감한 사람들이다.

『전쟁과 평화』를 읽어본 독자는 삐에르의 고통스런 체험과 사병 까라따예프와의 우정을 기억하리라. 그와 함께 톨스토이가 묘사한 민중가운데서도, 평범하지만 영리한 러시아농부의 전형적인 대표인물이 조용하게 얘기하는 철학에 푹 빠져 드는 것을 느끼게 된다. 따라서 어떤 문학평론가는 작가가 등장인물 까라따예프를 통해 동양의 운명론과 비슷한 것을 설교하고 있다는 결론을 내리기도 했다. 그러나 그런 평론가의 결론은 전혀 옳지 않다. 까라따예프는 순수한 범신론자로서 자연의 재난에 맞서서 싸운다는 것이 불가능함을 잘 알고 있었다. 그의 운명에 드리워진 불행, 즉 개인적인 고통, 모스크바에서 체포된 선동가들의 처형, 게다가 매일 처형되는 사형수 명단에 자신이 포함될 거라는 사실을 알고 있다. 하지만 사건은 일단 발생하기만 하면 완전히 선동적인 방향으로 흘러가다가 반드시 민중의 무장폭동으로 발전된다는 것도 잘 알고 있다. 까라따예프는 철학자 귀요[8](Guyau)가 말한 알프스산맥의 비탈에 놓인 통나무들 가운데 하나처럼 등장한다. 통나무가 가파른 경사면을 따라 점차 아래로 미끄러져 내려간다고 느끼면, 처음엔 버티어 보려고 안간힘을 써 보지만, 자기 힘으론 도저히 감당할 수 없음을 깨닫게 되면, 이젠 마음을 접고 이미 피할 수 없는 벼랑으로 미끄러져 내려가게 될 것이다. 까라따예프가 불가피한 상황을 받아들이긴 하지만 그렇다고 완전한 범신론자는 아니다. 만일 자신의 능력이 전쟁을 예견할 수 있다고 느낀다면, 그는 그 능력을 발휘할지도 모른다. 소설의 마지막에서 뻬에르가 아내인 나따샤에게 자신은 비밀집회(나중에 이 비밀집회에 12월 당원들이 출현했다)에 가입할 의사가 있다고 고백할 때, (뻬에르의 이런 생각을 소설에서는 검열당할 것을 염두에 두고 약간 모호하게 언급하지만, 러시아독자는 그런 암시를 이해한다) 나따샤는 그에게 "플라톤 까라따예프가 그것을 찬성할까요?"라고 묻는다. 뻬에르는 잠시 생각하더니 단호하게 그럴 거라고 긍정적으로 대답한다.

프랑스인, 영국인, 혹은 독일인들이 『전쟁과 평화』를 읽고서 무엇을 경험했는지 모르겠다. 영국의 지식계층은 소설이 지루하다고 말하기도 했지만, 러시아 지식인들은 대부분 각 장면이 엄청난 미학적 즐거움을 제공하는 원천임을 알고 있다. 만약 내게 어떤 장면이 다른 장면보다 더 마음에 들었는지 물어본다면, 여러 번 읽어본 대부분의 러시아독자

---

8) (역주) 마리 장 귀요(Marie Jean Guyau: 1854~1888)- 프랑스 철학자, 진화론적 세계관의 입장에서 진화의 근본적 원동력으로서 생(生)을 생각했다.

처럼 나도 어느 한 군데를 꼭 집어 말할 수는 없을 것 같다! 그러나 굳이 언급하자면, 어린애들도 좋아하는 소설인지에 대한 의문, 전쟁묘사 장면에서 민중의 반응, 군 생활, 그 누구도 묘사하지 못한 왕실과 귀족들의 생활 장면들, 나폴레옹이나 꾸뚜조프, 또는 로스또프의 가족생활을 잘 보여주는 사소하지만 상세한 묘사, 예를 들면 식사, 사냥, 모스크바로부터의 출발장면 등이 그것이다.

이 장편서사시를 읽어본 많은 사람들은 영웅 나폴레옹이 별로 보잘것 없는 인물로 끌어내려지고, 심지어 우스꽝스런 모습으로 묘사된 것을 보면서 화를 낼지도 모른다. 하지만 나폴레옹이 러시아를 침공했을 때, 그는 동방을 향해 원정의 일보를 내디딘 과격한 공화파 군대를 격려하고 러시아농노제라는 멍에를 폐지시키며, 종교재판의 종말을 가져다 준 그런 인물은 이미 아니었다. 고위층 인물들이 모두 어릿광대로 등장하는데, 톨스토이는 대하소설의 곳곳에서 그들의 모습을 탁월하게 보여준다. 물론 나폴레옹에게도 그런 어릿광대 같은 기질이 많았다. 나폴레옹이 러시아를 원정하던 무렵에 전 유럽의 왕실이 보여준 아첨과 프랑스 혁명으로 야기된 민심동요 때문에 민중은 그를 한편으론 신과 같은 존재로, 다른 한편으론 대중의 숭배로 말미암아 이미 타락해버린 황제로 여겼다. 과거에 갑자기 각성된 프랑스국민을 활기찬 저력으로 결집시킨 인물, 그리고 그런 각성을 자신의 표정에 담은 채 점차 세력을 키워나가던 인간, 그런 나폴레옹이 러시아를 침략할 무렵엔 완전히 어릿광대 같은 우스꽝스런 모습을 보였다. 나폴레옹이라는 명성이 그 시대에 준 매력은 그런 독특함 때문이다. 프랑스군대가 스몰렌스끄에서 퇴각할 때, 꾸뚜조프 장군은 결전을 벌여 나폴레옹의 군대를 사지로 몰아넣는 게 아니라 프랑스병사들이 자유롭게 후퇴할 수 있도록 길을 터준 것 때문에 독자는 오히려 우스꽝스럽게 된 나폴레옹의 처지에 흥미를 느끼게 된다.

『안나 까레니나』

톨스토이의 소설 『안나 까레니나』는 각 나라 언어로 번역되어 가장 폭넓은 독자층을 갖고 있다. 이 소설은 예술작품으로서 수준이 매우 높다. 독자는 여주인공이 처음 등장하자마자 그녀의 삶이 필경 비극적인 종말을 맞이하게 될 거라고 느낀다. 그녀의 비극적인 종말은 셰익스피어의 희곡처럼 필연적이다. 소설은 그녀의 삶을 진지하고 충실하게 묘사한다. 대문호가 독자들 앞에 펼치는 묘사장면은 모두 현실적인 삶의 모습이다. 톨스토이의 재능에서 약점은 젊은 처녀 외에 일반여성들을 묘사하는 일이다. 사실 그는 여성을 잘 알지 못했다. 안나 까레니나가 깊고도 풍부한 심리상태를 보여주며 생동감이 넘치는 여인으로 묘사된 것처럼 생각하지만, 오히려 독자에겐 평범한 여인 '돌리'가 훨씬 생생하게 다가온다. 소설의 여러 장면들, 예를 들면, 무도회, 장교들의 경마시합, 돌리의 가족생활, 레빈의 영지인 농촌무대, 그의 형의 죽음 등을 그린 묘사는 톨스토이의 작품 가운데 『안나 까레니나』의 예술적인 가치를 가장 뛰어나게 만들었다.

그러나 앞에서 말했듯이 이 소설은 러시아에서 확실히 비판적인 반응을 불러 일으켰다. 즉, 톨스토이는 보수 세력으로부터 환영을 받았지만, 진보적인 사회계층으로부터는 냉담한 반응을 얻었다. 러시아에서 결혼문제와 부부간에 생기기 마련인 이혼 문제는 문학과 실생활에서 상류 계층의 남녀에 의해 매우 진지하게 논의되어 왔다. 당시 '상류사회'에서 진행되는 이혼 절차 과정에서 계속 드러난 무관심하고 경솔하게 이루어진 결혼을 두고 격렬한 비난이 쏟아진 것은 물론이다. 또한 수많은 프랑스 중편소설과 희곡의 주제인 온갖 불륜(남편이 아내 몰래 연인과 사랑을 나누는 행위 등)이 실제로 문제를 논의하는 과정에서 완전히 빠지기도 했다. 그러나 어떤 사람들의 경솔함과 또 어떤 사람들의 거짓을 혹독하게 비난하면서도 심의에서 제외하고서, 수년간의 행복한 부부생활을 한 뒤에 나타나는 새로운 사랑의 권리를 더욱 진지하게 고찰해야 했다. 체르늬쉐브스끼의 소설 『무엇을 할 것인가?』는 당시 젊은 세대 청년들의 지배적인 결혼관을 보여준다. 일단 당신이 결혼을 했으면, 온갖 남녀의 연애사건과 소위 연애의 유희를 경솔하게 다뤄선 안 된다고 이 세대의 대표들은 말한다. 모든 정욕의 발현이 새롭게 사랑이라는 이름으로 인정받을 가치는 여전히 없으며, 사랑으로 표현되는 것은 대개의 경우 일시적인 욕정에 지나지 않는다는 것이다. 실제로 사랑하게 될 경우에 조차도 사랑이 사실 심오한 감정으로 발전하기 전에 대개 마음의 여유가 있다. 만일 사랑이 진실하고 깊은 열정의 단계까지 이르게 된다면, 그 사랑이 불러오게 될 결과를 생각할 시간을 갖게 되는, 말하자면 마음의 여유가 아직 남아 있는 법이다. 하지만 새로운 사랑이 당사자들을 사로잡는 경우가 종종 발생하는데, 그런 사건은 거의 숙명적으로 일어난다는 사실도 반드시 알아야 한다. 예를 들면, 대개 여러 사정으로 오로지 자신만을 사랑하는 배우자의 집요함 때문에 처녀가 거의 자기 의사와는 상관없이 결혼하게 될 때, 또는 두 사람이 서로를 완전히 이해하지 못한 채 결혼하게 될 때, 또는 두 사람 중 한 사람이 높은 이상을 지닌채 사상을 계속 발전시켜 나갈 때, 이때 각자 다른 남자와 여자로서 이상주의의 허위가면을 쓰고 있기가 싫증이 나서 따뜻한 실내 옷으로 감싼 채 속물인간의 행복감에 젖어 있기 마련이다. 그런 경우에 당사자들은 이혼을 피할 수 없을 뿐만 아니라 그 이혼문제는 자주 불가피하게 두 사람간의 관심사가 된다. 그런 경우, 어느 한쪽(대부분의 경우 양쪽)의 생활이 완전히 추해지기 전에, 아니면 나중에 그런 상태에서 삐걱대는 생활이 죄 없는 아이들에게 필연적으로 좋지 않은 영향을 끼치는 것보다는 차라리 이혼한 후에 고통을 겪는 편이 더 나을지 모른다(정직한 심성은 그런 고통을 겪은 후에라야 비로소 깨끗해지는 법이니까). 이것이 당시에 적어도 러시아문학과 러시아 사회의 지식층이 내린 일반적인 결론이었다.

톨스토이의 『안나 까레니나』 서문에는 위협적인 성서의 "원수 갚는 것이 내게 있으니, 내가 원수를 갚으리라"라는 에피그라프[9]가 있다. 이 작품에서 성서적인 복수가 불행한 까레니나에게 가해지며, 그녀는 남편과 헤어지고 스스로 자살함으로써 자신의 고통을 끝낸다. 물론 러시아 비평가들은 톨스토이의 견해에 전적으로 동의하지는 않는다. 까레니나의 경우 '복수'의 문제가 될 수 없다는 것이다. 젊은 처녀인 그녀는 나이가 든 매력 없는 남자에게 시집을 갔다. 그때 그녀는 자신이 저지른 행위의 심각성을 미처 깨닫지 못했으며, 어느 누구도 그녀에게 그런 사실을 설명해 주지 않았다. 그녀는 이제껏 진정한 사랑이 무언지 몰랐다가 브론스끼를 만나면서 비로소 사랑을 알게 되었다. 그녀의 본성이 지닌 지나친 정직성 때문에 거짓을 생각한다는 것 자체가 그녀 자신에게 꺼림칙했다. 그래서 그녀는 남편과 계속 살면서도 그런 생각 때문에 남편과 자식을 더 행복하게 해주지 못하고 있는 것 같다. 그런 상태에서는 남편과 이혼하고 그녀를 진정으로 사랑하는 브론스끼와 새로운 삶을 시작하는 것이 그녀의 입장에서 보면 유일한 탈출구였다. 어쨌든 안나 까레니나의 스토리가 비극으로 끝난다고 해도, 그 비극은 전적으로 '높은 정직성'의 결과 때문만은 아니다. 늘 그렇듯 톨스토이의 예술적 천재성은 또 다른 현실적인 면을 지적한다. 그것은 브론스끼와 까레니나가 보여준 모순이다. 남편과 이혼한 후에 소위 '추문'을 무시하면서도, 즉 톨스토이가 묘사한 것처럼, 까레니나와 브론스끼는 추문에 훈계할 정도의 권리를 인정받을 만큼 충분히 정직하지도 못한 여편네들의 험담 따위를 경멸하면서도, 그런 사교계를 무시해버릴 만큼 대담성을 보여주지도 못한 것이다. 톨스토이는 그런 경솔한 행위를 너무나도 잘 알기에 매우 상세하게 묘사한다. 한편 안나가 브론스끼와 함께 뻬쩨르부르그로 돌

---

9) (역주) 제사(題辭): 작품의 초두에 실어 전체 문장의 뜻을 상징하는 시, 인용구, 극담 등을 말한다.

아왔을 때, 그들이 무엇보다도 걱정했던 것은, 만약 그녀가 다른 여인들 앞에 나타나면, 베씨나 다른 여인네들이 그녀를 어떻게 대해줄 것인가 하는 점이었다. 결국 까레니나를 자살로 몰아간 것은 '순수한 최상의 정직성'을 조금도 갖추지 못한 베씨같은 인간들의 입방아였던 것이다.

종교적 위기

톨스토이가 거의 50세가 될 무렵인 1876~1878년에 삶의 본질에 대한 관점들이 얼마나 깊은 변화를 겪었는지는 모두가 잘 알고 있다. 어느 누구도 타인의 비밀스런 정신적 변화를 공개적으로 심판할 권리는 없다고 생각한다. 그러나 자신이 경험한 내면의 극적인 사건들과 싸움을 직접 언급한 이 대작가는 말하자면, 자신의 추론이 정당한 것이었는지 조사하도록 우리를 초대했다. 그러므로 우리는 작가가 우리에게 직접 준 그런 심리적인 재료로 한정하면서, 타인의 생각과 행위의 영역에서, 그가 경험한 정신적 갈등을 고찰할 수 있다.

톨스토이의 초기작품을 보면, 그가 설교하는 바로 그런 이상의 원류를 우연히 만나게 된다. 철학문제와 인생의 도덕적 규범에 관한 문제는 그의 청년시절 초기부터 흥미를 끌었다. 그는 16살에 이미 철학서적을 즐겨 읽었으며, 대학시절과 심지어 '격정의 시기'에도 '우리는 어떻게 살아야 하는가' 하는 문제가 그에겐 매우 중요한 의제였다. 『참회록』에서 언급했듯이, 톨스토이는 그런 문제를 완전히 진술한 적은 결코 없었지만, 자서전적인 성격의 중편 『청년시절』에서 그런 비밀스런 내면의 사유과정이 남긴 깊은 흔적을 보여준다. 당시 자신을 '철학적인 니힐리스트'라고 단정했지만, 그가 실제로 유년 시절에 지닌 신념과 결코 결별한 적이 없었던 것은 분명하다.[10]

---

10) 러시아정부의 검열로 출판이 금지된 『톨스토이 전집』 제1권(회고록), 고르쉬꼬프 출판사,

그럼에도 불구하고 그는 항상 루소의 숭배자이자 추종자였다. 교육에 관한 그의 논문들(모스크바 발행, 『톨스토이 전집』 제10판; 제4권에 수록)을 살펴보면, 그는 나중에 연구한 바 있는 대부분의 위급한 사회문제에 관해 매우 급진적인 견해를 갖고 있었다는 사실을 발견할 수 있다. 그가 야스나야 빨랴나 학교에서 교육경험을 쌓으며 평화의 중재자로 활동할 즈음인 1861~1862년에 이미 선(善)을 베푸는 지주의 역할과 자신이 필연적으로 취할 수밖에 없었던 이원론적인 입장에 혐오감을 보였을 정도로 그런 문제들은 그를 괴롭혔다. 그가 "만일 나를 구원해준 결혼생활이라는 삶의 단면이 없었더라면, 아마도 나는 그 당시에 15년 후에나 겪게 될 그런 위기를 겪었을 지도 모른다."고 한 말이 그것을 뒷받침해준다. 즉, 톨스토이는 이미 특권층의 재산과 노동에 대한 견해와 거의 단절하다시피하고, 이미 러시아에서 시작된 대규모의 대중운동에 가담하려고 했다. 평소 톨스토이에게 열정을 쏟게 만들며 자신이 속한 귀족계급과 굳건한 유대관계를 맺게 한 사랑과 가정생활, 그리고 가족에 대한 관심이라는 새로운 세계가 없었다면, 그는 대중운동에 가담했을 가능성이 충분했다.

예술도 역시 사회적인 목적에서 적어도 경제적인 측면에서 그의 관심을 다른 방향으로 돌려놓았다. 『전쟁과 평화』에서 톨스토이는 당시 전 유럽의 지식인들 사이에서 여러 추종자를 발견할 수 있는 '영웅철학'과는 상반된 '민중철학'을 발전시켰다. 그것은 1812년 대조국전쟁 시기에 톨스토이에게 민중의 역할을 발견하게 했고, 역사의 주요 원동력은 영웅이 아닌 민중이라는 사실을 그에게 가르쳐준 시문학 천재의 암시였을까? 그렇지 않으면, 그것은 야스나야 빨랴나 학교에서 톨스토이를 매

1901년, 13쪽을 참조할 것. 이 글이 쓰인 이후에 비류꼬프가 쓴 톨스토이 전기가 출판되었는데, 그 책은 흥미로운 자서전적인 메모와 톨스토이의 편지들이 모두 수록되어 있다. 그 내용과 말의 정확한 의미로 보아 톨스토이는 결코 철학적인 니힐리스트가 아니었다. 그는 신념을 간직한 채 기도를 계속하고 있었다.

료시켰고, 특권계급을 위해 교회와 정부가 만든 모든 교육이론과 대립되는 루소, 미슐레,[11] 프루동[12]이 이미 정립한 사상을 단지 더 발전시킨 것인가? 어떻든 『전쟁과 평화』는 그에게 인생의 목적을 제시했고, 그것을 해결하는데 몇 년이 걸렸다. 그는 대소설을 저술하면서 역사적 사건들에 대한 새로운 견해를 표명하려고 애썼다. 톨스토이는 자신의 작업이 얼마나 유용한 지 인식하면서 스스로 만족한 게 분명하다. 그가 종교개혁이나 철학적인 부분에 목적을 두지 않았던 『안나 까레니나』를 보면, 이 소설에 대한 작업은 시적으로 팽팽하게 재현됨으로써 톨스토이에게 공허한 유한계급의 삶에서 들어나는 온갖 현상들을 다시 경험하도록 만들고 노동하는 농민의 삶과 비교해보도록 가능성을 주었다. 그는 이 소설을 끝맺으면서 자신의 생활이 청년시절의 이상과 얼마나 모순된 것인지 충분히 인식하기 시작했다.

대문호의 마음속에서 격렬한 갈등이 일어난 게 분명하다. 구체적으로 언급하자면, 작품 『류쩨른』에서는 가수와 생긴 일화의 도덕적인 부분을 이탤릭체로 인쇄하도록 했고, 유한계급의 문화를 신랄하게 비난한 공산주의적 성향, 『홀스또메르』에서 사유재산을 격렬하게 비판한 사상적 경향, 야스나야 빨랴나에서 작성한 교육관련 논문들에서 자본주의와 국가기관이 조성한 문화를 거부할 것을 주장한 무정부주의 사상을 들 수 있다. 그리고 다른 면에서 보면, 자신의 공산주의 성향(『안나 까레니나』에서 레빈의 두 형제가 나눈 대화를 참조할 것)[13]과 일치하려고 애쓴 사유재산에 대한 그의 개인적 견해, 적대적인 야당에게 보인 러시아정부

---

11) (역주) 미슐레(1798~1874): 기념비적인 저작 『프랑스사』(1833~1867)로 잘 알려진 프랑스 민족주의 역사가로서 개성적인 서술방식으로 과거를 되살림으로써 커다란 극적 힘을 지닌 역사적 종합판을 이루었다.

12) (역주) 프루동(1809~1865): 프랑스의 자유론적 사회주의자, 저널리스트. 그의 사상은 후에 급진적·무정부주의적 이론의 기초가 되었다.

13) 비류꼬프가 쓴 톨스토이 전기에서 볼 수 있듯이, 톨스토이는 그런 대화를 자신의 형과 실제로 나눈 적이 있었다.

의 가혹함을 지적하고 그런 정부에 대한 뿌리 깊은 증오심, 그의 귀족주의적인 성향과[14]더불어 농부들의 노동에 대한 존경심 등 대문호의 이성은 이런 돌발적인 행동을 보이며 자신의 천재적인 재능 속에 자리 잡은 긴장감과 함께 심한 갈등을 겪고 있었다.

러시아의 어중이떠중이 비평가들과 농노제를 옹호하던《모스크바 통보》지가 톨스토이를 반동으로 몰았던 1875년, 뛰어난 평론가 미하일로프스끼는「톨스토이 백작의 오른손과 왼손」이라는 명제로 발표한 탁월한 논문에서 "톨스토이의 내면에는 두 개의 다른 인간이 끊임없이 투쟁을 벌인다."고 지적할 만큼, 그는 끊임없는 갈등에 직면했었다. 이 논문에서 톨스토이 숭배자인 젊은 평론가는 그때까지 아무도 주의를 기울이지 않던 톨스토이의 교육논문들을 분석해 보니 근래에 언급한 진보적인 주장이 담겨있음을 주목하고, 당시 톨스토이의 작품들에서 발견되는 보수적인 낯선 견해와 비교하였다. 결론에서 미하일로프스끼는 필연적으로 대문호가 위기를 겪게 될 것이라고 예고했다.

"나는 『안나 까레니나』를 논할 생각은 없다. 첫 번째 이유는 그 작품이 아직 끝나지 않았기 때문이고, 두 번째는 그 작품에 관해 얘기를 많이 하던지 아무 말도 하지 말아야 하기 때문이다. 다만 이 소설은 톨스토이의 다른 작품과 비교할 수 없을 만큼 피상적이라는 사실만 언급하겠다. 그러나 어쩌면 이 피상적인 특성 때문에 작가의 마음속에 일어나는 극적인 흔적들이 어느 곳에서보다 더욱 분명하게 반영되어 있다. 어떻게 그런 인간이 될 수 있는가, 그는 어떻게 살아가는가, 매번 만족스러운 필요성의 쾌락에 개입하는 자각의 독을 어떻게 피하는지 요구받고 있다. 물론 그는 비록 본능적으로나마 내면적인 정신의 극적 사건을 종결지을 방법을 찾아야 할 것이다. 그러나 어떻게 그 방법을 찾을 것인가? 평범한 사람이 갑자기 그런 처지를

---

14) 비류꼬프가 쓴 같은 전기를 참조할 것.

당한다면, 자살로 끝장을 볼지도 모른다. 비범한 사람은 어쩌면 다른 출구를 모색할 것이다. 그런데 어느 누구도 그런 출구를 보여주지 못했다."(《조국 수기》, 1875년 6월; 그 외에 『선집』 제3권, 491~492쪽)

미하일로프스끼의 견해에 의하면, 그런 출구 중 하나는 민중을 위해 문학작품을 창작하는 일이 될지도 모른다. 물론 소수자만 그런 목적에 꼭 필요한 능력과 재능을 지녔지만, 그런 사람은 행복한 편이다.

"그러나 언젠가 한번 톨스토이가 확신하기를, 민중은 양쪽으로 나누어 있고, 그 중 비난받지 않은 순진한 어느 한 쪽 민중의 즐거움은 다른 쪽에게 불이익을 준다. 무엇이 이런 주제에 자신의 엄청난 힘을 바치는 그를 방해할 수 있겠는가? 어떤 주제들이 톨스토이처럼 그런 무서운 극적사건을 마음속에 두고 있는 작가의 흥미를 끌 것인지 상상하기조차 힘들다. 그렇게 이 주제는 심오하고 진지하며, 그렇게 이 주제는 문학 활동의 뿌리를 장악하고 있다. 아마도 끈끈하게 들러붙는 메꽃이 다른 식물들의 기운을 빠지게 하듯이, 그렇게 이 주제는 다른 관심들을 모두 흡수해버리고 있는 것처럼 보인다. 그래서 정말로 그것은—즉 그것의 기쁨과 위안은 결코 전 인류적인 기쁨과 위안이 되지 않는다는 것을 '사회'에 상기시키는 것, '진보현상'의 순수한 의미를 '사회'에 설명하는 것, 비록 어떤 감수성이 훨씬 풍부한 본성에서 자각과 정의감을 불러일으키는 것은—삶의 고상한 목표가 되기에는 불충분하지 않는가? 사실 이 광활한 벌판에서 마음대로 시를 창작할 수 있는 곳이 아무데도 없지 않는가? …"
"톨스토이 백작의 마음속에서 완성된 극적사건은 역시 나의 가설이긴 하지만 정당한 가설이다. 왜냐하면 가설이 없이는 그의 문학 활동을 마지막 결말지을 가능성이 전혀 없기 때문이다."(『전집』 제3권, 493~494쪽, 496쪽)

알다시피 미하일로프스끼가 보여준 예언적인 고찰은 적중했다. 톨스토이는 『안나 까레니나』를 탈고한 1875~1876년에 지금까지 겪어왔던 이중생활과 공허함을 자각하기 시작했다. 그는 말하기를, "내게 뭔가 아주 이상한 일들이 일어나기 시작했다. 마치 내가 어떻게 살아왔고 무얼 했는지 예전엔 전혀 몰랐던 것처럼, 처음엔 설렘과 동시에 정지된 듯한 삶의 순간들이 내게 나타나기 시작했던 것이다…." "왜 그러지? … 자, 그 다음엔?" 하고 계속 이런 문제들이 제기되기 시작했다. "뭐, 좋아" 하고 그는 자신에게 말했다. "너는 사마르스끄 현에 6천 제샤찐의 토지와 3백 필의 말을 갖게 될 거야, 그 다음엔? … 그런데 나는 완전히 멍해진 채 무슨 생각을 계속해야 할지 몰랐다." 그는 『전쟁과 평화』로 최고의 영광을 얻게 되자, 이제 문학이 갖다준 영예에 아무런 매력을 느끼지 못했다. 그가 결혼하기 전에 직접 경험한 생활을 묘사한 중편 『가정의 행복』에서 소시민 가정의 행복도 더 이상 그를 만족시키지 못했다. 그때까지 누려온 쾌락적인 삶은 그에게 완전히 가치를 상실했다. 그는 『참회록』에서 이렇게 말한다.

"난 서 있는 곳에서 비틀거리고 있다고 느꼈다. 난 어느 곳에 존재하고 있지 않다. 내가 살아 온 지난날은 이미 존재하지 않으며, 나는 살아갈 수 없다는 생각이 들었다. 내 인생은 끝장 나버렸다." 그는 소위 '가정의 의무'에 관심이 없었다. 그는 아이들을 어떻게 교육시킬 것인지 생각하기 시작하면서 자신에게 "왜?"라는 반문을 던졌다. 결코 아이들을 교육시킬 수 없을 것이라고 느낀 것 같다. 더구나 그는 그런 교육을 자신이 직접 받은 데다가 비난하기조차 했었다. 그는 민중이 어떻게 행복에 도달할 수 있을까 생각하면서, "그런 나는 무엇을 해야 할까?" 하고 돌연 자신에게 되묻곤 했다. 그는 살아야 할 이유가 없다고 느꼈으며, 합리적으로 인정할 만한 희망조차 갖지 못했다. "만일 여자마법사가 내게 와서 내 소원을 들어주겠다고 제안한다고 해도 무슨 말을 해야 할지 몰랐을 것이다…." "나는 진실이 어떻게 만들어져 있는지 알고 있었기 때문에 진실을 이해하려고 생각조차 할 수 없었다. 진실은 내 생활이 엉망이라는 사실이다." 그에게는 생활목표가 없었으며, 목적 없는 삶은 필연적으로 따르는 고통과 함께 참기 어려운 부담이 될 것이라고 확신하기에 이르렀다. (『참회록』 IV, VI, VII)

그는 주변의 가난한 사람들 사이에서 평온한 쾌락생활에 요구되는 '상상력의 도덕적 둔감'을 입으로는 말하고 있었지만 실제로는 갖고 있지 않았다. 이성이 지시한 것과 그의 행동이 일치하려면 반드시 의지가 있어야 했지만 쇼펜하우어처럼 그는 의지가 없었다. 따라서 그런 목적을 이루는 방법으로 유일하게 남아 있는 건 자살과 죽음뿐이었다.

그러나 톨스토이는 자살로 자신의 삶을 끝내기엔 너무 강한 인간이었다. 그는 탈출구를 발견해냈다. 그 탈출구는 그가 청년시절에 마음에 품었던 농민대중을 위한 사랑이었다. 그는 "진정으로 일하는 민중을 향한 나의 이상스런 물리적 사랑 때문에", 혹은 무언가 다른 이유로, 그는 평생을 노동하며 보내는 수백만의 인간들 속에서 결국 삶의 의미를 찾아야 한다는 사실을 깨닫게 되었다고 말했다. 그는 전보다 더 관심 있게 이 수백만 민중의 삶을 연구하기 시작했다. "그래서 나는 이 사람들을 사랑하게 되었다"고 그는 말한다. 그는 민중의 과거, 현재의 삶을 깊이 탐구할수록 그들을 더욱 사랑하게 되었으며, "사는 것이 더 용이해졌다." 그의 주변에 사는 부자나 지식인들과의 생활(까뜨꼬프, 페트 같은 부류의 사람들과 교류하고 있었다)은 싫증났을 뿐만 아니라 아무런 의미도 없었다. 그가 삶의 목적을 몰랐다면, 그 이유는 진실을 보지 못하도록 '특별한 쾌락상태에서' 보낸 개인생활에 있었음을 깨달았다.

그가 "'내 인생은 무엇인가?'라고 스스로 질문할 때마다 대답은 '악'이며, 그것이 정답이라고 생각했다. 단지 잘못된 것은 나에게만 해당되는 대답을 보편적인 삶과 연관을 지어 버린 것이었다. 자기 생활이 어떤 것이었는지 스스로 반문해 보았다. 그리고 못된 짓거리로 일관한 엉망진창인 생활이었다는 대답을 얻었다. 모르는 채 묵인하며 욕정의 생활에 빠져 있었던 그의 삶은 확실히 엉망인데다가 악행으로 가득 차 있었다. 그런 "엉망진창인 못된 생활"이라는 대답은 보편적인 인간생활이 아니라 내 생활만 그랬던 것이다." 나아가 하찮은 동물들조차도 스스로 영원한 삶을 위해 일한다고 톨스토이는 지적한다. "도대체 인간은 무얼 해야 하는가?" 하고 그는 반문한다. 그리고 "인간은 동물과 마찬가지로 노력해서 삶을 얻어야 하지만, 동물은 혼자 애쓰다가 죽어가는 반면, 인간은 자신이 아닌 모든 사람들을 위한 삶을 노력해서 얻어야 해…"라고 대답한다. "나는 모든 사람들을 위해서 뿐만 아니라 나 자신을 위해서도 노력하는 삶을 살지 않았어. 나는 기생충처럼 살았으며, 왜 사는지 스스로 반문해본 다음에야 난 아무런 목적도 없이 살고 있다는 대답을 얻었다."

이처럼 노동으로 생계를 유지하는 수백만의 민중처럼 살아야 하며, 그들처럼 일해야 한다는 확신, 그리고 그런 삶이 그를 절망케 한 여러 문제들을 해결할 유일한 해법이라는 확신을 그는 갖게 되었다. 쇼펜하우어에게 자살을 얘기하도록 만들고, 솔로몬, 석가모니, 그 밖의 사람들에게 절망적인 염세주의를 다루도록 한 그런 무서운 갈등을 이 유일한 길을 따르면 피할 수 있다는 확신이 톨스토이를 구해냈으며, 그에게 삶의 의지와 잃었던 힘을 되찾게 해주었다. 곧 그런 사상은 당시에 수천 명의 러시아청년들을 감동시켰고, "민중에게 다가가는 것이 민중과 합류하는 것"이라는 호소는 대대적인 호응을 일으켰다.

톨스토이는 『그러면 우린 무엇을 할 것인가?』라는 걸작에서 1881년 모스크바의 '부랑자' 구역에서 자신이 본 인상과 그것이 자기 사상을 발전시키는데 끼친 영향을 서술했다. 그렇지만 1875~1881년에 그가 지속해온 삶을 공허하고도 예민하게 느끼도록 만든 현실생활의 인상과 사실이 무엇인지는 지금까지도 밝혀져 있지 않다. 러시아청년들로 하여금 농촌과 공장으로 돌아가 노동에 종사하며 민중을 위한 삶을 살도록 고쳐시켰으며, 톨스토이에게 부유한 지주의 역할을 정리하게 만든

"인민에게 돌아가자는 브나로드운동"의 실체를 알아본다.

그가 이 운동을 알고 있었음은 의심의 여지가 없다. 1871년에 '네차예프' 사건배후자들의 재판과정이 러시아신문에 모두 보도되었기 때문이다. 피고인 청년들의 진술이 대부분 미숙했음에도 불구하고, 국민은 재판과정에서 청년들을 고무시킨 민중 사랑과 높은 이상을 쉽게 느낄 수 있었다. 1875년, 돌구쉰 회원들을 심문한 재판과정은 그런 경향에 훨씬 더 감동을 불러 일으켰다. 특히, 1877년 3월, 높은 이상을 지닌 처녀들인 바르지나, 류바또비치, 수보찐 자매(당시 이들을 '모스크바의 50인'이라 불렀다)를 다룬 재판과정은 감동적이었다. 그들은 부유층 출신이었지만 단순한 여직공으로 생활했다. 오로지 노동자들과 함께 생활하고 그들을 가르칠 기회를 갖기 위해서 온갖 고난을 감수하며 하루 14~16시간씩 일하면서 공장의 참혹한 노동자 숙소에서 지냈다. 마침내 1878년에 "193인"과 베라 자수리치에 대한 공판이 열렸다. 톨스토이도 그 공판의 판결문을 읽었고, 모스크바와 뚤라에서 그들에 대한 이야기를 들으며 그들이 일으킨 사회적 물의와 파장을 지켜보았다. 1861~1862년에 야스나야 빨랴나 영지에서 가택수색과 난장판을 직접 경험했던 톨스토이는 그동안 혁명가들을 혐오하고 있었지만, 대작가로서 이제는 교류해야만 하는 까뜨꼬프그룹의 사람들보다는 이런 젊은이들에게 분명히 친밀감을 더 느낀 것 같다. 혹시 그가 이 공판과 관련된 기록을 전혀 읽지 않았고, '모스크바의 50인' 사건을 들은 적이 없다고 해도, 1877년 1월에 출판된 뚜르게네프의 『처녀지』를 읽은 것으로 보인다. 중편 『처녀지』에서 발견되는 여러 결점에도 불구하고 젊은이들이 그 작품을 읽고 얼마나 열광적으로 뚜르게네프를 추종하는지 그는 알고 있었기 때문이다. 따라서 설령 그가 불완전한 인민운동 기록에 의존했더라도, 당시 러시아 젊은이들의 이상을 이미 이해하고 있었을 것으로 보인다. 따라서 톨스토이는 옛날 청년시절의 이상을 내던진 후에 그가 스스로 지향했던 루소의 이상을 향해 왜 젊은이들이 끊임없이 접근해갔는지 이해할 수 있었다.

만일 톨스토이 자신이 20세의 청년이었다면, 아마 자기 앞에 놓인 모든 장애물에도 불구하고 여러 형태의 운동에 참가했을 것이다. 그러나 자기 나이와 환경, 특히 "인간의 마음을 움직이는 지렛대는 어디에 있는가? 개인마다 뿌리 깊은 도덕이 변질되는 원인은 어디에 있는가?" 하는 지적인 문제에 큰 관심을 두고있던 톨스토이는 이러한 탐색의 길을 걷기 전에 홀로 오랫동안 갈등을 겪은 것이 틀림없다. 근로대중이 일한 대가로 교육받은 사람들은 모두 근로자를 위해 일하면서 그들에게 진 빚을 갚아야 한다는 정신적 공감대가 이미 러시아 젊은이들을 사로잡고 있었다. 이 순수한 공감대만으로도 충분했다. 젊은이들은 고향의 부유한 집을 버리고 노동자 생활과 크게 다르지 않는 매우 검소한 생활을 했으며, 민중을 위해 자신을 희생했다. 그러나 톨스토이는 교육, 습관, 주위환경, 나이 등의 여러 가지 이유와 어쩌면 그의 마음을 억누르는 무거운 철학문제 때문에 그와 같은 결론에 도달하기까지 심한 고통을 겪어야 했다. 말하자면, 그는 신성한 미지세계의 일부에 속한 심부름꾼으로서 그 미지세계의 의지를 수행하여 모두가 공익을 위해 일해야 한다는 결론을 내리기까지 많은 갈등을 경험해야 했다.[15]

그런데 톨스토이는 일단 결론을 내리면 망설임 없이 자기 생활을 그것과 일치시켰다. 그가 기꺼이 양심에 따라 행동하기까지는 그러한 길목에서 마주친 장애가 아마도 엄청났으리라. 우리는 다만 그것을 짐작

---

15) 톨스토이는 지적하기를, "어떤 사람들이 나에게 이야기해 주었던 것, 그리고 내 자신이 때때로 확신하려고 애썼던 것, 즉 자신만을 위해서가 아니라 타인, 이웃, 그리고 모든 사람들의 행복을 위한 것이어야 한다는 사실은 나를 만족시키지 못했다. 첫 번째 이유는 내가 자신의 행복과 마찬가지로 타인의 행복을 진심으로 바랄 수 없었기 때문이다. 두 번째로 가장 중요한 것은, 타인도 나처럼 불행과 죽음에 운명 지어져 있었기 때문이다. 따라서 타인의 행복을 위한 나의 모든 노력은 쓸모가 없었다. 나는 절망에 빠졌다."고 말했다. 개인의 행복을 모든 사람의 행복 속에서 찾는 것이 가장 좋을 것이라는 생각은 그의 관심을 끌지 못했으며, 모든 사람의 행복을 위한 바로 그 노력과 그를 향한 전진도 삶의 목적으로서 불충분하다는 것을 그는 알게 되었다.

할 수 있을 뿐이다. 특히 톨스토이가 옛날에 쓴 자신의 문학작품들을 비난한 것을 두고 그가 지닌 놀라운 재능의 가치를 잘 아는 사람들이 모두 항의하기 시작했을 때, 그가 입씨름을 벌이면서 늘어놓았을 궤변들을 쉽게 상상할 수 있다. 그는 지금까지 영위해온 생활을 단호하게 바꿔버렸을 때 자신이 확신한 것에 만족스러워 했다. 그가 자신의 부유한 집안에 꾸며놓은 조그만 방을 찍은 유명한 사진을 본 사람들은 모두 알고 있다. 레핀이 그린 〈쟁기질하는 톨스토이〉 그림이 전 세계적으로 유명해지자, 러시아정부는 그 그림을 진열하지 못하도록 금지하기도 했다. 그는 매우 검소한 음식을 꼭 필요한 양만 먹으면서, 육체적인 힘이 허락하는 한 육체노동을 하며 그런 먹거리도 자신이 몸소 생산하려고 노력했다. 그리고 지금껏 그가 본격적인 문학창작을 하며 보낸 시기보다도 사망하기 전 수년 동안에 훨씬 더 많은 능력을 사용했노라고 말했다.

톨스토이가 인류에게 전한 생활규범의 영향에 대해서는 잘 알려져 있다. 그는 인류가 철학적, 종교적인 토대 위에서 활동해 왔으며, 많은 훌륭한 업적을 이루어왔다고 생각했다.

수백만 근로대중이 '우주 창조주의 의지'가 수행되는 것을 보듯이, 그들이 바로 그러한 삶에서 삶의 의미를 찾으면서 그 의미를 이해한다고 생각한 톨스토이의 관념은 비록 자신의 분석적인 이성이 그런 행동을 하는 걸 못마땅하게 여겼지만, 러시아 농민대중의 순수한 신념을 받아들이면서 그리스정교회의 의식을 따랐다. 그러나 곧 그는 스스로 도저히 극복할 수 없는 한계에 이르면서 결코 수용할 수 없는 형태의 신앙들이 또한 존재하고 있음을 깨닫게 된다. 예를 들면, 그는 비유가 아닌 글자 그대로의 언어적 의미로 후자를 택한 사실을 성찬식을 앞두고 대중에게 진지하게 선언할 때, 양심상 전혀 말할 수 없는 어떤 것을 단언하고 있다는 것을 스스로 느꼈다. 그 밖에도 그는 곧 종파주의자인 농부 슈따예프, 본다례프 등과 친분을 쌓게 되었으며, 그들에게 깊은 존경심을 보냈다. 그들과 교류하면서 러시아정교회에 입교하게 되자, 그는 모든 교회들이 상호간에 증오심을 갖도록 부추기고 있으며, 종파주의자들의 모든 선동적인 박해를 용인하고 있음을 보았다.

상술한 이유로 톨스토이는 여러 교회의 관점을 피하면서, 위대한 교사들이 하신 말씀의 실제적인 의미를 발견하고, 그의 추종자들이 덧붙여놓은 가장 최근의 부가물과 첨가물을 떼어버리려는 목적으로 성서 번역을 대조하는 일에 특별한 관심을 보이면서 그리스도교를 면밀하게 연구하기 시작했다. 그가 심혈을 기울여 저술한 훌륭한 업적인『독단적인 신학 비판』에서, 그는 여러 교회의 해석과 교리가 근본적으로 그리스도 말씀의 실제 의미와 어떻게 다른지를 보여 주었다. 나중에 톨스토이는 9세기 아르메니아에서 비끄레프가 벌인 운동이나 퀘이커교도[16]들처럼 무저항의 가르침을 특히 강조했던 한스 젠끄와 같은 초기 침례교인들이 대규모로 민중운동을 하면서 해석한 교리들과 매우 비슷하게 그리스도 교리를 완전히 독자적으로 해석하였다.[17]

그리스도 교리의 해석

앞에서 언급했듯이 톨스토이는 그렇게 자신의 길을 찾아가는 동안 서서히 형성된 사상들을 아래 세 작품에서 차근차근 서술했다.

1)『독단적인 신학 비판』(1882, 이 저서의 서론은『참회록』으로 더 많이 알려져 있다), 2)『나의 신앙은 무엇인가』(1884), 3)『그러면 우리는 무엇을 할 것인가?』(1886). 그밖에『우리 내부에서의 신의 치세, 혹은 신비스런 교

---

16) (역주) 조지 폭스(1624~1691)가 창시한 개신교의 일파로서 프렌드회(Society of Friends)의 회원, 절대적인 평화주의자.

17) 참조: *Anabaptism from its Rise of Zwickau to its Fale at Miinster, 1521~1536*, by Richard Heath. Baptist Manuals, 1, 1895(Zwickau의 생성에서 성당의 몰락까지 재침례교, 1521~1536 년)(세례관습, 1895.1).

리가 아닌 삶의 새로운 관심사로서 그리스도교』(1900) 같은 작품도 이런 부류에 넣을 수 있다. 특히 톨스토이사상을 완전하고 분명하게 진술한 소책자 『그리스도 교리』(1902)는 교리문답서처럼 꼼꼼하게 번호까지 매겨서 간결한 단락 형식으로 서술하고 있다. 같은 해에 계속해서 유사한 성격의 책자들이 발간되었는데, 『그리스도의 생애와 교리』, 『종교회의에 대한 나의 답변』, 『종교란 무엇인가』, 『인생론』 등이다. 이런 책자들은 톨스토이가 전반기 20년간 지적인 작업을 한 결과물이다. 그리고 만일 톨스토이의 종교적, 도덕적 견해를 알고 싶거나, 자주 '톨스토이주의'라고 부당하게 부르는 '관념적인 혼란'에 대해 충분한 설명을 듣고 싶다면, 적어도 그 중 『참회록』, 『나의 신념은 무엇인가』, 『그러면 우리는 무엇을 할 것인가?』와 『그리스도 교리』의 순서로 이 네 작품을 읽어보아야 한다. 『그리스도의 생애와 교리』라는 소품은 누구나 이해할 수 있도록 4개의 복음서로 쓴 간략한 책자로서 비유나 신비스런 요소는 모두 제거했다. 다시 말하면, 그것은 톨스토이가 이해하고 있듯이 바로 성서의 말씀이다.

앞에 언급한 작품들은 이성에 의해 그리스도교를 해석한 것으로서 자신이 직접 체험한 훌륭한 경험들이다. 이런 작품에 나타난 그리스도교는 모든 사람들의 화목한 관계와 평등이라는 고양된 삶으로 사람을 인도하는 세계영혼에 관한 순수정신교리로서 그노시스주의(感悟主義)와 신비주의로부터 완전히 자유롭다. 만약 톨스토이가 그리스도교를 신앙의 초석으로 받아들였다면, 그는 그것을 신의 계시라고 생각했기 때문이 아니다. 그는 교회에 의해 왜곡된 교리가 깨끗이 정리됨으로써 "우리에게 복음서가 나타나기 전후의 모세, 이사야, 공자, 고대 그리스인들, 부처, 소크라테스로부터 시작하여 파스칼, 스피노자, 피히테, 포이언바흐에 이르기까지, 그리고 교리에 얽매이지 않고 충심으로 삶의 의미를 생각하고 이야기한 평범한 사람들에 이르기까지, 인류의 선량한 사람들이 어느 정도 분명하게 진술한 삶의 문제에 대한 바로 그 해답"을 그 안에 포함하고 있기 때문에 받아들였다.[18] 또한 이 교리는 "삶의 의미를 해석해 주며", "복지와 삶이 불가능하다는 것을 알면서도 그것을 지향하는 모순을 해결"해주기 때문이다(『그리스도 교리』, §. 13). "한편으론 행복에 대한 갈망과 삶 사이의 모순을 해결하고 다른 한편으론 불행과 죽음의 필연성에 대한 인식이 점점 분명해지고 있다."(『그리스도 교리』, §. 10)

그리스도교 교리의 혹이라 생각되는 독단적이고 신비스런 요소를 톨스토이는 이렇게 비난할 만큼 해로운 것이라고 생각했다. "그리스도 교리가 이를 근거로 발달한 교회의 교리와 전혀 맞지 않는다고 말하기가 두렵다(하지만 내겐 때때로 그런 생각이 든다). 현재 그리스도인이라고 부르는 사람들은 그리스도 교리에 즉, 현재 그들이 살고 있는 삶의 복지를 말하는 이지적인 교리에 훨씬 가까울지 모른다. 그들을 위해 인류의 예언자들이 설교한 도덕적 교리들이 공개되어 있다."[19]

그는 그리스도교에 섞여 들어간 신비롭고 비유적인 모든 개념들을 건드리지 않고 놔둔 채 그리스도교 교리의 도덕적인 면에 큰 관심을 보인다. 사람들이 이 교리에 따라 사는 것을 방해하는 가장 큰 원인 중 하나는 '종교적인 위선'이라고 그는 지적한다. "인류는 서서히 멈추지 않고 앞을 향해 가고 있다. 말하자면, 자기 삶의 의미와 가치에 대한 진실을 점점 더 분명하게 인식하는 쪽으로, 그리고 이러한 분명한 인식에 준하여 삶을 확립하는 쪽으로 가고 있다." 하지만 사람들이 모두 이런 진보적인 행렬에 끼어 똑같이 앞을 향해 걸어가고 있지는 않다. "아둔한

---

18) 『그리스도 교리』, 머리말 6장, 다른 곳에서 톨스토이는 상술한 인류의 스승들에다 마크 아우렐리우스와 노자를 추가시켰다.

19) 「나의 신념은 무엇인가」제10장, 145쪽. 체르뜨꼬프 출판사, 『러시아 검열관에 의해 금지된 레프 니꼴라예비치 톨스토이의 작품집』소품 「종교란 무엇인가」 18~19쪽에서 톨스토이는 그리스도교 교회에 대해서 훨씬 준엄하게 말하고 있다. 톨스토이는 이 탁월한 글에서 보편적인 종교의 본질을 이야기하고 있다. 따라서 누구나 각자가 과학에 대한 종교의 바람직한 관계, 종합철학, 그리고 철학적 윤리에 대한 결론을 내릴 수 있다고 보았다.

사람들은 옛 생활의 향수에 빠져서 삶의 틀을 바꾸지 않고 옹호하려고 애쓴다." 그것은 주로 종교적 기만에 의해 이루어지는데, "그런 기만은 계획적으로 뒤범벅되어 있어서 어떤 믿음과 신뢰의 개념을 완전히 다른 개념으로 바꿔 놓는다."(『그리스도 교리』, §§. 187~188). 그런 기만에서 벗어나는 유일한 방법으로 톨스토이는 "인간이 통제할 수 있는 인식의 유일한 무기는 이성이기 때문에, 뭔가 이성과 반대되는 것을 주장하는 설교들은 모두 기만이라는 걸 이해하고 기억하는 것"이라고 말한다. 일반적으로 톨스토이는 이런 경우에 매우 강력하게 이성의 가치를 강조하였다(참조: 『그리스도 교리』, §§. 208, 213).

톨스토이의 견해에 따르면, 그리스도 교리를 널리 전파하는데 커다란 장애는, 요즈음도 그렇지만 같은 시대 사람들의 영원불멸에 대한 믿음이다(『나의 신념은 무엇인가』, 134쪽, 체르뜨꼬프 출판사 발간). 그는 그런 식의 믿음을 인정하지 않는다. "우리는 먼저 그 믿음을 사람들에게, 인류에게 유용하게 만들고, 우리의 삶을 우주의 생명과 결합시킨 후에라야 비로소 우리 삶에 더 심오한 의미를 부여할 수 있다"고 그는 말한다. 그리고 비록 그런 사상이 개개인의 불멸에 대한 사상보다는 덜 매력적으로 보이겠지만, 대신 그 사상은 '믿을 만한 것'이라는 특징을 갖게 된다고 주장한다.

톨스토이는 하느님을 이야기할 때면 범신론적인 경향을 보이며, 하느님을 생명이나 사랑, 사람이 스스로 갖게 된 이상으로 표현한다(체르뜨꼬프가 모음집으로 펴낸 『하느님에 대한 생각』을 참조할 것). 그는 『그리스도 교리』 제7장과 제8장에서, 모든 생명의 근원인 하느님을 "세계의 복지라는 희망과 동일시하는 경향을 보인다. 그래서 그리스도교의 교리에 의하면, 하느님은 인간이 스스로 인식하며 전 세계를 복지로 만들려는 희망을 갖게 하는 바로 삶의 본질이다. 바로 그 때문에 이 본질은 개별적이고 육체적인 삶의 조건에 내포되어 있다."(§. 36) 톨스토이는 계속해서 "분별력이 있는 사람은 누구라도 비슷한 결론에 도달한다."고 말한다. 만인의 복지에 대한 희망은 인간의 이성적인 양심이 각성하게 되는 일정한 나이를 먹게 되면, 어느 이성적인 인간에게나 싹트게 된다. 그리고 그의 주변세계에서 자신의 복지를 위해 제각기 노력하는 개개인 모두에게도 똑같은 희망이 솟아 오른다. 이 두 가지 희망은 "인간에게 가장 가깝고 명백하며 접근하기 쉽고 즐거운 목표를 향해 만난다". 그는 결론에서 그렇게 관찰과 (종교적인) 전설, 그리고 논의의 결과 "사람들이 모두 추구하는 최고의 복지는 오로지 사람들의 최상의 단결과 화합에 의해서만 달성될 수 있다"는 것을 인간에게 가르쳐준다고 말한다. 그리고 이 세 가지를 위해 사람들이 동참할 것을 호소하면서 세계발전을 위해 당면한 과업이란 "분열과 갈등을 단결과 화해로 변화시키는 것"이라고 말한다. "인간의 타고난 정신적 본질이기도 한 내적 갈망은 오직 하나 스스로 사랑을 확산시키는 일이다. 이와 같은 사랑의 확산은 세상에서 발생하는 문제들 즉, 분열과 갈등을 단결과 화해로 변화시키도록 도와준다." 단결과 화해를 정착시키려는 불굴의 노력은 어떤 연유인지 스스로 생존하는데 필수적인 노력뿐만 아니라 모두의 복지 증대를 위한 노력도 필요로 한다.

그와 같은 두 가지를 기본적으로 조화시키며 20년 이상 대문호의 이성에서 끓어오른 온갖 불협화음과 열망, 그리고 열심히 진리를 탐구하는 이성을 고양시키는 종교적 황홀감과 논리적 의구심이 마침내 해결책을 찾아냈다. 형이상학적인 차원에서 볼 때 존재들이 제각기 행복하길 바라는 것은 이기주의이기도 하고 사랑이기도 하다. 왜냐하면 본질적으로 갈망이란 자신에 대한 사랑이기 때문이다. 자신의 본성에서 개인이 행복하기를 바라는 그런 갈망은 모든 것을 포용하려고 애쓴다. "갈망은 자연스럽게 사랑에 의해 자신의 영역을 넓혀간다. 처음엔 가족인 아내와 아이들, 그 다음엔 친구들, 자기 나라와 민족으로 그 영역을 점차 확대시켜 나간다. 하지만 사랑은 이에 만족치 않고 모든 것을 감싸 안으려고 노력한다."(『그리스도 교리』, §. 46)

그리스도교 교리의 주요 특징들

톨스토이는 그리스도 교리의 핵심을 무저항주의라고 보았다. 그는 정신적 위기를 맞이한 후 처음 몇 년간 '악에 대한 완전한 무저항주의'를 주장했다. '오른 뺨을 때리거든 왼뺨도 내 놓아라'는 성서말씀을 두고서 성서의 글자 그대로 말씀의 정확한 의미와 완전하게 일치하려고 했으며, 그것은 적어도 완전한 화해와 복종을 의미하였다. 그러나 톨스토이는 일반교리가 하느님에 대한 정의와 일치하지 않을 뿐만 아니라 오히려 악을 부추길 수 있다고 느낀 것 같다. 그런 교리 가운데 '국교'란 미명아래 지배계급을 옹호하는데 항상 악용되어온 내용도 포함되어 있기 때문에 톨스토이도 그 점을 확실히 인식하고 있었다. 톨스토이는 어느 후기 작품에서 언젠가 기차여행을 하다가 군부대의 지휘관으로 어떤 마을을 통치하기 위해 파견되어 가던 뚤라 현의 지사를 열차에서 만나게 된 과정을 이야기한 적이 있다.

지주의 음모 때문에 농민들을 탄압한 관청의 불법적인 지시에 항의해서 시위를 벌인 어느 농촌의 농민들을 진압하려고 현의 지사가 파견된 것이다. 톨스토이는 역에 나와 있던 '자유분방한 부인'이 대중 앞에서 쩌렁쩌렁한 목소리로 현 지사와 장교들을 신랄하게 비난하는 모습을, 그리고 뒤편에서 구경 만하던 사람들이 얼마나 무안을 당했는지를 평범한 필치로 묘사하고 있다. 그리고 진압하러 파견된 원정군에게서 일어난 변화와 조짐을 대략적으로 서술했다. 말하자면, 그리스도인의 겸손을 갖춘 농부들이 어떻게 떨리는 손으로 성호를 긋고 성실하게 태형을 받으려고 엎드렸는지, 게다가 그런 그리스도인의 겸손에 추호도 감동받지 않은 장교들이 그들을 반쯤 죽여 놓을 때까지 어떻게 학대를 가하게 될 것인지를 묘사했다. 톨스토이가 이런 진압군 병사들을 만났을 때 어떤 행동을 했는지는 알려져 있지 않다. 그는 그점에 대해 아무 말도 하지 않았기 때문이다. 그는 현 지사와 장교들을 비난하면서 사병들에게 그들의 명령에 따르지 말도록 충고했을지도 모른다. 어쩌면 폭동을 일으키도록 그들을 설득했을지도 모르겠다.

그는 모든 경우에 발생하는 악에 대한 수동적인 태도(무저항주의)는 그런 악행을 말없이 묵인하는 것과 같으며, 나아가 악을 도와주는 일이라고 분명히 느꼈을 것으로 보인다. 그밖에도 발생한 악의 면전에서 체념하는 수동적인 태도는 톨스토이의 본성에 모순되기 때문에, 그는 그런 교리의 추종자로 오래 머물수 없었고; 그래서 곧 성서의 원문을 "폭력으로 악에 대항하지 말라"는 의미로 바꾸어 해석하였다. 말년에 나온 톨스토이의 작품들은 모두 주변세계에서 그가 목격한 '여러 형태의 악에 맞서는 저항정신'을 보여준다. 그의 힘찬 목소리는 악의 존재와 발생하는 악의 실체를 계속 폭로한다. 그는 '물리적인 힘'으로 악에 저항하는 것은 손해를 끼칠 뿐이라고 믿고 있기 때문에 그런 저항방식을 비난했다.

물론 톨스토이의 해석에 의하면, 그리스도교 교리의 다른 항목들은 다음의 네 가지다. 분노하지 말 것이며, 가능한 한 분노를 억제하라. 너희는 결혼한 여인에게 충실 하라. 욕정을 일으키는 여인들을 가까이하지 말라. 맹세하지 말라. 톨스토이에 의하면, 네 번째의 의미는 다음과 같다. 정부는 백성으로 하여금 맹세와 선서로서 정부의 모든 명령에 복종하도록 강요하면서 백성의 양심을 옭아매기 때문에, 어떤 맹세도 두 손을 모으고 하지 말라는 의미이다. 마지막으로 다섯 번째, 적을 사랑하라. 혹은 톨스토이가 자기작품에서 반복하여 지적하듯이, 결코 자신을 심판하지 말라, 다른 사람을 심판함으로써 괴롭히지 말라는 의미이다.

이 다섯 가지 규율에 대해 톨스토이는 폭넓은 해석을 가능하게 했으며, 여기에서 공산주의의 온갖 교리를 자유롭게 끌어온다. 스스로 생존을 위해 일하지 않고 남의 노력으로 사는 것은 가장 근본적인 자연의 법칙을 위반하는 것이라고 그는 확신하고 있다. 자연법칙의 위반은 모든 사회악의 근원이 되며, 대부분 개인의 불행과 불만의 원인이 된다고 생각했다. 그는 현재의 자본주의 노동제도가 그동안 지속된 노예제도나 농노제도처럼 얼마나 잘못된 것인지 분명히 보여준다.

그는 특히 농부들이 육체노동에 전념하여 토지에서 획득한 의식주로 안정된 생활을 할 수 있도록 옹호하면서, 부자들과 오늘날 게으름뱅이들조차도 그렇게 노동하면 얼마나 유익한 것들을 얻게 되는지를 보여준다. 그는 현재 드러나는 정부의 잘못된 실정은 사악한 정부에 맞서 항거하는 바로 그런 사람들이 스스로 사악한 정부의 관리가 되려고 애쓰는 현실에서 나타난 것임을 지적한다.

톨스토이는 사람들에게 노예제도를 강요하는 현행 제도를 무너뜨리는 유일한 방법으로 교회나 정부에도 똑같이 단호하게 저항할 것을 주장했다. 그는 사람들에게 정부와 어떤 교섭도 거부할 것을 신신당부했다. 그리고 마침내 자신의 예술능력을 이용하여 자기주장을 입증해보였다. 예를 들면, 교회와 정부를 장악하고 있는 지배계급을 위한 법규들, 온갖 편견과 비정상적인 생활조건, 이런 노예제도의 핵심에는 모두 부와 사치를 원하는 부유계층의 무서운 열망과 끝없는 탐욕이 또아리를 틀고 있음을 보여준다.

한편, 톨스토이는 신(神)이나 불멸을 언급할 경우에 대개 사용하는 신비주의적인 견해나 비유적인 정의가 본질과는 상관이 없음을 다양한 방법으로 보여주려고 노력한다. 그의 작품에서 비슷한 내용을 표현하는 언어가 비록 종교학에서 사용하는 언어와 크게 다르지 않음에도 불구하고, 톨스토이는 계속해서 종교적 개념을 이성적으로 순수하게 해석함으로써 자기만이 보여 주는 묘미를 느끼도록 한다. 그는 타 종교의 추종자들이 수용하기 힘든 모든 요인을 그리스도 교리에서 조심스럽게 추려내고, 그리스도교와는 다른 긍정적인 종교들과의 공통점을 강조한다. 즉, 그런 종교 안에 존재하는 인도주의적인 요소는 모두 이성적으로 생각하면 인정받고 정당화될 수 있으므로 그리스도교인 뿐만 아니라 비신자도 이해할 수 있다고 생각했다.

말하자면, 남들은 도덕철학자들과 여러 종교창시자의 교리를 연구하는 데 비해, 톨스토이는 인류를 화해시키며, 초자연적 요소를 제거하고, 이성과 지식을 인정하며, 인류를 위해 도덕적인 길을 안내하는 종교(지적인 발전의 어느 단계에서 머무르게 될 런지 모르겠지만)의 도덕적 지침이 되는 요소를 정의내리고 확립하려고 노력했다. 이렇게 그는 1875~1877년에 농민들에게 친숙한 그리스정교와 결합함으로써, 마침내 '그리스도 교리'안에서 도덕철학을 정리하기에 이른다. 그에 의하면, 도덕철학은 기독교도, 유태교도, 회교도, 불교도, 자연주의 철학자도 받아들일 수 있으며, 모든 종교의 본질적 요소를 아우를 수 있는 신앙의 모체이다.[20] 즉, 오늘날의 과학지식과 인류 평등에 대한 인식이 서로 부합하는 이 세상에 대한 개인의 관계라고 말할 수 있다. 하나는 지식과 과학의 범주에 속하고, 다른 하나는 윤리의 범주에 속하는 이 두 가지 요소가 어떤 신비주의적인 바탕이 없더라도 '종교'를 구성하는데 충분한지 어떤지는 이 문학사의 한계를 벗어나는 문제이다.

후기 예술작품들

특히 문명세계에 대한 러시아의 불안한 상황은 톨스토이의 관심을 끌었고, 그에게 다양한 문제를 다룬 수많은 공개서한과 호소문, 논문을 쓰도록 자극했다. 그는 대부분의 글에서 교회와 정부에 부정적인 태도를 보였다. 그는 독자에게 정부의 관리직에 지원하지 말고 정부가 미끼로 조직해 놓은 지방행정기관과 읍의 관청에조차 결코 취업하지 말라고 충고한다. 어떤 식으로든지 착취기관들에 응시하는 행위를 삼가하고 결과가 어찌되건 군복무를 거부하는 것만이 군국주의에 대항할 수

---

20) 톨스토이가 아직 청년시절에 그와 같은 작업계획을 지니고 있었다는 사실은 호기심을 끈다. 그런 사실은 비류꼬프의 전기에 나와 있다.

있는 유일한 방법이기 때문이라고 했다. 당신이 모욕을 당하거나 손해를 볼 지라도 재판 소송을 하지 말라, 만사를 재판에 의존하는 것은 나쁜 결과만을 가져오기 때문이다. 톨스토이의 견해에 따르면, 그렇게 거부하는 행동을 하면서 진정으로 보여주는 고결하고 성실한 태도는 사회가 진보해 나가는데 온갖 혁명적인 수단보다 훨씬 더 도움이 된다는 견해이다. 그리고 이 시대의 노예제도를 폐지하기 위한 첫 번째 조치로 토지를 국유화하거나 차라리 지방을 자치화하라고 권유하기도 했다.

톨스토이가 1876년 이후 20년 동안 쓴 예술작품들은 그의 새로운 사상에 깊은 흔적을 남겼다. 알다시피 이 기간에 그의 창작 활동을 보면, 민중을 위해 쓴 단편들이 대부분 도덕을 너무 강조하다 보니 약간 예술성이 떨어지고 결과적으로 현실을 비록 왜곡시키긴 했지만, 그 중에서도 특히 예술성이 뛰어난 『인간에겐 얼마만큼의 땅이 필요 한가』와 『이반 일리이치의 죽음』은 발표되자마자 독자에게 깊은 인상을 주었다.

당시 러시아에 나타나기 시작한 민중극장들에서 톨스토이는 관객을 훨씬 폭넓게 만나려고 희곡 〈어둠의 힘〉을 썼다. 이 희곡작품은 농민생활을 묘사한 공포드라마인데, 그는 셰익스피어나 말로우의 리얼리즘에 힘입어 깊은 인상을 전하려고 노력했다. 이 시기에 나온 희곡들 중 희극적인 성격을 띤 것은 〈계몽의 결과〉이다. 이 희극에서는 상류층이 강신술(降神術)에 대해 어떤 편견을 갖고 있는지를 보여준다. 두 작품은 여러 러시아 극장들에서 큰 성공을 거두었다.

그렇지만 이 시기의 톨스토이 작품들 중 중편과 희곡 어느 것도 예술작품의 범주에 포함시키기는 어렵다. 그러나 앞에서 언급한 종교문제를 다룬 저술들은 특징적인 서술형식을 보이면서 수준 높은 예술적 가치를 지닌 부분을 꽤 많이 포함하고 있으므로 예술작품에 포함시킬 수 있다. 동시에 톨스토이가 사회주의 경제원리를 설명한 대목이나 무정부주의 원리로 정부를 거부한 부분은 윌리엄 모리스[21])의 작품처럼 걸작에 비길 만하다. 특히 서술적인 면에서 톨스토이의 작품은 간결한 문체로 인해 높은 예술성을 보여주는 반면에, 모리스의 작품은 질적 수준에서 볼 때 뒤떨어진다.

『안나 까레니나』이후 발표된 『끄로이체르 소나타』가 매우 광범위한 독자층을 확보한 것은 분명하다. 이 중편이 보여준 독특한 주제와 결혼에 대한 개념이 전반적으로 독자의 관심을 끌면서 격렬한 논쟁을 불러일으켰기 때문에, 독자는 이 중편의 높은 예술적 가치와 작품에 나타난 다양한 삶의 단면들을 망각하기 쉽다. 『끄로이체르 소나타』에서 톨스토이가 보여준 도덕원리를 문제 삼지는 않겠다. 작가 자신도 그런 원칙에서 내린 결론을 단호하게 인정하지 않았기 때문이다. 그렇지만 톨스토이 연구자들과 대문호의 내면적인 삶에 흥미를 갖고 있는 사람들에게 이 중편은 큰 의미를 지닌다. 부부 사이에 일종의 피상적인 매력을 느낄 뿐 호감이나 지적인 결합을 염두에 두지 않은 결혼생활을 매우 신랄하게 비난한 이런 공소장을 아직 누구도 쓴 적이 없기 때문이다. 독자는 이 세계적인 문학 속에서 뽀즈느이쉐프와 아내가 서로 언쟁을 벌일 때, 부부생활에 대해 예술적으로 수준 높고 심오하며 극적으로 표

---

21) (역주) 윌리엄 모리스(1834~1896): 영국의 공예가, 시인, 사상가. 러스킨의 영향으로 중세를 동경하고 산업혁명이 가져온 예술의 기계화, 양산화의 경향에 반발하여 순정한 소재, 성실한 손작업의 중요성을 강조했다. 1891년에 켈름스코트 출판사를 창설, 새로 고안한 3개 서체 활자체로 『초서 작품집』(1896)을 비롯한 55종의 시집, 이야기책을 출판했다. 모리스의 사상 및 작품은 아트 앤드 크래프트 운동을 주도하고, 아르 누보의 성립에 영향을 주는 등 당시로서는 획기적이었던 반면, 산업혁명의 제 성과에 대해서는 지나치게 부정적이었다. 1876년 터키가 불가리아 기독교인들을 학살했음에도 제정 러시아의 남하를 견제하기 위해 영국의 보수당 정부는 터키를 지원하자 이에 분노한 모리스는 '동구문제협회'에 가담했고 자유당원이 되었다. 하지만 자유당이 영국의 아일랜드 탄압을 지지하고 노동조합 지도자들도 노동자의 권익이 아닌, 투표권에만 관심을 기울이자, 1883년 사회주의 정치단체인 '민주연맹'(후에 사회민주연맹으로 개명, 사회주의 단체임을 분명히 함)에 가입했다. '민주연맹'은 보통선거권 실현, 은행·철도·토지의 국유화, 1일 8시간 노동시간제 확립 등을 주장했다. 하지만 정치적 노선 차이로 연맹을 탈퇴, 사회주의 동맹을 결성했다. 사회주의 동맹은 국가사회주의를 거부하고 혁명적 사회주의를 지향했다.

현하는 아내의 이야기를 듣게 된다.

톨스토이의 저서 『예술이란 무엇인가?』에 대해서는 이 책의 후반부인 제8장에서 언급하겠다. 후기의 걸작으로는 아무래도 『부활』을 들 수 있다. 이 중편에서 70살 작가의 청년다운 활력은 독자를 놀라게 만든다. 이 중편의 순수한 예술성은 매우 수준 높아서 만일 톨스토이가 쓴 단편의 작품이 『부활』이라고 해도 그는 여전히 대가로 인정받았으리라. '미시'(역주: 네흘류도프를 사모하는 공작 딸인 코르차기나의 애칭이다)와 미시의 편지에서 시작해 그녀와 부친 등이 보여주는 사회생활의 많은 장면들은 『전쟁과 평화』 제1권에 나오는 뛰어난 묘사들과 비교할 수 있다. 배심재판과 감옥에 관한 묘사는 매우 독특해서 그 가치를 충분히 인정받을 수 있다. 사실 주인공 네흘류도프는 몇 가지 부자연스러운 문제로 독자를 당황하게 만든다. 하지만 그런 결점은 어쩌면 피할 수 없는 것으로 그는 작가의 분신이 아니지만, 어떻든 작가는 자기 사상과 경험을 바탕으로 그 역할을 주인공에게 맡긴 것이라는 생각이 든다. 대개 자전적인 소설에서 이런 결점을 발견할 수 있다. 독자 앞을 스쳐 가는 수많은 등장인물은 중편소설에서 비록 잠시 동안 등장하지만, 각자 나름의 개성적인 성격을 보여줌으로써 그들의 삶까지도 독자의 기억에 영원히 남아있다.

중편에서 제기된 정치·사회적 성향을 다룬 문제들은 매우 비중이 크다. 러시아 사회뿐만 아니라 다양한 삶의 문제와 모순으로 갈등하는 사회 모습이 적나라하게 독자 앞에 사실적으로 전개된다. 실제로 정치범들의 생활을 묘사한 장면을 제외하고 『부활』의 내용은 국민 모두에게 해당될 것이다. 이 작품은 톨스토이의 전 작품 가운데 가장 국제적인 문제를 다루고 있다. 아울러 이 작품이 제기하는 문제의 본질은 "과연 사회가 한 인간을 심판할 권리가 있는가?", "재판과 감옥제도를 지지하는 것이 과연 합리적인 것인가"이다. 지난 백 여 년 동안 해결하도록 촉구해 온 이런 비중 있는 문제는 작품 전체에 걸쳐 나타나 있으며, 독자에게 많은 영향을 미쳐서 모든 형벌제도가 과연 합리적인가를 진지하게 생각해보도록 만들고 있다. "이 저서는 한 세기의 양심에 관한 추적이다"라고 어느 프랑스 평론가가 피력한 바 있다. 이 저서는 인간의 양심을 추적하면서, 사람들에게 현대의 형벌제도가 안고 있는 모순을 진지하게 고려해보도록 했다.

톨스토이의 모든 활동에서 이런 지적들을 찾아볼 수 있다. 톨스토이의 말대로, 이 작품에서 자신이 시도하려는 일이 과학적인 지식을 갖춘 이성에 의해 수용될 수 있는 세계종교(윤리생활의 전범으로서 인류를 위해 봉사하는 종교)적인 요소를 인류에게 제공하는데 성공할 수 있을까? 그런 과감한 시도가 수많은 사회문제와 그와 관련된 문제를 동시에 모두 성공적으로 해결할 수 있을까? 라는 의문을 하게 만든다. 그 해답은 시간만이 해결해 줄 것이다. 그러나 루소 이후 어느 누구도 도덕문제를 다룬 이 톨스토이의 작품만큼 인간의 양심을 깊이 다룬 작가는 없었다. 그는 인간의 양심을 버려서 발생하는 심각한 문제에서 도덕적인 면을 과감하게 폭로하며 깊은 감명을 주기 때문에, 그의 작품을 읽은 독자는 그런 문제를 피할 수도 내버려둘 수도 없다. 말하자면, 개개인은 어떻게 해서라도 그 해결책을 모색하게 된다. 따라서 몇 년간, 혹은 수십 년간 톨스토이가 끼친 영향이 얼마나 되는지 추정하기란 어려울지 모른다. 다만 그 영향은 오랫동안 지속될 것이라는 점은 확실하다. 그것은 어느 한 나라에만 국한되지 않는다. 수백만 부에 이르는 그의 작품이 다양한 언어로 읽히면서 세계 여러 계층의 양심을 일깨우며, 장소를 불문하고 똑같은 결론에 이른다. 그러므로 톨스토이는 세계에서 가장 많은 사랑과 존경을 받으며 깊은 감동을 주는 최고의 작가이다.

제 5 장

곤차로프,
도스또예프스끼,
네끄라소프

곤차로프

곤차로프는 뚜르게네프와 톨스토이 이후에 러시아문학에서 큰 자리를 차지하고 있었지만 독자에게 별로 알려져 있지 않다. 그의 작품은 몇 편의 논문과 그가 전함에서 완성한 기행문 『전함 빨라다호』를 제외하고 그리 많지 않은 편이다. 그가 쓴 장편소설은 『평범한 이야기』, 『오블로모프』, 그리고 『절벽』 등이다. 이 가운데 『오블로모프』는 앞에서 언급한 문학계의 두 문호와 나란히 어깨를 견줄만하다.

러시아에서는 항상 곤차로프를 특히 객관적인 서술의 재능을 보인 작가로 특징짓고 있지만, 그런 정의는 제한적으로만 받아들일 수 있다. 작가가 완전히 객관적 입장을 취하고 있지는 않기 때문이다. 작가가 아무리 스스로 노력한다고 해도, 동정심과 반감의식은 매우 객관적인 서술에서조차 나타나기 마련이다. 그러나 훌륭한 작가란 주인공들에게 그것을 맡긴채 자신의 개인적인 마음의 동요를 드러내지 않는 법이다. 뚜르게네프나 톨스토이 작품에서는 그것과 비슷한 작가의 개입을 발견하지 못한다. 그러나 두 작가의 작품에서 여러분은 작가가 자기 주인공들의 삶을 경험하며, 그들과 함께 괴로워하고 기뻐하며, 불행이 그들을 덮칠 때 괴로워한다고 느낀다. 반면에 곤차로프의 작품에서는 주인공들에 대해서 작가의 공감하는 관계가 훨씬 현저하게 적다는 느낌이 든다. 그도 역시 자기 주인공들의 개별 감정을 경험하게 되지만, 그는 전적으로 그들을 공정하게 대하려고 여러 가지 방법으로 애쓰고 있으며, 물론 완전히 도달하기는 어렵다는 점은 분명하다. 서사적인 평온함과 서사적인 풍성함을 보여주는 세부묘사는 분명히 곤차로프 소설의 특징이다. 그런 세부묘사는 싫증나지도 효과를 감소시키지도 않는다. 그렇다고해서 그런 자질구레한 묘사때문에 주인공들에 대한 독자의 흥미가 조금도 줄어들지는 않는다. 왜냐하면 그것은 곤차로프의 문장에서 분명히 의미를 지니고 있어 보이기 때문이다. 그러나 작가는 인간의 삶을 매우 평온하게 대하고 있어서 모두들 그의 주인공들에게 무슨 일이 생기더라도 작가에게서 그들에 대한 연민이나 열렬한 혐오감의 표현을 기대할 것이 전혀 없다고 느낀다.

곤차로프 소설 중 유명한 것은 『오블로모프』이다. 이 작품은 뚜르게네프의 『아버지와 아들』이나 톨스토이의 『전쟁과 평화』, 『부활』에 필적할 만하며, 19세기 후반에 나온 매우 심오한 문학작품들 가운데 하나이다. 『오블로모프』는 러시아인만이 완전히 평가할 수 있을 만큼 깊이 있는 민중소설이다. 그러나 이 소설에는 햄릿이나 돈키호테처럼 전 인류적인 요소들이 함께 내포되어 있어 국제적인 특성까지도 지니고 있다.

중류층의 재산을 소유한 러시아 지주 오블로모프는 600~700명쯤 되는 농노를 거느리고 있으며, 소설의 시대배경은 1850년대이다. 초기 유년 시절, 그는 스스로 창의력을 발휘하거나 개인적으로 의견을 피력할 기회가 전혀 없었다. 러시아 중부지방의 그림같이 아름다운 볼가 강 연안 어딘가에 자리 잡은 한 지주의 넓고 훌륭한 영지를 상상해 보자. 게다가 그곳의 순박하고 평화로운 생활을 파괴하는 철도를 아직 설치하지 않은 시기여서, 이런 외딴곳의 주민들을 골치 아프게 할 만한 '문제들'도 생기지 않았다. 지주와 열 명의 하인, 온갖 부류의 식객들에게 영지 내의 생활은 일종의 '풍요로운 세상'이었다. 유모, 하인, 몸종, 까자끄 아낙네들은 어릴 적부터 이 간난아이를 금이야 옥이야 키웠으며, 게다가 그들은 모두 어떻게 하면 이 아이를 잘 먹이고 잘 자라게 할까, 더욱 튼튼하게 키울까, 그를 공부하라고 괴롭히지 않고, 특히 어떻게 하면 오직 노동에서 벗어나게 할 수 있을까 만을 궁리하고 있었다.

오블로모프는 "제기랄, 난 한 번도 내 손으로 양말을 신어본 적이 없었어"라고 말한다. 아침에는 집안이 온통 무얼 먹을 것인가 하는 문제에만 매달리다가, 비교적 일찍 식사를 끝마친 후에는 꿈나라로 이어진다. 그 꿈은 서사적인 운율을 띄면서 주인집 식구들을 완전히 망각상태에 빠뜨린다. 깊은 잠은 지주의 침실에서부터 시작하여 멀리 떨어진 하녀와 하인들의 구석방으로 이어지면서 몇 시간동안 계속된다.

그런 상태로 오블로모프의 유년시절과 청년시절이 지나갔다. 나중에 그는 대학에 입학하지만 수도에서도 충실한 하인들이 그를 돌보아주었다. 그곳에서도 게으르고 꿈꾸는 듯한 분위기가 사랑하는 오블로모프를 매혹적으로 감싼다. 대학수업, 저녁에 젊은 친구들과 나누는 고상한 대화, 때때로 젊은이의 가슴에 불을 지르는 이상을 향한 아스라한 어떤 열망, 그리고 눈앞에는 아름다운 비전이 떠오르기 시작한다. 이런 것들은 확실히 오블로모프가 대학생활에서 보낸 몇 년간 필연적으로 얻은 부산물이다. 그러나 평온하고 나른한 영지의 분위기와 없는 것 없이 충분하게 갖춰진 생활 때문에 아무런 불안감을 느끼지 못하는 존재의 감정 등은 젊은이의 그런 인상조차도 무감각하게 둔화시켜 버린다. 다른 학생들은 논쟁에 열을 올리며 '클럽'에 가입한다. 하지만 오블로모프는 자신의 주위를 조용히 바라보며 스스로 "이 모든 걸 무엇 때문에?"라고 반문할 뿐이다. 대학을 마치고 집에 돌아와 보니, 변함없는 낯익은 분위기가 그를 에워싼다. "왜 이런저런 문제를 복잡하게 생각하고 걱정할까?" 그는 그런 걱정일랑 '남'에게 돌려버린다. 정말로 주인 나으리가 기분 좋게 안락함을 취하도록 항상 생각해주는 늙은 유모는 없는 걸까?

"집안 식구들은 뭔가를 원하게 놔두지 않는다"라고 곤차로프는 자신의 짤막한 자서전에서 말하고 있다. 자서전에서 그가 묘사한 주인공에 대한 작가의 친밀한 관계를 간파 할 수 있다. "모든 것이 오래 전에 준비되어있고 미리 지시되어 있다. 가족 외에, 늙은 하인들은 수석유모와 함께 내 두 눈을 바라보고 내 취향과 버릇을 상기한다. 즉, 내 책상이 어디에 있었는지, 어떤 안락의자에 내가 항상 앉아 있었는지, 내 잠자리를 어떻게 폈는지, 그리고 요리사는 내가 좋아하는 요리를 기억해낸다.

모두가 나를 아무리 보아도 싫증을 내지 않는다."

이것이 오블로모프의 젊은 시절이었고, 곤차로프 자신의 젊은 시절이기도 했던 이런 생활은 그의 성격에 큰 영향을 주지 않을 수 없었다.

소설에서 사건은 뻬쩨르부르그의 오블로모프 집에서 아침나절에 시작된다. 꽤 늦은 시간인데도 오블로모프는 여전히 침대에 누워있다. 그는 몇 번이나 일어나려고 발을 여러 번 슬리퍼 안으로 집어넣었다가 잠깐 생각하더니 매번 이불 속으로 다시 기어 들어가곤 한다. 오블로모프를 어릴 적부터 애지중지 키워온 충실한 하인 자하르는 아직 침대에 누워있는 그에게 차를 갖다 바친다. 손님들이 찾아와서 어떻게든 오블로모프를 부추겨 5월의 야외놀이에 참석하도록 설득하지만, 그는 "왜, 내가 왜 바쁘게 움직이면서 공연히 분주하게 싸돌아다녀야 해?"라고 계속 대꾸하며, 전처럼 침대에 드러눕고 만다.

다만 그를 불안하게 하는 것은 집주인이 그에게 아파트에서 나가달라고 하는 것뿐이다. 그가 거처하는 방은 음침하고 먼지투성이다. 하인 자하르는 청결을 앞세우는 인간이 아니지만 아파트를 바꾼다는 것은 오블로모프에게 이변이라 할 수 있기 때문에, 온갖 수단을 강구해서 이사 가지 않으려 하고, 그것도 안 되면 어떻게든 이사 가는 시기를 늦추려고 애쓴다.

오블로모프는 고상한 취미에다 훌륭한 교육을 받아 학식을 갖춘 덕택에 예술분야에서만은 뛰어난 감정가이다. 그는 원래 무능하기 때문에 결코 불명예스런 행동을 하지 않는다. 그는 동시대인들의 가장 귀족적이고 고상한 희망을 전적으로 나누고 있다. 당시의 수많은 '이상주의자들'처럼, 그는 농노의 주인이 된 것을 부끄럽게 여기고 있다. 따라서 그의 머리속에 나중에 글을 쓰려고 염두에 두고 있는 농부들에 대한 어렴풋한 계획을 세워 두고 있다. 만일 그 계획을 실행하려면, 농노들의 지위를 향상시켜주어야 하고, 결국은 그들을 완전히 해방시켜야만 한다. "그는 고상한 사상이 제공해주는 쾌락에 쉽게 다가간다. 그는 전 인류의 비애를 염두에 두고 있다. 그래서 그는 마음속 깊은 곳에서 슬피 울며, 타인들의 큰 불행에 아무도 모르는 고통과 우수를 느꼈고, 그가 동경하는 어딘가 머나먼 세계에 대한 갈망을 경험했다…"달콤한 눈물이 그의 뺨을 타고 흘러내린다…"인간의 죄악, 거짓, 비방, 세계에 만연된 악에 대한 혐오로 가득 차있으며, 그런 악의 실체를 인류에게 열심히 알려주고 싶어한다. 그의 마음속에 문득 상념이 떠오르면 세상을 가득 채우기라도 할 듯이 머리속을 맴돈다. 나중엔 그것이 발달해 사상이 되며 그의 온몸의 피를 들끓게 만든다. 그의 힘줄이 움직이기 시작하여 혈관이 팽팽하게 긴장되면, 상념은 갈망으로 바뀐다. 도덕적인 힘에 의해서 움직이게 된 그는 순식간에 두 세 차례 몸을 뒤척이다가 눈을 반짝거리면서 몸을 절반쯤 침대에서 일으킨 채 두리번거린다… 그때 맙소사! 어떤 기적과 그 기적의 결과로 나타난 선(善)은 그런 고상한 힘을 얼마나 기다렸던가! … 그러나 보다시피, 아침은 희미하게 나타나다가 날이 저물어 간다. 그와 함께 오블로모프의 피로한 몸에서도 힘없이 맥이 빠져서 평온해져 버린다. 마음의 격동과 흥분은 정신 속에서 누그러지고 머리는 미몽의 상태로 빠져들며 들끓던 피는 온몸에서 서서히 식어간다. 다시 오블로모프는 조용히 생각에 잠겨 돌아눕는다. 그리고 슬픈 눈을 돌려 창문과 하늘을 통해 어느 사 층집 뒤편에 멋지게 걸려 있는 석양노을을 바라본다. "그는 이런 일몰을 얼마나 수없이 바라보았던가!" 이렇게 곤차로프는 서른 살의 오블로모프가 빠져 있는 무위 상태를 서술하고 있다. 이 작품은 온통 과거의 농노제도에서 몸에 배인 나태함을 노래하는 수준 높은 운문시다.

이미 언급했듯이, 오블로모프는 아파트에서 불편하게 살고 있었다. 그러나 집주인이 집을 수리할 생각으로 셋방을 비워 달라고 요구하자, 오블로모프는 자신을 매우 불행한 인간이라고 생각한다. 그에겐 이사한다는 것이 뭔가 두렵고 특별한 것처럼 생각되어서, 그 불쾌한 순간을 지연시키려고 온갖 책략을 사용한다. 늙은 하인 자하르는 집주인이 비워 주길 바라기 때문에 이 낡은 아파트에서 더 이상은 결코 머물 수가 없을 것이라고 오블로모프를 설득하면서 별 생각 없이 '남들'도 필요하면 이사를 간다고 얘기한다.

"심지어 우리보다 형편이 못지않은 남들도 이사를 한다고 전 생각해요. 우리라고 못 할게 뭐 있나요…"라고 자하르는 대꾸했다.

"뭐? 뭐라고?"− 일리야 일리치는 놀란 나머지 갑자기 안락의자에서 몸을 조금 일으키면서 물었다.

"지금 뭐라고 했어?" 자하르는 무엇이 오블로모프로 하여금 흥분해서 소리를 지르며 자리에서 일어나게 했는지 영문을 몰라 갑자기 당황했다. 그는 입을 다물었다.

"남들이 우리보다 못지않다니!"라고 일리야 일리치는 경악을 금치 못하며 반문했다. "자넨 도대체 무슨 소리를 지껄여대는 거야! 이제야 알만 하군. 나란 존재가 자네에겐 남들이나 별반 다를 바가 없다는 건가?"

얼마동안 시간이 흐른 후에 오블로모프는 자하르를 불러 다음과 같은 사리에 안 맞는 설명을 하기 시작한다.

"그래 자네는 남들이 도대체 뭔지 생각이나 해봤어?"라고 오블로모프는 말했다. 그는 말을 멈추고 한동안 자하르를 노려보았다.

"그것이 뭔지 자네에게 말해 줄까?"

자하르는 돌아서서 굴속의 곰처럼 온 방이 꺼져라 한숨을 내쉬었다.

"남이라고 하는 것은 누굴 보고서 하는 소린지 알기나 해? 무례하기 그지없는 거렁뱅이에다, 비천하고 교양이라곤 조금도 없는, 그래서 지저분한 다락방에서 찢어지게 가난하게 살고 있는 작자들, 마당 저 한 귀퉁이에서 거적 하나 달랑 덮고 잠이나 자는 그런 인간 말이야. 그런 작자들한테 뭘 기대할 게 있겠어? 아무것도 없어. 그는 감자나 청어를 게걸스레 먹는 녀석이지. 먹을거리를 찾아 여기저기를 뒤지고 다니고 진종일 이리저리 뛰어다니고 말이지. 아마 그런 놈한테야 새로 이사하는 일은 식은 죽 먹기일 수도 있어. 저기 저, 랴가예프만 해도 그래. 그 사람은 겨드랑이에 눈금자나 하나 끼고 손수건으로 옷가지 두어 벌 싸서 가면 그만이야… '이봐, 자네 어디 가나?' 하고 물으면 '이사 간다네'라고 말하지. 그게 끝이라고. 바로 이런 작자들이 '남'이라는 거야. 그런데 자네가 보기엔 내가 그런 '남'과 같다는 거야? 응?"

자하르는 주인을 쳐다보고 선 채로 제자리걸음을 할 뿐 아무 말이 없었다.

"남이 도대체 뭐야?" 오블로모프는 말을 계속했다.

"남이란 별거 아니야. 장화도 자기 손으로 닦고 옷도 혼자서 챙겨 입고, 가끔 주인 행세를 한답시고 쳐다보지만, 허구한 날 거짓말이나 하고 하인이 뭔지도 모르는 그런 작자란 말이야. 심부름을 보낼 사람이 없어서 필요한 걸 사느라 직접 뛰어다녀야 하고 벽난로의 장작도 스스로 이리저리 뒤적거리며 간혹 먼지도 닦아 내는 그런 작자들이지…"

"독일 사람들 중엔 그런 사람들이 많아요"라고 자하르는 무뚝뚝하게 말했다.

"얼씨구! 그럼 난? 자네 생각엔 내가 '남'인가?"

"나리야 전혀 다른 사람이지요!" 자하르는 불만스럽게 말을 했다. 하지만 여전히 그는 주인이 무얼 말하고 싶어 하는지 도무지 감을 잡지 못하고 있었다.

"내가 전혀 다른 사람이라고, 그래? 잠깐 자네가 지금 한 말을 잘 생각해 보라고! '남'이 도대체 어떻게 살고 있는지 좀 생각해보란 말이야. '남'은 일 하느라 지칠 새도 없이, 이리 저리 바쁘게 뛰어다니며 발광을 해대지"라고 오블로모프가 말을 이었다.

"일하지 않으면 입에 풀칠도 못 한다는 이야기야. '남'은 허리나 숙이며 굽 신거리고 '남'은 애걸이나 하고 그러니 비굴해질 수밖에… 그런데 난? 자, 어 디 판단해 봐. 어때 그래도 내가 '남'인가, 응?"

"이젠 그만하세요. 당신은 제 가슴을 아프게 하고 괴롭히시는군요! 오, 나리, 제발!" 하고 자하르는 간청했다.

"내가 '남'이라니! 정말로 내가 빗자루를 든 적 있나, 아니면 일을 하던 가? 적게 먹기나 한가? 비쩍 마른 여윈 모습인가. 가련해 보이기나 한가? 내가 갖고 싶어도 갖지 못한 게 있나? 시중들고 심부름해 줄 사람도 있는데 말이야. 난 혼자서 한 번도 양말을 신어본 적도 없어! 그럼 불안에 떨 이유가 있는 것 같아? 무엇 때문에 내가 그래야 하느냐구? 지금 내가 이런 소리를 하는 건 누구 들으라고 하는 거야? 자넨 어린 시절부터 시중드느라 내 뒤를 따라 다니지 않았어? 자넨 내가 얼마나 금이야 옥이야 키워졌고, 또 단 한 번도 추위나 배고픔을 겪어 보지 않았으며, 가난이란 걸 모르고, 먹고살자고 돈 벌 궁리를 해본 적도 없고, 더더구나 나쁜 짓은 꿈에서도 꾼 적이 없다는 걸 자네가 두 눈으로 똑똑히 보았으니 잘 알 거야. 그리고 육체노동도 해보지 않았다는 걸 모두가 알고 있어. 그런데 자네는 어떻게 나를 남과 비교할 생각을 다 했지? 정말로 내 건강이 그 따위 '남들'의 건강과 다를 바가 없다는 이야기인가? 정말로 내가 그 따위 일을 하며 그걸 참고 견딜 수 있다고 생각한 거야?"

잠시 후에 자하르가 끄바스 한 잔을 가져왔을 때, 오블로모프는 또 다시 그를 괴롭히기 시작했다.

"아니야, 아직 안 끝났어, 기다리게!" 오블로모프는 말을 시작했다.

"난 자네에게 물어 볼게 있어. 어떻게 자넨, 자네의 두 팔로 안아 길렀고 일생동안 섬긴 주인을, 그리고 자네에게 은혜를 베풀어준 주인을 그렇게 가혹하게 모욕할 수 있는 거지?"

자하르는 더 이상 참을 수 없었다. '은혜를 베풀어준'이라는 말을 듣자 그는 정말 죽고만 싶었다. 일리야 일리치가 감상적인 말투로 자기에게 한 말을 이해하면 할수록 그는 더욱 슬퍼졌다.

결국 나리의 '힘없는' 말들이 자하르를 눈물짓게 했으나 일리야 일리치는 그런 상황을 이용하여 내일까지 집주인에게 문서내용을 연기하도록 다음과 같이 자하르에게 지시한다. "자, 이제 난 좀 드러누워야겠어. 완전히 지쳐 버렸거든. 자네는 커튼을 좀 내려 주고 사람들이 수면을 방해하지 않도록 문을 꼭 닫아 주게. 나는 한 시간정도 눈을 붙일 테니까 4시 반에 깨워 주게."

다음에 오블로모프가 젊은 처녀 올가와 어떻게 사귀게 되었는지에 관한 이야기가 계속된다. 그런데 이 여성은 아마도 러시아여성을 묘사한 러시아소설 중에 가장 훌륭하게 묘사된 여인일 런지 모른다. 올가와 오블로모프의 친구인 쉬똘리쓰는 그들이 서로 친해지게 될 때까지, 친구 오블로모프가 사용하지 않아서 무용지물이 다된 그의 재능과 결국엔 기형적인 생활을 할 수밖에 없는 그의 게으름에 대해 숱한 얘기를 나누었다. 여인들은 항상 구원자의 역할을 맡을 준비가 되어 있는 법이어서 올가는 꿈결처럼 순수하지만 무미건조한 생활을 하는 오블로모프라는 인간을 무기력하게 만드는 비활동적인 성격으로부터 그를 끌어내려고 애쓴다. 음악을 몹시 좋아하는 오블로모프를 위해 그녀가 빼어나게 노래를 부르자, (그녀의 노래는) 그에게 깊은 감동을 불러일으킨다.

올가와 오블로모프가 점점 서로 사랑하게 되자, 그녀는 그가 나태에서 벗어나도록 의욕을 불러일으키며 삶에 대한 강한 의욕과 흥미를 심어주려고 애쓴다. 오블로모프의 말에 의하면, 자신이 수년간 분주하게 매달린 농노들의 복지향상 계획을 마침내 완성하도록 그녀가 촉구했다고 한다. 그녀는 그에게 예술과 문학에 흥미를 느끼도록 하고, 재능 있는 본성이 스스로 자신을 위해 적응하고 발견해가는 생활을 할 수 있도록 애쓴다. 처음엔 올가의 열성과 매력이 미약했지만 점차 오블로모프를 변화시키고 있는 것처럼 보였다. 그의 얼굴에는 생기가 돌고 생활에서 활력을 되찾는다. 곤차로프는 오블로모프를 향한 올가의 사랑이 발전해가는 과정을 거의 뚜르게네프와 같은 솜씨로 묘사하면서도 훨씬 깊이 다루었다. 문제는 결혼단계에 이르게 되자, 어쩌면 피할 수 없는 막다른 단계가 오블로모프를 경악하게 만들어 버린 데 있었다. 그는 기분을 전환시킬 겸 영지를 다녀와서 그 일을 마무리지어야 했다. 다시 말해, 그는 자기 일상생활에서 지루함과 게으름을 청산할 필요가 있었지만 그걸 해낼 능력이 없었다. 그는 마땅히 시도해야 할 일을 아무리해도 결심할 수 없었던 것이다. 그래서 차일피일 미루다가 마침내 또다시 '오블로모프시치나(무의지적인 생활)'에 빠져서 실내복과 침대, 슬리퍼가 필요한 생활로 돌아가 버리고 만다. 올가는 자신의 힘을 초월하여 헌신적으로 행동하려는 만반의 준비를 하고 있었다. 그녀는 오블로모프에게 자극을 주기 위해 자신의 사랑을 시험하려고 한다. 그러나 결국 그녀는 자신의 힘을 지나치게 믿었다는 사실을, 즉 오블로모프의 병은 불치병이라는 걸 깨닫는다. 결국 올가는 오블로모프와 헤어진다. 곤차로프가 묘사한 그들의 이별은 소설에서 탁월한 장면에 속한다. 그 부분을 인용하면 이렇다.

"이제 우리에게 이별할 시간이 왔군요." 그녀는 결심했다. "이런 당신이 결혼이라도 한다면, 나중엔 어떻게 될까요?" 그는 아무런 대꾸도 없다. "당신은 매일 단꿈에 빠져 깊이 잠들지 몰라요, 그렇지 않은가요? 그런데 전 어떨까요? 당신은 제가 어떤 여자인지 잘 알잖아요? 전 늙지도 않고 결코 삶에 싫증도 내지 않을 거예요. 우린 성탄절과 사육제를 기다리며, 여기저기 나들이를 하고 춤을 추며 아무 생각도 없이 하루하루를 살아가겠지요. 잠자리에 들어선 하루를 무사히 보내게 해주신 하느님께 감사드리고, 아침이면 오늘도 어제만 같았으면 하는 바램으로 눈을 뜨며 잠에서 깰지도 모르지요… 이게 바로 우리의 미래겠지요, 그렇죠? 진정 이것이 인생일까요? 전 쇠약해져 죽겠지요. 도대체 왜 사는 건가요, 일리야? 당신은 행복할지 모르지만…."

그는 괴로운 듯 천장을 바라보다가 그 자리를 피해 달아나고 싶었지만 발이 말을 듣지 않았다. 무슨 말인가를 하고 싶었으나, 입안은 바싹 말라서 혀가 움직이지 않았고 목소리는 가슴에서 울려나오지 않았다. 그는 그녀에게 손을 내밀었다.

"아무쪼록…" 그는 기어들어가는 목소리로 말을 시작했으나 끝마치지 못하고 그녀를 힐끗 바라보며 "용서해 줘요!"라고 말했다.

그녀는 뭔가 말하고 싶었으나 아무 말도 하지 못한 채 그에게 손을 내밀었다. 그러나 그의 손에 채 닿기도 전에 그녀는 손을 힘없이 내려뜨렸다. '용서하세요!'라고 말하고 싶었지만, 그녀의 목소리는 온전히 말을 내뱉지 못하고 어색한 소리만 들릴 뿐이었다. 얼굴은 경련으로 일그러졌다. 그녀는 그의 어깨 위에 손과 머리를 얹은 채 흐느껴 울었다. 손에서 마치 무기를 빼앗긴 사람 같았다. 깍쟁이 아가씨의 영리함은 어디론가 사라져 버리고, 다만 슬픔에 가득 찬 무방비상태의 평범한 여자만 남아 있는 것 같았다.

"용서하세요, 용서해주세요…."

흐느끼는 가운데 그녀의 입에서는 몇 마디의 말이 무심코 흘러나왔다.

"… 안 돼요."

올가는 고개를 들고 눈물로 글썽이는 눈으로 그를 바라보려고 애쓰면서 말했다.

"제가 당신에게서 사랑했던 것은 다름 아니라 당신에게 있었으면 하고 제가 원했던 것, 쉬똘리쓰가 제게 알려주었던 것, 우리가 스스로 지어낸 것이었음을 얼마 전에야 전 알게 되었어요. 전 미래의 오블로모프씨를 사랑했던 거예요! 일리야, 당신은 온화하고 성스러운 분이에요. 당신은 너무나도 부드러운 분이세요… 나의 비둘기. 당신은 날개 밑에 머리를 감추고서 더 이상 아무 것도 원하지 않고 있어요. 일생동안 처마 밑에서 구구 대며 울 작정을 하고 계신 거지요… 하지만 저는 달라요, 그런 사람이 아니랍니다. 제겐 부족해서요. 뭔가가 제겐 더 필요해요. 그게 뭔지는 잘 모르지만요! 저에게 가르쳐 줄 수 있나요? 저에게 부족한 것이 무언지 말씀해줄 수 있나요? 제가 원하는 모든 것을 줄 수 있나요? … 상냥함, 차라리 그 부드러움이나 없었다면…."(제3부 11장 인용)

그들은 헤어진다. 올가는 중병을 앓고 오블로모프는 몇 달 후에 아파트의 여주인과 결혼한다. 여주인은 요리법의 모든 비밀을 알고 있는 몸시 아름다운 팔꿈치를 가진 조용한 성격의 여인이다. 이번에는 올가가 뒤늦게 쉬똘리쓰와 결혼한다. 쉬똘리쓰라는 인물은 활기찬 인간이라기 보다는 이지적인 사업 활동가의 모습으로 등장한다. 그의 활기찬 모습 은 시종일관 작가의 탁월한 필치로 묘사되어 있다.

이 소설이 세상에 나오자 곧 러시아 전국에 울려 퍼진 파장이 얼마나 컸는지 뭐라 말로 형용하기 어렵다. 그것은 뚜르게네프의 새로운 중편이 발간된 것보다 훨씬 큰 문학사건이었다. 러시아의 지식층은 모두 『오블 로모프』를 읽었고 '오블로모프시치나'를 비난했다. 독자는 정도의 차이 는 있으나 같은 질병에 시달려온 것을 몸소 느끼면서 오블로모프의 모 습에서 뭔가 친근감을 발견했다. 올가의 모습은 수천의 젊은 독자층으 로 하여금 그녀에게 경외감을 느끼며 숭배 하도록 만들었다. 그녀가 좋 아하는 노래 "Casta Diva"('정결한 여인'이라는 뜻으로 벨리니의 오페라에 나오 는 아리아)는 젊은 계층이 가장 좋아하는 노래가 되었다. 소설이 세상에 나온 지 160여 년이 지난 지금도 똑같은 즐거움을 느끼며를 읽을 수 있 다. 소설은 그 가치를 상실하지 않았을 뿐 아니라 독창적인 모든 예술 작품처럼 그 가치가 더욱 높아졌다. 왜냐하면 오블로모프와 같은 부류 의 인간들은 아직까지도 없어지지 않았고 시대상황만 변했기 때문이다.

소설이 출판되자 '오블로모프시치나'는 러시아적인 특수상황을 묘사 하는 말로 모든 사람들에게 널리 사용되었다. 러시아 국내의 생활과 전 역사를 통틀어 이런 중병의 흔적은 항상 드러나 있었다. 정신과 마음의 나태, 그런 나태함을 거의 선행처럼 여기는 풍토, 보수 성향과 태만, 활 기찬 삶을 경시하는 경향 등은 오블로모프적인 기질의 특성이다. 그것 은 농노제도 아래서 러시아 상류계층뿐 아니라 당시의 '불만세력'에도 만연되어 있던 심각한 상태였다. 당시 사람들은 그것을 "노예제도의 불 행한 결과"라고 말했다. 그러나 농노제도가 역사의 현장에서 이미 사라 진 지금도 우린 오블로모프와 같은 부류의 인간들이 계속 존재한다는 사실을 알고 있다. 어떻게 보면 농노제도만이 이런 유형의 인간을 유일하게 만들어낸 것은 아닐런지도 모른다. 이제 독자는 삶의 고통을 모르는 계층의 바로 그러한 생활여건과 구태의연한 문화생활이야말로 이런 부류의 인간들이 살아가도록 내버려둔 결정적인 요인이라는 결론을 내린다.

혹자는 오블로모프를 두고서 '러시아 민족을 특징짓는 인종적 특성'이라고 말하기도 한다. 그런데 이 말은 꽤 타당해 보인다. 투쟁력 부족과 사회문제에 관해 "그건 내 알 바 아니야"라는 식으로 태도를 보이기 때문이다. '능동적인' 선행의 부족과 무저항주의, 수동적인 복종이라는 특성들이 본래 러시아민족에게서 꽤 자주 나타난다. 아마도 그 덕분에 러시아작가들은 이런 유형의 인물을 성공적으로 선명하게 묘사할 수 있었을지도 모른다. 그러나 앞에서 언급한 말에도 불구하고 오블로모프 같은 형상이 러시아에만 있다고 주장하고 싶지는 않다. 이것은 전 세계적으로 우리 현대문명에서 나온 유형으로 부유한 계층에서 자기행동에 스스로 만족하는 온갖 형태의 모습으로 나타난다. 오블로모프는 보수적인 유형이다. 이 말은 정치적인 의미에서 보수적이 아니라 부(富)에 대해 보수적인 사고를 갖고 있다는 의미이다. 웬만큼 생활에 어려움이 없거나 꽤 많은 재산을 상속받은 사람은 뭔가 새로운 일을 도모하기를 두려워한다. 왜냐하면 그 '새로운 것'이 자신의 안락한 생활과 근심을 모르는 본성에 뭔가 불쾌한 불안감을 줄 수 있기 때문이다. 마치 그런 자극들이 때 묻지 않고 순탄한 자기존재의 평정을 깨뜨릴지도 모른다는 두려움 때문에 그는 일상생활에서 자극이 없는 순수한 생활을 지속하면서 그냥 노닥거리는 걸 더 좋아하는 것같다.

오블로모프는 예술의 진정한 가치와 그 충동을 알고 있다. 그는 시적인 사랑으로 달구어진 열정을 알고 있다. 그는 이미 경험으로 이런 느낌에 익숙해져 있다. 하지만 "무엇 때문에?"라고 그는 다시 반문한다. 왜 이 모든 것이 "불안할까?" 왜 나가서 사람들과 만나야 하지? 그는 모든 욕구를 내던져버린 디오게네스가 결코 아니다. 정반대의 인물이다. 만일 그에게 준 구운 음식이 말라버렸거나 새고기가 다시 불에 구워진다면, 그는 매우 민감하게 그것을 마음속에 받아들인다. 그는 인생에 대한 고상한 관심들을 '귀찮은 것'이라고 팽개치지 않고, 단지 '불안한 것'이라고 생각한다. 젊었을 때 오블로모프는 농노들을 해방시켜주어 자기 소득에 큰 손해가 없기 때문에 그들을 자유롭게 풀어주려는 꿈을 갖고 있었다. 하지만 점점 그는 젊은 시절의 계획들을 망각하고, 이제는 가능하면 집사가 덜 '귀찮은 일거리'를 자신에게 가져오게 하는 일에만 신경을 쓴다. 오블로모프에 의하면, 자기는 "부역노동이 무엇이고 농사일이 무언지, 불쌍한 농부가 무엇을 의미하는지, 부유한 것이 무엇인지를 모른다. 호밀이나 귀리, 체뜨베르찌(곡물 양의 단위나 아르신의 단위)가 무엇을 의미하는지, 그 가격이 얼마나 되는지, 어느 달에 씨를 뿌리고 거둬들이는지, 그리고 언제 내다 팔아야 하는지 알지 못한다." 오블로모프가 시골의 개인 소유지에서 지내는 생활을 꿈꿀 때면, 그 생활은 마치 소풍놀이나 목가적인 산책처럼, 언제나 애정 어린 눈빛으로 자신을 바라보는 착하고 순종적인 뚱뚱한 아내와 함께 눈앞에 떠오르곤 했다. 하지만 그런 생활을 유지하려면 어떤 수완을 발휘해야 할까, 어떤 부류의 인간이 그것을 위해 고생해야 하는가, 라는 문제는 결코 그의 머리에 떠오르지 않는다. 그러나 전 세계에 산재해 있는 공장주들, 곡창지대 소유자들, 탄광주들, 혹은 다양한 기업의 주주들 중에는 자기 영지를 바라보는 오블로모프처럼 자신의 소유물을 바라보는 사람들을 실제로 쉽게 찾아볼 수 있다. 말하자면, 오블로모프는 다른 사람들의 노동을 목가적으로 바라보며 즐길 뿐 그 노동에는 전혀 참여하지 않듯이, 세상에는 그런 식으로 자기소유물을 바라보는 부류의 인간들이 존재한다.

시골에서 양육된 오블로모프 대신 도시적인 오블로모프가 그 역할을 대신 할 뿐, 그렇다고 그런 유형의 본질은 결코 변하지 않는다. 관심 있는 관찰자라면 지적생활이나 사회생활, 혹은 개인생활에서도 오블로모프와 같은 인물을 어디에서나 쉽게 찾아 낼 수 있다. 지적인 면에서 새로운 모든 것들은 오블로모프와 같은 인간들에게 불안감을 주기 마련이다. 그들은 사람들이 모두 똑같은 이상만을 소유하기를 바라는 것 같다. 어떤 변화에 대한 조짐이 조금이라도 있기만 해도 그들을 놀라게 만들기 때문에 그들은 사회개혁을 의심스러운 눈으로 바라본다. 오블로모프는 올가를 사랑하지만, 결혼과 같은 결정적인 행위는 그를 몹시 경악하게 만든다. 올가는 오블로모프를 지나치게 염려한다. 그녀는 그에게 상황을 직접 가서 보고, 읽고, 읽은 것을 계속 논의하도록 종용한다. 다시 말해서, 그녀는 그를 삶의 소용돌이 안으로 끌어들인 것이다. 그녀는 열렬히 그를 사랑한 나머지 결혼까지는 아니더라도 그의 뒤를 돌보아 줄 각오를 하고 있다. 하지만 올가의 사랑의 힘과 강한 생활력은 오히려 오블로모프를 당황스럽게 만들 뿐이다.

그는 이런 생활에서 벗어나서 자신의 백수생활을 계속하려는 온갖 변명을 찾아내려고 전전긍긍한다. 그는 무사안일한 자기 생활의 물질적인 안정에 몹시 만족한 편이어서 구태여 사랑하려고 하지 않는다. 그는 그녀가 만들어낸 모든 결과물, 즉 그녀의 눈물과 충동, 그녀의 삶과 함께 나눌 사랑을 두려워하고 있다. 그래서 곧 편안한 "오블로모프시치나"로 다시 빠져 들고 만다.

분명히 오블로모프시치나는 결코 러시아 민족만이 갖고 있는 병폐라고 생각하지 않는다. 그것은 러시아와 유럽이 아닌 어느 곳에서도 존재한다. 곤차로프가 그렇게 훌륭하게 묘사했고 올가마저도 깨뜨리지 못한 '오블로모프시치나' 외에도 지주들의 오블로모프시치나, 정부 관료들의 비능률적인 오블로모프시치나, 학자들의 오블로모프시치나가 존재한다. 무엇보다 우리 모두가 존경해 마지않는 가정생활에서도 오블로모프시치나는 존재하고 있다.

『벼 랑』

곤차로프가 마지막으로 쓴 유명한 소설『벼랑』에는 '오블로모프'의 성격을 특징짓는 구상이나 창작적인 면에서 유사성이 없다. 이 소설에서는 작가가 탁월하게 묘사한 부분을 수없이 발견할 수 있다. 그럼에도 불구하고 전반적으로 볼 때 이 소설은 실패한 것으로 보인다. 곤차로프는 이 작품을 완성하는데 십년이 걸렸다. 그는 한 세대의 인물을 묘사하기 시작하여 그 인물을 다음 세대에 적합하도록 변화시켰다. 이런 과정에서 그가 묘사한 신세대의 모습은 기성세대와 현실적으로 차이가 있다. 자신의 소설 창작을 꽤 재미있게 서술한 소논문에서 그는 차이가 있음을 인정했다. 결론적으로 말하면,『벼랑』의 주요 등장인물의 성격은 순수성을 갖고 있지 않다. 작가가 매혹적인 사랑을 묘사하면서 가능한 호감을 주려 했던 여인 베라는 확실히 흥미를 끌긴 하지만, 독자에게 전혀 감동을 주지 못한다. 곤차로프가 베라를 묘사할 때, 그의 상상력은 각각 다른 두 여성의 이미지로 채워져 있는 것 같다. 그는 한 사람을 소피야 벨로보도바라는 인물로 묘사하려 했지만 전혀 성공하지 못했고, 또 한 인물은 1860년대 당시를 대표하는 여인으로 나타난다. 그는 이런 인물들을 사랑했으며 몇 가지 특징을 얻어내는데 성공했지만, 그것을 전체적으로 이해하고 있지는 못했다. 작가 자신이 여주인공에 대해 느끼는 감정과 똑같이 독자도 이 소설을 읽으면서 줄곧 그녀를 열렬히 사랑하게 되지만, 베라가 소설의 주인공 라이스끼와 할머니에게 보인 가혹한 태도는 그다지 호감을 주지 못한다. 니힐리스트인 볼로호프의 경우도, 어쩌면 현실로부터 모방했을지 모르겠으나 전형적인 니힐리스트라 보기엔 실패한 인물로서 오히려 희화된 단순한 성격의 인간이다.

곤차로프에 의하면, 처음에 그는 볼로호프라는 인물을 통해 이전 세대인 러시아 "바이런주의자들"의 돈 주앙적인 성격을 완벽하게 갖춘 1840년대의 이탈자인 급진주의자를 묘사하려했다고 한다. 그러나 1850년대 말경에 곤차로프는 아직 미완성된 소설을 마무리하면서, 1860년대 초반의 니힐리스트이자 혁명가의 특성을 볼로호프에게 부여했다. 따라서 독자는 볼로호프와 베라가 각자 나름대로 뿌리를 갖고 있다고 느낀다. 소설의 주요 등장인물 중에서 실제보다 충실하게 잘 묘사된 인물은 베라의 할머니이다. 그녀는 분별력과 자립심을 지닌 구세대를 대표하는 여성으로 단순하면서도 아름답게 그려져 있다. 베라의 누이인 마르핀까도 훌륭하게 묘사되어 있다. 그녀는 옛 전통에 따라 살아가는 평범한 처녀로서 장래 한 가정의 정직하고 훌륭한 엄마가 될 여성이다.

이 소설의 두 주인공과 주변 인물(아마도 라이스끼) 몇 명은 실제로 대작가에 의해 창조되었다. 그러나 할머니가 자기 손녀를 '파멸'시킨다는 그런 비극은 다소 과장된 것으로 볼 수 있다. 소설의 배경이 된 볼가 강변의 벼랑 위에 자리 잡은 영지는 러시아문학에서 가장 아름다운 정경 가운데 하나이다.

도스또예프스끼

문단에서는 극히 소수의 작가만이 크게 성공하기 마련인데, 도스또예프스끼도 러시아문학계에 처음 등단할 때 그런 작가에 속했다. 1837년 뻬쩨르부르그에 왔을 때, 그는 15살의 청년이었다. 그는 기술공병학교를 졸업하고 2년간 기사로 근무하고 있었으나 문학 활동에 전념하려고 사표를 냈다. 그는 꼬박 하루 만에 처녀작인 『가난한 사람들』을 완성했다. 학교 동기인 그리고로비치는 그 원고를 곧 출판할 예정인 문학집에 넣어달라고 편집자 네끄라소프에게 보냈다. 도스또예프스끼는 편집자가 그 소설을 과연 읽어주기나 할런지 내심 걱정하고 있었다. 그는 당시에 허름하고 누추한 방에서 생활하고 있었다. 그리고로비치와 네끄라소프가 새벽 4시에 그의 집을 찾아와 노크를 했을 때, 도스또예프스끼는 깊은 잠에 빠져 있었다. 그들은 눈물을 글썽인 채 축하의 인사를 보내며 도스또예프스끼에게 달려들어 덥석 껴안았다. 나중에 알고 보니, 그들은 저녁 늦게야 그 소설의 원고를 읽기 시작했고, 다 읽기도 전에 몹시 감명을 받았기 때문에, 만나기에 부적절한 시간임에도 불구하고 작가를 만나 자신들이 읽어본 소감을 전해주려고 결심했던 것이다. 며칠 뒤 도스또예프스끼는 당시의 대비평가 벨린스끼에게 소개되었으며 똑같이 뜨거운 환대를 받았다. 그 소설은 독자에게도 부드러운 반향을 크게 불러 일으켰다.

도스또예프스끼의 생애는 매우 불우했다. 그는 『가난한 사람들』로 첫 성공을 거둔지 4년 뒤인 1849년에 뻬뜨라쉐브스끼 동아리의 회원으로 퓨리에주의 운동에 연루되었다. 당시에 러시아 퓨리에주의자들은 퓨리에와 그 밖의 프랑스 사회주의자들의 작품을 읽으려고 모였고 그것을 토론하고 러시아에서 사회주의 운동의 필요성을 역설하곤 했다. 이런 모임 중 한 곳에서 도스또예프스끼는 대비평가 벨린스끼가 고골에게 보낸 편지에서 러시아 교회와 국가를 매우 신랄한 어조로 비판한 그 유명한 대목을 낭독했다. 그는 또한 비밀인쇄소 설립에 관한 문제를 논의한 회합에도 참가했다. 그는 체포되어 비공개 재판을 거쳐 다른 서클회원들과 함께 사형을 선고받았다. 1849년 12월, 그는 처형대가 설치된 광장으로 끌려가 교수대 밑에서 사형집행의 언도를 들었다. 그리고 그 최후 순간에 니꼴라이 1세 황제에게서 사면장을 받아들고 온 전령이 도착했다. 이런 극적인 사건이 일어난지 사흘 후에, 그는 시베리아로 추방되어 옴스크 강제노동수용소에 투옥되었다. 그곳에서 4년을 지낸 후에 사병으로 보내졌다. 그는 강제노동수용소에서 생활하는 동안 어떤 사소한 실수를 저질렀다는 이유로 태형을 받았으며, 이 시기에 그의 간질병이 시작되었다는 풍문이 러시아에서 끊임없이 나돌았다. 그는 남은 생애동안 내내 이 간질병에 시달려야 했다. 알렉산드르 2세의 대관식 덕분에 받았던 특별사면도 도스또예프스끼의 운명을 개선시키지는 못했다. 그러다가 알렉산드르 2세의 즉위식 후 4년이 지난 1859년에야 비로소 이 대작가는 특사를 받고 러시아로 돌아오도록 허락받았다. 그는 1881년에 사망했다.

도스또예프스끼는 매우 빠른 속도로 글을 쓰는 작가였으며, 체포되기 전에 이미 십여 편의 중편소설을 창작했다. 그 중『가난한 사람들』외에도 나중에 발표한 심리-병리학소설의 효시가 된『이중인격』과 급속하게 성숙한 그의 최상의 문학재능을 보여준『네또치까 네즈바노바』는 독자의 관심을 끌기에 충분하다. 도스또예프스끼는 시베리아에서 돌아오자 독자에게 큰 감명을 준 여러 편의 장편소설을 출판했다.

그는『학대받은 사람들』이라는 대작으로 연재물을 시작했다. 뒤이어 강제노동을 하던 시절의 인상을 적은『죽음의 집의 기록』이 나왔다. 뒤따라 다양한 사회문제를 다룬 소설『죄와 벌』이 나왔는데, 이 작품은 후에 유럽과 미국에서 큰 관심을 끌었다. 가장 잘 다듬어진 작품으로 여겨지는 장편『까라마조프 집안의 형제들』은『죄와 벌』보다 범죄행위와 그 원인에 훨씬 몰입해 있으며,『미성년』,『백치』, 그리고『악령』은 정신 병리학문제를 다룬 소설류에 속한다.

특히 도스또예프스끼의 작품을 미학적인 관점에서 볼 때, 비평가들은 아마도 그 문학적 가치를 크게 평가하지 않을지 모른다. 도스또예프스끼는 매우 빠른 속도로 저술 작업을 하면서 작품을 다듬는 데는 별로 염두에 두지 않았기 때문이다. 도브롤류보프가 지적한 것처럼, 문학 비평계에서 그의 문학 형식은 때때로 낮은 평가를 받곤 한다. 또한 소설의 주인공들이 이야기하는 언어는 일관성을 보이고 있지 않다. 즉, 그들은 자주 말을 반복하며 주인공들이 등장할 때마다 독자는 그 배후에 작가가 존재하고 있다고 느낀다.

그밖에 이런 심각한 결점 외에도 모든 사건이 발생하는 정신병원 같은 분위기에 관해선 언급하지도 않고, 그의 소설주제는 지나치게 낭만적이며 진부한 형식과 구성상의 어수선함, 현실에서 관찰되지 않는 사건들과 함께 어우러져 있다.

위에서 말한 모든 지적에도 불구하고 도스또예프스끼의 작품은 완전히 환상적인 성격과 더불어 실제로 심오한 감정을 곳곳에 깔아놓고 있다. 따라서 독자는 특히 그가 훌륭하게 묘사한 "마르멜라도프처럼 모욕을 당한 인간들"에게서 보게되는 그런 감정을 생활에서 실제로 자주 만나기 때문에 그만큼 사실주의적인 성향을 발견하게 된다. 그래서 독자는 도스또예프스끼의 재능에서 발견되는 상술한 결점들을 망각해 버린다.

독자는 때때로 도스또예프스끼 소설주인공들의 대사가 대부분 정확하게 전달되지 않는다고 생각해도, 그가 묘사한 인간들은(적어도 그 중 몇 사람은) 그가 표현하려고 애쓴 바로 그런 인간들이라는 점을 느낀다.

도스또예프스끼의 『죽음의 집의 기록』은 예술 면에서 나무랄 데가 없다고 인정받고 있다. 이 작품의 주요 사상은 훌륭하며 그 형식도 사상과 완전히 일치한다. 하지만 이후에 나온 작품들에서는 그가 지닌 사상과 비교할 능력이 없어서 작가 스스로 명백하게 완전히 밝힐수는 없었다. 예술적인 자각이 신경질적인 흥분으로 변하기 때문에 작품의 형식도 본질도 피해를 입었다. 그것은 작가의 불분명한 사상이 적당한 표현형식을 찾지 못했기 때문이다.

초기 작품에서 그가 특히 선호한 주인공은 삶의 상황을 재기할 수 없을 정도로 희망을 잃어버린 인간들이다. 하지만 독자는 도스또예프스끼가 그런 학대받은 사람들의 정신적, 육체적인 고통을 묘사하면서 진정한 만족을 찾고 있으며, 때로는 정신 병리학적인 상태를 보여주는 정신적 고통이나 완전한 절망, 인간의 본질적인 억압성을 묘사하면서 스스로 즐기고 있다는 느낌을 갖는다. 독자는 그런 수난자들에 의해서 실제로 그들의 고통이 누구에게나 동정을 불러일으키는 그런 심오한 인간성을 지닌 사람들을 발견하게 된다.

하지만 도스또예프스끼의 사랑을 받는 주인공들은 자신들이 판단하기로는, 존경받을 만한 충분한 힘도, 인간적인 존재로서 스스로 변화할 권리조차도 갖고 있지 못한다고 생각하는 사람들이다. 그들은 평소 수줍어하면서 자기 인간성을 지키려고 애쓰지만 뜻을 이루지 못한다. 그리고 나중엔 억압적인 상황에 복종해 버리고 나서 더 이상 인간성을 지키려는 시도를 하지 않는다. 그리곤 참을 수 없을 만큼 우울한 절망감에 빠지거나 폐병, 혹은 가난, 아니면 결국엔 종종 발작하는 어떤 광기와 같은 정신병에 걸려 그 대가를 치른다. 그동안 그들은 인간 철학의 정점에까지 도달한다. 그리고 냉혹해져서 범죄를 저지르지만 죄를 범하고 나선 곧 후회하고 만다.

『학대받은 사람들』에서는 비교적 가난한 집안 출신의 처녀를 열렬하게 사랑하는 젊은이가 묘사된다. 그러나 이 처녀는 백작신분의 귀족에게 반해 있다. 백작은 원칙 없는 인간이지만 어린애 같은 이기심에서 나오는 순진무구함 때문에 매력적이며, 무심코 서투른 솜씨로 삶에서 부대끼는 사람들에게 엄청난 악행을 저지른다. 소설에서 처녀와 젊은 귀족에 대한 도스또예프스끼의 심리묘사도 훌륭하지만, 최고의 장면은 처녀의 또 다른 젊은 구애자에 대한 묘사이다. 그는 처녀에게 거절당했음에도 불구하고 겸손하게 희생하면서 자신의 일생을 그녀에게 바친다. 하지만 그의 의도와는 다르게 결과적으로 그녀가 젊은 귀족의 손아귀에서 놀아나도록 도와준 꼴이 된다.

이런 일은 모두 충분히 가능하다. 다시 말하면, 그런 상황은 실제 생활에서 전개되며, 작가는 독자더러 모욕과 멸시에 깊은 동정을 느끼도록 하면서 모든 것을 이야기한다. 하지만 이 소설에는 작가가 한없이 모욕당하며 복종하는 주인공들을 묘사하면서 얻는 만족감과 함께 작가가 가하는 고통과 학대로부터 주인공들이 맛보는 쾌락도 어우러지고 있다. 이것은 뒤틀리지 않은 건강한 이성을 지닌 사람들이 혐오해야 할 대상으로 작용한다.

도스또예프스끼의 다음 장편소설 『죄와 벌』은 큰 센세이션을 일으켰다. 소설의 주인공인 젊은 대학생 라스꼴리니꼬프는 자신처럼 가난한 어머니와 누이를 깊이 사랑한다. 그는 학업을 마치기 위해서 어디서든 돈을 구하려고 몸부림치는 끝없는 욕구 때문에 부담을 느낀다. 그래서 자기가 사랑하는 사람들을 금전적으로 도와주어야 한다고 생각하며, 평소 잘 알고 지내는 고리대금업자 노파를 살해하고 풍문으로 들은 노파의 돈 수천 루블을 빼앗는 망상에 사로잡힌다. 크고 작은 우연한 상황들이 이런 생각을 확고하게 굳히도록 만들고, 그것을 결행하도록 그를 부추긴다. 라스꼴리니꼬프의 누이동생은 가족을 극심한 가난에서 벗어날 수 있도록 자신을 희생하기로 결심하고 중년의 부자와 결혼하기로 결정한다. 라스꼴리니꼬프는 어떻게든지 이런 결혼을 막으려고 한다. 그 즈음에 주인공 라스꼴리니꼬프는 어느 늙은 술주정뱅이 퇴역관리를 만나게 되는데, 그에게는 첫 번째 결혼에서 낳은 소냐라는 몹시 호감이 가는 딸이 하나 있었다. 퇴역관리의 가족은 뻬쩨르부르그와 같은 대도시에서 겪게 되는 지독한 가난으로 허우적거리는데, 라스꼴리니꼬프도 이 퇴역관리의 가족운명에 깊은 관심을 보인다. 라스꼴리니꼬프는 이러한 모든 상황과 자신을 죄어오는 가난의 압박, 그를 화나게 만드는 불행한 처지, 그를 둘러싼 빈궁 때문에 더욱 전당포 노파를 살해하겠다는 의지를 굳힌다. 마침내 그는 자신이 생각한대로 살인을 감행하지만 미리 계획했던 범죄치곤 많은 돈을 얻지는 못했다. 그는 너무 흥분한 나머지 돈의 일부만을 발견했기 때문이다. 그 후 후회와 수치심 때문에 고통스러운 나날을 보내면서 점차 깊어져 가는 양심의 가책을 느끼고, 여러 가지 상황으로부터도 압박을 받게 되자 라스꼴리니꼬프는 고리대금업자 노파와 그녀의 누이동생을 살해한 살인자로 경찰에 자수한다.

지금까지 소설의 개요만을 대략 살펴보았다. 이 작품은 독자들을 사로잡는 가난과 도덕적 타락을 보여주는 장면들로 가득 차 있다. 주요 등장인물 외에도 조연급 인물로 예를 들면, 라스꼴리니꼬프의 누이가 가정교사로 있던 집의 중년지주인 스비드리가일로프, 그리고 라스꼴리니꼬프와 매우 극적인 싸움을 벌이는 예심판사가 등장한다.

도스또예프스끼는 라스꼴리니꼬프를 살인으로 몰아간 많은 이유를 대면서 순수하게 어떤 이론적인 모티프가 그를 필연적으로 살인하게 만들었다고 보았다. 소설 중반에서 이미 독자는 현대 유물론철학에 심취해 있는 라스꼴리니꼬프가 어느 잡지에 글을 기고했는데, 그 글에서 그는 인간의 존재를 상하 두 부류로 나누고, 상위 존재(나폴레옹과 같은 인물)에겐 일반적인 도덕률이 필수적인 것이 될 수 없다는 사실을 증명하고자 노력했다.

도스또예프스끼의 다음 작품들에서도 언급되듯이, 본질적으로 다음과 같은 주요 문제가 대두된다. 정말 라스꼴리니꼬프에겐 살인을 저지를 도덕적 권리가 있는가? 중요한 것은 일단 그가 그런 생각을 갖게 되면 그를 막을 수 있겠는가? 이 소설을 읽은 독자 대부분과 아낌없이 찬사를 보낸 문학평론가들 역시 라스꼴리니꼬프의 정신과 그를 광적인 행위로 이끌었던 모티프들의 심리학적인 분석을 평가하고 있다.

그러나 여기서 지적하고 싶은 것은, 유물론적 관념을 선전함으로써 실제로 성실한 청년을 라스꼴리니꼬프가 실행한 그런 범죄까지도 저지르게 할 수 있기 때문에 그런 사상을 소설에서 언급하기가 곤란하다고 작가 스스로 느끼고 있었다는 사실이다. 라스꼴리니꼬프와 같은 부류들은 비슷한 이론에서 받은 정신적 영향으로는 진짜 살인범이 될 수 없다. 그렇다고 한편으로 다른 비슷한 모티프들을 인용하여 그 증거로 삼으면서(파리에서 발생한 레비사건의 경우와 비슷하다)[1] 살인자들을 어떤 형

---

1) Lebie: 이 파리 대학생은 생존을 위한 투쟁이론의 영향을 받고 이유를 따지면서 고리대금

태로든지 결코 라스꼴리니꼬프의 유형 속에 넣을 수는 없는 일이다. 라스꼴리니꼬프를 묘사하면서 그 뒤편에서 도스또예프스끼가 다음과 같은 문제를 해결하려고 애쓰고 있음을 느낄 수 있다. 즉 그 자신이나 그와 유사한 사람을 라스꼴리니꼬프처럼 범죄의 실행까지 이르도록 할 수 있는가? 그리고 어떤 종류의 억제된 모티프들이 도스또예프스끼에게 그가 살인자가 되는 것을 방해 할 수 있는가? 그러나 문제는 그런 사람들이 살인하지 않는다는 점이다. 그 밖에 예심판사나 스비드리가일로프와 같은 부류는 낭만주의적인 새로운 인간유형의 범주에 속한다. 스비드리가일로프 같은 유형의 사람들은 자신의 죄악에 대해서는 논의하지 않으며, 논의하는 자들은 이 소설의 악마적인 주인공이 저지른 죄악에 이르지 못한다.

도스또예프스끼의 이 소설은 지적한 온갖 결점을 보이고 있음에도 불구하고, 극심한 가난을 매우 사실적으로 묘사한 까닭에 강한 인상을 불러일으킨다. 도스또예프스끼는 단지 지독한 가난과 특히 아이들을 언급하곤 했는데, 예를 들면 소냐를 비중 있는 현실주의자로 묘사하고 있다. 그 때문에 그는 도시극빈자들 가운데 최하층에 속한 타락한 인간들에 대해 순수한 젊은 독자층이 깊이 동정하도록 만든다. 어떤 의미로 보면, 도스또예프스끼는 이런 묘사 때문에 진정한 사실주의로 돌아왔다고 볼 수 있다. 그래서 뚜르게네프, 톨스토이와 나란히 평가를 받게 되었다. 술주정꾼인 퇴직관리 마르멜라도프가 술에 취해서 쏟아내는 비탄과 죽음, 그리고 사망한 후에 그의 가족이 보여주는 실상, 아내와 딸 소냐의 일화들—도스또예프스끼가 가난한 사람들의 삶을 사실적으로 묘사하면서 현실적인 본질을 건드리며 보여준 내용들은 모두 세계문학에서 가장 극적이고 감동적인 표현에 속한다.

업자를 살해했다. 그는 한 마디도 진술하지 않고 자신의 고소인들과 재판에 대해 불손한 태도를 취했다.

『까라마조프 집안의 형제들』은 예술적인 면에서 가장 정교하게 다듬어진 도스또예프스끼의 작품이다. 본래 작가의 사고력과 상상력에 존재하던 내적인 결함들은 모두 이 소설에서 풍부한 표현력을 발견했다. 이 소설의 철학은 무신론의 서유럽, 야만적이고 열정적이며 술에 취한 농노제 폐지 이전의 러시아, 범죄의 러시아, 그리고 마침내 기도와 신앙의 도움으로 개혁된 러시아가 묘사들에 포함되어 있다. 이런 개별묘사는 까라마조프 집안의 네 형제 각자에게서 형상화되어 있다.

작가의 주요사상은 인간의 내면에 존재하는 뿌리 깊은 대립의 심연 속에서 빛나는 만큼, 한 인간을 완전히 추악함에 빠지지 않도록 하기 위해서는 바로 사상도, 신앙도, 그리스도교도 아닌 강력한 교회만이 할 수 있다는 저급한 욕망이 인간에게 자리 잡고 있다는 것이다. 게다가 『까라마조프 집안의 형제들』에서처럼 혐오스런 타입의 군상을 보여주는 인간 유형에 관한 온갖 종류의 점층법, 광인들, 반미치광이들, 타고난 범죄자들, 능동적인 범죄자들은 어느 문학작품에서도 발견하기가 쉽지 않다. 신경질환과 정신병 분야의 전문가인 어느 러시아 의사는 도스또예프스끼의 소설 가운데, 특히 『까라마조프 집안의 형제들』에 등장하는 대표적인 인물들은 온갖 질병과 흡사하다고 지적한 바 있다. 게다가 그런 인물들은 매우 절망적인 낭만주의와 사실주의가 아주 기이하게 혼합된 상태에서 묘사된다. 병리학적인 문학에 완전히 매료된 그 시대의 일부 비평가들이 이 소설에 대해 무슨 말을 할지라도, 진정으로 창작하는 작가라면 이 소설이 전반적으로 특별한 목적을 위해 약간 부자연스럽고 인위적으로 구성되어 있음을 발견하게 된다고 말한다. 말하자면, 어느 부분에서는 도덕적인 교화를 위해, 또 어느 부분에서는 정신병원에서 데려온 어떤 혐오감을 주는 성격을 묘사하기 위해, 다른 부분에서는 결국 순수하게 상상할 수 있는 범죄자의 감정을 분석할 목적으로 쓴 것이라고 말이다. 따라서 소설 공간의 어디에서든 우연히 눈에 띄는 훌륭한 지면들이 이 소설을 힘들게 읽은 독자들에게 전혀 보답하지 못할 수도 있다.

요즘에도 러시아에서는 도스또예프스끼의 작품들이 많이 읽힌다. 1880년대에 그의 소설은 처음 프랑스어, 독일어, 일본어로 번역되었고, 갑작스레 눈길을 사로잡은 작품으로 알려졌다.

우리 시대의 대작가들 중 "신비스러운 슬라브민족 영혼의 본질을 가장 훌륭하게 묘사한" 유일한 작가로서, 아무튼 상술한 찬사의 진정한 뜻을 모를지라도 도스또예프스끼는 높은 평가를 받았다. 도스또예프스끼는 당시 뚜르게네프의 명성을 끌어내리고, 톨스토이의 명성도 잊게 만들었다. 물론 이러한 찬사들은 다분히 광적인 것이 많았는데, 오늘날 분별 있는 평론가들은 그렇게 열광적으로 찬사를 보내지는 않는다.

확실히 도스또예프스끼의 작품에서는 작가의 훌륭한 재능이 느껴진다. 대도시 문명사회에서 생긴 쓰레기 같은 존재로 가장 학대받고 억압받은 사람들에게 그가 보낸 호감은 그만큼 대단해서, 그는 자신의 몇 편의 소설로 냉담한 독자를 열광하게 만들었고, 도덕적인 관계에서 젊은 독자들의 가슴에 강렬하고 유익한 영향을 끼쳤다. 그가 정신착란을 매우 다양한 형태로 분석한 것은 전문가들이 확신한 바에 의하면 매우 정확성을 보이는 것으로 드러난다. 하지만 역시 도스또예프스끼 작품의 예술적인 질적 수준은 톨스토이, 뚜르게네프, 또는 곤차로프같은 대작가들의 작품과 비교했을 때 훨씬 낮은 평가를 받고 있다.

사실주의의 절정을 보여준 도스또예프스끼의 소설은 공상적 일화나 작가가 자기 견해를 말하는 대담, 예술적·추상적 이론에만 근거한 논쟁으로 가득 찬 지면과 서로 뒤섞여 있다. 그 밖에도 작가는 항상 여유가 없어서 자기 작품을 인쇄소로 보내기 전에 처음부터 살펴볼 시간조차 갖지 못했다. 결국 도스또예프스끼 작품의 주인공들은 특히 소설의 결말에서 어떤 정신병에 걸리거나 도덕적인 왜곡에 의해서 희생자가 되기도 한다.

비록 도스또예프스끼의 소설 몇 편이 흥미롭게 읽힌다 해도, 결과적으로 톨스토이와 뚜르게네프의 소설, 심지어 이류 작가들의 소설에서 경험하게 되는 다시 읽고 싶은 욕구가 그의 소설에서는 생기지 않는다. 그러나 도스또예프스끼가 망각된 도시 문명사회의 학대받은 아이들을 묘사했고, 극도로 타락한 가장 혐오스런 인간조차도 모든 걸 이해하려는 끝없는 사랑을 보여주기 때문에 독자는 그의 모든 결점을 용서해 주었고, 따라서 그는 진실로 위대한 작가가 되었다.

그것은 우리가 평소 무심코 지나치면서 동정의 눈길조차 주지 않았던 술주정꾼, 거지, 불쌍한 도둑 등에 그가 보인 깊은 애정 덕분이다. 또한 마지막 타락의 단계를 거치는 사람들에게서 볼 수 있는 인간적이고 때때로 고상하기까지 한 특징을 발견해 내는 그의 능력 때문이다. 심지어는 운명적인 극심한 가난과 고통에서 결코 도망칠 수 없는 보잘것 없는 인간의 전형을 독자로 하여금 애정을 느끼도록 만든 덕분이다. 이러한 재능 덕택에 도스또예프스끼는 근대 작가들 가운데서 독특한 위치를 확고하게 차지했다. 독자가 그의 작품을 읽게 되는 것은 작품에 결여된 예술적인 완성을 이루어가는 즐거움 때문이 아니라 작품에 가득한 선함 속에서 늘어가는 즐거움과 대도시 가난한 시민들의 삶을 사실적으로 재현한 기쁨, 또한 소냐 마르멜라도바와 같은 인물이 독자에게 불러일으키는 무한한 연민 때문이다.[2]

---

2) 도스또예프스끼에 대한 글들이 많이 나왔다. 근래에 그의 창작의 기본적인 모티프를 연구한 두 편의 탁월한 저작이 나왔다. 그것은 B.B. 로자노프의 『Ф.М. 도스또예프스끼의 대심문관에 대한 전설』(2판, 1902)과 Д.С. 메레쥐꼬프스끼가 2권으로 발간한 연구서인 『Л. 톨스토이와 도스또예프스끼』(1901, 1902)이다. 높은 수준을 보여준 유용한 두 편의 저작 가운데 후자의 연구서가 다소 산만한 것을 제외하면 도스또예프스끼의 개별 부분들이 지닌 예술적 가치에 대해 정확하고도 섬세한 주해를 달아놓은 작업은 놀랍다. 도스또예프스끼 자신의 병적인 심리해석을 위해 두 저서는, 특히 후자의 연구서는 높은 충동과 가장 낮은 충동을 결합시키는 능력을 인간이 유지할 수 있도록 하기 위해서 종교적인 규율을 바라도록 도스또예프스끼를 그렇게 열정적으로 만든 그의 세계관의 이중성을 해석하는 데 있어서 적어도 매우 소중한 교과서이다. 그 밖에도 두 선집 중, 특히 도스또예프스끼를 연구한 메레쥐꼬프스끼의 후기 3부작에서는 모욕 받은 운명에 대해 도스또예프스끼가 보여준 사랑 등 그의 훌륭한 면들이 신앙의 필요성보다는 완전히 다른 원천으로부터 흘러나온다는

네끄라소프

지금까지 러시아 문학에서 가장 활기찬 논쟁을 불러일으켰고, 오늘날도 논란이 되고 있는 시인 네끄라소프가 있다. 그는 1821년에 태어났으며, 부친은 가난한 아르메니아 장교였다. 부친은 귀족가문 출신의 폴란드 여인을 사랑하여 결혼했다. 네끄라소프의 모친은 아마도 뛰어난 우아함을 지닌 분이었던 것 같다. 왜냐하면 네끄라소프는 일찍이 다른 시인의 작품에서는 보지 못했던 영광으로 어머니를 감싸며, 그녀에게 언제나 사랑과 존경심을 표하면서 이야기하곤 했기 때문이다. 그녀는 너무 젊은 나이에 세상을 떠나버려서 13명의 남매를 둔 네끄라소프의 대가족은 몹시 곤궁한 상태에 처해 있었다. 네끄라소프는 16살이 되자, 자신을 군에 입대시키려는 아버지의 뜻을 거부하고 뻬쩨르부르그로 떠나 대학의 문과에 청강생으로 입학했다. 당시에 러시아 대학생들은 대부분 수업을 받으면서 생계수단으로 돈을 벌거나, 남의 집에 가정교사 자리를 얻어 가난하게 살고 있었다. 그들은 최소한 갖춰야 할 책상과 아파트를 갖고 있었다. "난 꼬박 3년간 매일같이 배고픔을 느꼈습니다… 난 수 차례 모르스꼬이에 있는 한 음식점에 들르곤 했는데, 그곳에선 신문 읽는 건 허락받았지만 다른 것은 아무런 사정도 할 수 없었습니다. 보통 신문을 읽으려고 집어 들

사실이 분명하게 밝혀진다. 그가 훌륭한 지면들에서 보여준 신앙의 필요성은 사람들을 감동시키지 못했는데, 그것은 평범한 인간의 종교적인 감각조차도 없었기 때문이었다. 반면에 종교적인 규율에 대해 요구한 것은 독자를 감동시켰지만, 그것은 생생한 현실을 그가 이해하는 것을 흐리게 만들었고, 곧 그의 본성이 지닌 훌륭한 충동 때문에 그로 하여금 적을 바라보듯이(보다 정확히 말하면, 사람들이 '악마에게 넘어가지 않도록' 심지어 신앙이 아닌 교회의 규율을 언급했는데) 그것을 보도록 만들었고, 결국 그를 수용소로 떠밀었던 것이다.

지만, 몸은 이미 빵 접시 쪽으로 기울기 마련이었고 그것을 먹고 싶어 미칠 지경이었습니다…" 결국 네끄라소프는 심하게 앓게 되었고 돈을 벌지 못해 아파트 집세가 밀리기 시작했다. 그런데 네끄라소프가 지인에게 다녀오느라 몇 시간동안 방을 비운 사이에 집주인인 퇴역 하사관은 그 기회를 이용해 그를 셋방에 들어오지 못하게 했다. 의지할 곳 없이 쫓겨난 네끄라소프가 문득 정신을 차려보니 때는 11월의 어느 추운 밤이었다. 만일 늙은 거지행인이 그를 동정하여 변두리의 '싸구려 여인숙'에 데려가지 않았다면, 아마도 그는 거리에서 밤을 새워야 했을지 모른다. 그 즈음에 네끄라소프는 한시적인 은신처를 찾아냈고, 청원서를 대필해준 대가로 누군가에게서 15꼬뻬이까를 벌었다.

이런 일화들은 청년시절의 네끄라소프 생활형편을 말해준다. 그러나 이런 궁핍한 시기에 그는 뻬쩨르부르그의 빈민계층과 가까이 지내면서 평생 동안 그들에 대한 뜨거운 사랑을 가슴에 품게 되었다. 나중에 네끄라소프는 열심히 일한 대가를 받고 여러 작품집을 성공적으로 출판하여 물질적인 사정이 매우 좋아졌다. 그는 당시에 뚜르게네프, 도스또예프스끼, 게르첸 등이 참여하고 있던 유명한 잡지《동시대인》의 동업자가 되었다. 1846년에 그는 러시아문학의 세력을 더욱 확장하면서, 이후 15~20년 동안 러시아 문학과 정치발전사에서 매우 중요한 역할을 한《동시대인》지의 발행인이 되었다. 1860년대 초, 네끄라소프는《동시대인》의 편집자 겸 발행인으로서 뛰어난 두 작가인 체르늬쉐브스끼, 도브롤류보프와 친밀한 우정관계를 맺었다. 이 시기에 즈음하여 더욱 뛰어난 그의 작품들이 나온다. 1875년에 그는 중병을 앓고 나서 2년 후에 임종할 때까지 끊임없는 병고에 시달렸다. 1877년 12월에 사망하자 수천 명의 군중들이 모였고, 특히 대학생들이 그의 시신을 장지까지 운구했다.

그의 묘지 위에 흙을 덮자마자, 시인으로서 네끄라소프의 가치에 대해 그때까지 결론을 내리지 못한 논쟁이 벌써부터 달아오르기 시작했다. 묘지 위에서 진행된 조사(弔詞)에서 도스또예프스끼가 네끄라소프를 뿌쉬낀과 레르몬또프의 대열에 나란히 올려놓으며 말했을 때, 군중 가운데 열광적인 청년들은 "뿌쉬낀과 레르몬또프보다 더 위에!"라고 외쳐댔다. 과연 네끄라소프를 뿌쉬낀과 레르몬또프와 동등하게 올려놓을 수 있는 위대한 시인인가를 가늠해보는 문제는 오늘날까지도 러시아문단에서 논의되고 있다.

네끄라소프의 시는 젊은 시절 나의 개인발전에 지대한 역할을 했으므로, 이런 경우 사적으로 그의 시를 높이 평가하기란 쉽지 않다. 그래서 내 자신의 감동과 평가를 러시아비평가들인 아르세니예프, 스까비체브스끼, 벤게로프(러시아작가이자 대인명사전의 편집자 겸 발행인)의 평가와 비교하여 그의 시들을 서술하였다.

보통 16~20살의 성숙기에 들어 이성이 눈을 뜨기 시작하면, 인간은 높은 이상과 갈망에 적절한 표현을 찾는 것이 필요하다고 느낀다. 그러나 이런 갈망을 느끼는 것만으로 충분하지 않다. 즉, 우리에겐 그것을 표현하기 위한 언어가 필요하다. 어떤 사람들은 교회에서 들은 기도문 속에서 그런 언어를 발견한다. 또 어떤 사람들은 자신의 감정을 드러내는 그런 유사한 표현에 만족하지 못한다. 따라서 그들은 언어를 통해 모호한 것의 실체를 찾으려고 하며, 언어를 지배하는 우주의 생명에 대한 철학문제와 언어 속에서 발전하고 있는 인류에 대한 호감을 표현하기 위해 훨씬 더 구체적인 형식을 찾기 마련이다. 대부분 그것의 구체적인 형식이 시(詩)이다. 나는 괴테의 작품에서, 한편으론 괴테의 철학시와 다른 한편으론 네끄라소프의 작품(농민에 대한 사랑을 보여주는 구체적인 형상들)에서 시적 감정을 표현하기 위해 자신의 가슴에 와 닿는 언어를 찾았다. 그럼에도 불구하고 이 모든 것은 오직 나 자신과 관련되어 있다. 내가 당면한 문제는 네끄라소프가 위대한 시인으로서 뿌쉬낀과 레르몬또프의 반열에 오를 수 있느냐는 것이다.

어떤 이는 바로 그런 비교의 가능성을 거부하기도 한다. 네끄라소프는 순수한 시인은 아니었다. 그의 시는 언제나 경향성을 띠고 있었기 때문이다. 순수 미학을 칭송하는 사람들에 의해 자주 거론되는 이런 관점은 분명히 옳지 않다. 쉘리도 경향성과 무관하지 않았다. 하지만 그런 사실이 쉘리를 대시인이라고 부르는 것에 걸림돌이 되진 않는다. 브라우닝의 어떤 서사시들은 경향성을 보이지만, 그것만으로 그가 영국의 대시인 중 한 사람으로 여기는데 여전히 장애가 되지 않는다. 대시인은 대부분 자기 작품에서 다양한 경향을 고수하고 있는데, 문제는 그가 이런 경향을 표현하기 위해 훌륭한 형식을 발견했느냐 못했느냐 하는 점에 있을 뿐이다. 실제로 훌륭한 형식에 대한 고상한 경향, 즉, 형상들로부터 솟아오르는 깊은 감동과 빼어난 시를 창작할 수 있는 시인이 가장 위대한 시인이다.

네끄라소프의 작품을 감상할 때면, 그가 시를 쓰면서 고통스러워했을 거라고 누구나 분명히 느낀다. 그의 시에서는 뿌쉬낀의 시처럼 자기 생각을 나타내려고 사용하는 그런 용이함도, 레르몬또프나 알렉세이 톨스토이 작품의 특징인 음악적인 조화로움도 발견되지 않는다. 그의 뛰어난 작품에서조차 딱딱하고 둔탁해서 귀에 거슬리는 시행들이 발견되지만, 동시에 독자는 그런 실패한 시행들을 치환하는 방법으로 쉽게 수정하거나 다른 말로 바꿀 수 있다는 생각이 든다. 게다가 시인의 감정을 표현하는 형상들의 미(美) 때문에 그 아름다움은 조금도 손상되지 않는다. 네끄라소프가 뛰어난 시인은 아닐지라도 시인인 것만은 분명하다. 비록 그의 작품이 훌륭하지 않더라도, 작품에서 독자는 전반적으로 사상과 불일치하거나 조화를 깨뜨리는 시 형식을 발견하진 못한다. 오히려 어떤 작품에서 그는 고상한 시적 영감을 순수하고 멋진 형식으로 표현하는 데 성공하기도 했다. 바르비예의 『얌브형식』과 빅토르 위고[3]의 『징벌시집(Chatiments)』도 형식상의 미완성이 곳곳에 존재한다

---

3) (역주) 프랑스의 낭만파 시인, 소설가 겸 극작가. 소설에는 불후의 걸작으로 꼽히고 있는

는 사실을 기억하시라.

상술한 어느 비평가는 굴곡이 심한 네끄라소프의 작품 중 가장 산문적인 "시"를 지적하였다. 예를 들면, 그가 꽤 서투르게 독서실을 묘사한 어느 시에서 노동자의 고통을 다루는 순간, 그 시의 아름다움과 시형식, 음악성, 감정의 심오함을 보았을 때, 가장 뛰어난 러시아 시작품의 반열(《독서실》과 〈발레〉)에 넣을 수 있다고 주장했다.

어떤 시인의 시를 평가할 때면, 독자에게 감동을 주거나 독자가 무관심하게 지나치는 그런 작품의 전반적인 음색을 항상 염두에 두기 마련이다. 그래서 시의 아름다움을 평가하는 문학비평에서 '사상과 형식'이 서로 일치하는지에 비중을 둔다면 비평의 가치를 크게 떨어뜨리게 된다. 테니슨의 시가 훌륭한 형식미를 지녔지만, 어느 누구도 쉘리의 시보다 뛰어나다고 생각하지 않는다. 그것은 쉘리의 전반적인 사상적 경향이 테니슨보다 훨씬 뛰어나다는 단순한 이유 때문이다. 네끄라소프 시의 가치는 바로 작품의 전반적인 음색에 있다.

러시아문학에서 사회적인 주제를 다룰 때 시민의 의무를 언급한 쁠레시체프나 미나예프와 같은 시인을 지적할 수 있다(벤게로프가 『백과사전』 제20권 859쪽에서 강조한 말은 옳다). 종종 네끄라소프와 비교할 때, 그들이 뛰어난 것은 최고의 미와 형식의 완벽성이다. 그러나 네끄라소프의 작품에는 이런 시인들에게서 발견할 수 없는 내적인 힘이 자리잡고 있는데, 이 힘은 진정으로 러시아 시가 지닌 '백미'라고 생각된다.

네끄라소프는 자신의 시적영감을 "복수와 비애의 뮤즈"라고 불렀다. 그는 사실 비관론자이다. 하지만 그의 염세주의는 비평가가 강조했듯이 고유한 특성을 지니고 있다. 그의 작품들에서는 거지와 노동자대중의 고통이 묘사되고 억압받은 자들의 모습이 수없이 발견되고 있음에도

『노트르담 드 파리』(1831)가 있다. 그밖에 나폴레옹 3세를 비난하는 『징벌시집(懲罰詩集, *Les Chatiments*)』(1853), 딸의 추억과 철학사상을 노래한 『정관시집(靜觀詩集)』(1856), 장편소설 『레 미제라블』(1862) 등을 발표하였다.

불구하고, 어쨌든 그의 작품은 결국 독자에게 여전히 생기를 불어넣어 준다는 인상을 풍긴다. 시인은 슬픈 현실 앞에서도 고개를 숙이지 않고 현실과 싸우며 승리를 바라고 있다. 네끄라소프 작품을 읽으면 벌써 저절로 승리의 싹이 태동하는 기운을 느끼게 된다.

러시아 민중과 농민의 고통은 네끄라소프 시의 주요 테마이다. 그는 평생 민중을 믿었으며, 전체 작품에서 민중에 대한 사랑이 일관되게 나타난다. 젊은 시절 당시의 사람들처럼, 이 사랑은 '근심 없는' 사람들 속에서 재능을 낭비하던 시인을 구해주었다. 나중에 그 사랑은 농노제도와 투쟁할 때도 그의 힘을 북돋워주었다. 농노제도가 승리했을 때도 그는 수많은 동료들처럼 투쟁이 아직 끝난 게 아니라고 생각했다. 그래서 경제적, 정치적 속박에 신음하는 우울한 민중 시인이 되었다. 마침내 노년이 되었을 때에도 자신에게 "내가 할 수 있는 일을 모두 다 했다"고 말하지 않았다. 오히려 마지막까지 그의 노래에서는 진정한 투사가 되지 못한 슬픔이 배어 나온다. "투쟁은 내가 시인이 되는 걸 방해했고, 노래는 내가 투사가 되는 걸 막았다"라고 그는 썼다. 같은 시에서 "시대의 위대한 목표를 향해 나가는 인간은 평생을 형제를 위해 투쟁하며 스스로 참고 인내한다"라고 말했다.

때때로 그의 작품에서는 절망에 빠져서 외치는 목소리가 울려 퍼지지만, 그런 경우는 비교적 드물다. 그는 러시아 농민을 결코 눈물을 흘리는 연약해진 존재로 묘사하지 않았다. 농민들은 우스갯소리를 던지며 한가로운 생활에 푹 빠져 있으며, 때때로 아주 쾌활한 일꾼이기도 하다. 하지만 네끄라소프가 농민을 이상화시키는 경우란 매우 드물었다. 대부분 실제 그대로 농민을 묘사하고, 그가 농민의 정신력에 보낸 깊은 신뢰는 생동감에 넘쳐 있다. "자유의 숨결이 퍼져 나가기만 하면, 러시아에는 진정 사람들이 살아 있으며 러시아 앞에 위대한 미래가 놓여 있다는 것을 보여주리라"는 생각이 그의 작품에서 울려 퍼진다.

네끄라소프의 훌륭한 서사시 〈엄동설한〉은 러시아농민을 찬양하고 있다. 이 서사시는 감상적인 흔적 없이 고상하고 장중한 문체로 쓰여 있다. 혹한이 숲속의 영지를 돌아다니며 농부들을 꽁꽁 얼게 하지만, 동시에 순간의 행복을 또렷하게 묘사한 이 시의 두 번째 장은 시비걸기 좋아하는 미학평론가들의 관점에서 볼 때도 탁월하다. 왜냐하면 서사시는 아름다운 시행으로 쓰여 있고, 온통 놀라운 형상과 정경을 보여주기 때문이다.

어느 비평가는 "농촌 아이들이 특히 포근하게 느끼는 농촌의 전원시이다. '복수와 비애의 뮤즈'가 아낙네와 아이들에 관한 이야기를 시작할 때면, 왠지 부드럽고 포근해진다"고 말했다. 아무도 '복수와 비애의 시인'만큼 여성, 특히 어머니를 칭송한 시인은 없을 것이다. 네끄라소프가 여성과 어머니를 이야기하기 시작하면 곧바로 그의 시는 위력을 보여준다. 자기 어머니에게 바치는 시의 연은 세계적인 시들 가운데 걸작에 속한다. 말하자면, 의지할 데 없는 농노들에게 치욕을 느낄 만큼 성깔을 부려대며 음주벽과 욕망에 사로잡혀 있는 지주의 집안사람들에게 시달린 채 힘들게 살며 대저택의 허름하고 낯선 구석에 박혀 있는 아낙네들, 남편을 따라 시베리아로 떠난 12월 당원(제까브리스뜨) 아내들의 운명과 추방생활을 묘사한 서사시들은 수준 높은 예술성을 보여준다.

이 시들에서 아름다운 외딴 장소가 수없이 발견되지만, 전체적으로 보아 아마도 농촌생활을 묘사한 듯한 서사시, 또는 그가 뚜르게네프처럼 루진과 나딸리아 같은 형상을 묘사한 서사시 〈사샤〉(1855)는 질적인 수준이 약간 떨어진다. 그러나 미학적 가치가 높은 시들도 발견되며, 광산 밑바닥에서 볼꼰스까야가 남편과 벌이는 밀회장면은 세계적인 시로서 손색이 없을만큼 빼어나다.

네끄라소프의 시에서는 시인이 운(韻)을 맞추느라 씨름하면서 결코 쉽지 않은 창작을 했을 거라고 여겨지는 시행을 분명히 발견할 수 있다. 그의 서사시에는 완전히 실패한 부분들이 발견되지만, 그가 러시아에서 가장 인기 많은 시인 중 한 사람이라는 사실도 분명하다. 오늘날에도 그의 작품은 일부분 러시아 국민의 자산이다. 농민독자층의 총아인 네끄라소프의 시를 지식계층도 읽는다. 뿌쉬낀의 시를 이해하려면 어느 정도 예술문학에 관한 지적수준이 요구된다고 지적한 어느 평론가의 말은 옳다. 그러나 네끄라소프의 작품을 이해하는 데는 농부들이 글을 읽을 줄만 알면 그것으로 충분하다. 가난한 시골학교의 러시아 아이들이 네끄라소프 시를 읽고 내용을 통째로 암기하면서 얼마나 만족해하는지 직접 보고 확인할 수 있다.

당시의 다른 산문작가들

세르게이 악사꼬프, 달리, 이반 빠나예프, 흐보쉰스까야

지금까지 근대 러시아 문학의 진정한 선구자로 여길 만한 작가들의 작품을 분석했는데, 이제부터 당시에 그다지 알려지지 않았으나 그 중 뛰어난 몇몇 산문작가와 시인들을 언급하겠다.

서유럽에는 별로 알려지지 않았지만 막강한 영향력을 발휘한 작가로 러시아 문학에서 매우 독특한 위치를 차지한 세르게이 찌모페예비치 악사꼬프(1791~1859)가 있다. 그는 친 슬라브주의 작가인 꼰스딴쩐과 이반 악사꼬프의 부친이기도 하다. 사실 그는 뿌쉬낀과 레르몬또프와는 동시대의 인물이다. 그는 작가 경력 초기에는 아무런 독창성을 보여주지 못한 채 의고전주의에 머물러 있었다. 그러다가 1846년에 변화를 보인다. 고골은 말하기를, "그는 뭔가 새로운 길을 열었고, 결코 평범하지 않은 자신만의 재능을 완벽하게 발전시켰다"고 했다. 1847~1855년에 그는 『낚시질의 메모』, 『오렌부르그 구역에서 들새사냥총을 맨 엽사의 회상』, 그리고 『애호가의 이야기와 회상』을 출판했다. 이 세 작품은 그에게 일류작가라는 명예를 붙여주기에 충분했다. 당시에 남부 우랄지방에 위치한 오렌부르그 지역의 인구는 매우 적었다. 이 지역의 자연과 지형이 작품 속에 잘 묘사되어 있어서 악사꼬프의 작품을 언급할 때면, 셸보른의『자연사』를 떠올리게 한다. 악사꼬프의 작품도 그와 똑같이 정확성을 지니고 있다. 악사꼬프는 시인인데다가 풍경을 시적으로 묘사한 일류 화가였다. 게다가 그는 놀랍게도 동물의 생태를 잘 알고, 또 잘 이해하고 있었다. 이 분야에 관해서라면, 한편에서는 끄르일로프만이 그와 견줄만한 경쟁자이며, 다른 한편에서는 자연주의자들 가운데 형제인 브렘과 오듀봉(Одюбон)을 들 수 있다.

악사꼬프는 고골의 영향을 받아 의고전주의 소설 범주를 완전히 벗어난다. 1846년에 그는 현실의 삶을 묘사하기 시작했다. 그 결과 대작인『가족사와 회상들』(1856)을 썼고, 연이어『손자 바그로프의 어린 시절』(1858)를 발표하여 당시의 작가 중에서 최고의 반열에 오른다. 친 슬라브계 열광주의자들은 그를 러시아의 셰익스피어, 혹은 호머라고 부르기도 했다. 그러나 과장된 온갖 표현과 달리, 악사꼬프는 자신이 쓴『회상들』에서 다시금 일대 전기를 만들어냈을 뿐만 아니라, 당시 사람들의 실제 모습을 구현해 내는 일에도 성공했으며, 후대 작가들에게 모범이 될 작품들을 남겼다. 이『회상들』의 핵심사상이 농노들의 '좋았던 옛 시절'에 대해 그렇게 아름답게 그리지만 않았어도, 지금보다 훨씬 광범위하게 읽혔을 것이다.『가족사와 회상들』이 출간된 것은 러시아 문학사에 일대 획을 긋는 하나의 사건이었다.

개괄적인 정리이긴 하지만 달리(В. Даль: 1801~1872)의 이름을 거론하지 않을 수 없다. 그는 러시아 남동부에서 언어학자인 덴마크계 아버지와 프랑스-독일계 어머니 사이에서 태어나 제르프트 대학에서 교육을 받았다. 그는 자연주의자였고 직업적으로는 의사였다. 그러나 그는 민족지학(民族誌學)에 관심을 보이다가, 나중에 괄목할 만한 민족지학자가 되었다. 또한 러시아의 구어와 각 지방방언에 관한 전문가였다. 그가 40년대에 '루간스끼의 까자끄인'이라는 필명으로 민중의 삶을 스케치한 글들은 1840~50년대에 널리 읽히면서 인기를 끌었고, 뚜르게네프와 벨린스끼로부터 찬사를 받았다. 약 백여 편의 오체르끄들은 『러시아생활의 그림들』(1861)이라는 책으로 출판되었다. 달리가 쓴 이러한 작품들은 그저 단순한 묘사들로서 일기장에서 발췌한 내용들로 진정한 예술적 창조성도 결여되어 있지만, 꽤 재미있는 읽을거리이다. 달리가 민족지학을 연구하여 쓴 이 책은 실로 방대한 분량을 보여준다. 그는 연대 소속의 군의관이라는 신분의 제약에도 불구하고, 러시아 대륙을 장기간 여행하면서 자신의 뛰어난 어휘와 표현력으로 수수께끼, 속담 등을 한데 모아 놀라운 집대성을 이룬 두 권 분량의 책을 펴냈다.

주요 작품으로 『현대러시아어 해석사전(*Толковый словарь живого великорусского языка*)』이 있는데, 이 사전은 네 권짜리 한 질로 되어 있다(초판은 1861~1868년에 나왔고, 재판은 1880~1882년에 나왔다). 이 사전은 매우 성공적으로 러시아어의 어휘론을 처음 다룬 실로 기념비적인 작품이다. 사전에서는 실수가 조금 발견되지만, 러시아 각 지방에서 사용하고 있는 러시아어를 이해하고 그 어휘의 어원을 연구하는 데 있어서 최고의 가치를 지녔다. 이 사전은 또한 지속적인 연구가 가능한 소중하고 매우 풍부한 언어 재료를 포함하고 있다. 그 중 일부는 철도가 도입되기 전에 달리가 이 사전에 수집해두지 않았더라면, 오늘날 완전히 사라져 버렸을 만한 내용도 들어 있다. 달리가 쓴 이 작품에 버금가는 또 하나의 대작은 『러시아 민중속담』(1879년, 재판발행)이라는 제목의 속담집이다.

러시아 소설의 발전에서 중요한 위치를 차지하지만 제대로 평가받지 못한 작가가 있다. 이반 빠나예프(Иван Панаев, 1812~1862)이다. 그는 잡지 《동시대인》을 발행하는 문학 동호회를 주도적으로 이끈 작가였다. 그는 네끄라소프와 함께 이 잡지의 공동편집자로서 수많은 문학관련 기사와 다양한 주제를 다룬 펠리에똔(정치, 사회, 문학, 과학 등의 문제를 풍자하거나 흥미본위로 다룬 신문, 잡지의 칼럼)을 기고했다. 그의 글은 당시의 특징을 제대로 살려 기록했다는 점에서 매우 흥미롭다. 빠나예프도 자기 소설에서 뚜르게네프처럼 주로 뻬쩨르부르그와 지방에서 살아가는 지식계층으로부터 인물유형을 가져왔다.

대도시들과 각 지방의 고위층에서 인물유형을 빌려온 선집『거드름 피우는 사람들』은 새커리[4]의『잘난 척하는 속물들』보다 작품의 질적 수준에서 더 뛰어나다. 사실 빠나예프가 이해하는 '거드름 피우는 사람들'은 속물보다 훨씬 광범위하고 복잡한 유형의 인물로서 간결하게 묘사하기란 쉽지 않다. 그런데 빠나예프가 이루어낸 가장 놀라운 일이 있다면, 그것은 바로 소설에서 매우 우아한 러시아의 여성유형을 창조했다는 점이다. 어떤 비평가들은 그 여성들을 가리켜 진정으로 "뚜르게네프의 여주인공에게 있어서 정신적인 어머니들"이라고 말했다.

게르쩬(1812~1870) 또한 같은 시대에 활동했던 인물이다. 다음 장에서 그에 관해 언급하겠다.

또한 주목해야 할 호감이 가는 여류작가로 같은 그룹에 속한 흐보쉰스까야(Н. Д. Хвощинская, 1825~1889: 결혼 후에는 자이온치꼬프스까야 Зайончковская로 부름)가 있다. 그녀는 '끄레스또프스끼(В. Крестовский)' 라는 남성필명으로 글을 쓰곤 했다. 프랑스의 탐정소설 투로 다작을 쓴 작가 브쎄볼로드 끄레스또프스끼와 그녀를 혼동하지 않도록 러시아에서는 주로 "브. 끄레스또프스끼"라는 필명을 사용한 것으로 알려졌다.

흐보쉰스까야는 꽤 이른 나이인 1847년부터 글을 쓰기 시작했다. 그녀의 중편소설은 내면적인 매력을 보여주면서 일반 독자로부터 곧 호응을 얻고 인기를 끌었다. 그러나 초기에 그녀의 문학적인 성공은 문학비평계로부터 적합한 평가를 받지 못했고, 문학비평계는 1870년대 후반까지 여전히 그녀에게 적대적이었다. 그녀는 사회적인 입신을 이룬 후기(1878~1880)에 이르러서야 문학평론가 미하일로프스끼, 아르세니예프

---

4) William Makepeace Thackeray 영국의 소설가(1811~1863).

등으로부터 『제인 에어』를 쓴 작가와 견줄만하다고 정당하게 가치를 인정받았다.

분명히 흐보쉰스까야는 갑작스럽게 문학적 성공을 거둔 작가그룹에 속하지 않는다. 하지만 비평가들이 그녀에게 다소 적대적인 태도를 보인 이유는 그녀가 랴잔지방의 가난한 귀족 집안에서 태어나 그곳에서만 평생을 보낸 나머지, 초기 작품들에서 이상하게 지방의 삶과 지방의 유형들만을 다루어 편협한 시각을 보여주었기 때문이다. 이와 같은 결점은 이 여류작가가 독자들의 호감을 끌려고 애쓰는 그런 남자들의 인물유형에서 특히 분명하게 드러난다. 그런데 문제는 그런 유형들이 전혀 그럴 가치가 없다는 데 있다. 따라서 이런 결점은 작가가 우울한 지방의 벽촌에서 누군가를 이상화시킬 필요성을 절실하게 느꼈을 거라는 말로 설명이 된다.

앞에서 언급한 이런 결점을 제외한다면, 흐보쉰스까야는 자신이 완벽하게 알고 있었던 농촌생활을 훌륭하게 묘사했다. 그녀의 필치로 묘사된 지방은 당시 니꼴라이 1세 통치 말기에 뚜르게네프가 보았던 지방과 동일하게 비관적인 세계로 그려져 있다. 그녀는 그 우울한 시기에 대부분의 가정에서 볼 수 있는 슬프고 절망적인 소녀들의 운명을 표현해내는데 특히 탁월했다.

소녀들은 가정에서 편협한 어머니의 학대와 개인적인 안락만을 쫓는 아버지의 자기중심주의적인 환경에서 살고 있다. 그녀는 자기를 좋아해서 꽁무니를 쫓아다니는 숭배자들 가운데 입에 발린 미사어구를 늘어놓으며 자기내면의 공허함을 감추려고 하는 쓸모없는 청년들만을 보게 된다. 그 시대에 흐보쉰스까야의 중편소설들은 모두 그녀의 주변 사람들때문에 하릴없이 목을 매어 죽은 처녀들의 극적인 상황이 포함되어 있거나, 부모들로부터의 빈정거림과 사소한 괴롭힘들, 그리고 가정 폭군의 박해를 받으며 부자연스럽게 살아가는 노처녀의 가슴 아픈 이야기를 담고 있다.

1860년대 초, 러시아의 상황이 점차 호전되자, 흐보쉰스까야의 중편소설도 훨씬 희망에 찬 인물을 창조해냈다. 그 중 중편 『큰 곰자리』(1870~1871)는 특히 뛰어나다. 당시에 이 소설이 출판되자 청소년들 사이에 반향이 일어났고, 어떤 소설보다도 젊은이들에게 강렬한 영향을 주었다. 여주인공 까챠는 베르호프스끼라는 인물에게서 (우리가 뚜르게네프의 『서한집』에서 알고 있는) 그런 연약한 유형의 남성을 만난다. 그런데 이번에는 이 남성이 사회혁명가로 치장되어 있으며, 오로지 '환경'과 '불운'만이 원대한 일을 완성하는 것을 가로막을 뿐이다. 까챠가 사랑하는 베르호프스끼도 그녀와 사랑에 빠지는데, 그는(그때까지만 해도 여성들은 적어도 이 정도 되는 남자라야 사랑에 빠질 수 있었다) 아주 멋지게 묘사된다. 당시만 해도 벌써 이런 유형의 인물이 많이 등장했던 러시아 문학에서 가장 잘 묘사된 인물에 속한다. 『큰 곰자리』에서 한 두 명의 인물은 좀처럼 현실적이지 않거나, 적어도 작가가 제대로 평가하지 않았음(예를 들면, 늙은 바그랸스끼)을 인정해야 한다. 하지만 또한 놀라우리만치 잘 표현된 인물들도 발견된다. 까챠는 마치 살아 숨 쉬는 것처럼 더욱 돋보이며, 보다 총체적인 윤곽을 선보인다. 뚜르게네프의 여주인공 나따샤나 엘레나보다 훨씬 잘 묘사되어 있다. 그녀는 영웅적인 행위에 관해 충분히 이야기를 나눈다. 그런 행위는 영웅이 되고 싶어 하는 사람들이 좀처럼 하기 어려운 것이다. 이제 그녀는 훨씬 더 협소한 임무를 맡는 쪽으로 방향을 튼다. 즉 그녀는 동네 학교에서 아이들을 가르치는 사랑스런 여선생님이 된다. 그리고 그녀의 높은 이상과 더 나은 미래에 대한 희망을 그 우울한 마을에 불어넣기 시작한다.

이 중편소설이 발표되었을 땐, 러시아에서 젊은이들이 "브나로드"(인민에게로) 대운동을 시작할 무렵이었는데, 소설은 모르도브쎄프의 『시간의 흔적들』, 쉬필하겐의 『진퇴양난』과 『독불장군은 없다』와 함께 가장 인기가 있었다. 이 소설 속에는 뜨거운 어조와 세련되고 심오하게 인간적이며 시적인 형상과 정경이 가득 차 있다. 그 모든 것이 중편의 내적인 가치를 높여주고 있다. 러시아에서 이 소설은 선하고 고양된 많은 사상을 전파한 보급자였으며, 만일 서유럽에도 알려졌더라면, 틀림없이 이 중편은 이상을 향해가는 사려 깊은 젊은이들에게서 호감을 얻었을 것이다.

1870년대 말 무렵은 흐보쉰스까야 창작에서 새로운 제3기로 볼 수 있다. 이 시기의 중편소설에는 『앨범: 그룹들과 초상들』에 들어가는 특히 뛰어난 연재물이 들어 있는데, 연재물은 새로운 특징을 띠고 있다. 1850년대 말과 1860년대 초에 러시아를 사로잡았던 대규모의 자유주의운동이 막을 내리자, 진보사상과 개혁을 표방하며 주도적인 역할을 해온 참가자들은 자신의 절정기에 지녔던 이상과 신념을 재빨리 팽개쳐 버렸다. 이제 그들은 여러 가지 온갖 핑계를 둘러대며 스스로를 설득하려고 들었다. 물론 그들을 믿고 따랐던 여성들도 설득하려고 했다. 말하자면, 이제 닥쳐올 신시대는 새로운 행동방식을 요구하기 때문에 자신들도 낡은 슬로건을 버리고 궁극적으로 개인에게 풍요로움을 주는 새로운 신념을 따르면서 '실용적인' 사람이 되었을 뿐이라고 했다. 그들은 그런 식으로 자기희생을 감수하고 헌신적인 행동을 했으며, 희생을 앞두고 각자의 이상을 멈추지 말 것을 요구하는 '성숙한 시민의식'을 발휘했다.

"B. 끄레스또프스끼는 필명이다"―라고 밝힌 이런 저속한 '조그만 사건들'을 일으키며 열정적으로 이상을 추구했던 여인이 이 모든 궤변의 진정한 가치를 훌륭하게 이해하고 있었던 것처럼 말이다. 이런 변절은 분명 그녀의 마음을 몹시 슬프게 했을 것이다. 그리고 그녀의 『앨범』 가운데, 특히 『사진사 옆에서』에서 발견할 수 있는 온갖 부류의 배신자들인 "그룹들과 초상들"의 군상을 과연 어떤 문학작품에서 이만큼 찾아 볼 수 있을지 의문이다. 이런 이야기를 읽으면서 독자는 작가의 가슴이 피투성이가 되어 있을거라고 느낀다. 그리고 바로 이런 점 때문에 흐보쉰스까야의 『그룹들과 초상들』은 러시아문학에서 '주관적 사실주의'를 보여주는 훌륭한 본보기 가운데 하나가 될 수 있다.

당시의 시인들

꼴리쏘프, 니끼찐, 쁠레시체프, 츄쩨프, 아뿔론 마이꼬프, 쉐르비나, 쁠론스끼, A. A. 쉔쉰(페뜨), A. K. 톨스토이, 꾸로치낀, 게르벨, 미하일 미하일로프, 베인베르그, 메이, 미나예프, A. 소꼴로프스끼, 브베젠스끼, 쉘구노프

이 책이 러시아문학사로 인정을 받으려면 마지막 2장에서 언급한 시대에 속한 시인 몇 사람을 자세히 분석해야 한다. 그러나 간략한 해설로 서술을 대신하겠다. 대부분 이 시인들이 만약 러시아어가 아니라 훨씬 더 많이 알려진 서유럽의 언어로 시를 썼다면, 틀림없이 다른 민족들의 사랑을 받는 인물이 되었을 것이다.

특히 꼴리쏘프(Кольцов, 1808~1842)에 대해서 그런 말을 할 수 있다. 그는 남부러시아의 광활한 초원, 농부들이 부르는 노동요의 반향을 늘 자신의 모든 시적 인식 안에 둔 민중시인이다. 동시에 러시아 농민의 슬픈 존재, 친모가 아닌 계모의 운명, 고통의 원인이 되는 사랑, 그리고 순식간에 스쳐가버리고 곧바로 눈물과 비애만이 남는 그런 행복감을 자신의 가사로 노래한 시인이었다.

문체, 내용, 형식은 이 초원의 시인이 쓴 작품에서 훨씬 독창적이다. 그의 시 형식조차도 러시아의 시작법에 규정된 형식과 차이를 보인다. 그것은 러시아 민요처럼 어떤 음악성을 띠고 있지만 약간 불규칙적이다. 그러나 꼴리쏘프가 쓴 시는 시행마다, 온갖 표현과 사상마다 독자의 가슴에 반향을 남기며 자연과 인간에 대한 시적인 사랑으로 가득차 있다. 그는 자신의 두 번째 시기에 이르러 모방에서 벗어나 진정으로 민중 시인이 되었다. 꼴리쏘프는 러시아의 대시인들처럼, 훨씬 심오한 모티프들이 시에서 울려 퍼지기 시작할 무렵, 그 재능이 절정기에 도달한 젊은 나이에 요절하고 말았다.

니끼쩐(Никитин, 1824~1861)은 그런 부류 중에서 대체로 뛰어난 러시아 시인이었으나 꼴리쏘프보다 독창성에서 훨씬 떨어진다. 그는 남부러시아의 상인집안에서 태어났다. 집안의 가장이 매일 술 취해 있어서 어린 시인이 돌보아야 했던 가족생활은 끔찍한 것이었다. 그 역시 아름답고 깊은 감명을 준 시 작품을 남겼다. 민중의 삶을 서술한 그의 작품에는 나중에 인민주의 작가들에게서만 발견되는 순박함이 엿보인다. 작품은 우울한 색채를 강하게 띠고 있으며, 그 바탕에는 시인의 개인적인 불행한 삶이 자리잡고 있다.

쁠레시체프(А. Плещеев, 1825~1898)는 마지막 30년 동안 독자로부터 계속 사랑을 받았던 러시아 시인 가운데 한 사람이었다. 같은 세대의 재능이 넘치는 사람들처럼, 그는 '뻬뜨라쉐브스끼 사건'과 관련된 죄로 1849년에 체포되었다. 이 사건으로 도스또예프스끼는 강제노동을 했던 경험이 있다. 그는 도스또예프스끼보다 죄질이 가벼워 오렌부르크 현에서 사병으로 근무하도록 발령을 받았다. 니꼴라이 1세 황제가 1855년에 사망하지 않았더라면, 어쩌면 그는 그곳에서 군복무를 하다가 죽었을지도 모른다. 다행히도 쁠레시체프는 니꼴라이 2세의 사면을 받고 모스크바에서 거주할 수 있는 허락을 받았다.

그는 같은 시대에 산 대다수의 사람들과 달리 러시아가 겪어야 했던 혹독한 반동시기와 박해에도 불구하고 정신적인 활기를 잃지 않았다. 그의 작품에는 언제나 안개 속에서도 활력과 신선함, 그리고 믿음으로 가득 찬 목소리가 울린다. 비록 추상적인 이념들이 1840년대에 나온 그의 처녀작인 시작품에 약간 나타나는 특징을 보이지만 생애의 종말에 와서야 병고의 영향 때문에 그의 시에는 염세적인 모티프가 도입되기 시작했다. 그는 독창적인 시 외에도 독일, 영국, 프랑스, 이탈리아 시인들의 시를 탁월하게 번역하였다.

일상생활의 슬픔과 기쁨 속에서나 뛰어난 인문학 사상들 속에서도 영감을 찾았던 상술한 세 명의 시인 외에도, 러시아 문학에는 일반적으로 '순수시'나 '예술을 위한 예술'을 지향한 이들로 분류되는 시인그룹이 있다.

츄쩨프(Тютчев, 1803~1873)는 가장 뛰어난 시인으로서 순수시 그룹의 초기 대표자이다. 뚜르게네프는 1854년에 시의 본질을 이해하는 능력과 세련된 취향을 칭찬하면서 그의 작품에 찬사를 보냈다. 츄쩨프에게서 뿌쉬낀 시의 영향이 감지되며, 순수한 시인에게 필수적인 성심과 감수성을 갖추었다는 점은 틀림없다. 그러나 이런 점에도 불구하고 그의 시는 크게 인기를 끌지 못했으며, 오늘날에도 독자들은 따분한 시라고 생각한다.

아뽈론 마이꼬프(Аполлон Майков, 1821~1897)는 자주 순수하게 예술을 위한 예술을 지향한 시인으로 간주된다. 어쨌든 그 자신이 이런 원칙을 설파했지만, 실제로 그의 작품은 세 영역으로 나뉜다. 청년시절에는 그리스와 로마의 미학 숭배자였으며, 이 시기(1852)의 주요작품으로 『세 가지 죽음(Три Смерти)』(이것은 서사시 "두 세계"를 1882년에 마무리한 최종작품이다)은 자연에 대한 숭배와 함께 고대의 이교와 그리스도교 사이에 발생한 충돌을 묘사했다. 하지만 그의 시에서 이교의 대표자들은 훌륭한 형상으로 등장한다. 이 작품은 당시에 어느 정도 교회사에서 유래한 서사시 형식으로 쓰여 있다. 그의 작품은 1860년대에 러시아에서 일어난 자유주의 운동의 영향을 받아 자유정신으로 가득 차있다. 이 시기에 그의 뛰어난 서사시들은 하이네의 시를 번역한 여러 편의 탁월한 번역시와 관련되어 있다. 결국 자유주의 운동이 좌절되자 시인은 반동 진영으로 옮겨 가버려서 독자의 호감을 잃고 자신의 재능도 잃어버렸다. 마이꼬프의 시들은 이 쇠퇴기에 창작된 몇 편을 제외하면, 음악성과 순수한 시적 특성 때문에 뛰어나며 여전히 위력을 지니고 있다. 청년시절의 작품과 1860년대의 시에서 마이꼬프는 순수미를 달성하였다.

쉐르비나(Н. Щербина, 1821~1869) 역시 고대 그리스 숭배자로서 고대 그리스의 영향을 받은 아름다운 고대 그리스 시풍 때문에 다룰 만할 가치가 있다. 그렇게 쓴 그의 시는 마이꼬프의 시조차도 능가한다.

뽈론스끼(Я. Полонский, 1829~1898)는 뚜르게네프와 가까운 친구로 대가다운 역량을 한껏 발휘했다. 그의 시는 운율과 시적 형상들이 현저하게 풍부하며, 동시에 솔직하고 단순하다. 어떻든 그의 작품주제는 독창적이다. 이런 특성 때문에 그의 작품은 언제나 흥미를 끈다. 하지만 그는 어떤 힘이나 사상적 심오함, 자신을 대시인으로 만들 정도로 팽팽한 열정을 품고 있지 못했다. 익살맞은 억양으로 인기를 끈 훌륭한 시 〈귀뚜라미 음악가〉는 민중문학에 가까이 접근하려는 문체적 경향을 보여준다. 대체로 뽈론스끼는 삶에서 위대한 목표의 본질까지 캐내기를 좋아하지 않는 조용한 성격에다 중용의 입장을 취하는 편이어서 '지적인' 사람들이 좋아하는 시인이었다. 만약에 그가 때때로 그와 유사한 문제를 다루었다면, 그런 문제에 잠시 동안만 관심을 보였을 것이다. 왜냐하면 그런 것은 그에겐 삶을 괴롭히는 문제가 아니었기 때문이다.

이런 계파 중에서 어쩌면 가장 독특한 시인은 쉔쉰(А. Шеншин, 1820~1892)일런지 모른다. 그는 페뜨(А. Фет)라는 필명으로 훨씬 유명하다. 그는 일생을 "순수예술을 위한 예술"의 길을 걸어온 시인으로 지냈다. 사실 그는 경제 및 사회문제에 관해 많은 작품을 썼는데, 이렇게 가장 반동적인 성향의 작품들을 산문으로 썼다. 그의 시를 말하자면, 다양한 형식으로 아름다움을 묘사하고 찬미하는 데 바쳤다. 그는 이런 경향으로 크게 성공했다. 그의 서정시는 우아함과 때때로 아주 미려함 때문에 뛰어나다. 그는 조용히 우수를 자아내는 자연을 고요하고 부드럽게 발현시키면서 묘사하곤 했는데, 때때로 보기 드문 완벽성을 보여주었다. 혹은 약간 에로틱하면서 모호한 성격의 정다운 기분을 표현하기도 했다. 하지만 전반적으로 그의 시는 단조롭다. 두 권으로 발행한 시집 『회상들』은 큰 관심을 끈다. 그는 레프 톨스토이와 뚜르게네프의 친구였기 때문에, 『회상들』에는 그들의 자서전에 가치 있는 자료들과 거의 수백 통에 달하는 편지가 발견된다.

같은 그룹에 알렉세이 톨스토이(A. K. Толстой)를 넣을 수 있다. 그의 시는 때로 높은 완성도를 지녀서 매혹적인 음악처럼 들리기도 한다. 시에서 표현된 느낌은 가끔 특별한 심오함 때문에 두드러져 보이지 않지만 시 형식과 음악성은 언제나 훌륭하다. 그 외에 그의 시는 독특한 우수를 띠고 있는데, 특히 이런 특징은 민중시의 문체로 쓴 작품에서 분명하게 나타난다. 이론적으로 그도 "예술을 위한 예술"의 원칙을 따랐지만 결코 이런 원칙에 영원히 머물러 있을 수는 없었다. 그는 고대 러시아의 서사적 생활이나 모스크바 황제들과 봉건제도의 귀족들 간에 투쟁하던 시대를 특히 아름다운 시로 묘사하면서 자신이 고대시기에 얼마나 열광하고 있는지를 보여주었다. 그가 이반 뇌제 시대를 배경으로 쓴 중편 『공후 세레브랸느이』는 큰 인기를 끌었다. 그러나 그의 주요 업적은 러시아 역사상 흥미로웠던 시대를 배경으로 쓴 희곡 삼부작이다(제6장을 참고할 것).

지금까지 언급한 시인들은 수많은 번역작업에도 종사했다. 그들은 독일문학까지 포함해서 전반적으로 여러 언어로 된 각 나라 문학을 빠짐없이 매우 훌륭하게 번역했다. 번역 작품들은 자랑하지 않을 수 없을 만큼 양적으로도 많았고 러시아문학을 살찌우는 데 기여했다. 예를 들면, 주꼬프스끼가 번역한 〈쉴리온의 수인〉이나 〈하이와타의 노래〉와 같은 번역 작품은 수준 높은 완성도 때문에 고전작품으로 불린다. 테니슨, 요르드스보르트, 크랍에게서 주목할 가치가 있는 작품들 모두와 쉴러의 전 작품, 괴테의 작품 대부분, 바이런 작품의 거의 대부분, 쉘리의 걸작들, 바르비에, 빅토르 위고 등의 작품들이 모두 번역되었다. 이 작품들은 시인들이 속한 조국에서처럼 러시아에 널리 알려졌고 때때로 더 많이 알려지기도 했다.

하이네처럼 인기 많은 시인을 얘기하자면, 뛰어난 러시아시인들이 탁월하게 번역해서 러시아 독자는 하이네의 걸작들을 아주 잘 이해할 수 있었다. 베랑제의 송시를 자유롭게 번역한 꾸로치긴의 번역 작품도 원작에 비해 결코 손색이 없다고 말할 수 있다.

그밖에 러시아문학에는 독특하고 고유한 번역 작품들이 존재하는데, 그 때문에 특히 인기를 끈 훌륭한 시인들이 있다. 그 시인은 게르벨(Н. Гербель, 1827~1888)이다. 그는 〈이고리 원정기〉(제1장을 참조)를 탁월하게 개작하였고, 나중에 서유럽 시인들의 작품을 다수 번역하여 명성을 얻었다. 그는 『러시아 시인들의 번역 작품에 나오는 쉴러』(1857)를 출판했고, 그 뒤를 이어 러시아에 엄청난 영향을 준 셰익스피어, 바이런, 괴테의 작품들을 출판했다.

미하일 미하일로프(Михаил Михайлов, 1826~1865)는 잡지 《동시대인》의 가장 뛰어난 편집인 중 하나였다. 그는 정치적으로 범법행위를 했다는 이유로 1861년에 강제노동을 선고 받고 시베리아로 유형 갔다가, 그곳에서 4년 만에 사망했다. 그는 특히 하이네, 롱펠로, 구드, 테니슨, 레나우 등의 시 번역으로 명성을 떨쳤다.

베인베르그(П. Вейнберг, 1830~?)는 셰익스피어, 바이런, 쉘리, 쉐리단, 코페, 구쓰코프 등의 시를 훌륭하게 번역했고, 괴테와 하이네의 작품을 러시아어로 출판해서 유명해졌다. 그는 일생동안 외국문학 걸작품을 훌륭하게 번역하여 러시아문학을 풍부하게 살찌웠다.

메이(Л. Мей, 1822~1862)는 풍부한 표현력으로 민중생활을 묘사한 서사시를 썼으며, 몇 편의 희곡 가운데 고대러시아 생활을 배경으로 삼은 뛰어난 희곡들(그 중 희곡 〈쁘스꼬프 여인〉은 림스끼-꼬르사꼬프에게 오페라 주제를 제공했다)과 수많은 작품들도 번역했다. 그는 당시 영국, 프랑스, 독일, 이탈리아, 폴란드 시인들의 시 번역뿐만 아니라 그리스어, 라틴어, 헤브라이어를 완벽하게 구사하여 원작을 번역했다. 그 외에도 아나크레온(그리스시인)과 테오크리토스(그리스의 궁정시인)의 전원시를 탁월하게 번역하여 "송시"와 성서의 다른 부분에 훌륭한 시 판본을 제공해주었다.

미나예프(Д. Минаев, 1835~1889)는 수많은 풍자시를 썼으며 번역가 시인그룹에 속해 있었다. 그는 바이런, 베른스, 코르누엘, 무르, 괴테, 하이네, 레오나르드, 단테 등의 작품을 훌륭하게 번역했다.

소꼴로프스끼(А. А. Соколовский, 1837~?)는 괴테, 바이런의 시와 산문을 많이 번역했고 헤겔의 작품을 출판하였다. 그러나 그의 주요업적은 셰익스피어 작품을 모두 혼자 번역한 일이었다. 그는 해박한 주석을 달아 1898년에 『셰익스피어전집』을 출판하였다.

마지막으로 산문번역가 두 사람을 소개한다.

브베젠스끼(И. Введенский, 1818~1855)는 디킨즈의 주요작품을 번역하여 1850년대에 꽤 유명해졌다. 그리고 쉘구노프(Л.П. Шелгунов, 1832~1901)는 슐로셀의 『세계사』를 모두 번역했고, 오이어 바흐와 쇼펜하겐의 많은 작품들을 번역했다.

희곡의 출현

어느 나라에서나 마찬가지인데 러시아 희곡에도 두 종류의 기원이 있다. 러시아의 희곡은 한편에서는 구약과 신약성서에서 주제를 차용하고 엄격하게 도덕적으로 언급하면서, 그것을 내용으로 '기지가 넘치는 막간극'을 도입한 '민중극'에서 발전하였다.

17세기에 몇몇 유사한 종교극들을 소러시아어로 공연하기 위해 끼예프에 소재한 '희랍-라틴 성서 학술원'의 교사와 학생들이 각색하였다. 그 후에 이렇게 개작된 작품들이 모스크바로 흘러 들어갔다.

17세기 말엽, 즉 뾰뜨르 1세의 개혁 직전에 모스크바의 소규모 서클들에서는 러시아의 생활에 서유럽의 풍습을 도입하려는 강렬한 열의가 감지된다. 뾰뜨르의 부친인 알렉세이 황제도 이런 열의를 반대하지 않았다. 그는 연극관람을 좋아해서 모스크바에 거주하는 외국인 몇 사람에게 궁중에서 공연할 수 있는 연극을 만들어보도록 맡겼다.

그레고리는 이런 임무를 수행하기 위해 당시에 '영국희곡'으로 알려진 독일희곡의 번안들을 바탕으로 황제의 취향에 맞게 개작했다. 얼마 후 황제의 궁전에서 〈여왕 에스더와 거만한 하만에 관한 희곡〉, 〈토비〉, 〈유디피〉 등의 희곡이 공연되었다. 교회의 고위성직자인 시몬 뽈로쯔끼는 그런 류의 신비극을 창작할 가치가 있다고 생각했으며, 그중 몇개는 오늘날까지 남아있다. 이즈음에 알렉세이 황제의 딸인 소피야 공주(시몬의 문하생)가 대중 앞에 모습을 드러내서는 안 된다는 왕실여성의 관례를 깨고 궁전에서 공연하는 연극을 관람했다.

구식학교의 모스크바 보수주의자들이 이걸보고 좋아할 리 만무했다. 따라서 열렬한 연극애호가인 뾰뜨르 1세가 옛 수도에서 극장 문을 다시 열도록 명령한 1702년까지 알렉세이 황제의 사후부터 거의 4반세기 동안 극장은 폐쇄되었다. 단찌히[1]에서 특별 초빙된 배우들이 이 극장에서 연기했는데, 이 배우들을 위해 끄레믈린에 특별주택을 지어주었

---

1) (역주) 발틱해 연안에 있는 항구도시

다. 뿐만 아니라 황제보다 더 연극을 좋아한 뾰뜨르 1세의 또 다른 누이 나딸리아는 이 극장을 자신이 소유하고 있는 궁전으로 옮겼다. 이곳에서 초기엔 독일어로 공연을 했으나 나중에 러시아어로 공연했다. 그녀가 직접 몇 편의 드라마를—아마도 학생들이 배우로 있던 모스크바의 호텔 내에서 또 다른 극장을 열었던 비도(Бидло) 박사의 문하생인 한 학생과—공동으로 썼다고 추측할 수 있는 어떤 근거가 있다. 후에 나딸리아 공주의 극장은 그녀의 오빠에 의해 네바 강기슭에 건설된 새로운 수도로 옮겨졌다.

이 극장의 상연목록은 꽤 다양했다. 독일 희곡 외에도 아프리카의 스키피오, 돈 주앙, 론 페드로 등의 레퍼토리가 있었으며, 몰리에르(프랑스 극작가) 작품을 의역한 작품들과 매우 투박한 독일의 광대극들도 있었다. 그 외에 상연목록에는 러시아 희곡원작이 몇 편 들어가 있었다(아마도 그 일부분을 공작딸 나딸리아가 쓴 것 같다). 러시아 희곡원작의 내용은 필사본 형식으로 썼으며, 당시에 러시아에 널리 유행한 폴란드 소설에서 주제를 차용한 희곡화된 성자전들이었다.

러시아 희곡은 이런 요소와 함께 서유럽 형식을 모방하면서 발전해 왔으며, 극장은 18세기 중반에야 정식으로 공공시설이 되었다. 1750년에 최초의 러시아 상설극장이 한 지방상인의 후원으로 수도가 아닌 지방도시 야로슬라블리(역주: 볼가강 연안에 있는 모스크바 북쪽의 옛 도시)에 건립되었는데, 이것은 볼꼬프 형제와 드미뜨레프스끼, 그리고 배우 몇 사람이 가담하여 개인적으로 주도한 일이었다. 엘리자베따 뻬뜨로브나 여제는 당시에 희곡을 쓰기 시작한 수마로꼬프의 충고에 따라, 아마도 황제극장의 배우로서 국가 공직에 있던 이 배우들을 뻬쩨르부르그로 이주시키도록 명령한 것이 분명해 보인다. 러시아극장은 이렇게 해서 1756년에 정부의 기관이 되었다.

수마로꼬프(Сумароков, 1718~1777)는 실제로 문학적 가치가 있는 많은 우화와 단시 외에도 여러 편의 희·비극을 써서 러시아의 희곡 발달사에 중요한 역할을 했다. 그는 자신의 비극 작품에서 라신[2]과 볼테르[3]를 모방했다. 그는 '단일성'의 원칙을 엄격히 준수했으며, 프랑스 스승인 볼테르보다 더 역사적 진실에 무관심했다. 하지만 그는 뛰어난 재능을 갖고 있지 못했으며, 그의 주인공들은 선악의 화신일 뿐이다. 그가 쓴 비극 몇 편은(1747년에 쓴 〈호레프(Хорев)〉, 〈시나프와 뜨루보르(Синав и Трувор)〉, 〈야로뽈끄와 딜리싸(Ярополк и Дилица)〉, 〈참칭자 드미뜨리(Дмитрий Самозванец)〉) 러시아 역사에서 인용된 주제에 근거를 두고 있다. 그러나 라신의 주인공들에서도 그리스나 로마출신의 주인공들이 많지 않았듯이, 이런 작품에 등장하는 주인공들에는 슬라브인 주인공도 거의 없었다.

하지만 수마로꼬프는 자신의 비극작품에서 주인공의 상투적인 말투를 간파하고 때때로 솔직한 감정을 보이며 당시 가장 진보적인 인문학 사상으로 일관했다고 분명히 말할 수 있다. 그의 희곡에 관해 말하자면, 비록 자신의 비극에서 거두었던 것만큼 성공하진 못했지만 삶에 훨씬 더 근접해 있다. 그의 희곡에는 당시 러시아의 실제 삶을 묘사한 많은 특징들이 곳곳에서 발견된다. 특히 모스크바 귀족을 묘사한 희극들에서 보여준 풍자성은 나중에 후진작가들에게 분명한 영향을 끼쳤다.

끄냐쥐닌(Княжнин, 1742~1791)은 수마로꼬프처럼 프랑스 비극작품을 번역했으며, 그것을 모방한 몇 편의 비극도 썼다. 그 중 몇 작품에는(〈로슬라블리(Рославль)〉(1784), 〈바짐 노브고로드스끼(Вадим Новгородский)〉 등. 그가 사망한 후 이 비극이 출판되자마자 곧 자유사상을 피력했다는 이유로 정부의 명령에 의해 사장되었다) 러시아 역사가 인용되어 있다.

---

2) (역주) 장 바티스트 라신(Jean-Baptiste Racine, 1639~1699): 17세기 프랑스의 작가. 『베레니스』, 『이피제니』 등 삼일치의 법칙을 지킨 정념비극의 걸작으로 성공을 거두었다. 그 외 『페드르』 등의 작품이 있으며, 아카데미 회원이었다.

3) (역주) 볼테르(1694~1778): 18세기 프랑스의 작가, 대표적 계몽사상가이다. 비극작품으로 17세기 고전주의의 계승자로 인정되고, 오늘날 『자디그』, 『캉디드』 등의 철학소설 및 역사 작품이 높이 평가된다. 백과전서 운동을 지원하였다.

오제로프(Озеров, 1769~1816)는 끄냐쥐닌의 작업을 계속하면서 감상적이고 낭만적인 요소를 의고전주의 비극에 도입했다. 〈아테네의 오이디푸스(Эдип в Афинах)〉, 〈올레그의 죽음(Смерть Олега)〉은 여러 결점에도 불구하고 성공을 거듭했으며, 관객의 진지한 취향을 조성하고 무대를 발전시키는 데도 큰 기여를 했다.

동시에 비극을 쓴 해당 저자들과 추종자들에 의해 여러 희극작품이 창작되었다(끄냐쥐닌의 〈교만한 자(Хвастун)〉, 〈기인들(Чудаки)〉). 이 희극작품은 비록 프랑스 형식을 대부분 따른 단순한 모방작이었지만, 러시아인의 일상생활에서 인용한 주제들을 무대에 도입하기 시작했다. 수마로꼬프는 이미 이런 경향으로 나가도록 그 역할을 수행한 바 있다. 예까쩨리나 2세는 자신의 주변 환경(예를 들면, 〈보르찰끼나 부인의 명명일(Именины госпожи Ворчакиной)〉)과 러시아 민중의 삶에서 나온 우스꽝스런 가극을 묘사한 희극을 몇 편 창작하여 그의 경향을 뒤따랐다. 그녀는 어쩌면 러시아 농민을 연극무대에 올린 거의 최초의 인물일지도 모른다. 공연무대에서는 '평민'에 대한 기호가 급속한 발전을 보였다는 점을 언급해야 겠다. 민중의 삶에서 주제를 가져온 오블레시노프의 희극 〈제분소 주인(Мельник)〉과 끄냐쥐닌의 〈뜨거운 꿀물 팔이(Сбитеньщик)〉 등은 일시에 인기를 끈 희곡으로 큰 성공을 거뒀다.

폰비진(Фонвизин)에 관해서는 이미 앞장에서 언급한 바 있다. 여기서는 다만 19세기 중엽까지 무대에서 공연된 희극 〈여단장(Бригадир)〉(1768)과 〈미성년(Недоросль)〉(1782)의 작가인 폰비진을 러시아의 실제적인 풍자극의 창시자로 볼 수 있다는 걸 상기하고자 한다. 까쁘니스뜨(Капнист)의 〈고자질쟁이(Ябеда)〉와 위대한 우화시인 끄르일로프가 쓴 몇 편의 희극작품이 바로 이 범주에 속한다.

19세기 전반기

19세기 전반기 30년 동안에 러시아 극장은 큰 발전을 거듭해 왔다. 모스크바와 뻬쩨르부르그의 무대에는 희곡이나 희극분야에서도 독창적이고 재능이 뛰어난 배우들이 등장했다. 희곡작가들의 수준은 희곡예술 형식들이 한꺼번에 모두 발전할 수 있을 만큼 성숙했다. 나폴레옹 전쟁 시기에 극장에는 애국적인 성향의 비극들로 넘쳐 났는데, 예를 들면, 오제로프의 〈드미뜨리 돈스꼬이〉(1807)처럼, 당시의 사건들을 시사(示唆)하는 작품들이 풍성하게 주류를 이루었다. 그럼에도 불구하고 무대에는 의고전주의 비극이 계속 공연되었다. 훌륭한 번역 작품과 라신의 모방작들(까쩨닌, 꼬꼬쉬낀)이 등장했다. 이 작품들은 특히 뻬쩨르부르그에서 주로 낭송학교의 뛰어난 비극배우들 덕분에 눈부신 성공을 거둘 수 있었다. 당시에 꼬쩨부(Коцебу) 작품의 번역본들과 그를 모방한 낭만주의 모방작들도 큰 성공을 거두었다.

물론 낭만주의와 의고전주의는 시와 소설분야에서처럼 연극무대를 서로 차지하려고 투쟁을 벌였다. 그러나 시대정신과 까람진 및 주꼬프스끼의 영향으로 낭만주의가 승리를 거둔다. 이와 같은 승리를 가능케 한 것은 샤호프스끼 공작의 열성적인 노력도 빠뜨릴 수 없다. 그는 무대상황을 잘 알고 있었으며 비극, 희극, 오페라, 보드빌, 무용극 등과 같은 각종 희곡작품을 백여 편 이상 창작했었다. 그는 볼테르, 스코트, 오시안[4], 셰익스피어, 뿌쉬낀으로부터 주제를 차용했다.

당시에 희극, 특히 풍자극과 보드빌(프랑스무대에서 공연된 부류의 작품들과 비교하면, 훨씬 꼼꼼한 인물묘사로 희극에 더 가까웠다)은 원작보다 분량이 약간 더 많다.

---

4) (역주) 오시안: 3세기경 고대 켈트족의 전설적인 시인이자 용사로 1765년 J. 맥퍼슨의 시집을 통해 세상에 알려졌다. 우울한 낭만적 정서를 보이는 그의 시는 18세기 후반의 분위기에 어울려 많은 사람들이 애송하였고 낭만주의시인들에게 큰 영향을 끼쳤다.

대중은 몰리에르 작품을 번역한 흐멜리니쯔끼의 뛰어난 번역본 때문에 느긋한 쾌락에 흠뻑 빠졌고, 때때로 샤호프스끼의 희극과 보드빌, 삐사례프의 보드빌의 열기로 가득 찬 자고스낀의 희극을 즐겼다. 사실상 이런 희극들은 모두 몰리에르에게서 직접 영감을 받거나 프랑스작품을 러시아 성향과 풍속극에 도입하는 방식으로 러시아무대에 적용시켜 개작한 것이었다. 그러나 이미 이 개작에는 독창적인 원리가 자리 잡고 있었는데, 그런 출현을 가능케 한 것은 자연주의 및 사실주의 학파에 속한 유능한 배우들의 연기였다. 이 모든 것은 그리보예도프와 고골, 오스뜨로프스끼에 의해 실현된 독창적인 러시아 희극이 등장하는 데 밑거름이 되었다.

그리보예도프

그리보예도프(1796~1829)는 아주 젊었을 때 죽었기 때문에 〈지혜의 슬픔〉이라는 단 한편의 희극과 셰익스피어 문체로 쓴 몇 장의 미완성 비극을 남겼을 뿐이다. 하지만 그의 희극은 천재적인 작품이다. 러시아시(詩)가 뿌쉬낀에서 완성되었듯이, 이 한 작품 덕분에 러시아 무대는 그리보예도프에서 개화를 맞이했다고 말할 수 있다. 그리보예도프는 모스크바에서 태어나 훌륭한 가정교육을 받은 후 15살에 모스크바 대학에 입학했다. 다행히도 그는 이곳에서 내면에 진지한 창작습관과 전 세계문학의 다양한 지식을 습득하도록 열망을 불어 넣어준 불레 교수와 역사가인 슐레쩨르의 영향을 받았다. 이런 환경덕분에 그리보예도프는 대학에 몸담고 있던 시기(1810~12)에 자신이 12년에 걸쳐 다듬어 온 희극의 첫 번째 초안을 완성할 수 있었다.

1812년 나폴레옹의 러시아 침공 당시에 그리보예도프는 군에 입대해서 4년간 경기병 연대의 장교로 근무하면서 거의 대부분을 서부러시아에 주둔하고 있었다. 당시 부대의 분위기는 후에 니꼴라이 1세 통치시기에 느꼈던 것과 완전히 달랐다. 왜냐하면 군부대에는 주로 '12월 당원'들의 선동이 진행 중이어서 그리보예도프도 자신의 모임에서 고상한 인도주의적 경향에 젖어 있는 사람들을 자주 만나곤 했다. 그는 1816년에 전역한 후에 모친의 희망대로 뻬쩨르부르그의 외무성에 입사하여, 그곳에서 챠다예프(제8장을 참조할 것), 르일레예프, 오도예프스끼 등 '12월 당원'들과 친교를 맺었다.

미래의 극작가인 그리보예도프는 입회인 자격으로 결투에 참석했다는 이유로 뻬쩨르부르그에서 추방당했다. 모친은 아들이 가능한 수도에서 먼 외딴 지방에 근무하기를 원해서 테헤란으로 보내졌다. 나중에 그는 페르시아 주재 러시아대사관의 외교활동에서 두드러진 역할을 수행했다.

나중에 그는 까프까즈의 총독 비서자격으로 찌플리스에 머물면서 열심히 외교업무에 종사했다. 당시에 자신의 희극을 다듬는 작업을 계속하다 중부러시아에서 3개월의 휴가를 얻게 된 1824년에야 희극을 완성했다. 우연한 기회에 〈지혜의 슬픔(Горе от ума)〉의 원고가 몇 명의 친구에게 알려져 그들 사이에서 큰 반응을 얻었다. 몇 개월 후에 그 원고가 이미 수백 권의 사본으로 베껴져서 널리 보급되자, 구세대로부터는 격분을 일으키고, 젊은 세대에게는 열광적인 호응을 불러일으켰다. 애호가들이 개인적으로 이 희극을 무대공연하려 했으나 온갖 노력에도 불구하고 검열당국의 완강한 거부로 인해 좌절되었다. 따라서 그리보예도프는 자신의 희극을 무대에 올려보지도 못한 채 까프까즈로 귀환하고 말았다.

그는 찌플리스에서 1825년 12월 14일(역주: 제까브리스뜨 봉기일)이후 며칠간 구금된 후에 뻬뜨로 파블로브스크 요새로 신속하게 송치되었다. 그곳엔 이미 그와 친한 동료들이 감금되어 있었다. 12월 당원들 가운데 한 사람은 자신의 일기에 요새안의 암울한 분위기에서조차 그리보예도프의 일상적인 재기발랄함이 위축되지 않았다고 기록하였다. 그는 동료들이 감방 침대에서 포복절도할 정도로 우스운 이야기를 벽을 두드리는 타진신호로 교묘하게 전달하곤 했다. 그는 1826년 6월에 풀려나 다시 찌플리스로 보내졌다.

그러나 르일레예프를 포함한 5명의 12월 당원들이 사형당하고, 나머지 동료들이 평생 시베리아 광산에서 강제노동을 하러 유형을 떠난 후에 예전의 그리보예도프의 쾌활한 모습은 영원히 사라져 버렸다. 찌플리스에서 그는 새로 정착한 지역에 문명화시킬 씨앗을 뿌리면서 열심히 활동을 계속했다. 이듬해에는 벌써 1827~28년의 반 페르시아운동에 참가해 있었다. 그리보예도프는 재외외교관 자격으로 군대와 동행했고, 압바스-무르자 국왕이 참패한 후에 그는 유명한 '투르크만차이스키 조약'을 체결하는데 지대한 역할을 했다. 그리고 뻬쩨르부르그로 짧은 여행을 다녀온 후에 이번엔 다시 대사 자격으로 테헤란으로 파견되었다.

페르시아 여행을 앞두고 그는 찌플리스에서 그루지야의 공작 딸인 절세의 미인과 결혼했다. 하지만 까프까즈에서 페르시아로 떠나면서 그는 아무래도 살아서 돌아오기가 힘들겠다는 예감을 하고 있었다. 압바스 무르자가 일전에 "나에게 결코 투르크만차이스끼 조약을 요구하진 못할 것이다."라고 말한 바가 있었기 때문이다. 바로 이 예감은 적중했다. 그리보예도프가 페르시아에 도착한 지 몇 달 후에 구름 떼처럼 몰려든 페르시아 광신자들이 러시아 대사관을 습격했고, 결국 그는 살해당하고 말았다.

생애의 마지막 수년간 그리보예도프는 문학 작업에 심취할 시간도 열의도 없었다. 그는 자신이 걸어가는 창작의 길목에 검열기관이 가로막고 있음을 알고 있었다. 〈지혜의 슬픔〉에서조차도 검열 때문에 수많은 훌륭한 구절이 의미를 거의 상실할 만큼 기형적으로 변해버렸던 것이다. 그럼에도 불구하고 그리보예도프는 낭만적인 문체로 비극 〈그루지야의 밤〉을 성공적으로 썼으며, 이 작품을 완전한 상태로 소개받은 친구들은 시와 희곡에서 달성한 그의 업적을 격찬했다. 그러나 이 비극의 제2장과 전반적인 계획만이 후세에 전해져 올뿐이다. 아마도 〈그루지야의 밤〉의 원고는 테헤란에서 분실된 것으로 보인다.

〈지혜의 슬픔〉은 1820년대의 모스크바 상류사회를 다룬 가장 신랄한 풍자문학이다. 그리보예도프는 상류사회를 잘 알고 있어서 희극에 적합한 전형적인 인물들을 창조해낼 수 있었다. 늙은 귀족 파무소프와 군국주의의 광신자인 스깔로주프와 같은 불멸의 형상을 창작하는데 실존인물들이 그 원천을 제공해주었다. 조연급에 속한 많은 등장인물에서도 마찬가지이다. 등장인물들의 언어를 말하자면, 당시에 뿌쉬낀과 끄르일로프 두 사람만이 진정한 러시아 구어체를 사용한 거장으로서 그리보예도프와 필적할 수 있다는 사실이 재삼 지적되었다. 그리고 나중에 가서 오스뜨로프스끼가 그들의 대열에 들어설 수 있었다. 그것은 바로 진짜 모스크바어이다. 뿐만 아니라 희극에는 많은 시가 등장하는데, 그 시들은 핵심을 건드리면서 러시아속담이 되었다.

아마도 그의 희극사상은 몰리에르[5]의 〈인간 혐오자(Le Misanthrope)〉에서 영감을 얻었을 것이기 때문에, 틀림없이 주인공 차쯔끼는 알리쩨스트와 공통점이 많을 것이다. 차쯔끼는 당시에 그리보예도프 자신의 기분을 반영하고 있으며, 그는 안면 있는 모스코비치들 면전에서 독설을 내뱉는 모습을 보여준다. 이런 의미에서 〈지혜의 슬픔〉은 심원한 러시아 작품이다. 뿐만 아니라 그 외의 등장인물들은 모스코비치, 즉 당시의 모스크바 귀족계급을 잘 표현하고 있다. 희극은 주요 주제와는 별개로 매우 독창적이며 민족적이다.

청년 차쯔끼는 장기 해외여행에서 돌아오자마자 오래된 명문가의 귀

---

5) (역주) 몰리에르: 17세기 프랑스의 극작가·배우이다. 작품은 〈타르튀프〉, 〈돈 주앙〉과 최고작 〈인간 혐오자〉 등 성격희극으로 유명하다. 그것은 프랑스, 이탈리아의 희극에 뿌리를 두고 있다. 인간을 도덕주의자로 고찰한 함축성 있는 희극을 창작했다.

족 파무소프네집의 방문을 서두른다. 파무소프의 딸 소피야는 그의 유년시절 여자친구였다. 그래서 차쯔끼는 그녀에 대한 뜨거운 사랑을 간직하고 있었다. 그러나 열애의 대상인 소피야는 그가 없는 동안에 이미 부친의 비서이자 별 호감을 주지 못하는 평범한 젊은이 몰찰린과 가까워져 현재 사귀는 사이였다. 몰찰린의 생활원칙은 첫째 "절제와 주도면밀함"이며, 둘째 "온화하게 보이려고" 문지기와 개에 이르기까지 집안사람 모두의 마음에 들도록 노력하는 일이었다. 몰찰린은 이 원칙에 의해 주인의 딸과 하녀를 동시에 잘 대해 준다. 주인의 딸을 돌봐주는 것은 그녀를 기쁘게 해주기 위해서이며, 하녀를 돌봐주는 것은 그녀가 마음에 들기 때문이다. 그런 까닭에 차쯔끼를 만나본 사람들은 그를 몹시 냉대한다. 소피야는 그의 지적능력과 빈정거림을 두려워하고 있다. 그녀의 부친은 진즉 자기 딸의 약혼자로 스깔로주프 대령이란 인물을 염두에 두고 있었다. 대령은 나직한 목소리로 군대에 관한 이야기만 지껄여대지만 재산이 많은 데다 곧 장군으로 승진될 것으로 기대되는 사내로 거의 1싸젠[6]에 달하는 큰 키의 소유자이다. 차쯔끼는 사랑에 빠진 연인에게서 예상할 수 있는 방식으로 처신한다. 그는 소피야 외엔 결코 아무것도 보지 못한다. 그는 사랑의 포로가 되어 그녀의 면전에서 몰찰린에 대해 독설을 내뱉고, 모스크바 기질에서 나온 자유분방한 비평으로 그녀의 부친을 절망케 하면서 그녀의 꽁무니를 쫓아다닌다. 게다가 파무소프가 개최한 무도회에서 차쯔끼는 모스크바 부인들이 오직 프랑스 유행만을 선호하는 취향을 비난하며 오랜 독백을 퍼붓는다. 차쯔끼가 몰찰린을 깎아내리려는 의도를 알아챈 소피야는 보복할 심사로 차쯔끼가 정신이 돌았다는 소문을 퍼뜨린다. 이 소문은 무도회에 참석했던 사람들로부터 꼬리를 물고 증폭되어 급속도로 퍼져나간다.

무도회에서 외국인에게 바치는 찬사 같은 그런 사소한 것을 비난하

---

6) (역주) **сажень**: 미터법 채용 이전이 길이의 단위로 약 2.134m 이다.

는 차쯔끼의 풍자는 표면적인 성격의 한계를 넘었기 때문에 실패했다고 말하는 이들이 있다. 그리보예도프가 검열의 대상이 되지 않도록 비교적 얼렁뚱땅 악의 없는 비난을 함으로써 그 수위를 조절해야 했다고 주장한 이들의 지적도 맞는 말이다. 작가는 프랑스식 망상에 빠진 귀족들을 비난한 내용이 검열관의 붉은색 펜을 피할 수 있기를 기대했다고 한다. 차쯔끼가 파무소프의 집을 아침에 방문했을 때 한 말과 그밖에 등장인물들의 이야기로 미루어볼 때, 검열을 방해할 목적이었다면, 그리보예도프는 훨씬 더 진지하게 비평적 의미를 주인공의 말에 함축시켰을 것이라고 추론할 수 있다. 게르쩬은 차쯔끼가 검열 덕분에 러시아 문학에서 12월 당원들이 어느 정도 반영된 유일한 전형이 되었다고 공정하게 지적한 바 있다. 일반적으로 외국의 풍자문학 작가와 비교하면, 러시아의 풍자문학 작가의 처지는 보잘 것이 없다. 몰리에르가 파리 사회를 풍자적으로 묘사했을 때, 외국작가들은 그런 풍자를 이상하게 생각하지 않았다. 그들은 파리 생활을 잘 알고 있기 때문이다. 그리보예도프가 그와 같이 풍자하려는 의도를 갖고 모스크바 사회를 묘사하면서 전 러시아뿐만 아니라 순수한 모스크바의 전형("모스크바 사람들에게는 모두 독특한 특징이 있다"고 그는 말한다)을 매우 정확하게 표현했을 때, 서유럽 사람들은 그것을 낯설어하며 이상하게 여겼다. 그러므로 번역가가 그리보예도프의 희극을 외국어로 번역할 때 성공하려면 반(半)러시아적인 대시인이 되어야 한다. 그런 번역 작품이 나온다면, 그 희극은 서유럽의 연극무대에서 크게 성공할지 모른다. 그 희극은 공연된 지 꽤 오래되었음에도 불구하고 러시아무대에서 사라지지 않고 지금도 매력적으로 관심을 끌고 있다.

모스크바 연극무대

1840년대에는 어느 곳에서든 사람들이 극장을 매우 소중히 대했는데, 러시아에서는 그 어느 곳보다도 더 존중하는 편이었다. 이탈리아 오페라는 당시에 뻬쩨르부르그에서 거의 발전하지 못하다가 20년이 지나서야 진전을 보기 시작했다. 하지만 사람들이 황실극장의 감독을 양녀로 대하듯 러시아오페라를 대할 만큼 러시아 오페라는 거의 매력을 보여주지 못했다. 그 대신에 희곡과 발레는 종종 파니 엘슬러[7]와 같은 유명스타배우가 극장무대 위에 등장했을 때, 귀족사회의 고위 인사들을 매혹시켰으며 대학생들을 포함하여 젊은이들을 열광하게 만들었다.

한편 당시의 남녀배우에 관해 언급하자면, 그들은 드라마작가들이 창조한 캐릭터를 무대에서 재현해 내려고 노력했을 뿐만 아니라 크루익샹(디킨즈 소설의 삽화화가)처럼 드라마작가가 만든 형상의 성격묘사를 보완하고 면밀하게 연구하여 확실하게 재현하도록 도왔다. 특히 모스크바에서는 무대와 사회의 지적인 상호작용이 일어났다. 그 결과 한층 수준 높은 드라마예술의 개념이 발전되었다. 〈감사관〉에 출현한 배우들, 특히 배우인 쉬쁘낀(M.C. Щепкин, 1788~1863)과 고골 사이에서 이루어진 상호작용, 즉 당시 모스크바에 형성된 문학 및 철학 서클의 영향과 배우들이 출판물에서 만나는 신중한 비평 등, 이 모든 것들이 모스크바의 소극장에서 수준 높은 희곡예술의 요람을 만들어냈다. 뻬쩨르부르그가 낭송과 부자연스럽게 세련된 이른바 '프랑스식' 연기학교를 후원하던 바로 그 무렵에 모스크바 무대는 피상적인 학교발전에 있어서 수준 높은 완숙 단계에 도달해 있었다. 여기에서는 두제[8]와 『부활』 등에서 성공을 거둔 영국의 레나 아쉬벨 같은 뛰어난 대표자들에 의해

---

7) (역주) 프랑스 국립 오페라단은 18~19세기 초 유럽의 무용 공연을 지배했다. 1832년, 이 발레단은 필리포 탈리오니의 〈실피드〉를 공연함으로써 낭만파 발레시대를 열었다. 당시 이 발레단의 저명한 무용수로 파니 엘슬러, 쥘 페로, 아르튀르 생 레옹이 있었다.

8) (역주) 이탈리아의 배우. 1880년경부터 이탈리아 각지, 특히 로마에서 명성을 얻었다. 1897년 파리에서 『춘희』에 출연한 이래 베르나르와 쌍벽을 이룬 세계적인 배우로 평가받았다. 이탈리아의 근대 연기의 성과를 집성하고, 19세기 말 사실주의 희곡의 전성기에 그 시대의 이상적인 연기를 가장 잘 구현한 배우로 평가되었다.

서 제약이 따르는 무대전통의 구습과 결별하고, 청중들에게서 개인적인 느낌의 심오함, 있는 그대로의 진실과 그 표현의 솔직함으로 최대의 깊은 감정을 불러일으킨 바로 그런 학교를 염두에 두고 한 말이다.

1840~1850년대 초에 이 학교는 모스크바에서 최고수준에 있었다. 모스크바 배우들 중에는 무대의 중심인물로 창작력에 가득 찬 천재 배우 쉐쁘낀과 훌륭한 조연급 연기자들의 성좌에 완전히 둘러싸인 모찰로프, 사도프스끼, 바실리예프와 니꿀리나-꼬시쓰까야 같은 최고의 남녀 배우들이 있었다. 그들의 연극 목록은 특별히 풍성하지는 않았지만, 고골의 희극 두 편 〈감사관〉과 〈결혼〉, 때때로 〈지혜의 슬픔〉과 수호보-꼬브일린의 희극 〈끄레친스끼의 결혼〉은 앞서 언급한 예술가들의 훌륭한 자질보다 더욱 눈부시게 빛날 가능성을 보여주었다. 때때로 셰익스피어의 희곡이나 프랑스의 멜로물과 보드빌을 개작한 다수의 작품들이 소극장의 다양한 프로그램 내용이었다. 광대극보다 경극에 더 가까운 희극 몇 편은 앞에서 언급한 오데이온[9]의 무대에 올라 솔직함과 자연스러움을 보여준 연출과 감흥을 결합시키면서 완벽하게 공연되었다.

무대와 드라마작가들이 불가피하게 끼친 상호 영향은 무엇보다도 모스크바에서 그 예를 찾을 수 있다. 한 편의 연극이 몇 달 동안 상연된 극장들에서 종종 그랬듯이, 어떤 드라마작가들은 이런저런 여배우를 성공시켜주려는 목적이나 남자배우에게 손실을 주기 위해서가 아니라 총체적으로 드러난 무대와 배우들의 공연을 위해 특별히 작품을 썼다. 오스뜨로프스끼(1823~1886)는 드라마작가와 무대의 상호관계를 가장 분명하게 이해한 드라마작가들 중 한 사람이었다. 그 결과 그는 뚜르게네프와 톨스토이가 러시아의 중편소설 분야에서 차지했던 바로 그런

---

9) (역주) 로마시대 오데이온은 내부에 원형의 계단식 관객석이 있어 극장과 크게 다르지 않았다. 다만 오데이온은 원래 지붕이 있기 때문에 대체로 극장보다는 작았으며, 지붕을 떠받치는 직사각형 벽 안에 관객을 수용하는 것이 보통이었다. 현재 극장이나 영화관 이름에 사용되는 오데온(odéon)은 여기에서 유래한다.

자리를 러시아의 희곡분야에서 차지했다.

오스뜨로프스끼: 〈가난은 죄가 아니다〉

오스뜨로프스끼는 성직자 출신의 가난한 관리 집안에서 태어났다. 그는 당시의 대다수 청년들처럼 17살부터 모스크바 극장의 열광적인 관객이 되었다. 자서전에 의하면, 그는 이미 그 나이에 친구들과 무대에 관한 이야기를 나누곤 했다고 한다. 그는 대학에 들어갔지만 어느 교수와 생긴 불화로 2학년 때 학업을 그만 둘 수밖에 없었다. 대학을 중퇴한 후에 민·형사 문제들이 '양심에 따라' 심리되던 매우 독특한 모스크바 상인계층의 전형을 관찰할 수 있는 자리인 모스크바재판소의 사무원으로 근무하면서 혼자서 러시아의 옛 전통을 지키는 수호자로 자처했다. 즉 오스뜨로프스끼는 이런 계층에서 자신의 첫 작품과 더 나아진 희곡작품의 모든 전형들을 습득할 수 있었다. 후기에는 자신이 관찰하던 계층의 폭을 넓혀갔다. 그래서 다양한 사회계층을 묘사하기 시작했다. 그의 첫 번째 희극인 〈가정 행복도(Картина семейного счастья)〉가 1847년에 씌어졌고, 3년 후에는 '희곡의 대가'라는 명성을 그에게 붙여 준 4막의 창작극 〈여보게들, 따져보세〉나 〈파산자〉 같은 작품이 나왔다. 이런 극작품이 어느 잡지에 실리자마자 전국적인 폭발적 인기를 얻었지만 무대 상연은 금지되었다. 이 연극 때문에 모욕을 당했다고 생각한 모스크바상인들이 그를 모스크바총독에게 고발했기 때문이다. 이런 이유로 오스뜨로프스끼는 재판소에서 해직되었을 뿐만 아니라 그의 정치적 성향 때문에 요주의 인물로 낙인찍혀 경찰의 감시를 받았다. 1860년에 알렉산드르 2세가 즉위한 지 약 4년이 흐른 뒤에 모스크바 무대에서 이 연극은 공연을 허가받았으나 공연이 끝날 무렵 구역 경찰서장은 검열을 다시 하겠다고 고집을 피우기도 했다.

1853년과 1854년에 오스뜨로프스끼는 〈남의 썰매는 타지 마라〉와 〈가난은 죄가 아니다〉라는 유명한 희극 두 편을 창작했다. 전자의 주제는 새로운 것이 아니다. 장사꾼 집안 출신의 처녀는 용서를 빌거나 돈 달라고 간청해보아도 부친에게서 돈을 얻지 못할 거라는 걸 확신하게 되자 그녀를 모욕한 귀족과 함께 도주해 버린다. 그러나 작가가 이 고리타분한 주제를 전혀 새롭게 해석하였고, 인물의 성격들이 매우 훌륭하게 선택된 상황 속에서 묘사되었기 때문에 이 희극은 문학성과 공연무대의 가치적 측면에서 오스뜨로프스끼의 가장 훌륭한 작품 대열에 속한다. 후자의 〈가난은 죄가 아니다〉는 러시아에서 전국적으로 큰 감동을 불러일으켰다. 우리 앞에 오래된 옛 가문이 소개되는데, 이 가문의 가장은 부유한 장사꾼으로 완고하고 고루한 인물이다. 그는 이웃사람들에게 될 수 있는 대로 법으로 자기 의지를 보여주려고 하며, 단지 그러한 관점으로만 삶을 이해한다. 하지만 그는 외형적으로 천박한 '문명화'에 기울어 있다. 그는 유행에 따라 옷을 입으며 천박한 술친구들이 있는 곳에서 적어도 '문명화된' 방식을 가정의 풍습으로 받아들이려고 애쓴다. 그가 이렇게 '문명화된' 생활에 충실하려고 했지만 자기 아내를 하녀처럼 부려먹기 때문에 식구들은 그의 목소리가 들리기만 해도 벌벌 떨었다. 그에게는 딸이 하나 있는데, 딸은 아빠의 영지관리인 미짜를 사랑하고 있다. 미짜는 매우 수줍어하고 소심하지만 순진한 녀석이다. 엄마는 자기 딸을 그에게 꼭 시집보내고 싶어 한다. 하지만 아빠는 최신 유행 옷을 걸치고 보드카대신 샴페인을 마셔대는 부유한 중년의 공장주인 꼬르쉬노프와 친한 사이였다. 그 때문에 아빠는 모스크바의 장사꾼들 사이에서 유행이나 '세련된 품행'과 관련된 문제에서 명성 있는 권위자로 자처하고 있다. 아빠인 고르제이 또르쵸프는 이 사람에게 자기 딸을 결혼시키려고 한다. 그러나 작은 아버지인 류짐 또르초프가 개입하여 그녀를 구해준다. 류짐은 한때 형처럼 부자였으나 부유한 장사꾼들의 속물적인 생활에 불만을 품고 더 나은 사회적 환경을 찾아내지 못한 채 과거에 모스크바에서 눈여겨 본 적이 있던 분별없는 술주정뱅이처럼 술독에 빠져 지냈다. 그의 부자 형과 꼬르쉬노프는 류짐을 그런 상황에서 빠져나오도록 도와주었고, 이제 류짐은 너덜거리는 찢어진 외투를 입고 값싼 선술집에서 보드카 한 잔을 얻어 마시기 위해 어릿광대가 되어 비틀거리고 다닌다. 낡은 옷을 걸친 채 돈 한 푼 없어 추위와 배고픔에 떠는 그는 하루 밤을 묵게 해달라고 부탁하러 젊은 관리인 미짜의 집을 찾아온다. 희극의 행위는 성탄 축제기간에 일어난다. 그러므로 이런 상황은 오스뜨로프스끼에게 순수한 러시아풍으로 다양하게 꾸민 노래와 연기들을 도입할 수 있도록 가능성을 제공한다. 이런 모든 즐거움은 집에서 또르쵸프가 없는 동안에 절정에 이른다. 그때 또르쵸프가 구혼자 꼬르쉬노프와 함께 나타난다. 물론 '천박한' 만족감은 모두 중지되고 그는 자신의 "세련된" 친구에게 존경심을 표하면서 딸더러 자기가 선택한 구혼자에게 시집을 가라고 명령한다. 그녀와 어머니는 눈물을 흘리지만 그것도 별 도움이 되지 못하고 아버지의 명령을 따라야만 한다. 하지만 이때 누더기 옷을 걸친 류짐 또르쵸프가 평소처럼 익살을 떨면서 전혀 인간 같지 않은 무섭게 타락한 모습으로 등장한다.

류짐 또르쵸프는 자신이 비록 그의 도움을 받긴 했지만 그가 얼마나 가난한 사람들을 갈취하고 첫 번 째 부인을 고통스럽게 괴롭혔는지 상기시키면서 꼬르쉬노프의 정체를 폭로한다… 꼬르쉬노프는 자신이 모욕당했다고 여기자 분통을 터뜨리면서 집밖으로 나가버린다. 류짐은 형의 잘못을 지적하면서 그런 쓸모없는 사람에게 딸을 넘겨주려는 죄악을 저지르려 하고 있다고 말한다. 사람들이 그를 방에서 쫓아내려하자, 그는 형 앞에 무릎을 꿇고서 이렇게 애원한다.

"형님, 미짜에게 딸을 주세요. 그는 내게 작은 방을 내주었소. 난 오랫동안 추위에 덜덜 떨며 굶주림으로 고통을 겪어 왔지요. 나의 지난 시절은 힘들었고, 빵 한 조각 때문에 추위 속에서 어릿광대짓을 하기도 했답니다. 이제 난 늙어서 착하게 살고 싶어요.”

작은 아버지의 부탁에 어머니와 딸은 찬성하였다. 마침내 꼬르쉬노프의 뻔뻔스러움에 모욕감을 느낀 아버지는 아우에게 “여보게, 동생, 내게 사리분별을 가르쳐줘 고맙네. 난 완전히 정상궤도를 벗어나 있었어. 내 머리 속으로 그런 타락한 망상이 스며 들어온 줄도 모르고 말이야. 그리고 아가야, 작은 아버지 류짐 까르쁘이치에게 감사드리고 행복하게 잘 살아라”라고 말하고 나서 미짜와 딸의 결혼을 허락한다.

이렇게 모든 것이 전체적으로 순조롭게 끝을 맺는다. 하지만 관객들은 한 번 정도 어떤 갈등이 우연히 발생하지나 않을까 염려한다. 대부분 이와 유사한 경우에서처럼, 부친의 변덕으로 딸이 평생 불행하게 될 수도 있으니까.

오스뜨로프스끼의 희극은 그리보예도프의 희극, 곤차로프의 『오블로모프』와 러시아문학의 다른 걸작들처럼, 전형적인 러시아 모습을 띠고 있어서 총체적으로 인간의 의미를 살펴보기가 쉽다. 전형적인 ‘모스크바’ 희극으로 보이지만, 명칭과 풍습을 개정하고 세부묘사도 바꾸어서 행위를 사회의 상류층이나 하층계급으로 옮겨보라. 그리고 술주정뱅이 류짐 또르쵸프 대신 가난한 친척이나 합리적인 사고를 가진 착한 친구를 내세워 보라. 그러면 희극의 교훈은 어느 민족이나 사회의 모든 계층에도 적용될 수 있다. 그것은 매우 박애적인 성격을 띠고 있다. 이것으로 희극이 대성공을 거둔 이유를 설명할 수 있다. 그래서 적어도 반세기 동안은 이 희극이 러시아의 무대에서 공연될 것으로 생각한다. 나는 여기에서 희극이 류짐 또르쪼프에게서 순수하게 러시아 영혼의 인격화를 목격하거나 퇴폐적인 서구에까지는 이르지 못한 선행들로 빛나는 깊은 타락에서 조차 목격하게 되는 소위 인민주의자들, 특히 슬라브주의자들에게서 만나게 되는 그런 어리석고 과장된 열정을 염두에 두고 있지는 않았다! 훨씬 사려 깊어진 사람들은 그렇게 멀리 돌아가지 않았다. 그러나 그들은 실제생활에서 얻은 많은 놀라운 관찰 자료를 이해하고 있었다. 이 희곡은 오스뜨로프스끼의 다른 희곡작품들을 대표한다. 그 시대의 주도적인 잡지《동시대인》의 비평가 도브롤류보프는 오스뜨로프스끼의 작품을 분석한 광범위한 논문들을 바쳤는데, 그는 작품에서 받은 감동을 바로 그 논문의 제목에서 「어둠의 왕국」이라고 표현했다. 도브롤류보프에 의해 시도된 러시아 생활의 어두운 면을 묘사한 오스뜨로프스끼에 관한 이 글은 이후 러시아 젊은이들이 지적인 발전을 하는데 강한 자극을 주었다.

〈뇌우〉

콘스탄치야 가르넷이 영어로 번역한 오스뜨로프스끼의 뛰어난 희곡 중 하나는 〈뇌우(Гроза)〉이다. 사건은 여전히 야만적이며 난폭한 성격을 보이는 지방 상인들이 사는 볼가강변에 위치한 소도시에서 일어난다. 그곳에 사는, 예를 들면, 존경받는 늙은 상인 지꼬이를 오스뜨로프스끼는 유래 없는 폭군의 모습으로 탁월하게 그려낸다. 만약 지꼬이가 뭔가 돈을 지불해야 할 때가 오면, 그는 빚을 갚기 전에 항상 그 채권자와 말다툼을 벌인다. 그에게는 여자상인인 오랜 친구 까바노바가 있는데, 지꼬이는 그녀를 만날 때면 늘 술에 취해서 울화통을 터트리곤 했다. "내겐 일거리가 전혀 없어. 그래서 이렇게 취해 있어야만 하는 거야"라고 그는 자신의 방문에 대해 설명하곤 한다.

까바노바는 지꼬이와 잘 어울렸다. 적어도 그녀는 자기 친구보다 조금 덜 야만적인 편이었다. 그런데 그녀는 완고하긴 하지만 더욱 폭군 같은 성격을 갖고 있다. 까바노바에겐 성인이 다된 꽤 알려진 아들이 있었는데, 젊은 아내 까쩨리나를 사랑하는 자기 아들을 마치 어린애처럼 다루며 자기 뜻대로 좌지우지하면서 살았다. 시어머니는 물론 젊은 며느리를 미워했으므로 모든 상황은 까쩨리나를 압박하고 있는데 아들은 자기 아내를 지켜 줄 힘이 없다. 그가 집에서 도망쳐 나오는데 성공한다면 그땐 행복감을 느낄지 모른다. 만일 그들이 어머니와 따로 떨어져 산다면, 그는 어쩌면 자기 아내에게 더 많은 사랑을 보여줄 수 있을 텐데. 하지만 그는 어머니 집에서 포악스런 감시를 계속 받으며 지내기 때문에, 아내를 자신이 억압당하는 이유 중의 하나로 생각한다. 그와 반대로 까쩨리나는 시적인 여성이다. 그녀는 젊은 까바노프와 결혼하기 전에 완전한 자유를 누린 훌륭한 가문에서 성장했다. 지금 그녀는 시어머니를 두려워하는 남편의 연약한 성격 외에도, 무서운 시어머니의 학대가 계속되지만 아무런 보호도 받지 못하자 스스로 매우 불행한 여자라고 생각한다. 그녀의 성격에서 한 가지 독특한 점은 뇌우를 지독히도 무서워한다는 것이다. 이런 특성은 볼가 강 상류의 황량한 소도시들에서 잘 드러난다. 필자는 어느 날 갑작스런 뇌우에 놀라는 교양 있는 여성들을 만난 적이 있다. 그녀들은 종종 무서울 정도로 엄한 표정을 짓고 있지만 남은 여생 동안 천둥소리를 지독히 무서워할 것이다.

까쩨리나의 남편은 2주일 쯤 도시를 비우고 출타중이다. 이 사이에 까쩨리나는 예전에 산책하다가 우연히 지꼬이의 조카인 보리스를 만난 적이 있었는데 이 젊은 청년으로부터 야릇한 눈길을 받았다. 또 약간 경박한 처녀인 남편의 시누이에게서 영향을 받은 탓인지 여러 번 보리스와 우연히 마주치자 그에게 반한다. 그녀가 결혼한 이후로 만난 첫번째 남자인 보리스는 그녀에게 존경을 표하며 대한다. 지꼬이의 박해를 받고 괴로워하는 그에게 까쩨리나는 연민을 느끼다가 점차 사랑의 감정을 갖게 된다. 하지만 보리스 역시 그의 작은 아버지처럼 결단력이 없는 나약한 성격이다. 지꼬이가 그에게 도시를 떠나라고 명령하자, 그는 고분고분하게 말을 따르면서도 자신과 까쩨리나를 떼어놓은 '상황'을 불평하며 푸념을 털어놓는다. 까쩨리나의 남편이 돌아올 무렵, 무서운 뇌우가 볼가 강 언덕에서 산책하던 까쩨리나와 노부인 까바노바를 덮친다. 까쩨리나는 자신에게 닥쳐온 갑작스런 죽음을 앞두고 격심한 두려움에 떨면서 자기 남편이 출타 중에 발생한 뇌우로부터 어떻게 회랑에서 피했는지 많은 사람들 앞에서 고백한다.

　독자는 작품을 읽으면서 볼가 강 하류에서 상류로 거슬러 올라가며 펼쳐진 장면이 뭐라 말할 수 없이 훌륭하게 묘사되어 있음을 느낀다. 황혼녘에 까쩨리나는 인기척 없는 강변에서 한동안 서성거리다가 마침내 보리스를 발견하자 그를 향해 뛰어간다.

까쩨리나: 당신을 만나게 되다니!(그의 가슴에 얼굴을 파묻는다. 침묵)

보리스: 자, 여기에서 운 좋게도 함께 슬퍼할 수 있게 됐군요.

까쩨리나: 당신은 절 잊지 않으셨군요?

보리스: 어찌 당신을 잊겠어요. 말도 안 되는 소리요.

까쩨리나: 아, 아니예요! 그게 아니예요! 당신은 화가 난 건 아니죠?

보리스: 왜 내가 화를 내겠어요?

까쩨리나: 제발, 저를 용서하세요. 당신에게 해를 끼치고 싶지 않았어요. 그런데 마음이 편치 않았어요. 내가 무슨 말을 했는지, 무슨 짓을 했는지 기억하지도 못하겠어요.

보리스: 자, 그만 둬요. 왜 그런 말을 해요!

까쩨리나: 그런데 어떻게 지내세요? 이제 당신은 어떻게 하실 거예요?

보리스: 난 떠나려던 참이오.

까쩨리나: 어딜 가시는 데요?

보리스: 멀리요, 까챠, 시베리아로 말이오.

까쩨리나: 저도 데려가 주세요, 이곳에서!

보리스: 그건 안돼요, 까챠, 난 가고 싶어 자진해서 가는 게 아니오. 작은 아버지가 보내는 거지. 벌써 말도 준비되어 있소. 난 다만 우리가 만났던 장소에서라도 작별인사를 하고 싶어 작은 아버지께 잠시 나갔다 오겠다고 겨우 허락받은 것이오.

까쩨리나: 하느님께서 함께 하실 거예요! 제 걱정은 하지 말아요. 가엾은

사람, 처음엔 무료하겠지만, 그곳에서 조금씩 잊게 될 거예요.

보리스: 내게 무슨 말을 하는 거요! 난 새처럼 자유로운 사람이라오. 당신은 어떻게 지내요? 시어머니는 어때요?

까쩨리나: 저를 괴롭히고 가두어 놓는답니다. 사람들과 남편에게도 이렇게 말해요. "저 애를 믿지 마라, 교활한 아이다." 모두들 하루 종일 내 뒤를 따라다니며 내 면전에서 비웃는답니다. 모두들 하는 말마다 당신을 비난해요.

보리스: 그럼 남편은?

까쩨리나: 어쩔 때는 다정하다가 화를 내기도 해요. 줄곧 술만 마셔 댄답니다. 그리곤 내게 아주 차갑고 싸늘하게 대해요. 그가 친절하게 대해 주는 것은 절 차라리 때리는 것 보다 더 견디기 힘들어요.

보리스: 당신은 고통스럽겠군요, 까쨔?

까쩨리나: 이렇게 고통스럽고, 이렇게 괴로워하느니, 차라리 죽는 게 더 낫겠어요!

보리스: 우리가 사랑 때문에 이렇게 고통을 받게 될 줄 누가 알았겠소! 그때 내가 도망쳤다면 좋았을 걸!

까쩨리나: 당신을 만난 게 불행이에요. 행복의 순간은 그렇게 짧았는데, 고통은, 고통은 너무나 감당키 어려워요! 앞으로도 얼마나 더 불행이 남아 있을까요! 나중 일을 생각하는 건 중요하지 않아요! 자, 이렇게 지금 당신을 보고 있고, 누구도 제게서 이 순간을 빼앗을 수는 없을 거예요. 내겐 더 이상 아무 것도 필요 없어요. 단지 난 당신을 만나 보고 싶었을 뿐이었어요. 이제 마음이 훨씬 가벼워졌어요. 마치 무거운 짐을 내려놓은 것 같아요. 난 내내 생각했지요, 당신이 내게 화를 내고 있지나 않을까, 나를 원망하고 있지는 않을까 하고….

보리스: 그게 무슨 소리예요! 무슨 그런 말을!

까쩨리나: 그래요, 아니에요, 내가 말하려던 건 그게 아니었어요! 난 당신을 생각하면 울적해졌지요. 그래서 이렇게, 자, 이제 당신을 보았으니….

보리스: 사람들이 여기에 있는 우리를 찾아내지 못한다면!

까쩨리나: 잠시만 기다려줘요, 잠깐만요! 당신에게 무슨 말인가 하고 싶은 것이 있었는데! 그런데 잊어버렸네요! 무슨 말인가 해야 했는데! 머릿속이 온통 뒤죽박죽되어서 아무 것도 기억할 수가 없네요.

보리스: 난 가야 할 시간이오, 까챠!

까쩨리나: 기다려요, 잠깐만 기다려 줘요!

보리스: 그래요, 당신은 무슨 말이 하고 싶었던 거요?

까쩨리나: 지금 말하겠어요. (잠시 생각한 후에), 그래요! 당신은 가는 길에 거지를 한 사람이라도 만나면 빠뜨리지 말고 모두에게 적선을 베풀어주세요, 그리고 저의 죄 많은 영혼을 위해 기도해달라고 부탁해주세요.

보리스: 아, 만일 그 사람들이 당신과의 이별이 내게 어떤 것인지 알아준다면! 오, 하느님! 원컨대, 제발 그들에게도 언젠가는 지금의 나처럼 이렇게 행복한 기분을 갖게 하소서. 잘 있어요, 까챠! (그녀를 포옹하고 떠나려고 한다). 빌어먹을 놈의 세상! 쓰레기 같은! 아아, 내게 만일 힘이 있다면!

까쩨리나: 잠깐 기다려요, 기다려 줘요! 마지막으로 당신을 보게 해줘요. (그의 눈을 들여다본다). 자, 됐어요. 떠나세요! 이제 하느님이 당신과 함께 계실 거예요. 가세요. 떠나세요, 빨리 떠나세요!

보리스: (몇 걸음을 걷다가 멈춰 선다) 까챠, 왠지 이상해! 당신 행여 무슨 좋지 않은 생각을 하고 있는 건 아니겠지? 당신을 생각하면 난 어딜 가더라도 괴로울 것이오.

까쩨리나: 괜찮아요. 전 괜찮아요! 하느님께서 당신과 함께 계실 거예요! (보리스는 그녀에게 다가가려고 한다). 아니에요, 됐어요. 이제 됐어요!

보리스: (흐느끼며) 오, 하느님! 전 정말 그녀가 너무 오래 괴로워하지 않도록, 차라리 그녀가 빨리 죽을 수 있게 해 달라고 기도드릴 수밖에 없는 건가요? 잘 있어요! (인사를 한다).

까쩨리나: 안녕히 가세요! (보리스가 나간다. 까쩨리나는 눈으로 그를 배웅하고 잠시 생각에 잠겨 서 있다).

제4장

까쩨리나: (혼자 있다). 이제 어디로 가지? 집으로 가야 하나? 아니야, 집으로 가는 건 무덤으로 가는 거나 마찬가지야. 그래, 집으로 가는 건 무덤으로 가는 거야…! 무덤으로! 무덤 속이 더 나을 거야… 나무 아래 있는 작은 무덤… 정말 좋을 거야… 햇볕이 무덤을 비춰 주고, 비가 촉촉하게 적셔 주겠지… 봄이 되면 그 위에 풀들이 자라나고, 부드러운 풀잎들이… 새들이 나무 위로 날아와 노래를 부르고 아이들도 데려오고 꽃들도 활짝 필거야. 노란색, 빨간색, 파란색… 온갖 색의 꽃들이. (생각에 잠긴다). 온갖 색깔의 꽃들이… 정말 조용하고 아름다울 거야! 마음이 가벼워지는 것 같아! 산다는 건 생각하고 싶지 않아. 다시 산다고? 아니, 아니야, 그럴 필요는 없어… 불행할 거야! 사람들은 나를 싫어해. 집도 나를 싫어하고, 벽들도 나를 미워하고 있어! 집으로는 가지 않겠어! 그래, 절대 돌아가지 않아! 집에 가면 사람들은 또 나를 쫓아다니며 똑같은 얘기를 하겠지. 왜 내가 그래야 하지? 아, 벌써 어두워졌어! 또 어디선가 노래를 부르고 있어! 무슨 노래를 부르는 거지? 알아들을 수가 없어… 지금 죽는다면… 무슨 노래를 하고 있는 거지? 상관없어, 죽음이 내게 오는 거나 내가 찾아가는 거나… 아니야, 난 더 이상 살 수 없어! 그건 죄악이야! 사람들이 나를 위해 기도해 주지 않으면 어쩌지? 나를 사랑하는 사람은 기도해 줄 거야… 손을 이렇게 십자로 두고… 무덤으로! 그래, 그렇게… 내가 왜 그 생각을 못했을까. 사람들이 나를 찾아내 강제로 집으로 데려갈 거야… 아, 빨리, 빨리해야 해! (강가로 다가간다. 큰소리로) 나의 벗이여! 나의 기쁨이여! 부디 안녕히! (나간다) (그리고 까바노바와 까바노프, 꿀리긴, 등불을 든 하인이 들어온다).

〈뇌우〉는 러시아 무대의 공연목록 중 뛰어난 희곡에 속한다. 이 희극은 희곡적인 관점에서 볼 때 매우 우수하다. 무대는 공연할 때마다 관객들로부터 감동을 자아낸다. 사실상 연극의 활동은 급속하게 발전해오면서, 등장인물들은 각자 배우로서 탁월한 역할을 수행한다. 지꼬이, 경박한 시누이 바르바라, 까바노프, 바르바라와 사랑에 빠진 꾸드랴쉬, 독학한 늙은 기술자, 심지어 두 하인을 거느린 노마님에 이르기까지 배역들은 뇌우가 으르렁거리는 몇 분간에 모든 것을 보여준다. 이런 배역은 각각 그 역할을 수행하는 남녀배우에게 배우로서의 크나큰 즐거움을 제공한다. 그래서 까쩨리나와 까바노바의 역할에 관해서 말하자면, 어떤 대 여배우도 그런 역을 맡는 것을 꺼리지 않는다.

희곡의 주요사상을 말하자면, 필자는 또다시 다른 러시아 문학작품들에 관해서 많이 언급된 이야기를 반복하지 않을 수 없다. 첫 번째 견해는 까바노바와 그녀의 아들은 서유럽엔 존재하지 않는 독특한 전형적인 러시아인물이라고 할 수 있다. 적어도 몇 사람의 영어권 평론가들의 견해는 옳을지 모르겠지만, 그런 견해는 거의 공정하지 못한 편이다. 자신을 스스로 방어하지 못하는 까바노프 같은 연약한 성격의 인간은 실제로 영국에서 드물게 만날 수 있다. 아니면 그들의 교활한 순종은 〈뇌우〉에서 보듯이, 그렇게 지나칠 정도는 아니다. 하지만 러시아에서조차 까바노프는 특별히 전형적인 인물은 아니다. 그의 어머니인 노부인 까바노바에 대해 말하자면, 우리들 각자 영어권 환경에서도 그녀를 여러 번 만난 적이 있었다. 실제 자신의 권위를 즐기며 맛보는 만족감 때문에 딸을 손아귀에서 놓아 떠나보내기 싫어서 백발이 다되도록 자기 옆에 딸을 꼭 붙들어두고 시집가지 못가도록 방해하며 구박하는 늙은 노부인의 유형을 모르는 사람이 누가 있겠는가? 노부인은 온갖 방법으로 집안 식구들을 구박한다. 디킨즈는 까바노바와 같은 성격을 잘 알고 있으며, 그런 유형은 여전히 다른 나라에서처럼 영국에서 번성하고 있다.

오스뜨로프스끼의 후기 희곡작품들

오스뜨로프스끼는 해를 거듭할수록 러시아인의 삶을 관찰하는 범위를 넓혀갔고, 상인계급 외에도 다른 사회계층의 유형을 묘사하기 시작했다. 그는 자신의 후기 희곡작품에서 매우 호감을 주는 진보적인 인간유형들을 보여주었다. 예를 들면, 빠라샤(뛰어난 희극 〈뜨거운 가슴〉에서)와 같은 '가련한 약혼자', 〈카니발은 끝이 있다〉에 등장하는 아그니야, 훌륭한 전원시 〈숲〉에서의 배우 네샤스뜰리브세프 등이다. 뻬쩨르부르그 관료들의 생활이나 백만장자들과 '주식회사'를 설립한 사업가들을 묘사한 '부정적인' 인물유형에 대해 언급하자면, 오스뜨로프스끼는 이런 유형을 묘사하면서 그들을 깊이 이해하고 있었다. 그의 희극들에서는 비록 외견상으로는 '존경할 만한' 사람들일지라도, 차갑고 냉정한 마음을 지닌 유형들이 놀라울 만큼 정확하게 묘사되어 있는데, 이 점에서는 그와 겨룰 만한 경쟁자를 거의 찾아볼 수가 없다.

오스뜨로프스끼는 약 50여 편의 희곡과 희극을 창작했는데, 그것들은 각각 수준 높은 공연가치를 지니고 있다. 그것들 중에는 어느 것 하나 중요치 않은 것이 없다. 유명한 남녀배우들은 무대 위에 한두 번 출연하는 동안에 기껏 몇 마디 대사를 하는 아주 사소한 역할도 성격을 창조하기 위한 충분한 재료가 될 것이라는 걸 알고 있기 때문에 극작가의 지시를 따르면서 연기했다. 주인공들에 관해 말하자면, 오스뜨로프스끼는 성격을 창조하는 작업에서 중요한 부분은 배우에게 맡겨야 한다는 점을 완전히 이해하고 있었다. 그 결과 그의 작품에는 그런 협력이 없었다면 재미도 없이 미완성으로 끝나버릴 역할들이 발견된다. 그러나 진정한 예술가에게 이런 역할은 심리적으로 깊고 무대공연을 명확하게 구현하는데 풍부한 요소를 제공해준다. 그렇기 때문에 희곡예술의 애호가들은 오스뜨로프스끼의 희곡에서 역할을 맡거나 그것을 소리 내어 읽으면서 그런 미적 만족감을 발견하는데 별로 어렵지 않다.

그런 의미에 있어서 사실주의가 진실로 작동하게될 때면, 어떤 의미를 부여하였다. 즉, 이상주의적인 목적을 따르는 성격묘사와 사건에 대한 사실적인 묘사는 오스뜨로프스끼 희곡작품의 특성이라는 것이다. 그의 주제는 놀랄 만큼 단순함을 보여주는데, 그런 점에서 뚜르게네프의 중편을 상기시킨다. 독자는 자신의 눈앞에서 온갖 사소한 것들과 함께 발전해가는 삶을 목격하면서, 희곡의 발단이 이런 사소하고 세부적인 것들로부터 어떻게 눈에 띄지 않게 전개되는지를 관찰하게 된다.

"장면은 연달아 계속된다. 장면들은 모두 나날의 일상생활처럼 단조롭고 평범하다. 그런데 갑자기 당신 앞에 전혀 알아차리지 못할 만큼 강한 인상을 주는 희곡이 공연된다. 그건 희곡의 행위라기보다는 삶 자체가 무대를 따라 천천히 조금씩 진행되고 있다고 분명하게 말할 수 있다. 마치 작가가 다른 사람의 집안에서 일어나는 사건들을 우리가 마음대로 볼 수 있도록 벽을 허물고 분명하게 펼쳐 보여주는 것처럼 말이다"라고 러시아 비평가 스까비체브스끼는 이런 말로 오스뜨로프스끼 작품의 특징을 지적했다.

오스뜨로프스끼는 자신의 희곡작품에서 러시아 사회와 민중의 모든 계층에서 수없이 목격할 수 있는 다양한 성격유형을 소개했다. 그러나 그는 '선'과 '악'의 인물유형이 영원히 존재하는 구 낭만주의파와는 결별했다. 실제 삶에서 이 두 가지는 혼합되어 다른 하나로 합쳐진다. 그 때까지 영국 희곡작가들은 '악인'을 말하지 않고는 희곡을 창작할 수 없었으나, 오스뜨로프스끼는 이런 조건부 인물을 자기작품에 꼭 집어 넣어야 할 필요성을 느끼지 못했다. 그는 이전 형식에서 보이는 조건부적인 법칙인 "극적인 갈등"을 꼭 끼워 넣어야 할 필요성도 느끼지 못했다. 앞에서 언급한 비평가 스까비체브스끼는 다음과 같이 말한다.

"오스뜨로프스끼의 희곡을, 예를 들면, 경향에 맞선 의무의 투쟁이나 돌이킬 수 없는 결과를 불러일으키는 열정들의 충돌, 혹은 선악이나 진보와

퇴보 간의 대립 같은 어떤 일반적인 원칙아래 둔다는 것은 불가능하다. 그것은 다양한 인생 관계를 다룬 희곡이다. 사람들은 삶에서처럼 희곡에서 과거에 만들어진 다양하고 필연적인 조건에서 서로 마주보고 서 있거나 혹은 우연히 인생의 과정에서 만나게 된다. 그들의 특성과 관심의 대상은 서로 대립되어 있기 때문에 그들 사이엔 적대적인 충돌이 발생한다. 우발적이고 예견할 수 없는 것들의 결말은 보통 순조롭건 아니면 대개 불행한 파멸을 맞건 간에 종종 힘이 더 센 쪽이 승리하는 여러 가지 상황과 연관되어 있다. 그러나 실제로 우리는 종종 삶에서 갑자기 어떤 외부의 관계없는 새로운 요인이 개입되어 문제를 완전히 다르게 결정해버리는 걸 본적이 없는가? 이렇게 희곡의 주인공이 느끼는 기분에 미미한 변화를 일으키는 사소한 우연성은 전혀 예기치 못한 의외의 결과를 초래할 수 있다."

오스뜨로프스끼는 때때로 입센처럼 어떻게 희곡을 끝맺어야 할지 언급할 필요조차 발견하지 못했다.

결국 오스뜨로프스끼는 같은 시대의 1840년대 작가들과 대립각을 세우고 있으며 염세주의자가 아니었다. 그는 자신의 희곡에서 표현한 가장 극심한 충돌에서조차도 낙천적이며, 수많은 고통스런 삶을 필연적인 운명으로 이해하려는 태도를 보여준다. 그는 인생의 소용돌이에서 흘러나온 어두운 면을 보여주는 작업을 결코 피하지 않고, 늙은 상인계급 출신으로부터 가정폭군의 매우 혐오스런 군상과 그 뒤를 이어 나타난 기업체 '발기인' 계층 출신의 더욱 혐오스런 군상들을 보여주었다. 하지만 그는 항상 다양한 방법으로 유명 인사들이 끼치는 동시다발적인 영향을 지적하거나 이런 인사들의 예상되는 승리를 암시하곤 했다. 따라서 그는 그 시대 사람들에게서 보통 발견되는 염세주의에 빠져 있지 않았으며, 신경질적인 성향조차 전혀 없었던 점에 반해, 유감스럽게도 같은 시대의 모방자 몇 사람에게만 그것이 나타난다. 심지어 몇 편의 희곡에서는 삶이 온통 가장 어두운 그림자에 휩싸인 순간조차도(예를 들면, 〈죄와 불행은 누구에게나 찾아온다(Грех да беда на кого не живет)〉에서 농부의 삶을 묘사한 지면은 톨스토이의 작품 〈어둠의 힘(Власть тьмы)〉만큼 실감나게 우울하지만, 훨씬 무대공연에 적합하다), 비록 인간의 어리석음에 대한 우울함을 거두어 줄 만한 것이 아무것도 남아 있지 않는다고 해도 자연을 관조할 때면 적어도 그런 순간에서조차도 희망의 빛이 떠오른다.

그런데 여전히 19세기 희곡의 대가중 한 사람으로 인정받고 있듯이 희곡에 대한 뛰어난 재능으로 세계의 희곡분야에서 상위를 차지하고 있는 오스뜨로프스끼의 창작에서 한 가지 매우 중요한 특징이 있다. 즉 그의 작품에서는 극적인 갈등이 매우 단순하다는 점이다. 그의 작품에서는 사회의 각 계층에서 발생하는 갈등에서 끊임없이 만들어내는 현대교양인들의 복잡한 본성과 중대한 사회문제의 다양한 측면이 뒤엉켜서 훨씬 비극적인 문제와 혼돈된 상황들이 발견되지 않는다. 이 모스크바 극작가가 자기 주변에서 본 것을 더 단순한 문제로 다루었듯이, 그와 똑같은 교묘한 방법으로 현대 삶의 당면한 문제를 다룰 수 있는 극작가는 아직도 나타나지 않았노라고 덧붙여서 설명해야겠다.

알렉세이 톨스토이: 역사극

오스뜨로프스끼는 자기 재능을 보여준 절정기에 역사희곡으로 방향을 돌렸다. 그가 쓴 그런 희곡들은 모두 매우 뛰어난 무운시로 되어있다. 그러나 영국역사를 배경으로 한 셰익스피어의 희곡과 뿌쉬낀의 〈보리스 고두노프〉처럼, 그것들은 정확히 말하자면 희곡이라기보다 오히려 희곡의 연대기적인 성격을 보인다. 그것들은 오히려 서사시 범주에 속하며, 그런 희곡의 성격은 역사의 색채를 수용하려는 열망 때문에 자주 뒷전으로 밀렸다.

조금 낮은 수준이긴 하지만 똑같은 정의를 알렉세이 꼰스딴찌노비치 톨스토이(1817~1875) 백작의 역사극에도 적용할 수 있다. 톨스토이는 우선 시인이었다. 하지만 그 역시 이반 뇌제 시대를 배경으로 역사소설을 써서 대성공을 거두었다. 그것은 부분적으로는 검열당국이 처음으로 러시아 군주정치사에서 류도빅 11세의 직책을 수행한 반미치광이 황제를 묘사하는 걸 허락했기 때문이지만, 특히 역사소설로서 갖추어야 할 실제적인 질적 수준 덕분에 성공한 것이다. 알렉세이 톨스토이는 희곡 서사시 〈돈 주앙〉에서 자신의 능력을 시험해보았다. 그러나 그것은 똑같은 내용을 다룬 뿌쉬낀의 희곡보다 훨씬 낮은 평가를 받는다. 하지만 희곡시 부문에서 이반 뇌제와 참칭자 드미뜨리의 시대를 배경으로 쓴 희곡 3부작인 〈이반 뇌제의 죽음〉, 〈황제 표도르 이바노비치〉, 〈보리스 고두노프〉는 그의 걸작에 속한다. 이 세 편의 비극은 상당한 가치를 지니고 있다. 각 작품에서 주인공의 상황은 사실상 고도로 극적이며 재능이 넘치는 작가에 의해 묘사되어 커다란 감동을 불러일으킨다. 게다가 행위는 늙은 모스크바 황제들의 궁전이라는 상황에서 일어나고 그 화려한 독창성 때문에 깊은 감동을 준다. 그러나 세 편의 비극 모두에서 희곡적인 요소의 발달은 서사적 요인과 서술적 요인의 간섭으로 상처를 받고 있으며, 성격묘사들도 역사적으로 정확치 않거나(보리스 고두노프는 널리 알려진 날카로운 성격을 작가의 개인적 특성인 조용한 이상주의로 바꿔버려서 자기 본래의 예리한 성격적 특성을 빼앗겨 버렸다), 혹은 우리가 셰익스피어 희곡에서 익숙하게 만나게 되는 그러한 통일성이 보이지 않는다. 물론 알렉세이 톨스토이의 비극은 빅토르 위고의 낭만주의 희곡과는 거의 공통점이 없다. 희곡작품들은 지적된 결점에도 불구하고 사실주의 성격을 갖고 있다. 하지만 인물의 성격을 묘사하는 데는 여전히 낭만주의의 영향을 느끼게 되는데, 특히 그것은 이반 뇌제의 성격을 이야기할 때 분명해진다.

비극 〈황제 표도르 이바노비치〉만이 예외적이다. 알렉세이 톨스토이는 개인적으로 알렉산드르 2세의 성실한 개인적인 친구였다. 그는 자기에게 제안해온 고위관리직을 사절하고, 황제와 가까이 지내면서도 자신이 독자적으로 처신할 수 있는 황제의 '사냥터 경비'라는 소박한 직책을 더 좋아했다. 아마도 이런 상황이 작가로 하여금 표도르 황제의 성격에 현실적인 특성을 끼워 넣도록 해주었으며, 예술적인 면에서 이반 뇌제와 보리스 고두노프의 특징을 수월하게 표현하도록 해주었을 것이다. 그러므로 알렉세이 톨스토이의 비극에서 황제 표도르는 실제 살아 있는 모습으로 그려져 있다.

다른 희곡작가들

다른 희곡작가들 중에서 가장 흥미로운 작가들을 간단히 언급한다. 뚜르게네프는 1848~1851년에 섬세한 예술작업을 할 수 있도록 온갖 요소를 갖춘 5편의 희곡을 썼다. 뚜르게네프는 그것들을 멋진 문체로 썼기 때문에 매우 생동감이 있으며, 지금까지도 세련되고 발달된 예술적 취향을 지닌 관객에게 미학적 쾌감을 주는 원천으로 남아 있다.

우리는 이미 앞에서 수호보 코블린(Сухово-Кобылин)에 관해 말한 적이 있다. 그는 대성공을 거둔 희곡 〈끄레친스끼의 결혼〉을 썼다. 이 희곡은 그가 구상하고 있던 희곡 3부작의 첫 번째 작품이다. 나머지 두 편의 희곡 〈볼일〉과 〈따렐긴의 죽음〉은 관료주의에 대한 악의적인 풍자를 담고 있으나 첫 번째보다 무대용으로는 효과가 적은 희곡이다.

뻬셈스끼(А. Писемский, 1820~81)는 소설가로서 몇 권의 걸작소설과 별로 알려지지 않은 희곡 몇 편 외에도 한 편의 뛰어난 희곡 〈가혹한 운명(Горькая судьбина)〉을 썼다. 이것은 뻬셈스끼가 자신의 희곡에서 탁월하게 묘사한 농부의 삶을 배경으로 하고 있다. 농부의 삶을 다룬 레프 톨스토이의 유명한 희곡 〈어둠의 힘〉은 훌륭하지만, 삐셈스끼의 희곡을 넘어서지 못한다는 사실을 지적해두고 싶다.

소설가 뽀쩨힌(A. A. Потехин, 1829~1902)도 연극무대용 작품을 썼다. 그래서 러시아희곡을 짧게 개관하겠다고 할지라도 그를 빠뜨릴 수 없다. 희극 〈반짝이〉, 〈잘려진 조각〉, 〈흙탕물에서〉는 검열을 통과하느라 무척 고통을 겪었다. 예를 들면, 희극 〈비어 있는 곳〉은 결코 무대 위에서 공연되지 못했다. 하지만 나머지 작품들은 공연되기만 하면 항상 성공을 거두곤 했다. 한편 그가 다룬 주체들은 언제나 평론가들의 관심을 끌었다.

그의 첫 번째 희극 〈반짝이〉는 뽀쩨힌의 재능을 알아볼 수 있는 전형적인 작품으로 인정받고 있다. 이 희극은 하루의 문제에 대해 응답하고 있다. 수년 동안 쉐드린(제8장을 참조)의 발자취를 따라온 러시아문학은 1864년에 재판 및 행정의 전반적인 개혁이 이루어지기까지 특히 뇌물을 주고받는 행위를 일삼아온 관리들을 묘사하는데 특별한 관심을 기울여 왔다. 그러한 개혁을 도입하고 나자 곧이어 새로운 부류의 관리들이 생겨났다. 사실 그들이 보여준 공무상의 강력한 엄격주의와 전제적이고 난폭한 자기중심주의 때문에 뇌물을 받지 않는 관리들이 이전의 뇌물 수뢰자보다 어쩌면 더 부담스러운 악인으로 등장한것처럼 보인다. 작가는 〈반짝이〉 주인공에게서 바로 그러한 유형을 보여준다. 그가 보여주는 성격은 모두가 부차적인 특성—배은망덕과 특히 사랑(아니면 그가 사랑이라고 여기는 것)—으로서 어쩌면 희곡의 목적을 위해 너무 나쁘게 묘사되어 있는지도 모른다. 그렇게 희곡에서 이기주의자와 형식주의자들이 계속해서 등장하는 경우는 매우 드물기 때문이다. 아마도 현실 생활에서는 결코 만나보지 못할지도 모르겠다. 그러나 작가는 이런 유형의 사실성을 두고 관객들을 납득시키는데 성공하고 있다. 즉 그는 뛰어난 기교로 다양한 상황들에서 나타나는 자기 주인공의 '예절바른' 본성과 뿌리 깊은 이기적인 기질을 보여준다. 이런 점에서 볼 때, 희극은 성공을 거두고 있으며 배우들에게도 꽤 좋은 재료를 제공해주고 있다.

빨름(А. И. Пальм, 1823~1885)은 오랫동안 성공을 누린 극작가였다. 1849년에 그는 뻬뜨라쉐브스끼 동아리(도스또예프스끼가 주도한)의 회원들과 함께 친분을 갖고 있었다는 이유로 체포되었고, 그때부터 그의 삶은 불행의 연속이었다. 그래서 빨름은 50세가 되어서야 문학 활동으로 돌아올 수 있었다. 그는 뚜르게네프가 활동하던 세대에 속해 있어서 그 대소설가가 『햄릿들』에서 뛰어나게 묘사했던 그런 귀족을 잘 알고 있기 때문에, 그들의 그룹생활을 배경으로 한 몇 편의 희극을 썼다. 희극 〈늙은 지주〉와 〈우리 친구 네클류죠프〉는 근래에까지도 러시아 연극무대에서 큰 성공을 거두어 왔다.

배우 체르늬쉐프(А. Е. Чернышев, 1833~1863)도 몇 편의 희극과 1861년에 감동을 안겨준 희곡 〈타락한 생활(Испорченная жизнь)〉을 썼다. 이제 오스뜨로프스끼와 공동으로 희곡 몇 편과 단독으로 몇 편의 희곡을 쓴 솔로비요프(Н. Соловьев)와 재능보다는 다작을 쓴 것으로 수훈을 세웠던 끄르일로프(알렉산드로프)를 이 짧은 개관에서 덧붙이겠다.

또한 두 명의 젊은 작가가 희극과 희곡무대로 깊은 인상을 주었다. 활발한 논쟁을 불러일으킨 희곡 〈이바노프〉와 연이은 희곡들로 깊은 감동을 준 안똔 체홉과 막심 고리끼를 들 수 있다. 확실하게 희곡에 대한 고리끼의 재능을 보여준 〈소시민〉과 근래에 출판된 그의 '희곡 장면들'로 구성된, 〈밑바닥에서〉(이것은 실제로 장면들로부터 희곡을 만들려는 시도를 하지 않은 오로지 장면들뿐이다)는 그의 훌륭한 단편류의 오체르크조차 무색하게 만든다. 다음 장에서 그것들을 상세히 이야기하겠다.

제7장

인민주의 작가들

서구에는 거의 대부분 알려지지 않았지만 주목할 만한 러시아 작가 그룹으로서, 어쩌면 러시아문학에서 가장 전형일지도 모르는 "인민주의 작가들"을 소개한다. 그들은 보통 인민주의 작가라는 이름으로 러시아에서 알려져 있다. 그리고 그 이름으로 비평가 스까비체브스끼는 최초로 그들에게 헌정한 책 『인민주의 작가들』(1888)에서, 그리고 나중에 자신의 책 『최신 러시아문학사』(제4판, 1900)에서 그들의 존재를 알리며 연구했다. 물론 우리는 그들이 인민을 위해서 글을 쓴다는 의미가 아니라 인민에 대해서 글을 쓴다는 의미로 "인민주의 작가들"이란 명칭을 사용한다. 말하자면, 농민, 광부, 공장노동자, 가난한 도시민들, 집 없는 부랑자 등에 관한 글을 쓴다는 의미이다. 황금을 찾는 사람들의 삶을 그린 오체르크들에 등장하는 브레트 하트, 『근원(*L'Assommoir and Germinal*)』에서 졸라(Zola), 『람베티의 리자(*Liza of Lambeth*)』에 나오는 기싱(Gissing), 『존가 5번지(*No.5, John Street*)』에 등장하는 화이팅(Whiting)은 이런 범주에 속한다. 그것은 서유럽문학에서는 예외적으로 우연하게 나타나지만, 러시아문학에서는 본질적인 것이다.

　1850년대 후반 천부적인 재능을 갖춘 여러 작가들의 저술은 어떤 특별한 것을, 이를테면 러시아 인민의 다양한 사회계층을 상세하게 묘사했다. 다른 저작물에서는 근로자 계급이란 단지 지식인 계급 사이에 일어나는 행위가 벌어지는 중편소설을 위한 배경으로 사용되고 있었다. (예를 들면, 토마스 하디가 쓴 『삼림지의 주민들』에서처럼) 인민생활을 위해 취해야 할 태도에 관한 문제들은 모두 사회정책적인 내용을 담은 책에서 심의되고 잡지에 실린 논문과 중편소설에서도 동시에 재현되었다. 농노제의 폐해, 뒤늦게나마 농민과 함께 발전된 부농계급의 금력투쟁, 농촌생활에 미치는 공장의 영향, 대규모의 수렵협동조합, 어느 수도원에서의 농민생활, 시베리아의 삼림생활, 도시거지들과 부랑자들의 삶 등—인민주의 작가들은 이 모든 것들을 묘사했고, 그들이 쓴 중편들은 러시아 대가들의 작품처럼 재미있게 읽혔다. 읍내 재판소에서 마을의 미래 농민

단체들이나 농민에게 적용할 관습법에 대한 문제들이 신문들과 학술지, 그리고 통계조사에서 심의되었고, 동시에 인민주의 작가들은 중·단편소설에서도 전반적인 생활모습과 형상들을 예술적인 방법으로 연구조사했다.

그뿐만 아니라, 인민주의 작가들은 전체적으로 볼때, 사실주의예술의 대대적인 유파이며, 진정한 사실주의 문제에 있어서 우리가 앞장에서 언급했던 다른 모든 작가들을 능가했다. 이에 관해서는 이미 앞에서 이야기했다. 물론 독자는 이 책에서 러시아 사실주의는 졸라와 그의 모방자들의 프랑스의 자연주의와 사실주의와 완전히 구별되는 어떤 독특함을 보인다는 사실을 재확인할 수 있다. 이미 알고 있듯이 졸라는 사실주의를 보급했음에도 불구하고 주인공의 성격개념에 있어서 주인공들이 선한 사람인지 악한 사람인지에 관해서는 관심을 두지 않고 항상 고질적인 낭만주의자로 남아 있다. 아마도 그는 자기 작품의 특수성과 자신의 이런 기분을 생리적, 유전적 의미로서 과장되게 표현한 것 같다. 그는 성격을 묘사하려다 보니 특히 혐오해야 할 유형의 성격을 거의 빠뜨리지 않고 상세하게 서술하는 부분이 지나치게 많았다. 졸라의 '사실주의'는 항상 너무 피상적이며 표면적이라고 러시아에서는 인식되어 왔다. 비록 러시아 인민주의 작가들도 자주 많은 분량의 불필요한 세부묘사(종종 확실히 민족지학적인 묘사로)에 빠져들었지만, 그럼에도 불구하고 그들은 성격과 전체적으로 현실생활의 상태를 표현하는 데 있어서 '내면의' 사실주의를 지향해 가려고 항상 노력했다. 그들의 창작목표는 삶을 왜곡하지 않고 그대로 표현하는 것이었다. 비록 그런 왜곡을 믿을 수 있을지 모르지만, 우연적이고 사소한 세부묘사로 구성되거나, 아니면 실제로 종종 만나게 되지만 일반화시킬 필요가 없는 주인공들에게 미덕과 악덕을 갖다 붙이는 그런 왜곡 없이 삶을 묘사하는 일이었다. 어떤 인민주의 작가들은 다음 지면에서 보게 될 것이지만, 심지어는 유형들을 일반적으로 표현하거나 전형적인 소수의 주인공들에 관해서 개별 희곡들을 쓰는 것조차도 자제하곤 했다. 그들은 암울하고 따분한 상황에서 연속적으로 일어나거나 끝없이 계속되는 보잘것없는 우울한 세부묘사와 일상적인 상황의 결과로서 희곡의 요소로만 소개되는 사소한 사건들로부터 삶 그 자체를 매우 대담하게 표현하려고 시도했다. 그래서 이런 대담한 개혁자들은 자신들이 창조한 이런 새로운 예술분야에서, 어쩌면 가장 비극적인 분야에서 괄목할 만한 성공을 거두었음을 인정해야 할지 모르겠다. 다른 인민주의 작가들은 해당주민에 관한 인구통계학 서술과 소설 사이에서 중개자의 위치에 있으면서, 삶을 보여주는 새로운 유형의 예술표현법을 문학에 도입했다. 예컨대, 글레브 우스뻰스끼는 전형적인 농촌사람들을 예술적으로 묘사하는 작업과 민중 심리학의 범주에 속하는 논의를 혼합시키는 데 기교가 뛰어났다. 게다가 그는 독자가 이런 예술의 원칙에서 탈선하는 것을 기꺼이 용서해 준 것만으로 독자의 흥미를 끌 수 있었다. 또 막시모프 같은 작가들은 그 학술적 가치를 크게 손상시키지 않고 순수하게 민속학적으로 묘사함으로써 진정한 예술작품을 창조하는데 성공했다.

초기 인민주의 작가들

초기 인민주의 작가들 가운데 가장 탁월한 두각을 나타낸 작가는 그리고로비치(Григорович, 1822~1899)였다. 사람들은 종종 그를 톨스토이, 뚜르게네프, 곤차로프, 오스뜨로프스끼와 동등하게 평가하곤 한다. 그가 이룬 문학적인 성공은 매우 흥미롭다. 부친은 러시아인이고 모친은 프랑스인이었다. 그래서 열 살이 되어서야 그는 러시아어를 가까스로 해독할 수 있었다. 그가 받은 교육은 이국적인 것으로, 특히 프랑스적인 특성을 보인다.

그는 원래 뚜르게네프와 톨스토이가 성장한 그런 농촌 환경에서 한 번도 살아본 경험이 없었다. 그리고로비치는 결코 문학저술에 종사해본적이 없었다. 한때 그는 회화그림에 깊이 몰두했으나 나중에 약해진 시력 때문에 부득이 그만두어야 했다. 그는 러시아 조형미술의 운명을 주의 깊게 지켜보았다. 그는 생애 마지막 30년 동안을 "화가장려협회"에서 대부분 시간을 보냈기 때문에 문학사에 거의 나타나지 않았다. 가렛 비첼-스토이가 흑인노예들의 고통을 묘사함으로써 합중국에 도움을 주었듯이, 반(쪽) 러시아계인 그는 이렇게 러시아에 봉사하였다.

그리고로비치는 도스또예프스끼처럼 공병학교에서 교육을 받았다. 학교에서 학업과정을 마친 후, 예술에 몰두하기 위해서 그는 예술대학 수위실의 좁은 방에 세 들어 살면서 아카데미학교에 다니기 시작했다. 그때 예전의 아카데미 문하생인 우크라이나 시인 쉐브첸꼬, 그리고 네끄라소프, 비록 젊은 나이에 요절했지만 대비평가였던 발레리안 마이꼬프(Валериан Майков)와 친분을 가졌다. 이런 친교 덕분에, 그는 문학에 관심을 갖기 시작하고 머잖아 자신의 진정한 천직을 발견하게 되었다.

그리고로비치는 문단에 조금 알려질 즈음에 오체르크[1]인 『뻬쩨르부르그의 악사들』을 썼다. 여기에서 뻬쩨르부르그 서민계층의 우울한 생활을 따뜻한 온정으로 묘사했다. 그 해에 러시아사회에서는 프랑스에서 들어온 사회주의 운동이 일어났다. 그 핵심대표들은 러시아 농노제와 절대주의에 맞서서 격렬한 소동을 일으켰다. 퓨리에,[2] 피에르 레루,[3]

---

1) 오체르크는 사건현장에 대한 사실적인 주변 묘사와 함께 작가 개인의 감정을 넣은 수필, 산문 스케치 또는 르포문학을 의미한다.

2) (역주) C. 푸리에: 공상적 사회주의자로 C. H. 생시몽, R. 오언 등과 함께 활동했다. 공상적 사회주의란 아직 자본주의의 생산양식이 발달하지 않고, 노동자계급과 자본가계급간의 계급투쟁도 발달하지 않던 시기에 자본주의의 단점을 바로잡기 위해 이상사회(유토피아)에 관한 공상적 계획을 세우고 정의와 이성에 의해서 이를 실현시키려 하였다.

3) (역주) Pierre Leroux: 생시몽주의자로서 1832년에 프랑스잡지 〈글로브〉를 발간하였다.

조르주 상드는 러시아 진보그룹으로부터 사랑을 받는 작가들이었다. 그리고로비치 역시 이런 시대사조에 흥미를 느꼈다. 그는 뻬쩨르부르그를 떠나 약 2년간 농촌에 머물다가 1847년 농촌생활에서 자신의 첫 번째 중편『시골』을 썼다. 그는 여기에서 농촌의 생활모습과 혹독한 농노제도를 주제로 아무런 과장 없이 묘사했다. 이런 묘사는 무엇보다도 생동감 넘치는 특징을 띠고 있었으므로, 벨린스끼는 이 젊은 작가의 뛰어난 재능을 인정하고 환영했다. 다음에 나온 그의 중편『안똔 고레므이까』역시 농사꾼의 생활을 묘사한 것으로 큰 성공을 거두었는데, 작품이 지닌 사회적, 문학사적 가치는 미국의『톰 아저씨의 오두막집』과 비길 만하다. 그 시대 어떤 독자는 자신이 젊었을 때, 그리고 더 나이가 들어서도 안똔의 불행을 보고 눈물 없이는 읽을 수 없었으며, 농노제도에 몹시 격분하지 않을 수 없었노라고 말했다. 그 후 8년이 지나 그리고로비치는 또 다시 그런 성향을 띤『어부들』,『이주민들』같은 중편들과 민중생활을 그린『농부』등 몇 편의 단편, 그리고 장편소설『시골길』을 썼다. 그리고로비치는 그것들을 연달아 발표했다. 1865년에 꼰스딴찐 대공은 몇 명의 작가들(곤차로프, 오스뜨로프스끼와 민속학자 막시모프 등)을 초청하여 러시아 내륙과 해외, 국경을 돌아다니며 세계일주 항해를 하도록 조직한 학술탐험단과 함께 탐험했다. 그리고로비치가 집필한 여행기행문인『기선 레뜨비잔호』는 매우 흥미로우며, 곤차로프의『전함 빨라다호』와 거의 대등한 가치를 지니고 있다. 그리고로비치는 이 탐험에서 돌아오자 자기 예술세계에만 빠져 심혈을 기울이다가 만년에『회상록』과 몇 편의 중편소설을 썼다. 그는 1899년에 사망했다.

1846~1855년에 그리고로비치가 발표한 대작들은 모두 그런 모습으로 나타났다. 평론가들은 그의 작품을 평가하면서 서로 의견이 엇갈렸다. 어떤 비평가는 대단한 찬사를 보냈는가 하면, 또 다른 비평가들은

사회주의라는 용어가 이 잡지에서 사용되었다고 한다.

대부분 그리고로비치가 진정으로 농민을 본격적으로 묘사했다고 말할 정도였다. 그러나 뚜르게네프는 그리고로비치의 차가운 묘사를 예로 들며 그의 작품에서는 애정결핍이 느껴진다고 말했다. 유라시아 대륙에 거주하는 이주민들은 대체로 그 발생기원이 다른 주민들로서 종족이 서로 다르다. 서부러시아 농부들이 동부의 농부들과 비슷하지 않은 것처럼, 남부러시아 농부들도 북부 농부들과 비슷하지 않다. 그리고로비치는 모스크바 남부에 위치한 뚤리스꼬이 현과 깔루줴스꼬이 현에 사는 농민의 모습을 주로 기록했다. 평온하고 약간 시적이면서, 억압당하고 있지만 그래도 역시 온순하고 선량한 민족인 두 현의 주민들을 사실대로 소개하고 있다. 그리고로비치의 중편에서는 대러시아 정신을 지닌 리투아니아인과 우크라이나인의 사고를 시적으로 결합해 놓은 것을 볼 수 있다. 민속학자들은 특히 이곳 주민들에게서 보이는 러시아적인 민속의 특징에 특히 관심을 기울였다.

물론 그의 인물묘사는 뚜르게네프가 묘사한 농민(뚤라와 오룔지방에 거주하는)보다 더욱 분명하게 사실적으로 그렸다는데에 그 차이점이 있다. 그리고 그다지 재능이 없는 당시 인민주의 작가들의 농민생활과 성향에 관한 연구는 그리고로비치가 연구한 것보다 훨씬 나중에 나온다. 하지만 이렇게 지적한 온갖 결점에도 불구하고 그리고로비치의 중편들은 한 세대에 큰 영향을 끼쳤다. 중편들은 독자에게 농민을 사랑할 것과 농민과 상대할 때는 사회구성원으로서 민중이 지녀야 할 의무감을 느끼도록 가르쳤다. 전반적으로 이 중편들은 농노제적 상황에 동정심을 갖게 만드는 효과가 있었다. 어떻든 결기가 부족한 탓인지 농노제는 붕괴되지 않은 채 수많은 세월이 흘러가 버렸다. 그리고 나중에 가서야 1870년대에 일어난 "브나로드"(인민에게로)운동에 많은 영향을 주었다.

마리야 마르꼬비치(Мария Маркович, 필명은 마르꼬 보브초크)는 농노해방 전에 같은 성향을 지닌 다른 작가들에게 여러 차례 깊은 감동을 주었다. 그녀는 중앙러시아의 귀족가문 출신으로 대 러시아인이었지만, 우크라이나 작가이자 뛰어난 민속학자인 마르꼬비치와 결혼했다. 그래서 그녀가 농민생활을 그린 첫 단편소설은 매혹적이고 시적인 언어인 우크라이나어로 멋지게 쓴 것이다(뚜르게네프는 이 이야기를 대 러시아어로 옮겨 적었다). 하지만 그녀는 곧 고국으로 돌아왔고, 두 번째 저서부터는 농촌 생활을 그린 단편에서 지식계급의 생활을 그린 중편으로 바뀌기 시작한다. 그것은 대 러시아어로 썼다. 이 두 작품은 서로 우월을 가리기 힘들 정도로 뛰어나다.

오늘날에는 비록 마르꼬 보브츠크의 중·단편소설이 감상주의의 한계를 보여주지만, 당시에는 러시아에서 자유를 위한 투쟁에 국력을 향상시킬 필요가 있는 것인지 하는 문제를 놓고 농민에게 자유를 주어야 할지 말지를 논하는 비중 있는 문제가 제기되었을 때, 러시아 인민은 모두 마르꼬 보브츠크의 중편에 빠져서 농사꾼 여주인공의 운명을 목격하면서 통곡했을 만큼 큰 감동을 받았다. 예술이란 사회에, 특히 당시의 사회적인 위기에 충실해야 할 필요가 있다. 그러나 이런 점을 제외하면 마르꼬 보브츠크의 글은 순간적인 요구에 충실하다는 점에서 중요한 가치를 지닌다. 이 작품 속에 나타난 감상주의는 현실적인 감각이 없는 것처럼 숨기려한 19세기의 감상주의와는 전혀 다르다. 반면에 그 안에는 사랑하는 감정의 뜨거운 열정이 전해지며, 진실이 가득 담긴 우크라이나의 민중시에서는 심오한 시의 분위기를 느낄 수 있다. 러시아 평론에서 지적한 것처럼, 이 민중시와 마르꼬비치는 매우 밀접한 관계를 맺고 있다. 그녀는 민중의 일상생활에 대한 자신의 완전치 못한 지식을 보충해서 우크라이나의 노래와 민중시에서 수많은 감동적인 특성을 제시함으로써 대작가로서의 면모를 보여준다. 그녀의 주인공은 실제로 존재하지 않는다. 그들은 우크라이나의 농촌 분위기와 지방 고유의 생활 상태에 따라 창조되었다. 이런 글에는 여류작가의 부드러운 필치로 묘사한 우크라이나 농민의 애환이 시적으로 표현되어 있다.

이 시대의 인민주의 작가들 중 다닐레프스끼(Данилевский, 1829~

1890)에 대해 살펴본다. 비록 그는 예전에 역사소설가로 알려졌지만 세 편의 중편소설『노보러시아로 간 탈주자들』(1862),『탈주자들이 돌아오다』(1863)와『새로운 땅』(1867)은 노보러시아(Новороссия)[4)에 거주하는 자유정착민들을 다룬 작품들로서 큰 성공을 거두었다. 정착민들의 삶에서 매우 호감을 주는 장면들이 작품 곳곳에서 발견된다. 말하자면, 대부분 정부의 허가를 받지 않고 경작할 수 있는 자유로운 땅을 정착민들이 염두에 두고 있으며, 새로 병합된 러시아 서남부 지역에서는 과도한 사업의욕 때문에 빚어진 사건의 희생자들이 속출하고 있음을 보여준다.

과도기

그리고로비치와 마르꼬 보브초크가 저술한 작품의 결과들이 모두 가치 있는 것이었음에도 불구하고, 극빈층의 삶을 자기작품들의 주제로 만들면서, 그들은 그 목적을 위해 우선 먼저 더 적합한 문학적 외형을 찾기 위한 배려를 해야 한다는 점을 깜빡 잊고 있었다. 중산층의 삶을 다룬 중편들에서 발전된 일반적인 문학기법은 (기사도의 이야기에서 종종 미화된 중세의 기사들처럼, 미화된 그런 '주인공들'의 독특한 버릇과 함께) 물론 미국의 개척자나 러시아농민의 생활을 다룬 중편들에는 별로 적합한 양식은 아니었다. 그래서 새로운 방법과 양식을 찾아야 했다. 하지만 그런 양식은 점진적으로 얻어질 뿐이다. 그리고로비치로부터 초사실주의자 레쉐뜨니꼬프에게로 넘어가는 규범과 양식의 점진적인 발전과정을 지켜보는 것은 매우 흥미롭다. 마침내 사실주의자이자 이상주의자인 고리끼의 단편소설에 이르러서야 양식이 완성된다.

---

4) (역주) 남부 우크라이나의 흑해와 아조프해 연안지역을 18세기 중엽부터 1917년까지 부르던 공식명칭이었다.

꼬꼬레프(И.Т. Кокорев, 1826~1853)는 도시 빈민층의 삶을 그린 단편소설을 몇 편만 남기고 꽤 젊은 나이에 요절했다. 그는 '호의적인 관찰자'적 입장에서 쓴 감상주의를 벗어나지는 못했다. 하지만 그는 가난한 집에서 태어나 가난한 사람들 사이에서 교육을 받았기 때문에 곤궁한 생활을 잘 알고 있었다. 따라서 그는 나중에 중편소설에서 '가까운 연인에 대해 얘기하듯이 따뜻한 마음으로' 동시에 '절망적인 외침으로 고통스런 가슴이 찢겨 나가지 않도록 지독한 욕설이나 독설적인 야유를 퍼붓지 않고서' 수공업자와 평민을 묘사했다고 도브롤류보프는 평했다. 이 작품에서는 사회적 불평등인 악과 화해하는 목소리조차도 울려 나온다.

비록 민중의 삶을 그린 중편소설이 인민주의 작가들에게서 특별히 두드러지게 발달하지는 않았지만, 뻬셈스끼(А. Ф. Писемский, 1820~1881)와 뽀쩨힌(А. А. Потехин, 1829년생)으로부터 시작됐다. 뻬셈스끼는 뚜르게네프와 같은 시대에 활동했다. 그는 뚜르게네프와 톨스토이, 곤차로프와 함께 창작하기 시작했고, 뛰어난 재능을 분명히 지니고 있었다. 그의 작품은 남다른 관찰력과 힘을 갖고서 부정적인 것들을 폭로했다. 농노해방 직전의 상황을 묘사한 소설 『천 개의 영혼』은 독자에게 깊은 감동을 주었고, 독일에서는 그 진가를 인정받아 이듬해에 독일어 번역판이 나왔다. 뻬셈스끼는 특별히 신념이 강한 사람은 아니지만, 그의 소설은 매우 뛰어나다. 니힐리즘운동(1858~1864)이 급진적으로 발전되어 서로 다른 이념과 격렬한 투쟁을 벌이는 특수상황을 맞게 되자, 뻬셈스끼는 인간과 사상에 비판적인 태도를 취했다. 그는 '신념'이란 단지 자신의 비열한 감정과 속 좁은 이기주의를 방어하는 도구라고 생각했다. 상술한 감동에 대해서도 적대적인 태도를 취했으므로 『혼란스러운 바다』 같은 작품은 이런 적의가 드러난다는 이유로 청년층으로부터 비난받았다. 폭로적인 성격의 작품에서는 뻬셈스끼의 재능을 발견하기가 쉽지 않다. 그보다 예전의 문학작품시대에 뻬셈스끼는 농민의 삶을 그린 몇 편의 단편소설(『목수 협동조합』, 『뻬쩨르쉬시끄』) 등과 농촌생활을 그린 희곡 〈고통스런 운명〉을 썼다. 이런 작품들은 순수한 문학적 의미를 지니고 있다. 작가는 작품에서 농민의 삶의 지혜를 전적으로 사실주의적인 시각으로 묘사하면서 러시아 구어체를 사용해 농민의 성격을 표현했다.

그리고로비치가 나중에 조르주 상드의 영향을 받아 창작한 작품에서는 어떤 강한 느낌을 이상화하려는 흔적을 찾아볼 수 없다. 물론 고도의 합리적인 상식을 갖춘 뻬셈스끼의 농민은 뚜르게네프가 묘사한 농민과 동등하게 평가될 수 있다. 그 자신이 명배우였던 뻬셈스끼의 희곡을 오스뜨로프스끼의 훌륭한 희곡과 비교해보면, 어떤 개성도 잃지 않은 채, 다른 경향과 더불어 더 비극적인 요소를 갖추고 있다. 거기엔 톨스토이의 〈어둠의 힘〉에도 못지않은 강한 사실주의가 나타나 있기도 하다. 뻬셈스끼의 희곡과 톨스토이의 작품은 많은 공통점을 지니고 있지만, 뻬셈스끼의 희곡이 보여준 연극의 가치로 보면 더 우세하다.

뽀쩨힌의 중요한 문학성과는 앞에서 말한 대로 '익살스러움'에 있다. 그 주제는 지식계층의 생활에서 찾아볼 수 있다. 그는 민중의 삶을 그린 희곡을 몇 편 써서 꽤 유명해졌고, 문학적 성공을 거둔 초기 1850년대와 1870년대 후기, 두 차례에 걸쳐 민중의 삶을 다룬 중·단편을 쓰기 시작했다.

이 중·단편들은 당시 인민주의 작가의 소설류에서 사조의 역사발전상 중요한 특성을 갖는다. 뽀쩨힌이 활동초기에 쓴 책에서는 농민을 미화한 당시의 경향에서 영향을 받은 사실이 분명히 발견된다. 하지만 민속학 파견단에 참가한 후로 그는 미화하는 방법을 수정했다. 그는 농민을 미화하려는 호의적인 태도에서 완전히 벗어나 그들의 현실을 있는 그대로 묘사하기 시작했다. 그는 농민 개개인의 독특한 성격을 묘사하는 데 큰 성공을 거두었다. 그러나 농촌생활의 세계, 즉 '미르'(이것이 빠진다면, 결코 농촌생활을 사실적으로 묘사할 수 없다)는 나중에 인민주의 작가들이 해야 할 대대적인 작업의 대상이었기 때문에 뽀쩨힌의 작품에서는 아직 존재하지 않는다. 일반적으로 뽀쩨힌은 러시아 농민의 외형적인 삶을 잘 알고 있었고 농민들의 대화법을 연구했지만, 그들의 영혼과 본질까지 깊이 깨닫지는 못했던 것이다. 나중에 가서야 농민에 대한 훨씬 깊은 이해가 드러난다.

민속학 연구

농노제가 1861년에 폐지되었다. 농노제의 폐지와 함께 그동안 농민들에게 가해진 불행에 대한 동정심도 동시에 사라졌다. 이제는 이미 쓸데없는 얘기지만, 농민은 모든 인간의 감정에 접근하기가 용이한 인간의 본성이라는 사실이 밝혀졌다. 이제 러시아민중의 삶과 이상과 관련된 새롭고 더욱 진지한 과제들이 지각 있는 러시아인 개개인에게 제기되었다. 연구자들 앞에는 거의 오천만 명이나 되는 민중이 있었는데, 그들의 삶의 방식, 그들의 신념과 사고방식, 그리고 이상이 지식계급과는 완전히 달랐다. 동시에 마치 이러한 수백만 명의 사람들이 전혀 다른 언어로 말하며 전혀 다른 종족에 속해 있는 것처럼 생각될 만큼, 그들은 진보적인 미래의 지도자들에게 알려져 있지 않았다.

만약 민중의 그와 같은 무지 상태가 오래 지속된다면, 장래 러시아의 발전은 침체기에 빠질 것이므로, 그것을 벗어나려면 문학이 정치·사회 활동의 진일보를 위해 사력을 다하고, 사상가들이 직면한 비중이 큰 문제를 해결할 수 있도록 자신들이 온 힘을 다해야 한다는 사실을 지식인들은 깨달았다. 러시아에서는 1858~1878년까지 20년간 광범위한 계획에 따라 국가의 민속학적인 연구가 시작되었다. 그런 대대적인 연구규모는 세계 어디에서도 찾아보기 힘들다. 즉 고대 민중의 기념비적인 창작품들, 여러 분야의 관습법과 제국시대의 민족성을 다룬 문헌들, 종교와 신앙의 형식뿐만 아니라 나아가 사회적 갈망, 각자 특징을 지닌 수많은 러시아 종파들, 제정러시아시대의 특히 재미있는 여러 풍속들, 또한 농민들의 경제상황과 그들의 가내수공업, 러시아 동남부에서 대규모적인 어업협동들, 수천 개에 달하는 인민공동체의 다양한 형태, 연방국에서만 오직 비교할 수 있는 러시아 '내부의 개척', 소유지 사상의 진화─이 모든 문제들이 가장 집요한 탐구의 대상이 되었다.

콘스탄친 대공이 조직하여 저명한 여러 작가들이 참여한 대규모 '민속학술탐험대'는 이후 수많은 학술탐험단의 선두주자가 되었다. 학술탐험대는 러시아의 경제생활, 민간전설, 풍속 등 민속학을 상세하게 연구하여 러시아인들의 사회학습에 도움을 주려고 조직되었다. 학술탐험대원 가운데 농촌을 구석구석 도보로 순례하며 일생을 바친 야꾸쉬낀(Якушкин, 1820~1872) 같은 인물은 때때로 하늘을 나는 새처럼 자유롭게, 다음날을 개의치 않고 비에 흠뻑 젖은 옷을 입은 채로 말려 입고 다녔다. 그는 농민들과 힘든 생활을 함께하는 것을 좋아해서 가난한 농부의 집에 머물면서 민중시를 쓰고 중요한 민속자료들을 수집했다.

러시아에서는 야꾸쉬낀 부류처럼 노래와 그 밖의 민속자료를 수집하는 독특한 형태의 인텔리겐차들과 '젬스트보(지방자치회)통계조사원들'이라는 노·장년층의 사람들이 생겨났다. 그들은 지난 25년 동안 자원봉사자로서 각 농가를 대상으로 찾아다니며 질문하는 방식으로 복잡한 지방자치 통계작업을 최소비용으로 완수해냈다(에르쩰은 자신의 중편소설 『교대』에서 이런 통계조사원들을 훌륭하게 그렸다).

쁘이삔(А. Н. Пыпин, 1833년생)이 펴낸 4천개 이상의 이야기가 실려 있는 4권짜리 『러시아 민속집(История Русской Этнографии)』은 1858~1878년까지 20년 동안 사이즈가 큰 잡지형식으로 나왔다. 그 중 절반은 농민의 경제상황을 다룬 자료들과 나머지 절반은 넓은 의미로 민속을 다룬 자료들로서 이런 연구경향이 같은 비율로 계속되었다. 이런 움직임에서 두드러진 특징은 연구의 결과들이 접근하기 어려운 공식적인 출판물로 사장되지 않았다는 사실이다. 이런 연구를 서술한 작품들은, 예를 들면 막시모프의 『북부지방에서 지낸 일 년』, 『시베리아와 유형지』, 『방황하는 루시』와 아파나시예프의 『옛날이야기』, 젤레즈노프의

『우랄지방의 까자크인들』과 모르도브쩨프의 수많은 오체르크들은 훌륭한 장편소설처럼 독자대중으로부터 인기를 얻었다. 그리고 산문작품 몇 권이 출판되어 나왔다. 예를 들면 소설형식을 갖춘 멜리니꼬프(뻬체르스끼)의 『숲에서』와 『산으로』는 내용이 매우 재미있는 민속작품으로 독자의 눈길을 끌었다. 동시에 무미건조한 통계보고서들이 의욕적으로 읽고 생각하는 독자들의 생활 잡지기사들에 실리기도 했다. 이외에도 지방과 관련된 주제로 각 계층의 주민을 상세하게 연구한 쁘루가빈과 자소짐스끼, 러시아의 통속이야기에 주안점을 둔 『러시아 술집주막의 역사(История кабаков в России)』를 쓴 쁘르이조프 등은 민속학의 대가가 되었다.

예전에는 단지 자신의 농촌저택 발코니에서만 농민을 관찰했던 러시아 지식층사회는 그와 같이 노동자대중의 다양한 계층들과 빈번하게 접촉하게 되었다. 그리고 이런 접촉이 정치사상의 발전뿐만 아니라 러시아문학의 전체적인 성격에도 어떤 영향을 주었는지 쉽게 상상할 수 있다.

농민을 이상화한 중편소설은 이젠 과거의 지평선 너머로 사라졌다. 지식계급들의 결점에다 농부들의 목가적인 선행을 대립시킬 목적으로, 그리고 창작환경으로서 '친애하는 농부들'을 묘사하는 일은 더욱 불가능하게 되었다. 니꼴라이 우스뻰스끼와 B. A. 슬레프죠프[5]가 쓴 우스운 이야기들을 위한 재료로서 민중을 이용한 시도는 짧은 기간만 겨우 성공을 거두었다. 주로 사실주의적인 경향의 새로운 인민주의 작가들의 유파가 요구되었다. 결국 배우지 못한 빈곤계층을 묘사하는 일에서 예술의 본본을 깊이 이해하고서 새로운 토양을 일군 학자들이 많이 등장함으로써, 세계문학에서 중편소설은 발전의 새로운 장을 열었다고 생각한다.

---

5) (역주) 바실리 알렉세예비치 슬레쁘죠프(1835~1877): 개혁시대의 생생한 현실과 노동자 및 농민의 삶을 날카롭게 묘사한 작가이며, 작품으로는 『고난의 시대』(1865)가 있다.

뽀말로브스끼

러시아에서 사제, 보제, 하승, 교회 일꾼 등의 성직자들은 최초이자 최후의 '사회계급'과 '대중'이라 할 만한 개별계층을 형성하고 있다. 농촌의 성직자들은 특히 그렇다고 말할 수 있다. 농촌 사제들은 보제와 하승처럼 급료를 받지 못해 주로 교회에 딸린 경작지를 개간해서 얻은 소득으로 생활했다. 중앙러시아의 따가운 여름철에 젊은이들은 건초를 말리거나 수확할 준비를 한다. 사제들은 항상 예배를 준비하다가도 들판으로 일하러 급히 되돌아가곤 했다. 짚더미와 잘 어울리는 농가보다 수가 많지는 않지만 농촌사제의 주택도 통나무로 지은 집에 짚을 꼬아 만든 초가지붕을 올렸다. 농민의 의복과 사제복은 교회에서의 근무기간과 교구의 재정수입에 따라 장식과 옷감에서 차이가 난다. 옛날에는 항상 들판이나 경사진 밭고랑에서 쟁기질하는 사제의 모습을 볼 수 있었다.

사제의 아이들은 모두 특수 사제학교에서 무료교육을 받는다. 그러나 나중에 그 중 몇 명은 신학교에 다녔다. 뽀말로브스끼(1835~1863)는 1840~1850년대의 학교에서 유행하는 지긋지긋한 교육방식을 묘사하여 평판을 받았다. 그는 뻬쩨르부르그 근교의 가난한 시골 부제의 아들이었다. 자신은 특수 사제학교와 신학교를 일 년간 다녔다. 그때 특수 사제학교와 신학교는 모두 전혀 교육받지 못한 성직자들, 주로 수사들이 운영하고 있었다. 특히 매우 추상적인 신학의 내용을 암기하도록 강요함으로써 가장 합리적이지 못한 교육을 시행하는 것이 지배적인 분위기였다. 그리고 지나치게 술을 마시는 등 사제학교들의 일반적인 도덕수준은 극히 낮았다. 가끔 하루 2~3차례씩 수업시간마다 암기시키고 외우지 못하면 계획적으로 꾸민 잔혹한 행위로 매질을 해대는 것이 교육방법의 주요 수단이었다.

뽀말로브스끼는 동생을 몹시 사랑해서 자신과 같은 경험을 동생이

겪지 않도록 하려고 애썼다. 그래서 동생을 중학교에서 교육받게 할 방법으로 그는 사제학교에서 이루어지는 교육에 관해 교육학 평론을 쓰기 시작했다. 이런 학교들의 실생활을 정확하게 묘사하면서 매우 강도 높게 호소한 소설이 나왔고, 이런 교육의 직접적인 희생자인 수많은 성직자들이 뽀뫄로브스끼가 언급한 내용을 확인하는 수필들을 썼다. 전혀 꾸미지 않은 진실, 예술을 위한 예술을 완전히 부정하며 있는 그대로 진실을 묘사하는 방법은 뽀뫄로브스끼 만의 특징이다. 그는 작품의 주인공들과 비록 헤어지게 될지라도 이런 방향을 줄곧 고수하였다. 그가 묘사한 인물들은 윤곽이 뚜렷한 유형은 아니지만, 진정한 삶의 '중간지대'에 속해 있다고 말할 수 있다. 지나치게 좋거나 나쁘지도 않은 모호한 인물과 굼뜬 행동은 어디에서나 인류가 진보해 가는데 큰 장애가 되고 있다.

그는 교구청과 성직자들의 학교생활을 그린 수필집 외에도 소시민의 생활을 묘사한 장편을 두 권 썼다. 그것은 『소시민의 행복』과 『망치』라는 작품으로서 자서전적인 소설이다. 그 후에 『오누이』라는 미완성의 작품을 남겼다. 그는 30세도 채 안 된 나이에 요절하고 말았다.

레쉐뜨니꼬프

레쉐뜨니꼬프[6]는 같은 유파에서도 뒤늦게야 러시아 인민주의 작가들을 위한 초사실주의 유파의 창립자로 볼 수 있는 뽀뫄로브스끼와 함께 등장했다. 그는 나중에 우체부가 된 하위성직자의 아들로 우랄에서 태어났다. 그의 가족은 극심한 빈곤 속에서 살았다. 삼촌은 그를 뻬르미로 데려갔다. 그는 그곳에서 끊임없이 매를 맞으며 유년시절을 보

---

6) (역주) 뾰또르 미하일로비치 레쉐뜨니꼬프 П.М. Решетников(1841~1871): 비평가들로부터 "민중의 콜럼부스", "생명이 생동하는 활기찬 시민"이라고 평가받았다.

냈다. 10살이 되자 삼촌은 그를 미션스쿨에 보냈다. 그곳에서도 그는 또 삼촌 집에서 보다 더 심한 구타를 견뎌내야만 했다. 그는 학대를 견디지 못해 그곳에서 도망쳤으나 곧 붙잡혔다. 무자비하게 채찍질을 당한 불행한 아이는 두 달 동안 병원에서 몸져 누워 지냈다. 그는 완쾌되지도 않은 몸으로 다시 학교로 보내졌고, 또다시 그곳에서 도망쳐 나와 가난한 방랑자가 되었다. 그는 새로운 친구와 함께 방랑하며 다니는 동안 적잖은 고통을 견디며 지냈다. 그러다가 또 붙잡혀와 다시 잔인한 체벌을 받았다. 그의 삼촌도 부친처럼 우체부였다. 레쉐뜨니꼬프는 읽어볼만한 괜찮은 독서 자료가 없어서 우체국에서 신문을 훔치기 시작했고, 신문들을 다 읽은 후에는 모두 없애버리곤 했다. 그러다가 소년은 해당 지방정부 앞으로 보낸 군사령관의 중요한 성명서를 없애버림으로써 그동안 남몰래 벌이던 행각도 들통이 나고 말았다. 그는 재판에 회부되었으나 당시 별다른 교정시설이 없었기 때문에 수도원에 몇 달간 감금당하는 형을 언도받았다. 수도사들은 레쉐뜨니꼬프에게 매우 친절하게 대해주었다. 하지만 그들은 그를 음주에다 과식하도록 만들었고, 밤에 수도원을 몰래 빠져나가는 등 방종한 생활에 빠지도록 했다. 하지만 이런 모든 행위에도 불구하고 레쉐뜨니꼬프는 수도원에서 자유로움을 느끼며 지방학교 시험에 합격했다. 그리고 3루블의 월급을 받는 정부의 서기직에 채용되었다. 그런 정도의 급료는 레쉐뜨니꼬프를 그지없이 빈곤한 생활로 내몰았지만, 그럼에도 당시엔 쥐꼬리만한 빈약한 관료봉급을 충당하기 위해 대다수의 관리들이 챙겼던 뇌물을 받지는 않았다. 어느 감사관이 뻬르미[7]에 도착한 사건이 마침내 레쉐뜨니꼬프를 구해냈다. 그 신사는 서류를 정서하려고 그를 채용했는데 그 청년이 자기 마음에 들었다. 그는 신사의 도움으로 뻬쩨르부르그로 옮겨와 그곳에서 뻬르미에서 받은 급료에 비해 거의 두 배나 많은 재무부의 서기

---

7) (역주) 뻬르미: 유라시아의 동부도시 이름.

자리를 얻게 되었다. 레쉐뜨니꼬프는 이미 뻬르미에서 문학공부를 하기 시작했는데, 뻬쩨르부르그에서도 그 공부를 계속했다. 여러 군데 소형 신문사에 자신의 작품을 보내는 동안 네끄라소프와 친분을 쌓을 기회를 갖지 못했다. 《동시대인》[8] 잡지에 레쉐뜨니꼬프의 중편 『뽀들리쁘나야 주민들(Подлиповцы)』(불어번역은 Ceux de Podlipnaia)이 실렸다. 이 작품으로 그는 "민중생활을 독창적으로 그린 작가"라는 평판을 얻었다.

문학에서 레쉐뜨니꼬프의 위치는 독특하다. 뚜르게네프는 그의 작품에서 "충실한 레쉐뜨니꼬프의 진실"이라는 말로 특징을 묘사한 적이 있다. 그의 작품은 아무런 수식이나 서정적인 효과를 내지 않고 순수한 진실만을 보여준다. 그것은 일기 같은 것으로, 거기엔 작가가 우랄의 광산촌, 뻬르미의 농촌마을이나 뻬쩨르부르그의 빈민가에서 함께 생활해야만 했던 사람들이 기록되어 있다. '뽀들리뽀브쓰이(Подлиповцы)'라는 말은 우랄산맥 어딘가에 버려진 작은 시골 뽀들리쁘나야에 정착한 주민들이라는 의미이다. 그들은 아직 완전히 러시아화되지 않은 뻬르먀끄인 종족으로, 오늘날에도 러시아의 여러 지역에서 원시적인 농경문화 단계에 여전히 머물러 있다. 그들은 야생동물을 사냥하기가 이미 불가능해지자 경작하는 문제에 신경을 써야 했다. 그들 종족 가운데 소수자만이 한 해에 두 달간 진짜 빵다운 라이보리 빵을 먹을 수 있으나, 나머지 열 달은 나무껍질 가루를 섞어 반죽한 빵을 먹어야 했다. 그들의 생활은 러시아의 어느 곳, 어느 주에서도 알려 있지 않으며 사제를 만나는 일도 거의 없었다. 그들은 기껏해야 토지 경작법을 겨우 알고 있을 뿐이었다. 그들은 난로 만드는 법을 몰라서 1월~7월에 기근이 들면 완전히 난폭한 상태에 빠지기조차 했다. 말하자면, 그들은 미개인보다 발전수준이 낮은 편이었다.

종족 가운데 가장 지적으로 발달한 한 사람인 필라는 다섯까지 세

---

8) (역주) 《동시대인》: 1836년 뿌쉬낀이 창간한 진보적인 잡지로 1866년에 폐간되었다.

는 법을 알고 있으나, 나머지 사람들은 그것조차 알지 못했다. 필라의 시공에 대한 개념은 완전히 원시적인 것인데도, 이런 필라가 여전히 반미개한 마을사람들의 타고난 지도자로서 주민들을 여러모로 계속 도와주고 있었다. 그는 주민들에게 파종을 위해 언제 경작해야 하는지를 말해주며, 주민들이 만든 소규모 가내수공업 생산품의 판로를 찾고 있다. 그는 이웃마을에 가는 길과 언제 그곳에서 수요가 있는지, 언제 그곳에 다녀와야 하는지 알고 있었다. 외동딸 아프로시카를 둔 그의 가족관계는 인류학에서 선사시대의 단계에 머물러 있다. 그런데 그 자신과 그의 친구 스이소이카는 아프로시카를 몹시 사랑하고 있어서, 그녀가 죽으면 함께 생을 마감할 준비가 되어 있었다. 그들은 강 위에서 무거운 배를 조류에 거슬러 끌고 가는 힘든 뱃일을 시작하려고 마을을 내팽개친다. 하지만 이런 반원시인들은 매우 인간적인데, 그것은 작가가 단지 그런 형상을 창조하려고 의도했기 때문이 아니라 본래 그들이 현실적으로 그렇기 때문에 그렇게 느껴진다. 독자는 온순한 짐승처럼 인내하면서 견뎌 내는 그들의 고통과 삶의 이야기를 감동 없이는 읽을 수가 없으며, 우리 자신의 삶을 그린 걸작보다 훨씬 심오하게 그 시대를 느끼게 된다.

레쉐뜨니꼬프의 다른 소설 『글루모브(Глумовы)』는 이런 종류의 문학분야에서 가장 우울한 작품 중 하나이다. 거기에는 어떤 특별한 불행이나 재난도 없고, 어떤 극적인 효과나 감동도 없다. 하지만 이 중편에는 우랄지방 노동자들의 전반적인 삶이 매우 우울한 분위기에 싸여있고, 앞으로도 이런 암담한 압박에서 벗어날 가망이 전혀 없어 보이며, 그들의 삶의 모습이 결코 변하지 않을 것이라는 점을 점차 느끼도록 만들기 때문에 독자들은 절망에 사로잡힌다. 또 다른 『사람들 사이에서』라는 중편에서 레쉐뜨니꼬프는 자신이 소년시절에 겪은 지독한 경험을 모아 이야기를 썼다. 그가 쓴 두 권짜리 대하소설 『어디에 더 좋은 곳이 있을까?』는 일자리를 구하러 뻬쩨르부르그로 올라온 빈민층의 한 여인이 겪는 끊길 듯 이어지는 일련의 불행을 다룬 이야기다. 우리는 여기에서도(그의 분량이 많은 다른 중편 『나의 빵』에서처럼) 『글루모브』에서와 같이 예리함이나 강렬하게 묘사한 성격이 드러나지 않기 때문에 똑같은 우울함을 발견한다.

레쉐뜨니꼬프의 전 작품에서 문학적인 결함이 발견되고 있는 것은 분명하다. 하지만 개념과 구조에 있어서 초현실주의와 그 형식이 결여되어 있음에도 불구하고, 그는 예술적 가치를 지닌 새로운 소설형식의 창시자라고 할 수 있다. 레쉐뜨니꼬프는 물론 어떤 형태로든 학파를 만들 수 없었다. 하지만 그는 자기 뒤에 오는 후배들에게 사실적인 중편소설을 창작하려면 무얼 해야 하고 무얼 피해야 하는지 암시를 주었다. 그의 작품에서는 낭만주의의 흔적을 찾아볼 수 없다. 우선 주인공들이 없다. 거의 개성화되지 않은, 다만 무관심한 거대한 군중이 있을 뿐이다. 그들에겐 분명한 색깔도 없고 거물들도 아니다. 모두가 소인배이며 소심하다. 모든 관심들은 극히 미세하게 협소한 이웃으로 귀착될 뿐이다. 본질적으로 이 모든 관심은 오로지 "비록 힘겨운 노동의 대가를 치루더라도 어디에서 양식과 은신처를 찾을 수 있을까?"라는 중요한 한 가지 문제에만 집중되어 있다. 묘사된 개개인은 물론 자신들의 개성을 지니고 있지만, 이 개성들은 모두 한 가지 욕구에만 불타오르고 있다. 즉, 임금을 받고 일하는 일상이 실업자가 되어 배고픔이 계속되는 일상으로 변하지 않는, 그래서 어떻게 피할 수도 없는 진퇴양난의 극빈 상태로만은 떨어지지 않는 그런 직업을 찾는 일이다. 어떻게 하면 인간의 능력을 넘어서지 않는 그런 조건의 직업에 도달할 수 있을까? 이 세상 어디에서 이런 굴욕적인 조건을 붙이지 않은 직업이 있는 곳을 찾을 수 있을까? 이런 문제들은 이런 사람들 모두에게 한 가지 삶의 목표를 제공한다.

이미 언급했듯이, 레쉐뜨니꼬프의 소설에는 주인공들이 없다. 그것은 일반적인 문학의 의미에서 '주인공들'이 존재하지 않음을 의미한다. 하지만 독자여러분은 자신의 눈앞에서 실제로 거인들을 목격하게 된다. 즉, 말의 본래적인 의미로 보면, 실제의 주인공들로서 형체 없는 집단 인 그들이 추위와 기근의 위협에 맞서 격렬하게 싸울 때, 그런 종(種)들 이 제시하는 적당한 인내력을 갖춘 주인공들을 목격하게 된다. 이런 주 인공들이 러시아 전국 각지를 오랫동안 방랑하는 동안 믿어지지 않을 만큼 엄청난 육체적 고통을 어떻게 견디어내는지, 일자리를 찾다가 어 떻게 끔찍한 환멸과 부딪히게 되는지, 레쉐뜨니꼬프의 중편소설에서 그 들이 생존을 위해 벌이는 온갖 투쟁을 발견하게 될 때 깜짝 놀란다. 그 러나 그들이 어떻게 죽어가는지 알게 된다면 아마도 훨씬 더 놀라게 될 것이다. 물론 많은 독자들은 톨스토이의 『세 가지 죽음』을 기억하고 있 으리라. 자신의 병을 저주하며 폐결핵으로 죽어가는 마님, 죽기 전에 자신의 장화를 걱정하고 가장 필요한 사람에게 그걸 주라고 당부하는 농부, 그리고 마지막으로 자작나무의 죽음이다. 그들에게 내일 당장 먹 을 빵이 생길 거라는 확신도 없이 살아가는 레쉐뜨니꼬프의 주인공들 에게 죽음은 파국이 아니다. 정작 죽음은 먹거리를 찾을 기력을 점차 상실한 채, 바싹 마른 빵 조각이나마 잘 씹어서 새길 수 있는 힘조차 점점 잃어갈 때 찾아온다. 그 빵은 점점 작아지고, 기름이 부족한 램프 는 서서히 꺼져간다….

레쉐뜨니꼬프의 중편소설에서 또 다른 끔찍한 특징은 음주벽이 어떻 게 인간을 사로잡는지를 보여주는 묘사이다. 여러분은 그것이 어떻게 다가오는지 목격하면서, 어떻게 본능적으로, 그리고 불가피하게 숙명적 으로 다가오는지를 느낄 수 있다. 여러분은 음주벽이 마치 인간을 자 기 힘으로 지배하고서 인간이 죽을 때까지 사로잡고 있음을 보게 된다. 술주정뱅이에게 적용된 이런 셰익스피어적인 운명론은—그 폐해는 민 중의 삶에 익숙한 사람들 모두에게 너무나 잘 알려져 있다—어쩌면 레 쉐뜨니꼬프의 중편에서 가장 끔찍한 특징일런지 모른다. 특히 이런 특 징은 아동들을 착취하는 관청에 참여하기를 거부한 교사가 결국 광산촌에서 어떻게 모든 생활수단을 빼앗기게 되는지를 보여주는 중편소설 『글루모브(Глумовы)』에서 상세하게 언급된다. 그는 마침내 몹시 멋진 여성과 결혼하게 되지만, 악마의 손아귀에 잡혀서 점점 습관적인 술주정꾼이 되어 간다. 다만 여성들은 술을 마시지 않는데, 바로 그것이 우리를 완전한 파멸에서 구해낸다. 사실상 레쉐뜨니꼬프의 소설에서 거의 모든 여성은 동물의 세계에서 보게 되는 암컷처럼 지칠 줄 모른 채 노동하며 생필품을 얻기 위해 싸우는 여주인공들이다. 그리고 바로 그것이 러시아 민중에서 실제 여성들의 삶이다.

부르주아 대중의 따분한 일상적 삶을 묘사하는 작가가 이런 대중에게 독자들의 동정을 불러일으키려고 시도할 때면, 낭만적인 감상주의를 피하기가 어렵다. 그러나 작가가 사회적으로 더 낮은 계층으로 내려가서 농부들의 삶까지 다가가거나, 혹은 최악의 경우 가장 하류계급에 속한 도시 빈민자의 삶까지 다루게 되는 경우에 따라서 그런 어려움은 더욱 복잡해진다. 바로 사실주의 작가들은 이런 작업을 시도할 때 대부분 감상주의나 낭만주의에 빠져들었다. 심지어 졸라조차도 그의 마지막 중편소설 『노동』에서 이런 함정에 빠졌다. 하지만 레쉐뜨니꼬프는 바로 이런 단점으로부터 언제나 자유로웠다. 그의 작품은 유미주의에 맞서서, 전반적으로 온갖 제약을 가하는 예술에 분명하게 항의하고 있다. 그는 뚜르게네프의 주인공 바자로프에 대한 성격묘사처럼 시대의 순수한 어린애였다. "나에게 작품형식은 중요하지 않다. 진실은 스스로 밝혀질 것이다"라고 그는 마치 독자에게 줄곧 말하고 있는 것 같다.

만약 그가 독자를 자극하려고 극적인 효과를 이용했다면, 그는 어딘가 무의식에서조차 부끄러움을 느꼈을 것이다. 그것은 마치 자신에 의해 발전된 사상의 아름다움을 전적으로 믿고 있는 대중연설가가 순전히 미사여구를 사용하여 무의식적으로 말을 수식하는 데만 신경을 썼다면, 스스로 부끄러움을 느끼는 것처럼 말이다.

내가 보기엔 민중의 평범하고 단조로운 삶에서 어떤 기분을 표현해

내는 이런 사소한 말투와 외침, 행동이나, 아니면 완전히 읽어내기 어려운 어떤 사상을 레쉐뜨니꼬프가 어떻게 만들어냈는지 알아낼 수 있도록 뛰어난 창작능력을 가져야만 한다고 생각한다. 어떤 비평가는 독자들이 레쉐뜨니꼬프의 소설을 읽기 시작할 때, 혼란에 빠져드는 걸 느끼게 될 거라고 말했다. 여러분 앞에는 실제의 '풍경'이 아니라 가장 흔해빠진 풍경묘사가 펼쳐진다. 이어서 소설의 남녀주인공들이 등장하는데, 이들은 여러분이 매일같이 수많은 민중 가운데 만날 수 있는 사람들이며, 집단 속에서 그들을 구별해내기란 거의 불가능한 사람들이다. 민중 한 사람 한 사람처럼, 주인공은 말하고, 먹고, 마시고, 일하고, 욕설을 한다. 그는 어떤 선택된 창조물이 전혀 아니다. 그는 악마 같은 성격도, 벨벳으로 만든 재킷을 입은 리차드 3세도 아니다. 여주인공은 코르델리아도 디킨즈의 넬(Nell)도 아니다. 레쉐뜨니꼬프의 남녀는 그들 주변에 있는 수천여 명의 남녀와 완전히 닮았다. 하지만 이따금씩 입밖에 내뱉는 말과 절규, 그리고 사상의 그런 편린 때문에, 또는 심지어 묘사되는 미세한 움직임 때문에, 점점 여러분은 조금씩 그것에 흥미를 느끼기 시작한다. 여러분이 30쪽을 읽을 때쯤이면 벌써 그들에게 동정을 느끼기 시작하며, 이야기에 사로잡혀서 여러분의 흥미를 강하게 끄는 문제를 해결하려는 한 가지 목적으로 매우 상세하게 묘사한 혼란스런 글을 한 페이지씩 읽게 된다. 뾰뜨르나 안나가 오랫동안 구하려고 애쓴 빵조각을 오늘은 과연 구할 수 있을까? 마리아가 반쯤 정신이 나간 병든 엄마를 위해 적은 양의 차(茶)를 살 수 있도록 과연 일자리를 구할 수 있을까? 영하의 날씨에 한밤중 뻬쩨르부르그의 거리에 내버려진 쁘라스코비야는 얼어 죽게 될까, 아니면 따뜻한 옷과 차 한잔이 그녀를 기다리고 있는 병원으로 들어갈 기회를 얻게 될까? 우체국 집배원은 보드카 술을 끊고서 일자리를 얻을 수 있을까?

간단한 방법으로 이런 결과를 얻으려면 반드시 뛰어난 재능이 있어야 하는 건 의심할 여지가 없다. 독자로 하여금 그를 사랑하게 하거나 증오하게 만들며 감동시킬 능력이 있어야 한다. 이러한 능력이 문학적인 재능의 가장 핵심이다. 문장이 일정한 형식을 갖추지 않고 종종 지나치게 장황하거나 적절치 않으며 지루한 레쉐뜨니꼬프의 중편소설은 이런 재능 덕택에 러시아문학에서 독특한 존재이다. "레쉐뜨니꼬프의 진지한 진실"은 뚜르게네프가 그토록 싫어했던 기사도소설의 '문학'과 달리 흔적도 없이 사라지지는 않을 것이다.

레비또프

레비또프(Левитов, 1835 또는 1842~1877)는 같은 세대 인민주의 작가 중 한사람이었다. 그는 주로 산림과 스텝지역 사이의 경계선에 있는 남부 중앙러시아를 묘사했다. 그의 인생은 지독히 슬프다. 그는 가난한 농촌마을의 목사집안에서 태어나 뽀말로브스끼가 언급한 바 있는 성직자 양성학교에서 교육을 받았다. 그는 16살이 되자 대학에 입학할 목적으로 걸어서 모스크바로 갔으며, 나중에 다시 뻬쩨르부르그로 옮겼다. 여기에서 그는 곧 어떤 학생사건의 분규에 휘말려 1858년에 추방되었다. 처음에는 쉔꾸르스끄로 추방되었다가 나중에 볼로그다로 옮겨졌다. 이곳에서 그는 모든 지적인 생활과 단절된 채 기아 상태까지 이를 만큼 지독한 가난을 맛보면서 살았다. 추방당한지 3년 후 모스크바로 귀향을 허락받았으나, 가진 돈이 한 푼도 없어서 그는 볼로그다에서 모스크바까지 걸어가야만 했다. 그는 가는 길에 읍 관청에서 원고를 필사하는 작업을 거들어주며 노동의 대가로 주급 50코페이카를 받으면서 일을 하기도 했다. 결코 정착지를 찾지 못한 채 고향을 그리워하는 불안한 마음의 고통을 술로 달래면서 극심한 가난 속에서 보낸 그의 여생에 이 추방의 시기는 깊은 흔적을 남겼다.

어린 시절 그는 대초원의 매혹적이고 정적인 농촌생활에 깊은 인상을 받았다. 그래서 후에 그는 "농촌생활의 고요함이 나를 유혹하며 눈앞을 지나가고 있다. 아니 어쩌면 그 고요함이 내 눈에는 일정한 형태를 갖춘 마치 살아 있는 어떤 생명체처럼 오히려 조용히 날아가고 있는 것 같다"라고 썼다. "그렇다. 나는 조용한 농촌의 일상생활에서 새로 지은 교회의 빛나는 십자가 위의 가벼운 구름과 함께 하얀 날갯짓을 하며 높이 올라가며 비상하는 누군가가 처녀처럼 수줍어하는 우리의 온순한 얼굴에서 밝고 조용한 모습을 선명하게 바라본다. 이제 오랜 세월 동안 고향에서 멀리 떨어진 복잡한 도시생활에서 형언하기 어려운 고통을 겪은 후에, 나는 고요한 농촌에서 활동하는 평화로운 화신으로 나타나리라."

남부러시아의 끝없는 초원의 매력은 레비또프에 의해서 매우 탁월하게 묘사되어 있어서, 꼴리쏘프를 제외하곤 어느 러시아작가라도 남부러시아의 자연을 이토록 시적으로 잘 묘사한 그와 비교할 수는 없다. 레비또프는 고향에 대한 시적인 사랑으로 충만한 초원의 청순한 한 떨기 꽃이었다. 그리고 그는 네바강변의 냉정하며 이기적인 거대한 수도에서 지적인 프롤레타리아 사이에 내던져졌을 때, 지독한 고통을 당한 게 틀림없다. 그는 뻬쩨르부르그나 모스크바에 머무르면서도 항상 도시 변두리의 빈민 지역에서 살았다. 왜냐하면 그것은 그에게 고향 농촌을 늘 상기시켜 주곤 했기 때문이었다. 그래서 하층민과 살면서도 그는 "사회지식계층의 윤리적 모순과 부자연스러움, 거짓 박애주의와 냉담한 오만으로부터" 벗어날 목적으로 그렇게 했다. 그는 한 곳에서 오래 머물지 못했다. 그는 양심의 가책을 느끼기 시작하면 생존에 필요한 최소한의 식량을 얻을 수 있는 훨씬 가난한 사람들이 살고 있는 곳을 찾아 떠나곤 했기 때문이다.

레비또프의 작품들은 중편, 단편 등 어느 범주에 넣어야 할지 모르겠다. 그것들은 형식이 없는 산문으로 쓴 서정적·서사적 즉흥작품이다. 이런 즉흥작품에는 타인의 고통에 대한 작가의 동정심이 없다. 그것은 빈민촌의 다양한 계급에 속한 사람들과 가까이 접촉하면서 살아야 했던 작가 자신의 서사적인 묘사인 것이다. 그의 작품에서 이런 서정적인 요소는 비애다. 그러나 이기적이 아닌 자신을 사랑하는 연민자의 비애이며 스스로 그런 삶을 살았던 인간의 슬픔이다. 그것은 적빈의 슬픔, 희망을 성취하지 못한 가족불화의 슬픔, 마냥 방치된듯한 고립의 슬픔, 온갖 박해들과 인간의 나약함을 이겨내지 못한 슬픔이다. 주정뱅이의 감정, 음주벽이라는 질병이 인간을 파멸시키는 온갖 방법을 묘사한 지면은 실제로 공포스럽기조차 하다. 물론 그는 매서운 1월의 어느 날 모스크바의 반대편 쪽에 위치한 어느 조그만 신문사의 편집인에게서 5루블을 받기 위해 가벼운 여름외투 차림으로 달려가다가 가벼운 폐렴을 앓고서 젊은 나이에 요절하고 말았다.

가장 알려진 레비또프의 작품은 『초원의 오체르크들』이다. 그는 도시생활을 묘사한 여러 편의 오체르크(『모스크바 골목길 생활』)도 썼다. 그리고 단편들도 썼는데, 친구들은 그의 단편들에다 "마을, 농촌, 그리고 도시의 비애"라는 표제를 달아주었다. 도시생활을 다룬 그의 오체르크에서 독자는 결국엔 도시의 걸인으로 전락하고 마는 위협적인 떠돌이집단과 대도시의 부랑자를 만날 수 있다. 그들은 조금도 이상화되지 않고 묘사되어 훨씬 깊이 있고 인간적이다. 『초원의 오체르크들(Степные очерки)』은 레비또프의 걸작이다. 그것은 산문서사시의 모음집으로, 거기엔 초원의 자연에 대한 뛰어난 묘사, 농부들의 작은 불행, 순박한 기쁨과 그들의 삶에 대한 세부묘사, 그들의 풍습과 편견으로 가득 채워져 있다. 또 이 오체르크 모음집에는 작가의 개인적인 희망이 깔려 있다. 자주 어린 시절의 장면들, 즉 끝없는 초원에서 뛰노는 어린아이들의 모습, 자연의 삶과 조화를 이루며 살아가는 사람들의 모습을 그렸다. 여기엔 부드럽고 따스한 사랑이 담긴 모습들이 온갖 흔적을 보여주는데, 거의 언제나 이런 장면을 묘사하면서 작가가 남몰래 흘렸을 슬픔의 눈물을 느낄 수 있다.

스까비체브스끼(A. Скабичевский)는 저서 『인민주의 작가들』에서 애정 어린 마음으로 레비또프의 삶과 활동에 대한 뛰어난 오체르크를 보여주었다. 이 오체르크에서는 어린 시절 레비또프의 목가적인 주변특징과 이후에 그에게 닥쳐온 가혹한 궁핍을 이야기하고 있다.

글레브 우스뻰스끼

글레브 우스뻰스끼(Глеб Успенский, 1840~1902)는 모든 선배작가들과는 완전히 달랐다. 그는 스스로 학파를 표방했기 때문에 세계문학에서 어느 문학파 작가들과 비교하는 게 좋을지 모르겠다. 개인적으로 말하면, 그는 소설가가 아니다. 그렇다고 그의 작품을 순수 민속학이나 사회통계학 분야와 연관 지을 수는 없다. 왜냐하면 그의 작품은 민속 심리학과 관련된 서술로 구성되어 있어서 독자는 중편소설의 온갖 요소를 만나게 되기 때문이다. 그의 초기작품은 일상생활의 민속적인 색채와 경향을 보인 중편들이었다. 중편『파산』에서 우스뻰스끼는 이제 농노제가 폐지된 즈음에 농노제 아래서 번창했던 소도시의 모든 생활이 어떻게 붕괴되고 있는지 특히 재치 있게 묘사했다. 그러나 그의 재능이 특히 농촌생활 묘사에 몰두하면서 성숙기에 달한 후기작품에는 민속학이 자리 잡고 있기 때문에, 어떤 의미에선 중편이라기보다 오히려 재능 있는 소설가의 민속수필집으로 보인다. 통상 그것들은 중편소설처럼 시작된다. 즉 독자 앞에 다양한 유형의 인물이 등장하므로, 독자는 점점 그들의 행동과 생활에 흥미를 갖기 시작한다. 더군다나 작가는 이런 인물을 민족지학자의 여행일기 속에 써넣듯이 마음대로 선택한 것이 아니다. 오히려 등장인물은 농촌생활의 전형적인 대표자로서 작가가 의도적으로 묘사하려고 선택한 것이다. 그러나 우스뻰스끼는 작품의 등장인물과 독자가 단순히 알게 되는 것에 만족하지 못한다. 그는 곧 그들을 지켜보면서 농촌생활이 처한 상황을 이야기하고, 미래의 농촌에 끼칠 수 있는 그들의 영향력을 말하기 시작한다. 새로 창조한 인물에 벌써부터 흥미를 느끼기 시작한 독자는 인물들을 다룬 작가의 논의도 만족스럽게 읽는다. 그러나 이때 작가는 논의에 뒤이어 뚜르게네프와 톨스토이의 소설에 나오는 장면들과 비교해서도 결코 예술성이 떨어지지 않는 탁월한 장면을 보여주기도 한다.

그렇지만 우스뻰스끼는 그런 예술창작을 보여주는 페이지를 몇 장 쓰고 나서는 다시 농촌공동체의 미래를 논의하는 민속학으로 되돌아간다. 그에게는 항상 예술적 표현을 염두에 두고서 소설가의 입장을 견지할 수 있는 너무나 많은 사회평론가적인 특성이 있다. 그러나 동시에 그가 고찰하는 범위에 들어 있는 어떤 사실이 그를 정평이 난 사회평론가로 만들기 때문에 그것을 냉정하게 고찰할 수 없을 거라는 인상을 주기도 했다. 그러나 평론가와 소설가를 합쳐 놓았음에도 불구하고 작가의 뛰어난 재능 덕택에 독자는 우스뻰스끼의 작품을 마치 걸작인 양 읽게 된다.

빈곤계층의 복지를 위해 사회의 지식계층에서 발생한 운동은 모두 빈곤계층을 미화시키는 일부터 시작한다. 먼저 부자들이 갖고 있는 극빈자들에 대한 편견을 없애는 일이 무엇보다 시급하기 때문에 어느 정도 미화작업이 불가피했다. 따라서 초창기 인민주의 작가들은 생활의 어려움을 모르는 계층이 잘 이해할 수 있고, 연민을 불러일으키는 두드러진 유형을 창조해냈다. 이런 원칙에 따라서 그들은 가난한 사람들의 삶에서 덜 호감을 주는 특징들을 별로 언급하지 않았다. 이와 비슷한 현상을 1840년대 프랑스와 영국의 문학에서도 관찰할 수 있다. 러시아에서 이런 경향의 대표작가로는 그리고로비치, 마르꼬-보브초끄 등을 들 수 있다. 그 뒤를 이어 레쉐뜨니꼬프가 예술적 니힐리즘을 표방하면서 일상의 모든 사회관습을 거부하고 객관주의를 내세우며, '유형' 만들기를 전면 거부하고 일반대중에 속하는 평범한 인물을 선호하면서 등장했다. 즉 마음속에 깊이 감춰진 개인감정을 표현하는 방법으로 민중에 대한 사랑을 독자에게 불러일으켰다. 나중에 러시아문학에 대한 새로운 목표들이 생겨났다. 독자들은 이미 농민이나 노동자에 대한 동정으로 가득 차 있었지만, 이 분야에서 자신들의 지식을 더 확장하고 싶어 했다. 즉 독자들은 기본원칙과 이상이 무엇이며, 농촌생활을 주관하는 내적 동기가 무엇인지를 알고 싶어 했던 것이다. 지속적으로 발전하는 민중에게 그들의 가치는 어떤 것인가? 국가의 미래발전과 문명화된 세계를 위해 러시아의 거대한 농민은 무엇을, 어떤 방법으로 줄 수 있는가? 등이다.

유사한 문제들이 단순한 통계연구의 범위를 넘어 발생했다. 그런 문제를 해결하는 데 예술가의 천재성이 요구되었다. 예술가들은 때때로 삶의 현상과 분리된 사실에서 해답을 찾아야 했다. 인민주의 작가들은 독자의 이런 요구에 과감히 맞서야 했다. 어떤 농민 유형의 부유한 집단은 선배예술가들이 맡았다. 즉 이제 독자는 민중의 삶을 묘사하는 작가들에게도 농촌생활과 농촌의 '세계', 그 장점과 단점, 농촌을 기다리고 있는 운명에 대한 교시를 표현한 부분을 발견하고 싶어 했다.

작가들이 이런 문제를 받아들인 것은 전적으로 정당하다. 최종 분석에서는 각자의 경제적, 사회적 문제가 개인의 심리와 사회전체의 문제로 귀착된다는 점을 잊어서는 안 되었다. 그런 종류의 문제도 산술적인 도움만으로는 해결되지 않기 때문에 사회과학 분야에서 시인은 심리분야에서처럼 훨씬 통찰력을 갖춘 생리학자로 자주 밝혀지곤 한다. 그는 어떻든 이런 문제들을 해결하는 데 있어서 발언할 권리를 갖고 있기 때문이다.

우스뻰스끼가 1870년대 초에 농촌생활에 대한 초기의 오체르크를 발간하기 시작했을 때, 신생 러시아는 대규모의 "브나로드(인민에게로)" 운동에 휩싸였고, 이 운동도 다른 운동처럼 널리 알려진 미화작업이 이루어졌음을 인정해야 한다. 물론 농촌생활을 전혀 몰랐던 젊은이들은 농촌공동체에 대해 상대적으로 과장된 목가적인 환상을 갖고 있었다. 거대 산업도시인 뚤라의 하급관리 집안에서 태어나 십중팔구 농촌생활을 거의 알지 못했던 우스뼨스끼는 어쩌면 극단적일 정도로 그런 환상을 갖고 있었을지 모른다. 그런 매력 때문에 그는 당시 현대자본주의 발전의 순환단계에 들어선 사마르 현에 거주했었다. 그리고 그곳에서는 어떤 특별한 이유 때문에, 특히 '쓸모없는' 토지를 무상으로 분배한 것 때문에 농노들을 파멸로 이끌었고, 전반적으로 농촌생활에 해악을 끼쳐 온 농노제도 무너졌다. 여기에서 그는 아마도 젊은 시절의 환상이 깨지는 것을 목격하면서 엄청난 고통을 겪었을 것으로 보인다. 따라서 그는 이런 일이 자주 발생하는 것처럼, 그런 현상을 서둘러 일반화시켜 버렸다. 그는 지나치게 부족한 자료를 근거로 너무나 서둘러서 민속학적으로 일반화시키려했기 때문에 신빙성 있는 민속학을 정립하지는 못했다. 그래서 그는 깊은 염세주의를 자아내는 농촌생활을 묘사하기 시작했다. 후에 가서야 그는 북부지방 노브고로드 현의 농민생활과 토지경작이 주는 영향을 깨닫기 시작했다. 그의 눈앞에서 경작하는 노동과 공동체생활이 가져다주는 도덕적, 사회적 의미가 드러나기 시작했을 때에야 비로소 그는 자유로운 토지 위에서 자유롭게 노동한다는 것이 무엇인지를 이해하게 되었다. 이러한 관찰을 바탕으로 우스뼨스끼는 걸작 『토지의 힘』(1882)을 썼다. 이 작품은 어떻든 이 분야에서 가장 탁월하다. 작가는 여기에서 대규모의 노동자계급을 이끈 내부의 꿈틀대는 역동성을 보여주면서 전력을 다해 자신의 재능을 보여주었다.

즐라또브라뜨스끼와 다른 인민주의 작가들

러시아 국내가 당면한 문제는 대개 다음과 같은 것이었다. 서유럽의 유산계급처럼 러시아가 토지공유제를 포기하고 대신 농민 각자의 토지소유제를 도입할 것인가? 아니면 공동체가 토지경작과 산업을 결합시킨 유형으로 발전하도록 온힘을 다해 공동체를 유지하는 데 힘써야 할 것인가? 하는 문제였다. 이 문제는 러시아의 인텔리겐차들 간에 뜨거운 논쟁을 불러일으켰다. 글레브 우스뻰스끼는 사마르 현의 농촌생활을 배경으로 쓴 첫 번째 오체르크 『농촌일기 중에서』에서 이 문제에 많은 논쟁거리를 제공했다. 그는 현 상태에서 농촌공동체가 개인을 너무 억압함으로써 개인의 창의력 발휘를 방해하고, 부자가 가난한 농민을 학대하는 경향이 있을 뿐만 아니라, 농촌공동체가 전반적으로 농민을 빈곤하게 만드는 원인이 되고 있음을 증명하려고 애썼다. 하지만 우스뻰스끼는 만약 가난한 농민에게 요구하더라도 그들은 토지소유를 보호하려는 공동체의 과업을 지연시키지 않을 거라는 논지를 폈다. 그리고 그는 그러한 빈곤과 나태, 개인에 대한 억압이 이미 오래전에 공동체의 토지소유제를 중지한 백러시아에서 상당히 많이 목격되고 있는 사실에서 알 수 있듯이, 이런 설정에는 전혀 다른 요인, 즉 일반적으로 전 러시아적인 원인에 의한 결과라고 덧붙였다. 우스뻰스끼는 농민에 대한 애정을 바탕으로 사마르 현을 다룬 오체르크에서 공동체소유의 단점을 지적하면서도 서유럽의 중산계층에 널리 퍼져 있는 견해들을 보여주었다. 그리고 정부가 잘못한 여러 사실들을 지적하면서, 그건 공동체의 탓이 아니라 토지소유의 형식에 그 죄가 있다고 주장했다.

우스뻰스끼가 취한 태도는 똑같이 다재다능한 인민주의 작가 즐라또브라뜨스끼(Златовратский, 1845년생)에게 큰 반응을 불러일으켰다. 그의 중편소설은 마치 우스뻰스끼의 오체르크와 염세적인 견해에 화답하는 듯 보였다. 즐라또브라뜨스끼는 어릴 때부터 중부러시아의 농민생활을 잘 알고 있었다. 따라서 그는 진지하게 농민에 대한 연구를 시작할 때, 상대적으로 농민에 대한 환상을 적게 가질수록, 그만큼 더 그들의 생활에서 장점들을 볼 수 있고, 전반적으로 농촌에 대한 관심을 진지하게 생각하는 농민유형을 이해할 수 있었다.

물론 즐라또브라뜨스끼는 농민을 미화시키고 있다고 비난을 받기도 했지만, 사실 우스뻰스끼와 즐라또브라뜨스끼는 서로 보완관계를 유지하고 있었다. 그들이 어떻게 지리학적으로 서로 보완해주었는가를 살펴보면 이렇다. 즐라또브라뜨스끼는 실제로 중부러시아의 제믈리첼리체스끼 현을 묘사하면서, 동시에 우스뻰스끼가 이 현의 주변과 지방의 기근 상태를 어떻게 묘사했는지를 부언 설명했다. 그렇게 그들은 심리적으로도 서로를 지지해주었다. 우스뻰스끼가 공동체제도의 어두운 면과 관료제도의 탄압으로 결국 그 생명력을 잃어버린 공동체의 단점을 지적한 것은 옳다. 즐라또브라뜨스끼도 사람들로 하여금 토지에 강한 애착을 갖게 만든 공동체제도의 토대 위에서 살아가고 있음을 언급하면서, 그들이 자유와 독자적인 조건에서 농촌집단에 어떤 봉사를 하게 될 것인가를 지적한 것은 정당하다.

즐라또브라뜨스끼의 중편소설은 이처럼 적잖게 민속학적인 기여를 하면서 동시에 예술적 특성을 지니고 있다. 그의 『농촌의 지루한 나날』과 특히 『농민들은 배심원』(1864년부터 농가의 가장은 가까운 법정에서 순번대로 배심원의 의무를 수행해야 했다)은 농촌생활의 배경을 묘사한 매우 흥미로운 장면들로 가득 차있다. 그가 쓴 『기반(Устои)』은 러시아 농촌생활의 배경을 예술작품에서 보존해보려는 진지한 시도이다. 이 작품에서 독자는 외부의 박해에 분노하며 노예와 다름없는 집단의 종속 상태에 맞서서 대항하는 농부유형을 만난다. 그런데 주동자들이 앞에서 이끌어주면 사람들은 더 나은 조건에서 훨씬 강도가 높은 운동을 전개할 수 있다. 이와 비슷한 유형들은 작가가 허구로 만들어낸 인물이 결코 아님을 농촌의 내부생활에 익숙한 사람은 잘 안다.

앞에서 언급한 작가들은 인민주의 작가그룹에서 많이 찾아볼 수 있다. 뚜르게네프를 필두로 러시아 대가들은 각자 자신의 다양한 작품에서 민중생활에 활기를 불어 넣었을 뿐만 아니라, 꼬롤렌꼬, 체홉, 에르쩰과 그 밖의 많은 작가들처럼 동일한 범주에 속해 있다. 이 그룹에 속한 많은 작가들이 새로운 러시아문학사 전 과정에서 꽤 상세하게 언급되고 있지만, 지면부족으로 몇 줄만을 기술할 수밖에 없어 유감이다.

나우모프는 1838년에 또볼리스끄에서 태어났다. 그는 뻬쩨르부르그에서 대학교육을 마친 후 서부시베리아에 정착했다. 그는 서부시베리아의 농촌생활과 금광산업 노동자들의 관습을 묘사한 이야기들과 오체르크를 썼다. 이런 이야기들은 언어표현력과 열정 때문에 큰 인기를 끌었는데, 부유한 '고리대금업자들'에 의해서 농촌의 빈곤이 쌓여가는 놀라운 모습들로 가득 차 있다.

유럽과 접경을 이룬 러시아농촌에서 '고리대금업자들'을 완벽하게 묘사한 또 다른 작가는 살로프(Салов, 1843~1902)였다.

자소짐스끼(Засодимский, 1843년생)는 이 시기에 활동했다. 그는 당시의 많은 사람들처럼, 젊은 시절을 유형생활로 보냈지만, 민중에 대한 뜨거운 사랑과 농민들을 신뢰하며 최후까지 '인민주의자(народник)'로 남았다. 그가 쓴 중편 『스무린 마을의 이야기』(1874)와 『초원의 비밀』(1882)은 특히 흥미를 끈다. 그것은 우리가 농촌에서 종종 만나게 되지만 인민주의 작가들이 대부분 간과해온 형상으로서 이의를 제기하곤 하는, 지적으로 발전한 농부를 자소짐스끼가 묘사하려고 애썼기 때문이다. 그런 농부들 중 어떤 사람은 농촌생활의 전반적인 상황에 대항하여 폭동을 일으켰고, 또 어떤 농부는 평화로운 교회전도사가 되거나 지식계급 출신의 선동가들에게서 영향을 받아 지적인 발전을 보이기도 했다.

뻬뜨로빠블로브스끼(Петропавловский, 1857~1892)는 '까로닌'이라는 필명을 사용했는데, 농부들과 똑같이 노동하며 생활한 진정한 농촌시인이었다. 그는 동남부 러시아의 사마르현에서 태어났지만, 벌써 어린 시절에 또볼리스끼 현으로 유형을 가서 몇 년을 보냈다. 유형에서 풀려나자 곧 그는 폐결핵으로 사망했다. 그는 자신의 중·단편소설에서 농촌의 '실패자' 모습을 매우 극적으로 묘사했다. 그러나 그의 재능을 보여준 가장 전형적인 작품은 중편 『나의 세계』이다. 그는 이 작품에서 도덕적인 정신분열에 시달리는 '인텔리겐차'가 농촌생활을 하면서, 풀베기와 수확하는 고된 작업시기에 농부들과 거의 초인적인 노동을 함께 하면서 어떻게 정신적인 평온함을 찾게 되는지를 이야기한다. 그는 농부처럼 생활하면서 농부들의 사랑을 받으며 자신을 사랑하는 건강하고 영리한 처녀를 찾고 있다. 그것은 물론 어느 정도 농촌의 전원시에 가깝다. 하지만 실제로 농촌에 살면서 농부들과 동등한 관계를 유지하는 그런 인텔리겐차들의 경험을 통해 우리가 알고 있듯이, 이런 전원시는 현실과 가까이 접촉하고 있는 만큼 이상화하는 작업은 그만큼 사소한 일이 된다.

결론에서 인민주의자에 속하는 아직 남은 몇 작가를 언급하겠다. 여기에 멜리쉰(Л. Мельшин, 1860년생)을 넣을 수 있다. 그는 '유형자 야꾸보비치'라는 필명을 사용했는데, 그의 시적재능은 탁월했다. 그는 정치범으로서 시베리아에서 12살에 강제노동을 마친 후 감옥생활을 배경으로 쓴 두 권의 수필집 『버려진 자들의 세계에서』를 발간했다. 이 작품은 어떤 면에서 도스또예프스끼의 『죽음의 집의 기록』과 나란히 비교될 수 있다. 역시 유형수로서 시베리아생활을 배경으로 여러 편의 오체르크를 썼던 옐빠찌옙스끼(С. Елпатьевский, 1854년생)가 있다. 네페도프(Нефедов, 1847~1902)는 민속학자이며 가치 있는 학술활동을 통해서 공장노동자와 농촌생활에서 나온 훌륭한 오체르크를 썼다. 그의 작품은 끊임없이 솟아오르는 활력을 간직한 데다 유연한 창의력을 가진 농민들에 대한 깊은 신뢰 때문에 다른 작품과 구별된다. 상술한 작가들은 훨씬 광범위한 오체르크를 썼다고 볼 수 있다. 그들의 작품은 여러 단계에서 다양한 계층의 입장을 이해하거나 노동자집단에서 찾아낸 인물유형에 훨씬 다가가고 있으며, 나중에 막심 고리끼가 문학적 성공을 이룬 원인이 되었던 "이상주의적 사실주의"형식을 만들어내도록 촉진시켰기 때문이다.

막심 고리끼

막심 고리끼(Максим Горький)처럼 그렇게 빨리 문학적 명성을 얻은 작가는 흔치 않다. 그의 첫 번째 오체르크(1892~1895)들은 그다지 인지도가 높지 않은 까프까즈의 한 신문에 발표되었으나 문학계에서는 완전히 잊혀져 있었다. 그러나 꼬롤렌꼬가 편집을 맡고 있던 발행부수가 많은 잡지에 고리끼의 단편이 한 편 실리자, 그는 곧 사람들로부터 큰 관심을 끌게 되었다. 형식미, 예술완성도, 단편에서 울려 퍼지는 힘과 도전하는 참신한 음성은 곧 젊은 작가를 돋보이게 만들었다. 1868년 볼가 강연안의 대도시 니즈니-노브고로드에서 태어난 막심 고리끼(본명 뻬쉬꼬프 А. Пешков의 필명임)는 곧 유명해졌다. 부친은 수공업으로 도배장이를 하는 장사꾼이었다. 비범한 여성이었던 모친도 수공업 집안출신으로 젊은 나이에 사망했다. 그래서 소년은 외가에서 양육되었다. 고리끼의 어린 시절은 불우했다. 말하자면, 8살 때 구둣가게에 심부름하는 아이로 보내졌으나 두 달이 지나 끓고있던 양배추 수프에 손을 데어 화상을 입자 주인은 그를 다시 외할아버지에게 돌려보냈다. 상처가 아물자 먼 친척뻘 되는 제도공의 견습생으로 보내졌으나 일 년 후 너무 힘든 생활환경 때문에 고리끼는 도망쳐 나와 기선의 요리사 견습생으로 들어갔다. 그 요리사는 매우 박식한 분으로 고리끼에게 읽고 쓰는 법을 가르쳐주었다. 나중에 그는 빵 굽는 일과 길거리의 짐꾼으로 일해야 했고, 길에서 사과를 파는 행상인의 일도 했다.

그러다가 마침내 변호사의 서기가 되었다. 그는 1891년에 방랑자들과 함께 남부러시아를 떠돌다가, 이 방랑시기에 단편을 서너 편 썼는데, 그 중 하나가 어느 까프까즈 신문에 게재되었다. 고리끼의 단편들은 홀

룽해서 1900년에 네 권의 책으로 출판되자 아주 짧은 기간에 모두 팔려버렸다. 그래서 만일 그 시대의 러시아 산문작가들만을 언급하자면, 고리끼의 명성은 레프 톨스토이 이후 꼬롤렌꼬, 체홉과 자리를 나란히 할 만큼 알려졌다. 그의 수필 몇 편이 프랑스어와 독일어로 번역되었고, 그것이 다시 영어로 번역되자마자, 그의 명성은 서유럽과 미국에 급속도로 퍼져나갔다.

고리끼의 단편 중 예를 들면,『말리바』,『쩰까쉬』,『몰락한 사람들』이나『스물여섯 명의 남자와 한 소녀』를 읽어보는 것만으로도 곧바로 그가 빠르게 인기를 얻은 이유를 충분히 알게 된다. 고리끼가 묘사한 남녀들은 도저히 주인공이라고 볼 수 없다. 그들은 매우 평범한 방랑자이며 부랑자이기 때문이다. 그래서 이런 단어의 의미상 어찌 보면 고리끼 작품들은 결코 중편이라고 말할 수 없다. 즉 그것은 삶의 장면을 묘사한 오체르크일 뿐이다. 그럼에도 불구하고 모파상과 브레트 하트(Bret Harte)를 포함한 전 세계문학에서 독자들은 인간 내면에서 갈등하는 복잡한 감정을 그토록 섬세하게 분석한 작품을 거의 찾아보기가 어렵다. 왜냐하면 몹시 재미있고 독창적인데다 새로운 인물의 성격들이 훌륭하게 묘사되어 있으며, 고요한 바다, 위협적인 파도와 초원의 끝없이 이글거리는 태양과 같은 자연을 배경으로 예술적으로 매우 복잡하게 얽힌 인간심리를 탁월하게 보여주기 때문이다. 언급한 단편들 중『말리바』에서 독자는 실제로 '미소 짓는 바다'로 움푹 파고 들어간 얕은 여울과 그 가장자리에 어부가 임시막사를 지어놓은 광경을 보게 된다. 그리고 어부를 사랑하여 일요일마다 찾아오는 말리바가 그 어부를 사랑하는 것 못지않게 이 얕은 여울을 왜 사랑하는지 독자는 알게 된다. 그 뒤를 이어 단편의 각 페이지마다 말리바의 사랑이 묘사된 섬세한 특징과 이상하고 복잡한 자연의 전혀 예기치 못한 변화에 깜짝 놀란다. 또한 독자의 눈앞에는 짧은 며칠간에 예전의 농부였던 어부와 그의 농군아들이 묘사된 뜻밖의 상황들 때문에 돌연 독자는 놀란다. 고리끼가 자기 주인공들의 감정을 묘사하면서 때로는 세련되고, 때로는 동물적인 난폭성을 보여주며, 때론 부드럽거나 잔혹한 특징을 보여주는 다양성은 특히 뛰어나다.

고리끼는 분명히 대작가이자 시인이지만, 그 역시 1850~1900년 러시아에 존재한 인민주의 작가계열에 속한다. 고리끼는 자신의 경험을 통해 인민주의 작가들이 수년 간 절실히 간구해온 사실주의와 이상주의와의 행복한 결합을 마침내 발견한다. 이 결합은 이미 고골, 뚜르게네프, 톨스토이 등에 의해 발견되었다고 말해야겠지만, 레쉐뜨니꼬프와 그의 문학 동료들은 민중을 묘사하면서 이상화하려는 아주 작은 흔적마저도 회피하면서 초사실주의적인 경향의 중편소설을 쓰려고 노력했다. 그들은 일반화하거나, 창작하거나, 이상화하려는 경향을 느낄 때마다 스스로 자제하곤 했다. 그들은 사건이 크건 작건, 중요하건 하찮건 간에, 심지어 이야기의 억양을 바꾸려고조차 하지 않고 똑같이 정확하게 묘사한 일기만을 쓰려고 노력했다. 그들이 이런 식으로 능력을 발휘하여 특별히 강력한 효과를 거두는 것을 목격할 수 있다. 그러나 '중립'을 지키려고 부단히 애썼음에도 불구하고 결국엔 당파 소속 사람으로 판명되고 마는 역사가처럼, 그들은 그토록 두려워 한 이상화를 피할 수 없었다. 예술작품은 항상 불가피하게 개성을 보이기 마련이다. 왜냐하면 작가가 아무리 노력한다 해도 그의 호감은 자기 창작물에 반영되기 마련이고, 작가는 자신의 호감에 맞는 것을 이상화할 것이기 때문이다. 고리끼는 현실을 직시하지 않고 이상에 비추어 생각하는 그런 이상화작업을 두려워하지 않았다. 예를 들면, 그리고로비치는 러시아 농민들의 한없이 관대한 참을성과 인내력을 이상화시켰다. 레쉐뜨니꼬프조차도 아마도 자신의 의지에 반하여 우랄지방과 뻬쩨르부르그의 빈민지역에서 목격한 것들을 거의 초자연적인 인내심을 갖고서 완전히 무의식적으로 이상화했다. 이처럼 초사실주의자도 낭만주의자도 두 작가들 모두 이상화하려고 했다. 고리끼는 이런 점을 이해하고 있었던 게 틀림없다. 어떻든 그는 유행하고 있는 이상화하려는 경향과 대립된 어떤 경향도 갖고 있지 않았기 때문이다. 진실을 충실하게 표현하는 데 있어서 그는 레쉐뜨니꼬프처럼 거의 사실주의적이었다. 그러나 그는 뚜르게네프가 주인공 루진과 엘레나, 또는 바자로프를 묘사할 때처럼 똑같은 방법으로 이상화한 작업에 책임이 있다. 그는 심지어 독자에게 말하기를, 반드시 이상화해야 하며, 이상화를 위해 자신이 알고 있는 부랑자와 방랑자들 중에서 자기에게 가장 연민을 일으키는 폭동자의 유형을 선택한다고 한술 더 뜨기도 했다. 이런 점이 그가 성공한 이유를 설명해준다. 러시아 독자들은 뚜렷한 개성이 없는 주변 환경에서 평범하면서도 지루함을 완화시켜줄 비슷한 유형이 문학에서 나타나기를 무의식적으로 기다리고 있었던 것으로 보인다.

고리끼는 초기 단편의 주인공을 사회계층에서 데려왔다. 작가는 몇 편의 이야기에서 특별히 저력을 발휘해 자신의 재능을 보여주었는데, 주인공은 남부러시아의 방랑자들이다. 그들은 사회에서 탈출한 사람이며 어떤 식으로든 이어져 온 노동의 굴레에서 스스로 벗어나려 한 사람이고, 흑해의 항구도시들에서 우연히 노동자로 일해본 사람이다. 그들은 숙박소나 교외 도랑의 어딘가에서 잠을 지새우고, 여름철에는 오데사에서 크림으로, 그리고 크림에서 북부 까프까즈의 초원으로 떠돌아다니며 언제나 수확기에 일자리를 찾아다니곤 했다.

초기 인민주의 작가들의 작품에서 보편적인 음색을 띠는 극도의 가난과 실패한 일에 대한 끝없는 불평, 고립무원과 절망은 고리끼 단편에서는 전혀 발견할 수 없다. 고리끼의 방랑자들은 불평하지 않는다.

"모든 건 정상이야"라고 한 손이 없는 불구자가 말한다. "끊임없이 불평하고 징징거려 봐야 그건 부질없는 짓이지. 그건 아무런 결과도 가져다주지 않아. 만일 살면서 벌써 네 자신을 망쳐버렸다면 죽음을 기다려! 지상 위에 남아 있는 것이라곤 지혜로운 말씀들뿐이지, 알겠어?"
(『우수』I, 311쪽)

고리끼의 방랑자들에게서는 가혹한 운명에 대한 통곡과 불평 대신 러시아문학에서 완전히 새로운 모습인 활력과 대담성을 갖춘 참신한 음성이 들려온다. 그의 방랑자와 부랑자들은 비록 거지처럼 가난하지만 그걸 "문제 삼지 않는다." 그들은 술에 취해 있지만, 독자가 레비또프의 작품에서 본 절망에 빠진 음울한 술주정꾼은 결코 아니다. 그들 중 가장 모욕 받은 자 가운데 한 사람이라도 도스또예프스끼의 주인공들처럼 자신의 고립무원을 선행으로 바꾸려고 하는 대신, 세상을 개조하여 부유하게 만드는 일을 꿈꾼다. 그는 "가난했던 우리가 마음을 풍요롭게 하고, 살고자하는 의지를 발휘하여 옛날의 대부호들을 풍족하게 만든 다음에 떠나는" 순간을 꿈꾼다(『실수』 I, 170쪽).

고리끼는 넋두리를 늘어놓으며 불평하지 않는다. 왜냐하면 그는 같은 부류의 작가들처럼, 러시아의 끊임없는 변화 속에서 만나게 되는 뚜르게네프의 햄릿 같은 주인공에 의해 시적으로 표현된 자학이나 도스또예프스끼에 의해 선행으로 높이 고양된 전형들이 보여주는 그런 자학을 하지 않기 때문이다. 고리끼에게 이런 유형은 익숙한 편이지만, 그는 그와 유사한 인간들에게 동정심을 보이지 않는다. 고리끼는 마치 불타오르는 영혼처럼 그들에게 따분한 설교를 하려고 부득이 함께 술 마시면서 평생을 욕설해대는 이기적이고 무기력한 사람들보다는 다양한 모습의 파렴치한을 더 좋아한다. 그러나 그는 이런 본질들, 즉 계속해서 자기연민으로 흐르지 않는 '완전한 감정'과 본질적으로 이기주의와 다르지 않는 '완전한 사랑'을 경멸한다. 고리끼는 언제나 자신을 믿는 여성들의 삶을 교묘하게 상처 입히고 살인까지도 서슴지 않다가도, 나중엔 일이 그 지경까지 이르게 된 상황을 핑계로 흐느껴 울기까지 하는 그런 인간들을 잘 알고 있었다. 단편 『이제르길 노파』에서 노파는 "난 사람들이 어떻게 된 일인지 일생동안 살면서 이런 일에 익숙해질 때까지 시험해보고 행동하는 걸 보아왔어"라고 말한다. "그리고 시간을 낭비하면서 자신을 죄다 망가뜨리고 나선 운명을 한탄하며 울기 시작하지. 여기에 무슨 운명이 있어? 운명이란 각자 자기가 하기 나름이야! 요즘 사람들은 모두 보아하니, 강한 인간이 없더군! 도대체 어디에 있는 거야? 쾌남아들도 거의 찾아볼 수가 없으니 말이야!"(『단편모음집』 I, 126쪽)

고리끼는 이런 병적인 현상을 러시아 인텔리겐차들이 얼마나 불평해대며 괴로워하는지 알고 있었고, 또한 실제로 그들 중 드물게 공격적인 이상주의자들과 테러범들을 잘 알고 있었다. 또 다른 측면에서는 수많은 네즈다노프(뚜르게네프의 『처녀지』에 나오는 주인공)와 같은 사람들처럼, 그 중에 고분고분하게 시베리아로 유형 가는 사람들까지도 알고 있었고, 인텔리겐차들이 너무 쉽게 '삶의 포로'가 되어 버린다고 생각했기에 그러한 인텔리겐차들 중에서 자기 작품으로 인물형상을 데려오는 걸 꺼렸다.

고리끼는 『바렌까 올레소바』에서 1890년대 초반의 중간계층의 '인텔리겐차'에게 경멸감을 보인다. 그는 이 단편에서 나무랄 데 없는 생활을 하는 처녀들에 대한 재미있는 인물유형을 그렸다. 자유와 평등사상에 전혀 물들지 않은 이 유형은 특별히 원시적인 존재이다. 하지만 이 처녀들은 매우 생활력이 강하며, 자신과 주변사람과의 관계에서 보여준 매우 독립적이고 성실한 태도는 큰 흥미를 불러일으킨다. 그녀는 고결한 이상에 익숙해져서 이상 쪽으로 기울어 있으나 동시에 건전한 생활에서는 완전히 무기력한 무능력자인 인텔리겐차와 사귀고 있다. 물론 바렌까에게는 그런 사람이 그녀를 사랑할 수 있는 관념조차도 우스꽝스럽다. 그래서 고리끼는 부득이 그녀를 차후의 유형으로서 러시아 중편의 통상적인 주인공이 되도록 묘사했다. 즉 "러시아의 주인공은 왠지 우둔하고 굼뜨며, 항상 뭔가 이해할 수 없는 것들을 생각해내고 모든 사람을 동정하지만, 자신은 슬픔에 싸인 채 초라한 모습이다. 그는 사랑을 생각하다 말을 걸고 설명하기 시작하다가 나중엔 결혼하기 전까지 또 다시 생각에 잠기고… 그런데 결혼하고 나서는 아내에게 언짢은 듯 바보 같은 소리나 저걸여 대며 아내를 내팽개친다"(『바렌까 올레소바』 II, 281쪽).

이미 앞에서 말했듯이, 고리끼가 좋아하는 유형은 사회에 항거하며 완전히 격분 상태에 빠지는, 동시에 강력한 힘을 가진 '폭도'이다. 비록 맹아 상태이긴 하지만 함께 지냈던 부랑자들과 방랑자들 사이에서 이런 유형을 만나야 했기 때문에, 그는 이런 사회계층에서 가장 흥미로운 주인공을 선택한다.

『꼬노발로프(Коновалов)』에서 고리끼는 부랑자인 주인공의 심리를 잘 표현하여 유명해졌다. 그는 불운한 운명에 처한, 몹시 가난하고 굶주린 도시의 불결한 빈민굴을 가득 채운 반인반수의 악랄한 인텔리겐차이다. 그들은 "일반적으로 모든 사람과 격리된 존재이며 모두에게 적의를 품고 있는 사람들로, 원한을 품은 자신의 회의론이 지닌 힘을 모두에게 시험해보려고 준비한다"(II, 23쪽). 고리끼의 부랑자는 불운한 삶을 산다고 느끼지만, 그는 그런 상황에서 자신이 굳이 정당함을 입증하는 이유를 찾지는 않는다. 예를 들면, 꼬노발로프는 실패한 지식인들이 사용하는 이론의 정당성을 용인하지 않지만, 곧 그는 마치 "형편이 안 좋은 상황들"이 만들어 낸 슬픈 결과인 것처럼 등장한다. 그는 이렇게 말한다. "내 인생은 하등의 변명도 없이… 우울한 삶을 사는 거지… 무엇 때문이냐고? 모르지. 내겐 내면의 해결방법이 없어… 알겠어? 이걸 어떻게 말할까? 가슴 속에 그런 불꽃이 없다구… 힘이라고? 글쎄, 내겐 하나도 없어… 문제는 바로 여기에 있는 거야!"

허약한 성격에 대한 온갖 핑계와 변명을 책에서 읽은 그의 젊은 친구가 주변의 사람들의 "여러 가지 어두운 힘"을 지적하자, 꼬노발로프는 이렇게 말한다. "그땐 싸우게! 힘찬 발걸음을 내딛게! 자네의 자리를 찾아서 저항하게!

고리끼의 부랑자 가운데 어떤 사람들은 예상할 수 있듯이 사색가이다. 그들은 인간의 삶에 대해 고민하며 그것을 이해할 수 있는 가능성을 지니고 있다.

그는 "각자 삶과 싸워서 승리한 인간과 진창속의 삶이 짓누르는 무자비한 예속 상태에서 고통을 당해본 인간은 쇼펜하우어보다 더 철학자라네. 왜냐하면 비현실적인 사상은 직접 인간의 고통으로부터 쥐어 짜낸 사상이 주는 분명하고도 사실적인 형식을 결코 갖추고 있지 못하기 때문이야"라고 말한다. (『꼬노발로프』 II, 31쪽)

자연에 대한 사랑은 부랑자들이 갖고 있는 또 다른 성격적 특징이다. 즉 "꼬노발로프는 부드러운 눈빛의 광채로만 말없는 진한 애정을 보이며 자연을 사랑했다. 그리고 들판에서나 강변에 있을 땐 언제나 어린애를 더욱 닮은 평화를 사랑하는 온화한 분위기에 온통 휩싸여 있었다. 때때로 그는 깊은 한숨을 내쉬고 하늘을 바라보며 이렇게 말했다. "허! … 좋다!…" 이런 감탄 속에는 수많은 시인들이 쓴 수사학적인 구절보다 항상 더 많은 의미와 느낌이 담겨 있었다… 사실 시를 재료로 삼아 직업적으로 쓰는 경우에, 시도 스스로 솔직성과 직접성을 잃게 마련이기 때문이다."(II, 33~34쪽)

그러나 고리끼의 반항적인 부랑자는 협소한 이기주의의 한계를 초월하여 모든 걸 무시하거나 스스로를 '초인'이라고 생각하는 '니체주의자'가 아니라는 사실을 알아야 한다. 순수하게 니체주의자의 유형을 창조하려면 '인텔리겐차'의 병적인 공명심이 필수적이다. 고리끼가 묘사한 가장 비천한 계급의 여성처럼, 부랑자들은 '초인'의 자기숭배와 양립할 수 없는 한 가닥 소박함과 당당함이라는 성격을 갖고 있다. 그는 그들을 현실적인 주인공으로 묘사할 정도로 그렇게 이상화하고 있지는 않다. 그것은 어쩌면 삶의 진실과 일치하지 않을지도 모르기 때문이다. 그래도 부랑자는 역시 승리를 거둔 존재이다. 그렇지만 그는 다른 부류의 사람처럼, 이들 중에는 스스로 각자의 힘을 의식하고 있기 때문에, 당당해지는 순간이 발생하곤 한다는 점을 보여준다. 비록 오를로프(『오를로프 부부』)나 일리야(『세 사람』에 등장하는)에게서 현실적인 주인공들(그들 자신보다 훨씬 힘이 센 적수와 맞서 싸울 수 있는 능력자들)을 창조해내려는 그런 힘을 역시 획득하고 있진 못하지만.

고리끼는 마치 다음과 같은 문제를 제기하고 있는 것 같다. "왜 당신네 인텔리겐차는 그렇게 분명한 개인적인 색깔을 드러내지 못하고, 당신들이 비판하는 사회에 맞서 당당하게 폭동을 일으키지도 못하는가? 왜 당신들은 세상에서 버림받은 자들이 원래 갖고 있어야 할 그런 강한 힘을 갖고 있지 못한가?"

고리끼의 재능은 단편에서 특히 분명하게 드러난다. 그러나 동시대작가인 꼬롤렌꼬와 체홉처럼, 성숙한 성격의 발달을 요하는 더욱 광범위한 중편소설에 착수하면서 고리끼의 시도는 실패로 끝난다. 전체적으로 보자면, 중편 『포마 고르제예프』는 강한 인상을 풍기는 훌륭한 장면들을 보여주지만 대부분 단편보다 더 힘이 부족하다. 그런데 『세 사람』에서 미래의 비극적인 그림자가 이미 드리워진 목가적인 세 명의 젊은이를 서술하는 서문을 접하면, 독자는 처음엔 가장 뛰어난 러시아문학작품 가운데 하나를 이 중편에서 찾게 될 거라고 기대하지만, 중편의 결말은 독자에게 냉정을 되찾게 만든다. 즉, 그것은 완전히 실패작이란 이야기다. 어느 번역가는 『세 사람』을 프랑스어로 번역하면서 일리야가 살해한 사람의 무덤 위에 서 있는 그 부분에서 급기야 번역을 끝마치는 쪽을 택하기도 했다. 왜냐하면 그 번역가는 고리끼가 내린 결말보다 자신의 결말이 훨씬 더 자연스럽다고 생각했기 때문이었다.

이런 점은 고리끼의 실패원인에 대해 대답해야할 때, 우리를 괴롭히는 매우 신중을 기하는 문제이다. 그러나 한 가지 원인을 지적하자면, 비록 그런 결말이 매우 회화적이 될 수도 있겠지만, 주인공의 현실생활이 그에게 가르쳐주지 않는 그런 결말을 구상한 고리끼는 어쩌면 톨스토이처럼 예술가로서 지나치게 솔직했기 때문일 거라는 점을 말할 수 있다.

그 밖에도 그가 매우 뛰어나게 묘사한 인간계층은 그런 연속성과 목적을 얻지 못하므로 예술작품의 주인공들이 등장하여 그들이 작가에게 그런 결말을 쓸 수 있도록 하는 것이 불가피하다. 그런 결말이 없다면 그 작품은 완성될 수도, 끝난 것으로 간주할 수도 없기 때문이다.

예를 들면, 『오를로프 부부』에서 오를로프는 "난 흥분하고 있어"라고 말한다. "난 온힘을 다해 마음을 열 수 있는 자유를 원해… 이거야 원! 난 내면에서 주체할 수 없는 힘이 솟아오르는 걸 느낀다고! 말하자면, 만일 예를 들어, 이 콜레라가 인간으로… 나으리로… 아니면 비록 일리야 무로메쯔라도 변한다면… 난 콜레라와 맞서 싸울 텐데 말이야! 죽음의 전투를 하러 가자고! 너의 힘과 나 그리쉬까 오를로프의 힘이라, 자, 과연 누가 누구를 이길까?"

그렇지만 이 힘을 오를로프는 오랫동안 지탱하지 못한다. 단편의 다른 대목에서 오를로프는 '사방'에서 자신을 끌어당기고 있는 운명은 거인들과의 싸움이 아니라 방랑생활이라고 말한다. 그는 이렇게 대단원을 끝맺는다. 고리끼는 거인들과의 싸움에서 오를로프를 승자로 만들 만큼 평범한 작가는 아니다. 『세 사람』에서 상대적으로 일리야에 대해 똑같이 말할 수 있다. 그는 강한 인간 유형이어서 다음과 같은 문제를 무의식적으로 제기한다. 즉 왜 고리끼는 일리야가 만난 젊은 사회주의 선동자들의 영향을 받은 후에 새 삶을 시작하는 인물로 묘사하지 않았는가? 왜 일리야는 예를 들어, 고리끼가 자기 중편을 끝마칠 무렵에 러시아에서 계속 발생했던 충돌과 동맹파업에 참가한 노동자들과 군대 간에 일어난 충돌에서 죽지 않는가? 그러나 고리끼는 아마도 독자에게 이런 경우에도 현실을 확신하고 있었다고 대답했을 것 같다. 사람들은 "순수한 상인의 생활"만을 꿈꾸는 일리야처럼 노동운동에 따라나서지 않는다. 그래서 고리끼는 자기 주인공의 삶을 더욱 산문적으로 마무리하는 방향을 선택하길 원했고, 일리야를 노동운동에 앞장서는 참가자로 만들기보다는 도시근교의 관리인 아내를 공격하여 그녀를 동정하도록 만들면서 독자 앞에 쓸모없고 나약하며 보잘것없는 인간을 보여주려고 한 것이다. 고리끼는 허용할 수 있는 이상화의 경계를 넘지 않으면서, 만일 일리야를 그만큼 이상화시킬 수 있는 가능성을 갖고 있었다면, 사실주의 예술에서 전적으로 이상화하는 것을 허용하는 편에 서 있었기 때문에, 아마도 거기에 머물러 있지 않았을지 모른다. 그러나 그렇게 일리야를 이상화한 것은 이미 순수 낭만주의이다.

다시 고리끼는 작가에게 사상이란 불가피한 것이라는 생각으로 돌아간다. 그는 『실수』에서 이렇게 말한다. "현대의 사상이 흔들리는 이유는 관념론(이상주의)의 빈곤에 있어. 삶에서 낭만주의를 모두 추방시켜 버린 사람들이 우리를 발가벗겨 놓았지. 바로 여기에 우리가 서로를 혐오하게 된 이유가 있는 거야."(I, 151쪽) 나중에 『독자에게』(1898)라는 작품에서 그는 자신의 예술신앙을 차분히 전개한다. 그의 초기작품 중 하나가 인쇄되어서 친구들 모임에서 읽혀졌다고 그는 말한다. 그는 모임에서 많은 칭찬을 받았으며, 친구들과 작별하고 처음으로 자신의 생애에서 행복을 느끼며 텅 빈 거리를 따라 걸었다. 그러나 이때 청자들의 모임에 온 그가 잘 모르는 어느 불청객이 그의 이야기를 따라잡으며 그에게 작가의 의무에 관해 이야기하기 시작한다.

불청객이 말한다. "만일 내가 문학의 목적이란 인간 스스로 이해하도록 도와주며, 자신에 대한 신뢰를 고양시키고 진리를 향한 갈망을 발전시킬 수 있도록 도와주고, 인간의 추악한 것과 싸우고, 그들에게서 더 좋은 것을 발견할 수 있도록 도와주며, 영혼 속에서 수치심, 분노, 용기를 자극하고, 사람들을 선한 힘을 가진 인간이 되게 하고, 그래서 성스런 아름다운 정신으로 자신의 삶에 영감을 줄 수 있도록 모든 일을 도와주는 것이라고 말한다면, 당신은 내 의견에 동의하실 겁니다."(III, 241~242쪽)

"우리는 다시 환상, 아름다운 공상, 꿈과 불가사의를 원하는 것처럼 보입니다. 왜냐하면 우리가 만든 삶은 울긋불긋한 색깔로 칠해져 있으며 불행하고 불투명하며 따분하기 때문이지요!··· 노력해봅시다, 어쩌면 공상과 상상력이 인간을 공중으로 잠시 들어 올려 그가 잃은 자리를 지상 위에서 다시 살펴보도록 도와줄지도 모르니까요!"(245쪽)

그러나 계속해서 고리끼는 왜 캐릭터의 완전한 발전을 보여주는 훨씬 규모가 큰 장편소설을 창작할 수 없는지 해명하는 고백을 한다. "나는 자신에게서 보통 좋은 것이라고 말하는 선한 감정들과 소망들을 발견했지만, 모든 것을 통합시키는 감정, 삶의 온갖 현상을 사로잡는 굳건하고 분명한 사상은 스스로에게서 발견하지 못했어요."(III, 247쪽) 이런 고백을 읽으면, 대작가가 되기 위한 첫째 조건으로 세상과 삶을 통합적으로 이해하는 데 있어서 그와 비슷한 '자유'를 목격한 뚜르게네프를 상기시킨다.

독자는 계속 질문한다. "당신은 사람들을 위해서 비록 보잘 것 없지만 영혼을 고양시키는 거짓말을 지어낼 수 있습니까? 아니오!···" "··· 이 시대의 교사인 당신들은 모두 주기보다는 훨씬 더 많이 빼앗아가고 있소. 왜냐하면 당신들은 모두 결점들만을 이야기하고 그것만을 보기 때문이지. 그러나 사람들에게는 장점도 있을 것이오. 당신들에게도 그런 장점이 있지 않는가? 당신들은 스스로를 선이 승리하도록 결점을 폭로하는 설교자라고 여기면서, 그토록 가혹하게 남의 흠을 잘 꼬집어내는 평범한 보통사람들과 무엇이 다른가? 선악을 정의하고 분리시키려는 당신들의 지속적인 노력 덕분에, 서로 색깔을 흉내 내다가 회색이 되어 버린 검은색과 흰색의 두 개의 실꾸리처럼, 선과 악이 가까이 있기에 단지 얽혀 있을 뿐이라는 사실을 당신들은 깨닫지 못하는가? 그래서 어쩌면 하느님이 당신들을 지상에 보내셨는지도 몰라··· 만일 그 분이 심부름꾼을 보내신다면, 당신들보다 더 강한 자들을 선택할 것이오. 그 분은 삶과 진실과 인간에 대한 열렬한 사랑의 불길로 그들의 가슴을 타오르게 할 것이오···."(249쪽)

"모든 것이 단조로운 일상생활, 평범한 생활, 희망도 즐거움도 없는 따분한 사람들, 평이한 생각과 사건들뿐이잖소!"라고 무자비한 독자는 계속 묻는다. "도대체 당신들은 언제쯤 정신의 반역에 대해서, 그리고 영혼의 부활이 불가피하다는 것을 이야기할 것인가? 도대체 삶의 창조에 대한 호소가 어디에 있고, 불굴의 정신에 대한 교훈이 어디에 있으며, 영혼을 고무시키는 훌륭한 말들이 어디에 있는가?"(c.250쪽)

"고백하시오! 삶을 어떻게 묘사해야 할지 모른다고 말이오. 그러면 삶을 그린 당신의 묘사는 인간에게 부끄러움을 속죄하는 마음과 새로운 삶의 방식을 만들어내려는 불타는 열망을 불러일으킬 것이오… 당신은 삶의 맥박을 빨리 뛰게 할 수 있는가, 다른 사람들처럼, 삶에 활력을 불어넣을 수 있는가?"(251쪽)

"난 주변에서 수없이 지적인 인간을 보아왔지만, 그 중에서 고결한 사람은 드물며, 그런 소수의 인간들도 피로에 지쳐 있고 영혼이 병들어 있오. 그런데 무슨 이유인지 항상 관찰해보면, 선량한 사람일수록, 그의 영혼이 깨끗하고 순수할수록, 활기차지 못하고 더 병들어 있으며, 힘들게 사는지 그 이유를 모르겠소… 그러나 비록 그들은 더 나아지길 바라며 걱정하는 불안감 때문에 더욱 고통을 당하고 있지만, 그들에겐 그걸 만들어낼 힘이 없오."(251쪽)

"그리고 또 한 가지" 또다시 나의 이상한 대담자는 말을 시작했다. "당신은 사람들에게서 영혼을 고양시키고 삶의 즐거움으로 넘치는 웃음을 터지게 할 수 있소? 보시오, 사람들은 유익한 웃음을 완전히 잊어버렸소!"(251)
"삶의 의미는 행복 속에 있는 것이 아니므로, 인간은 자기만족에 기꺼워하지 않을 것이오. 결국 인간은 그보다는 더 나은 존재니까요. 삶의 의미는 아름다움과 어떤 목표를 향해 노력하는 힘에 있지요. 존재는 매순간마다

더 높은 자신의 목적을 가져야만 합니다."(254쪽)

"분노, 증오, 용기, 수치심, 혐오, 그리고 마지막으로 원한 섞인 절망—여기에 지상 위의 모든 것을 파괴할 수 있는 지렛대가 있습니다." "그러나 당신이 다만 끊임없이 푸념을 늘어놓으며 괴로워하고 한숨을 내쉬거나, 아니면 인간이 몰락하고 있음을 냉정하게 지적할 때, 당신은 인간에게 삶의 열망을 불러일으키기 위해 무얼 할 수 있겠소?"(252~253쪽)

"아, 만일 불타는 가슴과 모든 것을 감싸는 강한 마음을 가진 엄격하고 사랑스런 인간이 나타난다면! 부끄러운 침묵의 숨 막힌 대기 속에서 그가 예언하는 말들은 종소리처럼 울려 퍼지고, 아마도 살아 있는 망자들의 비열한 영혼은 떨게 될 것이오!…"(253쪽)

평범한 삶보다 뭔가 더 나은 것, 뭔가 영혼을 고양시키는 것이 필요하다고 주장하는 고리끼의 이런 사상은 그의 희곡작품에 담겨 있다. 희곡 〈밑바닥에서(На дне)〉는 모스크바에서 큰 성공을 거두었지만, 뻬쩨르부르그에서는 같은 극단이 호흡을 잘 맞춰 공연했으나 특별히 열광적인 호응을 얻지는 못했다. 이 작품의 사상은 입센의 『물오리』를 연상시킨다. 숙소의 거주자들은 어떤 환상을 갖고 있는 동안은 어떻게든 살아갈 수 있다. 즉 술주정뱅이 배우는 어느 특별병동에서 알코올중독을 치료받기를 꿈꾸고 있다. 또한 타락한 처녀는 진정한 사랑을 꿈꾸며 환상 속에서 피난처를 찾고 있다. 사람들과 자신의 삶을 연결시키는 단초를 거의 갖지 못한 이런 존재들이 처한 비극적인 상황은 이런 환상이 깨질 때마다 더욱 절박해진다. 고리끼의 이런 희곡 소품은 매우 탁월하다. 하지만 무대 위에서 그것은 단지 어떤 기술적인 실수 때문에 얼마만큼 손해를 보아야 한다(무익한 제4장, 제1장에서만 등장하고 나중에는 나오지 않는 여자장사꾼 끄바쉬나의 도입). 그러나 이런 실수를 제외하면 무대장면은 매우 드라마적이다. 상황은 현실적인 비극적 요소로 두드러져 보이고, 행위는 신속하며 숙소거주자들의 대화와 그들의 인생철학이 뛰어난 예술적 필치로 표현되어 있다. 전반적으로 보면, 고리끼는 아직도 마지막 이야기를 하지 않고 있다. 단지 드러나는 문제는 작가가 교류하는 사회계층 가운데서, 또 그가 누구보다도 잘 이해하고 또 분명히 존재하는 그런 유형들의 점진적인 발전을 모색하고 있다는 점이다. 고리끼는 그들 중 힘의 원천인 미학적인 교지(敎旨)와 일치하면서 눈에 띄는 재료들을 찾고 있었던 건 아닐까?

제 8 장

정치문학, 풍자,
문학비평,
현대소설가들

정치문학

　정치적 자유가 없고, 철저한 검열 없이는 아무것도 인쇄될 수 없는 나라의 정치문학을 이야기한다는 것은 사실 거의 모순에 가깝다. 그런데 정부가 언론에서는 물론이요, 사적인 영역에서까지도 정치적 사안을 논의하는 것을 막으려고 노력했음에도 불구하고, 사람들은 생각해 낼 수 있는 온갖 핑계를 대면서 가능한 모든 방법으로 논의를 계속했다. 따라서 (어쩔 수 없이 그 폭이 좁을 수밖에 없는) 러시아의 지식인 '인텔리겐차'들도 어떤 유럽국가 지식층이 알고 있는 만큼 다방면으로 정치적 사안들에 대해 풍부한 지식을 갖추고 있었다는 사실은 결코 과장된 게 아니다. 그리고 문자매체를 자주 접하는 일부 러시아 계층은 다른 나라의 정치문제들에 대해서도 아주 해박하다.

　러시아에서 발간되는 모든 인쇄물들은 당시 출판되기 전후로 검열을 받기 위해 제출되었다. 평론이나 기사를 실으려고 한다면, 편집자는 자신의 정치적 견해가 '너무 진보적이지 않다'는 사실을 충분히 입증해야 했다. 그렇지 않으면 내무부는 편집자가 기사거리나 평론지를 발간하려고 하거나 또 그 역할을 하도록 내버려두지는 않았을 것이다. 어떤 경우에는 기사나 평론지가 두 개의 수도 중 한 곳에서 출간되기도 했지만, 지방에서는 결코 발간되지 못했다. 그런데 인쇄에 들어가기 전에 검열관의 손을 거치지 않고 발행되는 경우도 있었다. 인쇄를 시작하자마자 한 부를 검열관에게 보내야 하며, 부수가 한권씩 나올 때마다 인쇄과정이 정지될 수도 있고, 평론지가 인쇄소를 떠나기 직전에 그 배포를 금지하기도 한다. 이럴 경우엔 곧바로 검찰에 기소되는 건 말할 것도 없다. 서적의 경우도 마찬가지다. 기사나 도서는 검열을 통과한 후에도 기소될 수 있다. 1864년에 제정된 법령은 그와 같은 조건에서 기소가 가능하다는 점을 명시하고 있었다. 즉 일반 법정에 출석하기 전, 출판 후 한 달 이내에 기소가 이뤄져야 했다. 그러나 정부는 이 법령을 완전히 무시해

버렸다. 서적들은 압류되어 폐기되기 일쑤였고, 법정에서 문제를 미처 다루기도 전에 펄프용으로 잘게 분쇄되기도 했다. 그리고 어느 편집인들이 이 문제를 법적으로 따져보아야 한다고 계속 주장하면, 정부의 명령에 의해 어느 먼 지방으로 유형을 보내버릴 것이라는 단호한 경고를 받았다. 이런 일은 비일비재했다. 기사나 평론지는 한 번, 두 번, 그리고 세 번째 경고를 받을 수 있다. 세 번째 경고를 받은 후에는 간행이 중단된다. 게다가 내무부는 언제라도 길거리와 가게에서 신문판매를 금지할 수 있고, 신문에 광고를 게재하는 것을 금지시킬 수도 있었다.

처벌의 종류는 이처럼 다양했다. 그런데 이외에도 하나가 더 있다. 정부의 보도지침 제도이다. 예를 들어 파업이 발생한다거나 어떤 뇌물 사건이 정부의 어느 기관에서 터졌다고 하자. 모든 신문사들과 평론지 출판사들은 내무부로부터 그 파업이나 뇌물사건에 대해 일체 보도하지 말라는 보도지침을 받는다. 심지어 덜 중요한 문제들도 이런 방식으로 보도가 금지된다. 오래 전에 반유대주의 희극이 수도 뻬쩨르부르그의 한 무대에 올려졌다. 그 희극에는 유대인에 대한 매우 악랄한 국민적인 증오의 내용이 담겨 있었다. 그래서 주연을 맡은 여배우는 출연을 거부했다. 그녀는 희극공연에 참여하기보다는 차라리 매니저와 계약을 파기하고 싶어 해서 다른 여배우가 섭외되었다. 이 사건은 곧 일반대중에게 알려졌다. 그리곤 첫 번째로 대규모의 시위가 벌어졌는데, 그 희극에 출연한 배우들과 극작가를 반대한다는 시위였다. 80명이 넘는 사람들이 체포되었는데 그들은 주로 문학도이거나 젊은 문인들이었다. 그들은 희극의 관람객들이기도 했다. 뻬쩨르부르그의 신문들은 이틀 동안 앞 다투어 이 사건을 기사로 다루었다. 그런데 정부의 보도지침서가 하달되었고 이 문제를 더 이상 언급하지 말도록 금지했다. 사흘째가 되던 날 러시아 신문들은 모두 이 사건에 대해서 일언반구의 말도 없이 침묵했다.

정부의 보도지침은 사회주의와 사회문제, 그리고 노동운동을 다루는 걸 계속해서 금지했다. 사회와 법정에서 발생하는 추문들과 종종 폭로되는 정부 고위관리들의 비리 등에 관해서는 말할 필요도 없다. 알렉산드르 2세의 제위 마지막 시기에는 다윈과 스펜서, 버클리의 이론을 소개를 하는 것도 똑같은 방법으로 금지되었다. 그리고 그들의 서적이 공공도서관에 비치되는 것도 금지되었다.

이것이 그당시 검열의 실체이다. 예전에는 어땠는가. 간단하게 스까비체브스끼가 쓴 검열의 역사를 이용하여 검열관들의 다양한 사례를 모은다면, 꽤나 재미있는 한 권의 책을 만들 수 있을 것이다. 다음과 같은 경우가 충분히 있을 수 있다.

뿌쉬낀이 어느 여인을 묘사하면서, "성스러워 보이는 자태" 또는 "천상의 미"라고 표현한다고 가정해보자. 그러면 검열관은 이 문구들에 X표를 친 후 정부의 보도지침에 붉은색 잉크로 "이런 표현들은 신성 모독적이어서 허가할 수 없음"이라고 적을 것이다. 어떤 시 규범에 대한 고려도 전혀 없이 구절들이 삭제되기도 한다. 또는 검열관이 작품에다 자신이 창작한 장면묘사를 써 넣는 일이 자주 발생하곤 했다.

이러한 상황에서 정치에 관한 구상은 그것을 표현할 수 있는 다른 출구를 끊임없이 찾아다녔다. 따라서 평론지와 기사들에서는 금지된 주제를 다루되, 또 검열관이 반대하지 않을 만한 구상들을 표현하기 위해 매우 특수한 언어가 발달되었다. 이런 방식의 글쓰기 기법은 예술작품에서도 사용되었다. 루진이나 바자로프가 전하는 몇 마디의 말이나 뚜르게네프가 소설 속에서 하는 말들은 매우 깊은 사상을 전달하곤 했다. 이젠 단순한 암시보다 다른 표현 방법이 필요했다. 그래서 정치에 관한 생각을 표현할 수 있는 다양한 방법을 모색했다. 그것은 무엇보다도 해당 시대의 문학 전체를 대표하는 문학계와 철학계, 그 다음에는 예술 비평과 풍자, 그리고 스위스나 영국에서 발간되는 해외 출간 서적들에서 모색했다.

정파모임들: 서구주의자들과 슬라브주의자들

'정파모임들'은 1840년대와 1850년대 러시아의 지적발전에 특히 중요한 역할을 했다. 당시 간행물을 통해 정치이념을 피력한다는 것은 생각조차 할 수 없었다.

검열에서 허가를 받은 2~3종의 반관반민 성향의 신문은 정치와 사회계 동향을 전하는 기관지가 아니었다. 단지 인쇄된 종이를 발행하는 것뿐이었다. 즉, 소설, 드라마, 시 등에서만 매우 피상적인 방법으로 모든 사회문제를 다룰 수 있었다. 다시 말하면, 철학적, 과학적 성향을 띤 주요 저술은 더 가벼운 주제를 다룬 작품과 함께 검열을 받았고 출판이 금지되었다.

그래서 유일한 은신처였던 정파모임에서 의견을 교환하기 위해 부분적으로 토론을 벌이곤 했다. 따라서 이 시대의 앞선 사람들은 여러 '정파모임'에 가입하여 그곳에서 보다 진보적인 성향을 담은 사상들을 탐구하곤 했다. 스딴께비치(Станкевич, 1817~1840)와 같은 인물이 정파모임을 주도했는데, 비록 그는 어떤 작품도 발표한 적이 없지만 러시아 문학사에서는 언제나 언급되는 인물이다. 그 이유는 그가 속한 정파모임에 정신적인 영향을 끼친 사실에 가치를 두기 때문이다(뚜르게네프의 단편 『야코프 빠신꼬프』는 '정파모임' 회원 중 한 사람의 모습을 묘사하여 독자층을 감동시켰다).

물론 솔직히 말해서, 그런 조건에서는 정치적인 당파들이 발전할 여지가 전혀 없었을 게 분명하다. 그러나 이런 점에도 불구하고 이미 19세기 중반부터 '서구주의파'와 '슬라브주의파'로 널리 알려진 철학사상과 사회주의 사상이라는 중요한 두 사조가 뚜렷하게 등장한다.

서구주의자들의 이론적 배경은 서유럽 문명이었다. 그들은 러시아가 유럽 민족들의 대가족계보에서 예외가 아니라고 주장한다. 따라서 러시아는 서유럽이 걸어온 길과 똑같은 발달 단계를 거쳐야 할 필요가 있다. 결국은 그런 발달단계에 따라 농노제를 폐지할 필요가 있으며, 그 후의 발전과정은 서유럽에서 발전해 온 정치제도와 동일할 것으로 생각했다. 그리고 그러한 범위 안에서 전 유럽의 과학과 문화를 이용하면서 러시아적인 것을 발전시킬 수 있다고 보았다.

반면에 슬라브주의자들은 러시아가 다른 국가들과 다르게 특별한 사명을 지니고 있다고 주장했다. 즉 러시아는 노르만족의 정복과 같은 외국의 침략을 모른 채 오랫동안 고유한 옛 풍습을 보존해 왔다. 그러므로 슬라브주의자들의 정의에 따르면, 러시아는 그리스정교와 전제정치, 민족성이라는 삼위일체 속에서 그들 자신만의 방식으로 발전해야 한다고 생각했다.

이런 과정에는 물론 여러 가지 견해와 단계적인 변화를 허용하는 폭넓은 계획들이 있었다. 그리고 물론 쌍방은 스스로의 경향에 따라 각각 발전해 왔다. 이렇게 1860년대 초에 서구주의자들은 영국적 유형인 '휘그당'이나 기존의 문학에서 서유럽의 자유주의를 지지했는데, 그것은 대다수 서구주의자에게 최고의 이상이었다. 그것은 러시아가 획득하려고 노력해야 할 이상이었다. 뿐만 아니라 서유럽에서는 유럽사회의 성장기간에 농촌에서 도시로 대이동이 일어났는데, 그들은 그런 모든 현상이 러시아에서도 일어날 것이라고 확신하고 있었다. 당시 도시에서는 자본주의(1840년대에 영국에서 '의회위원회'에 의해 태어난)가 태동했다. 프랑스 등에서 발달한 관료정치 세력은 러시아에서도 필연적으로 재현되어야 했다. 즉 그런 법률의 발전은 필연적인 것이었다. 일반적으로 대다수의 서구주의자들은 적어도 그렇게 생각하고 있었다.

그러나 훨씬 지적이고 훌륭한 교육을 받았으며, 진보적인 유럽사상의 영향을 받은 게르첸과 나중에 체르늬쉐브스끼 등의 같은 정파에 속한 대표자들은 매우 다른 견해를 보였다. 그들은 서유럽에서 공장과 농업에 종사하는 사람들의 어려운 상황은 지주와 자본가들이 의회에 가한 압력 때문에 발생한다는 견해를 갖고 있었다. 그렇게 중앙집권적인 관료정치를 하는 대륙의 유럽 국가들에게는 정치적인 자유의 한계가 있으므로, 러시아는 이런 과오를 결코 반복해서는 안 된다고 그들은 주장했다. 러시아는 그런 점에서 선조들의 경험을 이용해야만 한다고 생각했다. 만일 러시아가 공동 소유지를 상실하지 않고도 제국의 널리 알려진 자치제와 지방에서 '평화로운' 자치권을 유지하면서 공업시대를 맞이할 수 있다면, 이것은 러시아의 대단한 이득이 될 것이다. 러시아처럼 거대하고 여러 지방에서의 정치활동이 프러시아 사상과 나폴레옹 집권 때처럼 중앙 정치세력으로 집중되기 위해서는 자본주의 세력이 성장해야 한다. 그런데 자본주의가 저지른 커다란 정치적 과오는 지방자치단체를 붕괴시키는데 기여하고, 귀족 계급이 소유한 대토지에서 소유지 문제에 혼란이 일어나도록 조성하고 허용하기도 했다는 것이다. 그런 평가 순위는 슬라브주의자들에서도 나왔다.

악사꼬프 형제와 끼레옙스끼, 호먀꼬프 등과 같은 뛰어난 슬라브주의 대표들은 평범한 슬라브주의자들과는 거리가 멀었다. 평범한 슬라브주의자들은 단지 전제정치와 그리스정교의 광신자였으며, 일반적으로 그것에 대해 그들이 이해하고 있기로 '좋았던 과거'의 감상적인 기분을 덧붙이곤 했다. 즉 '좋았던 과거'의 개념에는 물론 다양한 것들이 들어 있는데, 여기엔 농노제 시기의 대주교의 제의(祭衣), 농촌생활의 관습, 민요, 전통, 민속의상 등이다. 러시아의 실제 역사가 판독되기 시작하던 무렵에, 슬라브주의자들은 몽고의 침략을 받기 전까지 러시아에는 연방주의 원칙이 널리 퍼져 있었다는 사실을 상상조차 하지 못했다. 즉 모스크바 황제의 권력은 비교적 늦은 시기(15세기, 16세기, 17세기)에 이루어졌고, 전제정치는 고대러시아의 유산이 결코 아니었음을 알았다. 오히려 그것은 바로 그들이 서유럽의 생활풍습을 열

정적으로 소개했다는 이유로 격렬하게 비난했던 그 뾰뜨르 1세의 과업
이었다. 그들 가운데 몇 사람은 러시아민중의 대중종교가 공식적인 '정
교회'의 공인된 종교가 아니라 오히려 이성에 바탕을 둔 신비로운 종파
의 매우 다양한 형태의 '이교도적인' 종교였다는 점을 역시 깨닫고 있었
다. 그러므로 몇 사람이 러시아민중의 이상을 대변하는 자들이 나타났
다고 추측했을때, 그들은 본질에 있어서 비잔틴과 라틴 및 몽고의 혈통
이 혼합된 러시아 정부와 모스크바 교회의 이상만을 반영했던 것이다.
당시 러시아 지식계층을 사로 잡았던 특히 헤겔철학이라는 독일형이상
학의 모호함속에서, 또한 19세기 전반기에 유행했던 추상적인 용어 때
문에, 이런 주제에 대한 논의는 뚜렷한 결론을 내리지 못한 채 수년 동
안 지속되었다.

그러나 상술한 이야기에도 불구하고 슬라브주의자들은 그들의 뛰어
난 대표자들을 통해서 역사학풍을 세울 것과 러시아국가의 역사와 법,
러시아민중의 역사와 법 사이에 분명한 차이가 있음을 인식하면서, 진
실을 바탕으로 러시아역사를 연구할 수 있게 법령을 제정하는데 매우
헌신했음을 인정해야 한다.

벨랴에프(Беляев, 1810~1873), 자벨린(Забелин, 1820년 출생), 꼬스또마로
프(Костомаров, 1818~1885)는 러시아 민중사에 진지한 관심을 가진 최초
의 연구자들이었다. 그 중 두 사람은 슬라브주의자들이며, 꼬스또마로
프는 우크라이나인이었다.

그들은 초기 러시아역사에서 연방주의의 특성을 밝혀냈고, 까람진이
저술한 류릭왕조부터 근대에 이르기까지 천년 동안 이어온 황제정부의
발전사에 관한 전설적인 이야기들을 삭제해버렸다. 그들은 모스크바
공후들이 몽고지배 이전시기에 독립된 공국들을 짓밟았던 잔혹한 수단
과 방법들을 환기시켰다. 그리고 공후들이 점차 몽고 칸의 도움을 받으
면서 러시아황제가 되어 가는 사실을 보여주었다. 그들은 (특히 벨랴에프
는 자신이 쓴 『루시에서 농노의 역사』에서) 17세기부터 모스크바 황제들의 통

치 아래서 발전해온 농노제도의 우울한 중편이야기를 다루었다. 그밖에도 주로 슬라브주의자들에게는 러시아에 두 가지의 다른 규약이 존재한다는 사실을 우리는 인정해야 한다. 그것은 지식계급의 규약인 제국법(имперский кодекс)과 (제르세에 있는 노르만인들의 법률처럼) 관습법(собычное право)이다. 관습법은 제국법과 완전히 다르며, 토지소유권, 상속 등의 개념에 있어서는 더 바람직하다. 이 관습법은 농노들 사이에 널리 퍼져 있는 법으로서 그 세부사항은 지방마다 다르다.

정치적인 활동의 부재로 슬라브주의자와 서구주의자 사이의 철학·문학적 논쟁은 1840~1860년에 뻬쩨르부르그와 모스크바의 문학 정파모임에서 뛰어난 사람들의 마음을 사로잡았다. 각 민족은 미리 결정된 어떤 사명을 지닌 사람들인가, 그리고 러시아는 어떤 특별한 사명을 갖고 있는가 하는 문제는 바꾸닌을 포함하여 1840년대 비평가 벨린스끼, 게르첸, 뚜르게네프, 악사꼬프 형제, 끼레옙스끼, 까벨린, 보뜨낀 등과 그 시기의 재능 있는 사람들이 속한 정파모임들에서 격렬하게 논의되었다. 그러나 나중에 농노제가 폐지될 때(1857~1862), 실제로 지도적인 슬라브주의자들과 소수의 서구주의자들 사이에 이루어진 화합은 몇 가지 중요한 문제를 해결하는데 도움이 되었다. 특히 체르늬쉐브스끼같은 진보적인 사회주의 서구주의자는 러시아농민을 위해 지방자치, 관습법, 연방주의를 적극 제정함으로써 실제로 보장해주어야 한다는 필연성에 대한 문제를 진보적인 슬라브주의자들과 함께 진행시켜나갔다. 즉, 당시에 진보적인 슬라브주의자들은 〈독립선언〉과 〈인권선언〉에서 표현된 '서구주의파'의 사상에 많은 양보를 해주었다.

뚜르게네프가(『귀족의 둥지』에서) 라브레쯔끼와 빤쉰과의 논쟁에서 실제로 그때 존경받고 있던 슬라브주의사상의 옹호자를 편애해서 "감당키 힘든 서구주의자"라고 썼을때, 이 시기(1861)를 염두에 두고 있었다. 그러나 협상을 진행할 수 없을 지경에 이르자 서구주의자들은 재빨리 슬라브주의자들과 갈라섰고, 이미 발칸 반도의 슬라브인들에 관한 문제를 제기하기 시작했다.

이제 슬라브주의자들과 서구주의자들의 갈등은 종지부를 찍게 되었다. 종교철학자이자 매우 호감을 주는 블라지미르 솔로비요프(1853~1900)는 이반 악사꼬프와 함께 그의 문학활동 초기 몇 년을 〈루시〉에서 일을 했다. 그가 요절하자 전체 수용소의 사람들로부터 많은 동정을 불러일으켰다.

그는 역사와 철학에 매우 해박했고, 너무나 영민한 나머지 슬라브주의파의 '민족주의'와 곧 결별하지 않을 수 없었다. 그리고 1884년에 그는 이미 악사꼬프와 맞서는 뛰어난 비평가로 나섰고, 대체로 슬라브주의의 가장 근본적인 법규들과 대립하여 논쟁을 벌였다.

슬라브학파 설립자들의 특징이기도 한 영감을 갖추지 못한 이 학파의 대표들은 전쟁을 좋아하는 민족주의자들이나 정교의 로마교황 전권론자들이 주장한 '위대한 제국'을 꿈꾸는 몽상가들의 수준까지 전락해버렸고, 그들의 지적인 영향력은 거의 무시할 만큼 저하되었다.

바야흐로 갈등은 공권을 상실한 옹호자들과 자유를 위한 투사들 사이에서 일어났다. 즉, 자본의 옹호자들과 노동의 옹호자들 사이에, 다시 말해서 중앙집권과 관료제도의 옹호자들과 공화국의 연방주의 및 지방자치제, 농촌공동체인 '미르'의 독립을 주장하는 옹호자들 사이에 갈등이 생겼다.

해외에서의 정치문학

슬라브 국가들 가운데 어느 한 나라도 예를 들면, 스위스나 벨기에만큼의 정치적인 자유도 누리고 있지 못하는 상황은 러시아를 아주 곤혹스럽게 만들다. 그래서 러시아에서 온 정치적 추방자들에게 그들이 조국으로부터 완전히 고립되었다고 느끼지 않을 정도의 그런 피난처를 제공할 수 없었다. 러시아에서 망명해 나온 러시아인들은 스위스나 영국에 정착하여 그곳에서 근래까지도 완전히 타인으로 남아 있었다.

그들은 심지어 프랑스와 접해 있는 훨씬 규모가 큰 거주지에 머물러 있었지만 지역민들은 그들에게 문호를 기꺼이 개방해주지 않았다. 러시아와 가장 가까운 독일과 오스트리아는 자유로운 국가가 아니기 때문에 추방된 정치범에게 문호를 개방하지 않았다. 그 결과 근래에까지 정치적, 종교적인 이유로 러시아에서 망명해온 사람들의 수는 매우 적었다. 망명자들의 해외 정치문학은 19세기를 통틀어 겨우 몇 년동안만 러시아에 실제적인 영향을 주었다. 그때가 게르첸이 잡지 《종》을 발간하던 시기였다.

게르첸(1812~1870)은 모스크바의 부유한 가정에서 태어났다. 그의 모친은 독일인이며, 그의 어린 시절에는 모스크바의 '오래된 마굿간'이라는 귀족 지역에서 자랐다.

게르첸의 교육은 프랑스 망명자와 독일인 교사, 자유 숭배자인 훌륭한 러시아인 교사, 주로 18세기 프랑스 및 독일의 철학자들이 쓴 서적들이 풍부한 부친의 서재에서 이루어졌다. 프랑스백과사전 편집자와의 교분은 그의 사상에 깊은 흔적을 남겼다. 그러므로 나중에 자기 친구들처럼 그가 독일의 형이상학에 관한 연구에 열중해 있을 때, 그는 18세기의 훌륭한 프랑스 철학자들의 서적을 읽고서 독서에 의해 영향을 받은 사실주의 경향과 구체적인 사유방식을 모두 갖추고 있었다.

그는 모스크바대학(물리·수학과)에 입학했다. 그해에 세기 초부터 지배적이었던 우울한 반동정치를 처음으로 깨뜨렸던 1830년의 프랑스혁명은 유럽의 모든 사상가들에게 깊은 감동을 주었다. 그리고 게르첸이 참여한 젊은이들의 동아리모임에서 그와 절친했던 친구인 시인 오가료프, 미래의 민중시 연구자 빠스섹과 몇몇 사람들은 밤새도록 정치적, 사회적 성향이 짙은 작품을 읽고 토의하면서 날을 지샜다. 특히 그들이 관심을 보인 것은 생시몽주의였다.

그들에게까지 도달한 12월 당원들에 대한 소식을 듣고 감동 받은 게르첸, 오가료프와 그밖에 소년들은 이 최초의 자유의 투사들을 위한 복수를 하기위해 "한니발 서약"을 했다. 이런 젊은이들이 모인 어느 동아리의 친목 소연회에서 노래들을 불렀는데, 그 노래들에서 니꼴라이 1세의 이름이 불경스럽게 언급되었다. 곧 이에 관한 소문이 비밀경찰의 귀에 들어갔다. 청년들은 방을 수색당하고 난 후에 체포되었다. 그들 중 몇 사람은 모스크바에서 추방당했고, 만약 고위관리들의 중재가 없었다면, 뽈레자예프와 쉐브첸코처럼, 다른 사람들은 아마도 사병으로 복무하도록 보내졌으리라.

게르첸은 사람들의 왕래가 드문 현청소재지 뻬르미로 추방되었다. 그는 그곳에 머물다가 뱌뜨까로 옮겨졌고, 나중에 다시 블라지미르로 옮겼다. 그는 대략 5년여 간 유형생활을 했다.

1840년에 그는 모스크바로 돌아와도 좋다는 허락을 받았다. 그는 독일철학의 영향을 받고 추상적인 형이상학에 몰두하고 있는 문학모임을 발견했다. 헤겔의 '절대자', 인류의 진보에 대한 헤겔의 삼위일체론과 "모든 존재는 이성적이다"라는 헤겔의 주장은 뜨거운 의제였다. 모든 존재의 이성에 관한 헤겔의 주장은 러시아의 헤겔철학 연구자들을 이끌었다. 이 헤겔학파의 주도자인 스딴께비치(1813~1840)와 미하일 바꾸닌(1814~1879)은 전제주의조차도 '이성적이다'라는 결론을 내렸다.

벨린스끼는 그때 그 시대의 절대주의조차도 "역사적인 필연성"이라고 인정하면서, 뿌쉬낀의 "보로지노전투 기념일"에 대해 쓴 유명한 논문에서 그의 타고난 몰입력과 집중력으로 그것을 표현했다.

물론 게르첸도 헤겔철학을 붙잡아야 했다. 그러나 이 연구가 과거의 그의 사고방식을 바꾸지는 못했다. 즉, 그는 대혁명의 원칙들에 대한 숭배자로 남았다. 나중에 바꾸닌은 1842년 해외로 나갔을때, 독일철학의 불명료함과 절교한 후 베를린을 떠나서 당시에 프랑스에서 발전하고 있는 사회주의자들의 교의를 가지고 모스크바 및 뻬쩨르부르그 친구들과 친교를 나누기 시작했다. 이 모임들의 경향은 급격하게 변했다. 벨린스끼는 다른 사람들과 함께 사회주의자들을 연구하기 시작했으며, 특히 뻬에르 레라(Leroux)를 사랑했다. 그들은 당시 〈서구주의자들〉이란 좌파모임을 조직했으며, 이 모임에 뚜르게네프, 까벨린, 그리고 다수의 사람들이 합류함으로써 슬라브주의자들과 완전히 갈라섰다.

1840년 말에 게르첸은 다시 노브고로드로 유형을 갔다가, 그곳에서 1841년 6월까지 보냈다. 그리고 다시 친구들이 집요하게 주선한 덕분에, 일 년 후에 그는 또다시 모스크바에 거주할 수 있는 허락을 받았다. 게르첸은 모스크바에 살면서 해외로 출국할 수 있는 허가를 받으려고 갖은 노력을 다했고 마침내 성공했다. 그는 1847년에 러시아를 떠나서 다시는 돌아오지 않았다. 게르첸은 해외에서 몇 명의 친구를 만났다. 그리고 그 시기에 그는 오스트리아의 탄압에서 벗어나기 위해 영웅적인 노력을 했던 이탈리아를 여행한 후에 1848년 혁명직전에 파리에서 친구들과 합류하였다.

게르첸은 파리에 살면서 1848년 봄, 온통 서유럽을 들끓게 한 청년들의 열렬한 운동과 같은 수많은 격동의 세월을 몸소 체험했다. 이 시기에 파리에서는 프롤레타리아의 대량학살에서 오는 환멸과 공포의 7월이 매일 계속되었다. 서로 안면이 있던 뚜르게네프와 게르첸은 파리에서 살면서 두 작가의 얼굴을 알고있는 경찰당국의 감시를 받게 되었다. 그들은 결국 부르주아가 노동자 집단을 총살형에 처할 것이라고 선언하며 발사하는 소총의 일제 사격소리를 들으며 힘없는 분노와 공포만을 느껴야 했다. 두 작가는 이 날에 대한 매우 정확한 기록을 남겼다. 게다가 깊은 감동을 주는 7월의 날들에 관한 묘사(『그 강변에서』)는 훌륭한 러시아 문학작품에 속한다.

언젠가 혁명을 일으키겠다는 모든 희망이 급속히 사라지자 그는 깊은 절망에 빠졌다. 유럽 전역에 무서운 보수반동주의의 먹구름이 드리워졌다. 게다가 이탈리아와 헝가리는 다시 오스트리아의 압제를 받게 되고, 프랑스에선 나폴레옹 3세 시대의 막을 내리게 한 제정부흥론

(бонапартизм)이 일어났다. 사회주의 운동은 도처에서 반동주의에 의해 제압당했다. 게르첸은 유럽문명의 미래에 대한 믿음을 상실했고, 그런 절망감은 그의 명저『그 강변에서』에 반영되어 있다. 그것은 작가에게서 대시인의 자질을 보여주는 형식으로 가득 채워진 정치예언가의 절망의 외침이다.

게르첸은 막바지에 파리에서 푸르동과 함께 신문《민중의 소리》(La Voix du peuple)를 창설했는데, 이 신문의 각 호는 발행될 때마다 거의 나폴레옹 치하의 경찰에게 몰수당했다. 곧 신문은 폐간되고 게르첸도 프랑스에서 추방되었다. 그는 해난사고로 어머니와 어린 아들이 비참한 죽음을 당하자 마침내 스위스로 귀화했다. 그는 1852년 가을에 런던으로 이주했다. 런던의 자유로운 러시아인쇄기에서 첫 작품들이 나오자, 게르첸은 곧 러시아에서 큰 영향력을 갖게 되었다. 그는 처음에 잡지를, 정확히 말하면, 스스로《북극성》이라고 부른 선집을 발행했다. 이 잡지는 르일레예프가《북극성》이라는 표제로 발간한 문예작품집을 회상시키며 러시아에 곧 깊은 인상을 주었는데 게르첸은 이 잡지에다 정치성향을 띤 기사들과 특히 근래에 러시아에서 나온 중요한 자료 외에도 훌륭한 회상록『지난날과 사색』을 게재하였다.

이 회상록의 역사적 가치는 논외로 하고(게르첸은 개인적으로 당시 수많은 역사적인 인물을 알고 지냈다), 그것은 확실히 예술적으로 서술한 훌륭한 전범에 속한다. 1840년대에 러시아에서 시작하여 추방시기에 생을 마감한 인물과 사건들에 관한 서술은 페이지마다 심오하고 특별한 철학적 이해, 특히 선한 유머를 결합시켜 비틀어놓은 풍자 능력, 박해자들에 대한 뿌리 깊은 증오심, 마치 가리발디당[1]처럼, 인간의 해방을 주장하는 주인공의 순박한 마음에 자리 잡은 순수하고 깊은 개인의 사랑을 보여준다. 이 회상록에서 독자는 후에 그의 아내가 된 나타샤에

---

1) 이탈리아의 정치지도자 가리발디로부터 유래한 당의 이름.

대한 사랑처럼 작가의 사생활에서 나온 매우 고결한 미학 장면이나, 자기 어머니와 아들의 죽음을 언급한 Oceano Nox[2])와 같은 장(章)에서 강한 인상을 주는 장면들을 발견한다. 이런 회상록 가운데 어느 한 장(章)은 지금까지도 발표되지 않은 채 남아 있는데, 뚜르게네프가 이에 관해 언급한 것을 판단해 보면, 그것은 놀라운 아름다움과 감정으로 가득 차 있다. "누구도 더 이상 그렇게 쓸 수 있는 능력은 없어요. 이 장은 모두 눈물과 피로 쓴 것입니다"라고 뚜르게네프는 말했다.

　게르첸은 《북극성》에 이어 신문 《종(Колокол)》을 발간하기 시작했는데, 이 출판도 곧 바로 러시아에서 활기를 얻었다. 뚜르게네프와 게르첸이 서로 주고받은 공개서한에서 보듯이, 이 대소설가는 특히 《종》에서 적극 활동하였다. 뚜르게네프는 게르첸에게 매우 흥미있는 자료들을 제공해주었으며, 《종》이 어려운 문제를 해결해야 하는 상황에 놓이면 가끔 그에게 우정 어린 조언을 해주곤 했다.

　때는 바야흐로 농노제 폐지를 앞둔 시기로, 니꼴라이 황제의 통치아래서 낡은 제도를 대부분 근본적으로 뜯어 고친 개혁기이기도 했다. 당시에는 모두가 사회문제에 참여하거나 적어도 그 문제에 흥미를 느끼고 있었다. 알렉산드르 2세에게 굴복하던 시기의 당면 문제를 고찰한 수많은 수기들이 나왔는데, 그때 이런 문서들은 사본으로 제작되어 대중에게 널리 유포되었다. 그것은 뚜르게네프가 유사한 사본들을 손에 넣으면 심의하도록 《종》에 보냈기 때문이다. 당시에 신문 《종》은 검열 받은 러시아 출판물이 밝히지 못한 러시아 잡계급의 생활에서 나온 사실들을 파헤쳤다. 그때 이런 폭로작들은 힘과 열정으로 쓰여진 게르첸의 진보적인 기사들과 더불어 정치문학에서는 접하기가 힘들 만큼 빼어난 형식미를 갖추고 있었다. 이와 관련해서 적어도 게르첸과 필적할 수 있

---

2) (역주) oceano(바다), nox(밤의 여신)이라는 의미를 갖고 있다. 끌레앙의 '검은바다'라는 3중주를 의미하기도 함.

을 만한 서유럽문학의 사회평론가를 알지 못한다. 수많은 부수의 《종》이 러시아로 몰래 들어와 널리 보급되었는데, 《종》을 지속적으로 구독한 독자들 중에는 알렉산드르 2세 황제와 마리야 알렉산드로브나 황후도 있었다고 한다.

농노제도가 폐지된 지 2년이 되자, 바로 그 즈음에 필연적으로 여러 개혁에 관한 논의가 특별히 시작되었다. 말하자면, 1863년에 폴란드에서 돌연 폭동이 일어났다. 유혈사태와 교수대에 의해 억압된 이 폭동은 러시아 해방운동에 매우 유해한 형태로 악영향을 미쳤다. 도처에서 보수반동이 최고조에 달했으며, 폴란드 국민을 지지했던 게르첸의 인기는 추락했다. 러시아에서 《종》을 구독하는 것은 중단되었고 프랑스어로 계속 발행하려는 게르첸의 노력도 실패했다. 정치 활동무대에는 새로운 세대(바자로프의 세대와 나중에 "인민주의자들"의 세대)가 등장했다. 그러나 이 세대가 더욱 민주주의적이고 사실주의의 옷을 입은 자신의 새로운 지적인 자식들이었지만, 게르첸은 초창기에 이 세대의 활동을 이해하지 못했다. 게르첸은 이 새로운 운동의 한쪽 편에 비켜 선 채 1870년 파리에서 사망했다.

게르첸의 작품들은 근래에야 러시아에서 배부되는 것을 허락받았지만 대대적으로 삭제되어 나왔다. 거기에는 《종》에서 나온 대부분의 기사들이 삭제되어 있었으며, 나중에도 그 작품은 젊은 세대에게 거의 알려지지 않았다. 그러나 때가 되어서 러시아독자들이 그 기사들을 다시 읽게 될 때, 그때 러시아인들은 게르첸이 매우 복잡한 인간의 발전하는 방식을 잘 이해하고 있었으며, 유래없는 미적 형식으로 글을 썼던 매우 심오한 사상가였고, 완전히 노동자계급의 편에 서서 호감을 갖고 있었다는 사실을 분명히 알게 될 것이다. 그리고 덧붙여 말하자면, 그 기사들은 작가의 사상이 항상 다양한 관점에서 면밀하게 심사숙고해오고 있었음을 보여주는 훌륭한 증거가 된다.

무엇보다도 그는 망명한 후 런던에서 자유롭게 작업할 수 있는 자신의 장소를 마련했다. 게르첸은 수많은 주요문제와 관련해서 러시아잡지들에 '이스깐제르'라는 필명으로 글을 기고했는데, 이런 일은 검열 받는 상황에서 충분히 가능했다. 사회주의, 자연과학의 철학, 예술철학 등이 그가 다룬 논제였다. 러시아에서 지식인 유형의 발전사를 자주 언급한 중편소설『누구의 죄인가?』역시 그의 작품이다. 이 중편의 주인공 벨리또프는 작가 레르몬또프의 주인공 뻬초린의 직접적인 계승자이며, 뻬초린과 뚜르게네프의 주인공을 연결시켜주는 고리이다.

시인 오가료프(1813~1877)의 작품은 별로 많지 않아서 별로 깊은 흔적을 남기지 못했다. 그래서 그와 가까운 친구인 게르첸은 개성을 표현하는데 대가였던 오가료프에 대해 이렇게 말한 바 있다. "오가료프처럼 그런 이상적인 인간성을 묘사하는 것이 내 생애에서 가장 중요한 문제였다"고 말이다. 그의 개인적 삶은 매우 불행했으나 친구들에 대한 영향력은 대단했다. 그는 열렬한 자유숭배자였으며, 러시아에서 망명을 떠나기 전에 농노들이 경작한 토지를 모두 그들에게 나눠주며 자기 소유의 농노 약 만 명을 해방시켜 주었다. 그는 소년시절에 깨달은 자유와 평등의 영원한 이상을 위해 평생을 바쳤다. 개인적으로 그는 특히 온화한 사람이었으며, 그의 시속에서는 거의 언제나 쉴러의 "운명에 순종을"이라는 가락이 울려 퍼진다. 말하자면, 그의 서정시에서는 반항과 열정이 넘치는 활기찬 선율을 만나기가 쉽지는 않다.

게르첸의 다른 동료인 미하일 바꾸닌(Михаил Бакунин)에 관해 말하자면, (이미 언급한 러시아의 정파모임들에 끼친 영향을 빼놓고) 그의 활동은 주로 '국제노동자연맹(인터내셔널)'의 역사와 관련이 있다. 그런데 러시아 문학개관에서 그것을 언급하는 것은 적절치 않은 것 같다. 벨린스끼를 비롯하여 소수의 러시아 대가들에 미친 그의 개인적인 영향력은 매우 컸다. 그는 매번 다가오는 혁명적인 열정에 불타올랐던 전형적인 혁명가였다. 그 밖에도 만일 진보적인 러시아사상이 러시아의 전제정치나 오스트리아의 억압을 받았던 폴란드, 핀란드, 우끄라이나, 까프까즈의 다른 민족들의 주장에 언제나 진실하게 남아 있었다면, 그것은 대부분 오가료프와 바꾸닌에게 빚지고 있는 셈이다. 국제노동운동에서 바꾸닌은 거대한 조직인 국제노동자연맹의 지도적인 좌파 인물로서 현대아나키즘이나 역사철학의 폭넓은 원리에 근거를 부여한 반정부사회주의의 창시자였다.

결론에서 해외의 러시아정치작가들 중 뾰뜨르 라브로프(1823~1901)를 언급하겠다. 그는 "인간학주의(антропологизм)"라는 이름으로 현대자연과학의 물질주의와 칸트철학을 화해시키려고 애쓴 수학자이자 철학자였다. 그는 포병대령이자 수학교수이며 당시에 새로 설립된 뻬쩨르부르그 시청의 일원으로 있을 때, 체포되어 뱌뜨스끄 현의 어느 조그만 벽촌 소도시로 유형을 갔다. 어느 사회주의 청년그룹이 그를 추방시켜 해외로 탈출할 수 있도록 도와 일을 추진했다. 해외의 쭈리히에 머물게 된 그는 우선 잡지《전진(Вперед)》을 발간하기 시작했고, 나중엔 런던에서 발행을 계속했다. 라브로프는 "세계의 메커니즘 이론"의 첫 장에서 특히 수학의 폭넓은 역사를 다루어 러시아에서 여전히 명성을 얻은 학자출신의 뛰어난 백과사전 편집자였다. 그의 최후작인『사상사』는 애석하게도 서론에 해당하는 제1권만 출판되었는데, 만일 그것이 완성되었더라면 분명히 진화론에 관한 철학에 큰 기여를 했을 것이다. 사회주의 운동에서 라브로프는 사회·민주주의 진영에 속해 있었지만, 너무나 해박한 교양을 갖춘 나머지 공산주의 중앙정부를 비판한 독일 사회·민주주의자들의 이념과 공유한다거나 그들의 협소한 역사이해를 간섭할 만큼 지나쳐서 철학자로서 분수를 넘었다. 라브로프에게 특히 명성을 가져다주고, 그의 인간성을 가장 분명하게 보여준 역작은 1870년에 러시아에서 '미르또프'라는 필명으로 펴낸『역사적인 편지들』이다. 그것은 20세기 초에 프랑스어로 번역되어 나왔다.

지면수가 별로 많지 않은 이 역작은 러시아 청년들이 민중으로부터 새로운 활동계획을 찾아내려고 노력하던 바로 그 시기에 적절하게 나왔다. 라브로프는 이『편지들』에서 그들이 민중 덕분에 교육을 받았으므로 민중에 대한 의무를 다하고 가장 빈곤한 서민계급에 대한 빚을 갚아야 할 책임이 있음을 지적하면서, 민중 가운데서 민중을 위해 활동해야 한다고 설득했다. 그때 그는 풍부한 역사지식과 철학적 결론들, 그리고 현실적인 충고를 하면서 설득하였다.『편지들』은 청년들에게 지대한 영향을 주었다. 라브로프는 남은 전 생애를 바쳐서 1870년에 호소한 사상을 확인했다. 그는 82살까지 비좁은 두 칸짜리 방에서 살았는데, 우스꽝스러울 정도로 하루 식비를 절약하면서 글을 써서 생계를 유지했으며, 자신이 소중하게 여긴 사상을 널리 전파하는데 시간을 모두 바쳤다.

니꼴라이 뚜르게네프(1789~1871)는 양 세기에 걸쳐 살았던 뛰어난 정치작가였다. 그는 1818년, 러시아에서『조세이론』이란 저서를 출판했는데, 이 책은 아담 스미스의 자유경제사상이 발전되어온 내용을 다루어서 러시아에서 발간되자 큰 주목을 받았다. 당시에 니꼴라이 뚜르게네프는 이미 농민해방을 위해 활동을 시작하고 있었다. 그는 한편으로 자기 농노들을 해방시키고 실제로 그런 방향으로 노력했으며, 농노제 문제를 지적한 몇 편의 메모를 써서 알렉산드르 1세 황제에게 보내기도 했다. 그는 헌법문제에도 관심을 두었으며, 곧 미래의 12월 당원들의 비밀결사집회에서 가장 영향력 있는 인물 중 한 사람이 되었다. 그러나 1825년 12월에 봉기가 일어났을 때, 그는 해외에 있어서 다른 동료들과 합류하지 못했다. 이때부터 뚜르게네프는 탄압을 받고 주로 파리에서 살다가, 12월 당원들이 특사를 받았던 1857년에야 비로소 러시아로 귀환할 수 있는 허가를 얻었지만 조국에서 머물렀던 기간은 기껏해야 몇 주일뿐이었다.

그럼에도 불구하고 그는 이미 1818년부터 선전해 왔고, 1847년에 파리에서 출판한 역작『러시아와 러시아인들(La Russie et les Russes)』에서 농노해방 문제를 폭넓게 고찰하며 적극 개입하였다. 나중에 그는 《종》

에서 이 문제를 다룬 몇 편의 논문기사를 기고했고 소책자를 여러 권 펴냈다. 당시에 그는 전체대표자회의를 소집할 것과 지방자치 기관을 발전시킬 것, 기타 근본적인 개혁의 필요성을 지속적으로 역설했다. 그는 죽기 전에 당시 소수의 12월 당원들만이 경험한 청춘시절에 품었던 희망 가운데 하나를 이루었고, 가장 선량한 러시아민중을 위해 평생을 바치려한 꿈을 실제로 실현시킨 행복을 맛보면서 1871년 파리에서 영면했다.

또한 작가들 중 귀족인 돌고루꼬프(П. Долгоруков)도 언급하고 싶다. 당시 해외에는 대부분 프랑스어로 자신의 창작물을 출판하고 있었던 러시아에서 망명 온 폴란드작가들이 특히 많았다.

1880년대부터 20년 동안 스위스나 영국에서 발행된 상당량의 사회주의 및 입헌주의를 다룬 신문과 잡지들을 열거하지는 않겠다. 다만 드라고마노프(1841~?) 교수에 대해서만 몇 마디 언급한다. 그는 러시아에 있어서 우끄라이나 자치제도와 연방제도의 열렬한 옹호자이며, 우끄라이나어로 쓴 사회주의 문학의 창시자이다. '스쩨쁘냑'이라는 필명으로 글을 썼던 필자의 친구 끄라브친스끼(1852~1897)에 대해서도 언급하고자 한다. 그는 주로 영어로 창작했지만 그의 작품 가운데 몇 편이 러시아어로 번역되어 러시아에서 출판되었으며 그 작품들은 러시아문학사에서 명성을 얻을 것이다. 그가 쓴 두 편의 중편으로 『니힐리스트의 생애』(러시아어판: 『안드레이 꼬쥬호프』)와 『반정교(反正敎)주의[3]와 빠벨 루젠꼬』가 있다. 그리고 똑같은 형식을 갖춘 초기작품인 『지하의 러시아』와 몇 편의 중편은 뛰어난 문학적 재능을 보여주었다. 그러나 활기와 사상으로 충만되어 있었던 전도유망한 이 젊은이는 불행하게도 철로건널목을 건너다가 불의의 사고로 목숨을 잃고 말았다.

---

3) (역주) 슈뚠디스뜨: 1860년경 남러시아지역의 농민들 사이에서 활동했던 반정교(反正敎)의 일파.

또한 우리시대의 대문호인 레프 톨스토이는 검열조건 때문에 러시아에서 자신의 작품을 많이 출판할 수 없게 되자, 출판업에 지속적인 관심을 갖고 있던 그의 친구 체르뜨꼬프가 영국에서 톨스토이 작품을 출판했을 뿐만 아니라 그 시대의 러시아 종교운동과 러시아 정부 측의 협량한 관리들이 가한 박해들을 세상에 널리 알렸다는 사실을 상기시켜야겠다.

체르늬쉐브스끼와 《동시대인》

러시아의 정치작가 중에서 가장 뛰어난 이는 의심의 여지없이 체르늬쉐브스끼(1828~1889)였다. 그의 이름은 잡지《동시대인》과 끊을 수 없는 불가분의 관계를 갖고 있다. 이 잡지가 농노제를 폐지하려는 시기(1857~1862)에 세론에 미친 영향은 게르첸의《종》(鐘)이 끼친 영향과 비견된다. 체르늬쉐브스끼와 도브롤류보프의 일부 비평은 주로 게르첸의《종》의 영향을 받았다.

체르늬쉐브스끼는 러시아의 남동쪽에 위치한 사라또프에서 태어났다. 부친은 고등교육을 받은 사람들에게 존경받는 교회의 사제장이었다. 초기에 체르늬쉐브스끼는 가정에서 교육을 받고나서 사라또프 연구과에 입학했다. 그러나 1844년에 사라또프 연구과를 그만두고, 2년 후에 뻬쩨르부르그 종합대학 철학부에 들어갔다.

그가 여러 학문영역에서 획득한 인식의 폭과 일생동안 이룩한 저술의 양은 참으로 경탄할 만하다. 그는 문헌학과 문학비평 분야의 저술을 통해 문단에 등장했다. 자신의 미학적 문학비평이론을 전개시킨 세 편의 우수논문인 「현실에 대한 예술의 미학관계」, 「러시아문학의 고골

시대 오체르크」, 「레싱과 그의 시대」는 이 분야에 해당된다. 그러나 그가 쓴 주요논저는 《동시대인》 잡지에다 정치·경제 문제에 관해 기고했던 제4기(1858~1862)에 거의 독점적으로 다루어졌다.

때는 농노제 폐지의 시기였다. 여론도 정부 측 견해도 정립되지 않았고, 심지어 농노해방의 주요지침이 되어야 할 주요원칙에 대한 접근방법조차도 정립되지 않던 시기였다. 농노들은 두 가지 문제에 직면했다. 즉, 해방된 농노들은 해방되기 직전까지 농노의 신분이었기 때문에 자신들이 경작할 수밖에 없었던 땅을 받아야 할 것인가 말 것인가? 만약 토지를 받는다면 어떤 조건으로 받아야 할 것인가? 도대체 왜 공동토지소유제와 농촌공동체를 존속시켜야 하는가? 더구나 후자에서 혁명전의 마을공동체(농촌 공동체와 다르다)가 미래의 지방자치의 근간이 되어서는 안 된다는 말인가?

지각 있는 러시아인들은 상술한 두 가지 질문에 긍정적이었으며, 게다가 상류층조차도 이런 의견에 동조했다. 그러나 보수반동주의자들과 구파의 농노제 지지자들은 그런 관점에 반대하며 격렬히 저항했다. 그들은 계속해서 상신서를 작성하여 황제와 편집위원회에 제출했다. 이 때문에 농민계급 옹호자들은 확고한 역사·정치적 논저들을 반박의 근거로 삼아 농노제 지지자들의 논거를 검토해야만 했다. 물론 이 투쟁에서 의심할 여지없이 게르첸의 《종》과 더불어 진보주의자 편에 선 체르늬쉐브스끼는 보기 드문 업무 처리능력과 박학다식, 그리고 자신의 엄청난 지식을 모두 그것에 쏟으며 농민문제를 변호했다. 만약 진보주의자들의 당이 자신들의 견해쪽으로 알렉산드르 2세와 해방위원회의 지도자들을 설복시킨 후에 승리했다면, 진보주의당은 체르늬쉐브스끼와 그의 동료들의 역량에 상당히 은혜를 입은 셈이다. 이 논쟁에서 《동시대인》과 《종》은 슬라브주의파 진영에 속해 있던 꼬쉘로프(1806~1883)와 유리 사마린(1816~1876)의 강력한 지지를 받았다는 사실을 알아야 한다.

꼬쉘로프는 1847년부터 시작하여 출판물을 통해 농민을 토지로부터 해방시킬 것을 선언했고, 실제로 그것을 실현시켰을 뿐만 아니라 농촌공동체와 농민자치제를 지지했다. 당시에 둘 다 영향력있는 지주였던 꼬쉘로프와 사마린은 그때 체르늬쉐브스끼가 《동시대인》에서, 그리고 필시 알렉산드르 2세의 주소로 보내려고 작성했다가 나중에 스위스에서 발간된 자신의 『주소없는 편지들』에서 그들을 위해 싸웠던 것처럼, 해방위원회에서 이런 사상을 열정적으로 지지했었다.

체르늬쉐브스끼는 경제문제와 현대사 분야의 논문들을 써서 러시아 사회에 많은 기여를 했다. 여기에서 그는 놀랄 만한 교육적 재능을 발휘했다. 그는 밀의 『경제학』을 번역하여 사회주의 정신에 입각하여 「자본과 노동」, 「경제활동과 국가」 등의 여러 논문에서 그것을 응용했다. 그는 건전한 경제이념을 갖춘 사회를 소개코자 온갖 노력을 기울였다.

역사분야에서도 그는 여러 번역물이나 당시 프랑스에서 벌어지고 있던 당파들 간의 싸움을 다룬 여러 논문에서 역시 그와 같은 목적을 추구했다.

체르늬쉐브스끼는 1862년에 체포되어 요새에 갇혀 있으면서 유명한 중편 『무엇을 할 것인가?』를 저술했다. 예술적 관점에서 볼 때, 이 중편은 평론가들을 만족시키진 못했지만 그 당시 젊은이들에게 새로운 신작으로 받아들여져 그들의 강령이 되었다.

결혼문제와 불가피한 경우 부부의 이혼에 관한 문제는 그 당시 러시아사회에서 뜨거운 관심을 끌었다. 당시에 이와 유사한 문제들을 무시하기란 불가능했다. 그래서 체르늬쉐브스끼는 자신의 중편에서 여주인공 베라 파블로브나가 남편 로푸호프에게 취하는 태도와 그녀가 결혼한 이후에 사랑을 하게 된 젊은 의사를 대하는 태도를 보여주면서 이 문제를 탐구하고 있다. 여기에서 그는 정직함과 건전한 생각이 이와 비슷한 상황에서 가르쳐 준 유일하게 가능하다는 해결책을 내놓았다. 아울러 그는 은폐된 형식이지만 독자에겐 완전히 이해되는 퓨리에리즘(공상적 사회주의)를 생산자들의 공산주의 연합이라는 매력적인 방법으로 묘사하면서 선전하고 있다. 또한 그는 이 중편에서 뚜르게네프의 바자로프와 실질적인 니힐리스트들의 차이를 일목요연하게 제시하면서 실질적인 니힐리스트의 전형을 묘사하고 있다.

뚜르게네프나 톨스토이, 그밖에 어떤 작가의 작품도 체르늬쉐브스끼의 이 중편이 러시아 젊은이들에게 끼친 영향만큼 그렇게 심오하고 폭넓은 영향을 주지 못했다. 이 소설은 러시아의 젊은이들에게 있어서 일종의 슬로건이었으며, 소설에서 설교했던 사상 역시 오늘날까지 영향력과 의의를 잃지 않고 있다.

1864년에 체르늬쉐브스끼는 정치적·사회적인 선동을 했다는 죄목으로 시베리아로 징역형을 받고 추방되었다(이 사건은 법률상의 날조와 러시아에 법률이 부재함을 보여주는 말도 안 되는 실례 가운데 하나이다). 자바이칼호 동쪽지역으로부터 도주할 소지가 있다는 이유로 그는 1883년까지 동시베리아의 최북단에 위치하고 있는 빌류이스끄(Вилюйск)의 황량한 유형지로 이주 당했다. 1883년에야 겨우 그에게 러시아로의 귀환과 아스트라한으로의 이주가 허용되었다. 그러나 대작가의 건강은 이미 쇠잔해 있었다. 그럼에도 불구하고 그는 각 권에 폭넓은 머리말을 덧붙인 베버의 『세계사』 번역에 착수하여 자신에게 죽음이 닥쳐온 1889년에 12권으로 번역해냈다.

비록 그의 이름과 사상은 러시아 검열관들의 사랑을 받지 못했지만 무덤 위에서는 격렬한 논쟁이 벌어졌다. 그의 정치적인 적수들이 그토록 증오한 다른 작가를 찾아보기란 거의 어렵다. 그러나 그의 반대자들도 농노제의 몰락시기에 그가 러시아에 기여한 지대한 업적과 정치활동의 교육적 의의를 인정해야만 한다.

풍자: 쉐드린(살뜨이꼬프)

러시아에서 정치문학이 탄압을 받으면서, 풍자는 정치적인 견해를 표현하기 위해 즐겨 사용했던 수단 가운데 하나로 자리를 잡았다. 따라서 풍자문학의 발전과정을 연구하는 것은 매우 유익한 일이라고 생각하지만, 여기서는 러시아 풍자의 역사적인 개관만을 간략하게 제시하겠다.

필명 쉐드린(1826~1889)으로 더 유명한 살뜨이꼬프의 러시아 국내에서 영향력은 매우 막강하였다. 그것은 선구적인 러시아 사상의 대표에만 머물지 않고 광범위한 독자층을 확보하고 있었기 때문이다. 그는 러시아에서 가장 인기 있는 작가 중 한 사람으로 일찍이 문학입신에 들어섰고, 대다수의 유명작가들처럼 참혹한 유형생활을 경험했다. 1848년, 그는 가난한 어느 관리의 꿈을 모델로 해서 사회주의 경향을 보이는 중편『착잡한 일』을 썼다. 이 중편은 특히 러시아정부의 경계심을 불러 왔던 2월 혁명이 발발하기 며칠 전에 출판되었다. 이런 이유로 살뜨이꼬프는 동부 러시아의 황량한 현의 도시 뱌뜨까[4]로 추방되었고, 그곳에서 국가의 근무직에 등록되어 7년을 보내면서 하급 및 고급관리의 세계와 완전히 알고 지낼 수 있었다. 1857년, 러시아의 문학발전을 위해 좋은 시기가 찾아왔을 때, 수도로의 출입을 허락받은 그는《러시아통보》에 실은 『현(縣)의 오체르크들』에서 지방을 관찰해온 경험을 살렸다. 『현의 오체르크들』이 일으킨 감동을 나는 생생하게 기억하고 있다. 감동은 놀라울 정도였고, 전 러시아가 그것에 대해 이야기했다. 살뜨이꼬프의 재능은 이 오체르크에서 충분히 드러났으며 러시아문학에서 새로운 시대를 열었다. 살뜨이꼬프는 그것으로 '폭로자들'의 유파를 만들었고, 그 뒤로 러시아행정기관의 행위를 폭로하기 시작했다. 물론 이런 경향의 상당 부분은 이미 고골에 의해 조성되어[5] 있었지만, 고골이 사회와 관리들을 도덕주의자의 관점에서 주시하였다면, 쉐드린은 처음으로 사회활동가의 관점에서 그들을 주시하였다. 귀환을 명령받은 시기

---

4) 까잔 북쪽에 있는 도시로 키로프 시(市)의 옛 이름이다.

5) 19세기 전반에 그리보예도프와 고골의 풍자문학의 전통은 쉐드린이 그 최대 계승자로 인정받았다.

에, 살뜨이꼬프는 군복무의 의무를 마친 것이 아니었기 때문에, 뱌뜨까로 이동해야만 했다. 1868년까지 짧은 첫 복무를 마치고 나서, 그는 두 번째로 복무하는 동안 부지사로 있었으며, 동시에 현지사의 임무를 대행하였다. 1868년에 퇴역한 그는 네끄라소프와 함께 잡지 《조국의 수기》의 편집자가 되었다. 이 잡지는 곧 폐간된 《동시대인》지를 대신하여 러시아에서 진보적인 민주주의 사상의 대표로 등장하면서 러시아문학에서 자리를 잡았다. 그리고 그 자리를 폐간당한 1887년까지 유지하였다. 이즈음에 살뜨이꼬프의 건강은 매우 위태로웠으며, 오랜 중병을 앓은 뒤에 죽는 순간까지도 펜을 놓지 않다가 1889년에 사망했다.

『현의 오체르크들』는 살뜨이꼬프의 향후 작품의 성격을 정해주었다. 그의 재능은 해마다 놀랍게 성장하였고, 그의 풍자는 현대의 문명화된 생활과 우리시대의 진보에 대항하는 보수반동의 투쟁에서 나타난 다양한 형상을 보다 깊이 이해할 수 있도록 특징짓고 있다. 또 『민화(民話)』에서 살뜨이꼬프는 농노제도의 몇 가지 비극적인 상황들을 다루었다. 나중에는 쉽게 돈을 벌려는 탐욕과 만족을 쫓아가는 욕망, 몰인정, 신뢰를 저버린 비열함 등 옹렬한 인간 유형을 보여주는 그 시대의 산업기사나 부호들을 묘사하는데 있어서 서술기교의 정상에 도달하였다. 그러나 그는 이보다 더 강한 욕망을 갖고 있지는 않지만 한가로이 속물적인 평안함을 즐기려고 어떤 범죄행위나 자기시대의 훌륭한 인간에 대들려는 성향에 멈추지 않고, 만약 필요하다면 진보의 불량한 적들에게도 기꺼이 손을 내밀 수 있는 '보통인간'을 묘사하는데 어쩌면 훨씬 더 성공하였을지도 모르겠다. 자신의 억제하기 힘든 소심함 때문에 러시아에서 매우 화려하게 개화했던 이 '보통인간'에게 풍자로 체형을 가하면서, 살뜨이꼬프는 더 훌륭한 인간들을 창작하였다. 그러나 그가 이 반동정치의 실제 인간들—즉 '보통인간'을 부단히 공포에 떨게하는 사람들, 그리고 만약 필요하다면, 대담하고 잔혹하게 반동정치를 부추기는 사람들—에 대해 언급해야 할 때, 살뜨이꼬프의 풍자는 이런 문제 앞에서 꽁무니를 빼거나 혹은 그의 풍자적인 공격은 풍자의 독이 완전히 증발해 버린 대중의 해학적인 일화들과 '우화적인' 표현들 뒤로 숨어 버렸다.

농노해방이 되자 농노들은 온 힘을 다하여 농노제가 다시는 부활되기 않기를 바라며, 예속된 신분을 되돌려주고 무거운 세금과 과도한 소작료를 면제해주기를 바라는 이 사회계층을 살뜨이꼬프는 번뜩이는 풍자로 묘사하였다. 그가 쓴『어느 도시의 역사』는 러시아 풍자 역사의 특징을 보여주며 당시 사건을 충분히 암시해준다. 또한『뻬쩨르부르그에서 쓴 어느 시골사람의 일기』,『시골에서 온 편지들』,『횡폭한 관리』[6] 등은 이런 형식을 다룬 창작연재물에 속한다.『타슈켄트의 신사들』에서 그는 철도 승인을 얻기 위해 추악한 일을 수행하는 대변인으로 등장하는 무리와 새로 토지를 탈취하여 챙긴 부의 축적을 위해 몸을 내던지는 사기꾼 일당을 묘사하였다. 이 보고문학을 통해 그는 우울한 묘사와 함께 소설『골료블료프네 사람들』,『포쉐혼 거리의 구습』을 통해 때때로 정신병의 산물인 농노제의 실상을 알렸고, 위선자[7]와 같은 부류의 인간 유형을 창조하였다. 러시아 비평가들의 견해에 의하면, 그는 곤차로프나 뚜르게네프에 비해 결코 뒤지지 않으며 셰익스피어와 동등하게 평가받고 있다.

1880년대 초, 알렉산드르 3세가 즉위하면서 독재정치와 공포정치에 저항하는 투쟁이 억압을 받고 반동세력이 승리하자, 마침내 쉐드린의 풍자는 필사적인 외침의 소리로 돌변했다. 때때로 풍자가는 슬픔에 잠긴 반어법으로 위업을 달성했으며, 그의『아줌마에게 보내는 편지들』은 문학 속에서 역사적인 기념비로서 뿐만 아니라 깊은 관심을 끄는 심리적인 문헌으로서도 남아 있다. 겸사로 여기에서도 풍자로부터 타격을

---

6) 루이 15세의 애첩 퐁파돌의 말에서 유래하며, 쉐드린이 처음 사용했다.

7) 쉐드린의 소설『골로블료프네 사람들(Господа Головлёвы)』의 여주인공이 여기에 속하는데, 겉으로는 친절한 채 하지만 속으로는 잔인하고 교활한 성격의 위선자이며 인면수심(人面獸心)의 인물이다.

입은 사람들이 직접적인 공격을 받은 사람보다는 훨씬 더 광란의 상태가 된다는 사실과 진짜로 그렇게 채찍질해대는 강력한 풍자가 달성해야 할 그런 힘을 그의 풍자는 획득하지 못했다는 점을 말해야겠다.

결론적으로, 살뜨이꼬프의 재능은 특히 단편들과 동화에서 분명히 나타나고 있음을 지적하지 않을 수 없다. 특별히 그런 작품들 중 어떤 것에서는 농노제시기의 아이들이 등장하고 있으며, 현저하게 뛰어난 예술성을 보여준다.

문학비평

러시아에서 정치사상을 표현하기 위한 주요수단으로써 문예비평은 근래 백여 년 동안 러시아 이외의 어느 나라에서도 볼 수 없을 만큼 발전을 이룩했다. 러시아 월간지에는 항상 문학비평이 실리는데, 그 기사는 같은 호에 게재된 시시콜콜한 사랑이야기를 담은 중편소설보다 훨씬 가치가 있다. 진보적인 잡지의 비평은 젊은 세대의 중요한 정신적 지도자가 이끌어 가는데, 소설가들이나 다른 장르의 작가들에 의해서가 아니라 총체적인 문학비평이 훨씬 폭넓게 많은 분야에서 사상적 경향을 제시하는데 영향을 준다. 따라서 당대의 사상적 경향은 당시에 가장 큰 영향력을 행사하는 문학비평이라고 특징지을 수 있다. 벨린스끼는 1830~1840년대에, 체르늬쉐브스끼와 도브롤류보프는 1850~1860년대 초에, 삐사레프는 1860~1870년대 초에 당시 젊은 세대의 인텔리겐차들에서 사상적 지도자로 등장한다. 나중에 진보적인 진영에서조차도 두세 개로 쪼개진 채로 실제적인 정치선동이 시작될 즈음에 거물 문학비평가인 미하일로프스끼는 1880년대 초부터 1890년대 말까지 전체적인 운동이 아니라 그 운동의 한 경향만을 반영하였다.

러시아의 문학비평은 다른 나라에서는 볼 수 없는 자신만의 독특한 요소를 갖고 있는데, 그것은 순수 문학적, 또는 미학적 관점에서 작품을 기술하는 비평에만 머물러 있지 않는다는 점이다. 물론 러시아 문학비평에서는 "루진이나 까쩨리나는 실제로 생존한 인물유형에서 도입하였는가?", "중편이나 희곡에서 구성이나 서술방법, 전개양상은 훌륭한가?" 등을 무엇보다 먼저 검토한다. 그러나 이런 질문들에 장황하게 대답할 수는 없다. 왜냐하면 여기엔 실제로 뛰어난 예술영역에 속한 작품을 꼼꼼하게 읽는 동안 깊은 생각에 잠긴 독자에게서 일어나는 비견할 수 없을 만큼 중요한 문제들이 수없이 존재하기 때문이다. 다음의 실례에서 보는 바와 같이 문제들이란 루진이나 까쩨리나의 사회적 위치, 그들의 선하거나 혹은 악한 사회적 역할, 그들을 고무시키는 사상문제와 그 사상의 가치, 이에 따른 주인공들의 행위에 대한 연구와 사회적, 정신적 동기 등이다. 훌륭한 예술작품에서는 분명히 주인공의 행위가 똑같은 조건아래의 실제 삶에서 어떻게 일어나는가에 따라 드러나게 된다. 그렇지 않으면 문학작품은 저급한 예술에 속하게 되기 때문이다.

그러나 이런 행위는 원인이나 결과 역시 광범위하고 진지한 비평 앞에 열려 있다. 즉 비평가들은 사회적 편견과 같은 사상적 가치를 평가할 수 있도록 가능성을 주며, 인간의 욕망을 분석하고, 일정한 순간에 자주 부딪히는 인간유형들을 연구한다. 본질적으로 좋은 작품의 예술성이란 사회에 주어진 인간유형의 상관관계를 고찰하도록 소재를 제공해준다. 의식 있는 작가나 시인은 의식적, 혹은 무의식적으로 이 모든 것을 축조해낸다. 작가는 자신의 삶의 경험을 작품 속에 집어넣는다. 그런데 왜 비평가는 이따금 반의식적으로 작가의 두뇌에서 번쩍이는 그런 장면들이나 인간 삶의 어느 한 부분을 표현한 그런 사상을 모두 독자 앞에 드러내놓지 못하는가? 소설과 시 분야에서 비평적 고찰을 거치지 않은, 규모가 무한정 큰 사회문제와 전 인류의 문제들을 러시아 비평가들은 반세기 동안 연구해 왔다. 이에 따라 우리는 전술한 비평가 네 사람의 작품을 높은 관심을 갖고 읽음으로써 20~50년 전에 그들이 출현한 시대를 알 수 있다. 그들은 여전히 참신함이나 흥미로움을 잃어버리지 않았기 때문이다.

호기심을 끄는 러시아 예술비평은 1820년대에 시작되어 정부로부터 완전히 독립하였으며, 당시 서유럽을 모방하여 철학적, 미학적 성격을 부여받았다. 의고전주의에 대항하는 반란은 낭만주의의 기치를 내걸고 막 시작되었고, 뿌쉬낀의 서사시 〈루슬란과 류드밀라〉가 출현하여 낭만주의의 폭도들을 위한 첫 번째의 실제 논거를 바로 제시하였다. 당시 시인 베네비치노프에 뒤이어 나제즈딘(1804~1856)과 빨례보이(1796~1846. 러시아의 주요 신문, 잡지에서 문필활동을 한 실제적인 설립자)는 새로운 비평예술의 토대를 세웠다. 문학비평은 그들의 견해에 따라 작품의 미학적 가치뿐만 아니라, 사상을 총괄하는 철학적·사회적 의미까지 연구되어야만 했다.

자신의 미학 작품들이 고양된 정신의 흔적을 담고 있는 베네비치노프는 러시아 낭만주의자들의 작품에는 고결한 사상이 없음을 강하게 꼬집었다. 그리고 "모든 민족들에서 진정한 시인들은 문학의 정상에 도달한 철학자들이었다", "스스로에게 만족하고 사회개선의 목적을 실현하려고 노력하지 않는 시인은 자신의 동시대인들에게 무익한 인간이다"라고 서술했다.

나제즈딘은 뿌쉬낀의 작품에 고결한 영감이 없다는 점을 지적하며, 〈포도주와 아가씨들〉이라는 시를 찬미하기 위해서 감히 그를 공격하였다. 또한 낭만주의자들의 시에 나타난 민속학과 역사정의의 부재, 그리고 주제의 조잡함 등을 비난하였다. 이와 관련하여, 바이런이나 빅토르 위고 시의 숭배자였던 빨례보이는 뿌쉬낀이나 고골의 작품에서 고결한 사상이 존재하지 않는다는 점을 용서할 수 없었다. 그의 견해에 의하면, 이 작가들의 작품은 높은 사상을 부여하지도, 인간에게 고결한 행위를 불러일으키지도 못하므로 셰익스피어나 괴테, 휴고 등의 불멸의 인간들과 동일하게 비교될 수 없다는 입장이다. 뿌쉬낀과 고골의 작품에서 근본적인 사상이 결핍되어 있다는 사실은 상용한 두 비평가들에게 인상적이어서 이 시기에 그들이 처음으로 인정한 러시아 예술성의 특징을 이루고 필수적인 요소가 된 건전한 자연주의와 사실주의를 도입하면서 러시아의 문학 설립자들이 이룩한 커다란 공적을 깨달을 수조차 없었다. 진실한 예술의 내면적 특징(내용)과 표면적 특징(기술)을 먼저 가르쳐주고 난 후, 앞에서 언급한 비평가들의 작업을 마무리하고 보완하는 일은 벨린스끼의 몫이었다.

비사리온 벨린스끼(1810~1848)는 뛰어난 재능을 가진 문학비평가였다라는, 이런 특징묘사로 그를 한정짓기란 불가능하다. 그는 본질적으로 전 인류발전의 중요한 순간에 예술분야(그의 존재가치와 과업, 폭넓은 능력)에서뿐만 아니라, 정치·사회문제의 분야, 그리고 인문학적인 지향에 있어서도 러시아 사회의 교사이자 양육자였다. 가난한 군의관이었던 아버지와 어린 시절 인가에서 멀리 떨어진 곳에서 생활하였다. 학문적 가치를 잘 알고 있던 부친 덕택에, 그는 뻬쩨르부르그 대학에 입학하지만, 1832년 쉴레롭스끼의 정신에 따라 농노제에 대항해 격렬한 항의를 담은 비극작품 〈착취자〉를 저작했다는 이유로 학교에서 제명된다. 그는 게르첸이나 오가료프, 스딴께비치 등과 협력하여 《나뭇잎》에서 소논평을 다룬 후, 1834년에 주목을 끈 비평적인 평론작업에 들어간다. 이 시기부터 눈을 감은 순간까지 그는 비평기사나 서지학(書誌學)성격의 논문을 다양한 잡지에 게재하다가, 38세의 나이에 폐결핵으로 사망한다. 벨린스끼가 병석에 누워있던 그때 서유럽에서는 혁명이 발발하였다. 이따금씩 비밀경찰들이 그의 건강 상태를 묻기 위해 집을 방문했는데, 그것은 그가 쾌유될 경우, 체포하여 요새에 감금하거나 유형에 처하도록 명령을 받았기 때문이었다.

벨린스끼는 독일 철학의 이념적인 영향을 받고나서 글을 쓰기 시작하였다. 그의 임무는 사소한 일이나 불행한 인류의 문제가 아니라, 우주를 하나로 통합하는 일에 있었다. 미와 정의의 관점에서 그는 이 개념을 예술의 주요법칙으로 확립하였으며, 예술창작의 과정을 설명하였다. 뿌쉬낀에 관한 기사에서 그는 러시아 문학사를 앞에서와 같은 관점에서 썼다.

이 같은 추상적인 관점에서 벨린스끼는 모스크바에서 헤겔의 뒤를 이어 "현존하는 모든 것의 이성"과 니꼴라이 I세의 전제정치와의 '화해'를 선언했으나 곧 게르첸의 영향을 받고 독일의 형이상학이라는 안개를 걷어낸 후, 뻬쩨르부르그로 이주하여 새로운 활동을 시작하였다.

당시에 나타나기 시작한 고골의 사실주의 영향아래, 그는 현실적인 시에 관심을 가졌다. 프랑스에서 들어온 정치활동의 영향을 받아 벨린스끼는 번역된 정치적 이념을 파악하였다. 그는 뛰어난 문체를 지닌 작가였으며, 그의 글은 독자에게 깊은 감화를 주며 호감이 가는 개성을 담아냈다. 새로운 활동시기에 그가 지향하는 것은 전에 자신의 자기완성과 정신적 예술성을 위해 바쳤던 고결하고 위대한 진리를 향한 무한한 사랑이었으며, 그것은 당시 러시아 실상의 허술한 틀에 갇힌 사람들을 위해 봉사하는데 이용되었다.

그는 자신으로 말미암아 작품의 성의결여, 과장, 사회적 흥미의 결여, 쇠퇴한 전제주의나 노예제를 향한 옹호 등이 허물어지고 있음을 매번 깨닫거나 본능적으로 느꼈다. 그는 자신의 타고난 힘과 열정으로 스스로 입증한 악과 싸웠으며, 이를 계기로 정치작가로 있으면서 동시에 예술 가치를 지닌 비평가이자 인문학 규범의 스승이 되었다.

"고골에게 보내는 편지"에서 "친구와의 교신"에 입각하여 그는 지체할 수 없는 사회·정치개혁의 강령을 제시하였다. 1847년 이전의 러시아 문학을 다룬, 특히 형식미와 내용의 깊이에 있어서 뛰어난 평론은 그의 마지막 업적이었다. 그는 죽음으로써 1848년~1855년에 러시아를 휘감았던 반동정치의 음울한 먹구름으로부터 벗어날 수 있었다.

발레리안 마이꼬프(1823~1847)는 벨린스끼의 행보가 멈추게 되면서 걸출한 문학평론가로 나섰다. 그러나 그는 유감스럽게도 젊은 나이에 죽음을 맞았고, 그의 역할을 체르늬쉐브스끼가 대신 맡게 되었다. 그리고 도브롤류보프가 뒤를 이어 벨린스끼와 그의 선배들의 작업을 계속 이어오면서 더욱 발전시켰다.

체르늬쉐브스끼는 "삶은 고결한 예술로서, 예술은 그 자체가 목적이 될 수 없으며, 예술의 과제는 삶을 해석하고 삶에 관한 견해를 표현하는 데 있다"라고 생각하였다. 그의 전 작품은 심사숙고하면서 사상을 선전하는 "미학예술과 실제의 관계"를 발전시켰으며, 당시의 미학이론을 완전히 뒤엎고 사실주의 미학의 해석을 제시하였다. 그는 '감각'이란 인간에게 아름다운 본질로 우리를 가득 채운 미적인 어떤 느낌이 일어나게 하는 것이라 썼다. 또 체르늬쉐브스끼는 인간에게 가장 가치 있는 것은 삶이라고 하면서 다음과 같이 덧붙였다. "삶은 미적인 것을 포함하고 있는데 아름다움이 그 본질이다. 우리는 그런 형태를 바라보지만 그것은 우리가 이해할 수 있는 것이어야만 한다. 미적인 것의 목적은 자신의 삶을 보여주는 것이고, 우리에게 삶에 관해 상기시켜주는 것이다." 이 정의는 우리에게 미적 감정을 일으키는 모든 경우를 만족스럽게 설명해준다. 이 같은 미(美)에 관한 정의는 예술의 아름다움은 삶의 아름다움을 능가하지 못한다는 참다운 결론뿐만 아니라, 예술가들이 삶으로부터 아름다움을 차용할 수도 있음을 제시하였다. 예술의 진정한 목적은 우리에게 흥미로운 삶의 현상과 표현을 제시하는 데 있어야 한다. 체르늬쉐브스끼 연구의 이 마지막 부분은 도브롤류보프에 의해 분명하게 전개되었다.

도브롤류보프(1836~1861)는 니즈니 노브고로드에서 태어났다. 부친은 그곳 목사로 그는 첫 교육을 신학교에서 받기 시작했다. 1853년, 그는 뻬쩨르부르그로가서 교육대학에 입학했고, 그 이듬해에 부모를 잃었다. 그러자 대학동료들이 그의 학비 절감을 위해 도와주었고, 그는 부채를 갚기 위해 번역 일을 하면서 강의를 들었다. 청년시절 고된 일로 인해 도브롤류보프의 건강은 몹시 약화되었다. 2년여의 교육학 공부를 마친 1855년, 그는 체르늬쉐브스끼와 친교를 갖게 되어 비평분야에 열정적으로 몰두하기 시작한다. 1861년 11월, 25살의 나이에 힘겨운 작업 때문에 자신을 죽음으로 몰아갔지만, 각 작품마다 독창적이고 중요한 작업을 담은 단 4편의 평론이 남아 있다. 특히 평론 「암흑시대」, 「암흑시대에서 한 줄기 빛」, 「오블로모프시치나8)란 무엇인가?」, 「봄날은 언제쯤 올 것인가?」 등은 당시 젊은이들의 사상발전에 깊은 영향을 주었다.

도브롤류보프의 문학규범에 있어서 독특한 명료성이나 능동적인 행동의 어떤 일정한 계획에 대한 그의 영향을 결코 부언할 수는 없다. 그러나 그는 현실·관념론자로서 새로운 인물 유형을 대표하는 훨씬 명료하고 견실한 사람이었다. 그는 작가의 개성을 느끼면서 고양된 정신과 충분한 신뢰감, 그리고 어느 정도 금욕주의를 지키는 '엄격주의'의 관점에서 삶의 모든 것을 고찰했다. 그는 뿌쉬낀의 경솔함이나 고골에게서 이념이 부재하다고 비난하지는 않았다. 그는 예술작품에 한 가지를 요구하였는데, 그것은 "예술이 신뢰할 수 있을 만큼 정확하게 삶을 전달하는가? 그렇지 못한가?"였다. 그렇지 못할 경우엔 그는 이를 외면하였다. 그러나 만약 작품에서 신뢰할 수 있을 만큼 삶을 그렸다면, 그는 예술가가 표현한 그 삶에 대해 비평했으며, 그의 비평에는 도덕적·정치적, 그리고 경제적 문제와 관련된 내용이 담겨 있었다. 하지만 예술성을 띤 작품들은 다만 그에게 연구에 필요한 사실만을 제공했다. 당시 혼란스런 시대에 현실적 필요성 때문에 발생한 이와 유사한 비평은 미래의 투쟁을 위해 보다 훌륭한 작가들이 준비하였다. 그들은 정치·도덕교육을 받은 그룹이었다.

삐사례프(1841~1868)는 도브롤류보프를 계승한 인물이지만 그와는

---

8) (역주) 우유부단하고 나태하고 게으르며 의지가 박약한 생활을 하는 부류의 인간들을 일컫는다(곤차로프의 소설 『오블로모프』의 주인공 이름에서 유래함).

다른 유형에 속해 있었다. 지주 귀족집안에서 태어나 훌륭한 교육을 받은 그는 부족함을 모르고 자랐다. 그러나 그는 뻬쩨르부르그 대학에 다니면서 평온한 삶에 도사리고 있는 추악한 면을 알고 나자 풍족한 삼촌 집에서 나와 빈농의 동료와 기거하거나 충격적인 격론을 벌이며 문학 활동을 하면서 대학생 코뮨⁹⁾에서 생활했다. 도브롤류보프처럼, 그는 매우 완고하게 작업했으며, 그가 획득한 솜씨와 박학다식함으로 사람들을 놀라게 했다. 1852년, 반동정치가 시작되었을 때, 삐사례프는 검열관에게서 허가받지 않은 논문(반동적이고 정치적이며 풍자적인 팜플렛)을 비밀인쇄소에서 출판하였다. 경찰은 이 비밀인쇄소를 급습했고, 삐사례프는 4년 동안 뻬쩨르부르그 요새에 감금되었다. 그는 요새에 감금되어 있던 동안에 많은 논문을 쓰면서 러시아 국내에서 명성을 얻었다. 결국 유폐에서 벗어났지만 건강이 많이 쇠약해진 삐사례프는 1868년 여름 볼찌스끼 해변에 묻혔다.

비판적인 면에서 보자면, 그가 주관한 이념은 다양한 어휘로 설명될 수 있다. 즉 당시 뚜르게네프가 바자로프를 통해 묘사하고 삐사례프의 비평논평에서 더욱 발전한 "사색하는 리얼리스트"가 그의 이념이었다. 그는 바자로프처럼 예술에 대해 수준 높은 견해를 보이지는 않지만, 러시아 예술가들이 인간을 고양시킨 괴테나 하이네, 베르네의 작품에서 발견하게 되는 가치에 도달하기 위해 양보할 것을 요구했다. 그래서 그는 뿌쉬낀의 시 〈무가치〉의 정체를 폭로하는 잘 다듬어진 몇 편의 논문을 쓰기위해 온몸을 바쳤다. 윤리적인 면에서 그는 고유한 정신으로 간주되었던 유일한 권위자 바자로프의 '니힐리즘'¹⁰⁾의 궤도에서 벗어났다. 그는 이 시대의 가장 중요한 과제는 모든 전통 및 낡은 과오와 단절하면서 인간의 삶을 건강한 사상으로 온전한 발전을 이루는 실재론자

---

9) (역주) 재산. 노력의 공유를 원칙으로 공동생활을 하는 사람들의 공산 자치단체.

10) (역주) 니힐리즘은 귀족적 인습과 농노제를 부정하는 1860년대 러시아의 잡계급 출신 지식인의 급진적인 민주주의사상이었다.

의 학문적 성숙에 있다고 생각했다. 삐사례프는 당시 급속한 발전으로 얻은 합리적이고 자연법칙과 부합하는 학문의 인식보급을 위해 무엇이던지 노력했고, 다윈의 진화론을 탁월하게 기술하여 「동·식물세계의 발전」이라는 목차를 달기도 했다.

그러나 스까비체브스끼가 완전히 정확한 평가를 내린 말을 인용하면, "그러나 이 모든 것은 러시아문학에서 삐사례프의 위치를 결정짓지 못합니다." 그는 자신의 평론에서 과장하여 러시아청년층의 발전과정에서 어느 한 순간을 유형화했다. 삐사례프의 영향에 대한 실제원인은 도처에 있었으며, 다음과 같은 실례에서 가장 잘 설명이 될수 있을런지 모른다. 중편소설의 등장으로, 작가는 선한 영혼의 순박한 처녀를 다루고 있지만, 사회적 편견으로 가득 차 있는 사회에서 삶과 행복에 대해 그녀가 갖고 있는 관념처럼, 교육받지 못한 아주 평범한 처녀가 어떻게 사랑에 빠지고, 온갖 불행에 시달리게 되는지 작가는 말했다. 이 처녀는 상상으로 만들어진 허구의 인물이 아니라는 걸 삐사례프는 금방 알아차렸다. 수천 명의 이런 처녀들은 실제로 존재하며, 그들의 삶이 작가에 의해 제시된다. 이들은 삐사례프의 정의에 따르면, 구식교육을 받은 새침때기 아가씨다. 그들의 인생관은 자신의 구식치마의 한계에서 벗어나지 못한다. 그는 "구식교육을 받은 새침때기 아가씨"나 종국에는 불가피하게 불행을 맛보게 되는 '구식 관념'에 사로잡힌 이런 유사한 아가씨들을 제시했다. 삐사례프의 이 논문은 오늘날까지 러시아 가정의 교육받은 수천 만 여성들이 읽고 있다. 이는 젊은 대중이 스스로에게 이렇게 다짐하도록 강요한다. "오, 이건 아니야! 나는 이런 가엾은 처녀를 절대로 닮아서는 안 돼. 나 자신의 보다 나은 미래를 위해 생각하고 싸워나가야지!" 삐사례프의 거의 모든 논문에는 이와 비슷한 영향력을 찾고 있다. 약속된 이 삶으로부터 기만, 권태, 그리고 순수하게 성장한 존재들을 그는 세상을 밝혀주는 학문, 노력하는 삶, "사색하는 실재론자"를 위해 열려 있는 폭 넓은 견해와 교감으로 불러들였다.

1870년대에 문학비평을 주도한 미하일로프스끼(1842~1904)의 작업은 아직 온전한 평가를 받지 못했다. 30년간 복합적인 특징을 지닌 투쟁과 러시아의 지적인 활동의 성격을 어느 정도 상세하게 알기 전에는 문학에서 그가 연구한 논제를 이해하기란 힘들다. 미하일로프스끼에 의해 문학비평은 철학적, 사회적인 성향을 받아들였다. 이 기간 동안 스펜서의 철학은 러시아에 깊은 감화를 일으켰고, 미하일로프스끼는 철학의 약점을 제시하고 서유럽에서도 감화를 일으킨 고유한 「진보이론」을 만든 후, 인류학적 관점에서 냉엄하게 검토했다. 그가 발표한 「개인주의」, 「영웅과 군중」, 「행복」 등 뛰어난 논문들은 철학적이고 사회학적인 가치를 지닌다. 문예비평에 있어서 미하일로프스끼는 그의 선배들보다 많이 뒤쳐져 있었으나 벨린스끼처럼 문예비평의 첫째 조건을 예술감각과 사회 감각의 결합으로 이해하고 있었다.

톨스토이의 『예술이란 무엇인가?』

독자들이 볼 수 있었듯이, 베네비치노프와 나제즈딘을 필두로 한 러시아 예술평론가들은 예술은 "사회에 봉사"하며 사회를 고결한 휴머니즘 사상까지 끌어올리도록 촉진시킬 때만 존재할 권리를 갖는다는 입장을 확립하려고 애썼다. 물론 고유한 어떤 예술을 과학이나 정치활동과 구별시켜주는 그런 수단들의 도움을 받고서 말이다. 서유럽 독자의 기분을 상하게 만든 이 사상은 프루동이 그것을 발전시키자 오랫동안 러시아의 예술분야에서 실제로 비판적 견해에 대한 영향을 보여준 사람들에 의해 발전되었다. 즉 몇몇 뛰어난 시인들, 예를 들어, 레르몬또프와 뚜르게네프는 자신들의 창작으로 그것을 행동으로 보여주었다. "예술을 위한 예술" 이론을 옹호하면서 반대의 견해를 갖고 있거나, 아니면 "미"를 예술의 기준으로 삼고 독일 미학자들의 이론을 따르면서 절충적인 입장을 고수하고 있는 드루쥐닌, 안넨꼬프, 그리고리예프 같은 다른 진영의 비평가들에 대해서 말하자면, 비록 그들의 결점이나 그들 작품의 예술적 불완전성을 지적하면서 그들이 우리 예술가들을 도울 수 있었다 해도, 그들은 "순수미학"의 경향 속에서 전반적으로 러시아 사상의 발전에 아무런 영향도 주지 못했다고 말할 수 있다.

독일 미학자들의 형이상학은 러시아 독자들, 특히 벨린스끼의 「1847 년 러시아 문학의 개관」과 체르늬쉐브스끼의 「미학예술의 실제적 관계」 등의 비판 앞에 차례로 붕괴되었다. 상술한 개관에서 벨린스끼는 인간의 유용성에서 예술의 임무에 관한 자신의 이념을 상세하게 발전시켜나갔다. 그래서 비록 예술이 학문과 동일하지는 않지만 삶의 현상과 함께 전환의 수단이라고 특징지을 수 있으며, 예술은 상당부분 학문과 공통된 목적을 지니고 있음을 보여주었다. 인간학은 증명하고 시인은 보여 준다. 즉 이는 양쪽 모두를 설득시키는데 전자는 논증이고, 후자는 삶을 표현한 그림인 것이다.

이러한 주석은 독자에게 레프 톨스토이의 『예술이란 무엇인가?』가 왜 러시아보다 해외에서 더 큰 감동을 불러일으켰는지를 설명해준다. 대문호 역시 전력을 다해 자신의 예술경험을 옹호하기 위해 나선 후에 그가 이런 사상을 옹호하는 그룹에 들어 있었다는 사실이 판명된 상황에서 우리에게 새로운 것을 제시하지도 못한 이 작품의 사상이 우리를 놀라게 했다. 물론 그가 이런 사상에 덧붙인 문학형식도 관심을 갖도록 했다. 그 밖에 우리는 '세기말적인' 가짜시인들과 바그너의 오페라가극에 대한 그의 예리한 비평을 읽을 수 있다. 이 마지막 부분에 대해서 강조하고 싶은 것은, 바그너가 가극대본의 가짜마법 내용을 완전히 잊어버리고, 전 인류가 고뇌하는 문제—사랑, 연민, 증오, 인생의 쾌락 등—에 직면하지 않을 수 없었을 때, 그의 오페라가극 대본의 많은 곳에다 신비로운 음악을 작곡했다는 점이다.

순수예술 옹호자들과 "예술의 니힐리즘"의 적수들이 항상 톨스토이를 자신의 진영에 끌어들였기 때문에 『예술이란 무엇인가?』는 러시아 독자들에게 큰 흥미를 제시해 주었다. 실제로 젊을 때에 예술에 대한 그의 견해는 특별히 분명한 특징은 없었다. 어떻든 1859년 〈러시아문학 애호협회〉의 회원이었던 톨스토이는 오늘날 사소한 논쟁의 개입으로부터 예술을 구제해야 할 필요성을 역설하였다. 이 연설에 대해서 슬라브주의자 호먀꼬프는 혼신의 힘을 다해 톨스토이의 이념을 논박하면서 열변을 토하며 그에게 답변했다.

"'역사에서는 스스로 자신의 죄를 고백하는 것이(사회적인 면에서) 특별하고도 확고한 권리를 부여받는 중요한 순간이, 그런 순간이 있습니다' 라고 호먀꼬프는 말했다. '민중의 삶의 역사과정에서 우연한 것과 일시적인 것은 이미 보편적이고 전 인류적인 의미를 갖습니다. 왜냐하면 모든 세대와 전 인민은 어느 한 세대나 어느 인민의 고통스러운 신음소리와 고통스러운 고백을 이해할 수 있고 이해하기 때문입니다… 예술가는 이론이 아니며, 생각과 심중의 활동분야도 아닙니다. 그는 인간, 언제나 자기 시대의 인간이며, 대개 인간의 훌륭한 대표자입니다… 자기 조직에 강한 인상을 주지 못한다면, 그는 예술가가 될 수 없을 것입니다. 그는 자신이 태어난 사회에서 즐거움을 느끼는 것처럼, 다른 사람들의 고통도 받아 드립니다.'"

톨스토이가 이미 이러한 관점에 서 있는 것을 가리키고 나서, 예를 들면, 한 마부의 죽음을 묘사한 이야기 『세 자매』를 묘사했을 때, 호먀꼬프는 이런 말로 끝맺었다. "그래요, 당신은 과거에도 그랬듯이 앞으로도 폭로자가 되시겠군요. 하느님과 함께 당신이 선택한 그 아름다운 길로 가세요."

어쨌든 『예술이란 무엇인가』에서 톨스토이는 최종적으로 "예술을 위한 예술"이라는 이론과 혼합시키며 앞 장에서 예술에 관해 피력했던 사상을 공개적으로 고수하고 있다. 예술가는 항상 본성이나 인간의 삶에서 생겨나온 다양한 감정을 알리기를 열망한다고 언급하면서, 더욱 분명하게 예술영역을 정의하였다. 즉 체르늬쉐브스끼가 말했던 것처럼, 설득하는 것이 아니라 자신의 감정으로 타인들을 감염시키면서 말이다. 이런 정의는 물론 옳다. 하지만 '감정'과 '사상'은 불가분의 관계임을 잊어서는 안 된다. 감정은 자신을 표현하기 위한 말을 필요로 하고 표현된 말은 사상으로 나타난다. 그래서 톨스토이가 예술 활동의 목적은 "인간이 도달할 수 있는 최상의 감정"을 전달해야 한다고 말할 때, 그리고 예술은 "종교적인 것"이 되어야 한다고 말할 때, 즉, 최상의 훌륭한 지향을 하도록 각성시키기 위해서, 그는 베네비치노프, 나제즈딘, 빨레보이로부터 시작하여 우리 시대의 훌륭한 비평가들이 예전에 한 말을 다른 말로 표현하고 있을 뿐이다. 실제로 어떻게 살아야 하는지 아무도 사람들에게 가르쳐주지 않는 것을 그가 호소할 때, 이것이 곧 순수예술을 만들고 있다는 사실을, 이것이 곧 항상 우리시대 예술비평가들의 일이었다는 사실을 망각하고 있다. 벨린스끼와 도브롤류보프, 삐사레프, 그리고 그들의 후계자들이 오직 한 일은 어떻게 사는가를 사람들에게 가르친 것이다. 그들은 매 세기마다 뛰어난 예술가들을 이해하고 묘사했던 것처럼, 인생을 탐구하고 분석하였으며, 그들은 예술가들의 작품으로부터 "어떻게 사는가"라는 결론을 세상에 나오도록 했다.

나아가 강력한 비평분석으로 무장되어 있는 톨스토이는 예술이라는 명분아래 행해지는 위작을 꾸짖으면서, 그 혼자만이 도브롤류보프와 체르늬쉐브스끼, 그리고 삐사레프에 의해 착수된 작업을 계속해 나갔다. 그는 바자로프 진영에 있었으나, 이 대문호의 개입은 아직까지도 서유럽에서 번성하고 있는 "예술을 위한 예술"의 이론에 서유럽에서는 잘 알려지지 않은 러시아 비평가들의 작업이나 프루동[11]의 통렬한 비난이 타격을 가할 수 있었던 것보다, 훨씬 더 치명적인 타격을 가했다.

---

11) 프랑스 무정부주의 사상가. 사회주의자이다. 모든 권력은 필연적으로 지배와 피지배 관계를 수반하기 때문에 악이며, 소유는 모든 권력, 착취, 지배로 통하는 수단이라 하여 부정하였다. 그리고 힘 대신 정의를 가치의 척도로 삼아 인내심을 가지고 자본가의 양심과 인도주의에 호소해야 한다고 주장하였다.

톨스토이는 예술작품의 가치는 다양한 대중에게 접근하기 쉬운 정도에 의해서 매겨진다고 논증하였다. 반드시 예술의 각 부문은 자신을 표현하기위한 자기 고유의 길과 더불어 "예술가들의 다양한 감정전달"을 위한 방법이라는 일정 조건을 지니고 있기 때문에 미리준비할 것을 요구하였다.

깊은 사색에 잠긴 톨스토이의 논증은 의심할 여지없이 정당한 것이었으며, 그는 다음과 같은 문제를 제기했다. 왜 성서는 오늘날까지 예술작품을 능가하지 못하는가? 톨스토이 이전의 미슐레[12]는 이와 비슷한 관찰을 하면서, 모든 사람이 이해할 수 있는 미적 본성의 구체화와 전 인류사, 그리고 인류전반에 심오하게 발현된 한 세기동안 고양된 예술적, 서정적인 형태의 서적이 필요하다고 말했다. 훔볼트는 자신의 '세계'와 유사한 무언가를 인류에게 주려고 시도했다. 즉 그는 대중이 이해할 수 있는 "시에 대한 과학의 최종 결론을 바꾸는 데 아직도 성공하지 못했으며", 그래서 우리는 지금까지도 동시대 인류를 대체로 만족시킨 예술작품을 갖고 있지 못하다고 말한다.

상술한 현상의 원인은 분명히 예술이 주로 부자들의 관심에 만족하면서 지나치게 예술적이 되려고 하는 것에 있다. 예술은 자신의 표현방법에서 과도하게 전문화되었고, 그 결과 소수의 사람들에게만 이해하기 쉽게 되어 버렸다. 이와 관련하여 톨스토이가 언급한 견해는 전적으로 옳다. 이 책에서 소개한 탁월한 작품들을 몽땅 빌려가서 보시라—그 중 몇 권은 언젠가 대중에게 쉽게 이해될 것이다! 문제는 우리에겐 과거의 예술 대신 실제로 새로운 예술이 필요하다는 데에 있다. 문제는 예술가가 톨스토이의 사상을 깊이 탐구하고 나서 스스로 이렇게 말하는 경우가 생긴다. "나는 우리 시대 지식인들의 내면의 극적인 모습을 묘

---

12) (역주) 쥘 미슐레(1798~1874): 프랑스의 역사가로 국립 고문서보존소 역사부장, 파리대학 교수를 역임했다. 역사에서 지리적 환경의 영향을 중시하고 민중의 입장에서 반동적 세력에 저항하였다.

사하면서 심오하게 철학적인 예술작품을 창작할 수 있다. 나는 자연에 관한 최고의 시흥을 반영하면서, 자연의 생명을 깊이 알고 이해할 때까지 끌어올리면서 작품을 쓸 수 있다. 그러나 내가 만일 그런 유사한 작품을 쓸 수 있다면, 그리고 만일 내가 오직 순수한 예술가라면, 모두가 나를 이해할 수 있게 나 역시 창작할 수 있어야 한다. 즉 개념상 깊이가 있으면서 동시에 아주 가난한 광부나 농부를 포함한 모든 사람들에게 이해될 수 있고 즐거움을 줄 수 있는 그런 작품을 창작해야 한다!" 민요가 베토벤의 소나타보다 더 위대한 작품이라고 말하는 것은 옳지 않다. 알프스산맥의 폭풍우와 그 폭풍우와의 싸움을 화창한 여름의 정오와 농촌의 풀베기와 비교한다는 것은 불가능하다. 왜냐하면 베토벤의 극적인 분위기는 그의 심장 속에서 들리는 그런 폭풍우이기 때문이다. 그러나 순수하게 위대한 예술은 자기 사상의 심오함과 고결함에도 불구하고, 농부들의 개별 오막살이집 마다 스며들며, 사상과 삶의 온갖 고상한 개념을 고무시켜 준다. — 그런 예술이 실제로 필요하다. 그리고 나는 그것이 가능하다고 생각한다.

그 밖의 현대 작가들

이 책의 원래 계획에는 현대 소설가들의 분석이 들어 있지 않다. 그러나 그들을 정확하게 평가하기 위해서는 문학적 의의나 그들이 제시했던 다양한 예술방면에서의 재미뿐 아니라, 현대문학의 성격에 대한 적법한 해석과 마지막 30년간의 국가혼란 상황에 대한 상세한 고찰을 요구하는 러시아 예술에서의 다양한 풍조를 필요로 한다. 이런 측면에서 현대 소설가들에 대해 한 사람의 비평가로서 소견을 보다 비중 있게 다룰 필요가 있다.

에르쩰(1855년 출생)은 호감을 주는 재능을 강렬하게 보여준 작품 『젊은 세대』를 마지막으로 유감스럽게도 자신의 문학 활동을 중단했다.

그는 러시아 지주귀족의 영지에서 성장하여 뻬쩨르부르그 대학에 입학하였다. 대학에서 그는 "학생 폭동"에 가담하여 뜨베리로 유형을 당한다. 그리고 얼마 후에 자신의 고향 스텝지역으로 돌아온다.

에르쩰의 사회적 명성은 『대초원의 수기』라는 표제의 짧막한 2권짜리 수필로부터 시작되었다. 이 짧은 이야기에는 대초원의 온기나 시경(詩境)을 함께 담은 자연이나 농민의 전형을 미화시킨 어떤 흔적도 없이 진실 그대로 잘 묘사되어 있다. 이것을 보고 "작가는 인텔리겐차를 숭배하는 사람이 아니군"하는 생각을 독자가 하게되더라도 농촌공동체의 전원생활에 충분한 윤리적 가치가 있다. 이 수필 중 몇 부분은 특히 예술적 특성을 담은 시골 부르주아를 묘사하고 있다. 중편소설 『두 쌍』은 사랑에 빠진 서로 유사한 두 연인커플의 이야기를 담고 있다. 그 중 한 쌍은 인텔리겐차 계급, 다른 한 쌍은 농노계급에 속하는데, 비록 톨스토이 이념의 영향을 받아서 중편소설의 예술적 의미를 약화시키는 어떤 사상적 성향이 담긴 작품이긴 하지만, 그 속에는 날카로운 관찰력을 보여주는 탁월한 장면들이 포함되어 있다.

실제로 에르쩰의 능력은 개인의 심리문제를 묘사한 데 있는 것이 아니라 전체적으로 다양한 인간 유형을 보여주는 데 있다. 그의 재능이 지닌 특성은 소설에 잘 나타나있다. 고골이 자신의 작품에서 세상의 모든 것(우크라이나의 전원풍경이나 현 지역의 생활)을 표현했듯이, 에르쩰도 소설 『가르젠씨네 가족』에서 당시 농노제도 아래서 대지주의 귀족생활과 그를 위해 봉사하는 하인들, 양마장 주변에서 명성을 날리며 긍지를 갖고 무리지어 사는 친구들이나 적대자들, 그와 관련된 인물들을 모두 묘사하고 있다. 말(馬)시장이나 경마시합을 묘사한 이런 대중생활은 젊은이들의 논쟁이 아닌 사랑의 이야기로서 한 폭의 그림처럼 큰 재미를 선사한다.

또한 『교체(Смена)』에서도 그가 지닌 재능의 힘을 느낄 수 있다. 이 소설의 주제는 매우 흥미롭다. 이 작품 속에서는 전통 있는 귀족가정이 그들의 영지가 폐허가 되어가는 것처럼 어떻게 붕괴되어 가는지, 그리고 다른 계급사람들, 즉 많은 영지를 소유하고 있는 상인들과 온갖 부류의 비양심적인 모험가들이 묘사되어 있다. 동시에 고상한 문화와 자유의 신경향을 보이는 젊은 상인들과 점원들로 구성된 신흥계층이 생겨났는데, 그들은 새로운 문화계층의 발아를 형성하기 시작한다. 이 중편에서 몇몇 비평가들은 또한 사랑에 눈을 뜨기 시작하는 귀족아가씨와 농노계급 아가씨라는 흥미로운 인간 유형과 사실주의에 의해 묘사된 실용적인 젊은 상인이자 급진주의자의 유형에 주목하였다. 그러나 비평가들은 이번에도 소설에서 가장 중요한 것을 간과했다. 소설에는 또다시 농노해방이후 20년이 지난 뒤 삶이 소용돌이쳤던 남러시아의 전 지역이 묘사되어 있다. 그때는 거의 미국의 서부개척시대처럼 새로운 생활이 전개되기 시작하던 시기였다. 젊은이들의 삶과 붕괴되어 가는 귀족들의 삶과의 비교는 젊은 사람들의 소설에서 매우 훌륭하게 묘사되어 있다. 그리고 전체 작품은 특히 호감을 주는 작가개성의 흔적을 담고 있다.

꼬롤렌꼬는 1853년에 남서러시아의 조그만 소도시에서 태어나 그곳에서 초기교육을 받았다. 1874년 모스크바의 농업 과학원 재학시절, 어느 학생소요에 가담한 이유로 모스크바에 머물러 있어야 했다. 나중에 그는 '정치범'으로 체포되어 먼저 우랄 인접지역의 소도시에 머무르다가 나중에 서시베리아로 유형가게 된다. 그곳에서도 알렉산드르 3세에 대한 충성의 서약을 거부한 죄로 야쿠츠크에서 수백 베르스따[13] 떨어진 야쿠츠크현 지역의 촌락으로 재 이주되어 몇 년을 보낸 후 1886년에야 러시아로 돌아온다. 하지만 여기 대학도시들에서도 그에게 거주하는 것이 허락되지 않아서 오랫동안 니즈니 노브고로드에서 살았다.

머나먼 북부지방에서의 삶, 일 년의 절반 이상이 눈으로 뒤 덮인 황

---

13) 미터법 시행 전 러시아의 거리단위, 1,067킬로미터.

량한 야쿠츠크 지역의 농촌에서의 생활은 작가에게 특히 깊은 인상을 주었다. 시베리아 생활을 묘사한 그의 단편들(『마까르의 꿈』, 『시베리아 여행가의 체험기』 등)은 매우 예술적이어서 꼬롤렌꼬를 뚜르게네프의 계승자로서 충분히 인정받도록 만들었다. 이런 단편들에서는 그러한 예술의 힘, 그런 예술의 구성, 작가에게서 진정한 대가를 구별짓는 성격묘사의 능숙한 솜씨와 기법, 그리고 그런 예술법칙이 느껴진다. 그가 뽈레시에[14]의 농노제시기에 나온 일화를 묘사하고 있는 단편 『숲이 시끄럽다』는 작가의 높은 평판을 공고히 해주었다. 이 단편은 비록 그가 숲의 생활에서 영감을 받은 묘사로 뚜르게네프의 『뽈레시에(Полесье)』라는 탁월한 오체르크를 우연히 상기시키지만, 결코 대문호의 모방작이라고 부를 수는 없다. 단편 『추악한 사회에서』는 작가의 어린 시절을 회상하며 쓴 것이 분명하다. 그리고 오래된 탑의 폐허들에서 몸을 숨기고 있는 부랑자나 도적들에 대해 이야기하는 이런 전원시는 특히 어린애 같은 생활에서 나온 장면들로 매우 아름답게 채워져 있으므로 독자들은 곧 그 작품에서 '뚜르게네프적인 매력'을 알아보게 된다. 그러나 그 뒤를 이어 꼬롤렌꼬의 활동은 중지되었다. 그가 쓴 『눈먼 음악가』는 수많은 외국어로 번역되어 또다시 자신의 매력을 돋보이며 대대적인 열풍을 일으켰다. 하지만 동시에 이 중편의 지나치게 정교한 심리학은 거의 정확하지 못하다는 느낌이 든다. 그래서 그 이후론 특히 호감을 주는 풍부한 재능의 가치를 보여주는 꼬롤렌꼬의 작품이 한 권도 나오지 않았다. 그의 소설 『쁘라호르와 대학생들』은 검열로 출판이 금지되었고, 또 다른 소설은 모두 파손된 채 한 장(章)만이 남아 있다.

이외에도 러시아에서 발생한 기근은 꼬롤렌꼬를 사회 정치평론(「기근 시대」, 「물리탄의 병세」, 「러시아 참칭자」 등)을 발표하도록 만들었다. 당시에 가장 흥미로운 혁명적 인물을 묘사하는 일이 불가능했던 혹독한 검열

---

14) (역주) 서남러시아 쁘리빠치 강유역의 삼림 소택지.

속에서도 그는 아마도 곧 나타나게 될 역사소설을 마침내 착수하기 시작했다.

재능을 발휘하는 데 걸림돌이 되는 이런 검열로 인한 지체는 연구자들에게 큰 타격을 주었다. 이점에 대해서는 어느 정도 꼬롤렌꼬와 동시대의 훌륭한 재능을 지닌 모든 남녀작가들에게 말할 수 있다. 특히 꼬롤렌꼬 같은 대가와 관련해서 이런 현상의 원인을 상세하게 연구하는 것은 매력적인 과제일 런지 모르겠지만, 그걸 위해선 국내의 정치적 상황과 관련해서 최근 20년 동안 러시아소설이 발전해온 과정에서 겪은 변화들에 대해 상세하게 거론해야만 할지 모른다. 이에 대해서는 약간의 주석만으로 제한하고자 한다.

1860~1870년대 대부분 《러시아말》(Русское Слово), 《용무》(дело)과 같은 잡지들의 기고자들이었던 젊은 소설가들은 특별한 종류의 중편소설을 탄생시켰다. '사색하는 사실주의자'(삐사례프가 그렇게 이해하고 있듯이)가 주인공으로 등장했으며, 어떤 경우에는 이러한 중편들의 간편화된 기술이나 충분히 정직하고 중요한 그들의 이념은 아무리 미약할지라도 러시아 젊은이들에게 올바른 방향으로 강한 작용을 하였다. 이 시기에 러시아 여성들은 고등교육의 수혜와 경제적, 정신적 독립성을 획득하기 위한 첫 발을 내딛었다. 여성들은 이를 달성하기 위해 기성세대와 격렬한 투쟁을 감수해야만 했다. '까바노바 부인'과 '지꼬이'(제6장 참조) 형상은 그 당시 사회의 여러 계층에서 다양한 모습으로 살아 있었다. 그리고 우리 여성들은 자기자녀를 이해하지 못하는 부모님이나 연인들, 그리고 '해방된 여성'을 증오하는 사회, 마침내 전제적인 관료정치를 위해 교육받은 신세대 여성들이 야기하게 될 위험성을 잘 알고 있던 정부와 끊임없이 싸워야 했다.

뚜르게네프의 여주인공은 『교신』(제4장을 참조)에서 사회적 약자가 아닌 조력자로서 여성의 권리를 열렬히 옹호하는 젊은 세대로 등장한다. 이러한 경향에서 우리 시대의 남성작가들과 유일한 여성작가 소피야 스미르노바(『불빛』,『대지의 꿈』; 1871~1872)는 힘든 투쟁을 벌이고 있는 여성들에게 힘을 북돋아 주고, 남성들과 염려하는 부류의 사람들에게도 그런 투쟁에 대한 존경심을 불어넣어주면서, 여성문제에 큰 도움을 주었다.

나중에 러시아의 중편소설에서 '인민주의'[15]라는 새로운 요소들이 우세를 보이기 시작했다. 이 새로운 요소는 작가들의 적극적인 지지를 바탕으로 근로에 종사하는 서민들에 대한 사랑을 표현한 것으로서, 민중 사이에서 선전활동으로 그들의 힘든 삶에 희망과 새싹을 가져다주었다.

또다시 소설은 이런 운동을 적극적으로 지원하고 도와주어야만 했다. 그것은 우리가 『큰 곰자리』에 대해 이야기하면서 앞장에서 소개한 전형을 묘사하도록 젊은이들을 격려해주었다. 많은 소설가들은 이 두 가지 분야에서 창작을 했는데, 여기에서는 모르도브쎄프(『시대의 기치』에서), 쉘레르(A. 미하일로프라는 필명으로 썼던), 스따뉴꼬비치, 노보드보르스끼, 바란쎄비치라는 이름만을 상기시키고자 한다.

1857년경 시작되어 1881년 최고조에 다다랐다가 10여 년간 잠잠해진 자유를 향한 투쟁에 주목할 필요가 있다. 이 투쟁은 낡은 이념, 투쟁적 신조, 심지어는 단순한 인간에 대한 믿음 등 예술에 새로운 경향이(일부는 러시아 혁명 활동 아래서, 일부는 서유럽의 영향을 받고서) 스며들기 시작하면서 붕괴되었다. '메마른' 감정이 세력을 키웠고, 학문에 대한 믿음이 흔들리기 시작하였다. 사회주의 이념은 그 중요성을 잃었고, "엄격주의"[16]는 비난받았으며, "인민주의"는 무언가 우스운 것으로 간주되었

---

15) (역주) 인민주의란 1870~1880년 러시아의 소시민적 인텔리겐차의 사회. 정치적 사조를 말한다.

16) (역주) 일반적으로 규칙, 특히 엄격한 도덕적 규칙을 따르려는 입장을 총칭하는 말이다. 욕구충족이나 행복의 추구 등을 도덕적 동기에서 배척하려고 하는 금욕주의나 수도생활 등도 여기에 속한다. 여기에는 두 입장이 있는데, 하나는 17~18세기의 도덕문제 결의론으로 신이나 교회의 법을 엄밀히 해석하는 윤리신학자의 입장과 네덜란드에서 장세니스트들을 개연론자에 대한 엄격주의라고 부른 것이 이 말의 시초라고 한다.

고, 그것이 재등장했을 때는 톨스토이즘[17]이 사실주의 형식으로 채워지면서, 예전의 '인간'에 대한 열광 대신에 개인의 권리가 선포되었다.

이러한 사회적 관념의 혼돈('사회침체기') 속에서 자신의 작품에 언제나 당시의 문제를 반영하고 싶어 했던 우리의 젊은 소설가들은 발전해야 했다. 이런 관념의 애매모호함은 이전의 세대에서 전임자들의 작품처럼 완전무결하고 완전한 작품을 창작하려고 노력하는 방향으로 나서도록 했다. 사회는 완전하게 완전무결한 유형을 제공해 주지 않았다. 진정한 예술가란 존재하지 않는 것을 창작할 수는 없다.

가르쉰(1855~1888)과 같은 주관적인 작가가 러시아 문학계에 혜성처럼 나타났다. 불가사의하고 유연하며 서정적인 기질은 당시 자리잡고 있던 삶의 모순들을 깨뜨려 버렸다.

러시아 남서부에서 태어난 그는 뻬쩨르부르그에서 공부하고 19살에 광산학교에 입학하였다. 어린 시절부터 남달리 감수성이 예민하고 독서광이었던 그는 중학교를 마치기 전 한때 정신병원에 입원한 적도 있었다. 1876년 슬라브 민족의 폭동과 1877년의 전쟁은 그를 탈선하게 만들었다. 전쟁에 비판적이었던 그는 폭동을 일으킨 세르비아인들에게 달려갔으며, 1877년 4월에 터키와의 전쟁이 선포되자마자 자신의 신성한 의무란 민중과 함께 닥쳐올 위협과 재해 등의 모든 고통을 짊어지고 가는 것이라고 결심하였다. 그는 즉시 지원병으로 입대하여 끼쉬뇨프[18]로 떠났으며, 며칠 후에는 벌써 도나우 강으로 향하는 자신의 부대와 함께 출정하였다. 가르쉰은 장교들이 면제해준다는 배려도 거절한 채 모든 출정을 걸어서 완수하였다.

전쟁기간에 그는 뛰어난 예술성을 보인 첫 번째 단편 (부상병의) 『나흘

---

17) (역주) 타락한 그리스도교를 배제하고 원시 그리스도교로의 복귀를 주장하는 주의이다. 근로·채식·금주·금연을 표방하고 간소한 생활과 악에 대한 무저항주의, 자기완성을 통한 전 세계의 복지에 기여하려는 이론이다.

18) (역주) 베사라비아의 도시(몰다비아 공화국의 도시).

간』을 발간했는데, 이 작품은 곧 젊은 작가에게로 사람들의 관심을 끌었다. 8월에 그는 이미 발에 관통상을 입어 부상을 당했는데, 상처가 오랫동안 아물지 않자 부대에서 전역해야 했다. 뻬쩨르부르그로 돌아온 그는 대학에 입학하여 진지하게 문학 활동의 무대를 준비하였다.

이 무렵에 가르쉰은 몇 편의 단편을 썼는데, 시학적으로, 그리고 예술적인 구성에 있어서 뚜르게네프의 단편들과 꼬롤렌꼬와 어느 정도 비견할 만하다. 그러나 유연하고 감수성이 강하며, 동정심 많은 기질 때문에 그는 피와 눈물로 각 작품을 집필하였다. 그는 어느 편지에서 이렇게 말했다. "쓰여진 것은 결과적으로 훌륭한 것도 있고, 훌륭하지 않은 것도 있다. 이런 문제는 부차적인 것이다. 하지만 나는 실제로 불운한 자신의 격앙된 감정으로 집필했으며, 한 글자 한 글자가 내겐 피 한 방울의 가치가 있었다는 사실은 정말로 과장하는 게 아니다."

가르쉰의 내면적 삶은 우리에게 잘 알려지지 않았지만, 당시 공포정치와의 투쟁이 그에게 고통을 주었고, 나약하고 감수성 강한 기질을 괴롭혔으리라는 것은 의심할 여지가 없다. 1880년 플로제쯔끼의 로리스-멜리꼬프에 대한 살인미수 때문에 플로제쯔끼가 자정에 교수형에 처해질 거라는 소식을 전해들은 가르쉰은 밤에 '집행관'을 찾아가서 사형을 취하해줄 것을 간청하기도 했다. 이 사건이후 깊은 충격을 받은 그는 모스크바로 갔고, 중부러시아를 방랑하다가 자취를 감췄다. 그를 찾아냈을 때는 정신발작 때문에 병원으로 옮겨졌다. 그는 정신착란에도 불구하고 자신의 창작능력을 완전히 상실한 것은 아니었다. 그는 전율하는 듯한 시 〈아름다운 꽃〉에서 인간의 행복과 그 행복에 도달하는 방법에 관한 문제로 괴로워하였다. 시 속에서 광인은 경비대의 감시에서 벗어나려고, 얽매인 자신의 고삐를 끊으려고, 모든 악의 원인인 "아름다운 꽃"을 없애기위해 놀랄 만한 노력을 기울이고 있는데, 이 시는 그의 개인적인 자전에서 나온 것이기도 하다.

1882년, 회복된 그는 다시 뻬쩨르부르그로 가서 그곳에서 결혼도 하였으나, 5년 후에 또 다시 재발하여 1888년 초에 스스로 목숨을 끊었다.

뚜르게네프적인 단편들은 시로 가득 차 있다. 그것은—그런 소박함과 철학적인 애수와 다정함, 기분의 놀라운 조화—가르쉰 단편들의 두드러진 특징이다. 작가는 그 속에서—만일 놀랍게도 가르쉰의 아름다운 초상화를 보았다면, 그의 애수에 잠긴 시선으로부터 결코 눈을 떼지 못할—조용한 애수의 빛으로만 보인다.

『나흘간』이라는 작품에 연이어 몇 편의 전쟁터의 삶을 담은 『비겁자』, 『범인(凡人) 이바노프의 회상록』, 『전쟁 삽화』 등이 뒤따라 발표되었고, 이 세 작품 모두 그의 번뜩이는 재능을 담고 있다.

뚜르게네프처럼 문학가로서, 그리고 화가로서 삶을 산 가르쉰은 항상 러시아 회화에 대한 열정을 좇아갔고, 전람회의 평론을 맡았으며, 다양한 예술가들과 만남을 가졌다. 보다 정제된 그의 정신적 깊이는 작품 속에서 느껴진다. 즉 『니꼴라예브나의 희망』, 『화가』 등의 작품에서는 부정에 항의하는 내용과 학대받는 자를 동정하는 인정미가 흐르고 있다.

또한 『아탈레아 프린셉스』 같은 절묘한 서정적 이야기도 그의 빼놓을 수 없는 작품이다. 이 작품은 온실 안에서 자란 종려수가 창공과 자유로운 바깥 대기를 동경한 나머지, 온실 천장을 뚫고 나가지만 외기의 찬바람에 동사(凍死)하고 만다는 줄거리로 구성되어 있다. 그 서정적 형식은 안데르센에게도 결코 뒤지지 않을 만큼 뛰어나다. 러시아 문학에서 꼬뜨 무르릴크(1829년 출생)도 이런 서정적인 이야기를 집필하였지만 어린아이들을 이해하는 데 까지는 미치지 못하였다. 그러나 가르쉰은 아이들을 위해 이야기를 쓸 수 있는 충분한 재능을 갖추고 있었다.

드미뜨리 메레쥐꼬프스끼(1866~1942)는 비범한 재능을 갖춘 작가들이 겪게 되는 장애를 극복하는 데 몰두하면서, 러시아에서 세력을 장악한 여러 사회적, 정치적 조건들이 발전할 수 있도록 노력하였다. 그가 창작한 시작품은 매우 특이한 것이었으나, 중편소설이나 평론에서는 그의 사회적 입신을 발견할 수 있다. 전 세대의 작가들을 향한 존경과 함께 고결한 사회적 이념의 영감 아래서 작업하던 메레쥐꼬프스끼는 점차 그 이념을 불심(不審)하기 시작하다가 결국에는 그것을 경시하였다.

메레쥐꼬프스끼가 착수한 주요작업은 끝없는 흥미를 제공해준다. 그는 고대 이교도와 그리스도교의 투쟁을 묘사하려 한 삼부작을 구상했다. 이 삼부작에서 그는 그리스적인 자연 사랑과 시적인 이해, 그리고 건강한 다작의 삶을 표현하길 원하였고, 다른 면에서는 유태교의 영향 아래서 억압된 삶과 자연연구에 대한 비난, 그리고 시와 예술, 만족스럽고 풍족한 일반적인 삶을 질책하려고 하였다. 이 삼부작 중 1부작인 중편은 『변절자 유리안』, 2부작은 『레오나르도 다 빈치』, 그리고 3부작은 『뾰뜨르 대제』이다. 고대 세계의 연구와 르네상스 시대를 담고 있는 이 작품에서는 매우 미려하며 깊은 감화를 주는 사실적인 장면들이 발견된다. 하지만 이 작품에서 주재하는 사상은 고대 자연의 시경(詩境)에서 이해하기 쉬운 조합과 그리스도교의 높은 인문학적 사상을 통합시키면서 강렬하게 독자에게 적용한다.

불행히도 메레쥐꼬프스끼의 고대 '자연주의'의 찬양은 오랜 기간 지속되지 못했다. 그는 이 삼부작을 완성하지 못했기 때문이다. 그의 작품에는 '상징주의'[19]가 스며들기 시작했고, 결과적으로 이 젊은 작가는 자신의 재능에도 불구하고 마치 인생말기에 고골을 침몰시켜 버렸던 그런 희망 없는 '신비주의'[20]에다 모습을 감춰버린 것이다.

러시아 작가들 가운데 재능 있는 작가 '바바르이낀'(1836년 출생)은 30

---

19) (역주) 19세기 말에서 20세기 초에 걸쳐 프랑스를 중심으로 일어난 상징파의 예술운동과 그 경향을 말한다. 일반적으로 상징파는 고답파의 객관주의에 대한 반동으로 일어났고, 포착할 수 없는 주관적 정서의 시적 정착을 목표로 한다.

20) (역주) 신(神)이나 절대자 등 궁극적 실재와의 직접적이고 내면적인 일치의 체험을 중시하는 철학 또는 종교사상.

년간 빠르게 지속적으로 교체되어 온 러시아 교양사회의 다양한 상황을 전문적으로 표현했다. 그의 작품기술은 매우 탁월하였다. 즉 그의 관찰력은 언제나 정확했고, 소설의 주인공을 솔직하고 진보적 관점에서 관찰하였으며, 러시아 인텔리겐차들의 주의력을 끄는 동향을 신뢰할 수 있도록 잘 표현하였다. 이러한 이유로 그의 소설은 러시아 사상의 발전사를 위해 큰 가치를 지니고 있으며, 젊은이들의 삶에서 나타난 다양한 현상을 연구하도록 도와준다.

바바르이낀은 그가 기록한 사소하고 일시적인 중요한 삶의 현상에 관한 특징을 풍부하게 잡아내지 못한 몇몇 비평가들을 비난하였다. 그러나 이 비난은 정당한 것이 아니었다. 그의 큰 결점은 독자가 거의 작가의 개성을 느끼지 못한 점에 있었다. 그는 독자에게 삶의 만화경(萬化鏡)을 제시했지만, 독자로부터 공감을 끌어내지 못하였고, 삶의 희로애락을 함께 공유하지 못했다. 그는 자신이 묘사하는 실존 인물들을 훌륭하게 연구하며 관찰하였고, 영리하고 재간 있는 인간으로 그 운명을 만들어주었다. 그러나 작가가 그린 이런 인간유형은 독자에게 깊은 인상을 심어주지는 못했다.

비상한 재능을 가진 뽀따뺀꼬는 인기 있는 현대 작가들 중 한 사람으로 꼽힌다. 그는 1856년 남부 러시아에서 태어났다. 그는 한때 음악의 길을 걸으려고 준비 했으나, 1881년부터 글을 쓰기 시작하였고, 그의 마지막 작품은 지나치게 서둘러 쓴 흔적을 보이고 있음에도 불구하고 독자대중의 총아가 되었다. 뽀따뺀꼬의 작품들은 당시 대부분의 소설가들의 작품에서 느껴지는 음울한 분위기에서 예외적인 행복한 분위기의 소설에 속한다. 그의 중편소설은 독자에게서 건강한 유머나 선량한 웃음을 자아낸다. 그러나 그의 작품에서 희극적인 요소가 없을 때도, 그가 묘사한 슬프고 비극적인 현상조차 독자에게 우울증을 일으키지 않는다. 아마도 그것은 작가가 러시아의 삶에서 일어나는 모든 충돌을 넉넉한 낙천가의 관점에서 항상 관찰하였기 때문일 런지 모른다.

이런 면에서 보면, 뽀따삔꼬는 자신의 동시대인들 가운데, 특히 체홉과 완전히 구별된다.

안똔 체홉

현대 러시아 소설가 중에서 안똔 파블로비치 체홉(1860~1904)은 의심할 것도 없이 가장 독창적인 작가이다. 단순히 문체만이 독창적인 것이 아니라, 거기에는 다른 대가들처럼, 자신의 인격이 묻어나 있다. 그러나 자신만의·문체적 효과를 이용하여 독자에게 어떤 인상을 주려는 시도를 하지는 않았다. 그는 아마도 그런 유사한 술책들을 경멸했기 때문으로 생각된다. 그래서 그는 뿌쉬낀, 뚜르게네프, 톨스토이처럼 간결하게 글을 썼다. 그는 자신의 소설주제로 특별한 내용을 선택하거나 특별한 부류의 인물만을 다루지는 않았다. 체홉처럼 러시아 사회의 전 계층과 직업, 그리고 다양한 부류의 사람들을 남녀노소 할 것 없이 폭넓게 다룬 작가는 거의 없다. 게다가 톨스토이도 언급했듯이, 체홉은 자신이 지닌 독특한 뭔가를 예술에 가져왔다. 즉 그는 문학이라는 광산에서 새로운 광맥을 발견한 것이다. 이러한 발견은 러시아 문학뿐만 아니라 일반적인 문학을 위해서도 가치가 있다. 그래서 그의 문학은 국제적인 의미를 지닌다. 기 드 모파상은 그와 가까운 작가인데, 그들 간의 유사점은 몇 단편들에서만 발견될 뿐이다. 체홉의 창작방식, 특히 그의 중편과 희곡에 나타나는 분위기는 전적으로 자신만의 성격을 드러내는 개별적이고 독창적이다. 그 밖에도 두 작가의 작품에서는 우리가 근래 20~30년 사이에 겪었던 급속한 발전시기에 근대의 프랑스와 러시아 간에 존재하는 그런 차이점이 보인다.

체홉의 일대기는 몇 마디로 요약될 수 있다. 그는 1860년 러시아 남부의 따간로그에서 태어났다. 그의 할아버지는 본래 농노였다. 그런데 보통사람과 다른 사업적인 수완을 보였던 할아버지는 몸값을 내고 자신의 지주에게서 풀려나와 자유인이 되었다. 그리고 체홉의 아버지는 상인이 되었다. 그는 아들에게 좋은 교육을 시키려고 먼저 지방의 김나지움에 보냈고 나중에는 모스크바에 있는 대학교에 보냈다. 체홉은 나중에 자신의 짧은 자전적 기사에서 다음과 같이 썼다,

"난 그 당시 특별히 학부들을 따져보지는 않았다. 내가 왜 의학부를 선택했는지는 기억이 잘 나지 않는다. 하지만 난 결코 그 선택을 후회한 적은 없었다."

그는 수련의는 되지 않았지만, 모스크바 인근의 조그마한 마을 병원에서 일 년 간 근무했다. 그는 이후에도 비슷한 곳에서 일을 계속했다. 당시 1892년 콜레라가 만연했을 때, 그는 어느 병원장으로 자원하여 근무했는데, 그곳에서 진료하면서 세상의 다양한 남녀노소와 접촉할 수 있었다. 그리고 자신도 나중에 알게 된 사실이지만, 자연과학과 과학적인 사유방법에 익숙하게 된 것이 나중에 자신의 문학 작품을 집필하는데 큰 도움이 되었다.

체홉은 꽤 일찍 창작을 시작했다. 대학교 일학년, 그러니까 1879년부터 그는 '체혼테'라는 필명으로 유머러스한 단편 스케치들을 써서 몇 종의 주간지에 게재하기 시작했다. 그의 재능은 급성장하였다. 신문에 연재된 첫 단편 스케치들이 얻은 호평과 러시아 비평가들(특히 미하일로프스끼)이 그에게 보인 관심 때문에, 그는 자신의 창작 능력을 좀 더 진지하게 받아들이게 된 계기를 갖게 되었다. 해가 갈수록 그가 다룬 삶의 문제들은 그 깊이를 더해갔고 더욱 복잡해졌다. 그리고 그가 획득한 문학형식은 정제된 예술적 완성도를 더해갔다. 체홉이 겨우 44세의 나이로 생을 마감할 무렵엔, 그의 재능은 이미 완숙기에 도달해 있었다. 그가 남긴 마지막 작품은 희곡들로서 아주 정제된 시적 감수성을 담

고 있으며 시적인 우울함과 함께 충만한 삶의 기쁨을 향한 분투가 잘 조화되어 있다. 따라서 급속도로 진행된 폐결핵이 그의 생명을 치명적으로 파멸시키지만 않았어도, 그의 작품은 창작세계의 일대 장을 열었을 것으로 생각된다.

그 누구도 체홉처럼 현대 문명사회에서 인간본성의 타락을 잘 그려낸 작가는 찾기 어렵다. 특히 그는 일상의 모든 조잡함에 맞닥뜨린 인텔리겐차의 파멸과 퇴폐를 묘사했다. 그는 '지식인'의 타락을 전달하는 데 있어 놀라운 힘과 다양성을 보여주어서 강렬한 인상을 남겼다. 바로 그런 점이 그가 지닌 재능의 뛰어난 특징이다.

체홉의 수필과 소설을 연대기 순으로 계속해서 읽어보면, 우선 가장 활동력이 넘치고 젊음의 즐거움이 가득한 작가를 목격하게 된다. 이야기 분량은 일반적으로 매우 짧아서 많아야 고작 3~4쪽 정도이다. 하지만 매우 전염성이 강한 즐거움으로 가득 차있다. 그 중 몇 작품은 광대극에 지나지 않는데도 독자들은 실컷 웃지 않을 수 없다. 왜냐하면 몹시 우스꽝스럽고 있을 수 없는 이야기들이 흉내 낼 수 없는 매력을 풍기며 창작되었기 때문이다. 그리고 그런 웃음 속에서 몇몇 배우들은 인간의 무자비한 저속함을 보여준다. 독자들은 어떻게 작가의 심장이 고통스럽게 뛰고 있는지 목격하게 되며 이러한 징후는 서서히, 점진적으로 좀 더 자주 나타난다. 그래서 좀 더 많은 관심을 요구하게 되고, 이젠 더 이상 우연이기를 거부한다. 좀 더 조직적인 형태를 띠긴 하지만 마지막에 이르기까지 그런 태도를 취한다. 이것은 모든 이야기와 소설에서도 그렇다. 다른 모든 것을 고갈시킬 정도로 말이다. 그것은 아마도 "그냥 재미 삼아" 한 소녀가 사랑받고 있다고 믿게 만드는 한 젊은이의 무모함과 무자비함이거나, 아니면 어느 노교수 가정의 삭막한 분위기와 함께 그 가정에는 가장 보편적인 인간적인 감정조차도 메말라버렸기 때문이 아닐까 생각한다. 그런데 이런 무정함과 무자비함은 항상 반복되어 나오는 징후이다. 더욱 정제된 인간 감정의 부재나 그보다 더

한 경우가 존재하는 것도 마찬가지이다. 그것은 '지식인'의 완벽한 도덕적 파멸이다.

체홉의 주인공들은 최하층 사회에서 회자되는 말이나 하위계층이 가진 사고의 수준에서 생각하는 사람들이 아니다. 아니, 그들도 그런 말을 들었고, 옛날엔 그런 말을 들을 때면 가슴이 뛰기도 했었다. 그런데 일상의 평범한 삶이 그런 모든 열망을 고갈시켜버리고 권태가 그 자리를 대신 차지해 버렸다. 그리고 운명적으로 그들에게 희망도 없는 천박함(пошлость)의 한 가운데에서 무위도식하는 생활만이 남아 있을 뿐이다. 체홉이 보여주는 천박함은 어떤 사람이 자신의 능력에 대한 자신감을 상실한 채 자신의 모든 일을 매력적으로 만드는 밝은 희망과 환상들을 점차 잃어가면서 시작된다. 이러한 천박함은 점차 삶의 원천들을 파괴시킨다. 즉 희망도 뜨거운 가슴도 에너지도 다 산산이 무너져버린다. 사람들은 기계적으로 매일같이 일정한 일을 반복하며 잠자리에 들고 어떻게든 그저 자신의 시간을 잘 보냈다면 행복해 한다. 그렇게 점차 지적인 둔감과 도덕적인 무관심에 빠져들게 된다. 더 최악인 것은 작가가 우리에게 폭로하는 이 시대 문명의 퇴폐성이라는 문제를 우리가 안고 있음을 가르쳐 줌으로써, 사회 각계각층으로부터 그런 천박함을 보여주는 수많은 유형들을 결코 되풀이해서 말하지 않는다는 사실이다.

톨스토이는 체홉에 대해 언급하면서, 체홉 작품은 여러 번 읽으라면 기꺼이 읽을 수 있는 몇 개 안 되는 작품이라는 의미심장한 말을 했다. 이 말은 정말로 사실이다. 체홉의 이야기는—그것이 아주 하찮은 이야기든지, 아니면 단편소설이든지, 희곡이든지 간에—쉽게 잊히지 않는 인상을 준다. 그 이유는 그의 이야기가 풍부한 세부묘사와 아주 탁월하게 선택된 표현들로 이루어져 있기 때문이다. 그래서 또다시 읽어도 그때마다 새로운 기쁨을 발견하게 된다. 체홉은 확실히 대작가였다. 더구나 그의 이야기에 등장하는 다양한 계층의 남녀들, 그들에게서 다루어지는 다양한 심리적인 주제들은 간단히 말하자면 놀랍다. 그런데 그 이야기들은 모두 작가의 특징을 담고 있다. 하찮은 부분까지도 체홉의 것이라는 것을 알아차릴 수 있는 자신만의 특징이 배어 있다. 자신만의 개성과 방식, 그리고 사람들과 사물에 대한 그의 개념들이 녹아 들어가 있다.

체홉은 장편소설이나 로망스를 쓰려고 한 적은 없다. 그의 영역에서 단편은 자신만의 특기를 가진 분야였다. 그는 자신이 창조한 주인공의 출생부터 죽음까지 이야기 전부를 결코 언급하지 않는다. 단편에서 그렇게 하는 것은 적절한 방법이 아니기 때문이다. 따라서 그는 주인공의 일생에서 한 순간과 한 에피소드만을 다룬다. 그리고 작품에서 묘사되는 남녀의 유형들이 독자의 기억에 영원히 남을 수 있도록 이야기를 풀어나간다. 그래서 독자들이 나중에 그러한 유형의 살아 있는 표본을 직접 만나게 되면 다음과 같이 외친다. "오호, 그런데 이 사람은 체홉의 '이바노프'다!" 아니면 "이 사람은 체홉의 그 연인이로군!"

체홉의 작품에서는 20페이지 남짓한 단 하나의 에피소드라는 제한된 공간 안에서 복잡다단한 상호관계의 심리 드라마를 보여주는 세계가 전개된다. 일례로 『왕진에서 일어난 사건』이라는 아주 짧고 인상적인 오체르크를 보자. 이것은 본질적으로 어떤 행위도 없는 이야기다. 어느 의사가 한 소녀를 진찰하려고 방문하는데, 그녀의 어머니는 대규모로 운영하는 면화공장의 소유주이다. 그들은 공장 건물들이 벽으로 둘러싸고 있는 부유한 저택에 산다. 소녀는 엄마가 애지중지하는 외동딸이다. 그러나 그녀는 행복하지 않다. 막연한 상념이 그녀를 괴롭히고 있으며 주변의 분위기가 그녀를 질식시키고 있기 때문이다. 그녀의 어머니도 사랑하는 딸의 우울함을 보면서 행복하지 않다. 그 집에서 행복한 단 한 사람은 소녀의 옛날 가정교사이며 지금은 말동무로 지내는 여자뿐이다. 그녀는 이 대저택의 호화스러운 분위기와 값비싼 탁자를 몹시 즐긴다. 의사는 요청을 받고 그 곳에 하룻밤 묵게 되고, 잠을 이루지 못하고 괴로워하는 소녀에게 저택에만 틀어박혀 있지 말라고 넌지시 충고한다. 즉 착한 심성을 지닌 사람이라면 이 세상에서 마음에 드는 일을 찾을 수 있는 그런 곳을 언제나 찾을 수 있을 것이라고 말한다. 다음 날 아침에 의사가 떠나버리자, 소녀는 하얀 드레스를 입고 머리에 꽃을 꽂는다. 그녀는 아주 진지해 보인다. 누구라도 짐작할 수 있듯이 그녀는 이미 자신의 새로운 삶을 출발하기로 마음 먹는다. 이 몇 가지 특징의 범주 안에서 목적 없이 표류하는 세속적인 삶의 세계가 독자의 눈앞에 그 모습을 드러낸다. 공장생활의 세계와 새로운 욕망의 세계가 그 세속적인 삶의 세계에 침투하고 외부로부터 도움을 구한다. 독자는 이 짧은 에피소드 안에서 모든 것을 읽게 된다. 독자는 짧은 시간 동안 집중 조명을 받은 세 명의 주요 인물들을 확실히 주목하게 된다. 그리고 집중조명의 주변부에 있는 내용은 잘 보이지 않으며 오히려 추측해야 할 정도로 분명치 않는 이야기구성을 보이는데, 그 곳에서도 독자는 현재처럼 앞으로 닥쳐올 복잡한 인간관계의 세계를 발견하게 된다. 집중조명을 받은 인물들이 지닌 어떤 특징을 삭제하거나 혹은 훨씬 날카로운 외적 환경을 부여한다면, 이 이야기의 구성은 엉망이 될수 있다. 체홉의 단편들은 대부분 이와 같다. 설사 50~60 페이지 남짓 분량을 차지한다고 하더라도 동일한 특성을 보인다.

　체홉은 농부의 삶에 관한 서너 편의 이야기를 썼다. 그런데 그것들은 실패했다. 농부들과 농촌생활은 그의 진정한 환경무대가 아니다. 그의 진정한 분야는 고등교육이나 중등교육을 받은 러시아 사회 구성원들인 "지식인들(인텔리겐챠)"의 세계이다. 그는 이 세계를 속속들이 알고 있다. 그는 이러한 인텔리겐챠의 파멸과 그들의 당면 문제가 된 개혁이라는 큰 역사적인 과업을 해결할 능력이 그들에게 없음을 지적한다. 그리고 그들이 일상생활의 야비함과 저속함에 어쩔수 없이 굴종하고야마는 사실도 지적한다. 러시아에서 고골 이후 누구도 그와 같이 인간의 천박함을 다양한 각도에서 훌륭하게 표현한 작가는 없었다. 그런데 이 두 작가의 차이점은 꽤 크다. 고골은 외면적 천박함을 주로 다루었는데, 그러한 천박함은 시각적이고 종종 소극으로 전락하고 만다. 그래서 대부분의 경우 독자의 입가에 미소를 짓게 하며 웃게 만든다. 그런데 웃음이란 항상 화해를 향해 내딛는 한 걸음이다. 체홉의 초기 작품들도 독자를 웃음 짓게 만들지만 나이가 들어가면서 그의 작품은 더욱 진지한 인생관을 보여주며, 이제 웃음은 사라진다. 비록 섬세한 유머가 남아 있다고는 하지만, 독자는 그가 이제 다루는 천박함과 속물근성의 모습이 웃음이 아닌 정신적인 고통을 불러일으킨다고 느낀다. 체홉의 생기 있는 두 눈과 눈썹 사이에 깊이 파인 주름살이 그의 온화한 얼굴의 특징인 것처럼, "체홉의 슬픔"이 작품의 특징이다. 게다가 체홉이 묘사하는 천박함은 고골이 알고 있던 천박함보다 훨씬 더 심오하다. 동시대 인텔리겐차의 마음 깊은 곳에는 보다 더 깊은 갈등이 있었다. 그런데 그런 것을 고골은 백년 전에 전혀 알지 못했다. 체홉의 '슬픔'은 또한 고골의 풍자에 담긴 "보이지 않는 눈물"보다 더 민감하며 더욱 정제된 슬픔이다.

체홉은 러시아 '지식인' 집단의 근원적인 악에 대해 어느 러시아 소설가보다도 더 잘 이해하고 있었다. 그들은 러시아의 어두운 삶의 단면들을 잘 알고 있으나 그러한 악에 대항하여 맞서려는 소수의 젊은이들과 함께 할 의지력과 자기희생 조차 없다. 이런 점에서 딱 한 작가가 체홉과 함께 거론될 수 있는데, 그녀는 흐보쉰스까야(필명은 "끄레스또프스끼"이다)라는 여성작가이다. 게다가 훨씬 강인한 남성과 여성집단을 제외하고, 연약함과 열정적인 강한 갈망의 부족이 러시아 인텔리겐차의 진정한 저주라는 사실을 체홉은 자신의 시적인 본능의 느낌으로 알고 있었다. 어쩌면 자신에게도 그와 같은 죄를 저지른 공범이라는 걸 느꼈을지도 모른다. 그는 1894년 언젠가 편지로 다음과 같은 질문을 받은 적이 있었다. "러시아인이라면 이 순간에 무엇을 열망해야 하는가?" 그는 이렇게 글로 대답했다. "열망하는 자체! 이것이 나의 답변입니다. 러시아인은 강인한 성격을 획득하기 위해서 무엇보다도 열망해야 합니다. 이 제 그런 모호한 불평과 넋두리는 더 이상 필요치 않습니다."

이와 같은 강한 열망의 결여와 의지의 박약함을 체홉은 계속해서 반 복적으로 자신의 주인공을 통해 드러냈다. 그런데 이런 주인공들의 성 격을 묘사하는 경향은 작가 자신의 열정만으로 설명되는 결코 우연한 것이 아니었다.

알다시피 체홉이 1879년에 문학의 길을 걷기 시작했을 때, 나이가 19 세였다. 따라서 그는 19세기 후반 러시아로서는 보수반동정치의 압제 가 심한 최악의 시기였을 때, 인생의 가장 좋은 시기를 보낸 세대에 속 하였다. 알렉산드르 2세가 비극적인 죽음을 맞이한 후 아들인 알렉산 드르 3세가 왕위를 계승하면서, 진보적인 사건들과 밝은 희망의 시대 는 그 막을 내리게 되었다. 1870년대에 들어 '민중과 함께 하자'는 슬로 건을 내세우며 정치무대에 진출한 젊은 세대의 모든 숭고한 노력은 물 거품이 되고 말았다. 이제 이 운동의 희생자들은 감옥과 요새에 갇히거 나 시베리아의 인적드문 골목길들에 뿔뿔이 흩어졌다. 게다가 농노제 폐지를 포함한 1860년대에 게르첸, 뚜르게네프, 그리고 체르늬쉐브스 끼 세대에 의해 이루어졌던 모든 대개혁은 이제 알렉산드르 3세를 중심 으로 모여든 반동세력에 의해서 '대실수'로 냉대받기 시작했다. 그런 식 으로 연거푸 실패하게 된 후 러시아 지식인들이 겪게 될 절망의 깊이와 슬픔을 서유럽인들은 아마도 그후 10년 내지 12년간은 결코 이해하지 못했을 것이다. 그때 러시아는 높은 이상과 가슴 아픈 현실 사이의 괴 리를 좁히려고, 군중의 무기력을 타파하거나 역사를 바꾸고자 했지만 역부족이었다는 결론에 도달했다. 이러한 점에서 아마도 '1880년대'는 지난 백 년 동안 러시아가 겪었던 가장 암울했던 시기였을 런지 모른 다. 1850년대에만 해도 지식인들은 적어도 자신들의 저력과 미래에 대 한 희망을 갖고 있었다. 이제 그들은 그 희망마저도 상실했다. 체홉은 바로 이러한 우울한 시기에 펜을 들어 글을 쓰기 시작했다. 그리고 시대의 분위기를 느끼고 그것을 반영하는 진정한 시인으로서 그는 러시아사회의 문화분야에서 인텔리겐차에게 악몽처럼 생각되던 '지식인'의 좌절과 절망을 표현하는 대변자가 되었다. 그리고 대시인으로서 그는 스며드는 저속함을 모두 특징적인 방법으로 묘사했으며 그의 묘사는 높은 예술성 외에도 커다란 역사적 가치를 갖고 있다. 비교하건데, 졸라가 묘사한 저속함은 정말로 피상적이다. 프랑스인들은 아마도 당시 러시아 '지식인'의 골수까지 갉아먹던 그 질병을 잘 알지 못한 것 같다.

상술한 말에도 불구하고 정확한 어휘의 의미상 체홉은 결코 비관론자가 아니다. 만약 그가 절망에 빠져 있었다면, 인텔리겐차의 파멸을 어쩔 수 없는 숙명으로 보았을 것이다. 예를 들어, 세기말과 같은 진부한 정의는 그에게 위안이 되었을지 모른다. 그러나 체홉은 그러한 정의에서 위안을 얻지 않았다. 그는 보다 나은 무언가 가능한 것이 도래할 것이라고 확고히 믿고 있었기 때문이다. 그는 자신의 개인적인 이야기를 담은 편지에서 다음과 같이 썼다. "나는 어릴 적부터 진보를 신봉하였다. 왜냐하면 내가 매를 맞던 때와 이제 그런 것이 없어진 시기의 차이란 실로 엄청난 것이기 때문이다."

체홉은 또한 4편의 희곡 〈이바노프〉, 〈바냐 아저씨〉, 〈세 자매〉 그리고 〈벚나무동산〉을 썼다. 이 작품들은 더 나은 미래에 대한 그의 신념이 나이를 먹어가면서 어떻게 발전하는지를 잘 보여준다. 첫 희곡의 주인공인 이바노프는 바로 위에서 언급한 '인텔리겐차'의 좌절을 보여주는 인물이다. 그는 한 때 높은 이상을 꿈꾸었고 지금도 그 이상에 대해 이야기 한다. 그래서 한층 멋진 영감에 차 있는 사샤라는 처녀는 그를 사랑하게 된다. 그녀는 아주 세련된 지식인의 전형적 유형인데, 그녀를 묘사하는 방법을 보면 체홉이 뚜르게네프의 진정한 후계자임을 보여준다. 그런데 이바노프는 자신이 종말을 고하리라는 걸 알고 있다. 그리고 이바노프가 무언가가 되려는 것을 그만둔것 때문에 처녀가 그를 사랑한다는 것을 알고 있다. 이상주의의 번쩍임들은 돌아갈 수 없는 과거의 순간들, 세월들의 반향일 뿐이라는 것을 그는 알고 있다. 그래서 이 희곡이 대단원에 이르러 사샤와 결혼하러 가야하는 순간에 이바노프는 권총으로 자살한다. 염세주의가 승리를 거두고 있다.

〈바냐 아저씨〉도 매우 침울하게 끝을 맺는다. 그러나 희곡에는 희미한 희망이 존재하고있다. 이 희곡은 인텔리겐차 '지식인'의 완전한 파멸을 더욱 처절하게 보여준다. 특히 그러한 지식인 계급의 대표자라 할 수 있는 인물의 파멸이다. 그는 교수이며 자신의 가족들에겐 작은 신과 같은 존재이다. 가장인 그를 위해서 가족은 온갖 자신들을 희생해 왔다. 그런데 그는 자신의 전 생애를 통해 신성한 예술문제를 다루는 아름다운 글만을 써왔다. 그는 평생토록 가장 완벽한 자기중심적인 삶만을 살아왔다. 그런데 희곡의 종장에 이르러 이야기는 달라진다. 사샤의 분신인 소냐라는 처녀 또한 그 교수를 위해 자신을 희생해 왔는데, 희곡의 배경에서만 조용히 머물다가 희곡의 종장에 이르러 영원한 사랑의 불꽃에 휩싸인채로 나타난다. 그녀는 자기를 무시하는 한 남자를 사랑한다. 그런데 매우 열정적인 이 남자는 소냐보다는 한 아름다운 여인(교수의 둘째 부인)을 더 좋아한다. 소냐는 무지한 농민 대중이 삶의 역경을 이겨내도록 도와주면서 어둠에 쌓인 러시아 농촌마을에 활력을 불어넣는 일꾼들 중 한 명에 지나지 않는다.

희곡은 소냐와 그녀의 삼촌인 바냐의 심정을 이해하는 듯, 헌신과 자기희생의 비통한 음악적인 화음으로 끝을 맺는다. 소냐는 말한다, "어떻게 하겠어요. 그래도 우리는 살아야지요! 바냐 삼촌, 우리 꿋꿋이 살아가요. 우린 기나긴 수많은 낮과 밤을 이겨내며 살아가요. 운명이 우리에게 주는 그 시련의 짐들을 묵묵히 지고 살자구요. 지금이나 나중에 나이가 들어서도 쉬지 않고 우린 다른 사람들을 위해 일하겠지요. 그러다가 우리의 시간이 다하면 우리는 기꺼이 죽음을 맞이할 거예요. 그리고 그곳 무덤 저편에서… 우린 안식을 취하겠지요!"

소냐의 절망 안에는 슬픔에 잠긴 희망의 빛줄기가 비추고 있다. 소냐에게는 자기 개인의 행복이 없더라도 일하겠다는 자신의 능력에 대한 신뢰와 그런 일에 부딪혀 보겠다는 각오가 남아 있다.

그런데 러시아인들의 삶이 소생하고, 러시아의 밝은 미래에 대한 희망이 다시 생기를 찾기 시작함에 따라 산업도시에 사는 노동자 계층 사이에서 젊음으로 충만한 운동으로 전개된 가운데, 인텔리겐차 젊은이들은 노동자들의 외침에 즉각 화답한다. 다시 말하면 '지식인들'이 다시금 살아나서 러시아 민중의 자유를 얻기 위해 새롭게 자신을 기꺼이 희생하고자 마음을 다지기 시작하자, 체홉도 미래를 희망적이고 긍정적으로 바라보기 시작했다.

〈벚나무동산〉은 그의 최후 작품으로, 희곡의 마지막 부분은 밝은 미래에 대한 희망으로 가득 찬 메시지를 담고 있다. 옛 귀족의 가족이 소유하던 벚꽃나무 정원은 한때 벚꽃으로 만발했을 때는 나이팅게일 새들이 나뭇가지 사이에 앉아서 노래 부르던 정말 환상적인 정원이었지만, 이젠 어느 부르주아 장사꾼에게 경매로 팔려 벚나무들은 무자비하게 잘려나간다. 이제 꽃피는 정원의 시도, 나이팅게일 새들의 노래도 없다. 오직 의지할 것이라곤 돈뿐이다. 그런데 체홉은 미래를 내다본다. 그는 다른 사람의 손으로 새롭게 변한 영지를 바라본다. 그곳엔 옛 정원이 아닌 새로운 정원이 만들어진다. 모든 사람들이 새로운 분위기에서 새로운 행복을 찾아가는 그런 정원을 말이다. 평생 자신의 향락에만 빠져있던 사람들은 그런 정원을 가꿀 수 없겠지만, 주인공인 아냐와 그녀의 친구인 '영원한 대학생'과 같은 존재들에 의해서 언젠가 그러한 정원이 만들어지는 날이 오리라….

톨스토이가 지적한 바와 같이 체홉의 영향력은 오래토록 지속될 것이다. 그것은 러시아에만 국한되지 않을 것이다. 그는 인간의 삶을 예술적으로 표현하는 방법으로 매우 수준높은 완성에 이르기까지 단편소설을 끌어올렸기 때문에, 그를 러시아문학 형식의 개혁자로 볼 수 있다. 러시아에는 이미 그를 한 유파의 선구자로 추대하면서 모방하려는 수

많은 작가들이 존재한다. 그런데 그들은 흉내 내기 어려운 그런 똑같은 시적인 감성까지도 지니고 있을까? 그리고 이야기를 풀어내는 방법에 있어서 체홉과 같은 매력적인 친밀감과 자연에 대한 특별한 사랑을 갖고 있을까? 그리고 무엇보다도 체홉의 수많은 슬픔과 그 한 가운데 있는 미소의 아름다움을 그들도 표현할 수 있을까? 이 모든 특질은 사실 체홉이라는 작가의 개성과 불가분한 관계를 맺고 있는 특성들이 아니겠는가.

체홉의 희곡은 러시아의 수도와 지방의 연극무대에서 변함없이 성공을 거두는 선호되는 작품이다. 그의 희곡들은 연극무대에 올리기에 매우 적합하며 깊은 인상을 준다. 그리고 모스크바 예술극장의 배우들이 연기할 때면, 그들은 연극공연 시즌의 대사건이 되곤한다.

체홉은 현재 러시아에서 가장 인기 있는 작가에 속한다. 그의 작품은 아주 많이 읽힌다. 각기 다른 표제로 각권으로 출판된 단편선집들(『새벽녘에』,『슬픈 사람들』등)은 각 권당 10~14판을 찍어 나왔다. 그리고 10~14권 짜리 체홉 작품전집도 엄청난 양이 팔렸다. 주간지의 부록 형식으로 발간된 체홉의 14권짜리 작품전집은 한해에만 20만 질 이상이 팔리기도 했다.

체홉은 독일에서도 깊은 인상을 남겼다. 그의 단편걸작은 수차례 번역되었고 근래에 유력한 독일인 비평가는 이렇게 말했다. "Tchekoff, Tchekoff, und kein Ende!(체홉, 체홉은 끝이 없다)" 그의 책은 이탈리아에서도 널리 읽히기 시작했다. 그런데 그의 단편작품들만 러시아의 밖에서 알려져있다. 그의 희곡들은 너무 '러시아적'인 것 같다. 그래서 러시아 국경 너머의 독자에게는 깊은 감흥을 주지 못한다. 서유럽에서는 그와 같은 내면의 갈등을 다루는 희곡들이 겪고있는 당대의 성격적 특징은 아니기 때문이다.

만약 사회 발전에서 어떤 논리가 있다면, 문학이 새로운 방향을 설정하고 삶에서 이미 준비하고 있는 새로운 유형을 창조하기 전에 체홉과 같은 작가가 나타나야 했다. 어쨌든, 우리에게서 떠나고 있는 이 쇠퇴한 삶은 고별사를 요구했으며, 그것은 체홉에 의해 진술되었다.

✻ 끄로포뜨낀 연보

1842년 12월 9일(구력으로 환산하면 11월 27일) 끄로포뜨낀은 모스크바 쉬
　　　따뜨 샛길 26번지(현재 '끄로포뜨낀 골목'으로 명명됨)에서 출생
1846년 4월 모친 사망
1850년 12월 니꼴라이 1세의 명령으로 육해군중등학교의 지원자로 등록함
1854년 첫 번째 문학수업 시도
1857년 8월 육해군중등학교에 입학
1859년 겨울 중앙유년학교에서 필사본의 혁명잡지 출판을 시도함
1861년 6월 육해군중등학교의 연락병(전령)으로 승급
1862년 5월 육해군중등학교 졸업
1862년 6월 13일 아무르 지방의 까자끄군 장교로 임명
1862년 8월 시베리아로 출발
1862년 9월 이르꾸츠끄에 도착. 꾸껠리의 바이깔현 지사부관으로 임명. 치따
　　　에서 형무소의 개혁문제를 다루는 지방위원회의 서기로 임명됨. 동부
　　　시베리아로 가는 길에 《러시아 통보》 34, 36, 38, 44, 49호의 부록, 《현
　　　대의 연대기》에 5편의 논문을 발표.

1863년 봄: 아무르 지방에 첫 여행(3,000 베르스따). 가을: 보고를 위해 뻬쩨르부르그로 출장. 겨울: 이르꾸츠끄로 돌아옴. 동부시베리아의 현 지사 겸 장군 휘하에 까자끄 문제를 처리하는 촉탁관리로 임명됨.

1864년 봄: 떠돌이 상인으로 평계삼아 치따에서 북만주까지 지리학탐사 위해 여행. 휴화산 유인-홀돈지를 발견. 여름: 아무르로 두 번째 여행. 가을: 순가리강 탐사.

1865년 봄~여름 서부 사얀 산맥 탐사. 만주로 두 번째 여행. 러시아 지리학회 시베리아 지부 학술보고 제7권(이르꾸츠끄, 1865)

1866년 봄 레나강 하류를 따라 여행.

1866년 봄~여름 비띰스끄-올렉민스끄 학술탐험과 빠똘스끄 고원 탐사.

1866년 여름《현대 연대기》제26호에 「우수리 지방의 농업」에 관한 논문 발표.

1866년 5월《시베리아 통보》제22호(이르꾸츠끄, 1866)에 논문 「노상에서 비띰스끄 학술탐험에 보내는 편지」를 발표.

1866년 12월 죄수들의 폭동에 대비해 이르꾸츠끄에 설립된 야전군 법회의라는 제하의 5편의 통신문을《베르자 통보》제301, 302, 305, 307, 312호에 게재.

1867년 1월 퇴역.《읽어볼 만한 이야기》제1호에 발표된 논문 「레나강을 따라 여행」을 발표.

1867년 8월 큰형 알렉산드르 알렉세예비치와 함께 뻬쩨르부르그로 이주.

1867년 가을 뻬쩨르부르그대학 이학부에 등록. 논문 「올렉민스끄 방문」을 발표(페터스 지리학연구소, 제5호). 형과 함께 뻬자의 영판본『지질학의 원리』를 노어로 번역.

1868년 봄 러시아지리학협회의 회원에 선출.

1869년 논문 「표석과 홍적층 형성에 관한 연구」를『지리학협회 소식』제5권에 발표.

1870년 러시아지질학협회의 지구물리학지부 서기직에 선출.

1871년 논문 「지질학협회 동료회원과 끄로포뜨낀의 핀란드 여행」이《러시아 지질학협회 소식》제7권, 제5호(1871년)에 발표됨. 러시아지질학협회의 북극탐험에 대한 보고 「핀란드에서 농업의 성공」이라는 기사를《농업 신문》제87호에 기고

1871년 여름 지질학탐사를 위해 핀란드로 파견.

1871년 7월 핀란드에서의 학술활동에 관한 소논문을 발표. 헬싱키 포르사 4~16으로부터 지리학협회 서기에게 보내는 끄로뽀뜨낀의 편지《이스베스챠》제6호.

1871년 가을 지질학탐사를 위해 스웨덴 여행. 노르덴쉴리드와 친교. 러시아지리학협회의 제1서기직에 선출과 그의 거절(그는 혁명 활동에 완전히 전념하기로 결심했기 때문에). "갈매기" 서클에 가입. 부친 별세.

1872년 봄 해외로 여행. 취리히와 제네바에 도착. 네브샤첼과 유리로 여행. 국제 쥐라기연맹의 실무진과 친교.

1872년 여름 벨기에 여행. 무정부주의자가 됨.

1872년 가을 뻬쩨르부르그로 돌아와 뻬쩨르부르그 노동자들 속에서 혁명운동을 시작. 형과 함께 영어판 「스펜서의 생물학 원론」을 노어로 번역.

1873년 『시베리아 산악학 개설』을 출간. 지리학협회 출판사간.

1874년 3월 20일 보고서 「지리학협회의 빙하시대론」 작성. 지리학협회 이사회에서 지구물리학지부의 의장직을 수락하도록 제의.

1874년 3월 23~24일 체포되어 제3지부에서 심문을 당했으나 진술을 거부함.

1874년 3월 말 뻬뜨로빠블로프스끄 요새의 독방에 수감됨.

1874년 4월 니꼴라이 니꼴라예비치 대공이 독방에 갇힌 끄로뽀뜨낀을 방문.

1876년 봄 지병 때문에 뻬뜨로빠블로프스끄 요새에서 미결구류소로 이송.

1876년 5월 치료차 미결 구류소에서 니꼴라예프 군 병원으로 이송.

1876년 6월 30일 군 병원에서 탈옥.

1876년 7월 스웨덴과 노르웨이를 거쳐 서유럽으로 탈주.

1876년 8월 영국에 도착.

1876년 가을 끄로포뜨낀이 1874~1876년 사이에 요새와 미결 구류소에서 집필했던 『빙하시대 연구』라는 저서를 형이 세상에 내놓음.

1876년 11월 라브로프와 친교를 맺음.

1877년 영문잡지 《자연》 및 《타임즈》 신문에 참여.

1877년 여름 스위스로 이주하여 쇼제폰에서 정착함. 인터내셔널 쥐라기 연맹과 연맹기관지 《쥐라기연맹회보》 편집에 참여. 연맹의 책임자들 중 지리학자 엘리즈 페클리와 친교를 맺음.

1877년 가을 베르비에서 열린 인터내셔널에 참가. 겐타에서 열린 사회주의국제회의에 참석. 끄로포뜨낀을 체포하려는 벨기에 경찰의 기도와 그의 영국으로의 탈주. 끄로뽀뜨낀은 대영박물관의 자료로 프랑스혁명사를 연구하기 시작.

1878년 파리로 이주하여 쥴리게드, 코스타 등과 함께 혁명을 선전활동. 뚜르게네프와 친교를 나눔. 결혼.

1878년 4월 그가 참여하던 혁명서클들이 경찰에 의해 붕괴. 스위스로 이주. 《전위(L'Avangarde)》 신문에 관여.

1879년 2월 무정부주의적인 경향을 띤 신문 《반항(Le Revolte)》을 개간.

1880년 1월 러시아 자연과학자 대회 께슬레르의 보고. 「진화의 요인으로서 상호원조」에 관한 작업을 시작.

1880년 봄 《세계지리학》 편찬에 엘리즈 페클리와 공동으로 작업을 착수. 제네바에서 끌라란으로 이주.

1881년 7월 런던에서 열린 국제 무정부주의 회의에 참석. 《뉴캐슬 연대기》잡지에 러시아 사정에 관한 논문을 발표. 잡지 《19세기》에 같은 종류의 논문 「러시아와 프랑스 감옥들에서」를 발표.

1881년 8월 스위스로 돌아옴. 러시아정부의 강력한 요구에 의해 스위스에서 추방당함. 또논으로 이주. 끄로포뜨낀은 자신을 3월 1일 사건의 주요 가담자 중 한사람으로 여긴 '신성한 군대'가 그에게 내린 사형선고에 관한 보고를 받음.

1881년 11월 아내와 함께 런던으로 이주.

1882년 여러 노동자모임에서 연설, 뉴케슬, 글라즈고우, 에딘버러에서 러시아에 관해 강의.

1882년 가을 프랑스로 돌아옴. 리용, 센트 에티엥, 비엔나에서 무정부주의에 관한 강의.

1882년 12월 아파트 가택수색 당함.

1883년 1월 무정부주의자들에 대한 리용 시 당국의 소송으로 5년간의 금고형을 판결 받음. 브리태니커 사전 및 잡지 《19세기》를 위한 논문작업.

1883년 3월 14~15일 끌레르보의 중방구치소로 이송. 감옥 안에서 우주학, 기하학 및 물리학 강의, 구내 제본소 작업.

1884년 12월 말라리아와 괴혈병에 걸림. 중의원과 신문에서 끄로뽀뜨낀의 석방을 요청.

1885년 10월 페클리가 서문을 쓴 『폭도의 변』이 파리에서 불어로 출간.

1886년 1월 3년간의 구류를 살고 감옥에서 석방됨.

1886년 2월 파리에서 무정부주의에 관한 강연.

1886년 3월 프랑스에서 추방. 런던으로 이주. 스쩨쁘냐끄와 차이꼬프스끼를 만남.

1886년 여름 형 알렉산드르 사망.

1887년 봄 딸이 출생.

1887년 가을~겨울 영국과 스코틀랜드의 대도시들에서 무정부주의적 사회주의와 여러 형무소들에 관해 강의. 쉐필드, 비르민감과 같은 가내공업의 중심지에서 대규모 공장, 탄광, 조선소, 제작소들을 견학하고 연구. 분배를 위한 협동조합 중심지들을 방문하고 협동생산을 연구. 런던에서 영어판 저서 『러시아와 프랑스의 감옥들』을 출판. 《19세기》 잡지에 논문 「무정부주의의 학술적인 원리」를 발표. 월간신문 《자유》를 발간.

1889년 맨체스터의 안꼬프스끼 정교도 단체에서 행한 정의와 도덕에 관해 강연.

1890년 9~11월 《19세기》에 논문 「동물들끼리의 상호원조」를 발표.

1892년 1월 「미개인들끼리의 상호원조」. 페클리의 서문을 실은 그의 저서 『빵의 정복』을 불어판으로 초판발행.

1893년 1월 말라리아로 병을 앓음.

1893년 런던윤리학회에서 정의와 도덕에 관한 강연.

1894년 8~9월 「중세도시에서의 상호원조」

1896년 1~6월 《19세기》지에 논문 「현대의 상호원조」를 발표.

1897년 "고대 브리트인학회" 회의에 참석 차 미국에 여행하여 무정부주의에 관한 강연. 월간지 《월간 대서양(Atlantic Monthly)》 연수보고 작성시작. 《19세기》에 논문 「캐나다에 대해서」를 발표. 톨스토이는 성령 부정파 신도들이 이주할 수 있을 캐나다의 지역을 가르켜 주도록 부탁한 편지를 끄로포뜨낀에게 발송. 톨스토이에게 끄로포뜨낀의 답장.

1898년 9월 영어로 『혁명가의 수기』 집필 시작. 영어판 저서 『들판, 대·소규모의 공장들』을 출판했으며 그 책에서 중요한 노동사상을 발전시킴.

1899~1900년 파리에서 열릴 예정이었던 무정부주의자 대회에서 발표하기로 된 보고서 「재판이라 부르는 법률로 정해진 보복」, 「공산주의와 무정부주의」(후에 소책자로 나옴)를 작성.

1901년 3월 미국에 두 번째 여행. 보스톤의 로엘 연구소에서 러시아문학사를 강의함. 성령 부정파신자 단체를 방문.

1902년 1월 런던의 러시아어판 신문《빵과 자유》에『혁명가의 수기』를 발표.

1903년 신문《빵과 자유》,《농업과 공업》에 참여. 러시아판 〈중재자〉

1904년 9월《빵과 자유》신문에 암스테르담에서 열린 반군국주의대 회의 축사를 게재. 프랑스로 여행.

1904~1905년《19세기》잡지에「윤리에 있어서 현대의 요청과 자연의 도덕성」이라는 윤리에 관한 두 편의 영문으로 된 글을 작성.

1905년 1월『러시아문학의 이상과 현실』(영문판)

1905년『무정부사회와 그 철학』(소책자)

1906년 런던에서 브라이튼으로 이주.『무정부사회와 그 철학과 사상』(모스크바),『무정부주의의 도덕원리』(모스크바),『정부와 그 역사적 역할』(모스크바),『사회주의 진화에서 무정부사회와 그 위치』(뻬뜨로그라드): 러시아어판으로 된 소책자들.

1908년 10월 혁명운동선동에 관한 부르세프 아제프(역주: 사회혁명 당원)의 고발에 따른 3차 재판에서 공산당중앙위의 사회주의자들에 의해 소집된 피그네르, 로빠찐과 함께 참석.

1909년 봄 끄로포뜨낀의 저서『프랑스 대혁명』이 불어, 영어, 독일어로 동시에 시중에 발간됨.

1912년 12월 70회 생일 축하. 이때 파리와 런던에서 국제집회가 조직됨. 끄로포뜨낀은 전 세계에서 수천 통의 축하편지와 전보를 받음.

1913년 저서『현대과학과 무정부사회』(불어판)를 탈고.

1914년 7월 런던에서 러시아어판『프랑스 대혁명』을 출판.

1916년 9월「새로운 인터내셔널」삐라-「새시대(Temps Nouraux)」

1917년 6월 4일 "서유럽 노동자들에 보내는 공개서한" 러시아로 출발. 스웨덴에서 성대한 영접을 받음. 뻬뜨로그라드에 도착.

1917년 7월 모스크바로 이주.

1917년 8월 전 러시아협의회에 참석. 연방주의자연맹을 설립.

1918년 모스크바에서 러시아어판으로『프랑스 대혁명』출판.

1918년 1월 14일 소비협동조합의 집회에서 연설.

1918년 5월 모스크바에서 드미뜨로프로 이주.

1918년 8월 30일 드미뜨로프 군의 교사집회 회의에서 "교사회의 환영사"를
　　　연설.
1918년 『상호협력』, 『현대과학과 무정부사회』의 새로운 출판 원고를 퇴고. 드
　　　미뜨로프에서 그는 『윤리학』이라는 저서를 쓰기 시작.
1920년 12월 제8차 전 러시아 소비에트대회에 마지막 공개서한을 보냈으며,
　　　그 편지에서 끄로포뜨낀은 자유로운 출판의 생존에 관해 용감하게
　　　옹호함. 인질들에 관해 쓴 공개 서한을 레닌에게 보냄.
1921년 1월 17~18일 자정 협심증이 발작.
1921년 1월 28일 폐렴.
1921년 2월 8일 새벽 3시 10분 영면.

✱ 역자 후기

러시아문학은 철학적, 사상적 깊이가 있으면서도 호소력이 짙은 민중의 힘을 담고 있기 때문에 누구나 읽게 되면 매력을 느끼고 친근감을 갖는다. 그래서 우리나라 근대문학의 형성기에도 러시아문학에 대한 독자들의 관심이 매우 높았다. 특히 일제강점기에 우리 선각자들과 동경유학생들을 중심으로 한 지식인들은 우리나라가 식민통치를 벗어나 독립하려면 민족의 대동단결과 계몽운동이 필요하다는 점을 절실히 느끼면서 세계역사상 최초로 러시아혁명(1917)을 일어나게 만든 러시아문학의 원동력과 그 힘의 원천이 과연 무엇인가, 그리고 우리 문학은 러시아문학에서 무엇을 배워야 할 것인가 하는 문제에 촉각을 세우며 모든 관심을 기울였다. 러시아혁명의 소용돌이와 그 여파는 2년 후, 1919년에 한반도에서 전국적인 규모로 3.1독립운동의 태동을 가능하게 했음은 모두가 아는 사실이다. 따라서 1920~1930년대 도스또예프스끼나 톨스토이, 뚜르게네프, 체홉, 고리끼 등의 러시아문학이 어느 해외문학보다도 국내에 많이 소개되었음은 근래에 한국비교문학회 및 세계문학비교학회에서 꾸준히 발표되고 있는 논문들 이외에 저서들에서도 입증되고 있다(김병철의 『한국근대번역문학사연구』, 이보영 외의 『한국문학 속의 세계문학』, 문석우의 『한·러 비교문학 연구』 등). 이렇게 러시아문학은 우리나라의 근대문학 형성기부터 바탕을 이루며 오늘날 현대문학의 발전에 이르기까지 끼친 영향은 지대했다.

이 책은 출간사에서도 언급했듯이 1901년에 끄로포뜨낀이 미국의 일반대중 앞에서 강의한 러시아문학사의 내용을 토대로 기술한 것이다. 그리고 훌륭한 러시아 문학작품은 항상 민중의 사회해방운동 사상을 보여주고 있다는 작가의 기본생각이 책 전체의 바탕에 자리 잡고 있다. 우리는 러시아민중이 오랜 세월 동안 어떻게 살아 왔고 행동했으며, 어떻게 생각해 왔는지, 또 러시아 민족의 저력이 무엇인지를 알게 될 것이다.

끄로포뜨낀의 러시아문학사는 기존의 문학평론가들이나 문학연구자들이 문예학적인 시각과 순수예술지향적인 관점에서 쓴 문학사들(예를 들면, 국내에 번역, 소개된 미르스끼, 마르스 슬로님 등)와 달리 사회과학적인 관점에서 러시아문학의 전반적인 흐름을 진단하고 있는 것이 큰 특징이라고 할 수 있다. 저자는 고대부터 근대러시아 후기까지, 러시아혁명이 폭발하기 이전시기 러시아사회의 혼란스런 상황에서 사회운동가, 혁명가로서 지리학과 지질학 등 다방면에 능력과 재능을 갖추고, 예리한 안목으로 민중의 힘과 저력, 그 민심을 정확히 진단하면서 러시아사회를 바라보고 있다. 상술한 마르스 슬로님의 문학사는 고대문학에서부터 18세기, 19세기 전후반, 세기말~혁명기, 소비에트문학과 스탈린이후 문학으로 각 장들을 분류하고 있으며, 다소 평면적이고 지나치게 서술적인 느낌을 주지만 간략하게 백과사전식으로 기술하고 있어서 읽기에 부담이 적다. 또한 미르스끼의 문학사는 문학사조와 대표작가, 때로는 시대구분으로 혼용하면서 각 장들을 나누고, 정치·사회적인 배경과 작가의 생애에 대한 서술을 최소화하고 있으며, 방대한 분량에 때때로 역설적인 표현도 있지만 문학사 발전과정을 단순화시킨 면도 보인다. 반면에 끄로포뜨낀의 문학사는 인물위주의 대표작가나 예술가와 주요 작품을 중심으로 문학 장르와 함께 각 장들을 분류하며, 특히 탁월한 예술기법이나 형식, 그리고 민중사상과 경향을 설명하면서도 특수한 러시아의 사회, 정치적인 면을 간과하지 않도록 주의를 환기시킨다. 상술한 세 가지 관점에서 다룬 대표적인 문학사들은 일반인과 연구자들에게 러시아문학을 입체적으로 조망하고 고찰할 수 있도록 많은 도움을 줄 것이다.

인간은 자기생각과 감정을 표현하기 위해 언어를 필요로 하며, 때론 언어를 통해 세상의 모호한 실체를 찾으려고 하고, 언어를 지배하는 우주의 생명에 대한 철학문제와 언어 속에서 발전하는 인류에게 호감을 보여주려고 더 구체적인 형식을 찾기도 한다. 끄로포뜨낀은 러시아문학사를 서술하다가 예술가들을 서로 비교하면서 각각 어떤 장·단점을 갖고 있는지, 각자의 문학적인 특징과 가치는 무엇인지 탐색의 끈을 놓지 않는다. 예를 들면, 네끄라소프가 대시인으로서 뿌쉬낀과 레르몬또프의 반열에 오를 수 있는지에 대한 문제를 제기한다. 이에 대해 어느 평론가가 네끄라소프는 순수 시인이 아니라 경향시인이므로 비교가 불가능하다고 거부했을 때, 순수미학만을 고집하는 평론가들의 그런 관점은 결코 정당하지 않다고 그는 생각한다. 쉘리도 경향성과 무관하지 않지만 그렇다고 그가 대시인임을 누구도 부정하지 못하며, 브라우닝의 어떤 서사시들도 경향성을 보이지만, 그를 영국의 대시인이라고 부르는데 여전히 시비를 걸 사람은 없기 때문이다. 대시인은 대부분 자기 작품에서 다양한 경향을 고수하고 있으며, 문제는 그가 이런 경향을 표현하기 위해 뛰어난 형식을 발견했는가, 못했는가 하는 점에 있을 뿐이다. 실제로 저자는 훌륭한 형식에 대한 고상한 경향, 즉, 형상으로부터 깊은 감동을 주며 탁월한 시를 쓰는 시인이 위대한 시인이 될 수 있다고 보았다.

당시의 러시아 지식인들이 스스로 자문했던 문제는 "우리는 누구인가?" "우리는 어디에서 와서 어디로 가는가?" "우리가 민중과 인류에게 봉사할 수 있는 길은 무엇인가?" "우리에게 부여된 신성한 의무를 다하기 위해서 무엇을 할 것인가?" 등의 민족적 정체성에 관한 것이었다. 이와 같은 맥락에서 저자 끄로뽀뜨낀은 이 책에서 소개한 수많은 러시아 작가, 시인, 예술가들의 인민대중에 대한 책무와 역할에 대해서도 끊임없이 판단하고 비교하며 벨린스끼 이후 러시아문학에 면면히 흐르고 있는 러시아인의 정체성 탐구와 작품이 지닌 경향성에 대해 예민하게 촉각을 세우고 있다.

특히 이 책의 후반부에서 민중에 초점을 맞춘 정치문학이나 해외문학, 정파모임들에 대한 자세한 서술과 분석은 다른 문학사에서는 찾아볼 수 없는 사회·역사적인 안목과 혜안을 갖고서 고찰하고 있는 저자의 저력과 힘을 독자 누구나 느낄 수 있을 것이다.

또한 저자는 자신의 해박한 지식으로 러시아문학을 전 유럽문학과의 유기적인 상관 관계속에서 다루면서 유럽의 철학사상가나 시인, 작가들로부터 어떤 영향을 수용하여 독창적으로 변형하였는지 솔직하고도 상세하게 서술하고 있어서 비교문학적 연구에 있어서도 귀중한 학술자료로 활용될 수 있다. 특히 고대신화나 전설, 영웅서사시에 등장하는 인물들이 슬라브신화가 아닌 동방의 설화나 전설에서 차용해온 것이라는 주장은 서구편향을 보이는 러시아인들의 심기를 건드리는 민감한 문제지만, 저자는 이를 매우 상세하게 밝히고 있다. 그래서 그는 세계문학에서 고대 러시아문학의 가치와 특징을 분명하게 보여주었다.

저자 끄로뽀뜨낀은 방랑하는 가수와 음유시인들이 부르는 순수하게 러시아적인 송가의 기원도 거의 대부분 동방에서 차용되었으며, 송가의 남녀주인공은 다른 민족성을 보이고 있다고 주장한다. 예를 들면, "알렉산더 대왕", "페르시아산 돌" 등이다. 이런 동방전설의 유래를 주장한 저자의 이설은 민속학과 비교신화학을 연구하는 러시아학자들 사이에 큰 관심을 불러 일으켰다. 또한 러시아 영웅서사시의 기원에서도 저자는 스따소프의 이론을 소개하면서 러시아 서사시가 결코 슬라브 신화의 반영이 아니라 동방의 전설에서 차용했다는 논증을 지지하고 있다. 따라서 일리야는 이란 전설에 나오는 루스쳄이 러시아환경에 정착된 인물이며, 도브르이냐는 인도의 민간전승에 나오는 크리쉬나이고, 사드꼬는 동방과 노르만 지방의 설화에 등장하는 상인이라는 것이다. 결국 영웅서사시의 영웅들은 블라지미르 공후시대와 관련이 없으며, 고대 슬라브 신화와도 거의 무관한, 대개 동방으로부터 그 기원을 둔 아리안적인 특징을 띠고 있다고 보았다.

또한 저자는 러시아문학의 시대구분에 있어서 다른 일반적인 문학사에서는 볼 수 없는 '중세문학'기를 포함시키고 있다. 이 문제는 학계에서 논쟁이 되었는데, 저자는 몽고의 지배와 발칸반도를 침입한 터키 오스만족의 지배에서 러시아통치자들과 러시아교회대표들의 강력한 중앙집권국가의 기반을 형성하던 약 5세기 동안 서유럽의 라틴문명과 단절된 시기를 러시아문학의 암흑기로 보고 이를 중세문학이라 부르고 있다.

이 책은 바뚜린스끼가 저자의 편집 아래 영어원고에서 러시아어로 바꾼 원문내용을 번역한 것이다. 그 원문은 П. Кропоткин, *Идеалы и действительность в русской литературе*, С английского. Перевод В. Батуринского под редакцией автора(Буэнос айрес: Издатель "Сеятель", 1955)이다.

우리나라에 공인된 러시아어 표기법이 없는 상태에서 역자는 가능한 러시아어 발음에 충실하게 음역했으며(예, 도스또예프스끼, 뾰뜨르, 뻬쩨르부르그), 인명 등 고유명사는 원음에 충실하게 표기했다. 그러나 관행적으로 사용하는 러시아어는 그대로 표기하였다(예, 모스크바, 톨스토이 등). 서유럽의 작가들과 책이나 잡지 제목 등은 가능한 원어를 함께 표기하려고 했으며, 가능한 역주를 달아놓아 이해를 돕도록 했다. 각주는 원주와 역주로 구분해 놓았다.

이 문학사의 원제목이 '러시아문학의 이상과 현실'인 만큼 이 책이 러시아문학과 사상에 대한 이해와 함께 러시아문학을 연구하면서 이 분야에 관심을 갖고 있는 이들에게 도움이 되기를 바라며, 특히 러시아문학에 충분한 사전 지식을 갖추고 있지 않는 일반 독자들에게도 러시아문학을 이해하는데 많은 도움이 될 것으로 믿는다. 그동안 자료수집과 교정을 보아준 김성일, 지승희, 김해숙, 하령혜, 윤현숙 조교에게도 감사를 드린다. 끝으로 이 책을 출판해주신 작가와비평 양정섭 대표님께 감사를 드린다.

2011년 8월

문 석 우

옮긴이 **문석우**

고려대학교 노어노문학과 및 동대학원 졸업, 문학박사(1993)
현재 조선대학교 외국어대학 러시아어과 교수
모스크바 고리끼 세계문학연구소 연구교수, 미국 노스캐롤라이나대학 슬라브어학과 연구교수,
전 한국러시아문학회 회장, 전 한국우크라이나학회 회장역임

주요논문: "체홉과 톨스토이: 미학을 중심으로", "러시아문학에 나타난 신화성 연구", "체홉의
          작품에 나타난 돈의 모티프 연구" 등 다수.
주요저서: 『한-러 사전』(공저), 『한-러 비교문학연구』, 『러시아황금기문학』 외 다수
주요역서: 『우리시대의 영웅』, 『문화와 아방가르드』, 『러시아 영웅서사시: 브일리나』, 『크림반도의
          신화와 전설』 외 다수

• swmoon@chosun.ac.kr

러시아문학 오디세이: 고대에서 20C까지

© 문석우, 2011

1판 1쇄 발행_2011년 08월 20일
1판 1쇄 발행_2011년 08월 30일

지은이_끄로포뜨낀
옮진이_문석우
펴낸이_양정섭

펴낸곳_작가와비평
　　　　등 록_제2010-000013호
　　　　주 소_경기도 광명시 소하동 1272번지 우림필유 101-212
　　　　블로그_http://wekorea.tistory.com
　　　　이메일_wekorea@paran.com

공급처_(주)글로벌콘텐츠출판그룹
　　　　대 표_홍정표
　　　　디자인_김미미
　　　　기획·마케팅_노경민 주재명
　　　　경영지원_최정임
　　　　주 소_서울특별시 강동구 길동 349-6 정일빌딩 401호
　　　　전 화_02-488-3280
　　　　팩 스_02-488-3281
　　　　블로그_http://www.gcbook.co.kr
　　　　이메일_edit@gcbook.co.kr

값 17,000원
ISBN 978-89-97190-05-8 93890

· 이 도서의 국립중앙도서관 출판시도서목록(CIP)은 e-CIP홈페이지(http://www.nl.go.kr/ecip)와 국가자료공동목록시스템(http://
　www.nl.go.kr/kolisnet)에서 이용하실 수 있습니다.(CIP제어번호: CIP2011003496)
· 이 책은 본사와 저자의 허락 없이는 내용의 일부 또는 전체를 무단 전재나 복제, 광전자 매체 수록 등을 금합니다.
· 잘못된 책은 구입처에서 바꾸어 드립니다.